当归

是非 ——

著

时代文艺出版社

SHIDAI WENYI CHUBANSHE

图书在版编目（CIP）数据

当归 / 是非著. -- 长春 : 时代文艺出版社，
2023.2
ISBN 978-7-5387-7066-7

Ⅰ.①当… Ⅱ.①是… Ⅲ.①长篇小说—中国—当代
Ⅳ.①I247.5

中国版本图书馆CIP数据核字(2022)第183737号

当归
DANGGUI

是非　著

出 品 人：吴　刚
责任编辑：李荣鋆
装帧设计：武　艺
排版制作：人文在线

出版发行：时代文艺出版社
地　　址：长春市福祉大路5788号　龙腾国际大厦A座15层（130118）
电　　话：0431-81629751（总编办）　　0431-81629758（发行部）
官方微博：weibo.com/tlapress
开　　本：710mm×1000mm　1/16
字　　数：516千字
印　　张：26.75
印　　刷：三河市龙大印装有限公司
版　　次：2023年2月第1版
印　　次：2023年2月第1次印刷
定　　价：98.00元

图书如有印装错误　请寄回印厂调换

林光明于 2016 年 11 月 8 日去世，享年六十八岁。

他走完了他的一生。

他见证了整个家族的发展与变迁。他的错误决定导致了家庭的四分五裂，让人叹息之余，也可重新审视生命的意义所在。

他的一生，在农村与城市之间游离。不管是他自己，还是他的四个子女，都前赴后继奔向城市。他们曾经以拥有城市户口为无限荣光，最终又以户口迁回农村，回归乡里成了最后的守望。他们在城乡之间的奋斗与坚守，在一声声杜鹃鸟凄厉的"不如归去"的叫声中，在望乡情怯里，让人对叶落归根充满了敬意。

我们生于乡土，势必归于乡土。

目　录

引 子

　　林连翘在北京把最后一笔股票清算出来时，她在老家的院子差不多快装修好了。

　　装修的工人们都惊讶这房子不同寻常的建法，这些灰的瓦、红的砖以及后院复古城墙与影壁，多像电视里的大宅院啊，但二楼的阳光房又现代感十足。楼台池塘，与小桥流水相得益彰。

　　林连翘的想法没有几个人真正懂，搬回老家，她有她的打算，她已经不再是那个逃离家乡的少女了。

　　除了在自家庭院建设上的精心设计，林连翘也将目光投向整个村落，她设想把姑姑香姑的村庄打造成一个民俗村。为了有特色，吸引外来人驻足，她有意将院子建得古色古香，又充满现代感。她甚至想再过几年，动员全村的人都按自家庭院样式来改建他们的家园，只是现在还不是时候。

　　在建设自家院落时，她时时在想父亲林光明的青年时代。

　　那时候年轻的父亲何等意气风发地建设他的家园，家园建好后，全村的人都去参观，满眼羡慕与由衷的夸奖。

　　林连翘依旧清晰记得父亲那张棱角分明的年轻的脸上是怎样的骄傲。这种敢为天下先的秉性，林连翘与父亲是一样的，这是从骨子里带出来的，无法改变。

　　林连翘乡下的房子，坐落在乡村一隅，与表弟三毛的钓鱼中心遥相呼应，一个在村里，一个在村外。周末总有一些城镇家庭选择来三毛的钓鱼中心度周末。

　　慕名而来的游客，带着孩子，跟着香姑去钓鱼中心的大棚里，认领几棵自己喜欢的禾苗，这样每个周末他们来到钓鱼中心，大人钓鱼，孩子们就侍弄禾苗，或是养鱼虾，别有一番乐趣在其中。

到了饭点，他们会回到村里，人们在村里吃完农家饭菜，更愿意在林连翘院中小坐，度过整个闲暇时光。那时候，林连翘仿佛可以看到父亲，拄着拐杖，站在小院门前，笑眯眯看着她。

站在乡间自己的院落里，林连翘有时候还真有些恍惚，这一切显得好不真实呀。

多年前她恨恨离去，她曾站在县城车站向天发誓，从此，她林连翘再也不会回到这个生她养她伤她的地方。她依旧记得三十多年前父亲毫不留情地赶走了她，那些无情过往，在这平淡祥和的乡村生活里，已经显得云淡风轻。

此刻林连翘坚信远去的父亲一定会归来，这个一意孤行而落魄失望的男子，纵观他的一生，再看自己决然归来，林连翘觉得冥冥之中，命运都安排好了呀。

第一章

光明之父托孤

1959 年开始，因为遭遇了三年困难时期，饥饿让一些中国人失去了性命，林光明的父亲也倒下了。

饿得直吐绿水的光明父亲躺在竹床上，透过昏暗的光线，推开了妻子大英递过来的一碗水，直愣愣地看着年轻的大英，半晌有气无力地说："大英，你，我不担心，你强，你以后会过好的。香姑呢，是抱来给儿子当童养媳的，本来将来是我家儿媳妇，你要是一个人养不了，就送回到她娘家，让光明以后自己找媳妇儿也行。光明，他还太小，大英哪，你莫丢下我儿，你上天，带他上天，你入地，带他入地。吃好吃歹，我不怪你，就是死活要让他上学，有书读，我来生做牛做马报答你！"

大英他们所在的县，在当时是著名的秀才县，后来也叫教授县。这里十里八乡崇尚读书，小时候有小秀才称号的光明父亲，对读书一直是情有独钟的。虽然后来不兴科举，但光明父亲哪怕是犁地耙田，都不忘把一本四书五经之类的书折叠着放在口袋里。大英送饭来，光明父亲蹲在田头吃饭的时候，便从口袋里掏出书来看两页，读得津津有味。

光明出生，让这个年轻的父亲喜出望外，他望子成龙，欣喜自己后继有人。光明六岁时，光明父亲就早早将光明送到了村里的小学上学。他不止一次跟大英说，光明肯定有出息，将来耕读世家的牌匾，能挂上林家堂屋。

此时哭得上气不接下气的大英，眼见着家里的壮劳力就要没了，这个拼死也要给她和孩子留点吃的的男子，如今瘦得只剩下皮包骨，一米八几的大个子，现在躺在床上，那么瘦弱干枯，缩成一团，咽下了最后一口气。

大英痛不欲生，她想站起来，但连站起来的力气都没有。

同村的大队主任老何招呼了几个人，用一张破草席卷了光明父亲，问了一句："大英，埋哪儿呀？"

大英头昏沉沉的，抱着才三岁的小女儿，只知道哭而不语。何主任摇了摇头，叹了口气，和几个劳力就这么抬着卷在草席里的光明父亲出去了。他们没有眼泪，也没有过多的表情，这场饥荒来得如此惨烈，这段时间死的人太多了，他们早就哭干了眼泪，也见多了死亡，好像死才是正常的，活着反倒不正常了。

光明父亲连副棺材都没有，被卷在草席里埋在了乱坟岗。他究竟葬在了哪里，时至今日，大英和光明以及光明的子孙都只是知道个大概位置。乱坟岗，过几年成了沙墩子，再后来，居然兴建起几栋房屋。于是等到连翘他们跟着大英清明去祭拜时，总是插上祭祀的花幡儿，人还没走远，这些花幡儿就被人拔起扔了，甚至好多次被住在那屋里的人追出来骂，他们说这里从来就没什么坟茔的。

埋好光明父亲也就一个月光景，大英三岁的女儿小囡，也不明不白没了气息。大英捶胸顿足，哭骂光明的父亲，这个死鬼呀，他是有心要带走女儿啊，他临死交代了儿子，交代了香姑，就是没交代我这小囡呀，哪知，是他有心带走我的心肝啊！

一个月左右家里走了两位至亲，大英五脏六腑几乎被掏空了，她像个死人一样躺在床上一动不动，滴水不沾，粒米不进。

香姑才七岁，她每天和光明一起，天不亮就起来烧水煮野菜糊，她跟光明说："我们没爹又没妹妹了，再也不能没有娘啊！"

父亲死了都不曾掉眼泪的光明，听香姑这么一说，哇的一声大哭起来。他伸手抱着这个父母抱养来准备给他当媳妇的妹妹，坐在门墩上大哭不止。

"我还没有死，你号什么丧！"不知什么时候起来的大英扶着房门骂道。

大英强打着精神将隔壁细嫂送来的南瓜切开，煮了一半，放了一点儿盐，舀给两个儿女吃，看他们狼吞虎咽的，大英便知道她不能倒下，她还有两个孩子，她不能有跟丈夫走的心。

没了小女儿的大英，也没将香姑送回香姑原来的家，这个养女，三个月大就被光明父亲抱了来，跟自己的女儿没有区别呀。她跟儿子说："你要是喜欢，就当媳妇儿，不喜欢就当妹妹，我们三个相依为命吧。"

"我喜欢香姑当妹妹。"光明说。

香姑只读了一年级，就没有再去上学，她说她娘太辛苦了，她要帮衬娘去挣工分，这个家的担子都压在了娘身上，香姑心疼。光明也想跟着大人一起干活儿，被大英大棍子打回来了："你得去读书，这里没你什么事，我不能对不起你爹！"大英说的时候凶巴巴的，不留一点儿余地。

大英对光明的管教在村里是有名的，打得最狠的一次，村里还活着的老人都能讲一段。

当年没了父亲的光明，慢慢地感觉到了村里人的异样，时不时有人以关心的名义凑过来说："光明，没爹啊，你好可怜呢。"话里的意思是在关心他，听上去却是那么幸灾乐祸的，让人不舒服。

开始光明不作声，后来被人追着问，光明就张嘴回骂："你爹也死了吧，你全家都死了，你才可怜！"这么一来二去的，得罪的人就多了，村里的小孩儿都不跟他们兄妹玩，光明和香姑几乎被孤立起来，村里其他孩子总找机会欺负这兄妹俩。但凡村里有什么不好的事发生，比如谁家丢了东西，或是谁家地里庄稼被践踏了，他们都会想方设法将这些事与这兄妹俩关联起来而不断找他们麻烦，理由很直接，这没爹的孩子缺管教，好欺负。

这天村东头林六爷哭天抢地跑到公社食堂，他的五角钱放在自家枕头下，不见了。那个年代五角钱能买不少东西，他一口咬定，肯定是光明偷走的，这有娘养没爹教的东西！

"我儿不会偷你家的东西的！"大英辩道。

"你还护着，你还有脸护着，你这儿将来要是有出息，我眼珠子抠下来当泡儿踩！"六爷两眼直瞪着大英，气咻咻地说。

这恶狠狠的语气，许多年后，大英描述起来都气得不行。后来等到林光明当了镇长，每到过年过节，要抚恤各村五保户时，林光明总是亲自去没有孩子的林六爷家送五保户物资，大英往往在人前笑补一句："六爷，当心眼睛啊，年纪大了。"

可那一年，小光明没有能过得了这个坎儿。村里所有的小孩儿都指着光明说："就他下午没有和我们一起玩儿，肯定是他偷的。"

大英二话没说，一把攥起光明的衣领，拖到了公社在村东头才新建的水渠里，初春准备农耕，那可是满满一水渠的水呀。

大英将光明的头死命地按在水里恨恨地说："你去死，我俩都去死，留在这个世上受人欺，五角钱都没见过眼的现世报，你去死，你死了我跟你去！"这个时候大英已经失去了理智。

大队何主任一见，怕出人命，顾不上脱棉袄就跳进水渠拉起了光明，他将光明和大英拖出水面，转头啪啪打了大英两耳光："你咋这么狠的心？！这可是林家独苗啊，你要淹死光明，你这是要绝林家的后呀！你这女人太不是人了！"

　　大英大哭起来，她哭她的男人，她哭她寸步难行的生活，再看被水呛得一脸苍白的光明瑟瑟发抖的样子，她一把抱住儿子，边哭边诉说："你要争气啊，光明，我们娘儿们几个要没有活路了啊！"

第二章

光 明 考 学

　　林光明决定好好上学。不仅仅是母亲那绝望的哭声让他难过，更多的还是六爷那翻着白眼的不屑让他每每想起来就不寒而栗。

　　在那道白眼里，林光明感受到的，是比母亲大英抽在自己身上的大棍子多一百倍的痛。小光明肯定不知道什么叫出人头地，但他在这近乎窒息的溺水里，又感到了这样的痛，他极力要去摆脱这种痛所带来的不适，他要好好读书。

　　他拼了命似的学习，那个被全村人嘲笑说，自己父亲死，连哭都不哭一声，还到处疯玩的冷血小子，仿佛一夜之间不见了。正在上初中的林光明，村里很少有人看到他在外面玩耍的影子，光明除了在农忙时帮母亲收稻子、摘菜、收拾猪粪外，其他时间都抱着书本，找复习资料。他发现自己记忆力超群，也发现，只要他拿着书看，易怒的母亲也能安静下来，并对他有了笑意，当然挨打次数就明显少了。发现这个规律后，光明更用心学习了。他努力地平衡着与母亲、与世界的关系，那一年的光明，几乎是一夜之间长大了。

　　转眼光明初三毕业了，考完试，和其他学生一样，他肩上扛着凳子，背着书包回了家。

　　第二天一大早，光明吃了早饭，就随生产队大人出工插秧去了。母亲则和一群劳力在田里整地。

　　整地是春耕时十分重要的一个环节。开春后，农民将冻了一冬的水田犁开，上水，然后要将水田一次性整平好下秧。一头牛一个人已做不到这种平整水平，农民砍来一棵大树，打磨成一根长长的粗木杠，在上面钉上一些铁棒，再横放在田里，一块长方形的田只要一个来回就完成了平整工程。

粗树削成的木杠，十分笨重，要十几人套着绳子向前拉着，喊着口号步调一致往前，那样整出来的田一次成形，效果才好。

只有大英一个女人和十几个男人，肩上同样套着粗如手腕的绳子一起卖力拉着。这个活儿本来不要女的，只要男的。力气活儿，工分高，一天可计一个半工，可一天要整十几块田，那肩头也会磨掉一层皮。大英家没有壮劳力，而且这一个半工对于大英来说，太重要了，要知道平时队里女人干的活两天也才算半个工。她跟何主任软磨硬泡才被允许下田整地。

所以就算身上来月事了，她也是争取要一起下田去的。

这天刚整完了三块田，大家上田岸分头找水喝，休息一下。大英卸下肩上的绳索，正在弯腰洗脚准备穿鞋，大队何主任叫她说："大英哪，下一趟你不用下田了，你可以先去食堂了，你的工分照记。学校刘老师来了，我们大队家里有学生伢的家长都去了，你家有光明，你也去吧。"

大英洗干净了手脚，有些忐忑不安地去了食堂。

儿子光明有很长一段时间没给她惹祸了。可这都放暑假了，老师却到村里来了，也不知道有什么难堪的事发生，大英内心是有些紧张和害怕的，她担心光明在学校惹了祸。但她依旧装作若无其事的样子，迈着利索的脚步，穿过人群，进了食堂。食堂里已经挤满了人，大英悄悄在角落处找到一个凳子，坐了下来。

刘老师五十多岁，穿着一身深蓝色的、簇新的、四个兜的中山装。花白的头发，虽有些谢顶了，但那不多的头发仍旧一丝不乱地梳在脑后。

刘老师先站在台上寒暄了几句，便开始点一个个孩子的名字，每念一个名字，他便慢条斯理地从上衣口袋掏出一张印有花纹像奖状一样大的纸，并说着恭喜某个同学顺利毕业，恭喜家长培养了人才之类的客套话。

这样的纸，刘老师连续掏出来七八张，都分头被下面的家长领去，或是家长不在的，便被其他村民毕恭毕敬地代领了去。

而念到林光明时，刘老师从裤兜里掏出一张只有巴掌大的白色纸条来。大英的心揪在了一起，恨不得找个地缝钻进去，人家都是那么大的一张纸，还带花纹的，而光明的就这么小的一张纸，一看就没什么好事，这丢人的光明，大英心里恨恨的，甚至想趁人乱，没人发现她，赶紧溜走。

刘老师清了清嗓子，说："我们村，刚领到毕业证书的同学初中毕业了不再继续上高中，可以回家参加劳动了，现在你们家中多了一个劳力要感到高兴。我们村呢，只有林光明同学考上了高中，而且是全县最高分，也就是全县第一名，被县高中——罗城高中录取了！来，大家给林光明及林光明的家长鼓掌！"刘老师说着将那小纸夹在胳肢窝里，腾出双手开始鼓掌。

　　突如其来的掌声，让大英整个人都晕头转向了，不知什么时候进来的何主任，不停拿手肘捅大英的胳膊："哎，大英，你准备米面了吧，你准备肉了吧，你儿是状元咧，赶紧请老师去你家吃饭啊！"

　　大英慌乱地挤上台，诚惶诚恐地用双手接过那张巴掌大的纸，她哪有什么准备呀！

　　大英赶回家时，隔壁细嫂踮着小脚送过来几个鸡蛋，说是沾沾喜气，她说大家都知道光明是状元了，她就知道光明这孩子不是凡人。

　　刚从田里插完秧回来的光明，接过母亲递来的录取通知书，一时脑子里也是一片空白，只听到坐在堂屋正座上的刘老师说："光明哪，你以后可就是国家的人，要去城里住的，你可要好好努力，将来为国争光啊！"而这句要去城里住，将来为国争光的话，光明听进去了，他也是头一次感觉到了"争光"这两个字的意义，他必须更加努力，因为他以后是国家的人了。

　　白天来看热闹的人，四散而去。晚上大英让香姑拿出梳匣里的工分票，再从瓮里将米舀出来，也就三四舀子，瓮便见底了。

　　能换成钱的东西就这么多了，怎么能凑够光明去罗城高中的费用呢？光明看看母亲，再看看香姑，他说不急，还有三个月呢，他去城里打零工，捡些废铁卖，肯定会凑够钱的。

　　大英母子三人两个月就凑齐了上学的钱，光明高兴得一个晚上都没怎么睡着。在城里捡了一个月的煤渣和破铜烂铁，虽然卖的钱并不多，但把钱交给母亲时，母亲脸上那笑意，让他很是开心。母亲在不打他的时候，笑起来还是挺好看的，光明希望母亲常笑，这样他会少受好些皮肉之苦。

　　去罗城高中报到那天，大英和光明凌晨三点就起来做准备了，他俩让香姑在家看家，光明把书和被卷担在了扁担两头，便扛在肩上和母亲一起出了门。

　　这一路上，开始是大英担着行李被卷，后来是光明执意要自己担着。光明觉得自己已经要比母亲高了，他觉得自己长大了，好多事情他能行。

　　快到学校时，光明催促着让母亲快回去，母亲却说我要看着你进去，以后我每星期这个时候给你送吃的，再回去赶工。我们约好，就这个时候，这个地方。光明点了点头，转身进了校门。

　　儿子光明终于进了高中，大英也是听别人说的，进了高中，以后就是国家的人，这跟旧社会中了举差不多吧？这么想时，大英无声地笑了，她没有辜负死去的丈夫。

　　自此，大英日常生活里多了一件事，每个星期，她要跑一趟罗城，在高中校门外面等儿子。

那天大英戴着草帽，抱着小瓷罐，早早站在校门口。那罐里是她用细米碾成的米粉，她嘱咐儿子，吃不饱饭，用这个米粉调了水，当干粮吃，也抵饿。

"啯——啯——啯"几声下课铃声，带出来一操场叽叽喳喳的孩子准备上早操。孩子群中的光明此刻也在伸颈望向校门口，看见了母亲他眼前一亮，迅速奔了过来。"娘！"光明低声叫得兴奋，还有些羞涩。

大英抿着嘴，含着笑意把小瓷罐和一小瓶咸菜交到光明手上，末了，又从裤兜里掏出几张粮票和几角钱，递给光明，说："生产队新发的哩，留着细细用，饭多吃啊，细嫂腌的菜，好下饭。"

光明接了粮票，嗫嚅道："娘，粮票都给我了，你和香姑吃啥？"

"在大队食堂饿不死的，放心！"大英说着，拉了拉光明的衣襟，儿子衣服又短了。

"你回去上课，下个星期我再来看你。"说完大英转身就走了，头都没回。

光明站在原地，望着母亲背影渐行渐远，有了流泪的冲动，他忙抬头望望天，让眼泪咽回去，今天的天气尚好。

老年的大英，很多事情都忘了，面对孙辈讲起这些，唯是常常念叨说："那时上工迟到会扣工分，我天不亮就得起来，要在上工前赶回呢。早上露水好重呀，赶到学校，裤脚和鞋全湿了。你们的爸爸呀，他还没起床，我就靠在围墙边，用草帽垫着坐一会儿。有时实在来得太早了，还能打个盹儿……"其实多少代人都在接力着子女教育，就在这样的遇见和别离中，逐步让孩子长成另一个样子，以完成自己的任务，而后以毕生去回忆这一刻。

到高二下学期，学习更紧张了，光明是一溜儿小跑地来到和母亲约定的校门外的东侧墙外，那天他看到母亲，也看到母亲身边多了一个陌生的男人。

大英说："这是你爷，以后他和我们生活在一起。"

这个微微笑着的男人，看上去木讷，手足无措。

光明大惊，这么大的事，母亲什么也没跟他商量。

光明阴沉着脸接过母亲手上的炒米和菜团子，一言不发地走了。

第二周他早早回了家，香姑笑盈盈地迎出来说："哥，咱娘结婚了，咱们有爸了。"

"为什么不和我商量一下，为什么不问问我？！"光明将包袱扔在地上。

那个叫阿中的男人低着头，勉强笑了笑，拿过水桶赶紧出去挑水了。

"你叫什么叫？"大英一出声，眼泪就跟着下来了，"我能怎么样？你要读书，日子要过，他是煤矿上的，每个月有固定收入，我们不能饿死呀！活人不能被尿憋死，你这冤孽呀！"

光明满脸通红，他瞪着母亲说："我能养活你，我能！你就不能等我几年，我读完书就出来了！"

　　"眼下日子怎么过？"大英不知道怎么跟这个半大不小的儿子说，她头一次有种做贼心虚的感觉。

　　带孩子改嫁的大英公开说是招夫养幼，所以在村里并没有受到村民们过多诘难。她选择单身汉付其中——大家都叫他阿中——不仅仅是阿中每个月有二十元的工资，更重要的是，这个自幼父母双亡的阿中，老实木讷，而且社会关系简单，没有兄弟姐妹，也就有几个堂兄弟，在亲情上还隔一层，他是绝对不会欺负光明的。

　　既然改嫁了，大英自然要随阿中搬到阿中的三组去，反倒是光明，死活不肯签字离开现在的四组。

　　阿中所在的三组和光明所在的四组虽然都在同一个村，但三组正好在县城门外，其实比四组日子好过些。但光明说他不去，他要吃五保户。他说自古就有，下堂不为母，既然大英改嫁，那他就不认大英为母亲。他不愿意母亲离开这个家。

　　这是光明长这么大，头一次公开违拗母亲，望着比自己高一头的光明，大英没有再动手打儿子，而是扭头带着香姑，搬出了这个家。

　　硬气的母子俩，一个住在村东头，一个住在村西头，互不搭理。大英偷着哭了好多回，她让香姑给光明送去的衣服粮食，都原封不动放在门口，光明不肯收，这让大英不知所措。

　　在田里干活时，何主任说："大英莫着急，现在日子不好过，等饿上几顿就好了，光明饿了就明白什么是好歹。"

　　一个人过了一个春节的光明，是如何说服自己到继父家的，不得而知。第二年，大英和阿中的儿子常胜出生了，是光明抱着出来给大家讨喜钱的。

　　这一年，阿中带回来的钱加上之前他攒的钱，足够盖一栋有堂屋和三个房间的房子。

　　有了小儿子的大英，对阿中和光明的吼骂并没有减少，曾经的饥饿和贫困，让大英总是缺乏安全感，她急躁而焦灼，她瞧不上阿中那个木讷的样子，她也不喜欢阿中靠近自己的样子，她还对阿中说，光明的父亲那是人尖儿一样的人，没有人能比得了的，这么说的时候，她知道阿中绝对不敢说什么。

　　大英有时候闹得太厉害了，阿中脾气上来，也会拿起扁担，追着佯要打大英，不过都是架势拉开了做个样子，最后不了了之。现在有了儿子，阿中脾气变得更好了，他甚至对光明和香姑他们说："别跟你妈一般见识，你就当你妈在唱歌，累了，自己就不骂了。"光明和香姑，都盼着母亲能常唱累了，不发脾气，那样他们都不用这么紧张了。

　　无人的时候，阿中蹲在摇篮边上，凝视着儿子常胜，那长年因为运煤而漆黑的脸，笑得像朵盛开的墨菊花。

第三章

光明的初恋

1966 年的夏天，对于林光明来说，是迷惘的。

在学习上拔了头筹的林光明，一直以寒门出贵子来激励自己，他通过学习，用让人难以望其项背的成绩，与同学拉开的距离，在这一纸取消高考的通知里，一下子没了。他与同学们，又站在了同一起跑线上。他向往城市，他相信只有城市才能实现他的梦想，才能改变他的命运！可是现在，他的大学，他的理想，全都丢在了那高亢的喇叭声里。喇叭里，高喊着："革命青年，要到广阔的农村去接受贫下中农再教育！"这声音振聋发聩。

看到抱着一堆书本、背着行李回家的光明，大英哭得很厉害，说亡夫托付给她的任务没有完成，她该怎么办？光明回来的那一天，她一整天都呆坐在堂屋一动没动，她的眼前是与光明父亲那次生死别离的场面，让她痛不欲生。

林光明背着书包低着头，穿过田野，他有意找那偏僻的小路穿行，生怕遇上熟人。

回到家，看到香姑正在纺车前纺线，他甚至开始羡慕起妹妹来，不用读书识字，那么单纯，日出而作，日落而息，每天都笑眯眯地没什么烦恼。光明暗叹了一口气，放下书包，坐在香姑面前，帮香姑配麻，看香姑捻麻进纺车，很快就变成一个椭圆的线茧。

不上学在家的林光明，除了帮香姑配麻纺线，就有些无所事事了。

这天他高三班上几个班干部来找他写大字报。光明写的毛笔字在学校里首屈一指，学校各类学习专栏，包括每年村里要挂的条幅和语录，过年各家春节对联，他都是当仁不让的小先生。光明从来都很乐意为大家写春联，并接受乡亲们的夸奖。

光明铺开毛边纸，同村的玉芬帮忙压着纸角，很认真地看着光明写字。

玉芬和光明同校不同年级，她是村东头坝上湾孙篾匠家抱养的独女。别看孙篾匠现在只是个篾匠，据村里人说，他祖上可是大户人家，也就是现在说的地主，这四周的农田和街上的几家当铺全是他家的。但到孙篾匠这一代，田地差不多败光了，现在也只是富农。村里人都说，孙篾匠被祖上给害了，啥都没落下，还成了富农，真划不来。但孙篾匠的手艺却在十里八乡拔头筹，被人传颂和称道，孙篾匠一家日子在当地还是很过得去的。

玉芬是十里八乡唯一一个上高中的女生，不过平时光明和她并没有什么来往。一是虽住一个村，但隔得远，并不顺路；二是男女授受不亲，这个时候的光明，还是青涩而懵懂的。

玉芬和同学们取了大字报就出去了，与光明同桌的刘长春留下来说："光明，现在我们都是革命小将。毛主席说了，我们是早上八九点钟的太阳，这个世界将来都是我们的，你知道吗？班主任王老师说了，我们还准备去北京，毛主席他老人家会在天安门城楼接见咱们呢！"

光明几乎跳起来了："真的吗？我们能去北京？毛主席真能接见我们吗？"

"是的！毛主席要在天安门城楼接见我们，他老人家说，我们都是栋梁，是国家未来！走，我们去王老师那里吧，他肯定不会骗我们的！"刘长春拉着林光明冲出了大门。

林光明突然觉得浑身又充满了活力。刘长春很快找来了几套军装，他们头戴绿军帽，身穿没有领章的绿军衣，臂戴红袖章，只几天时间，便将县一中食堂变成了他们聚集的大本营。

要去北京看毛主席的林光明，只背了个绿书包，他们罗城高中的同学，集在一起，只带着学生证，佩戴着毛主席像章。公社给这些革命小将们开好了介绍信，上北京去见毛主席，这在各地都是最光荣的事。

到了校门口集合时，光明看到玉芬也在。

革命小将林光明，他们真的就这么出了县城，坐上了去北京的客车，一路上受到了各地方热情接待，只要说是去见毛主席，人们那肃然起敬又十分羡慕的表情，让光明感到自豪。

8月的天安门，人山人海。

从各地汇集而来的革命小将们，呼声震天，林光明几乎喊破了嗓子：

"毛主席万岁！万岁！万万岁！"一旁的玉芬满头大汗，她激动得满脸通红，泪流满面，她的辫子散了，都顾不上扎好，他们互相紧紧牵着手，随着人群左冲右突，都只是为了看清楚，高高的天安门城楼上，那个伟岸的身影。

从北京回来，林光明正式回到了村里，开始参与生产队的农活儿。

他那歪着肩膀挑担子、东倒西歪的样子被妇人们嘲笑。虽说在村里，面如冠玉的林光明也称得上是个美男子，就是搁在现在，也不输任何一个男明星的，那般明眸皓齿、玉树临风，尤其正当青春年少，真是引得那一带姑娘好一阵骚动。干农活儿时，人们依旧动不动打趣他，光长得好看有什么用？肩不能挑，手不能提的，光是能写会算，不能当饭吃啊！

干不了农活儿的光明就时不时被何主任叫到大队，帮大队算那陈芝麻烂谷子的一堆账，一来二去的，光明就被何主任派到生产小组当会计，说锻炼锻炼，以后上大队管账。

光明天天夹着个账本跟在何主任身后。

读这么多书，应该为人民服务，管个账记个工分，乡邻们也放心。何主任当众都这么说，私下里他半推半就地收了大英一只鸡。

玉芬在这个时候和光明好上的消息像长了翅膀一样传开了，这富农家的女儿可沾上光啦，光明可是我们这里唯一上过高中的好后生，而且根正苗红，真地便宜了孙玉芬。

玉芬的富农身份，这个时候，攀上贫农林光明，确实是沾光的。

何主任背后跟大英说："玉芬什么都好，就是成分不好，将来莫影响光明前途啊！"

"那有什么办法？天上龙地下龙，他看到才是真龙啊！你看香姑就是跟我亲闺女一个样，你说好好的一个媳妇儿吧，但他们俩异口同声地说了不能做夫妻，只能是兄妹，我有什么法子呢？只能由他了。"大英无奈地叹了口气。

小会计林光明和四类分子孙玉芬原本可以和和美美结婚的，如果不是县里工作组下来，驻进了光明他们村的话。

第四章

光 明 娶 亲

工作组是县里派来的。

领队是从市里下来的马国涛干事，四十五六岁的样子，十分健谈。

负责工作组接待的都是村里条件稍好一些的农户。

这个村里盖了大瓦房的，也就那么几家，大英和阿中盖的房子也是其中之一，这些工作组的干部就分别住进了有瓦房的农家。

大英家新盖的房子算是簇新的了，何主任认为在农户中是最好的，所以领队的马国涛干事被安排住进了大英家。

本就好客的农家人，又因是照顾干部，大英更为殷勤，她早早将家里上房收拾好，特开灶每天烧开水泡茶，自家鸡下的蛋都攒着，早上煮两个都留给马干事，不让两个儿子看到。

马国涛干事随身总带着一个满是茶垢的玻璃茶杯，那天泡茶前，大英用炉灰将茶杯茶垢擦净，再用开水烫了又烫，马干事欢喜得不行："哟！还是大妹子手巧。我都忘记茶杯原来是绿色的呢。嗯，挺好呀！"

有了马干事在家，光明从生产队回去，总爱去马干事屋玩，马干事也喜欢这个长得英俊又能干的后生，当发现光明居然写一手好毛笔字，不仅连连叫好："这孩子前途无量啊！"

大英一听马干事说到前途的事，不觉叹了口气，提及光明可是唯一一个考到县一中的学生呢，才从学校回到了家。

马干事一愣，点了点头，说："怪不得他和其他年轻人不一样，原来上过高中啊，这很难得啊，是个好苗子。"

大英一笑："苗子再好，也没个出头日子，面朝黄土背朝天，还能有什么出息呢？"

马干事哈哈一笑："年轻人慢慢来，有机会的。"

马国涛半年的挂职工作圆满结束了，临别，大英将一双亲手做的布鞋和一些农家地里的土特产和鸡蛋装进马干事包里。马干事再三推辞不得，他说："大妹子，这几个月已是麻烦得很，打扰这么久，可不能又吃又拿，违反纪律啊！这样，布鞋我收下留个纪念，其他真不能要！"

林光明的干部任职调查表是直接送到大队何主任手上的，一个农村娃子，由村里调往公社工作，而且直接从村组调往公社，这在当时是一件非常轰动的事。

拿着表格，何主任头上开始冒汗，他知道非同小可，这可是鲤鱼跳龙门，光明以后就是公家的人了，也就是说林光明要吃上商品粮了，这是农村多少人想都不敢想的事啊。

何主任拿着表，趁着天黑路人少，打着手电去了光明家。

听何主任说这是干部任职调查表，大英很平静，这件事能落到光明身上，她心知肚明，心里暗自念了声佛。

何主任看看大英，再看看光明，指着调查表说配偶这一栏也是要填成分的。

光明仔细看着这张调查表，心里打开了鼓，他是贫下中农，可玉芬是富农。

这要是填上玉芬的成分，光明肯定没戏。何主任用两个指头尖点了点表说："但你若不填，有欺瞒组织之嫌，十里八湾都知道你林光明有个未过门的富农成分的媳妇，这界限不清哪！"

"退亲。"大英冷冷地说。

顶着地主富农成分的孙篾匠只有玉芬这么一个闺女，平时积攒的一些体己，可都给了闺女，闺女又全补贴了大英家。大英拿了这地主富农准亲家多少补贴，那是数不过来的，说声退亲，其实心里是真过意不去。可让儿子出人头地，完成亡夫的夙愿，这个念头每时每刻都在敲打着大英的神经，任何阻挡儿子成功的障碍，都应毫不犹豫地清除，大英在这点上是坚定的，大英硬着心肠坚持着这一决定不松口。

玉芬是最后一个知道她与林光明分手消息的，那时，她给林光明织的毛衣，快要完工了，只剩下小半只袖子没有完成。来谈分手的林光明神色黯然，满脸胡楂。

他没有看玉芬，别着脸，半天，声音嘶哑而低沉地说："从此，我俩桥归桥，路归路，各过各的了。"说完，他的眼泪无声地淌了下来。

玉芬的眼泪像断了线的珠子，落在手上的毛衣上，她的手不断扯拆着毛衣线头，不一会儿，玉芬和光明之间，便是一大堆灰蓝的毛线，扭曲而纠缠。

林光明的调令还没有下来，玉芬便出嫁了，据说嫁到了十几里之外。多年后，林光明分管玉芬所在的乡镇，私下去玉芬家，求见一面，玉芬关了前后门，一声不响也没与林光明相见。

经历失恋的惨痛，这年轻人婚丧嫁娶就变得随机了起来，嫁谁、娶谁都一样。村头的媒人一牵线，一桩婚事便成了。

玉芬出嫁后的第三个月，林光明娶了余翠莲。理由有三：一是余翠莲家是贫农，追溯三代以上，都一穷二白；二是翠莲没有父亲，母亲远嫁，光明也没有父亲，他们同病相怜；三是翠莲的大辫子及腰，是和某个早晨，有个女孩儿的辫子一模一样的。

林光明发出结婚喜帖，同时也收到调令，可以说是双喜临门，大家恭喜大英时，充满了羡慕："光明的这媳妇娶得好，旺夫。"

结婚的第四天，光明去公社宣传科报到了。

这次调到公社的还有好几个后生，有市里农业大学毕业的，也有从其他公社调来的，分在不同科室，唯有林光明是从村里调上来的。谁都知道刚从市里调到县城的马书记，好像是光明什么人，大家都心照不宣。

林光明婚后第二年10月，翠莲便生了一个女孩儿，取名叫紫苏。

大英抱着紫苏，端详着有些发愣，这孩子越看越像她那三岁便夭折的女儿囡囡呀，在1959年三年困难时期来临之前，大英还担任过大队妇联主任，那时中华人民共和国刚成立不久，百废待兴，各地促生产，各县互相学习农作经验，大英带着还没断奶的囡囡，四处开交流会，每个见囡囡的人都笑逐颜开，争相要抱，说在这里就没见过这么好看的娃儿，囡囡甚至被人戏谑为"盖三县"。大英对翠莲说："你看看，我家囡囡回来了，上天知道我家缺女儿呢！"

漂亮的紫苏，果是名不虚传的。那眉目就是光明的翻版，再加上本就有裁缝手艺的翠莲的巧打扮，更是可爱。

翠莲用给别人缝衣服剩下的布头，拼接缝制的各种可爱的童装，穿在紫苏身上，让紫苏显得粉妆玉琢的，煞是好看。在这个村庄，谁抱上了紫苏，便是无限荣光。小小的紫苏，只要醒着，不是被邻居大嫂抱走了，就是被后院放学的孩子抱着玩。对第一个孩子，光明是新奇而喜爱的，初为人父的喜悦，冲淡了不少因初恋情感失落带来的不快。他每天蹬着二八自行车，在公社和家之间奔忙。这样的生活，他是满意的，除了翠莲与大英婆媳偶尔闹矛盾，让他有点烦恼外，其他任何时候，他是愉快的。

他抱着女儿紫苏，在院子里举高高，那时院里的桂花树刚开花，满院香气四溢。

"紫苏，你弟弟什么时候来呢？"光明有时候逗紫苏说。

接下来生个儿子这是他考虑的，不孝有三无后为大。

是呀，几乎所有的农家头等大事便是要生一个男孩儿，甚至几个男孩儿，这个家才算完整。

翠莲倒不急，生孩子的事她想等过两年再说。

因为这段时间，村里的小学招民办教师，初中毕业的她想去参加考试，毕竟在农村，读过书的女人少之又少，她还是有信心的，万一考中了呢？总比在家跟婆母怄气强。

顺利通过考试的翠莲，让光明都忍不住夸奖："没想到，媳妇你还真能考上呢！"

翠莲在家做上岗工作准备时，却意外地发现自己怀孕了。

翠莲急得不行，她和光明商量，紫苏才六个月，这是什么时候怀上的都不知道呢。翠莲说要不这一胎拿掉算了，她这民办教师好不容易考上了，丢了好可惜。

光明冷冷地说："那万一是个男孩儿呢？现在都开始提倡计划生育了，你不知道吗？我这身份，要响应号召，最多只能生二胎，早点儿女双全，不好吗？"

为了尽快完成生个男孩儿的任务，翠莲不得不让出了教师名额。翠莲对这个来得极不是时候的孩子，平添了一份厌恶。

这个孩子是在一个冬天滴水成冰的夜晚分娩出来的。

那时候离大年三十只有五天，公家人林光明还在单位值班，家中只有阿中和大英，自黄昏开始发作的翠莲宫口已开了四指，直到午夜却仍旧未娩出孩子来，那样的痛苦已不可名状。

接生婆到的时候，天都快亮了。

"恭喜大英娘，过年添丁进口，光明喜添千金了！"接生婆剪完脐带，举着鲜血淋漓的手，面无表情地说。

大英听到"千金"二字像是泄了气的皮球，呆坐在床沿，这一床的鲜血与羊水，将整床棉絮都浸透了。

林光明踩着自行车，在雪地里飞奔了一个多小时，赶到家时，接生婆已吃完大英下的鸡汤油面，拿着接生钱走了。大英迎出门来，看着光明，说："是个女儿咧。"

林光明啥都没有说，将自行车掉了个头，跨上车沿着来时的车辙就骑走了。

　　翠莲在房里听见光明回来又走了，忍不住哇地哭了，躺在被子里的婴孩儿也哭起来。

第五章

连 翘 送 人

　　第二个女儿出生的这个春节，林光明都没在家过，他说单位值班，脱不开身。

　　余翠莲的二胎满月那天，林光明回来了。他进了房间，翠莲正在收拾尿布，婴孩就躺在床上，那么小，如果不仔细看，都看不出那一团布里还有一个生命。光明瞄了一眼这个瘦小婴孩儿："哟，跟猫吐的一样，难看死了。"他撇了撇嘴说完就出去了。

　　余翠莲这次怀孕生子是暗有（指哺乳期，没有月经而怀孕），这暗有了后，紫苏吃的奶水就严重不足，才一岁多的紫苏饿得面黄肌瘦，常含着奶不放。这新生婴孩儿就更吃不饱，一到夜里，这孩子便撕心裂肺地哭，真正成了一个夜哭郎。

　　林光明在婴儿的啼哭声里不能休息，连续几个晚上下来，他烦躁不安不断指责余翠莲："都生两个了，还不会带孩子，你是干什么吃的？吵死了！"说完穿上衣服，拎上公文包，推出自行车，临了丢下一句话，"开春忙，这段时间都不回。"说着跨上自行车径自走了。

　　余翠莲对于没给林光明生出儿子，满心内疚，她没有吵架的底气。她把一腔怒火撒在了婴孩儿身上，除了喂奶换尿布，她几乎不抱这孩子。

　　夜里婆婆大英会过来搭把手，抱着婴儿从这间屋走到那间屋，但只要放下，婴儿就啼哭不止，甚至抱在手里依旧不能停止啼哭。哭声引来了隔壁五公五婆。

　　五公是当地著名的老中医，他们家是中医世家。

　　进了屋的五公轻声问："这孩子夜里怎么老哭呀，都哭了好几天了，没带医院去看看？"

"这么小的孩子，没抱去医院呢。五公，真对不起，吵着您了。"大英连声道歉。

"不妨事，给我看看？"五公抱过孩子，五婆举着个小手电，五公按按孩子肚子，看看小手掌，又拿过小手电来，照照孩子的口腔，把孩子还给大英，说："翠莲奶水不够吧？"

翠莲脸一红："五公，紫苏奶也没断，两个孩子吃呢。"

"紫苏一岁多了吧，可以喂辅食断奶。我现开个方子，配点连翘清火，翠莲和这孩子都可以喝，这孩子火气重。每天喂三次，试试看个三五天，再不行，你就得抱到医院，让西医瞧瞧了。"五公说着掖了掖婴儿的小被窝。

大英千恩万谢地送走了五公，孩子大约哭累了，终于睡了。

连续喝了两天连翘水，婴儿果然好多了，夜里虽还哭，但大人和孩子还算是能睡个整觉。这被折磨了三个月的婆媳俩相视而笑，大英说："我屋后种的连翘这么多，都不知能治她，今天泡点连翘给她洗个澡，以后这孩子就叫连翘吧，好养活。"

余翠莲也说好。她发现，生了这个老二后，婆婆大英很久没跟自己吵架了，抑或是生活忙乱到她们都顾不上吵架了。婆媳能和平相处，对翠莲来说，已经是很好了。

给紫苏的辅食是小罐煨饭，大英每天在柴火灶煮全家饭时，就将猪油拌着洗好的生米放在一个小瓦罐里，加上水，再将瓦罐放进还有火炭的灶膛煨着。一个小时，拿出来，这罐饭就熟了，一时饭香四溢，大英再滴上两滴香油，紫苏就有饭吃了。

紫苏几乎不用学习，就知大口大口吃饭，有了饭食的紫苏也不怎么找妈妈吃奶了，每天也只是偶尔吃回奶，奶水集中喂连翘，就几天时间，紫苏看着脸都圆了，连翘再也不夜哭了，小脸儿也舒展开了。

"我家的女儿都长得不难看。"大英将连翘抱在手上说，"连翘这孩子一双好眼睛，眼珠那么黑，睫毛这么长。"

爱哭的连翘一直由大英带着，睡的还是紫苏办周岁时的竹摇篮。在传统风俗里，家里只有生第一个孩子才有送周岁礼的待遇，那时候女人娘家在女儿怀孕时，便准备好了摇篮、小衣、小鞋、小袜、小被。

连翘就没有这份殊荣，她睡的用的，全是紫苏用过的。

那竹制大摇篮嵌在一个笨重的木架里，放在堂屋一边，并不太方便移动。晚上大英就搬个竹床铺上棉絮睡在摇篮边上陪着，孩子哭了，她马上就抱到翠莲房，方便翠莲喂奶。

就这样，大英和翠莲，一个新手婆婆一个新手妈妈，总算把两个孩子搞定了。

这天，大英看天气尚好，跟翠莲说："今天初一，要去另一个村里的大王庙进香还个愿，孩子们托菩萨的福，终于都好了。"

信佛的大英，每月逢初一十五，是要斋戒和去庙里上香的，十五那天要去庙里住一晚，这是当地民俗传统，大英从未间断过。

"去呗，也没什么事。"翠莲说。这些日子，光明不在，她和婆婆也是忙得筋疲力尽。光明就算在家也帮不上忙，还总是各种嫌弃。所以，对于婆婆，她还是感激的，让婆婆出去透口气，也是应该的，翠莲真的这么想。

吃过早饭，婆婆就走了。白天两个大人把两个孩子抱来抱去还好，到了夜里翠莲才发现，平时大英带连翘的时候多，连翘的摇篮还在外面堂屋，她在堂屋给连翘喂奶，正想喂好了再把连翘放回摇篮去，紫苏在房里开始哭个不停，非要她抱，翠莲被这哭声弄得心烦意乱，已经四个月大的连翘，嘴里大概有些冒牙儿了，吃到最后，奶水不够时，重重地咬了她一口，痛得翠莲一激灵。

"别吃了！"恼怒的翠莲拔下奶头，气冲冲地将连翘扔回到堂屋摇篮里，掖好小被子，冷不丁从母亲怀里离开，连翘明显更愿意被母亲抱着，这个时候咧嘴要哭。

太烦了，翠莲气恼地嘟囔了一句，她飞快地踩着摇篮脚踏，让摇篮快速摇起来，她得让连翘赶紧睡着，好去哄紫苏，紫苏也要睡了。

这个在子夜之前都很平凡的夜，甚至人们能感受到农妇余翠莲两年生两个孩子的艰难，但农家妇人哪个不是这样亲力亲为，辛苦劳作，拉扯孩子的呢？

也不知深夜几点，翠莲是在一声声尖细而撕裂的婴儿啼哭声中惊醒的，她忙坐起身来，习惯性摸了下怀里，紫苏好好地睡着，哪里来的哭声？她一下愣了，才想起房门外堂屋的连翘，她同时听到了夹杂在尖细的婴儿哭声里，有吱吱吱老鼠的叫声！

余翠莲身上汗毛蹭地都竖起来了！老鼠！老鼠在堂屋！余翠莲吓得一下子将头蒙进了被子，她的胆都吓破了，这种恐惧让她本能地抱着紫苏躲进被子里瑟瑟发抖，她完全忘记了，在堂屋被老鼠啃咬的婴儿也是她的亲骨肉！她害怕得要死！

被惊醒的紫苏放声大哭起来，哭声让余翠莲稍有清醒，她忙扔了被子，开始声嘶力竭大叫："五婆救命啊！五婆救命啊！"

五婆五公赶过来敲门时，翠莲才壮着胆子走出房门，开灯那一刹那，两只有成人巴掌大的，壮硕而难看的长尾黑老鼠才从摇篮上跳出来，逃窜到了屋后角落里不见了。

进屋的五婆看到满脸是血的连翘，这个以好涵养被外人称道的老人，气得浑身发抖，流下了泪。她用颤抖的手指着翠莲说："翠莲！你怎么能将四个月大的孩子单独放堂屋？你还是不是人？孩子被老鼠咬成这样，耳垂儿都快咬断根了，你、你，这可是你十月怀胎生下的呀！"

"我，五婆，我也害怕呀！"翠莲嗫嚅着。

五公直摇头："真是的，真是的，快去拿我药箱，快去！"

从庙里回来的大英见到的是打完破伤风针，缠着一脸纱布，只露出一双大眼睛的连翘，骇得魂飞魄散，她抱过连翘，大哭起来："都怪我呀，不该离开，我去还什么愿啊！我的连翘呀！"她哭骂翠莲，"你这长的都不是人心哪！"翠莲也不甘示弱："又不是我个人的孩子，你们都不喜欢，他林光明连家都不回咧，还赖我吗！"这个维持了四个月和平的家，又开始吵得鸡飞狗跳了。

两个月后，何主任带着登记本上门了。他说计划生育办公室要统计二胎，凡是生过二胎的全要结扎，一对夫妻只生一个好。"这是国家提倡的。你家光明可是国家人，更得起带头作用。翠莲你都生两个娃儿了，赶紧登个记，约卫生所结扎手术的时间。"

大英一听急了："你这是要断我家香火啊！我林家只有光明一个男丁，他怎么能结扎呢？莫登记莫登记！"

何主任说："那怎么办？你这不结扎，搞不好影响光明饭碗，光明就得从公家回村里，肯定会停职丢工作呢！而且责任到生产队，我都要受牵连！"

翠莲从菜地摘了把菜回，她说："何叔，等光明回家商量一下再答复吧。"

何主任说："那我暂不做登记，你们尽快啊，如果等到计生干部上门，那是要上全武行，直接拉去卫生所结扎的。"

光明回家时天已黑了。

他们商量的结果，是将六个月大的连翘送人，光明的意思是说紫苏大了，怕人家养不熟，不待见孩子。所以两相权衡，小的送出去更好。其实他心里是舍不得紫苏的，毕竟怀里抱了这么久。

翠莲一想起连翘被老鼠咬的那个晚上，心里就发毛，她觉得如果有人愿意收养连翘，应该不会再受这样的苦，她也是为了连翘好。

大英的眼泪掉下来："光明，我们家本来人丁就不旺，你们三个孩子三个姓，怎么能往外送人？是在旧社会缺吃少穿吗？我不同意！我去找何主任闹去！”

翠莲啪地将手里正在纳的鞋底扔到桌上："你闹去，你儿子最后就被你闹回村里种地，我还得去结扎，林家绝后你就高兴了呗！"

林光明叹了口气说："娘，有什么办法，我要再生，公社我怕是待不下去了，计生办都找过我了。"

大英一时语塞，面对儿子前程和没有孙子的选择，她就是有多么强势，也站不住脚，不孝有三，无后为大啊。

半岁的林家老二连翘，脸上鼠咬的痕迹基本看不到了，只是耳朵垂儿下有点点伤痕，不显眼。两只眼睛又大又圆，这段时间喂养得法，白白胖胖的，宛如年画里抱着鱼的胖娃娃一般，粉妆玉琢，看着也很可爱，收养人很满意。

连翘是被翠莲娘家一个远方亲戚领走的，说是这对夫妻四十多岁没有生育，想抱养个孩子养老。

人家来抱连翘的当天，天正下着毛毛雨，翠莲将紫苏穿过的那套红连体衣给连翘换上。她看着连翘，心头一酸，虽说连翘自出生以来，给她带来的麻烦实在太多了，翠莲希望解决掉这个小制造麻烦者。但毕竟是自己十月怀胎生下来的，这会儿生生要送人，她也不好受，翠莲觉得不能见着别人将连翘抱走，她怕她反悔，她把连翘交给大英就忙回屋了。

大英接过连翘，此刻连翘大大的眼睛满含笑意盯着大英，她喜欢人抱她，因为平时她总是躺在摇篮里，有时候大英外出干活，而翠莲又没空来看她，她一躺就是一天，那布尿片都和污物沾在一块儿了。

被大英抱着的连翘，此刻这双酷似光明的眼睛，定定地盯着大英，笑了。

隔壁邻居米兰、凤姑也赶来，每个人塞上十元钱在连翘的襁褓里，说这也是林家老二喜事，就当嫁人出门子了，他们来送一送，各人说着说着，都红了眼圈。

大英泣不成声地塞了二十元钱在孩子的胸口处说："囡，权当你今天出嫁了，到别人家要听话，莫哭闹，要乖啊！"大英哭着说。

大英把孩子交给来人，直到他们抱着连翘离开了村口，也没听到连翘哭一声。多年后，翠莲说起当年的连翘，她说她不敢看，她一个人站在后屋听着，她说但凡这孩子哭一声，她可能都会冲上去抱回来的，但连翘一声也没有哭。

第六章

防 风 出 世

　　这年的冬天，余翠莲顺利怀上了第三胎，第二年她也如愿以偿生下了她的第一个儿子——林防风。

　　林防风的出生，让大英家充满了空前的喜气，热闹非凡，大英忙中抽空去了后面的土地庙，上了一炷香，谢谢老天，林家终于有后了。

　　林光明向公社请了两天假在家大宴宾客，村里乡邻都纷纷来道喜。

　　有了儿子的家仿佛就有了生气，翠莲说话声音都粗了，大英有了孙子，也就顾不上其他了。她常抱着孙子防风，引着孙女紫苏在村口遛弯儿，逢人一脸笑，人们都说男人婆大英，自当了奶奶，和善了，也好相处多了。

　　林防风三岁了，成长得很顺利，几乎没生过什么病，可紫苏却发现已经三岁的弟弟居然不说话，要吃什么菜只晓得用手指着，并不发出任何声音。

　　周末，光明和翠莲带防风去医院看病，医生也没查出个所以然来。林光明从这个时候开始有些着急了，他的儿子怎么能有问题呢？那他忙前忙后，总是争强好胜的，还有什么意思呢。

　　这天光明高中同学刘长春来镇上看光明。

　　刘长春现在是镇派出所副所长，年纪虽不大，已然有些发福。

　　听林光明说起儿子防风的事，刘长春哼了一声："你就为这事？你不知贵人语迟这句老话呀？肯定没事！若怕不保险，来，去我那开张证明，申请再生一个呗，就是说儿子残疾，申请再生，政策是允许的。"

　　手续很快就办了下来，第二年小儿子林当归出生，健康完好，粉嘟嘟的，就像紫苏那么好看。

　　而这一年尚且年轻的林光明有了第一次升迁的机会，他从一个宣传科的年轻干事，一跃成了分管一镇的副镇长。一个县分划几个镇，镇下辖几个乡，乡下辖几个村，一村有几个生产队，大家这才知道镇长这个新名头，适应了好一阵。

林光明现在所拥有的生活，满足了他当下所有的理想，他，林光明，不到三十岁，是这个县城最年轻的副镇长，二儿一女，前途无量，风光无限。

这个冬天，生完林当归坐月子的翠莲，正半躺在床上假寐，院子里来人了。

"翠莲哪！我是五表叔，这孩子表叔我养不了了，现在给你送回来了啊！"那人站在院中央喊道。

这个被翠莲称作五表叔的远房亲戚，正一脸苦楚站在院当中。他身后怯怯地站着个女孩儿，扎着根冲天辫，小小的。

翠莲一下子蒙了。

那叫五表叔的男人拉过身后的孩子，说道："喏，你家老二呀！不会忘记了吧！"

翠莲仿佛这才想起她还有个老二连翘，她有些失措："五表叔，这怎么了？"

"你那表姊，前些日子，上吊自杀了，我一个男的，怎么养活一个孩子？这不，给你送来了，我要走了，再不走，就赶不上去省城的车了，这车一天只有一趟。"

不肯留下吃饭的五表叔，死命掰开了连翘抓住他衣角的手："囡，这是你家，你待这里就对了，爸养不活你，哦！我不是你爸，这里才是你爸的家，你爸可是国家干部，他会对你好的！"

翠莲还没回过神来，五表叔已转身打开院门走了。

院子里就剩下翠莲和穿着单薄的连翘。

她俩就这么对峙了一会，翠莲问："你吃了吗？进来我下面条给你吃。"

连翘坐在桌前，面前一大碗面条，她只是低着头，一动也没动。

门吱呀一声开了，挽着草药筐的大英进来了。

她一眼就认出了眼前的孩子，这属于他们家的眼睛，又大又亮，眉毛浓黑，英气逼人，不是她的二孙女连翘还有谁！

大英扔了手中的筐，急急走过去抱这孩子："连翘，老二哎，连翘，我是你奶奶，我是奶奶呀！"

抱住连翘，大英才发现，连翘的耳朵外廓，一直处在溃烂中，看样子那年的鼠咬，一直没有得到根治，现在连翘都六岁了，耳朵垂儿都从脸边分离开来，溃烂到这个地步，真是作孽呀！大英忙拿出家中泡好的连翘水，用鸡毛一点点刷在连翘耳朵上问："痛吗？连翘。"

"我叫小艳，奶奶。"这是连翘进门以来说的第一句话。

"不，连翘，你是我家孩子，你叫连翘，你姐叫紫苏，你还有两个弟弟，大弟叫防风，刚出生的小弟叫当归。"大英很认真地纠正连翘。

到了晚上大英领着连翘进了房，左看右看，她安排紫苏和连翘睡一头，防风和自己睡一头，大英叮嘱紫苏要照顾好妹妹，就出门进了翠莲的房。

"娘，我已让隔壁则米给光明送信，说连翘回来了。"翠莲讲完连翘在表叔家事情经过，捶着床头，叫苦连天，"娘，这可怎么办呀？这老二万万不能回的，我跟光明都会受影响，我们端着国家饭碗呢，可连翘都这么大了，还往哪里送，谁还能要？"

大英瞪着翠莲说："你还要送她走？以前怕林家没儿子是怕绝后，现在都俩儿子了，你还怕什么？你不养，我养！"

大英气呼呼回到自己房间，看到紫苏正死命往地上推连翘，一边推，一边尖叫："我不要她和我睡，太臭了，她耳朵真臭！"

一脸蒙的防风坐在被窝上，看着两个姐姐，指着连翘，面向大英，慢慢地说："连——翘！"

大英大惊，她孙子会说话了！

林光明是早上从镇上赶回家的。

他自当归出生后足足有三个月没回来了。

因为县里领导班子大换血，他们这些基层干部也跟着要动，任职副镇长的林光明，他的政绩是斐然的，先不说脱稿演讲让人刮目相看，每年防汛抗旱，他从来就是和农民们在堤坝上同吃同住，甚至带头挑沙担土扛包。

林光明所在的镇，原来镇长调往县城了。新上任的县委书记骆中新在会上单独提到了林光明的名字，这对林光明来说，简直就是一剂强心针，这么多年的努力，机会怎么着也该轮到他了。从方方面面的情况来看，林光明都是最合适的镇长人选。

林光明到家时，翠莲正抱着刚满月不久的林当归在门口晒太阳。

林光明看到小儿子忙不迭地抱过来，一个月不见，长得胖乎乎的林当归，居然对着林光明笑了。

这个笑让林光明一下子醉了："我的当归呀，你老子我回来了！"

"你还有笑的咧，我家防风说话了，你现放心了吧！我的防风不是傻子哑巴！"翠莲起身将篮子里洗好的衣服一件件抖开，她一边晾衣服，一边用嘴努了努坐在门槛上的防风说，"你儿子这几天都开口叫人了呢。"

"真的！太好了，防风，叫爸爸！"林光明喜出望外。

正坐在门槛上和一只公鸡对视着的防风听到父亲叫他，忙害羞地跑进厨房找奶奶大英去了。

大英从厨房出来，手里拿着一把柴火，对光明说："光明进来，我们家连翘也回来了。"

光明抱着当归进了厨房，他一眼就看到了那个小人儿。

穿着件并不合身的蓝色棉袄的连翘正站在灶头，头发被大英全梳到了头顶扎了个冲天辫，露在外面的耳朵因昨晚紫苏的推搡，流的血凝固在耳朵上，显得有些刺眼。

数年不见的女儿，瘦小怯懦，而且还带着伤，天然的父性让林光明心里有些隐隐作痛起来。"连翘呀。"他柔声叫道。

当年送走连翘的危机现已没有了，太平时期，谁不想自己亲骨肉都在一起呢。光明看着连翘，满含痛惜。

大英放下柴火拍拍连翘的肩："快叫爸爸，这是你爸！"

连翘往后缩了缩，不知为何，小连翘感到很恐惧，她恐惧这个向她走来的男人，尽管他已经矮下身子来，连翘依旧觉得喘不过气来。

光明叹了口气说："回来就回来吧，娘，弄点好吃的给连翘吃，她太瘦了。"

"这还要你说，她是我亲孙女，我不知道疼啊！"大英说完，就去端碗，准备开早饭了。

放早学的紫苏一回到家，大叫一声爸爸！飞扑进光明的怀里，她那正换牙的嘴，门牙缺着，此刻开心得不得了，连珠炮似的说："爸爸，我又考了双百！全校就我一个人是双百！今天的考试可难了，尤其最后一道题，没有人会做呢，这个题型我在少年报上做过，上次还是你帮我修改的呢，记得吗，爸爸？"

"我的紫苏最棒！"林光明牵着紫苏的手，走出厨房，边走边问，"紫苏，那你要什么呀？爸爸要奖励你！"

紫苏噘着小嘴唇说："爸爸，我不要连翘跟我睡，你把连翘再送走吧，她好臭，好讨厌的！"

"别这么说，她是你妹妹，我们是一家人！"林光明说。

"可我不喜欢她！"紫苏甩开了爸爸的手，梗着脖子，眼泪开始在眼眶里打转。

"不喜欢就不喜欢吧，紫苏最乖了，不让连翘和你睡，不让连翘臭着你，好不好？"

紫苏这才破涕为笑，说："爸爸我吃早饭去了，一会儿就要上学了，要来不及啦！"

听了紫苏要送她走的话，小连翘紧靠着灶壁，眼泪无声地淌了下来，她不想走，紫苏可以做的事，她也想要做，包括牵着光明的手。可她不敢。

连翘最终被分配去跟爷爷阿中睡，阿中的炕上还有小叔常胜。小叔常胜也才十来岁光景，他看看他的父亲阿中，又看看连翘。爷爷阿中皱了皱眉，说："常胜，你跟连翘睡一头吧。"

夜里，连翘尿床了，连带小叔常胜的裤子都打湿了。常胜连蹦带跳地爬起来："爷，她尿床了！"

冬天的夜晚，冷得打战，全家都被折腾了起来，换被子，换衣服，翠莲更是气不打一处来，打了连翘一巴掌："你多大了，还尿床！"这一巴掌又打在了连翘的那只伤耳上，一时鲜血淋漓，连翘张着嘴想哭，却没敢哭出声来，血都流到脖子里了。

第七章

光 明 升 职

　　当归满月后，余翠莲也开始出门走动，帮着大英收拾前后院，有时候也去侍弄一下庄稼。只是不能离得太久，当归两个小时就要喂一次奶。

　　村里学校校长突然找上门来，要翠莲去学校代课，说是县教委要学校扩招，现在学校老师严重不够，合格的教师，目前还真是难找。镇上教育组又重新审查了档案，发现翠莲当年考试也通过了，成绩不错，为什么没有上岗？依据当时的成绩，余翠莲还是名列前茅的，现在最重要的是人才啊！所以现在让翠莲先去学校代代课，如果教学水平不错，这个年底就能转正。

　　翠莲喜出望外，这个错过了六年的机会，终于轮到她了。

　　听说翠莲要去村里当老师，大英先就不乐意了，她说："翠莲，你怕有些发糊病呢，你现在有四个孩子，不是一个两个，你全丢给我，我怎么带？我还有田有地，要出工的，否则这么多人喝西北风啊？"

　　翠莲也发愁，尤其奶娃儿当归，还得喂奶。可机会难得啊，机不可失，失不再来呢，何况她已经失去一次机会了。

　　林光明说："这样吧，连翘也不小了，让她跟翠莲去学校，翠莲你要有课，就让连翘带当归，娘你带防风，紫苏跟我去镇上读书，我也带一个，这样不就解决了？"

　　翠莲说："好是好，连翘都过了上学的年纪了，是不是来年开学要送去上一年级了？"

　　光明看了一眼连翘，说："我看连翘总有些糊里糊涂的，等长大点，明年跟防风一起上学算了，今年先带带当归，给你替把手也好。"

　　光明就这么决定了连翘的命运，如同大多数父母，率性地安排儿女，因为生了他们，就掌握了生杀大权，一切由他主宰。

而这样一次看似平常的家庭事务分配，也算是一次资源分配，跟光明去镇上的紫苏，她的生活环境也从一个农户家，变成了团体生活，她看到的和享受的，自然也是国家单位的相应配套生活设施，以致她的心胸与眼界也从这个农户走了出去。

翠莲是拖家带口去学校报到的，学校住宿紧张，一间房住两个老师，翠莲和单身女老师蔡老师分在一个房间。

连翘平时负责带当归，她需要摇摇篮，给当归换尿布，喂些吃食，有时候还需要抱着当归，在翠莲讲台一角坐着，因为当归一会儿没见到翠莲就哭得不行。

没有上学的连翘，坐在教室里惊奇地发现，这齐声读书的声音，一如天籁之音。有时候她听小哥哥小姐姐们读书，听入迷了，一下子将胖胖的当归给掉地上了，引得上课的孩子们哄堂大笑。

翠莲不得不停止讲课，来处理受惊大哭的当归。

上学，进教室，连翘喜欢，也连带着喜欢当归。当归这个胖小子在每次下课铃声响后，便成了翠莲班上学生的集体"小玩具"。大家都在逗当归玩儿时，连翘就有机会摸到那个叫课本的书，她从看书里画儿，到看书上的字，再读里面的课文，仅花了半年时间，连翘也会向哥哥姐姐们要一小截铅笔头，找一个妈妈已经批改完不再用的，还余下几页空白的田字格本，一笔一画整整齐齐地写篇字。在翠莲教学生看图写话时，连翘甚至也能拿着旁边小姐姐的笔写一篇，翠莲高兴了，也会用红笔给打个钩；不高兴了，直接用教鞭敲连翘的头："叫你带孩子去，这是你写得了的吗？"

林光明正式晋升为镇长，在当时真可谓是实至名归。

林光明的意气风发，是从内到外散发着的，他的每一次发言、每一个决定，都锋芒毕露，显得才华横溢。喜欢他的人说他果敢，有魄力；不喜欢他的人，说他独断专行，不好相处。不管别人说什么，这个小镇，在林光明的领导下，连续两年被评为县级标兵镇。

翠莲通过一年代课的突出表现，也转正为公办老师了。

这对小夫妻，眼见着平步青云，未来看上去那么美好而让人羡慕。

来年的九月，连翘跟防风一起背着书包上学，当归也断了奶，交给大英带，这下子将家庭矛盾给激化了。

大英那里自己有常胜要照顾，还要下地干活，忙乱起来，大英时不时与翠莲怄气。她只要一生气，便将当归送来扔到翠莲上课的教室外，自己扬长而去。

翠莲常要面对的是，正在上课时，突然外面当归大哭着找妈妈，她的课也上不成，或是晚上大英突然把当归带过来，一言不发扔下孩子就走。

于是，连翘、防风、当归三个孩子揪在一起，大孩叫小孩哭的，让老师们备不了课，同屋的蔡老师不胜其烦，总去校长处告状。若不是现在学校里只有翠莲语文数学全能教，只怕翠莲早就被赶回家去了。

为了解决多年的婆媳不和，也为了解决翠莲带孩子不便问题，光明决定向村里申请宅基地，这个宅基地就在村学校边，光明说以后翠莲就住家里走读教书，不用再挤在学校里了。

光明拿着他和翠莲这些年省吃俭用攒下来的为数不多的工资，自己开始建房。

那是一块在村梨园边上的荒芜沙墩子，四周都是荒沙，还有一个破旧的、几乎被废弃的村医务所，光明申请这个地方建房，村里干部都劝他换个地方，说这地方就是块流沙地，从没人建房，不仅阴潮，地基也不稳。

好的地基是真好，也有个好价钱，没有多余钱的光明说万事由他开始起，要从最差的地方开始，人定胜天。

林光明每到周末便带着妻小，用最原始的方式开始建房。人们常常看到在那片荒芜的沙地里，林光明拖着一大板车的沙或者是石头，他的婆娘翠莲撅着屁股在后面使劲地推，他的女儿们一边一个转动着车轱辘，他的大儿子在后面拿着一把铲子，和父母来往在沙场和石场之间。

那时候，人们根本感觉不到这是一个镇长和一个老师在劳作，只是看到一家勤劳的农家人，在奔向小康的生活道路上努力着。

光明自己设计房子，自己当小工，自己刷墙，这段建房经历成为林光明一生最值得称道的事。

到了秋天，林镇长的家，红砖到顶，青瓦红墙，油漆光亮，路过的人都忍不住停下张望，最后林光明所建的房屋样式成了那个地方的建房标杆。

正式与大英分家而居的三十岁的光明，在大英眼里，是荣光的。她觉得光明虽然没有上大学，但作为最年轻的镇长，此时正当红的儿子，也足够她给亡夫一个交代了。

这也是林连翘在这个家庭里最好的一段时光，她终于有了自己的小床，可以不用和爷爷、小叔常胜挤在一起睡了。她的爸爸在农忙时，会带着他们三个去田地里干活儿，爸爸讲故事的时候，也挺有意思的，虽然由于她干不好插秧割稻子这些烦琐的农活儿，爸爸会打她几个爆栗子，其他时间爸爸还是温和的，是有笑容的。连翘记忆中父亲所有的好，全是这段时间的，浓眉大眼，笑起来十分好看的父亲，是多么幽默风趣，而且父亲是有多么喜爱他的家呀。

　　林光明说安居才能乐业，他安顿好了翠莲他们，他的后院安稳了，他要开始专心于他的政务。这已经是第四年林光明领导管辖的镇被评为标兵镇了，这个政绩是实打实干出来的，他所有的努力都是有目的的。对他有知遇之恩的马国涛市长现在已经退居二线了，他每年只是象征性地去给马国涛拜年。他更在乎的是当下，再干几年争取能调到县里，这一生若能干到副县级，就是他的人生最高理想了，这是他对未来的打算。

　　这天县委曾秘书来找林光明，让他去一趟县委骆书记办公室，也没说什么事，就匆匆离开了。

第八章

光 明 遭 贬

县委大院。

县委书记办公室。

书记骆中新在办公室来回踱着步，皱着眉头，烦躁不安。

他收到的举报信已经有一大摞了。他提拔的林光明，居然是个超生户，有四个孩子！还建有红砖房，在当下县镇农民均是土砖房为主的时候，这红砖到顶的房子不仅是扎眼，简直是扎心啊！

这个林光明违反计划生育政策，无视党纪国法，而他骆中新居然还提拔了他！别人还不笑话他骆中新这个县委书记有眼无珠吗？这还了得？

林光明到了县委大楼的二楼，来到骆中新办公室门前，敲了敲门，里面传来一声"进来"，声音低沉。

林光明推开门，看到骆中新背对着门口坐在办公桌后。

"林光明啊？"

"骆书记，是我。您找我？"林光明恭敬地含笑走到骆书记办公桌前。

"坐吧，小林啊，这两年镇上工作好做吗？"骆中新转过身来，眯着眼看着林光明。

"骆书记，还行。"

"你，有几个孩子呀？"骆中新突然发问。

林光明一激灵，竟不知如何回答，他没有想到，连翘回来都快四年了，还会被问到这个问题，他一时不知如何回答。

"你要对党诚实，计划生育可是我们国家的基本国策，作为一个有多年党龄的党员不可能不知道吧？"

"我是有四个孩子，可是——"

没等林光明说完，骆中新摆了摆手，说："唉，超生大户啊！"他站起身来，走到窗户跟前，依旧背对着林光明，"你，回去吧，没事了。"

林光明是怎么走出骆书记办公室，怎么走出县委大院，又是怎么回家的，都不记得，只是觉得两眼生涩，每走一步都十分艰难。他觉得自己现在就是一只任宰的羔羊，命运已经不由他左右了。

回到家中，连冲过来要他抱的林当归，都被他推到一边，光明直接躺到了床上，连鞋都没有脱。翠莲从未见过林光明这个样子，她忙过来抱走了当归，并示意孩子们小声，不要吵。

看到林光明连晚饭都没有吃，翠莲让连翘去两里外老屋叫婆婆大英过来，她能预感到出大事了。

是夜，县委书记办公室灯还亮着。县委书记骆中新从一大堆文件中抬起头来，深吸了一口气，拿着笔，在面前的干部名录的文档上慢慢划过，最终停在林光明的名字上，良久在下面画了条红线，将干部名单交给等在桌前的曾秘书，曾秘书拿了正准备走，骆中新叫住了他。

"小曾，你昨天说，这个林光明当年是马国涛市长钦点的？"

"是的，骆书记，据说林光明的书法和文章很受马市长赏识。"

骆中新将名单又拿过来，思忖良久，在那条红线上，打了一个勾，又在钩上划了一笔，成了半钩。

这个夜晚过了九点，林光明还没有回家。

小餐馆里，只有林光明和刘长春两个人没有走，眼前已经空了三瓶黄鹤楼酒，这酒度数高，是很烈的白酒，他们俩从高中时就偷喝酒，酒量都是很好的，但喝到现在，刘长春也有点顶不住了。

"光明，回吧，明天还要上班的。"

"上班，上个球！"光明摇头笑了笑，"不就多生了俩孩子嘛，就可以将四年标兵的政绩全都抹杀掉，不管你有多累，也不管你用了多少心，全都不算了。"

"不是还没有定吗？你要解释啊，我们娃儿是有手续生的！"长春说，"不用担心，我总觉得没这么严重。"

"唉，这世上所有的事，都是不看过程，只重结果。连翘可是有手续的？连翘没有手续，生孩子多了就是罪，多大个罪？"光明把头埋进胳膊里，眼泪下来了，在长春面前他不用装，上次抱着长春哭，还是失去玉芬的时候。

长春叹了口气，说："光明，你想开点，我想最多降职留用，不会有很大的事，走一步看一步吧！以后还有机会，要不你跑一趟市里，在决定没有下来之前，找一下马市长，看这事情还有没有转机？"

林光明一愣："对呀，我怎么没有想到呢？我明天就去。"

第二天是星期六，光明一早就坐车去市里，到达时已经是中午。林光明一下车就直奔马市长家去了。

林光明提着果篮敲了半天门，开门的是他叫秦姨的马市长夫人。

"哎呀，小林，你怎么来了，没和你马叔约吗？他去北京了呀！我家老三在北京，总是说他爸从不去北京看他们，这不，你马叔刚退下来，他就把他爸给接走了。我明天要去美国看看外孙子，正在后院收拾，所以开门晚了，好险呢，你要晚来一天，可就敲不开门咯。"

秦姨总是这么热情，她将林光明让进了屋里，倒上茶。

"哦，秦姨我到市里买点化肥，进市里来，当然要来看看秦姨您啊！"

"小林啊，你这孩子打小就这么懂事！"秦姨心里乐开了花，"中午在这吃饭，啊，我这陕西阿姨做饭可有水平了！"

"秦姨，不用不用，我得回去呢，镇上琐事太多，新上任的骆中新书记抓得很紧！"林光明说。

秦姨一愣，说："骆中新？听着怎么那么耳熟呢？哪个骆中新，是原黄州市政府的骆中新吗？去你们县了？"

林光明点点头，说："骆书记，秦姨您也认识？"

"何止认识啊！"秦姨若有所思，"这人可不是一般人啊，他曾是你马叔带的第一届学生，'文革'开始时，第一个揪你马叔上台批斗的学生，第一个写检举你马叔的大字报的人，都是他，做事不留任何余地的。否则你马叔当年，怎么会贬到你们村挂职呢！不过公道自在人心，好歹你马叔还是回城了，真没想到，这都改革开放了，他居然还能继续为官作宰呢！"秦姨摇摇头说。

林光明暗叫一声坏了，他知道他不用等马市长了，也等不到马市长了。

林光明从马家告别出来，赶上回县城的最后一趟车。

这一路上，从天明走到了天黑，一路灯火阑珊，林光明觉得像是自己的前途一样，黯淡，明暗难定。

光明回到家，已经是深夜十二点了，他还没有进家门，就听到了翠莲在大呼小叫："你又尿床了，你是不是傻呀，林连翘，你怎么不去死啊？"

又是连翘。光明气不打一处来，他的脑袋嗡地一下大了，骆中新那句超生大户又回响在耳边。

进门后，林光明抬起一脚，就把站在床边的连翘踹到了地上，再补踢了两脚。

"爸爸我再也不敢了！"连翘吓得一下子跪倒在地，不断求饶。

"你给老子站起来，软骨头，还求饶，我最讨厌人没骨气了！"光明大吼道。

"你不敢，还有什么你不敢的？啊，自从有了你，我们就没有一天好日子过。有你时我放弃了工作，因为你，我们家成了超生户，你真是我们家的灾星。刚好一点，刚刚好一点，你又回来了，你个克星，你连你养母都克死了，回来害我！你怎么不死在外头呢？塘里有水，岸上有绳，你怎么不去死？"翠莲一边猛劲地拉扯着被子，一边破口大骂。

瑟瑟发抖的连翘倒在地上半天不敢动，她不是第一次尿床，但她的父母这般混合双打还是头一次。爸爸打完并没有看她，而是铁青着脸，咬着牙回自己房去了。翠莲恨恨地收拾床铺，扔一条绿色花裤给连翘，将被单扯走了。

棉絮褥子上，赫然一大片圆圆的尿渍，像只眼睛一样，死死盯着林连翘。

翠莲说："家里最后一条被子也被你尿了，你就睡在你的尿上吧，都三年级了，以后你再尿床，我就将你这丑事告诉学校，我拿到学校去给你同学看，我看你羞不羞！"

看到母亲出去了，半晌，在另一张床上的防风探出头来，说："连翘，你那床还没干，来我这里，快！"

连翘换上裤子，挤进了防风的床上，好温暖！在地上都快冻麻木的连翘，此时感到的温暖让她想哭。防风从不嫌弃她，每次她尿床，他都会让出他半个床铺来给她睡。冬天的时候，甚至会教连翘用盖的被子挡着褥子上的尿渍，而等放学回来，再用烘手的暖炉塞进去烘干，这样妈妈就发现不了她尿床了，连翘就不会被打了。不过有一次，他俩将暖炉放进去就出去玩了，忘记了，回来时，暖炉将床铺给烤个大洞，差点儿酿成了大祸。

那次，不仅连翘被打，连带着防风也被打。

半年后林光明接到调令，他被调到了另一个镇一个叫高山铺的乡任副乡长，分管纪律，是个闲职，从级别上，相当于降了三级，确如刘长春说的降职留用。

高山铺乡，在这个县城东南角上，是个真正意义上的穷乡僻壤，生产生活极其落后，群山连绵，树木几乎都被村民们砍伐光了，四处砂石裸露，满目荒山野岭，有的村里居然还有三代人共一条裤子穿的，就是谁出门谁就穿，不出门的人，都窝在被子里遮羞。

去高山铺乡上任前一天，光明到镇上办公室和大家告别。

林光明装作若无其事的样子，进了办公室，和大家打招呼，说："大家以后可记得去高山铺看我啊！"

妇联主任柳英一下子控制不住情绪，哭了，"林镇长，感谢您这些年的栽培，真舍不得您！"

这个妇联主任柳英，是林光明去乡下考察时，发现的一个乡卫生员，肯吃苦，有脑子，做事麻利。林光明回来后，就将柳英调到了镇上负责妇联工作，柳英工作上和林光明配合得很好。

所有人都围上来道别，通讯员何文匆匆跑过来，急急忙忙地说："镇长，外面，您看外面！"

大家都赶紧出了办公室，到外面，才发现台阶下，男男女女，老老少少，乌泱泱的人，几乎全镇子的人都来送林镇长了。

一看到林光明出来，大家呼地围上前，争先恐后大喊："林镇长！不要走啊！"

"林镇长，我们来送你来了！"

"林镇长……"

林光明积聚了多日的眼泪夺眶而出，他万万没想到这里的乡亲会如此待他。

"大家回去干活，不要误了生产，像往年一样，防汛抗旱要放在首位，听新来的领导的话！"林光明面向大家不断拱手示谢。

一直到下午，刘长春派出几名警察过来维持秩序，人们才渐次散去。

曾秘书向骆中新一五一十汇报了当时的情形。

"书记，这个林光明还是有两下子啊，没想到口碑这么好，少见。"曾秘书一边给骆中新倒茶水，一边说。

良久，骆中新说："这人确实是万万用不得的，才区区一镇之长，他便能做得如此风生水起，将民众忽悠得团团转，一旦得势，岂有他人活路？"

"那为何还要将他派去高山铺？不如让他务农去？"

骆中新无声地笑了。

第九章

夜 送 风 扇

林光明去高山铺乡上班了。

分管计划生育的方大姐五十多岁了，就坐在光明对面。方大姐再过几年就退休了，是个老革命。20世纪50年代各地抓生产，春耕生产，方大姐就算月事在身，也带头光脚下水田，所以一个女人能端上公家饭碗，也是拼出来的。

坐在高山铺乡政府办公室，林光明将调令折放进了公文包里，想起刘长春说的能降职留用就不错了，林光明心头一阵发酸，这就算不错了？他的追求与抱负都将付之东流，他以为凭一己之力，能打开局面，明明一切都在上升期，就这么说没有就没有了？

他将这个情绪深埋在心里，在新的单位，林光明也努力适应这里，后来他发现，现在的工作，虽无用武之地，也有好处，较原来的镇上一把手的工作，他的时间就没那么紧张，每天可以按时上下班，甚至每个周末都能抽出时间去接女儿紫苏放学了。

后来林紫苏以全县第一名的成绩上了镇上最好的初中。林紫苏的美貌与学识，在十里八乡为光明挣足了面子，一如当年的林光明那样惹人羡慕。上县中学的林紫苏，在那个汇集了全县尖子生的学校，依旧那么出类拔萃，获奖无数，这真是林光明最大的安慰。他常说此生有女紫苏别无遗憾。这样想着，一到周五他便喜滋滋地下班去接女儿，心情极佳的林光明见人一脸笑，别人都说林乡长脾气性格真是好。

这个夏天的酷热，让大家在房间里根本待不住，翠莲不得不在堂屋过道，并排铺上三张竹席，让全家人以打通铺的方式，都睡在有过堂风的地方，这样比睡在各自的房间里要凉快。

时下刚流行的摇头落地电扇，光明和翠莲两人拿出半个月的工资，去街上买了一台。有了电扇，他们一家聚在一块儿，每晚睡在堂屋过道上倒也自在。

6月的天气，一直热到下半夜，光明突然说："我们现在扇着电扇都一身汗，这会在学校边租房住的紫苏怕是热死了啊！"

"可不，一点儿风也没有。"翠莲说。

"小的都睡了，要不，我俩把电扇给紫苏送去？"

"行。"

这两个年轻的父母一拍即合，给女儿紫苏送电扇，已经是午夜十二点了。

被尿憋醒的连翘，只看到他们出了门，父亲用扁担挑着筐，筐的一头放着电扇，一头放着几块砖头和石头，母亲翠莲打着手电跟在后面。

连翘推了推防风，防风睡得太死，推也推不醒。连翘害怕极了，她不敢动，总觉屋外有人进来，天快亮时，迷糊睡去的连翘又尿床了。

仲夏的深夜，茂密的甘蔗林时不时发出一阵急促的、枝干相互碰撞的哗哗声，不知是獾还是别的什么动物在糟蹋甘蔗，吓得走在后面的翠莲紧跑两步，靠近丈夫些。

他们穿过甘蔗林，蹚过一条小河，再摸黑经过一条河道，挑着电扇的光明都换了几次肩了，真是远路无轻担哪！

夫妻二人深夜出现在女儿紫苏住的地方，紫苏开门就生气地说："你俩干吗呢？人家好不容易才睡着，又被你们给吵醒，这下要影响明天上课了！"

光明卸下电扇，再装好电扇，好脾气地说："哟，是是，影响你休息了，我和你妈马上就走，你开电扇睡啊，这下就不热了！你继续睡你继续睡，我和你妈走了啊。"

两个人开始往回走。

光明用单肩扁担挑着筐，翠莲打着手电走在一旁，回去的路就不那么急了，迎着月色，夫妻俩甚至手牵手一起走，翠莲才发现结婚十多年了，她和光明这是第一次牵手走路，不觉脸热了。

"我这辈子是没什么指望了，看紫苏能不能跳出去。"林光明说，"这农村不能待，紫苏防风他们都得出去，农家子弟，面朝黄土背朝天，没什么出息，当下也就读书这条路，进了城才有希望，否则这一辈子全完了。"

"顺其自然吧，四个孩子个个都有出息也要看运气的。"翠莲说。

"光看运气怎么行？个人努力不要吗？你在家里，这三个小鬼你可要上心，多督促点！"

"我看连翘偏科得很，语文倒还好，数学一塌糊涂啊！"

"你是老师，还不知怎么办吗？"

"呵呵呵，老师教不了自己的孩子你又不是不知道，太头疼了！"

"连翘要好好管教，本来就放在外面六年，再加上她上学又晚，更要抓紧些了！"

林光明对于孩子的学习，一直是自信的，他带去镇上读书的紫苏，过去几年，年年都是三好生，各种奖项几乎就没有旁落过，紫苏是光明的骄傲，这毋庸置疑。

在镇政府住的那几年，其他干部家庭的生活条件优渥远在光明之上，光明尽量去创造条件拉近这样的贫富悬殊。光明家在村里是第一个买十四寸黑白电视的，因为紫苏说，镇委大院里，和她同年级的余小红家有电视。光明家也是第一个买录音机的，是紫苏说要学英语，尽管后来他们姐妹几个只是拿它录春晚和唱流行歌曲，但在那时候的中国家庭，这些可都是奢侈品。

光明每次出差到外地，能将紫苏带上，光明都尽量带上。虽然次数不多，但见过真正黄鹤楼、坐过电视里才有的红色漂亮公交车的紫苏，依旧让连翘、防风他们羡慕不已。父亲光明一直说："你们好好学习，向紫苏看齐，谁学习好，我就带谁去城里玩。"

连翘永远是坐在大门墩儿上，望着三岔路口，等紫苏回来。紫苏有时候高兴了，会给他们讲这次出门的见闻，还会给当归带小玩具。那年，紫苏带回的两只来回啄米的竹公鸡玩具，让她和防风都抢破了头。

紫苏也觉得自己不可一世，她说，她不可能留在农村，她未来还要出国深造。她不屑于理睬周边的人和事，包括连翘防风，她觉得这都是一群乌合之众，不值一提。她急切地想走出去，一点儿也不想在这里停留。

除了周末拿脏衣服回来让翠莲洗，从林光明手上接过生活费，这个家，紫苏实在想不起有什么值得停留的理由了。在镇委大院里，和她一起上学的有区长的女儿，也有副县长的儿子，他们穿的用的都比她紫苏要好，就算光明给她买了最流行的羽绒服，和时下流行的中跟小皮靴，但跟丁区长的女儿丁全新比，依旧是过时的她有时候甚至想，如果能选投胎的家庭的话，她绝对不会选林光明，太寒酸了。

这一切作为父亲的林光明并不知道，他对他的大女儿满怀着希望。虽然紫苏脾气大，又霸道，对弟弟妹妹们寸步不让，但她肯上进，读书用功，就这一点，就足够林光明高看。在林光明心里，万般皆下品，唯有读书高，这个观念是根深蒂固的。他舍不得让紫苏受委屈。对防风，他更是倾注了一个男人对子嗣的殷切希望，指望他出人头地，光宗耀祖。他常说："你们一定要读好书，考上大学，走出农村，到大城市里去生活才算光耀门楣，为人一场！"

他教防风写毛笔字，教防风读《道德经》，更多时候，他是挑剔地看他这个老实巴交的儿子，心里暗叹一口气，这闷葫芦儿子将来怕是没什么大出息。

林连翘的梦想却是，能得到父亲林光明的认同。

她自小学三年级之后，年年语文成绩全年级第一，可林光明却对之嗤之以鼻。她的作文年年获特等奖。连翘第一次参加区级作文大赛，一等奖是举办方奖的银色钢笔，连翘拿回家来，却被林光明一掰两截，扔到了地上，他说连翘那一塌糊涂的数学，是一场作文比赛弥补不了的，这样跛脚鸭式的成绩，只能是残废，毫无用处，这样的连翘是没有希望的。曾经是学霸的林光明太知道怎么才能考高分，怎么才能上好学，他常对连翘说，学好数理化，走遍天下都不怕！

得不到认同的连翘，就连和防风一起跟父亲学写毛笔字的资格都没有。父亲不喜欢看到她和防风一起出现在他的书房里，林家长子，那才是他要教导的，连翘不配。

没人的时候，防风会说，他也不喜欢父亲的各类教导，他讨厌写毛笔字，这墨味太难闻，他不喜欢受人左右，他尤其不喜欢父亲的说教，他偷着把毛笔给连翘，也把父亲买的字帖给连翘。那年冬天，连翘偷用了林光明案上的宣纸，被林光明发现后一脚把她踹到了雪地里，恶声恶语："净糟蹋纸，你也配！"

连翘受到的所有的屈辱都来自于这位至亲，以致每到太阳下山，估计着父亲要回来，连翘便开始莫名发抖，条件反射地开始回顾这一天是不是又做错了事。桑葚染了衣服、不小心抱摔了当归、撕了防风的本子、没有听妈妈的话，都能引发林光明的雷霆大怒，随便抄起什么，或是直接上手脚，对连翘拳打脚踢。

第十章

大 英 预 言

林连翘偏科，偏得离谱。

这次考试语文考了 97 分，数学只考了 18 分。

林光明简直不敢相信自己的眼睛，他有紫苏和防风回回考双百的儿女，怎么会有连翘这种笨孩子？这种落差，真是超乎林光明想象，他甚至怀疑这是不是基因突变了呀！

这样的成绩，林光明认定是连翘不用功造成的，他打连翘时，不许她哭，也不许她动。

平时话少的防风见林光明冲向连翘时，就知道数学只考了 18 分的连翘这回完蛋了。他飞快跑向村子后面的河地。

他要找在河地干农活的祖母来救连翘。远远见到正在摘棉花的大英，防风大喊起来："奶奶，快去救连翘！我爸这下肯定打死她了，连翘人都不动了！"

又打连翘，大英气坏了。她忙扔下箩筐，跟着防风向儿子家跑去。

大英不知说过光明多少次，连翘身子有风湿，体质差，所以这么大了还尿床，这是病，让他别打这可怜的孩子。

大英急匆匆赶到，看到林光明正拿着锄头柄猛抽连翘，她冲上去，一把夺下锄头柄，反手两下打在了光明的腿上。

"你疯了吗？一天到晚打孩子，显得你家人口多是吗？"大英抱起连翘，连翘手上腿上全是乌青的棒痕，大英气恨恨地看着光明。

"光明，你不用这么厉害，这么容不下她，你这以后，只怕爱儿不得爱儿力，嫌儿偏得嫌儿恩（意思是你疼爱的孩子往往你指望不上），你家将来要靠她林连翘！"

光明鼻子哼了一下，说："娘，你放心，我就是要饭，我也避开她家，我家还指望她？她要有出息，我眼珠子抠出来扔地上当泡踩！"光明完全忘了六爷曾用同样的话说过他。

这段对话意义深远，几乎一语成谶。

这一切在三十多年前，父母打孩子，祖母护犊子，就这么像个笑话一样，传出去村里人直摇头，都说光明这么个读过书的人，对外人那么和善有礼，对自己女儿，真是敢下死手呢，太虎了。也有人说，林光明管教严，教育有方，孩子将来有出息。

连翘被祖母大英接去老屋那边住了好一阵儿，那段时间，连翘天天和小叔付常胜一起上下学。大英脾气暴躁，小叔常胜稍做错一点儿事，不是打就是骂，可她对连翘极好，可能是隔代亲吧，她几乎从不大声对连翘说话。

她会亲力亲为去给连翘洗伤耳朵，用盐水、用山泉流水清洗，然后用一根鸡毛把香油一遍遍刷在连翘耳朵上，以缓解耳朵结痂时拉扯的疼。一年后，连翘的耳朵居然真好了，以致后来，常给大英提供香油的田大姨，一见连翘就说："你用了我家多少香油，记得将来让姑爷还我香油哦！"

天天早上，大英给连翘梳头，她给连翘头上一边一个梳两个球儿一样的小辫子，每一根头发丝都被细心地抿平，梳头时，大英总会跟连翘说话，她说："苦人天赐，连翘啊，你是个苦人，要自己救自己，没人救你的。以后啊，有没有困难都要上，记住困难是条狗，你越怕它，它就越要跟你走！你拿棍子，回过身来正视它，对着它头打过去，它便一溜烟儿吓跑了，是不是？"这么说时，大英的梳子会慢下来，大英是在跟连翘说，她也是说给自己听吧？

这样生活下的连翘，她的反抗是无声却激烈的。这次从奶奶家回到自己家后，连翘居然策划防风和自己一起逃跑！这个家，对于连翘，除了挨打受骂，没有任何希望，何况林光明说，要等她十七岁了，才不再打她，十七岁那么遥远，她等不了这么久。

她知道林防风这个长子对林光明的重要性，带走防风，林光明大约要气疯了，连翘要报复，报复这个总是打她的父亲。

防风对于这个提议是没有异议的，他觉得他和连翘一样得不到温暖，父亲的暴躁和强硬，以及说一不二的家长作风，让他不开心。最重要的是，连翘如果走，她一个人肯定不安全，万一走丢了，他好给连翘做个伴。

不过他说要先去一趟姑姑香姑家，过年时他答应香姑要去一趟的，作为林家长子，在亲戚眼里总是会被高看一眼，何况是姑侄间，更多一分天然的亲昵。

嫁到另一个镇乡下的二姑香姑，连翘也是喜欢的。她只要有时间就和防风去姑姑家，以躲避在家中莫名其妙的责打。

姑姑家有五个孩子，三个儿子和两个闺女，分别叫大毛、细毛、三毛、大珍、细珍，名字充满了泥土味儿，又亲切又好叫。他们和连翘差不多年纪，个个爱笑，且温良谦和，也是得益于香姑的教育。香姑说话慢慢的，眉目间都是温柔，遇事不急不躁，以理服人。她欢迎连翘他们姐妹兄弟，她喜欢娘家人带去的热闹。

突然从家里消失了两个孩子，林家一下子炸开了锅，家中留的字条是连翘写的：爸爸你不喜欢我，我和防风要去闯一闯，你们不要找我们。"闯一闯"的"闯"字不会写，还是用拼音写的。

光明气得发抖，他也突然意识到，是不是自己哪里错了？可是他小时候，母亲不也是棍棒相加吗？他也没想过要离家出走呀！

当然，这次出走没成功，因为香姑的温情教育与劝说，打消了他们出走的念头。香姑三天后送回连翘和防风，她很认真地跟光明说："哥，你不能再打他们了，有话好好说。人常说，人要脸树要皮，孩子虽小，教育也要得法。"

这次，破天荒的，光明没有因为儿女出走而打连翘。这以后，也没再打连翘，连带着也不打其他的孩子，包括后来长大偷东西的林当归，他也不曾管教责打，以致酿成大祸。

林光明很快适应了高山铺乡这个闲职工作，他每天过着朝九晚五两点一线的生活。

这生活太闲了，林光明是闲不住的，他将自己的管理能力和聪明才智用在了家庭建设上，林光明将他家隔壁的村里闲置不用的卫生所以极低的价格买下来，拆了，起了屋基要盖一栋房子。

这栋房子并不急着住，林光明像个造窝的老鼠一样，见天儿往家里运一些材料，慢慢建起来一栋一层半的楼，在原来房子边。这又气派又新潮的房子建起后，前后竹林掩映，桃花半开，让这小院既古朴又现代，人们见了交口称赞："到底是读过书的，眼光就是好，房子也漂亮。"

林光明觉得两个儿子将来在他创造的基础上，应该发展起来是很快的，他白手起家建立了自己的家园，又花了两年时间，打造属于他的王国，这个王国倾注了他的雄心与希望，他将这个原本荒凉的沙墩子，砌了围墙，后院挖了池塘和一口井，甚至不断以种菜地的方式蚕食了周围的土地。一直到十多年后，属于村里公有的梨园在秋收了最后的一批梨后，也被村里拿出来划分给了附近的村民，正式成为自留地，那些农民们也纷纷上报出来建房。在大家都还在报批手续时，林光明已经拥有一条街和一大片后花园的家宅了。

在这一大片农家院子里，林光明的家尤为显眼，林光明无数次站在他的院落里，想象过未来儿孙满堂的生活，他觉得上对得起他那早逝的父亲，下对得起满堂儿女。

第十一章

婚姻遭答挞

余翠莲对她的这份教师工作是上心的，她通过不断学习和参加各类考试，以优异的教学成绩将自己变成了正式的公家老师，她和林光明双双拥有了城市户口，退还了他们原来农村户口下的农村耕地，正式吃起了商品粮。

这种福利，在当时的农村是罕见的。

没有田地牵绊的翠莲更像是一个城里人了。她将她标志性的长辫子绞了，烫成了大波浪，她也学会了像城里的老师那样，戴上了梅花牌手表，穿起了玻璃纱的衬衣，她举止那么得体，连走路都像是在跳舞似的。人们都说余老师真是越来越洋气了，这样的话，余翠莲觉得很中听。

在学校，翠莲连续几年被评为优秀教师，她只带小学三年级以下的课程，这对于她来说，在业务上真是太轻松了。

孩子们白天都分头上学，只有晚上放学才回来，而光明在高山铺乡政府里，有时候连周末都不会回来，经历过等待的失望多了，翠莲感觉无趣得很。她喜欢热闹，她无法一个人待着，一个人的时候让她不适应，总会让她想起童年时候一个人的日子，太苦了，她再也不愿意面对。

翠莲在学校没有课的时候，她会和学校的教师，或是学校周边的农村媳妇聚一起，打一种叫炸金花的纸牌游戏。

炸金花在当地是一个很平常也很热门的纸牌游戏。村民在农活儿不那么忙，或是连续下雨的天气不适合耕作时，爱聚在一起，斗斗牌玩，往往输赢几元钱，图个乐子，打发一下农闲时光。

开始上小学的当归，放学回家，家里无人，他常要去牌桌上找翠莲要饭吃，玩兴正浓的翠莲哪有心思回家做饭。每当这个时候，她总是急匆匆地从口袋里掏出一角钱或两角钱打发当归，让当归不要影响她打牌。当归拿了钱，不是去游戏厅玩游戏，就是去买干脆面之类的垃圾食品对付一下。

不常回家的光明，竟然几次发现翠莲打牌，可想而知，翠莲打牌的频率有多高了，林光明开始频频跟翠莲动手。

男人打女人一旦开了头，就一发不可收拾，这一对夫妻在儿女初长成后，常常拳脚相向，摔盆打碗，甚至有一次将锅也打破了。

"日子不要过了。"翠莲喊道。她跑回了娘家。

她那自她小时便远嫁的母亲杨蕊，住的地方离光明家并不远。杨蕊在这段时间常出现在林光明家，企图调解光明和翠莲的家庭矛盾。娘家人的到来，也没有缓解这对夫妻的矛盾，翠莲觉得，全村的人都在玩，为什么她不能玩？而光明觉得业余时间玩什么不好，为什么要去打牌？他林光明在闲暇时，是写几幅字，或写点小文章陶冶情操，最热闹的也不过是约刘长春他们几个，喝点小酒，都无伤大雅。他觉得打牌赌博都是恶习，他们家人不应该沾染。一个认定只是消遣，一个认定这不上进的斗牌已经算是赌博行为了，绝对不能碰的，这两个人最后几乎到了水火不容的地步。

他们俩一个偷着打牌，一个四处找人，见了面就厮打。人们说现在光明不打孩子，改打老婆了。而翠莲每次被抓到，都哭喊："为什么别人能做的，我不能？"打得狠了，打不过光明的翠莲坐在田埂边，恨恨地说："我明着打不赢你，我暗地里也要跟你斗！"

被激怒的光明，失去了理智，加重了拳脚，场面惨不忍睹，当归咧嘴大哭也阻止不了两个人的战争。刚上小学的当归只得去找他的姐姐连翘，连翘也不敢回家，她就拉着小弟当归去老屋那边找奶奶要吃的，远离这纷争之地。

而林防风哪儿也不去，他在自己的房间端坐着，大声背诵："持而盈之，不如其已。揣而锐之，不可长保。金玉满堂，莫之能守。富贵而骄，自遗其咎。功成名遂身退，天之道。"

他大段大段诵读《道德经》，这是自小被爸爸强迫背诵的书，此刻让他诵读得满脸是泪。父母的战争，皆由生活富足，无所追求所引发。父母却不知收敛，而导致祸根深埋。这战争什么时候结束，他不知道，他那么无能为力，只能手捶着床板号啕大哭。

林光明这个时候会停下纷争，恢复理智。他感到痛苦，儿子懂的道理，都是他教的，这《道德经》不知读过多少遍，可面对生活，《道德经》也救不了自己，这一切让他感到羞愧。他骑上他的二八自行车，去了高山铺乡。

光明后来减少了回家的次数，说眼不见心不烦。而翠莲除了周末紫苏回家，她不出去找人玩，会在家操持家务，其他时间只要有人邀她，她照样去玩。

现在光明为了减少冲突，更少回家了，这让翠莲觉得气闷外，更觉得她应该有她自己的生活了。在光明不在的时间里她理直气壮地去打牌。她说，她打小就没有人管她，不喜欢被人管着，这下自由了，她在牌桌边的时间更多了，有一次，居然整整三堂课都没有上，受到了学校严重警告，这才让她有所收敛。

当归越来越胆大了，他在这个时候开始逃学，他交的朋友不是在游戏厅里夜不归宿的学生，就是没爹没娘的、不受人待见的问题少年，多数时候，他把自己也归为他们一类。而翠莲却浑然不觉，依旧沉迷于玩她的牌，林当归向翠莲要钱，如果翠莲不给，他便站在操场大声叫："余翠莲，你这个赌鬼！"而翠莲就叉着腰站在教室门口，呵呵一笑："真不懂事啊，过来，我给你钱！"她几乎从不问，这个拿了钱翩然离去的儿子，去干什么了，反正只要不影响她打牌就行。

高山铺乡政府这些天人员调动，进进出出都在办各类手续，还要开各类欢送会，光明忙得很。

这天上班，让林光明很是意外，来接替退休方大姐妇女主任位置的，居然是原来他主政的那个镇上的妇联主任柳英。

柳英说，她是主动申请调入高山铺乡的。

年近三十的柳英，依然留着两条齐腰大辫子，这个年纪的女子，腰身依旧纤细，额头光润如玉，秀眉入鬓，一双细长的眼睛，晶亮而美丽，那两条辫子一点儿也不累赘，反倒摇曳生姿得很。

光明还记得初见柳英时，柳英好像十六七岁的样子，一个人提着两包医疗用品，去各村看望村里的老人，挺能吃苦。他们共事期间，柳英工作能力很强，人又聪明，在当时光明还是很欣赏柳英的。

"哎呀！柳英，你怎么会申请到这里来啊？你应该去县里工作，那里晋升机会很多，也前途大好啊！"林光明直摇头。

柳英笑了，说："林镇长，当年你走时我就跟着打报告了，但他们说这里已经没有位置了，要等。方主任退休后，我可是第一人选！何况您林镇长能来，我为什么不能来？我喜欢在你手下工作！"

她四周看了看，压低声音说："我觉得这一切对你不公平，林镇长。"

林光明摆了摆手说："过去的事不要提了。柳英呀，你要做好思想准备啊，这里可不比镇上。你本应在镇上工作，更能发挥你的特长，将来前途不可限量啊，柳英你这个选择不明智，太不明智了呀。"

柳英直摇头，说："林镇长真抬举我，我就是一个小办事员而已。"

柳英接替方大姐，坐在了林光明的对面。林光明的心情是愉快的，人们说男女搭配干活不累，何况这是一个还挺崇拜自己，又长得好看的女人，林光明是打心底里感觉愉悦。

在这穷乡僻壤的乡政府里，尤其不想回家的周末，柳英让林光明的生活平添了一分兴致，而且他家里那些乱七八糟的烦心事，也可暂时搁一旁了。

柳英说，她的独子文杰马上要上高中了，住校，每周末才回来，孩子爸会照顾他，都不用她操心，她现在将全部精力放在工作上。

柳英的丈夫没有上过学，是一个地道的农民。他们的结合，在当年的农村非常普遍，女孩儿到十八岁，就有人上门提亲，两家大人见了，没什么大的出入，就这么稀里糊涂地嫁娶。

柳英说，她的婚姻就像是一摊烂泥，她陷在里面，越陷越深，几乎窒息。

林光明看着眼前比自己小几岁的柳英，他感觉婚姻有时候给人的，就是一个大大的枷锁，一旦套上了，就无法挣脱，他是，柳英也是。这么想时林光明心里就有惺惺相惜的味道了。苦闷时，和柳英聊起家里的事，也算是倾诉一下，吐一口气，这样林光明不由得对每个周末坐在乡政府院子里葡萄架下喝茶有了点小盼望。

林光明偶尔回家，翠莲总也不在家，他现在也不四处去找翠莲了。

家里冷锅冷灶的，连一滴开水都倒不出来，有时候，他便带着放学的当归去母亲那里吃饭。

大英愤愤难平，说："这是变了鬼呀，啊，这翠莲怎么变成这样了？你看她以前不也是勤劳肯干的，啊，这几年迷上打牌，真是无可救药了啊！"

林光明叹了口气，说："等孩子长大，等孩子大了再说，娘，我们过不下去就离了算了。"

"瞎说，大儿大女的，莫乱说！"大英听儿子这么说，忙又往回说好话，"这个傻娘儿们责任心还是有的，我明天再去劝劝。"大英可不想光明家散了。

第二天大英打扮收拾了一番，准备了一些米面，称了两斤肉和十个鸡蛋，她要去看翠莲的娘杨蕊。

走过几道坡，大英远远就望见了不远处山坳里亲家的大门。

杨蕊几乎是小跑着过来接了亲家的小篮子，连声道："亲家母，您看又要您老破费，怎么好意思呢？"

"杨蕊姐，我就这么来看您，为的事真是不太体面，但确实没有办法，翠莲，您得管管啊！"

杨蕊愣愣地看着大英，眼泪一下子就出来了，说："呀，亲家，翠莲又给您添堵了吧？"

"怎么说呢？"大英的眼泪也下来了，"你我都是过来人，如果是说闹点情绪就算了，但这么一直闹下去，谁吃得消呢？杨蕊姐您是见过世面的，您肯定有办法劝劝，我是不能看着我儿家散了呀！"

杨蕊是在四个月大的时候，被翠莲的爷爷抱到了余家做童养媳的。

童养媳，在中华人民共和国成立以前的中国农村，是很普通的一种民俗。也就是在儿女幼小时，订下亲来，女儿便送到婆家教养，省了长大后的各种礼节开销。其实也由于当时一对夫妇生养的孩子太多了，通常一个家庭生七八个是平常的，他们只懂生，养嘛，就困难得很。

当年大英的娘也曾有过这个念头，要将大英送人当童养媳的。但大英是大英娘生的第一个闺女，她是舍不得的，便带着大英出去要饭。

一些主家一听说这个妇人居然带着闺女而不是儿媳妇出来要饭，常常会愤愤的，甚至不肯给吃食，都说人家都带自家媳妇出来讨饭，你这带着女儿也就是别人家的媳妇出来算是什么事？！满九岁的大英自从跟着娘出门要过一回饭后，再也不跟着娘出去了，她自己跟在哥哥们后面去另一个村里要饭，也不跟大人们在一起，她说她饿死也不当童养媳，她就要养活自己，不让人看不起。

四个月大的杨蕊被抱出门后，杨蕊娘后面一口气又生了八个，除了第五个和第七个夭折了以外，其他的都活到了中华人民共和国成立以后，甚至大都活到了改革开放后。

当了童养媳的杨蕊，长大后，倒很是受到婆家人待见，长到十五岁就在婆家当了家，将这个并不富有的家管得井然有序。

活泼聪明的杨蕊，在十里八乡赢得了好名声，不单单是因为她算得好账，有一手好绣活儿，长得水灵秀气，还在于她能说会唱，当地的采茶戏，她听那社戏娘子唱两遍就会了。为了听戏，她常会丢下手头上的农活儿，跟着戏班子走村串乡的，有时演员不凑巧登不了台，杨蕊还能扮上救个场，惹得戏班班头啧啧称奇："这真是一个绝顶好角儿呀！"

于是戏班子在考过杨蕊几段唱腔，再加以指点教导后，将行头给她戴上，有时候戏加场时，便让杨蕊上，咿咿呀呀地唱起来，那扮相，那作派，如嫦娥再生，白蛇转世，真是戏惊四座。

杨蕊直到十七岁才和打小在一起长大的丈夫正式成了亲，圆了房。按传统观念，既然已经结了婚，要一心归门里，再抛头露面，就容易起是非了。

但杨蕊依旧跟着戏班子登台唱戏，每每都是公爹去后台喊她回家，她总是说唱完这一出就回。

在翠莲出生后的第一年，翠莲父亲便对杨蕊大打出手了，尤其他见不得跟杨蕊对戏的杜怀山，生得又是那样好的一副面相，人人都说这舞台上的才子佳人，是天造的一对，地设的一双。

那天的《白蛇传》，许仙与白娘子的生离死别，唱得缠绵悱恻，眉目传情，盈盈垂泪，如泣如诉。戏台下看戏的乡亲跟着嘤嘤哭声不绝，来找翠莲回家喂奶的翠莲父亲彻底受不了了，他直接拿了根棍子就上了台，一顿大棍抢了过去。

那一天杜怀山被打破了头，杨蕊是被班头用一根矛护着到后台才逃走的。

后来，戏班子来找杨蕊几次，希望杨蕊再登台。杨蕊公爹和翠莲父亲两人，一人拿着一把五木叉，将班头撵出二里地去。班头后来还偷偷来过几次，发现想要说服杨蕊公爹和丈夫再让杨蕊登台实在太难了，咬咬牙也就放弃找杨蕊的念头了。

杨蕊想过跟着戏班子一走了之，可看着要吃奶的翠莲也可怜，她是真舍不得闺女翠莲呀！

最后，杨蕊也就死了唱戏的心了，多年以后年老的她在连翘姐妹面前咿咿呀呀唱起那些老戏，什么"郎是当阳，姐是艾，5月端午来会面"，这一大段唱下来，满眼带泪，可见年轻时的杨蕊是如何用心热爱过这个行当，这采茶戏在这个妇人心里，是如何深深扎下了根的呀！

不唱戏了的杨蕊白天跟着村里的媳妇们忙点针线，带着一岁多的翠莲，她在戏班子里学会的抽烟喝酒打牌，让她显得与其他妇女不一样。遇上下雨天或是晚上无事，她有时候趁翠莲父亲还没有回家，就和村里的男人斗牌九，也学会了麻将纸牌，很快就没有人能赢得了她了。那些后生们有事无事都爱往杨蕊家跑，包括翠莲父亲的妹妹新嫁的丈夫，也就是余家小姑爷章根，他来往于自己媳妇的娘家，也更勤了。

这个身量不足一米六的小个子姑爷，长得貌不惊人，甚至可以说有些丑，但知书识礼，还能写一手好字，说话轻声细气的，一来杨蕊家，眼里有活儿，嘴甜，人又会来事，也颇得岳父的欢心。尤其他的麻将纸牌打得好，也只有杨蕊能和他打对家，让场场牌局打得风生水起，众人齐叫好。若遇落雨天，姑爷没有来，杨蕊连纳鞋底也很难定心，几次纳鞋的锥子戳到了手。

翠莲三岁时，国家开始进行土改。

土地改革，是政府对土地使用和管理制度等方面进行的大调整，包括方方面面的内容，比如，土地税收、产权改革、土地使用制度的改革等。

轰轰烈烈的土地改革运动，猛烈冲击着几千年来的封建土地制度，消灭了封建土地制度，打碎了几千年来套在农民身上的封建枷锁，改变了农村旧有的生产关系。这一翻天覆地的变化，使亿万农民在政治上、经济上获得了解放，并由此迸发出难以估量的革命热情。这也是新中国第一次正式提出的社会安排和生活政策，包括婚姻自由，打破包办婚姻，提倡自由恋爱。

杨蕊在这一年突然活了，她的聪明、她的活泼、她的带动力在这个时候体现得淋漓尽致。她主动将婆家祖上不多的土地全上交了，并带头去做地主家的工作，将土地以出让的方式交出来。这些让当时的管理干部颇为欣赏，而大力支持杨蕊的行动。剪了长发的杨蕊，迈着她的大脚（那时候几乎所有的女孩儿在三四岁时被家人缠小脚，人们都说女人修成三寸金莲好嫁人的。而杨蕊没有，心疼她的公爹想着反正已经嫁到我们家了，我们不嫌弃她的大脚就是了，所以也没让当婆婆的给杨蕊缠脚。）四处开动员大会，宣传打土豪，分田地。有时候忙到深更半夜才回家。

这次翠莲父亲是下死手打杨蕊的。

他太痛恨这个不安分的媳妇儿了，他根本受不了村头村尾的老少爷们儿向他打听杨蕊，这杨蕊脸怎么那么白，夜里是不是叫得很欢实啊？什么时候能让他也把挨一下，那就是修得十辈子福气了。

翠莲父亲觉得他上辈子一定是造了什么孽，才会摊上杨蕊这么个媳妇。

这一对本像兄妹一样长大的夫妻，自此水火不容。杨蕊抄起剪刀剪下一大绺头发来，对着自己的公爹说："有他没我，有我没他，我自此剪了头发当姑子住庙，我也不跟他过了！"

杨蕊是这十里八乡第一个提出离婚的女人。

这在当时，引起了极大的轰动。无论公爹怎么动之以情，晓之以理，都改变不了杨蕊的想法，最后公社书记亲自上门来办的离婚手续，并着实宣传了一下婚姻自由的观念，让村民们奔走相告，过得不好的，大家可以离婚，新社会，新风气，离婚不丢人。

离了婚的杨蕊获得了自由，却并不轻松，她对新生活如何过也是一片茫然。杜怀山来找过她两次，要去外县唱戏，可杨蕊舍不得翠莲。她的公爹不允许她带走翠莲，公爹说："我儿是对不住你，国家都支持你离婚，我也没得法。翠莲是我们余家的血脉，你带哪儿去都不合适。"

不幸的是，翠莲的姑姑突然得了暴病死了，一下子成了鳏夫的姑爷章根哭哭啼啼地来余家报信，哭得那个惨，见到的人没有不落泪的，连翠莲的爷爷都哭得收不住声："儿呀，我这是对不住你呀！我女儿没福气，没跟你过到头啊，我的孩子！"

章根没有了媳妇，但这个乖巧的姑爷依旧三天两头往岳父家跑，不是称几斤猪大肠带来，就是带一袋子新谷来。人见了都眼热："你说这老余家哪里修来的福气呀，女儿都死一年多了，这姑爷还这么孝顺，这么好的姑爷，哪里去找！"

姑爷要和杨蕊成亲的消息传出来多少让人错愕。章根是怎么做通翠莲爷爷工作的，世人不得而知。

因为姑爷章根和杨蕊成亲的要求，是翠莲爷爷提的，他说杨蕊只要嫁给小姑爷，就能两边行走，他就当嫁女儿，翠莲也给杨蕊见面，并两头住。如果杨蕊要嫁别人，那以后就断了杨蕊再来余家的路。

杨蕊心里想嫁的是杜怀山，还是章根，这也始终是一个谜。

杨蕊说，只要有人好好待她，不打她就行，她不挑。

不挑的杨蕊坐上小轿时，三岁的翠莲站在大门外，只是冷漠地看着她的娘，杨蕊的眼泪和那哭花了的妆令人动容。翠莲也不知道她的娘怎么会哭，她的爹今天并不在家，而是到二里地外小娘舅家去织布了，她爹的织布手艺是祖上传下来的，在当地也算小有名气。今天章根给了翠莲几颗糖，翠莲没有吃，她想留给她爹吃。

娘今天出嫁，在小小年纪的翠莲那里，意味着什么，她并不太懂，她只知道她娘要走了，她虽然舍不得，但也没有办法，不过她还有爹，现在她晚上都是跟她爹睡。

坐在花轿里的杨蕊哭得肝肠寸断。

杨蕊嫁给章根的第五个年头，翠莲父亲就被蛇咬了脚很快就死了。翠莲父亲被蛇咬的那天，他只是简单地包了包，又去干活了，蛇毒的发作，也就两三天的事，而翠莲后娘也才过门四年，生的弟弟和妹妹，都在翠莲父亲死后三个月全被后娘带着嫁到了另一个家。次年，翠莲的爷爷奶奶也都过了世，翠莲就成了名副其实的孤儿了。

已经十岁的孤儿翠莲死活不肯跟杨蕊去章根家，她不喜欢章根常常要去搂杨蕊的样子，她渐渐习惯了没有人的祖屋，有灵位有棺材的夜晚。

何况大队上说，如果杨蕊领走了翠莲，他们将不发五保户费了，也不再供翠莲读书了。

杨蕊将翠莲留在了只有叔伯弟兄照料的家里，由生产队供养着翠莲。她丝毫没有意识到这种生活对幼年翠莲的影响，也不知道没有人管教和照料的人，将是如何刚强而任性，她在遭遇到强压或是不公平时，那样激烈的反抗，和在遇到挫折时，那样的灰心与绝望，这种情绪是如何贯穿着翠莲的一生。

杨蕊放下了翠莲。她和章根的造人速度一点儿也不比她自己的母亲当年慢，她一口气和章根生了六个，一直生到了翠莲结婚那一年才算结束。她的日子捉襟见肘。她顾不上大女儿翠莲的同时，拼死拼活地去干活，也填不饱这些小吃货们，何况她和章根的嫁娶本身就带着些许香艳色彩的。街坊四邻间也流传着章根撬墙脚的流言，平时也并不那么待见他们，杨蕊的生活一直苦到了改革开放后。

今天听到大英的哭诉，说翠莲与光明大打出手那一刻起，杨蕊的心才是真正意义上碎了。

她仿佛见到了她的婚姻重演，她是那么盼望圆满，她使出了浑身解数劝和。或许更多的时候，她会想起那个当了她一辈子哥哥的丈夫——翠莲父亲，那么暴躁而易怒，这份暴躁里怎么会没有她杨蕊的错呢？如果她不是为了追求解放自由，而是守住自己的一亩三分地，他们生他们的儿女，或许翠莲不至于落到这个地步吧？而她也没有想到这种对自我个性的选择会延续到几代人，就像后来的紫苏和连翘，他们在婚姻中的进取与逃避，都烙着上一辈的印迹。

这个时候的杨蕊看到受到婚姻笞挞的翠莲，她的痛苦是真实的。她天天都往翠莲家跑，有时候就住在翠莲家，她以她的见识和聪慧，与光明周旋，她与光明喝酒，她跟光明分享古人和当下和为贵的实例，让光明也不得不佩服这个老人的睿智。他的心思在动，好几个决定他也不得不掂量着办。

这些决定在左右着光明，光明人在乡政府值班，心神也是不宁的。细心的柳英多少觉察到了些什么，有时回去，就从家里带些咸鱼、腊肉，顺带掐了自家菜园的水灵灵的菜薹、茄子、苋菜什么的，在光明不回家的周末，两人围着围裙在乡政府食堂开小灶。每当这时光明就会觉得生活要一直就这样该多好。

光明就这么样维持着自己的生活，在丈母娘杨蕊到来时，他温良有礼；在周末的柳英面前，他多情多义。

第十二章

连 翘 辍 学

　　林连翘和林防风的中考马上要来临，光明也连续一个星期每天下班都回家了，翠莲天天早早在家做好饭，看着两个儿女进进出出的，一脸严肃，空气里都弥漫着紧张的气味。

　　防风说："考到哪都无所谓。最好考不上，气死老头儿林光明。"

　　连翘说："反正我要考上县一中。"

　　防风笑着说："考一中你应该行，你考数学时抄我的，如果正好我们坐一起。你定能考上。"平时上学他们总坐前后桌。

　　"别瞧不起人好不？"连翘翻了翻白眼。

　　可巧的是，考场上，林防风和林连翘真就分在前后排。一进考场，第一场语文，是连翘的强项。

　　一定要考好，如果考不上一中，那可如何是好？连翘心里想着，陡然觉得压力倍增，浑身冒汗，胳膊上的汗将卷子都透过了，她感觉到了自己空前紧张。坐前排的林防风专注地答卷子，第一个交了考卷出了考场。

　　后面几场考试林连翘情绪稍稳定些，但那种焦虑感一直没有消除，她拼命喝水。林防风说："有我呢，不要怕。"

　　"我才不怕呢。"林连翘故作镇定。

　　考数学时，早早做完卷子的防风从前排椅子后背，给连翘弹来三个纸团，连翘都没有接。一是她觉得这次的数学超简单；二是她也不敢，她害怕被监考老师发现。

　　这次中考，连翘的语文考出了她上学以来的语文考试最低分，数学考出了她读书以来最好成绩，而不想考好的林防风却以全区第一的成绩考上了县一中，林连翘只被县普通高中三中录取。

林光明一脸嘲笑地说："这是理所当然的结果，我说过跛脚鸭是走不远的，你林连翘符合自然规律。不过女孩子读那么多书也没有什么用，你又不是紫苏。"

光明对子女从来都是双标，紫苏和连翘都是女儿，可光明就是认为紫苏是优秀的。

这天光明从外面回来得早，一进门就招呼大家："都过来，今天家里开个会。"

光明常以开会的名义召集家人，防风私下跟连翘说："你看爸，在外不如意，在家过官瘾啊！"

紫苏从房里出来，防风坐在门墩上，连翘和翠莲坐在竹床上，当归一下子跳进翠莲怀里，被光明拍了一巴掌："你多大了，要当男子汉，别动不动要你妈抱，站好了，别那么黏糊！"

见大家都围坐好了，光明说："今天是连翘的事，连翘啊，我说三中你就不要去念了，要知道，那个三中几年也出不来一个大学生，你出来工作吧，补贴一下家里。"林光明说着，从他的公文包里拿出个文件袋，拍了拍，"这个是县商业局对外招工的考试题纲和复习资料，你知道我找了多少关系才拿到吗？不知道浪费了我多少好烟好酒！你看看这个资料，复习复习，这个考试很公平，择优上岗。你不要小看这次考试，只有拥有商品粮户口的人才能参加，这是铁饭碗，考上就一辈子旱涝保收的，你可要认真准备。

"现在家庭情况是这样的，你姐要上大学，防风要上高中，大家都读书我哪有这么多钱供呢？再说了，县一中，紫苏和防风也是凭本事自己考上的，他们要是考不上，我也是不供的。你这三中考是考上了，但明明知道那个学校考不上大学，还要去读，那不是把钱往水里扔？"

林光明将那文件袋交到连翘手上，说："我今天特意送这个材料回来的，晚上我约了你刘叔有事，防风帮连翘好好复习一下！"说完就走了。

坐在一旁的紫苏轻蔑地看了看连翘，笑着说："连翘，你还是给自己挣点嫁妆钱是正经，呵呵。"

这一年紫苏高中毕业，拿到了交通大学录取通知书，紫苏考上的居然不是北大清华，颇让林光明失望，但能进名牌大学，这在当地还是值得称道的。

林光明郑重其事地办了几桌酒席，宴请乡邻。紫苏觉得林光明太好面子，显得好笑，考上大学，是她紫苏努力的结果，跟谁也没关系。

紫苏去上学时，林光明是带着弟弟付常胜一起去送的。

到了学校，看到学校门口停满了各种小车，再看看那些衣着光鲜的父母，紫苏回头看看，觉得自己父亲和叔叔太土了，很给她丢脸。第一个学期写信回来就说：你们以后可不要来我学校了，同学们要知道我是农村来的，都会笑话我。

林光明后来真就不去学校看紫苏了，只要他和翠莲工资到账了，第一时间一分不剩地就立即给紫苏汇过去，生怕她缺钱受人歧视。

光明夫妻俩每个月的全部收入都寄给在大学里的紫苏，家里的日子便紧巴了起来。翠莲也不再约牌友，开始将注意力转到家庭上。

一个周末她找了个拿柜子钥匙的借口，骑车去高山铺乡政府找光明。

翠莲走进乡政府，因是周末的缘故，乡政府并无什么人，阳光透过葡萄架，照在几丛修竹上，影影绰绰的，整个院子树花相间错落有致，让乡政府的院落显得优雅而安静。

刚穿过前院子，翠莲就看到，葡萄架下光明正在和一个扎着辫子的女子坐在一起喝茶，两个人正有说有笑地讨论今天晚上吃什么。

"你这日子过得舒服啊！"翠莲走过去。

林光明一愣，站了起来。

"你怎么突然来了？"

"是呀！我怎么突然来了，没想到吧？我说怎么周末总不回家呢？你这小茶喝着，小女子陪着，哪还愿意回家，要是我，我也不想回。"翠莲冷冷地说。

"你莫瞎说，这是乡妇女主任柳英，柳主任，这是我爱人翠莲。"光明忙站起来介绍。

柳英早起身打起了招呼："翠莲姐，林乡长常提你，说你很能干，家里全靠你，不容易呢。"

"哼！还常提我呢！把柜子钥匙给我，你们继续谈我！"

拿起林光明递过来的钥匙，翠莲悻悻地走了，林光明顿时觉得这茶喝得也没心情了。

这次乡政府所见，翠莲内心多少是有所触动的，她也不想因为打牌，把家给打散了，真要把家打散了，不值得。

她开始在生活上精打细算，能不用钱买的，她尽量用一些农作物交换，以补贴现金的不足。有时候看连翘没什么事，就带着连翘，去用耙子耙落叶与枯草，连带四周的杂草灌木，混着堆在一起，下午再装上带回家，当柴火烧饭引火。

翠莲整理的后院菜地，施的都是农家肥，她又勤于侍弄，那一畦畦青菜、茄子、辣椒，长势喜人。

一些住在镇上，或是不愿意吃学校食堂菜，自己做饭的老师都会来找翠莲买菜，新鲜不说，也比菜市场要便宜一半呢。翠莲还养了两头猪，一是贴补家用，另外也是向光明示好，我是打牌，但家里我一直在操持，我们都在为这个家努力。光明也是看在眼里，俗话说夫妻同心，其利断金。当困难来临时，这夫妻俩自觉地形成了一体，一个不打牌，一个常回家，打架的机会就没有了，夫妻关系也得到了很大改善。

翠莲母亲杨蕊，上门次数也多了，连带着翠莲几个同母异父的妹妹们也走动起来，家里明显就热闹了。

常回家的光明有时也给当归辅导辅导功课。当归再过几年也要上初中了，父母停战，对他也是有影响的，也就半年时间，当归的学习成绩也提高了，林光明暗自笑了："好小子，看来也是个读书的料，聪明。"

自那次翠莲来过乡政府，好多个周末没有见到林光明的柳英，也不知道林光明在干什么，只见光明一下班就急匆匆地走了，柳英总觉得光明像是躲着她似的。

柳英的失落，都是写在脸上的。大家打趣她："哟，柳主任，今儿个林乡长不在，干活儿都不得劲了啊？"

"你们不也一样啊？"柳英强笑着。

她能明显感觉到林光明对她也是有好感的，只是迟早捅破窗户纸的事，她憋在心里，总觉得堵得慌。

那天林光明锁了办公室门正准备走，柳英叫住了他。

他们约在镇上的柳树下饭馆，柳英给光明倒了一杯酒。

柳英说她刚办了离婚手续。

这让林光明一愣，一时不知说什么好。

柳英盯着光明的眼睛是湿润而冒着火的，她说，她二十一岁时就喜欢上林光明了，她说，她知道林光明是已经结婚的人，她不能喜欢。这么多年过去了，现在，无论如何，她得说出来，这个念头像把火，这把火烧得她浑身难耐。

林光明心情很复杂，也就在半年前，他是产生过一些想法的，可是，现在他不知怎么回应。

他说："翠莲是一个很笨的女人，说实话，当初相亲时我真没看上她。如果不是后来发现她居然也上过学的话，我和她也成不了。

"和你柳英比，她差好大一截。可是这么个傻女人，却是我四个孩子的妈。前段时间我头好大，她天天不着家，打牌都打疯了，我真是心都冷了。可她现在呢，因为我的老大上大学，老三上高中，到处要钱，现在真挺难。

你说，她现在除了天天正常上课外，起早贪黑忙着，也是为了减少家庭开支，也是为了几个孩子。我能做什么呢？我哪还有机会动呢？我动一动，我孩子父母没了，我是好过了，我儿防风、当归怎么办呢？

"柳英，自打我第一次见你，我也挺喜欢你的，当时才会把你调到镇上，可是喜欢只能是喜欢啊，我也想和自己喜欢的人长厮厮守，过一些风花雪月的日子，你说现实可能吗？已经不可能了！"

林光明说这些话时，是非常真诚的，他想起他少年时代，想起玉芬，那些触动过情怀的，都在心里，一碰就疼。

是的。人生，有很多时候，喜欢只是喜欢，就像是看到橱窗里的衣服和田野里的花，我们都喜欢，却不能一一据为己有。

柳英眼泪一滴一滴地落下来，她知道林光明说的都是大实话。他们都套在这个大枷锁里，早就不能为所欲为。

半晌，柳英说："我一直把你当大哥，我以后也会把你当大哥，你对我是有知遇之恩，我不能忘！"

林光明重重点点头，说："柳英，你前途无量，你要好好干，去需要你的地方，不能守在这里，这是毫无希望的！这样吧，我给你写封推荐信，你去找一下县里的刘长春，你这么能干，肯定大有作为的！"

"我哪儿也不去，就在这里，光明哥。"说完柳英就走了。

第十三章

光 明 砸 子

　　林连翘在家帮父母干活时，心有不甘，她喜欢课堂，她想说凭什么姐姐和弟弟他们都能去读书？偏偏就她不行？

　　可她也过不了自己心里这个坎，父亲说紫苏、防风他们都能考上重点高中，她林连翘考不上。这就是命，得认。大家都这么说的时候，连翘也有些认命。

　　以后没书念了，这么想的时候，连翘会在夜里哭醒，一旁的防风对她说："条条大道通罗马，你也不要全信父亲的，也许将来你比我们还有出息呢。"

　　连翘知道防风是在安慰她。

　　上了高中的林防风，更安静了。他常常一个人独坐一隅，一坐就是一整天，他思考的问题，常常超出了林连翘的想象，关于宇宙，关于大与小，关于有和无，他甚至和连翘讨论这个家庭对连翘的不公。防风说人生而平等，但在这个家里，父亲人为地创造了各种不平等，这是个悲剧的开始，也将是一个悲剧的结束。

　　商业局考试成绩公布了，这次林连翘居然也考了个全县第一名。

　　光明拿到成绩单轻笑了一下，对连翘说："正儿八经的考试你林连翘不行，这次你也能拿个第一名，跛子将军也是将军。"这是连翘这一生，头一次听父亲这么表扬了她。

　　连翘被商业局安排进了另一个乡镇中心商业大楼当售货员，连翘的家离这个乡镇足有二十里地。

　　每月工资一百一十元，对于才上班的连翘，还算是不错。连翘每月给奶奶大英十元，给母亲二十元，给防风十元，她自己吃饭二十元，剩下五十元，她都交给了父亲。父亲说帮她存着，她出嫁时再给她压箱底带到婆家去，他说农村女娃都这样，自己的嫁妆靠自己挣。

连翘可不会想出嫁的事，她让防风将高中的教科书带给她看，防风就想方设法从高一年级的同学那里收集旧课本给连翘。防风学到哪儿，连翘就跟着学到哪儿，每个周末回家，防风都给连翘讲课文、讲数学，甚至复印他们的考试测验卷子给连翘做。连翘很努力，她总是认真做笔记、答题，只要能了解高中在学什么，也是一种乐趣，也能大大缓解她不能再上学的痛苦。

连翘每周站柜台卖货并不用心，没有人来买货时，连翘都在看书或背单词，那些三十几岁的女售货员，被连翘他们这些刚来上班的小年轻称为师傅。这些女师傅们闲得无事，总是对青年品头论足，他们说连翘长得好看，就是太傲气，走路从不看人。她们看不惯连翘，都在背后揣测，连翘可能精神有问题，否则她怎么一个人在那里自说自话？如果脑子没问题，怎么会在柜台读书写字的，太不一样了，令人生厌。

又一个周末，一家人准备吃饭，连翘和防风在房间里还没出来，翠莲催他们出来吃饭，催得都不耐烦了，她大叫："连翘，防风，你们俩是钉在房里了？出不来了吗？！"

连翘在房间将防风复印的三张卷子按标准考试时间做完了，防风对完答案，十分兴奋。

"爸，爸，快来看，连翘居然能做我们的卷子呀！比我们很多同学都考得好！"防风连蹦带跳地拿卷子给光明看。

光明用手中的筷子啪一下子就将卷子打落到了地上，说："防风！你别影响连翘，这有什么用啊，她能读书吗？就算全会了，能说明什么，她能考上大学吗？！"

然后光明指着连翘说："连翘，你有这工夫，去研究你的珠算，研究你售货员工作！别整天搞这些个歪门邪道，没用的东西，你呀，真是不知死活！"

防风说："爸，我觉得你对连翘不公平，你不把她当人看！"半大小子的林防风，直直地杵在林光明面前，满脸通红地看着林光明，这是他头一次顶撞父亲。

防风说："你这是故意的，不让连翘读书，还不让她学习，你这是犯法的！要不得！"

儿子的顶撞与出言不逊，让林光明勃然大怒，想都没有想，就将手上的饭碗扔了出去。这碗准确地落在了林防风的额头上，全家人一下子愣了！林光明也愣了，在这个家里，几乎从来没有人敢如此顶撞他，可看到满脸是血的儿子，他也一下子傻了！

连翘惊叫了一声，和翠莲同时惊叫着抢步上前去抱防风。

翠莲手忙脚乱地抓起一把炉灰按在防风头上，焦急地说："快快，送医院送医院！"

回头她便骂连翘："都怪你！你个败家精，害得我儿子遭这么大痛，你怎么不去死？！"

"光明你也是的，这一下要是砸到眼睛，叫我怎么活啊？！"

林光明忙推出自行车，连翘和翠莲将防风扶上了自行车后座，一家人赶去了医院。这个周末，他们家是敞着门过的，林防风裹着一头绷带回来的时候，他们家的猪从猪圈里跳出来，饿得将饭厅里的桌子都拱翻了。

林光明对于失手砸了儿子，愧疚万分。他去称肉，包肉包子给防风吃，防风一口也不尝，都扔到桌上；他带水果回来，防风也不碰。这爷俩足足僵持了两个月，防风才肯叫爸。防风的额头从此留下了一块疤，只有头发长到盖住额头，才不会让人看到。

另一个愧疚的人，是连翘。

她没有想到为了她的学习，防风挨了一碗，她觉得她大概真的是她母亲说的败家精，是克全家来的吧。她也是头一次真的像翠莲那样来问自己，我怎么不去死？

第十四章

连 翘 被 冤

自林防风受伤，林连翘每周的学习彻底中断了，她连续两个月没有回家。

这个售货员的工作，她也常常出错，每个月盘存时，要做账。算账时，只能用算盘。打算盘她总也不过关，师傅都说："你这账目算得牛头不对马嘴啊，连翘！每次你算的账都要重算！"

连翘每次从账本堆里抬起头来，心中都充满了悲愤，这些跟数学有关联的东西，真的像个噩梦一样跟着她，她怎么就无处可逃呢？在这周而复始的每月盘存的出错里，连翘也生了要出去的心。单位里很多像她一般大的男孩儿女孩儿都以打工的名义南下去了广州深圳什么的地方，听说那里的工厂工资很高。

过去连翘会觉得这样很不好，没有编制的工作肯定不能干，但现在她也想出去闯一闯。

这个周末回到家，她告诉翠莲，她要出去打工。大惊失色的翠莲直呼："你有病呢，你这可是国家正式工，你怎么去学那些农民子女，他们是没有办法才出去讨生活的，可千万别提这事，搞不好你爸又要打你了。"

连翘说："我不喜欢这个工作，我也要出去，你跟爸爸说一说嘛！"连翘自己不敢找林光明。

林光明果然又大发雷霆了，儿子的头刚好，连翘又出幺蛾子，他觉得苦恼透了。

"你们这都是要人命吗？林连翘，你说你出去能干什么？要文凭没文凭，要学识没学识，要编制没编制，你出去找死吗？林连翘，你一个初中毕业生，你能有个工作已经不错了，你以为你是谁啊？啊？多少人想要过你这样的生活过不上？你怎么这么不知足啊？"

面对十九岁的女儿，林光明抬起的手又放下了，孩子都大了，真是孩大不由爷和娘，打破了头的林防风也没有丝毫悔改的意思，打又有什么用呢？

林光明盯着连翘说："你记住，林连翘，死，你也要死在商业大楼，我是求了多少人，找了多少路子，辛苦争来的考试机会，由不得你胡来！"

哭着回去上班的林连翘，在每天上下班中煎熬着，她想过几百个出逃的方法，都被自己推翻了。

这天早上是她的早班，刚开商场的门，八点不到，就有顾客来了。

这些早起的人，进商场都是来买牙膏、牙刷、肥皂什么的，一块肥皂两元，一个大爷买完就走了，连翘收了两元钱，她将钱放进了收银抽屉，手却并没有从抽屉里拿出来，她很恍惚，站在柜台边愣愣出神。

可抓着你了！突然她的那只伸在收银抽屉里的手被人死死抓着不放，把林连翘吓了一大跳，原来是今天并不上早班的柜长李九林不知何时进了柜台里。

林连翘都不知道发生了什么事，只见李九林高举起她那只在收银抽屉里的手，说："大家看看哪，林连翘偷柜台的钱，被我抓着了！"

原来那两元钱还在林连翘手掌里，林连翘本能地要扔掉钱，但李九林死命拽着她的手，让她动弹不得。李九林就这么举着林连翘的手说："大家看看，大家看啊，我已发现很多次，林连翘她总偷拿柜台的钱，这下被我抓着了，大家看看，大家看看，这就是证据！"

"我没有！"十九岁的林连翘开始挣扎，她两眼发黑，只是语无伦次地重复着，"我没有，我没有偷柜台的钱，我没有！"

商场经理李原来一边穿衣服，一边从楼上的宿舍跑下来，急忙问："怎么了？怎么了？"

浑身发抖的林连翘只会一句"我没有偷钱"，她也没有办法解释手为什么要放在柜台收银抽屉里，为什么手里还有两元钱。

被停职反省的林连翘只能躲在宿舍哭，她不敢回家，她知道以"贼"这样的身份回家，她那暴躁的父亲就算不打死她，大概也会被气死，她的父亲是多么好面子啊！

我还能去哪里？林连翘在傍晚时分去了江边，江边散步的人很多，她尽可能朝人少的地方走，找了一块干净点的石头，她坐了下来。她的思维是混乱的，她这十九年，除了读书和跟防风学习让她感到平静快活，其他的日子都是悲苦的。被当作贼时，林连翘竟连怎么反抗都不知道，也没有人来保护她。

"小姑娘，一个人哪？"身后响起来的声音吓了林连翘一跳，转头一看，一个胖乎乎的，脸上堆满笑容的中年妇人半蹲在她身边，"你好像不开心，咋哭了呢？"

林连翘忙擦干了眼泪，不好意思地笑了："您是？"

"啊，你是下面商业大楼一层化妆品柜的小林吧，我在你那买过香皂，记得我不？我们都认识你，都说你是个好看的小姑娘。"妇人越发笑得亲热了。

听到人家说认识自己，林连翘更难堪了，她站起身来准备走，妇人笑了："你不用怕，这里人都认识我，都叫我花姐，他们都说你偷柜台的钱被停职，我不信，我不信你会偷柜台的钱。"

林连翘的眼泪又下来了。"我真没有偷钱。"她哭着说。

花姐轻轻地拍着连翘的背，她说："年轻人有时候就是会被人误会呀，欺负呀，都很正常的，你不用难过，过几天就好了。"

连续几天林连翘和花姐都约在江边散心，这个笑起来很大声的女人很会聊天，她说她年轻的时候也不受人待见，女人得靠自己，什么都得自己拿主意，最终，她说出了她的真实意图。她说她在省城做生意，倒卖各类衣服，原来给她当衣服模特的小姑娘回家嫁人了，她喜欢林连翘，觉得连翘长相好看，身材高挑，要是穿上她的衣服当模特儿，那衣服一定卖得快。

连翘从未听过世上还有这种工作，她急切地想找个人问一问，可她不知找谁，也不敢去找人问。她突然想到报纸上有报道说，一些中年妇女专骗小姑娘卖，这会笑的花姐，真是越看越像人贩子。

连翘有一个星期没有去江边，她的思绪很乱。她按李原来经理的意思写好检查，然后在早会上当众念了，李经理才同意她回到柜台上班。

但第二天的早会上，柜长李九林说，他不要林连翘，这样的柜员实在有损团队形象，他可不想总是担惊受怕，有自己往里贴钱的风险，哪个柜台收她就收，他这个柜组是万万不能要的！

一个早会上七八十人，都看着林连翘，和她一般大的同事开始捂着嘴笑，那些被叫作师傅的中年男女们，撇着嘴摇着头，交头接耳，一边偷笑，一边时不时瞄一眼林连翘。

连翘极力想把眼泪吞回去，可没有成功。她就这么在大庭广众之下，像脱光了衣服一样，羞辱难当，又无处可逃。

五金柜的高艳群师傅是一个身材娇小、白皙优雅的女柜长，平时她总看连翘笑，她说这么大个商场，这么多年轻人，也就连翘爱读书。

这个时候，高艳群站出来说："你们不要我要，你们这样像话吗？人家十几岁的小姑娘，你们就这么使劲儿踩，你们都没十几岁过吗？人无完人，谁能无过，何况人家这么年轻，怎么能一锤定音？林连翘来我柜台吧，我不怕盘存！"高柜长说完向林连翘招了招手。

李原来经理点了点头，说："那就这么定了，林连翘从今天开始进入五金柜台，林连翘好好干，下次可不能再犯了。今天早会到这儿，大家散了吧！"

林连翘站在那里不能动，她无法形容这个时候的心情，她本应感激这位高师傅的，可她内心却是空的，她想说她没有偷钱，可她不敢出声，就像每次爸爸打她时那样，不能辩解，不能说话，说了，会打得更厉害。

连翘在商业大楼楼上的宿舍待着，她不知道后面还有什么等着她，她知道高艳群师傅是可怜她，她感激高师傅给她解了围，但这种怜悯让连翘生不如死，她说她要好好想想。

她好多天前给母亲写信，她说能不能让爸爸想想办法把她调回县城去，她想回家，回到她家所在的县城上班，她不想待在这个人生地不熟的地方。她只能这么说，她害怕在这里，她更害怕她家里人知道她要回去的真实原因。

按理母亲早该回信了，但连翘没有收到回信。

商场里和她一般大的青年见着她都避开走，食堂的大师傅卞师傅也听说她偷了柜台的钱，他给连翘打饭时说："年轻人要学好，你还年轻，改了就行。缺什么跟卞师傅说，没钱吃饭，我可以借你饭票，下个月再还，没关系的。"

连翘连饭都没打，逃也似的离开了食堂。

她已经好几天没去食堂打饭了，她现在怕见到卞师傅。

连翘的信是寄到翠莲学校的，这信犹如石沉大海。多年后翠莲说是光明让她不要回信，他说连翘这般不省心，不要惯她这身臭毛病。

没有收到回信的连翘心灰意冷。

第十五章

连 翘 出 走

　　林连翘最后决定还是去高艳群的五金柜台。

　　五金柜台是这个商场最大的柜台，拥有独立的门市部，在一楼的一侧。人们要到五金柜台，必须经过商场一个走廊，穿过一个小门才能到，所以相对而言，五金柜台独立，这样一来，连翘减少了与其他营业员见面的机会，这让连翘松了一口气。

　　到了月底盘存，连翘算得极认真，这也是头一次，她打算盘算账，没有让师傅们复盘重计算。高师傅跟其他柜组员说："我说了，连翘没问题，她那么好学，好好带一带，会是一个好的营业员的，大家多帮帮她。"

　　盘存数据与上月核对没有任何差异，高师傅有意地去大商场那边走了一圈，说我们这个月盘存很正常，营业状况很好，比上月新增了三个百分点。

　　大家都知道高师傅这句话是说给李九林听的。

　　盘存后的第二天，连翘和柜台里另一个组员调休，她开始快速收拾东西。

　　连翘不再指望求父亲调她回县城，她也不想要这份旱涝保收的工作了。她决定跟花姐走。

　　第二天一早，天刚刚透亮，连翘轻手轻脚地起床，没有惊动任何人，同房的小龚睡得很死。

　　连翘背着一床被子去找花姐，这床被子还是奶奶亲手缝制的绿缎面的被子，她就带了这么一床被子，在连翘心里，就像奶奶抱着自己一样。这一走至于会不会被花姐卖掉，连翘已经不在乎了。

　　连翘一声不吭地跟在花姐后头，沿着江边曲折地经过了草地，来到了码头，她们坐上了去省城的船。

船上的人很多，乱哄哄的，都是去省城进货或谋生的人。连翘挤进船里面，帮花姐看着她们的大包小包。花姐进进出出的，好多人和她打招呼，都恭喜她又找到了一个漂亮姑娘。

这船也不知道在水里行了多久，终于望得见对岸了。

船停靠在码头，连翘就跟着花姐下了船。

同下船的还有一大群跟花姐一样，背着大包小包的人，到省城，已经是下午六点了。

她们一同七弯八拐地进了条小胡同，在一排排极陈旧且低矮灰暗的平房前停了下来，而后这群人各自散入了这些高低不等的房门洞里。

连翘跟着花姐进了一个极小的门洞，这里便是她们落脚的地方。连翘一直很警惕地看着来来往往的人，暗自揣测着，花姐会把她卖给这其中的谁呢？

刚一进门，从里面走出来一个戴着茶色眼镜的老头，他点点头，说："花姐你回来了！"说着干咳起来。

花姐从包里拿出两包烟和一袋农产品，亲热地塞进老头手里，说："刘爹爹，这是给您的！"

"哎呀哎呀，又让你破费，怎么好意思呢？"老头停了咳嗽，眉开眼笑地接过烟和农产品，抬头看了一眼连翘，说，"呀，这是你新找来的姑娘啊，真不错，呵呵。"

花姐一边寒暄，一边让连翘沿着一架木梯子上了二楼。

严格地说，还真不是什么二楼。就是房子上方沿地面往上大约两米高的地方架了一层隔板当楼板，楼板上，放着褥子，也有电饭煲，有洗脸盆、毛巾，也有碗筷锅铲，小家当很齐全，真是应了那句话，麻雀虽小五脏俱全。但人只能坐着，站不起身来。

原来花姐和连翘是要住在人家阁楼上的。下面住着的是房东——省城本地人刘大爷和他老伴，他们还有一个叫兵兵的儿子在百货大楼上班，每天晚上回来吃饭。

花姐和连翘将物品都搬上了阁楼，花姐用电饭煲煮了两袋方便面，就当是晚餐了，等收拾停当，已经是晚上九点了。

住这里主要是图个便宜。花姐一边脱衣服一边说："我们来这里是做生意的，能吃多大苦，就能挣多大的钱，我们将成本压到最低，余下的就都是赚的了。你也赶紧睡，明天我们就要去做生意了。"

花姐说完，就躺倒睡了。不一会儿花姐便鼾声如雷。

林连翘惊讶地看着眼前这个迅速入睡的妇人，她不是要卖自己的吗？就不怕自己趁她睡着跑了吗？连翘伸头看看楼下，楼下是刘大爷他们家的饭厅，现在一个人也没有。

第二天天还没亮，花姐就催促连翘起来。俩人就着昨天晚上留在脸盆里的洗脸水，胡乱洗了一把。花姐催促连翘梳了头，收拾停当，提着几个蛇皮袋轻手轻脚地下了楼。

出去的门就在木梯边上，倒也不用惊醒楼下住的房东。

出了门，她们一溜小跑，拐过几个胡同，远远就看到排着一个长队，已经有十几人在那里排着，他们和花姐一样，一人腋下夹着几个蛇皮袋子。花姐拉着连翘，就在长龙后站定了。

连翘气喘吁吁地停了下来，她四处打量这个叫省城的地方，高楼林立，虽然天还没有怎么亮，但已经开始熙熙攘攘了。她才想起，自她出生以来，她去过最远的地方，就是她的工作单位，那个镇上那个商业大楼了。这里是省城，和家乡完全不一样。

花姐嘱咐连翘就跟着队伍往前走，不要让人在前面插队，她去另一边看看。

等花姐满头大汗地从人群中挤出来时，她手里两个蛇皮袋子已经装满了花花绿绿的衣服，而连翘跟着的队伍也排到了门边，花姐马上跟了上来，将两包衣服袋口扎好，让连翘提着，自己挤到了连翘前面。

"你就在这里等我，千万不要走开，我现在进去提货了！等我出来啊！"花姐说着将手上的红票交给门口的人，拿着两个空的蛇皮袋子进去了。

大约一个多小时后，满头大汗的花姐从人群中挤了出来，她将两个装满衣服的蛇皮袋子互相打了个结，像个褡裢一样前后挎着，搭放在肩上，一看到连翘，就喊："小林拿上货，走！快！去占地儿去。"

花姐与连翘到了离批发大楼不远的街道上，选择了一溜门面房的街沿站定，不知什么时候花姐手上多了张折叠着的小钢丝床。

架好了床，花姐将蛇皮袋子放倒，倒出些衣服在钢丝床上，拿出几件不同颜色的衣服在连翘身上比画，最终选择一件给连翘穿上，往后退几步，左右端详，拉了拉衣服角，整理了上衣领和袖子，满意地点点头，说："就这件了，连翘，今天就看你了。"

她让连翘在她身边站好，摆好她的衣服，轻咳了咳，突然一声细长幽深的腔调从花姐嗓子里喷薄而出："哎！六十八的只卖三十八！哎，三十八、三十八，走过的路过的，不要错过，今年流行的最新款，谁穿谁好看，便宜啦便宜，人参当萝卜卖了咧！"

她这嘹亮的嗓音，很具穿透性，抑扬顿挫，清晰而极富诱惑，听到的人都不由得停了下来看她，而只要有人看她，她那美好而又虔诚的微笑就恰到好处地堆积在脸上，让看她的人倍觉舒服，而愿意听她搭讪。

她这一嗓子一下子吸引过来不少人，那些人一边靠近摊位，一边都齐刷刷地看连翘，上下打量着她，甚至有的人还要拉着连翘转个圈，于是每次只要上了连翘身上的那个款式、那个颜色的衣服迅速就被抢光了。

晚上花姐坐在阁楼上开始数钱，她那满脸溢出来的笑，让她那胖大的脸庞充满了血色又显得油光水滑。

连翘这时候才暗暗松一口气，花姐原来真是拉自己来做生意的，她想了一晚人贩子的买卖惊魂是不会发生的，所以她也笑了。

"花姐今天挣了多少呀？"连翘问。

"哈哈！来，小林，按约定，这个是你今天的工钱！"花姐抽出二十元塞到连翘手上，"小林，就这样干，很简单吧，这挣的钱可都是你的，比你站柜台是不是强多了？"

一天就能挣二十元，这让连翘也有些小兴奋了，如果每天都出摊，她一个月就能挣六百元，真是不少了，连翘下定决心一定好好干。

她们早出晚归，一个守摊当模特卖衣，一个进货叫喊，配合得天衣无缝。一个月下来，连翘放在鞋垫底下的钱换成了六个一百，这让连翘有了成就感，她觉得要是这么存钱下去，不久，她就能有一笔不少的收入了。这么下去，肯定会有出头之日的，这种每天有现金收入的感觉让她感到兴奋，也让她感到了希望！她甚至想象过，不久的将来，她将会给父亲很大一笔钱，肯定让父亲吓一大跳的！

第十六章

初 进 省 城

　　就在林连翘觉得在省城立住了脚，对前途充满向往时，她的父亲林光明可是急病了，那是真着急上火，满嘴是泡，嗓子都哑了。

　　商业大楼的负责人李原来找到林光明，说："你家连翘回家没？她已经一个星期没来上班了。"

　　连翘不见了！这着实吓坏了林光明，一个大姑娘不见了，让人太不好想了，人是死是活，去了哪里，和什么人在一起，根本没有任何线索。

　　大英哭天抢地地坐在商场中央向李原来要人，她说她亲手将连翘送到商场的，现在活要见人死要见尸。旁边有人趁别人不注意，小声跟大英说，连翘之所以出走，是因为那个化妆品柜台的李九林赖林连翘偷柜台的钱。大英听说了，四下打听谁是李九林，一见李九林从商场外进来，大英便一把抱住李九林的大腿，李九林半步移动不得，大英边哭边嚷："你就是一个杀人犯啊！你还我孙女，否则我三日不了，四日不休，我跟你没完！"

　　寻找林连翘根本没有头绪，派出所说一旦有消息就马上通知商场。一个月过去了，林光明不断跑派出所，腿都溜细了，也没有连翘的消息。

　　已经好几个月没给家写信的紫苏回家了，她还有一年多就要大学毕业，开年要进行实习工作准备，这个时候的国家政策，所有大学生毕业，工作是包分配的，按哪里来回哪里去的分配原则，她未来要么分到省城，要么分回县城，她当然想要让自己留在省城。她想着先回家一趟，然后去省城联系同学。

　　回到家听说妹妹连翘不见了，紫苏看看已经有了白发的林光明，想着这打小就不省心的妹妹，不知给这个家添了多少麻烦，心里就来了气。

"丢了才好呢，又不是没丢过！别去找了，她除了给我们家丢人现眼，还能做啥？爸你也是白操心！"

"紫苏啊，话不能这么说啊，自己家人丢了，怎么能不找呢？"翠莲没好气地说，"若你丢了，我们一样得找！"

"你怎么说话呢？紫苏跟连翘能一样吗？连翘拿什么和紫苏比？简直乱弹琴！"林光明一瞪眼将翠莲怼回去了。

紫苏白了母亲一眼，多少怨气也只好压在了心里，她告诉林光明，她已经托同学在省城找到了接收单位，过了这个年就可以报到实习了。

林光明赞许地点点头，说："嗯，要是能留在省城，那自然是好的。"有规划的紫苏从不让林光明操心，紫苏今天回家，林光明心情算是好一些了。

卖了一个月衣服的连翘，冷眼观察花姐，连翘也渐渐了解到这所谓生意的门道了。

花姐他们往往三五成群到批发大楼里的衣服档口去收尾货，也就是新上市的衣服卖到了最后所余不多，要么断码，要么颜色不齐，他们几个人合伙以极低价格全部清仓买下，或是将新上市的某一款衣服，几个人一起全部买下，然后，站在街道边品牌店或门市部前摆摊再对外批。他们这么做，主要是钻了批发商与零售商信息不对等的空子，吃中间的差价。

那个年代，市场经济刚开始发展，服装零售并不发达，能进货的全国一类批发商也就这么几家，而沿着长江三角洲地带，半个中国的各地批发零售商，都涌入到省城来批发进货回当地城市卖。这些来进货的人，大多初来乍到，不明就里，容易将路口的地摊当成了进货渠道。

这些摊爷们，发展到最后，甚至会包几个地下的服装加工厂，只要楼里新出的什么款式好卖，他们能做到连夜按款式加工出来卖，只是所选的面料和做工就差强人意了，但便宜呀，所以，往往这样的衣服也是供不应求的。

他们更多的威胁与竞争是来自于同一条街的同行，为了能尽可能比其他摊贩卖更多的衣服，有时他们还自带几个装作买衣服的人，站在摊前挑选，一旦有人上前询问，他们就趁机热心介绍，或者是假装要进这里的货，互相抢衣服还急眼，让真的进货的人还以为这货好卖得很，跟着一窝蜂进货，他们管这种假装买货的人叫衣托。

唯有花姐，她没有请衣托，她的摊位就她和帮她当衣服模特的连翘。

两个月后，花姐甚至会带连翘进批发区选衣服，她选货的时候，就让连翘站在一旁，花姐很仔细地挑选衣服，一个样式一个样式让连翘试穿，哪件她觉得好看，她就多进一些。这样每天她的货总能提前卖完收工。

每天到底卖了多少钱，花姐从不说，连翘觉得人家是老板，她只是一个负责穿衣服当模特的，也算是打工的吧，没必要知道这么多，只要花姐每天如数给她结账就行。

和花姐同时做生意的同乡，开始背后找连翘："小林啊，你知道花姐一天挣多少吗？她一天少说都能挣两千元！花姐才给你一天二十元太抠了。我给你一天三十元吧，你跟我干，哦，不，我给你四十元！"

连翘没有答应，她怕花姐说她忘恩负义。但花姐一天就能挣两千元，才给她二十，这让她多少也有些想法，她想找个合适机会，向花姐提出来看能不能适当涨点工钱。只是她还没来得及说，她的卖衣生涯就结束了。

连翘在省城站街卖衣服，居然是紫苏第一个知道的。她那在省法院工作的高中同学给她接风时说："前几天在那边服装街上，有个女孩儿长得好像你啊！开始还真把我吓一跳，仔细看，她是长头发，好像个子比你小，差点儿真以为是你了。"

紫苏一听，急忙说："快带我去看看，不知是不是我妹，她从家里跑出来了！"

他们赶去看时，那边一条街的小贩们已经收了摊。并没见到长得像紫苏的姑娘。反倒是门市部老板娘一见紫苏，便说："小林怎么剪头发了？"仔细一看，忙说，"哦，认错人了，你是小林什么人吧？长得真像！"

紫苏觉得很尴尬，含糊地笑了笑，她问："这个小林每天都在这里吗？她可是从县城来的？"

"哟，是呀，可会做生意了，就数她们娘俩卖得好。这姑娘每天天不亮就来了，真能吃苦！"老板娘说。

"肯定是我妹连翘。"紫苏说。紫苏打电话将消息告诉父母，林光明当即就和翠莲搭了晚班车到了省城，在紫苏所指的街道附近找了家招待所住下来。他要等连翘，不管是不是连翘，他得亲自确认。这段时间找得太辛苦了，光明觉得他一定要眼见为实。

连翘和花姐在一起的这三个月，每天早上出摊，下午跟着花姐去找货源低价收货。连翘已经很熟悉这个套路和流程了，一早排队去楼上进货，占好街道有利位置的摊位，交五十元保护费给本地一个叫阿峰的地头蛇，就可以下摊干活了。

这个早晨，她和平时一样将衣服穿好，甚至她已经可以喊得像花姐那么溜了："跳楼价，跳楼价清仓啊，两件五十八，两件五十八啊，走过的路过的不要错过，看一看，瞧一瞧啊，数量不多，要买赶紧咧！"花姐在一旁和人聊着天，她已很放心让连翘一个人卖衣服了。

连翘不断调整摊位上的衣服，颜色搭配，新旧款错开，手上一摞钱都快要拿不住了，突然花姐警觉起来，马上搂起一抱衣服，说："小林，拿床，快，快跑，工商的来了！"

像花姐这样摆摊是属于违法乱摆摊，影响街道市容的，工商不定期的每隔几天就会这么来一趟，他们只收商品，并不抓人，平时连翘跟着花姐在做生意时，都是一只眼收钱，一只眼盯着巷口，只要有车出现，她们动作麻利地卷起衣服和床，一般都能逃脱。

一声"工商的来了"，整条街正在做生意的人呼一下子，就像《动物世界》里受惊的羚羊群一样，所有的人全都紧张了，全速奔跑起来，抱衣服的，拖床的，拉编织袋的，全往各个门市之间的小胡同里跑去。连翘抱着大包衣服拖着摊床，跟在花姐后面跑，这时听到了一声"连翘哇！"这声音太熟悉了，她一下子愣在了那里："谁叫我？"

就这么稍一愣神，一名工商人员冲到了跟前，一把夺下了连翘手上的衣服，并把摊床拽下，反手就全扔到了停在路中间的车上，车上已有不少各类商品，看样子一路过来，抄了不少摊。

躲在胡同口的花姐见连翘手上的衣服悉数被抢走，连床也没了，心疼得直跺脚。

而连翘都吓呆了。不仅仅是工商让她受到惊吓，还有她看到了母亲翠莲就站在她面前，吃惊地看着她，泪流满面："连翘啊，你这个死女儿，你怎么跑到这里来了！"

翠莲旁边站着的林光明一脸胡楂子，阴沉着脸，正死死盯着她，一句话也没说。

而紫苏半捂着嘴，一脸难以置信的表情看她。

连翘半天才回过神来，花姐已黑着脸冲到跟前，说："小林！你平时这么机灵，今天怎么回事啊？啊？！这个月白干咧白干咧！哎呀呀，六十多件哪，抢走了六十多件衣服呀！床也没了，你拿什么赔！我说今天眼皮直跳，没想出这么大事，你说，小林，这个你得赔！"花姐气急败坏地一把抓住连翘的肩膀。

一见花姐动手了，林光明忙上前一把拉开她，问："你谁啊？"

花姐一转头满脸狐疑上下打量着来人，问："你谁啊？"

连翘嗫嚅道："花姐，这是我爸我妈……"

花姐一愣，气焰一下短了，忙松开抓连翘的手，换了副嘴脸，满脸堆笑地说："啊，大哥大姐，这个——"

林光明气坏了，他上前一步，一把拽着花姐的衣领，喝道："你好大的胆，拐走我女儿，让她丢了工作，这账怎么算？"

花姐连连摆手说："我没拐她啊，你女儿是自愿来的，我没有强迫她，我是带她做生意的啊！小林你说，我可没拐你！是你自己到我家找我的，对吧？不过今天你让工商一下子抢走这么多衣服，怎么办？"

眼见父母和花姐他们吵了起来，连翘更慌了，她拉着花姐说："花姐，今天是我的错，这衣服得赔多少钱？我赔！"

林光明气得直喘粗气："赔钱？我还赔后呢，我现就报警，你拐走我女儿。"

而翠莲在一旁，拉着连翘的手，生怕她跑了似的拽着，说："连翘，回家！"

出摊的人都不着急做生意了，围了上来看热闹。

花姐脸红脖子粗地嚷道："真倒霉，我好心好意带你女儿做生意，你还要报警！小林你自己说，我每天舍不得吃舍不得喝，有好吃的都先尽着你，早上进货我都怕你提不动，我自己扛。你就帮我穿穿衣服，做做模特，我发你工钱，从不拖欠，对吧？我这生意也是血汗钱哪！今天一下子抢走这么多衣服，小林你清楚这货怎么进的吧！尤其这批货，比平时都贵两个点，我这一季挣钱全指着这批货啊！"

连翘见父母拉着花姐，互相推搡，闹得不可开交，忙使劲将他们分开，说："花姐对不起，都是我的错。"她脱下鞋，把鞋垫抽出来，拿出一沓钱来。

众人一阵惊呼，这小女娃把钱都藏鞋里啊，有心眼，聪明！

"花姐，衣服被抢是我的错。这里是两千元，都是您这段时间给我的。我只有这么多钱，不够您多担待，对不起！"连翘给花姐鞠了一躬，"谢谢您带我出来！我现在得回家了！"

第十七章

光明的驱逐

林光明带着失踪三个月的林连翘回到了家。

一进家门，林光明关了房门就不肯出来了。

从余翠莲开始，这个家里不省心的人不省心的事层出不穷，这个平白无故失踪的女儿，林光明觉得耻辱，这种耻辱感让他觉得在乡邻面前抬不起头来。

晚上吃完饭，全家坐在了堂屋，林光明看着坐在面前瘦弱的连翘，他叹了口气，低沉地说："连翘，你是我女儿，我从来也没指望过你什么，我只希望你能过上安稳的生活。你一个没有文凭，没有一技之长的人，能做什么呢？难道你就希望自己就像这几个月，在那个乱七八糟的地方做个无业游民，被工商驱赶，过朝不保夕的生活吗？"

连翘不说话，自顾自流泪。她没有想到父亲会这么说话，她以为父亲肯定要打她一顿的。可这几句语重心长的话，让连翘心酸不已，她搞不懂父亲的心，有时候像块寒冰，这个时候又如此柔软，让她不敢相信坐在面前的是自己的父亲。

连翘忍着眼泪，小声说："我再也不跑了，爸爸，我给您丢脸了。"

"你也知道丢脸了？晚了！"林光明这么说的时候，气不打一处来，音量又高了，"你再也不跑了？说得轻巧，你现在怎么在这里立足，啊？一个好好的大姑娘，就这么不见了，我怎么向人交代？商业大楼那边还能要你？别人怎么看我们林家？嗯？你让我这张老脸往哪搁？我丢不起这人！"光明越说越气，"你这，在本地连嫁人都是个问题，谁敢要你？！余翠莲，你看你养的好女儿！"

被父亲刚才那几句语重心长的话激起的那点儿温情，又被暴怒的父亲给吼没了，连翘的心一下子沉到了谷底，这个家，她是不能再待了？

自小到大，她在这个家里就是一个边缘人，姥姥不疼，舅舅不爱的，她的心里其实只有那么一点点愿望，从那个偏远的小镇，换到县城这边来工作，嫁一个年纪相当的男生，像所有的姑娘一样，盖着红盖头，被父亲敲锣打鼓地送到别人家，生子持家。可这么朴素而简单的愿望，就在父亲这连声的诘问中碎了。

"你不能再在这里待下去了，我们林家还要在这里做人！"父亲在晚饭桌上，喝尽了最后一杯酒，说。

"那你带我回来干什么？"连翘哭了，"让我接着卖衣服呗。"

"你还敢提卖衣服？！那更丢人，林连翘，好歹我也是个国家干部，你在街头和这样的一群商贩混在一起，这在古时候叫下九流！"林光明把酒杯往桌上一放，把桌子拍得啪啪直响。

"我都做什么了，就丢人了？我卖衣服也是天天拿工资的，我怎么丢人了？"连翘哭着离开了饭桌。

外婆杨蕊冷眼看着连翘离开了饭桌，她喝了一口杯中酒说："光明，现在是新社会，你也不能总是以老脑筋想事情。你再老，也老不过我这老太婆吧。我看连翘挺好，一个女孩子跑出去，没有走歪了路，想的是自食其力，现在的社会比我们以前要强！现在不是时兴什么南下打工吗？我们村，翠莲知道的，隔壁三猴儿、玉宝儿，比连翘大不了几岁，都出去了，我看他们过年回来，都衣着体面，听说比在家里挣的多多了，开年就又走了。外面若不好，他们还要去？这样吧，你三妹彩虹明天从海城回来，我找她商量一下，看能不能将连翘带出去。"

翠莲一拍手，说："娘，这个行！彩虹夫妻是去年调到海城的支援海城建设的研究员，连翘跟着彩虹我放心！"

光明看看翠莲没说话，气咻咻地站起身来，走了。

头一次在外婆家见到了母亲的同母异父妹妹——彩虹。连翘大气都不敢出。

烫着时髦卷发的章彩虹虽然与翠莲是同母异父的姐妹，但因她一直都在外面读书，很少回来，连翘几乎不认识这个姨妈。

整个晚上连翘没有说话，彩虹太冷了，冷得让连翘怀疑姨妈彩虹是不是不会笑。

面对娘提出的带连翘走的请求，彩虹说："娘，你一定要我带走这个连翘干吗呢？一个女孩子带出去是要负责任的，万一出点什么事，谁能担着呢？"

"彩虹，你一定要帮你姐这个忙。连翘没上过大学，去哪儿，她爸也不会放心，只能求你了。你帮搭个桥，也是帮我个忙，这么多年，我欠你姐太多了。"杨蕊说。

为了光明翠莲的安稳日子，杨蕊觉得自己无论如何都要说服自己的三女儿彩虹将连翘带出去。

就这样，连翘要和彩虹去海城了。

临行前夜，林光明在家设宴款待彩虹，酒过三巡，光明突然说："林连翘，把酒杯端起来，我有话要对你说！"

林光明的一声"林连翘"吓得连翘一哆嗦，她小心翼翼端着酒杯，一动也不敢动。

"连翘，我知道，你寻死觅活地生事，工作也无心做下去，家乡这个地方你大概是待不下去的。现在作为你的父亲，将你交给你三姨妈，这船指给你，路卖给你了，你好好走下去，好歹自己扛着，我们为人父母，也只能送你一程，莫怪父母心狠。

"另一个事情我也是要说一下，女孩儿在外，要自尊自爱，不能自甘堕落辱我门风，就这几点，你要记住。"

连翘抿了一口酒，默默地坐回席间，她在这一瞬间明白，她不仅是被家庭驱逐了，她也被家乡，这个生她养她的地方驱逐了。

林光明说完，又倒上一杯酒，并拿出一个信封交给彩虹，说："彩虹，这一杯我敬你！这个信封里，是连翘这两年在商业大楼上班的工资，她交给我的，我都存着，共一千二百元，我一分也没动。麻烦妹妹帮连翘买张机票，余下当生活费。还请妹妹多担当，帮帮我连翘。她没上过大学，可能会给你添很多麻烦。怎么办呢，你和翠莲，打断骨头连着筋，这都是最亲的人，你不帮忙，我还能托付给谁？还望妹妹多教育，多指导。"

彩虹极其无奈接过钱，说："姐，姐夫，这真是个为难事，连翘是个大姑娘了，这以后真有什么事，你可不能怪我啊！我只负责带她出门。以后还是要靠她自己的。"

第二天，是周末，天一直下着雨，防风代表全家去车站送连翘。

防风说："林连翘同学，你重生了！你很勇敢，你这出走的三个月，势必记入史册，现在你要放下所有的羁绊，祝贺你！走出这个画地为牢的地方，你才会知道，你的灵魂会多么有趣地被安放，你自己在外面，凡事注意，记得常给我写信就行。"

"防风，这不是重生，这是死亡！我再也不回这个地方了，我讨厌这里，我讨厌我们的家，我讨厌这个县城，他们留给我的全是屈辱和痛苦，我再也不回来了！我发誓，我再也不回到这个地方，就算死，我也不会朝这个地方葬！"连翘说完痛哭不止。车站外狂风大作，暴雨倾盆，林连翘，就像窗头的那几根竹子一样，被狂风骤雨吹得枝叶散乱，珠泪横流，失魂落魄。

连翘走后的夏天，林家又开始大摆宴席，因为林家长子林防风考上了北京大学。

这在当地引起了极大的轰动，这个地方已有几年没有考上北大清华的学生了。

林光明家出了两个大学生，非同小可，连县长都亲自上门祝贺，林光明扬眉吐气、光宗耀祖的气势，蹿好几米高，高到都可盖栋楼了。

林防风的这场谢师宴足足办了五天。酒席是在家里办的，请的大厨都是县里有名的厨师。翠莲和婆婆大英带领着村里的婆娘们，在后院杀鸡宰鸭，有条不紊做红案白案。防风白净挺秀，跟在母亲后面打下手，此刻正在帮翠莲从井中打水。小儿子当归则骑在墙头打枣。翠莲的婆婆大英杀鸡的手又准又狠，一刀一个，全扔进了大脚盆里，倒上开水去毛，家里一片喜气洋洋。

这几天林光明都喝得酩酊大醉，他拉着刘长春，不断地笑："我这做老子的是不行了，我不是还有防风和紫苏吗，所以啊，人这一辈子，儿女成才，也是老有所靠，我也算成功的。"

谢师宴上，柳英也来了。

三年了，在别人的婚姻旁边趴活儿的柳英，她的爱显得那么低微而无奈，整天忙碌的林光明，哪怕只是一个下午，和她柳英坐在葡萄架下喝茶，哪怕只是谈谈工作上的事，都能让她产生快乐的幻想。她幻想有那么一天，林光明会为了她，做出一些不顾一切的事来。她以为她可以什么都不要，只是每天能看到这个男子就足够了，那些不经意的笑，无意识的碰触，都是她固守的结果。柳英觉得自己就像沙漠里的一朵花，那么耐得住酷暑与干旱，她的需求那么少，少到甚至都不要一滴水，而向阳地舒展，碧绿而欢快地活着。

那一年她义无反顾地来到高山铺乡工作，后来又那么决然地离婚，在林光明看来，真是太不可思议。可柳英觉得她值得，我们总是要为爱做出一些疯狂举动来，不要人理解，也不需要人承认。她愿意就这么待在这个男人身边，每每见到林光明一个人坐在葡萄架下，忧伤而孤独地拉着二胡，如泣如诉，静静在房里听着的她，心都碎了，她的光明，太孤独了，她懂他，哪怕他们从未越雷池半步，她懂这个男人的坚守，也懂她自己的坚守。

她甚至会与林光明探讨，如果当初，他们在男未婚女未嫁时能相遇，林光明说，如果真的是那样，他一定不会放手。那些美妙的事，想象起来，他们那样热烈，都不像是两个马上步入中年的男女，倒像两个情怀初开的少男少女。林光明说，死的时候他们葬在一起吧，下辈子可以好好开始。林光明说，到时我让我儿子买两棵茶树，一棵葬你，一棵埋我，把我们葬在一起。柳英为此哭了，求个来生，这个浪漫而凄美的愿望，让柳英患得患失，爱而不得，是何等哀伤，还有那么多不甘。

今天她来了，她要直面翠莲，她想知道林光明口中四个孩子的妈，究竟有何等魔力，凭什么能让她眼中的英雄林光明，那么死心塌地付出，而与她柳英只肯约来生，没有今世。

一脸笑的柳英以光明同事身份自我介绍，向翠莲伸出了双手。

柳英一把握住了翠莲沾满了油的手，说："嫂子，恭喜恭喜啊，恭喜公子高中！我是柳英，几年前我们见过面的！嫂子有功劳啊，培养出这么好的儿女！"

翠莲忙得团团转，根本无暇顾及，她从柳英手里抽出自己有油的手，一个劲儿道歉道："抱歉抱歉，招待不周招待不周啊，柳同志照顾好自己哦！"

林光明忽然冲到后院，大声说："翠莲啊！翠莲，快，县长来了，快去敬酒！"

翠莲就着儿子从井里刚打上来的水洗了洗手，摘下围裙，笑盈盈地跟着光明往外走，光明顺手掸了掸翠莲身上的土，并用手细心地抿了抿翠莲的鬓角，理了理翠莲的衣领。光明看着翠莲的那个眼神里，心无旁骛。

这个眼神落在柳英眼里，对柳英来说，几乎就是山呼海啸般地毁灭。她用了多少个夜晚去坚定自己爱的信仰，她一直觉得爱林光明是一种信仰，精神上，他们是那么一致，那么相爱，他们将世俗卡在了身体之外。我们以为柏拉图爱得浪漫，又有多少人知道，因为爱而不得，我们才只能在精神里反复徜徉？

她觉得她自己像极了兵临城下的攻城者，她围攻了数月，乃至数年，却发现这个城堡固若金汤，无论她的攻法多么先进，她的武器多么精良，这个城堡巍然屹立，庄严而肃穆，她攻城无望。

柳英从谢师宴上归来，便没有了精气神。林光明他们这家人，他们的这个家庭多么和谐而稳固啊。柳英用"我喜欢你与你无关"的名言麻醉自己，却是在这一杯谢师酒里醒了，在林光明看翠莲的眼神里，柳英心死如灰。

死了心的女人，也是傲气的，这一年她离开了高山铺乡。临别，还是在那个葡萄架下，正午的阳光从葡萄叶之间投射在地上，地上便变得碎裂而破败。柳英对光明说："如果有一天，你不开心了，一定记得来找我！"柳英这么说时，心里全是泪，面对林光明，她是没有抵抗力的，是什么让自己卑微到如此地步的？她甚至有些看不起自己。

林光明重重地点点头，他说："柳英，你这么做是对的，去更好的地方，找个好人，嫁了吧！"

柳英哭着说："你一点儿也不懂我，不懂女人！"

林光明看着柳英越来越远的背影，不禁长叹一声："生活，岂是一个'懂'字了得？"

第十八章

夫妻反目

现在的余翠莲放学不太愿意回家，她的家太大，空落落的。

林连翘跟着彩虹走了，林防风上大学去了，林紫苏去省城上班了，林光明住在高山铺乡政府，一个星期回家一趟，有时候借口工作太忙，甚至连着几个星期都不回。

偌大两栋房子，前后两个大院子，本来还有翠莲和当归两个人，现在当归也已经去上初中了，如今进进出出就翠莲一人，太寂寞了。

翠莲在周末也开始有了走亲访友的安排。当归在家时，她带着当归不是去外婆家，就是去自己弟弟妹妹家。当归有时周末要补课，翠莲就一个人去娘家。

这两年翠莲与娘家来往频繁，兄弟姐妹常走动，何况翠莲娘杨蕊觉得他们应该弥补这么多年的缺憾，只要有空，就来看翠莲，每次看到翠莲一个人在家，就让翠莲回娘家去。杨蕊常说："女人哪，一百岁要有一个娘家走，这句话一点儿也不假。"

翠莲弟弟妹妹村的娱乐项目和翠莲村里一样，三五成群，打牌。也有点不一样，除了打牌，他们那里还兴打麻将。

开始时，翠莲只是在一边看着，逢到三缺一人手不够时，帮别人替个手，替着替着，她也就上桌开始真打了，这一打，翠莲觉得那种不管不顾的娱乐快感又出现了。

她发现，麻将比斗纸牌要好玩得多，学会了打麻将的翠莲，最大的遗憾是她所在的村里怎么没有人会打麻将呢。她现在理直气壮地玩，理由是孩子们都大了，空闲时间也多了，除了每天上几堂课，她觉得她有时间，也有理由去玩一会儿，只要不影响生活和上课就行。

她沉迷麻将，这种沉迷让她觉得快乐。这种快乐对她来说，是舒畅而忘忧的，她不必想到林光明周末不回来，去了哪里；她也不必去面对空洞的房子带给她的落寞。她太喜欢这四方围城带给她的愉悦了，输赢已经不重要，她只是觉得几个人打麻将，这种喧哗与热闹，是她喜欢的。

林光明自己不打牌，但他是管乡镇纪律的，当然知道玩物丧志的危害，他依旧反对翠莲玩，他说："你真那么想玩，我买副麻将，咱俩玩。"

翠莲说："两个人怎么玩呢，而且我的钱你的钱都是我的钱，牌打不起来，不好玩。"

就在大家都以为翠莲只是小赌怡情，不至于又像过去那样玩牌玩到不管不顾时，一个电话打到了高山铺乡政府，找林光明去邻县派出所领人，要领的人是林当归。

翠莲打麻将已经上瘾的事实，才真相大白于天下。

翠莲现在不在村里玩牌，而是去邻镇打麻将了。而且打得很大，听说每次输赢都要数百元。这在农村已经算是大数目赌博了。

翠莲输了，就没日没夜想捞回本，她食不知味，夜不成寐，她所教的主课从原来的三个班，减到了两个班，到每学期期末，她的教学成绩都不能排上前三名。就连炒菜都时不时忘记放盐，甚至有几次电饭煲都忘记按煮饭键，没有饭吃，她就给林当归一元钱，让他去前面小店买包方便面，她连碗都不洗，就又去邻镇打麻将去了。

上初中的林当归，表面上看有父有母，可他没有得到任何管束，他继续尝试逃学，居然屡次逃学成功，于是他的胆子更大了。

常常翠莲将当归前脚送到学校，转身刚出校门，当归在学校转个圈，后脚就从学校后墙翻出去了。

老师找到翠莲时，翠莲点头如捣蒜，说一定管。

但她管不了林当归，这个年龄的男孩子，快到青春期了，也不大听话，何况，他不怕母亲，他只怕父亲，但父亲却常一周甚至几周才回家一次，也不能天天看着他，所以他什么也不怕。

这一切林光明并不知晓，他在高山铺乡政府大院里住着，像生活在世外桃源一般。光明以为现在只有一个孩子，翠莲应该能带得很好，当年四个孩子都带得好好的，能出什么事呢？

可还是出事了。

林光明坐在堂屋没有开灯。门被无声地推开，一个人影悄悄地溜进来。

林光明一拉灯绳，突然亮起来的灯，让溜进门的翠莲吓了一大跳。

"你去哪儿了？"林光明阴沉沉地问，"当归又去哪儿了？"

见到林光明时，翠莲心就咯噔一下，慌了，她每次都很小心，她早掌握了林光明回家的规律，但凡林光明回家，她绝对不出去打麻将的。

她记得今天不是林光明回家的日子呀！

听到光明提起当归，也让翠莲心里一沉。

当归？她记得当归前天从她那才拿走了二百元的，说是交秋季服装费。

"当归，当归应该在学校吧！"翠莲搜肠刮肚想着对策。

"他不在学校！"林光明咬着牙说。

她忙转过身，说："我去找他我去找他。"

"站住！"林光明厉声喝道。

翠莲吓一激灵，忙停了脚步。

林光明噌地站了起来，厉声问："你是不是去白河村打麻将去了？你什么时候学会的？你这样夜夜出去多久了？"

翠莲嘤嘤地哭了，像个孩子一样，也不说话。

林光明气得发抖，痛心地说："你到底要怎样？啊？你把儿子弄丢了！儿子被抓到派出所去了，你知道吗！"

翠莲惊恐万状地看着林光明，怯怯地问："当归吗？为什么抓到派出所，他不是在学校吗？当归怎么了？"

林当归找妈妈拿了二百元钱，到学校打了个转，一溜烟去找宋文峰了。宋文峰小学六年级没上，就辍学在家。他的父母离异后，父亲长年在外，母亲改嫁走了，宋文峰家中只有一个瞎了一只眼的奶奶。这少管束的孩子，是游戏厅录像厅的常客，到现在一天到晚打群架，小偷小摸，四处惹是生非，远近闻名。

宋文峰带着林当归去游戏厅，不到一个小时便把林当归的二百元花光了，随后宋文峰便带着林当归上了公交车，他说他有办法弄到钱还给林当归。

他教林当归如何打开前面一个老人肩上背着的布袋子，如何用一只长长的竹镊子，取出老人裹在手绢里的钱而不被发现；他教林当归如何放风，挡住其他人的视线，他用小刀利索地割开一个妇女的坤包，取走里面的现金。这一路上他俩频频得手，直到林当归去拉开一个年轻女子的挎包拉链时被发现，他们才被扭送到了离得最近的派出所。

这时候当归才发现，他们已经出县城了。

林光明是揪着翠莲去她娘家的，问岳母："妈，您也是做母亲的，您看看，您女儿余翠莲，赌博成性，对未成年儿子不管不顾，儿子让派出所给抓走了，您说吧，您就说，您这女儿怎么办吧？"

杨蕊望着眼前被林光明拉扯得衣冠不整的女儿翠莲，气坏了，上前一个劲儿用手捶翠莲胳膊，说："你怎么这么贪玩啊？人家家里是男的才玩，你一个女的，怎么这么不争气啊？"

杨蕊让林光明在家等着，她和翠莲去接林当归。

顶着酷暑，六十多岁的杨蕊不顾自己有晕车的毛病，坐了四个小时的长途汽车，一路吐到了邻县派出所。

当归一见到翠莲，咧开嘴大哭起来，叫道："妈！"

这一声妈叫得翠莲心都碎了，她多么爱她的这个小儿子呀！当归刚生下来时，那么好看，全家那么开心，林家居然有两个儿子，让翠莲的家庭地位都高了起来。如今站在面前的当归，头发耷拉在额前，是有多少时间没洗，也没有理发了，翠莲都不记得了。当归脸上一点儿血色都没有，一看就是好多天没有正经吃饭，显得营养不良，一身旧而且不合身的衣服，都不是当归平时穿的，不知道从哪里拿来的，随意套在身上，松松垮垮。

"你们是林当归家长吗？你们怎么回事？这么小的孩子都没人管？才十四岁不到，你们要好好管教啊，现在还来得及，再过一两年，你们就有得苦头吃了，你们啊！"办案民警摇摇头，"做父母不是你们这么做的，来这里签个字，你可以领他回去了！"民警递过来一个册子让翠莲签字，对着门口叫："宋文峰，宋文峰家长来了吗？"

林光明在家如坐针毡，这可怎么是好？他还没有从防风上北大的喜悦里出来呢，转眼就掉进了当归这个冰窟窿里，真是让人想死的心都有了。

大英坐在一旁说："要是我说呢，当归呀，你这做老子的就是打少了！"

大英是一直信奉棍棒下出孝子的，孩子不打不成才。

"可打有用吗？"林光明想起连翘和防风，他都打得连翘和防风离家出走了，可连翘也没有什么改观，他也困惑，这"棍棒下出孝子"到底有多少正确性？

回到家的林当归，一溜烟钻进了房间，他怕极了林光明，虽然他平时挨揍并不多，但他见过父亲打连翘姐姐和防风哥哥，人们说杀鸡儆猴，见过杀鸡的这个猴是真怕挨打的。

林光明最终没有下手打林当归，他只是在饭桌上说："当归，你也不小了，以后可不能做这种事。"

翠莲也连连说："当归，我儿，妈以后再也不打麻将了。你好好学习，不要再惹事了。"

许多年后，林当归在变卖了所有的家产后，红着眼睛对小叔常胜说："当年他为什么不打我？如果打了我，我就不会是现在这个下场了！"

林光明开始亲自接送林当归上下学，每到周五他去接当归，周一再将当归送去学校，生活好像又回到了正轨上。

　　表面上看，这个家庭，翠莲夫妻俩，有两儿两女，出了两个大学生，家里两栋房子，两个偌大的大院子，男人在政府工作，女人是学校老师，儿女成人，经济无忧，这种家庭，不管是从家庭建设，还是社会地位条件，都不错，多少人羡慕这一家人的红火。

　　说不打麻将的翠莲只是说说而已。现在连当归都不用接送了，翠莲放学回到家，本来这份冷清就让翠莲抓狂，何况现在还有个麻将让她心痒痒。她也知道她答应了儿子当归，不再打麻将，但只要有人来邀，或是谁带个信儿，说三缺一，她就忍不住要去玩玩。

　　为了不让人发现她晚上出去打麻将，放学后，她迅速回到家，早早吃了晚饭，不关厨房灯，大门从里面闩了，她从后门出去，将门半掩，设计出一个有人在家的假象，她再从猪圈跳出去，一路小跑，去邻镇打麻将。

　　一天夜里，无意间来串门的大英发现翠莲家唱的是空城计，家里空无一人，后门虚掩，不仅诧异，这女人这么晚了还出去，怎么不怕遇到鬼？

　　八年前的戏码，在光明家又开始重演起来，翠莲想方设法出去打麻将，光明跟踪，四处打听翠莲打牌窝点，大吵大闹，掀麻将桌，全武行上演。

　　光明是在一个夜晚，透过那家组织打麻将的人家屋外玻璃窗，看到坐在烟雾缭绕的麻将桌上的翠莲，一脸专注，那张脸严重走形，脸色铁青而无血色，另外三个男的叼着香烟，烟灰四溅，那几双肮脏的黑手在洗牌时，时不时碰着翠莲的手，翠莲却浑然不觉。林光明陡然觉得窗户里的这个女人陌生得不行，这可是跟他做了半辈子夫妻的女子，他根本不认得呀。

　　林光明没有像过去那样进屋掀麻将桌，大打出手，他悄然离开，沿着高低不平的小路，深一脚浅一脚地摸黑回到了家。

　　林光明坐在黑洞洞的大门墩上，凌晨一点，翠莲依然没有回，这日子要不要过下去了？林光明头一次这么认真思考这个问题。他想他的四个孩子，这个时候都不在身边。紫苏还在学校，过一段时间就去省城实习了，最近只是给他打过一次电话，他当时不在，还没接到；防风上大学了，一直没有来信；林当归刚上了初中，时不时老师会打电话来说，当归不在学校，不知去了哪里；还有连翘，已经跟彩虹去海城大半年了，她在那里过得怎么样？怎么一个字也不捎来？林光明觉得他被这个家庭完完全全地给抛弃了，这个家，就像汪洋中的小船，风雨飘摇间，不是他在掌舵了。

第十九章

被 迫 离 乡

章彩虹带着林连翘从飞机上下来时，远远地就看到了丈夫陆和平在向她招手。

"连翘，快，你姨父来接我们，他已经到了。"彩虹说着加快了步伐。

到了陆和平面前，连翘很拘谨地叫了一声姨父。

陆和平点了一下头，并没有说什么，他拿过彩虹手上的提包，说："你呀，每次回去净带一堆稀奇古怪的，臭豆腐是什么好东西吗？又带上飞机，这满飞机的味道，人家不笑话你啊！"

彩虹咯咯笑个不停，连翘诧异地发现，原来姨妈是会笑的，而且笑起来挺好看。

海城是一个新建不久的海岛城市，在车子经过市区时，连翘感受到了什么叫建设中的城市。

道路狭窄，灌木丛茂盛，枝丫自由地伸展着，毫无人工雕琢的痕迹。四处可见的建设工地，道路与房屋都处在施工状态。放眼望去，满眼全是才起地基的建筑，水管子都随意接到了马路上，任意喷淋着，满地水泥与沙土，面包车在街上横冲直撞的，没有红绿灯，也没见到有警察。

跟着彩虹进了一个大院子，左拐经过一个大花坛，有四五栋看上去崭新的十几层高的楼房，彩虹一家住其中一栋的第一层。

博士毕业的彩虹和陆和平，双双以建岛的名义进入了海城，作为高级知识分子，在当时有限的条件下，能分到这套五十九平方米的房子，已经算是很好的福利了。

这个五十九平方米的房子里，只有两个小房间和一个洗手间，客厅放了一组木制沙发，茶几前放了一台电视机，便很挤了，原来的厨房改成了一个小房间，放着高低床，显然这是给彩虹女儿静静住的。

而所谓的厨房，就是将后面只够一个人转身的阳台，砌了条案，放了煤气灶台和碗柜，就算是厨房了，所有的油盐酱醋，全堆放在窄小的阳台上，显得拥挤不堪。

但，这里已经住着七个人，现在连翘加入，她就是住进来的第八个人了。

除了彩虹一家三口，陆和平的弟弟陆方平夫妻俩是半年前来到海城的，彩虹的同学姜昌是医学院毕业的研究生，只比连翘早来一个月，还有陆和平老家叔叔的女儿大兰子，负责给彩虹家做饭，算是保姆。

除了大兰子做饭算是在工作外，其他人目前都没有工作。他们白天都出去找工作，多半无功而返。有时遇上台风天气，大家就都坐在客厅里，有时打牌，有时闲聊消磨时间。晚上，他们就横七竖八在客厅打地铺，大兰子和静静睡在高低床上，连翘来了，静静只得与大兰子挤在下铺，上铺让给了连翘。

彩虹进了自己家门，又恢复了她冷冷的样子。除了和同学姜昌聊聊天，和陆和平一起做饭，她几乎不理其他人。她和陆和平每天一早一起去上班，和平在政府部门上班，彩虹在一家企业里任二把手。每天下午彩虹会先到家，带回来一些菜和米面，她说下午菜市场就有处理的菜，便宜，能省不少钱。

连翘住进来已经三天了，她也不知道该干什么。说实话，在老家勤快的翠莲从来也不会让孩子干什么，她常说有这几个小孩儿磨洋工耽误时间，她三下两下就做好了，所以，连翘家四个孩子，都养成了饭来张口衣来伸手的习惯，连翘长这么大，几乎连地都没怎么扫过。

在农村，一个女孩子若被亲戚朋友带出来，常常会像大兰子一样，被当作那一家的小保姆一段时间，若干得好，主人家心善，多半帮忙在当地找一个人嫁了，这是最好的归宿。如今彩虹家有了大兰子，连翘想着彩虹大约不会要她当保姆，这样她对自己不会做家务这个毛病，稍稍有些心安了。

直到第三天，大兰子告诉连翘说，阿姨和叔叔在说你怎么还不去找工作呢？连翘不知道是她的存在威胁大兰子保姆的工作，还是她真的和连翘要好，背后传话给连翘。连翘在那一刻里，想要飞快逃离这里，越快越好。

晚上吃饭时，彩虹说："哎呀，最近我家米吃得真快呀！上周才买的米，这就见底了。"连翘这个晚上没敢添饭。

到海城的第四天早上，连翘出去找工作。她的心情是忐忑的，因为陆方平他们来了这么久了，都没找到事做，何况她呢？若真找不到工作怎么办呢？连翘想都不敢想，但她知道，她绝对不能回去。

按姜昌指的路线，连翘坐上301路公交车，坐了两站地下车，就是人才市场。

此刻人才市场人山人海，连翘挨个招聘单位看，只要有包吃包住的，她都去填表面试。最终她被一个叫凯旋门美食城的餐厅录用。前厅服务生，包吃包住，四百元一个月。

找到工作只用了三天时间，有研究生学历的姜昌感叹道："连翘你可以啊！你最后一个来，却是第一个找到工作，真是后生可畏！"

陆方平有些不屑，说："只要不挑，好找，服务生嘛，满大街都是。"

"那你倒找一个给我看看呀？都半年了，还没事做，光会说！"陆方平老婆小巧没好气地说。

"我是诗人，将来要有大作为的，我能给人去端盘子刷碗？！"陆方平急眼了。

连翘不作声，走开了。

连翘没有心情在这里和他们论长短，她清楚地知道，最难的时候她只是想离开商业大楼，让父亲拉她一把，父亲都不肯，现在父亲将她这个皮球踢了出来，更没有可能会有人帮她，最终一切还得靠她自己，一切靠自己，这个思想指导了连翘一生。

连翘想着她得走出去，她不要挤在这里，听别人的风凉话，外面再坏，也坏不过跟花姐在服装批发市场站街头吧？一切该来的都来好了。

晚上，彩虹回来听说连翘找到工作了，一愣，她说："嗯，还行，连翘，我还愁你能做什么呢，你倒自己找到了，蛮好的。"

不一会儿，彩虹从房里拿着个本子走出来，她的脸上居然有了些许笑意，说："连翘，找到工作好，这个工作适合你，你一个初中毕业生嘛，包吃包住，四百元一个月的工作挺好的，也就这样了。"

她把本子在连翘面前晃了晃，说："你爸给我一千二百元，我记了账啊，飞机票六百九十元，还余下五百一十元，你一共在我家住了七天，一天按五十元算吧，就是三百五十元，你还有一百六十元在我这里。这一百六十元给你，你爸的钱，我都给你了啊！"

连翘不知该不该接这钱，彩虹已把钱塞到了连翘前衣兜，说："连翘，人在外要靠本事吃饭，你好好干啊。"

连翘从老家出来只带了一套换洗衣服，她把衣服和几本书塞在带来的旅行袋里，袋子还是空荡荡的。

第二天一大早，连翘离开了彩虹姨妈的家。

第二十章

一场淘汰赛

　　这个早上林连翘倒了几次公交车，赶到那个叫凯旋门美食城的地方报到。

　　下了车，便看到一个排着长队的地方，挂着"凯旋门报到处"的牌子，此时那里已经熙熙攘攘的，有很多像她一般大的男孩儿女孩儿聚集在一起。

　　看样子和连翘同时被录取的人还真不少。连翘用身上仅有的一百六十元交了服装押金，领到了一把工柜钥匙，她便和其他人一样，分配到了一个大杂院里。

　　这个大杂院说是大杂院，实际上只有东西两排大房子被两排铁丝网围成一个大院子，那两排房，分别被当作男女宿舍，食堂就安排在隔壁。

　　房子中间一大片空地就是他们的训练场，宿舍嘛，和学校差不多，里面全是两层的高低床。晚到的连翘，只有对着房门的上铺是空的，下铺叫阿容的是一个本地姑娘，虽然年纪不大，做服务生已经四年了，见到连翘时，一脸笑，很麻利地将放在上铺上的杂物拿下来，并将连翘的包放上去。

　　这群十七八岁的青年，都刚离开父母时间不长，那种逃离父母管束后的快乐与喜悦，溢于言表。这里的夜晚比较长，夜生活也丰富，这群少男少女一到晚上，便三五成群，有去海边看海的，有去夜市淘宝的，也有相约着去公园或看电影，然后消夜去。可连翘哪儿也不敢去，她身上没有钱，她怕被人看出来。

　　凯旋门美食城当时号称是海城最高档的餐厅，打造一流的餐饮服务，母公司是南京一家著名的餐饮管理公司，他们的管理层全是从日本回来的。教官是这个餐厅的副总，叫朱子稳，酒店管理专业，博士毕业，才从日本回来，年纪并不大，也就二十五六岁的样子，但人看上去和他的名字很配，稳重而内敛。

第一个月的集体培训项目是基础培训，端酒和摆台，几乎很少做家务的林连翘根本掌握不了这些对她来说十分复杂的活儿，她端不稳托盘，托盘上再多放几瓶空酒瓶，走不了几步，酒瓶就翻下了地，这哐哐哐酒瓶砸在地上的声音，让林连翘心惊肉跳。

摆台更麻烦，台位间宽不过五十厘米，杯碗距桌转盘距离不过十厘米，酒杯与碗之间不得超过半厘米，而且规定二十秒之内摆好一套碗筷盏，要分毫不差，连翘不是放反了酒杯，就是距离错了，等全摆好了，又超时了。

第一场模拟训练开始，那位负责训练的姓华的前台女总监，用筷子敲着桌面，不满地说："怎么回事呢？不是都说有经验吗？这些白痴谁招的？赶紧回去吧，下一位！"

现场几十人都不合格，大家都不敢应声，排在末尾的林连翘吓得脸都白了。

下午五点，培训结束。

宿舍里，下课了的准服务生们快速换衣服准备出去玩。

"林连翘！你怎么还没换衣服啊，赶紧哪，去海边呀！再不走，天一会黑了！"住连翘下铺的阿容已经快速地描好眉画好眼，收拾利索了。她从下铺伸出脑袋看着连翘说。

"哇哦！你还跑得动？今天端着酒瓶跑这么多圈，我动不了了！"林连翘有气无力，她挥挥手，让阿容先走。

"真是千金大小姐啊！这点活儿你就累啦！真没用！"说着已打扮妥当的阿容就挽着另一个女孩儿走了。

连翘也疑惑：这群男孩儿女孩儿不累吗？这练端盘子就是一个体力活儿，三四个酒瓶放在一个托盘上，是很重的，要目不斜视地转十几圈，这胳膊腿都酸痛得抬不起来，可他们下课了，呼——全出去玩了，偌大宿舍，跑得一个也不剩。

宿舍迅速安静了下来，连翘坐了起来，看看自己的手，心想我连个服务生都做不好吗？说出去太丢人了。

林连翘看看四周没人，她从床上跳下来，走到院子里，院子中间有一盏不是很亮的灯，散发着淡黄的光，让院子看上去更为静谧。

院子里几个作为教具的圆桌上，白天训练的酒瓶托盘还在。

连翘将托盘放在了左手掌心，再在托盘上放上四个酒瓶，沿着规范路线绕两个大桌子走一圈，还没走几步，砰的一声，四个瓶子掉了两个在地上，碎了。

连翘发了狠，再接着来，我就不信我端不好你！

就这样一个星期下来，连翘偷偷在无人的院子里练了不知多少趟，没有人知道。

这样来来回回间，连翘不是打翻了托盘，就是瓶子倒了她不得不用另一只手去扶，也不知练了多久，突然黑暗中，有人说："你可以先不用端瓶子，改放两块砖在托盘里试试？"

连翘吓了一大跳，四处张望，才发现，不知何时，门口多了一个人，是朱子稳，朱副总。

"朱总，对不起，我……"连翘极不好意思地放下托盘。

"别放下，接着来接着来！你把托盘里酒瓶换成砖，不要看地上，也不要盯着托盘，看前面，再走！"

连翘将瓶子拿出放在地上，换上两块砖，按朱子稳的方法开始绕圈，因为没有了瓶子摇晃，她的步子就稳了。

"你叫什么？"看着林连翘练习的朱子稳开始翻手上的花名册。

"我叫林连翘。"

"哦，找到了。"朱子稳看到林连翘的名字上打了一个小叉，他皱了一下眉，提高音量说，"好好练，小姑娘，什么时候稳稳地端着盘子健步如飞，脸不改色心不跳了，再加两块砖！"说完，他便走出了院子。

接下来一个星期是理论课，主要是服务用语和顾客问题应答。林连翘通过这一段时间自己的练习，已经顺利地将砖加到了四块，争取做到朱副总说的，面不改色心不跳，一只手端托盘健步如飞。现在她完全不用另一只手扶托盘了。

自那晚后，朱副总没有再出现在宿舍，每晚连翘等宿舍人都走光了，就开始练，等到她将砖换成酒瓶，空酒瓶依旧晃，叮叮当当碰撞得厉害，但没有掉到地上，连翘发现，她可以控制住酒瓶了！这个新的发现让她欣喜若狂，看来这个练法是对路了。

又一个星期后，模拟训练考试开始了。

"上次考试不合格的今天决定去留，是一场淘汰赛。"华总监面无表情，语气凌厉而没有温度。

上周翻倒瓶子，上周摆台超时，全都有林连翘。她害怕她会被淘汰掉。

上了训练场，林连翘开始端酒瓶，这次四个酒瓶被教官装了多少不一的水。

有了不同重量的酒瓶，重心虽不稳，但反倒不晃了。

林连翘最后的补考项目就是端酒瓶，这次顺利过关太意外，也让林连翘高兴极了。第一轮淘汰名单里，没有林连翘。这轮没有被淘汰，激发了林连翘的好胜心，她想要超过别人，她觉得她有能力超过别人。

林连翘将晚上的时间分为上下两场，开始利用夜晚上半场练铺台布，扎台花，下半场继续练托盘端酒。晚上洗澡照镜子，连翘发现自己的左胳膊比右胳膊，至少粗了三分之一。

"林——连翘？怎么又是你？你怎么从不出去玩？"朱子稳过来巡夜时，大院子里还是只有林连翘，让朱子稳很意外。

连翘忙放下手中的托盘，她有点儿慌张，嗫嚅着："我，我很笨的……"

林连翘很是窘迫，她没有钱，没有朋友，也没有技能，这个时候，她连藏自己都藏不好。

"哈哈哈，你已经很厉害了，短短两个月，已将托盘端稳，桌布铺好，让自己没有被淘汰，你该祝贺自己！"朱子稳笑了，他放下手里的花名册，拿起托盘，说，"端托盘是服务行业一个服务生最基本的技能，但要做得好，却没那么容易的。让托盘如何在手上上下翻飞而不掉，如何同时双手托盘交错平稳，需要反复练习掌握手与托盘之间的着力点，从而掌握平衡，记住，你要让托盘和自己的手长在一起。"

说着，朱子稳拿过托盘，放上几个空酒瓶，放了盛水多少不一的水杯，再放一些小酒杯，一叠盘子，这样，林林总总的，满满一托盘。

只见他左手立起三指顶在托盘下，右手背在身后，将托盘高举头顶，又始终与耳侧水平端平，上下左右移动自如，仿佛有人经过而需绕行一般。朱子稳稳稳地游走在几个圆桌间，那装满杯盘的托盘像是长在了他的手上一样。看呆了林连翘，要知道他们是要求手掌和手指形成空心，靠掌沿托住托盘，才能稳住托盘呀，朱副总居然用拇指食指和小拇指三指鼎立，就这么悬空着端着托盘！

"所谓举重若轻容易，反倒是一满盘的空杯空瓶最难拿，虽然这时的托盘并不重，但重心分散，尤其在服务期间迅速撤走多余的餐具和空酒瓶，才见功力。"朱子稳说着放下托盘，看着林连翘，"再接再厉，努力的女孩儿都是有好运的！"

望着朱子稳的背影，林连翘好半天没回过神来，原来餐饮服务中包含这么多学问，那她连皮毛都没摸着啊！

"加油林连翘！"林连翘对自己说。她拿起托盘，再放上几块砖头，她要继续掌握力量，让托盘长在自己手上。"而后方能举重若轻。"林连翘轻声念叨着，她要从头开始练起。

　　第二轮淘汰中，林连翘以小组第二名胜出。她深深知道，别人争取的是一份工作，可她争取的是自己的生存机会。她不能回到姨妈家，更不能回去找父亲，除了胜出不被淘汰，她没有选择。

　　这次招进来的四百人，最后只留下一百八十人上岗，看着逐渐空出的床铺，老服务生阿容都吓得咋舌，她说她干了这么多年，从来没有遇到过要求这么严格的餐厅。

第二十一章

职 场 初 战

美食城的半年服务培训，每个月都会有两天的假期，这两天假是林连翘他们这些准服务生们最为快乐的日子。

本地的人会借机回家一趟，外地的人也都出去购物或干点儿别的。连翘也想过去看看姨妈，可她没有钱，空手怎么去呢？所以，这样的假期，她也只能躺在宿舍的床铺上，背对着门，看书。

连翘看的是《中国文学史》。这是临离开家时，林防风放进连翘的旅行包里的，他说这套书编得很好，值得一读。

防风给的书，都是无价之宝。连翘喜欢。

"什么书看得这么入迷？连我们这么一大帮人进来都不知道啊！"有人敲了敲连翘的床板说。连翘惊得坐了起来。

说话的是朱子稳。

和朱子稳在一起的还有华总监他们，公司里的一些大大小小的管理层都站在女生宿舍里。

连翘手忙脚乱地将书塞进凉席底下，一时不知说什么好了。

连翘的窘态让大家笑了，问："你怎么一个人在宿舍，今天不是放假吗？"

没等连翘回应，大家都去看其他的铺位，原来今天是管理层趁放假，过来看看这群服务生住的情况，华总监他们要将一些空的床铺登记并撤换，要将住宿重新调整一下。

朱子稳从连翘床铺下抽出那本《中国文学史》，问："你喜欢文学？"他那难以置信的表情，让连翘很不自在，好像她不该看这种书一样。

"只是没事做，看书打发时间。"连翘从上铺跳了下来。

晚上，朱子稳过来，给连翘带来一套《白天鹅宾馆管理》，另外还提着一个包，包里有一套被子和一个枕头。他说："你喜欢看书，是一个好习惯。"说着朱子稳将《白天鹅宾馆管理》放在了连翘床头，"我的这套书一直没有机会送出去，送你，看你会不会喜欢？"

"还有砖头当枕头固然好，但还是太凉，这么多人有被子，你却没有，可能是个人习惯，但马上入秋了，虽然这是热带地区，但晚上还是会凉的。你这么努力，如果正好开业你却感冒生病，那岂不是我们餐厅的损失？"朱子稳将铺盖放在连翘的床上，笑着走了。

原来凯旋门餐厅为在这里居住的服务生只提供凉席与床铺，那些被子枕头之类的床上用品是要自备的。

连翘没有被子，她也没有钱买。幸好是夏天，不用盖被子，她也没有枕头，她在外面捡了两块砖，用报纸包着，放在凉席下，当枕头倒也凉快。她丝毫没有看到其他人窃笑的脸，他们都笑她抠得要命，连枕头都舍不得买，更不要说被子了，他们绝不相信像林连翘这样的姑娘居然是因为没有钱，才没有床上用品的。

没有被子的难堪，终归被别人洞察，连翘很不好意思，她对领导这样的关爱也很是有些惶恐，她觉得她如果不能做好服务生，那是真的对不起这位朱副总了。

这套《白天鹅宾馆管理》让连翘增长了不少知识。为什么桌上的餐位宽度要保持五十厘米，因为一个成人坐下来吃饭时，两手之间打开的距离是五十厘米，也是一把餐椅的正常宽度；为什么倒完红酒时要转一圈酒瓶，是为了防止残酒滴落到桌上或是客人身上，而将最后一滴酒均匀分布在瓶口。原来培训时只是机械地照华总监教的去做，现在找到了依据。

这是连翘的第一套职业用书，这套书连翘一直带在身边，无论搬多少次家，都不曾丢弃过，因为这套书，她连一天服务生都没有做，直接坐到了副理职位。

开业前的一次大比武，是决定各个岗位领班人选的。连翘却只是急切地想要做服务生，她太渴望将这半年学到的十八般武艺实践一番了，她从铺台布、摆台、点菜抄菜谱，到倒酒撤餐具，样样都坚持练习，不断揣摩，就缺上阵实践了。

比赛结果，林连翘以综合评分第一的成绩出现在榜首。朱子稳当天直接提名林连翘为前厅副理候选人。

服务生们一片哗然，连华总监都不干了，她说："林连翘她曾经是最差的，我觉得她不合适，而且她过去根本没有从业经验，这肯定不行！"

朱子稳站在台上看着下面的人，等大家七嘴八舌安静下来后，才说："你们，谁在半夜练过端盘子摆碟？谁为配一席菜，而去翻过书？谁为了将桌牌写得更好而练习过抄菜单？有谁？"

大家都站在那里，没有人出声。

"大家都知道，前厅副理最重要的职责，便是负责各席菜肴的搭配和抄写，你们谁的字能写得像林连翘那么好的，也可以站出来！你看看你们菜单上的字，是不是写得像老中医的药方似的让人看不清也看不懂？而且这次比赛，不管是铺台布还是斟酒，综合评分第一的，是谁，不是林连翘吗？她现在教你们做培训都绰绰有余！我用她你们还有什么话说？"

大家都不再说话了，朱子稳说："大家还有异议吗？没有异议的话，前厅副理，就是林连翘了。"

试营业开始时，林连翘穿上了黑色制服坐在了大堂一侧，那身粉红的有白色领结和围裙的服务生衣服，因为是为每位服务生量身定制的缘故，大家都穿得那么合体，每个姑娘都显得那么优雅。

林连翘很羡慕他们，但此刻她是坐在前厅大班椅上，对每一位进餐厅的宾客行微笑注目礼，她每天的工作就是有序地分配各包房的菜谱，并用书法笔誊写菜单。那时，林连翘爱极了读书与写字带给她的福利。

正式开业后，第一个月的工资发下来，除了四百元的基本工资，还有一百五十元的岗位补贴。林连翘买了一堆零食和水果去了姨妈家。

那时姜昌已经上班去了，陆方平还在他哥哥家，不过凭着媳妇小巧的裁缝手艺，他们在彩虹家外租了一个小门面，已经开始做裁缝生意了。

大兰子一见连翘穿着制服回家了，羡慕坏了，她做好饭，就跑到连翘跟前，围着连翘转圈，说："连翘，还是在外面上班好吧？"

那天彩虹亲自下厨做了一大桌子菜，并答应连翘帮连翘将四百元给她爸林光明汇回去，连翘跟姨妈说："您就告诉他，我在外面挺好的，开始挣钱了。"

第二十二章

光 明 出 轨

林光明收到章彩虹寄来的信和汇款很是欣慰，他觉得这大半年，对林连翘悬着的心总算落下来了。他拿着钱去了大英那里。

"娘，连翘在外面上班了哩！您瞧，居然汇款来了，共四百元，说给我们二百元，也让给您二百元，您先收着。"

大英说："千万不要拿孩子的钱，光明，她一个人在外，不容易，手上攒着点儿钱，遇到事，心不慌！"

光明说："连翘说了，她现在的工作包吃包住，不花钱，这第一笔工资一定要孝敬我们呢！我会给她写信的，告诉她自己照顾好自己，以后不要再寄钱了。"

正式在省城实习的紫苏，给林光明打来电话，说是在省二建局实习，分在了测量科。如果这一年实习表现好，她有望留在省城。

林光明觉得自己又活过来了，翠莲怎么样，就由她去吧，孩子们的争气与努力，让他有了希望。他需要与人分享这样的喜悦，骑着自行车，鬼使神差的，他居然骑到了镇税务所柳英住的地方。

柳英自从离开高山铺乡政府，就调入了镇税务所，她现在一个人住在税务所的单身宿舍里，柳英去乡政府办离职手续时告诉过光明，但这么久了，光明这是第一次来。

不请自来的林光明让柳英喜不自胜，她一边往屋里让林光明，一边慌乱地整理头发与衣襟，说："哎呀，你怎么来了，你怎么来了，真是的，怎么不提前打个电话，我什么也没准备，怎么说来就来呢？快快坐，我去买点肉，买几个菜去！"

"别！"林光明一把将柳英按坐在沙发上，"我带了两个卤菜，你厨房里有什么，我来看看！"

林光明说着，将卤菜交给柳英，进了厨房。

这是一个很小的一室一厅带着个小厨房和厕所的小公寓，柳英将房间布置得很简洁温馨，此刻因光明的到来，都显得有些拥挤了。

挽着袖子的林光明来到厨房，他四处看了看，灶台上小盆水里漂着半块豆腐，旁边放着半根白萝卜，地上有一根莴笋和两根胡萝卜，光明将白萝卜莴笋和胡萝卜放进洗菜盆洗了，切了，连放在地上的几根葱都没放过。再将挂在墙上的腊肉取下来，切成片，他将腊肉与葱蒜过了油，而后将柳英漂在盆里的豆腐切成块状，一并下锅，再把灶台下的小铝锅拿出来洗了备用。等锅里豆腐变了色，他加了水，将莴笋和胡萝卜全倒入，做了一个大杂烩，香气四溢时，再用小铝锅盛出。

站在厨房门边的柳英看着灶台边忙活的林光明，因为热，而出现在光明背后的汗渍，像个跳着舞的舞娘，一忽儿踮着脚在左边，一忽儿又去了右边，旋律那么优美而动人。她多想抱一抱这个伟岸的背啊，将脸贴上前去，细细地品一品，这个舞娘带给她的战栗。

"来，柳英，摆上桌子，今天咱俩喝一杯，像在乡政府一样！"转过身来的林光明，端着热气腾腾的锅子，笑着说，"有酒吗？"

柳英回过神来，忙将靠墙的小桌子打开，摆上卤菜和大杂烩，他们俩像在乡政府时一样，坐了下来，四目相对。

"当然有酒，我天天都备着酒，就盼着你能来，哪怕是上来喝一杯就走，我也知足。"柳英说，眼里已经有泪。

"我这不是来了吗？怎么还哭了呢，你不高兴啊？"林光明坐了下来，开了酒，给两个酒杯倒上，"今天，我们不醉不归！"

"醉了也不许归！"柳英说着举起杯来说，"欢迎你，光明！"

这声悦耳的光明，让林光明听得心旌摇动。

"柳英，你知道吗？紫苏上班了，在省城哩！我二女儿连翘，也上班了，在海城，今天都寄钱来了，你说是不是值得庆贺？"林光明举着杯，两眼发亮看着柳英。

柳英连连点头，说："那是该庆贺，来，干一杯！"柳英一仰脖子，一口干了杯中的酒，"谢谢你，将你开心的事来和我分享！"

光明喝了酒，望着柳英，眼前的女人真是一点儿也不显年龄，她怎么还是留着大辫子呢？她的腰肢怎么看上去像没生过孩子一样，依然纤细呢？真是见了鬼了。

喝了酒的男女，在你来我往的推杯换盏里，有意无意间，那温热的手是如何碰撞上的，那饥渴的唇吻如何突破了自己的心，而去纠缠着对方的气息，这些都无从考证。

所有男女之情，是在身体交媾那一刻起，发生化学变化的。柳英的爱，与林光明的爱，原先走在边沿的爱，一旦进入了现实，便形成了涡流，他们的青春也就在这涡流里起死回生。

光明的衣着逐渐光鲜起来，都不像个四十多岁的男人，连翠莲在忙乱之中都注意到了，她在打麻将时说给别人听，别人说："小心你家老头儿花花心思哦！"

翠莲说："光明老实得很，不要紧。"她依旧盯在麻将上，她更欣喜她的老头儿林光明不再坐在夜里的大门墩上逮她，让她不至于回家时提心吊胆的。

林光明和柳英这场倾慕已久的爱情梦想成真，对柳英，就像得了天助一般。她的干劲十足，不仅体现在床上，也体现在工作上。开春的时候，她便被提为税务所副所长，这样的提拔让这个名利爱情双丰收的女人春色满面。她就像个老练的猎人盯着猎物一般，一动不动，只是张着她的网，林光明这个男人，迟早都会落入自己的陷阱，只是这个陷阱是温柔动人的。她深信不疑林光明对她的爱，一如她爱林光明一样。

所有有外遇的男人，都在这个时候变成很努力也很顾家的样子，林光明也不例外。他每天按时回家，按点接当归，甚至有时候还挽着袖子去做饭。他有条不紊地实施自己的计划，他的舆论攻势更可怕，他让所有的人都知道老婆翠莲的赌博成性，大英成了他最有力的同盟军，逢人便讲她儿子太不容易，她的儿媳妇是真不成器。光明不再打骂翠莲，他给儿女的信里，满是郁闷与忧伤，家门不幸的罪魁祸首，全是余翠莲。

连翘心急如焚地给防风写信，给紫苏写信，给妈妈翠莲写信，妈妈，为了整个家，你就不能改一改吗？

翠莲却完全听不进去，一个对危险来临一无所知的人，往往固执得可怕，她觉得林光明小题大做，她也觉得林光明的不如意，账全算在她头上，不公平。

第二十三章

紫 苏 结 婚

林紫苏在省城的实习结束，顺利留在了省城。林光明很开心，那天他带着当归去大英那里，还特意买了肉。

"娘，紫苏留城了，我也算了却一桩心事，好好发展，以后紫苏前途不可限量啊！"光明喜滋滋地说。

大英撇撇嘴说："不管多好，女子嘛，始终是人家的人，我家防风当归有用才是真的有用。"

大英的思想一直是传统的，所有家庭的血脉，传男不传女。

林防风已经大二了，他现在已经不回家过寒暑假，他说他有更重要的事需要去办，如今由连翘给防风寄生活费，光明觉得压力减轻了不少。至于防风在大学里到底怎么样，他并没有过多去打听，北大，中国最好的学府，会有什么问题呢，他静等防风毕业，如果也分回省城，那他的一双儿女就都在省城扎了根。

林光明在这段时间是很自在的，他有条不紊过着他的生活，晚上不管多晚，他都会离开柳英那里，回到自己的家，有时候翠莲会在家，更多的时候不在。但那又有什么关系呢？没有等待就没有伤害。这一对夫妻都在沉默地让所有的事情往最坏的方向上滑动，仿佛是故意商量过一样，约好不救。一如看着个溺水的人，一点点滑向深渊，而他们都无动于衷。

林光明现在保持着的沉默，像极了黎明前的黑暗，安静得很。他觉得他的任务快完成了，他的后半生，他有打算，这个打算正在酝酿，但并不是很明确。

紫苏这年从省城回家过年，带回来一个叫方志华的男孩儿，她要和方志华结婚了。

这个由紫苏亲口说出来的消息，对林光明来说，不亚于一声晴天霹雳。

林光明整个人都不好了，才二十三岁的紫苏刚毕业工作一年多，就要结婚，这个他不能接受，他觉得一个大学刚毕业的青年，正是大有作为的时候，怎么能结婚呢？尤其让他无法接受的是结婚对象方志华。

方志华只是一个普通城市家庭的孩子，家庭也没什么显赫背景，而且长得也太丑了点儿，干巴瘦小，一口四环素牙黑黄而参差不齐，让他的嘴看上去有些瘪，于是那无肉的脸更加狭长而丑陋，那眼睛似睁非睁的，好像从未睡醒过一般。

这不是一般地丑。

林光明觉得如此漂亮的紫苏，居然找这般人物便要把自己给嫁了，他心里如同被堵成了一堵墙。

搞不好还要影响后代啊，紫苏是怎么了，被门挤了脑袋吗？光明跟柳英说的时候，真是有种万念俱灰的感觉。

林光明坚决反对这门婚事，他说："紫苏你还小，不要这么着急嫁人，你再工作几年再说。"

翠莲也没有看上方志华，她的紫苏是百里挑一的女孩，怎么能这么草率嫁人呢。"你的理由是什么？"翠莲私下问紫苏。

紫苏说："他对我好，他全家都对我好。"

这么简单的回应，翠莲不满意地说："我们对你不好吗？你哪里就缺人对你好了？"

"你们不懂。"紫苏很不耐烦，她不想和母亲聊这个。

方志华是紫苏单位方处长的儿子，只比紫苏大两岁。这次留省城如此顺利，当然跟方志华的追求有很大关系。

方处长身体并不好，他快要退休了，他的两个女儿，一个在美国已经定居，一个在本市当教师，他没有别的愿望，他的殷切希望就是有生之年，看到唯一的儿子方志华成家生子。

这个重担压下来，方志华对紫苏的攻势更猛了。

方志华的母亲秦南是退休的工程师，做一手好菜，每个周末紫苏都会去方家，秦南的热情好客，方处长的温文尔雅，都让紫苏有种强烈的归属感。

"你这叫鼠目寸光！"林光明对紫苏的选择太失望了，他精心呵护的百里挑一的女儿，他曾经无数次想过他的女儿，嫁名流，出国深造，他曾夜里躺在床上想过无数遍，都想不出这世上，还有谁能配得上他的紫苏。

可女大不中留，光明还是拗不过紫苏，最终只得开始操办紫苏的婚礼。

连翘赶回家时，紫苏已经是新娘的样子了。

穿着红彤彤的新娘服，头上一侧戴着粉色新娘花的紫苏，因化了浓浓的新娘妆，反倒遮了紫苏本身明艳动人的样貌，但丝毫不影响她是最美的新娘。

连翘忙前忙后地帮紫苏收红包，发喜糖。无人时，连翘也问紫苏："你为什么要嫁给方志华啊？你爱他吗？"

紫苏看看妹妹，眼泪哗的就下来了："不爱。"她答得很干脆。

连翘有点儿受惊吓，她几乎没怎么见紫苏哭过的。

"我没有办法，我得留在省城，否则我拿不到这个工作指标，也无法在二建待下去的。而且方志华他人好，只是长得不好，那有什么关系？我不在意这个。"

"姐，留在省城这么重要吗？现在都开始不包分配工作了，你也有可能找到更好的工作！"

"你不懂，我哪能和你一样啊！我是有国家指标，定向分配的。连翘，这一切都是次要的，我要离开这个家，我要我自己说了算的生活，我不要过妈妈那样的生活！我很小就想离开这个家，这是个什么家啊？打小看到的是：婆媳打架，爸爸打儿女、打老婆。我小时候总是在被子里哭，我讨厌他们！爸爸自以为条件好，总欺负妈妈，我若找个条件好的，像爸爸对妈妈那样的，我一天都不能过的，只有妈妈才会逆来顺受，我不能！我要一个完全听我的、不会欺负我的男人，方志华就是！他是长得不好看，他对我是真的好，而且好歹他是省城人。他深知自身条件不如我，自然迁就我，我要有十足的把握去要一个永远不会欺负我的人。

"连翘，考上大学我才知道，我们的条件有多差，我们宿舍六个女孩儿，其他人的父母都是城里人，他们过的都是什么样的生活啊！每天换的衣服都是我们没见过的，零花钱也总用不完，而我没有零食，没有衣服，连出去玩都不敢与她们为伴。我无数次问过，我怎么会生在这样的家庭呢？为什么我的父亲不是区长、县长呢？你看我们的爸爸除了打妈妈，打你和防风他们，还能有什么吗？那年上学，我的同学徐雷来我家邀我一起上学，爸妈却当着我的同学面打架，让我颜面无存，我到现在都不敢和徐雷联系！我试着和别人谈恋爱，可我抬不起头来。我在大学交的男朋友，最后都离我而去。连翘，你没有上过大学，你不知道这种对比的伤害，我需要身份，我需要远离这个家，远离父亲，我再也不要回来了！"

连翘睁大了眼睛看紫苏，她的姐姐一直那么不可一世，要风得风，要雨得雨，一路上那么春风得意，怎么会有这样的心情？而且以这个理由很快嫁人？！连翘一直以为父亲只是不喜欢自己而总是加以拳脚泄愤，让她心生怯意。谁知从不挨打的紫苏，居然也如此受伤，这是连翘始料未及的。

二十三岁的紫苏头也不回地跟着方志华上了去省城的小车，在一阵阵鞭炮声和锣鼓声中绝尘而去。林光明落寞地站立在路口，他如此钟爱的女儿，以这样决绝的方式回击了他，他觉得心一下子被掏空了。

紫苏出嫁，连翘在家陪父母。

这两年她已经升为楼面部部长，工资也翻了几番，年假也有了，她将两年的年假攒在一起，再调休了两个周末，居然有二十天假可休。

在家待了几天，连翘发现一个很诡异的现象，她的母亲每天晚上都外出打麻将，甚至和她说话的时间都没有。爸爸很少回来，就算回家来大概就是转一圈，要不就去奶奶家吃个饭，她的爸爸妈妈几乎一天连照面都不打。

这个家的冰冷，是从没有开水开始的。

光明和大多数男人一样，喜爱喝茶，家中一年四季开水不能断。翠莲每次烧水的时候总是恨恨地说："你们都灌药吗，天天要喝开水？"

没有了开水的家，就像是没有温度的寒窑，不单单光明一个人感到了冷，连翘也感到了一种彻骨的寒。

"翠莲的心早就不在这个家了，我还要这个家干什么？"光明对大英说。

大英看着儿子，她的心更痛，她痛惜她这个自小没有父亲的儿子，她也曾尝试问过儿子，是不是外面有人了？光明斩钉截铁地说没有。

一个女人总不落屋，总不着家，这总不是个事。大英的心也硬了。

第二十四章

光明的决绝

家庭的纷争，多是男女之争。

男女之争时，他们很少去想其他方面，包括子女的处境。

何况现在林紫苏已出嫁，其他子女都不在跟前，也算是渐渐长大了，林光明更是肆无忌惮，他对翠莲的厌恶，已经到了极点。

男人不爱一个女人，明里暗里都充满了嫌弃，不想离婚的余翠莲无论如何表现，无论如何求和，无论怎么样来修复她与光明的关系，也终于在这样的嫌弃里忍无可忍，她当着连翘和大英的面指着林光明说："要说你外面没人，鬼都不信！"

这句话让林光明恼羞成怒，他冲上前去，一把推倒了翠莲，旋即对倒在地上的翠莲拳打脚踢起来，一边打一边骂："叫你造谣，叫你造谣！"完全无视他的女儿和他的母亲都在跟前。

连翘飞也似的冲过去，她想都没有想，本能地挡在了母亲前面，试图挡着父亲的拳脚："你不能，爸，你不能打我妈！"

一个成年子女，最绝望的事，莫过于亲眼看见自己的父亲对自己的母亲大打出手。母亲翠莲倒在地上大声咒骂着这个打她的男人不得好死。

此刻这两个对子女同等重要的至亲，如此毫不留情、面目狰狞地伤害对方。这样的场景在未来许多年，都一遍又一遍出现在连翘的脑海，甚至出现在她的梦里，梦里总是一片狼藉。

林连翘死命护着母亲都没能让林光明住手，林光明恶狠狠地咬着牙，脑门上青筋暴起。连翘绝望地感受着这没有了爱的婚姻，让一个男人如此凶残而没有理智，不爱的男女在失去温度的生活里，彼此摧残毫不手软，他像打一个仇敌一样，要置女人于死地而后快。

而此刻作为婆婆和母亲的大英，竟然就站在一旁，指着翠莲说："你一个女人家的，打牌打到深更半夜不晓得回家，哪有你这样的女子，就是该打！"

连翘哭得肝肠寸断，她阻挡不了父亲，拳头和脚一下一下狠狠砸在她和母亲的身上，她的母亲瑟瑟发抖，让连翘无能为力。

"爸，你是要我们的命吗？"连翘大声号啕着，她高举的手在林光明面前挥动着。林光明停了下来，因为他发现，他的女儿连翘的一只手的食指很奇怪地外翻着，显然是骨折了。

没有血，没有硝烟，没有人围观，大家都习惯了这一家人的打闹。平静下来的光明，进里屋拿出他的公文包，从包里掏出几张钱给大英，说："娘，连翘手指断了，你带她去医院处理一下，我还有事。"说着，骑上他的二八自行车，不一会儿，就出了村口，不见了。

一切那么平静，那么轻松，仿佛刚才的战争不曾有过，母亲翠莲坐在地上，哀号着，已经没有了眼泪。她那毫无血色的脸，蜡黄而松弛，她完全失去了一个母亲的刚强与光辉，此刻就像只待宰的羔羊。

连翘上前，举着自己断了手指的手，另一只手拉母亲起来，说："妈，你也有手，你也是个人，为什么不还手，为什么不打他，为什么要让他一而再再而三地伤害你？！他若以后再打你，妈妈，拿刀杀了他！！"连翘对自己的母亲吼道。

翠莲此刻大哭不止，眼泪像断了线的珠子往下滚，哭诉道："连翘啊，连翘，妈妈，妈妈没用啊！"

连翘的假期该结束了。准备走时，她对母亲说："妈，真过不去，离婚吧，不要让一个男人如此逼你，你再等一等我，以后我带你走吧。"

翠莲轻轻摇摇头，说："不行，连翘，我还有你弟防风和当归，我不能走，我走了，他们就没有家了，当归还要回来吃饭呢！我不离婚，我绝不离婚！"传统意识那么顽固地盘踞在中年妇女翠莲的脑子里，养儿防老，去女儿那里肯定不行的。

"妈妈，以后你不要犯错让他抓了呀，你就不能不打麻将了吗？"连翘说着又冒火了，"你说，你为打牌，打得自己家破人亡，夫离子散，值得吗？"

"不值得，连翘，不值得！"翠莲痛哭不止，"我知道错了，可现在林光明总是赶我走哇，我偏不，我偏不走！"

临走前晚，连翘将父母叫到一起，吃了一顿饭。

连翘对父亲说："爸，不要再打妈妈，你不能再打了，我以断了我食指为代价，请求你不要再动手了。"连翘举起断了手指的手盯着父亲。

恢复了理智的光明深深低下头，说："连翘，我对不起你！你妈，我以后不会再打她了！"

连翘拿出这两年的积蓄一万元钱，推到父亲面前，说："爸，这是我这两年攒的一万元，你去县城找一找，听说有的房子也才几百元一平方米，帮我买个小房子。如果你确实不愿意跟母亲住一起，让妈住到我的小房里去。你们可试着分开一段时间，分开后大家都好好想一想，确实过不下去了，可以离婚，可以不做夫妻，但再也不能打架，我们已经受不了了！"

连翘带着她那只伤手，带着对母亲无限的感伤与担忧离开家乡回到海城。

连翘的走，也将家中的烟火带走了。光明不再回来，他说翠莲做的饭他决不会吃。中间他回来一趟，将一份离婚协议放在了堂屋桌上，说："你签字吧，我们指定是过不下去了。"光明说完就骑上他的自行车走了。

望着光明离去的背影，翠莲三把两把将离婚协议撕碎了，她声嘶力竭喊道："你休想！"

而让翠莲真正感到大祸临头的是她娘杨蕊在这年年底去世了。

离婚协议和光明的拳脚、大英的冷言冷语，都没有让翠莲如此恐惧，母亲的死让翠莲的内心一下子失去了依靠，这个自小失去爹娘养育的女人，在这一刻又回到了十岁的时候，别人都有家，可她没有，她一个人住在漆黑的祖屋里。那张竹床的床头就是一副棺材，长明灯要灭不灭地亮着，让她总感觉到棺材后有人。那时候她瞎了眼的奶奶找不到她的位置，一边喊翠莲，一边摸索翠莲的样子也让翠莲感到害怕。老鼠整夜奔跑撕咬的动静，让她抱着被子，将头和身体死死包裹着，瑟瑟颤抖着等待天明，这种可怕的感觉又来了。

翠莲无心打牌，也没有人再找她打牌，大家都知道，她的家快散了。

拥有四个子女的余翠莲，深夜十二点，她还跪在婆婆大英的床前，没有灯，也没有声音，婆婆背对着她，一动也不动，这是第几个晚上了？翠莲也不知道，她夜夜来求婆婆劝光明，不要离婚，她已经很久不打牌了，她改，她一定改，看在四个孩子的分上。

"娘啊，你救救我，看在我给林家开枝散叶，生了四个子女的分上，劝光明不要离婚，看在我年年给你做鞋做靴的分儿上。我不要离婚，我会做牛做马报答您，我再也不摸麻将，再也不去了。娘啊，只有你能救我，我求你我求你了！"

大英冷冷地说："早劝你你不听，现在还有什么用？"

翠莲跪着的地面，潮湿而坚硬，让翠莲的腿脚冷到麻木。这个拥有四个子女的母亲，她盖有高楼大院，她养了两个大学生，却在此刻没有任何力量。她的财富，她的青春，她为之付出的关于生命的尊严，都在这长夜的跪里销蚀殆尽。

为女性则刚，为母亲则强，大英都明白的道理，此刻她却保持了缄默。大英作为一个母亲，深知儿子的心意，一个母亲对儿子的宠溺有时候是不讲道理的，她坚定地站在她儿子光明这一边，只是因为光明已经下定决心不要这个跪着的女人。这个女人的跪，这个女人的软弱，这个女人的无能为力，在她面前，都成了再踏上一脚的理由，如此没有用的东西，你也不配在这里！

那个晚上，翠莲拖着冷凉而麻木的腿艰难地走出婆婆房门，那时候月亮已西沉。

第二十五章

初恋的惊吓

回到海城，林连翘异常忙碌起来。

餐厅每天三班倒的工作制，她时不时都要随叫随到，不是政府官员到了，就是老客户来了一定要喝一杯，要不就是员工之间的纠纷，或是后厨进货渠道又有新问题。

她常忙到下半夜才能喘口气，想起母亲翠莲，这样的夜，村里自然是没有人在电话机旁，当然无法联系到翠莲。

连翘想把母亲接到身边，她觉得父亲还会打母亲，她本能地想带母亲逃跑，这个念头如此纯粹。她只是觉得母亲的哭、母亲的无助，都是自己的责任，她需要去承担、去解救。或是因为小时候被深深伤害欺负过，她才能懂这个时候的母亲，是多么需要她来疼惜，需要她来帮着挡住——哪怕只是挡一次——那样的伤害。

但现在，连翘时刻都想象得到母亲翠莲的危险，而又如此无能为力，这种无力感，让连翘很无助。

但白天连翘没有时间来想这些，她，太忙了。

这两年，海城发展得非常快，像凯旋门美食城这样档次的餐厅层出不穷，更为严峻的是，市中心建了不少五星级酒店，陆续开始营业，凯旋门的生意受到了很大的挑战。

作为凯旋门美食城楼面部部长的林连翘，每天要操心订房问题，这个月比上个月至少少了三成的包房订座率，她心里着急呀，长此下去，她的绩效工资要没了。

她从订餐员手上拿来订餐本，翻开订餐本，将超过三天没有来吃饭的顾客进行分类，逐一亲自打电话。

陈唐是带着一大帮人来的。他是自凯旋门美食城开业第一天就来捧场的客人，他的公司就在后面汇通大厦上，汇通大厦最上面的三层全是他公司的办公区，据说他的生意遍布东南亚，是省里的交税大户。

"包厢帮我订好了吧，林部长！"陈唐是笑着进门的，他总是这样喜庆，人未到，笑先闻。

这个陈唐自体制内辞职经商，已经好几年了，三十六七的年纪，高高的个子，长眉星目，肤色白皙，又因长年的政府部门工作熏陶，让他自带一股书卷气，经商又让他活跃而不失分寸，整个人充满了阳光，而且善解人意。

林连翘笑着迎了上去，说："陈总，您的包厢永远为您留着，请！"

陈唐喜欢上凯旋门吃饭，他说这里的包厢大气，服务专业。

对于陈唐这个经常订大包厢的主顾，林连翘当然是求之不得。不过就算陈唐一个月来四五次，整个餐厅这个月的订单数量，离目标任务还有好大一截，受到问责的，不仅仅有林连翘，还有朱子稳。

朱子稳和林连翘他们俩开始对菜单和销售方式进行探讨与修改，甚至两个人冒充情侣去新开的黄金海岸酒店吃情侣套餐，而后效仿推出情侣餐和工作餐。

相比那些带酒店客房的高档酒店，专门经营包厢的凯旋门美食城明显有些后劲不足；而往下靠呢，做工作餐又比不过那些茶餐厅。最终朱子稳也回天无力，总部通知要关闭凯旋门美食城，朱子稳和华总监以及优秀的中层干部要调回总部待命，给楼面部部长级以下的基层管理人员和服务生补发三个月的工资作为遣散补偿。林连翘的名字出现在调回南京的名录上。

已经关张的美食城，让这群越是节假日越忙碌的服务从业者，有了喘口气的机会，他们便常出现在海边的酒吧里。

朱子稳和林连翘坐在一家靠海的酒吧里，朱子稳打了一只鸡蛋到他面前的黑啤里，抬头看连翘，说："两年了，连翘，你依旧喝不了黑啤加鸡蛋，呵呵。"

连翘笑了，说："改变一个人往往不是习惯，应该是认知或是经验，比如我对吃生鸡蛋始终心有余悸。"她小时候和香姑家的表弟们玩，看到母鸡刚下的蛋，连翘以为鸡蛋热的就是熟的，直接磕开给吞了，那样的鲜腥，那样的恶心与窒息，真是终生不忘。

朱子稳喝了一口黑啤，对连翘说："嗯，很有哲理哦，你长大了，今年二十一了吧，我能说我是看着你长大的吗？"

这个年轻的朱副总一直那么帮她，那么维护她，她满怀感激，但今天不一样，女性是天生敏感的，连翘觉得今天的气氛很不同，与任何一个时候都不同，这让她不自在。

"知道吧，公司中高层，不管是南京派来的，还是海城的，表现优秀的这次都将返回南京等待调令，你也在其中哦！你要和我一起回南京集训呢。你是我提名的，我觉得你那么聪慧，那么勤奋努力，在总部会发展得更好。三年了，我想你是懂得的，我很喜欢你。"

连翘吓得一哆嗦，这是她长这么大，头一次听到这样直白的告白，而且是自己的顶头上司，连翘一下子手足无措起来，她抬起头来，轻声地说："朱总，我——"

"叫我子稳。"朱子稳定定地看着林连翘。

"不可以。朱总，我的情况你不了解，我不是你想的那样的，我……"连翘都不知如何表达自己，她觉得她不能谈感情，也不配。

朱子稳急了，说："你是哪样的？你告诉我，你应放开自己，让我了解，我的心意你还不明白吗？你那么拼，那么努力生活，我都看在眼里。连翘，那次在宿舍看到你读《中国文学史》，我便知道你不是一般的姑娘。告诉我，你是哪样的？不管你是谁，我眼里的姑娘林连翘，一定是个好姑娘，你值得的！"朱子稳伸过手来，正好触碰到连翘那只折了食指的手背，那手现在的食指根部，鼓出一块增生骨头，虽然关节现在能活动自如，但隐隐作痛。此刻被朱子稳碰到，让连翘惊跳了起来，她急急地起身，一下子带翻了椅子。

连翘惊慌失措地向门外逃去，边走边说："朱总，对不起，我——我不能。"留下朱子稳一个人，失措地坐着，不知是去是留。

作为公司中层，林连翘和其他中层被通知等候分配，林连翘也不知道如何决定去留，海城与南京有什么区别呢？对于这份工作，连翘是上心的，但再换个城市是不是应该，这个她有些举棋不定。

在搬离宿舍那个晚上，朱子稳又出现在连翘面前。

朱子稳见到背着双肩包准备出门的林连翘，粲然一笑，仿佛他们之间什么也没有发生过一样，这个带着温度的笑让林连翘感到了温柔，让她停了下来，少了上次仓皇逃离的敏感。

这是一个温和的男子，他们共事了两年，朱子稳如他的名字一样，稳稳地挡在林连翘面前，让林连翘少了很多在职场上的风浪。他对她有知遇之恩，也让她情不自禁地想要依靠，但她却没有勇气。

"连翘，你一个人，承担太多的压力了，我第一次看你在训练场转圈时，我就知道你很不容易。这两年来，你那么怕犯错，那么用心地工作，我都看在了眼里。连翘，你不要再躲了，好吗？"

南京，迎接他们的第一站是南京夫子庙街，在南京土生土长的朱子稳，当仁不让地做起了这群青年的向导。朱子稳细心地一点点消除着林连翘的不安，一点点地渗透着林连翘的心。公司的人发现他们的秘密时，已经半年过去了，大家称他们为金童玉女，总经理陈晓捷说，海城美食城我们失败了，但我们成全了一对金童玉女，也算是功德无量啊！

林连翘在南京的时光，是有小女生情怀的。沉浸在爱情中的林连翘，将她与朱子稳的合照寄给小叔，小叔的回信充满了夸奖与祝福，这让林连翘感到了幸福，她甚至有点淡忘了父亲对自己的伤害。一个人在获得幸福时，他所能感受到的痛苦，也会相对减少，而且乐于与家人去分享这样的幸福。

这场对于林连翘来说的初恋来得那么晚，朱子稳和林连翘毕竟认识两年了，到现在才开始，有点儿过于幸福，林连翘初次感到了感恩与甜蜜，她以为她的伤痛都得到了一定程度的治愈。

在朱子稳说要带她回家见父母时，让她对她将要逃离自己原生家庭的这个场面充满了憧憬。

只是年轻的林连翘却未曾懂得，越是甜蜜的时光，越是短暂而伤情。

在南京拥有两个书店商铺的朱家就在市中心最繁华地段新光天地大楼第十七层。

端坐在沙发上，一身黑衣，保养得很好的朱母，并没有起身，她上下打量着林连翘，没有作声，只是微微颔首，算是打了招呼。

朱子稳开始忙碌着和家里的阿姨准备着水果点心，偶尔趁机握握连翘的手，以示鼓励，这个小动作，都没有逃过朱母的眼睛。

"稳稳，你去楼上，帮你爸将和刘氏集团的合同打印出来，好好帮我看看有什么问题没，我现在的眼睛越来越不行了。"

朱子稳轻快地上了楼，临走他向林连翘竖了竖大拇指，无声地说，加油。

客厅里只剩下朱母和林连翘，空气像是凝固了一般，平时能言善辩的林连翘，紧张得心都要从口腔里跳出来了。

"你叫林连翘？"朱母问。

"嗯。"连翘慌乱点头，有些手足无措。

"你对稳稳好像一点儿也不了解吧？"朱母吹了吹杯中的茶叶末，低垂着眉眼，说："你一个初中毕业生，怎么能，怎么敢和我家子稳谈恋爱？我子稳是在日本留学的博士，他的上任女友是个日本姑娘，再上任可是个空姐，你想过吗？我怎么能接受我的儿子和一个服务员组成家庭？自从海城归来，他回家只是和我说了你们的事，便从此不再回家，他居然跟我说如果我不同意，他就不再回来了，他可以不要妈妈，不要这个家，有这样谈恋爱的吗？！今天我让稳稳带你回来，不是认可了你，我是想让你来评评这个理！你告诉我，稳稳这么做，对吗？"

林连翘的眼泪哗地下来了，她不配。

她的脑子嗡嗡作响，她说过的，她不配，可面对站在她面前的朱子稳母亲不怒而威的样子，她没有反击的能力。朱子稳什么时候回来的，怎么一个箭步跨到她身边，并牵着她的手，她都不知道。被朱子稳抓握的左手，隐隐的，痛而冰凉。

林连翘死命挣脱了朱子稳的手，泪眼婆娑地小声跟朱子稳说："我说过的，我说过我不配的，我说过的呀！！"

连翘脑海里是紫苏结婚那晚的泪，是父亲重重打在母亲身上的拳头，这一切让连翘对这个世界都充满了困惑，所有靠近自己的温度，哪怕稍稍只升高一度，都是那么炽烈得让她感到痛，她只能逃，逃让她感到安全。更何况犹如熊熊大火烧过来的朱子稳的母亲，林连翘根本承受不起。她以最快的速度离开了南京回到海城，连离职报告都是后来才寄往南京的。

随后追来的朱子稳，没能说服林连翘。林连翘对爱情的渴求从来都不强烈，对于感情的恐惧几乎是与生俱来的。何况眼前的朱子稳还有一个锦绣前程呢，他怎么能因为林连翘而与他庞大的家族决裂？林连翘在感情面前，觉得自己像是一个乞讨者，不管是父母的，兄弟姐妹的，还是这短暂的初恋，林连翘从来就是无能为力。

回到海城的林连翘来不及悲伤。恋爱没有了，工作却还要继续。来海城两年了，林连翘也不再是那个连被子也没有的林连翘。凯旋门美食城餐厅还没有结业清算时，就有几份工作邀请，有酒店副总直接上门来要人，他们都说，凯旋门的服务生是很专业的，职业含金量最高，他们甚至直接点名要林连翘。

带着失恋之痛，林连翘正式入职黄金海岸酒店。

连翘是带着凯旋门的一支完整的服务团队进去的，阿容任楼面部部长，林连翘竞得了餐厅副总经理的位置，这个时候林连翘胸有成竹，觉得自己是志在必得。

以粤菜为主打的黄金海岸中餐厅，不管是菜品还是前厅服务，都属海城第一。来来往往的顾客都是全国乃至世界各地的达官贵人，商贾名流，就算坐下来喝一杯一百八十元的咖啡，已经是最便宜的消费了，这两年与之竞争的环岛酒店、王府酒店次第开张，表面上风平浪静，实则暗流涌动。

前厅总负责人林连翘丝毫不敢掉以轻心，她在秋天引进的徽菜系受到了好几个部门的质疑，大家都觉得跟环岛酒店的淮扬菜比不是一个档次，怎么竞争？她与厨师长几番改良，今天终于可以面市了。

第一时间通知陈唐，陈唐特意请来了一些安徽籍客户，喝了一口凤阳老母鸡汤的领导频频点头，说："这就是母亲的味道啊！"随即被命名为母亲菜的老母鸡汤，一时让黄金海岸声名鹊起，以家乡菜游子吟为主打的粤菜餐厅，起点缀作用的安徽炖汤与蒸菜，慕名而来的食客交口称赞，也让黄金海岸酒店在一众主打粤菜的酒店里，脱颖而出。

林连翘也因为坚持自己，想顾客所想，受到公司表彰。擅长配菜和安排宴席的林连翘，因为黄金海岸而被人所熟知，名气也响了。

彩虹和陆和平夫妇来黄金海岸的时候也多了。彩虹来时如一阵风，向朋友介绍，我外甥女是前厅总负责人，怎么样？她那样虚荣而夸张地介绍连翘，连翘都感到脸红。会客期间，她常会让连翘进包厢向她的客人敬酒，并赠送菜品，这样彩虹感到面子十足，餐后将未吃完的菜肴一一打包带走。每个月彩虹夫妇都在黄金海岸挂账，有时忘记结账了，连翘不得不自己掏腰包将账销了。极有阶层感的彩虹，在这个时候，她说连翘可以和他们一个阶层了，这让连翘看姨妈时，有些哭笑不得。

连翘在自己的亲戚那里感到了名利的功效如此明显，他们在意的光鲜，都超出了连翘的想象。这份光鲜就像那件皇帝的新装一样，哪怕空无一物，也足够让人欢呼雀跃，膜拜不已。

记得那个冬天，彩虹让连翘订了包厢，她说她要宴请她的贵客——来自北京的胡海，是新调任来的她的顶头上司，彩虹夫妇极尽阿谀奉承，在连翘看来，简直不像是她认识的姨妈。

宴席上，觥筹交错之间，能说会道的彩虹，面面俱到的彩虹，都让连翘觉得陌生，也让她见到了什么叫徐娘半老风韵犹存的妙处。

彩虹拉着连翘向胡海介绍说："看到没有，我的外甥女，她没有上过大学，赤手空拳，刚二十出头，照样做到了现在顶级餐厅的副总经理，还一天服务生都没有做过，算不算是一个奇迹？"

胡海举着酒杯频频点着头说："小姑娘很能干！"

彩虹说："他们家基因好，你还没有看到她的爸爸，我的大哥，那才叫出口成章，才高八斗，连翘随她爸！"

连翘也是头一次听人这么说，她随她爸，但不知道她爸愿不愿意呢，父亲那么不喜欢她。不过能力是能凭空遗传的吗？那谁能证明她这些年的不懈努力与拼搏呢？

冬天的时候，姨妈来跟连翘告别，说他们要调到北京去了。

这个决定太过突然，让连翘始料未及，也在她的预料之中，胡海的出现，大约也是为这件事而助力的。

　　"海城太小了，为了静静有一个好的前途，我也得去北京。"彩虹说。

　　彩虹和陆和平走的时候，连翘请他们夫妇吃了饭。彩虹的兴奋溢于言表，他们唾手可得的社会地位与风光无限，也是一种必然，博士生夫妇，以胡海为第一块跳板，离开了海城，去更广阔的天地发展了。彩虹说，他们读了那么多的书，应该有更广阔的天地。他们走的路，连翘走不了，连翘是服务业从业人员，肯定在以服务业闻名于海内外的海城的餐饮领域里能有一席之地，如果抛开这些，那就不好说了。

　　这些话彩虹是说者无心，作为听者的连翘，听了不太舒服，世界那么大，谁又规定了谁只能做某个领域的事？连翘不服。但她什么也没有说，喝干了和陆和平碰过杯的酒。

第二十六章

连 翘 动 情

　　林连翘与朱子稳那场短暂的恋爱所带来的惊吓和不适感，在海城劳碌的日子里，渐渐被林连翘埋在了心底深处。林连翘每天劳碌而又乏味，她觉得她每天像极了一个会走路的机器，这在别人看来，就是很敬业的样子。

　　常来黄金海岸吃饭的交通银行的丁处长，是安徽人，自封为高级吃货，从他梨形的肥胖身材，和已经胖到看不到眼睛的脸上，绝对可以相信他这个自封的吃货，对吃肯定很有一套。

　　他每次来之前，必让连翘安排煨好的母鸡汤。

　　今天丁处长是自带酒水来的。他让林连翘安排好前厅，就到他的包厢来，他说有话要和林连翘说。

　　进了包厢后，连翘发现，包厢里只有丁处长一人，正在等她。

　　丁处长一定要连翘喝下一杯酒后才肯说明来意，他说："未来的总经理，如果酒量不好，那可不好办。"

　　丁处长点燃一支烟，习惯性地用胖手指捋了捋额头前的几根看上去湿湿的头发，开始切入正题。

　　他决定盘下地处金龙路餐饮一条街上的富南大酒店，要找合伙人，他说："连翘你最合适，管理没问题，客源也不错，做安徽菜，你可是海城第一人，要不我们合作吧。"丁处长这么说话时，叼着烟，在烟雾缭绕间，眼睛是看不到的，那颗硕大的脑袋，越发像大型土豆了。

　　丁处长说他可出让百分之十的股份，让林连翘以管理入股的方式持有，这样连翘是股东，也是老板了！

　　连翘很意外，她没想过她会当老板的。

她直摆手，说："丁处，我可不行！我只懂管前厅，我做不了运营啊！"

丁处长点着他那硕大的脑袋说："林连翘，你行的，放心，运营有我呢，我可是吃货，而且我手头上有的是能人，开业当天我会派专业运营人来给你打下手！"

黄金海岸的总经理邵兵知道这件事后，他说："连翘你考虑过吗，凯旋门美食城牌子硬吧，资金多雄厚啊，可这么大的投资，最终都血本无归，狼狈退出，何况富南酒店这种小餐厅？林连翘，你要识时务，现在黄金海岸风头正劲，背靠大树才好乘凉啊，你这个时候离开，岂不是功亏一篑？"

那天陈唐在海边大排档吃夜宵，给连翘打电话，他说："你忙完了吗？过来吃夜宵啊，那么早睡觉浪费生命。"

这段时间，心情不太好的连翘其实已经很久不出门了，但陈唐的电话不好拒绝。来到海边，一大桌子的人，酒正酣，已然是喝得东倒西歪，唯有陈唐，雪白的衬衣，脸色红润，靠在椅背上，略显清醒。见到连翘，他笑了。

"连翘啊，过来，最近你的状态不是很好啊，好像有心事呢？"

陈唐总是能在不经意间，看出连翘的不寻常来。

连翘说："陈总，我没事，就是有些忙呗。"她不愿意在外人面前袒露自己。

"连翘，来喝一杯，你总是这样，人越多你越寂寞，我早看出来了。"

就这么一句话，触痛了连翘，她的家庭、她的初恋，像是两把刀一样横在心上，那裹着坚壳的心就流血了，连翘一下子哭了。

"哎呀，怎么哭了？我就知道今天得叫你，果然我们林总有心事了。"陈唐笑着递给连翘面巾纸。

陈唐一直很认真地听连翘流着眼泪说自己的事，他看连翘的眼睛那么专注，连翘说得也毫无保留。

"父母的事，终归是父母自己的事，作为子女，如果改变不了，就只能顺其自然，你怎么能将这些放在自己身上呢？太沉重了，很多时候，很多大人也是不懂事的，你信不信？连翘，你是家庭的一分子没有错，但你也是你自己的，至于那个南京仔，失去你，他应该哭才对呀！失去你是他们家的巨大损失！再来干一杯，忘了他！"陈唐说完，笑眯眯地看着连翘，那样子特别像个知心节目里的男主持人，让连翘很是暖心。

连翘忍不住也笑了，她喝干了杯中的啤酒。这个陈唐一直是这样，天大的事，都能如此轻描淡写，化于无形。

谈及富南酒店的事，陈唐则和邵兵看法不同，他说："连翘你怕什么呢？大不了失败了，亏了，那人家亏得更多，他还占百分之九十呢，你能亏到哪里？你这么年轻，大不了再找家餐厅前厅部重新开始呗。我觉得富南酒店能锻炼你独当一面的能力，可以一试。"

连翘真的就辞了黄金海岸餐厅副总经理的职务，连翘一个人都没有带，阿容他们依旧在黄金海岸，阿容他们更在乎这份稳定的工作，连翘独自一人去了富南酒店。

进了富南酒店后，连翘才知道真正的麻烦来了，这个酒店除了有一个装修好的营业地点外，什么都没有，连员工宿舍都需要她去找，更不要说要自己去招人了。这种要独当一面的难题，有时候还真不好与人说，连翘只得硬着头皮开始干。

找好员工宿舍，开始招人，人才市场她已经很久没来了，只是这次她站在了招聘方位置上，填好表交了钱，她也在人才市场有了一个小招聘台。这个繁华的服务大省，招聘服务员与传菜员，还是很容易的，连翘仅花了一个多星期就招够了她需要的人员，并迅速找到了她的前厅经理。人员就绪后，她便开始了对员工的培训。

这段时间，丁处长只来过一次，告诉她，这个五一他要开业。

连翘算了一下所余的日子不多了，员工服，甚至一包纸巾她都得亲自去订，幸而所招的前厅经理还算有经验，服务生这一块她暂时可以放手了。

由丁处长从安徽聘请的厨师长袁师傅是个笑容可掬的小胖子，他对连翘的帮助也不少，等到正式开业时，连翘才真正体味到了"一个篱笆三个桩，一个好汉三个帮"的道理。没有前厅经理和厨师长，连翘指定要挂在这里了。因为丁处长说到时候会有专业的运营经理过来帮忙，那是一句空话。

试营业那一天，铺天盖地的开业花篮，四处是花纸炮打开了的碎纸屑。

丁处长的朋友们蜂拥而至，但并没有什么运营人员，前厅后堂只有林连翘和她那三十个服务生，穿梭往返，不是菜没有及时送上，就是包厢里酒水没有了，更要命的是，等位的客人越来越多，连翘连个可调度的前厅副理都没有！

连翘根本没有时间去抱怨什么了，她临时将几个传菜的小弟调往前厅服务，这个时候她真是佩服自己的英明，当时幸亏是全员全能培训啊，几乎全部员工，包括七名保安都参加了业务培训，这下子全用上了。那一天，人们看到的是一身笔挺职业装的林连翘在各个包厢进进出出；保安大哥在人手不足的时候，很专业地撤台布台；传菜员在有序地上菜，并给客人倒酒；厨师长会在重要的客人包厢里，亲手现场制作火烧海螺，让人叹为观止。

富南酒店就这样顺利开业了，并在两个月内得到了回头客的回馈，让餐厅进入了正常的营业。

在人们对粤菜、川菜习以为常时，富南酒店专营的安徽菜，店里招牌菜和特色菜的食材每天自安徽空运，地道的菜肴、丰富的菜品，让人口味翻新，在短时间内迅速让食客趋之若鹜。

这是林连翘第一次全面管理经营一家餐厅，从厨房菜原料的控制到前厅服务的跟进、客源的管理与提升，都面临着巨大的挑战，尤其生意越好时越难。

陈唐把所有的宴请约会、商务活动，都放在了富南酒店，总是打电话给连翘订包厢。

他看着连翘跑进跑出的，有时就叫连翘进来喝一杯，陈唐笑她说："一个女孩子这么拼命干吗呢，找个男人嫁了就什么都有了。"

连翘也笑了，说："我不嫁男人，男人都靠不住的，我要靠我自己，我雌雄同体。"

"女孩子这么硬，可不好。"

"软了就好欺负。"连翘说这话时，特别不像她这个年龄的人。陈唐一愣旋即笑了："行，连翘像条汉子。"

连翘最后一次见朱子稳，约在黄金海岸咖啡厅，那天朱子稳说他出差来海城，他要来看连翘。

朱子稳说他这个夏天要结婚了，对象是他妈妈安排的。

"不是你，我娶谁都一样。"朱子稳沉声说。

看着离去的朱子稳留下的那半杯咖啡，她知道，他们不会再见了。工作繁忙是一件多么好的事，忙碌将失恋的情绪一扫而空，连翘觉得她是空的，这种空让她感到了安全。

丁处长每天下午过来收营业款，不知是热还是高兴，丁处长总是满脸油光，连带那笑也油光水滑的。他那种特有的眉开眼笑，反衬着连翘餐厅的生意好，也让连翘挺受用。

"连翘啊，今天营业额又破三万元了，你们很辛苦啊！过了今年，我们要扩大规模，我要把我们的富南开到北京去，开到全国去！已经有北京方面的酒店管理公司来洽谈了呢，连翘，到时候就派你代表我去啊！"

这个人脉很广的丁处长，不到大半年，还真把第二家富南酒店开到了北京，北京那边的分店整个筹备都是连翘一手操办的。

那时候连翘在北京还在招聘服务员，进行系统培训时，丁处长不仅卖了海城的富南酒店，还一并将北京装修好的富南酒店全套转卖给了一个搞酒店连锁经营的公司。人们都说丁处长鸡贼，有眼光，这一倒腾，可赚了不少钱。可丁处长对连翘说："成本太高，太难了，支撑不下去。"

丁处长只分给连翘十五万元，这是连翘所没有想到的。

十五万元对于富南酒店的卖价来说，真是可以忽略不计，连翘飞回海城找到丁处长，她需要一个说法，她需要丁处长兑现给她的百分之十的股份。

连翘见到丁处长时，他已经辞去了交通银行的副处长职务，此刻正准备举家去国外旅行。

丁处长开着车，载着连翘去了就近的一家茶艺馆。

"已经不少了，连翘。"丁处长边说边给连翘倒茶，"这个行业能这么分钱的，你是头一个。你想啊，你一个二十出头的女孩子，会有什么机会挣钱呢，还一下子能分到十多万的？你说百分之十入股，你出钱了吗？你出钱的凭据在哪里？你有合同吗？你拿得出来我就认！而且这两年，我的投入有多大啊，你又不是不知道，投资一个酒店从前期准备，到装修，包括请你们这群人，这都是大投入啊！我都没挣到钱，我能给你劈出十五万元，也是拿自己的钱给你的，这也是看在你这两年为富南出力不少我才争取到的。再说，这么几年下来，你在富南赚到的，也不是金钱可以衡量的，你的人脉、你的管理，不也更上一层楼了吗？按理说，你应该感谢我才是！"

林连翘这才发现，她与丁处长的合作，并没有签订合同，而且这几年酒店的进出账，她也没有过问。连翘觉得自己被人涮了，她被这个姓丁的狠狠地涮了一把，而她林连翘却不知道如何讨要说法。

这个晚上的连翘多少是有些苦闷的，她约了陈唐喝酒，特意强调，就你一人啊。

连翘先到，她坐在酒吧角落里，点了两打嘉士伯，上了一堆烧烤。

这几年，偌大个海城，连翘居然只能约到陈唐一个人，也就是说，海城很大，如果说算是朋友的话，她只有陈唐一个朋友，这个从一开始就老是捧她场的顾客，成了朋友，也实属不易。

平时总是与人成群结队的陈唐，真的就一个人来了。

这个酒吧的背景音乐舒缓而空灵，很适合今天连翘的心情。

陈唐一看连翘点了这么多酒，乐了，说："林总，今儿个什么架势？要斗酒吗？要不要把小武他们都叫来？"

连翘连连摆手，说："陈总别呀，咱俩说说话，坐下来再说？"

听了丁处长的所作所为，陈唐点了支烟，说："这个丁处长是哪个部门的？交通银行的吧。要不要找人修理一下这个家伙？一个电话的事。"陈唐拿出电话来，"让小武他们跑一趟，分分钟的事。"

"那倒不必了，是我自己太过轻信，也缺乏自我保护意识。唉，就是不甘心，也是长知识了，在客人中，有你陈唐这样的好人，就有他丁处长这种小人。你说，做人的差距还真不小啊，是吧，陈总？"

陈唐看着林连翘，扑哧一下笑了，说："我像个好人吗？哈哈哈！你倒挺会宽慰自己啊，一个小姑娘挺不容易，你，一个人在海城，凭一己之力，做到这个份儿上，被人骗了，还能找个台阶下来，真太不容易了。"

这句不容易是怎么打动自己的，连翘不知道，只是有种独自一人走了很远的路，突然被人伸过手来搀了一把的感觉，那样的温情让人心酸。这点被陈唐看破了的心事，连翘索性就不藏匿了，借着酒，她那滚烫的泪便一滴滴地落到了酒杯里。

陈唐换了个位置，坐在连翘身边，用手轻轻撩了撩连翘前额的头发，说："心里难受，就哭一会儿，哭出来就好了。你会发现，明天的太阳照常升起，而且更大的惊喜是，翻掉的牛奶，居然还有半杯没洒，比如你至少还有十五万，是不是，林连翘！"

泪眼婆娑的连翘看到，温婉而友善的陈唐，坐在面前，随意的T恤，鼓励的眼神，仿佛看到自己父亲许多年前那难得的一笑。父亲笑起来是多么好看啊，可惜父亲从未这么对过她。这么多年的努力，得到一个成年男性的认同和疼爱，是多么不容易的事。她对陈唐那种天然的亲近，不设防的靠近，就像是一个口渴的人，行走在沙漠里，遇到了水一般，弥足珍贵。

连翘发现她与陈唐的单独约会开始增多时，她对自己开始警觉了。

林连翘是雌雄同体的。连翘对自己说，明天不能再出去了。

连翘知道和陈唐约会不好，可她却抵抗不住这样的相约。

他们约在酒吧的小包厢里，四目相对。

他们约在别家的餐厅里，关上包厢门，蹲在椅子上吃饭，他们划拳、唱歌，这种迷醉的感觉拉扯着连翘。连翘一直想要知道接下来，他们会干什么，她甚至期待这种接下来，这种期待让她有强烈的犯罪感。

她会想起父亲说过的"一个女孩子，要自尊自爱"的话来。

陈唐是个已婚男士，她不应该有其他想法，连翘觉得自己万万不能有这种情感支撑，可她多么渴望，又是多么恐惧接下来会发生的事。

陈唐是不是堕落，连翘不清楚，她也不想清楚，对于一个中年男子来说，向她这个年纪的姑娘，做的所有的殷勤举措都不过分，做了这么多年的酒店，她懂，那酒杯后伸出来的手，和故作迷离的眼神意味着什么。

什么也不说的陈唐，只是总约连翘，也不往前进，也不往后退，守着发乎情，止乎礼式的若即若离，在这种若即若离里，这男人看上去，时而清醒，时而沉醉。

林连翘决定离开富南酒店，也是决定离开海城。

连翘做这个决定时，是清醒的。她不能再这么下去了，她怕再这么和陈唐约下去，迟早要出事。

陈唐与连翘，他们所克制的，就像是一粒不息的火种，只要稍稍不甚，就可将一切烧毁殆尽。

自南京回到海城后，年轻的连翘，在这种情感较量中，更多的是不甘心，她不甘心那个人是陈唐。她每每想到朱子稳母亲那样冷峻的嘴脸，她也困惑着，她怎么就不配了呢？其实每一个女孩儿心里的梦想，她林连翘也有，她看过那么多的爱情小说，为什么不会有一个踏着五彩祥云来接她的至尊宝？她见过家庭的破碎，却也一直心怀爱人，她不想堕落，也不想给别人这个机会。

"你要走，我送你。"陈唐在环岛酒店中餐厅包了个大包厢，小武他们也悉数到场。陈唐坐在连翘身边，整个晚上都在给连翘布菜，并代连翘喝白酒，这种体贴连翘根本受不了，这一夜所有的人都喝多了，可陈唐和连翘清醒得很。

连翘说："不用你送我了，我自己搭车回去。"

"不，我送你。"

陈唐抓着连翘的手，他们一路从海边走到了丛林，再从丛林走回到了市里，最后，陈唐站在连翘的宿舍楼下，说："我知道你是不愿意的，我从不强迫别人，但我真的很喜欢你！你有什么难处，告诉我，林连翘！"

"我没有。"林连翘说。她看着陈唐，陈唐也在看她。连翘留恋这种电光火石般的感觉，但他们都没有再往前走半步。

他们一个站在椰子树荫下，一个站在路灯下，一明一暗，只是听到风穿过椰林，哗一声，让连翘感到了冷。她是多么留恋这个彼此尚可看见的时刻呀！那些能说和不能说的，都静止在这样的夜里，他们谁也不肯抬脚离开，空气里弥漫着的丁香花香，一波接一波的令人迷醉，终是一声睡意蒙眬的鸟鸣惊着了他们，让两个人各自转身离开。

他们的一别，本身就意味着，再无交集。

连翘很快就处理完了海城的事务，直飞北京。

北京富南酒店还没有正式营业，连翘就辞职了，来接管酒店的公司很惋惜连翘的离开，百般挽留，但连翘再也不想看见"富南"两个字了。

是要选择北京吗？一个人走在北京街头的连翘，她想起现在生活在这个城市的彩虹说过的话，彩虹说只有他们这个阶层的才有机会，才配来这里，如今，连翘也赤手空拳地来了。

她决定第一站去看在北大的防风，可是她却不知道，这个时候的防风已经不在北京了。她打听到的是防风退学的消息，站在北大校门口，连翘都不知道该何去何从了。

第二十七章

防 风 退 学

　　余翠莲不再打牌，她在偌大的院子里，去感受她的生活，就像一张彩锦脱了丝，那一根根丝正在不由人控制地抽离出她自己的身体，现在这个身体虚弱得经不起半点风吹。

　　林光明自留下协议后，就彻底不回这个家，以表示他离婚的决心。当归在暑期结束后，拒绝去上学，这让翠莲不知道怎么办，没有人和她商量，她都要急哭了，现在她也不打算去找人商量了。

　　她觉得她所选择的妥协只会让她更加绝望，她不打牌，她在家等待男人归来，这一切做起来很容易，可是生活哪里就是你能等得来的呢？现在儿女长大了，男人和女人的使命仿佛也完成了。

　　人生多像是一场牌局，原来余翠莲有青春的大小王，还有孩子这四个王炸，是稳操胜券的一副硬牌。如今，从防风离家上学，连翘、紫苏出去工作后，就像牌局里，把手中的几把炸全给丢出去了，余翠莲手上再也没有王牌了，握着一把互不相连的零碎牌，她得一张一张出，毫无威慑力，她自己也心怯了。

　　守着孤独的翠莲感觉没有人能理解自己。她自十岁便是一个人生活了。孤独有时候也会让人上瘾。如今不过再回到从前罢了。有什么要紧？余翠莲下定了决心，心便轻松了好些。

　　那天林光明回来换衣服，翠莲说："你不用像躲着瘟神一样躲着我了，你不是要离婚吗？协议呢，拿来吧，我们离了吧，离了干净。"

　　他们的离婚协议是林光明手写的，余翠莲都没有细看。偌大两个大院，两栋高楼，她只分得两间房，而且她只有居住权，房屋所有权全是儿子的。

前院花坛、后院菜地畜牧场，还有大池塘，都没她的份。而且如果她再嫁，不许带走这里一草一木，也不允许任何外人入住这个庭院。

翠莲无声地笑了笑，她还会嫁人吗？她还会相信男人吗？不可能了。

她拿过协议胡乱签了字，两个儿子是她的命，只要都是给儿子，她也无所谓。光明拿着协议说一分钱也不给翠莲，常胜实在看不过去，这个陪着他长大的长嫂，一直对他很好，人们都说长嫂如母，他实在为这个可怜的女人鸣不平。

常胜一大早骑着车去了高山铺乡政府，找到了哥哥光明。

他说："哥，按理你是大哥，没我这做兄弟说话的份儿。我们更希望你们家不要散了，但真走到了这一步，你这离婚一分钱都不给大嫂，真说不过去，好歹，你们在一起都过了二十多年了，大嫂没有功劳，也是有苦劳的。侄儿侄女都养大成人，没有大嫂她的操持，真的不太可能完成的。不管怎么样，好合好散，你应该多少给嫂子留点钱，留点生活费才是正理，否则湾里人会戳你脊梁骨啊！"

林光明最终给了余翠莲一万元钱，说是不能多给，怕她都拿到麻将桌上输了。

这场二十多年的婚姻，就这么到此结束。

正如人们说覆巢之下岂有完卵？这两个当事人漠然转身离开，他们以为全都解脱了。这个家庭里的每个成员，在这样的家庭解体面前，都被撕扯得血肉模糊，每个人都失去了家，每个人都一身伤痕累累，无人问津。

紫苏在婆家要谨慎小心，婆婆秦南时不时就有意地问："你怎么不回去看看你妈呀？离了婚，女人就是可怜。"紫苏不回去，她觉得她没脸。

连翘不管白天还是晚上，给家里打电话，总找不到翠莲，也没有人告诉她父母离婚的消息，她对父母的彻底分离毫不知情。

当归在这年的夏天彻底辍学了。

尚在读初中的当归宣布退学时，林光明正在柳英那里，喝得酩酊大醉，他说他这一生全完了，只有防风还有点儿指望。

只是这个指望也很快破灭了。

北大教务处打电话到村委会，是通知林防风的家长去一趟北京，林防风要退学，需要家长签字领走。

翠莲是下午在村委会接到学校教务处打来电话的，她一下子蒙了。

林防风今年夏天就要毕业了。他已经有两个暑假没有回家，也没给翠莲写信，更不用说打电话，这个品学兼优的儿子，在余翠莲和林光明眼里，本分，沉默，做事一板一眼，是林家希望所在，怎么可能临毕业了要退学呢？

光明接到翠莲从村里打来的电话。一听防风要退学，林光明两眼发黑，觉得天都要塌了。

他匆匆赶回家，翠莲看了他一眼没说话。林光明也不知道该说什么，他出门去了大英家。

"防风可能毕不了业，这怎么办啊？娘，我这两个儿子，就好比两粒胡椒，一粒也不辣啊，当归辍学，防风可好，现在都被学校退学了，怎么办？"

大英忙着给儿子盛饭，她说："先莫急，光明，车到山前自有路，你先去学校，给校方好好说说，我孙子多老实的一孩子啊！"

北大门口，人来人往，要开各种介绍信才能进。拿着村里的介绍信，进了校园，林光明四处打听教务处，好不容易碰到了防风同一个宿舍的同学，把他引到了教务处办公室。

教务主任一见光明，忙放下手头工作，领着光明他们进了防风的宿舍，宿舍里有一个同学正在看书，他指了指旁边的铺，说："这是林防风的床，他这周不知去哪儿了。"

"为什么呢？"林光明着急地问，"为什么要他退学，老师？防风这不是一直很好吗？这说话就毕业了啊！他为人是很老实本分的。"

"防风爸爸你不要着急，听我给你解释啊，防风这个同学在一二年级表现是很不错的，有思想，有见识，积极向上。我们对这个学生都寄予了厚望的。大三开始，林防风同学不仅选修课不上，必修课也有两门没上，经常外出，上学期还有一门挂科。这还不是最严重的，更严重的是，他居然在校内网公开发表不当言论，引发了很不好的影响，全校通报已经处分过一次了。作为一个北大学子，国家培养的人才呀，我们已经警告过三次了。但是他屡教不改。我们再三权衡，才万不得已做了这个劝退的决定，希望林爸爸及您的家庭理解并支持！帮林防风办好退学手续，调整情绪，再做以后的打算！"

后面教导主任说了什么，林光明都听不见，他的长子，他四平八稳的长子林防风，他那四岁才开始说话的防风啊，不是贵人语迟吗？他是贵人啊！居然出这么大的事，这个他不能接受，万万不能的。

林光明拿着学校签好字的文件，走出了北大校门，偌大北京，要去哪里找防风？

"等一等叔叔，防风可能在他师傅那里。"同宿舍的刚刚接待他的那位男同学气喘吁吁地跑出来，递给林光明一张纸条说，"老师让我跟你们一起去找他回来。"

林光明跟着这个同学，在北京通州郊区一个叫宋庄的地方找到了林防风。

这是北京郊区的一处农村，四处还能见到几头牛、几只羊在觅食。房屋低矮，破败，村口也没什么人。

光明被那个同学领着，七拐八拐终于找到了防风的所在之处。

防风住的地方没有暖气，也没有空调，光明进屋时，防风正在写毛笔字，传言中他的师傅并不在，有一个长发女孩儿正在卷一幅画，见到光明他们进来，只是礼貌地点了点头，拿着画就出去了。

林光明看着防风，气极了，上去就是一巴掌甩在了防风的脸上，说："防风，你作死啊，好好的书不念！"

防风一动也没动，他漠然地看着他的父亲，转过身去看着窗外。

林光明气得发抖，指着防风，说："防风啊，你怎么这么糊涂？！你这又是图的什么？还有，只有几个月就毕业了，你这算什么，算什么！！"

"不就退学吗？有什么好怕的？退就退了吧，爸爸，你不懂我，我也不懂你们，我只是实话实说了而已，人如果只是行尸走肉，连思考都会被质疑被打压，这书不读也罢！"

林光明颤抖着手指着防风，说："儿子，你、你有何颜面见江东父老？"

"我还没机会当霸王项羽，何来江东父老可见？一介穷书生，哪来的颜面？"防风盯着父亲说。

"早知今日何必当初。"良久，防风不知是对父亲说，还是对自己说，然后跟父亲出了门，并对走在后面的同学说，"把门带上就行。"

林光明带着防风回到家已经是次日下午了。翠莲以最快的速度给大家做了饭，她大气都不敢出。

林光明长吁短叹的，将防风的行李放下，饭也没吃，骑上自行车走了。

余翠莲悄悄走进防风的房间，她觉得自防风小时候她就摸不透他，不知道他在想什么，现在更是不明就里了。

看着林防风那紧锁的眉头，余翠莲长叹一口气，说："防风，父母已经步入中年了，你是长子，你要知道你这么做，对我们的打击是带有毁灭性的，我们多伤心啊！"

"你们为什么要伤心？而你们要伤心又关我什么事？你们也是白操心的！"林防风说完就闭着眼睛不再说话。

柳英听到光明说起林防风的事也很吃惊，防风怎么会被退学呢？

"我颜面扫地啊，柳英，我这风风光光送出去两个大学生，他、他居然给退学回来了，有辱先人！你说他好好的书不念，这可怎么是好？"

林光明泪流满面："我这一生，到底造了什么孽？上天怎么就不肯放过我呢？"他不断捶着自己头。

柳英上前一把抓住了光明的手，她抱着光明的头，也跟着泪流不止。她说："万不得已，你可能还是得去市里找找人，马市长虽然早退了，但他的部下现在可是遍布各个政府部门的，也许正好有人在教育部门也说不定啊，你还是再跑一趟，为了儿子。防风读了那么多的书，也算是在北京待过的人。你不妨去找找人，他妈妈是老师啊，教育系统也许是个去处，多想想办法，肯定能解决的。光明，别着急，活人不能让尿给憋死了呀！"

林光明也不知道柳英出的这个主意行不行，为了儿子，他得先找一趟马国涛，这是很有必要的。

自十几年前来市里找马国涛未果后，林光明以为自己这一辈子再也没有机会来这里了。

已经耄耋之年的马国涛，精神矍铄，谈笑风生。

"小林，可惜啊，可惜，你就这么把自己耽误了？为什么后来不来找我呢？"谈起陈年旧事，马国涛直摇头。

林光明心头一热，说："马叔，我也是听说您和骆书记有些过节，不敢给您添麻烦啊！"

马国涛听了林防风的情况，沉吟半晌，说："你儿子防风只是劝退，而不是开除，应该还有得救。他好歹也是北大读过书的，在你们本地，悄悄地做份工，有什么不行的？你拿我手写的信去找一下县教委的小毛，把情况向他说明一下。只是不知道教师编制问题能不能解决，这要看具体分管分配的人。不过还是要告诫你儿子，年轻人有血性是好事，但还是要爱惜自己羽毛为好。"

回到县城，凭着这些年在政府部门的摸爬滚打，林光明很快就与教委夏河区的区组长夏莉认识了。

寡居的夏莉带着上初中的小女儿住在实验小学最后一排宿舍楼，利落的短发，个儿不高，穿着朴素大方，眼睛老从眼镜上头看人，总是似笑非笑的，有点让人捉摸不透。

"哦，余翠莲是您的前妻？就是林防风的母亲吧，这可是老教师了，子女问题应该解决。"她微笑地看着光明，递过来一杯茶。

林光明含笑接过夏莉手上的杯子，说："孩子不太争气，大学毕业证没有拿到手，后面肯定能补上，还请夏组长给予方便，看看孩子的编制问题，有没有机会解决呢？"

"这个怕有点难办啊，林乡长，资格审查这一块，毕业证是很关键的！像林乡长您这都是带介绍信来的，孩子代个课，上个岗肯定没问题的，只是教师编制一直卡得很死的。"夏莉扶了扶眼镜说，"这样吧，让你孩子先去面试再说。"她的眼睛一直是笑着的，看不到情绪。

第三次上夏莉家门，林光明将连翘给他让他在县城买房的一万元钱，悄悄地放在了夏莉的茶几下，就出去了。

一天中午，夏莉出现在了高山铺乡政府，让林光明颇为意外。

"夏组长，这么热的天，您怎么来了？快进来坐！"林光明忙不迭地让夏莉进了房。

夏莉一直微笑着，她坐了下来，从包里拿出一包报纸包着的东西，说："林乡长，您太见外了，这个钱我可不能收，不要说余老师在我们本系统工作，就凭您和我都是老三届，我都不能收您这钱！"

林光明搓着手，说："那怎么好呢，夏组长，孩子这么大的事，您这都帮大忙了，这个您可不能退回！"

夏莉站起身来佯要走，说："您再客气，我可就走了啊！"

"别别，夏组长您坐。"林光明高兴地给夏莉倒上茶，两个人唠起来，林光明才知道，1966年夏莉也为参加高考准备过，也去过天安门广场，越聊越投机。晚上，林光明约上刘长春，他们仨去了镇上，喝了一杯同学酒，都感叹岁月不饶人，当年这么青葱少年，如今都已年近半百。

"为子女做牛做马，他们还不领情呢。"林光明长叹一口气，"我这做父母的也不知道哪里做错了！"

夏莉忙拍拍林光明的肩膀说："老林你这话说的，家家都有本难念的经哪，谁还没有点难事，还好，有你这做老子的护航，如果还让防风在这里当老师，也算不幸中的万幸。"

老家宅院里，已经夜深了，防风房间的灯还亮着。

林光明和防风面对面坐着，光明看着眼前的防风，瘦弱修长，一头黑发久不理了，胡楂满腮的样子，憔悴不堪。林光明心头一痛，他的长子呀，给他年轻的生活带来多少荣光，那个贵人语迟的梦，眼看着要实现了，北大学子，国之栋梁，寄予了他多少骄傲与希望啊，如今一切都成泡影了。

"防风，我不怪你，你有你年轻人的看法，我理解，现在我们先要解决生存问题。你妈是老师，教育系统总归还是宽松一些。趁现在你这个退学问题还没有被更多的人知道，我去找人，以教师子女的条件，以你的水平参加今年的教师选拔考试，绝对没问题。在家乡，哪怕去高山铺那边，找个山区的学校，你好好教个书，不要有其他想法了。我已不指望你为我争气，光宗耀祖，只求你安稳一生，你为自己而谋生，好不好？"林光明努力措辞，生怕又说了让防风不高兴的话。

林防风没有看父亲，他觉得这嗟来之食不可食，他宁可饿死自己。他说："爸爸你又何必去求人？至于要不要去教书，你也不要白操心了，我能活，哪里黄土不埋人！"

儿子防风这番话让林光明感到气短。光明一直压着自己的火气，他觉得面对这个他自己生养的人，他竟毫无招架之力，他不知如何对待他，他明明知道防风犯了大错，可他却不能像小时候一样，骂他，打他。自从那年他一碗砸在防风头上，至今都让光明不能原谅自己。如今，面对儿子，作为父亲，他又是多想把这个孩子抱在怀里，好好安抚。

可这个孩子已经长大成人，他不属于自己了，更不会受自己左右，这种无力感重重打击了光明，他几乎是踉跄着走出了防风的房间。

第二十八章

防风写了告状信

连续多日，林防风将自己关在房里，哪儿也不去，连大英来看他，他都不开门。

余翠莲每天把饭菜做好放在房门外，无论如何唤防风，防风都不应声。

那天香姑回娘家，她对大英说："娘你不要过于担心，事已至此，不要过多责怪防风了。年轻人总是有他自己的道理的，我们着急也没有用，我让大毛来找他，他们一起长大的，应该能说上话。"

第二天，大毛骑着摩托车来到防风屋前。

"防风啊，我是大毛，你开一下门！"

门里的防风没有声音。

"我今天歇一天工，过来找你！我们算是一起长大的吧，给我个面子，先把门打开？"大毛站在防风的房门外，又敲了敲门说。

防风开了门，大毛对大英摇了摇手，示意他们不要进去，他跟着防风进了房间并关上了房门。

大毛跟防风说了什么不得而知，大毛出来，大声大气地说："舅娘，姥姥，我走了，明天防风跟我去工地体验生活去，明天早上你们早点儿吃早饭啊。"说罢，大毛朝房里说，"防风，早上你在大路边上等着我！"说着骑上摩托车就走了，留下大英和翠莲面面相觑。

半晌，大英说："就按大毛说的办吧，先让防风出来再说，一个人会憋坏的，让他跟大毛去。"

第二天一早，防风真的换上了迷彩工作服，出来吃了早饭，就去大路边等大毛，不一会儿便坐在大毛的摩托车后座上走了。

翠莲愣愣站在门口，目送着儿子背影，她心里转不过弯来，她的儿子，北大没毕业，要成为一个工地的小工了吗？

跟着大毛到达工地，防风跳下摩托车。大毛从摩托车座下拿出一个头盔，给防风戴上，他说这工地常有事故，包工头都不顾人死活的，连个安全帽都不发，要工人自己买，大家都舍不得这几十元钱呢。这个头盔还是大毛把细毛的头盔带来了，细毛这两天在家给邻居垒猪圈，不上工。

防风戴上头盔，跟着大毛进了工地，这是一栋在建的企业宿舍副楼，已经盖了一半。

整个工地散放着一堆堆钢筋、木头，数不清的水泥、砖头，里面穿梭着晒得漆黑的，一身一脸的尘土，或瘦弱或壮实的工人，他们大多都没有戴安全帽。

大毛将防风介绍给工头，按一天二十五元的工钱谈好，防风被分配去搬砖和提水泥灰桶。

防风跟着几个女工穿梭在脚手架间。正晌午的太阳毒辣得很，防风看到这些工人们都只戴着个草帽，赤裸着上身，黑汗淋漓。难怪父亲要说万般皆下品，唯有读书高了，读书就可以解决身体上的劳顿，至少可以不用在这里被毒日欺凌。

下午大毛载着防风回了家，翠莲留大毛在家吃饭，她急切想知道这到底是怎么回事。

连续几天没好好吃饭的防风，一连吃了两碗饭，放下碗筷，翠莲便看到了儿子防风手掌破了皮，胡乱缠着布条，翠莲惊叫："防风，你受伤了？"

防风看了看手，对翠莲说："妈，没什么，提灰桶给拉破了皮，不痛。天塌不下来，我觉得工地挺好的，很接地气，大毛他们很了不起，靠力气吃饭，踏实，干净！"

翠莲眼泪哗就下来了，说："防风，你，你行吗？"

大毛也放下碗筷，说："舅娘，有我呢，防风也只是散散心，总比憋在家里好，明天我再来接防风。"

晚饭后，光明回来了。

听说防风去工地干活儿了，他心头一紧，回头看看晒了一天太阳的防风，原先白净的面皮，就这么一天，变成了通体淡红色，一看就有晒伤的趋势。光明看着儿子没说一句话，转头离开了。

这个晚上，光明一个人坐在县政府前的池塘台阶上，从不抽烟的光明，拿出一包平时招待别人的烟，扔了一地的烟屁股。他想不通，防风这是为什么？他想起老话，烂泥糊不上墙，防风这算是吗？他明明已经走出去了，却又自己回来了。林光明想不通，明明可以有一番作为的林家长子，却退回了原地，那他林光明的城市梦靠谁来实现？黑暗中，林光明流泪了。

接下来的两个月，防风每天跟着大毛去工地，夏天用电高峰期，工地里也常会停电。停电时，没事做，有些工人凑一堆打牌，有些工人会聚在防风身边听他讲北京的故事，他们也给防风讲他们田间地头的事，他们会期待县城火车的开通，但同时也担心，建火车站要征收他们的房子，他们的老房子拆迁，会得不到补偿。也有人希望防风给他远在深圳打工的老婆写封信问个好的，防风都有求必应。

那个叫高六儿的小工，瘦弱矮小，他都六十岁了，沉默寡言的，每次接到防风递过去的烟，咧着缺牙的嘴，笑得很开心。

两个月的工地日子，经历着暴晒和劳累的林防风，身体上的折磨他并没有感到什么，他的生活进入另一种静默中，这种静默充满了悲悯。就像他去高六儿家，看到高六儿智障的媳妇带着三个破衣褴褛的小孩儿，挤在一个只有石棉瓦遮着顶，四面用一些木板随便围着的漏风的小棚子里，他仿佛觉得那就是他自己。生活对每个人都是公平的，他林防风因为有林光明，姐弟四人生活在县城里，他们有衣穿，有书读，可以去大城市。这一切都不是林防风创造的，出身不可选，可五十岁才娶媳妇的高六儿呢，他们的子女长大后，是不是继续着高六儿这样的生活，困苦轮着困苦？

他在给女友曲靖的信中提出了他的疑问，信还没有寄出，工地便出事了。

中午休息时，工人们有三五成群打牌的，也有几个聚一块儿聊天的，防风戴着头盔和高六儿站在脚手架下聊天。

高六儿没有安全帽，这群农民说他们不习惯头顶着个像罐子一样的安全帽，何况这安全帽的钱还要从工钱里扣，高六儿舍不得，他说太热了，他也不想戴。

一桶调好的水泥，中午刚被高六儿吊上去，放在二楼脚手架上，砌墙的师傅只用了一半，因停了电，就收工了，灰桶就在脚手架边上。大家正说着话时，来电了，吊车因通电了，惯性地一震，也带动了人工扎的脚手架一抖动，不知道是脚手架没有扎牢呢，还是泥桶没有放稳，这半桶水泥掉了下来，一下子砸在站在林防风对面抽烟的高六儿头上，倒地的高六儿人事不省。

工人们哄地一下围了上来，七手八脚将高六儿送到了医院。

工人们好不容易才凑齐了三千元住院押金，大家你望我我望你，也不知道接下来该怎么办了。

林防风自责得不行，说："大毛，我戴着头盔呢，这要是砸我头上就没事了呀，偏偏是高六儿，这怎么办，真是破屋偏遇连夜雨呀！"

防风说得去找承包工程的包工头儿，这可是安全事故啊！

工地出了事，包工头沈刚子一个星期后才出现，他说："这不是什么工伤，休息时间你们不去那边工棚休息，还在工地里待着，而且，高六儿为什么不戴安全帽，活该嘛！我友情赞助一千元钱，这可是我个人掏的，大家看着都捐一下款，就这样吧！"

林防风大怒，说："你这说的是人话吗？你给工人都配安全帽了吗？我这个头盔还是我表哥带来的，你一个安全帽还要收工人钱才配，你居然说在工地里受伤不是工伤，那是什么？"

"你个泥巴小工，有什么资格和我讲，让大工大毛来说！"沈刚子一脸不屑地准备离开。

大毛看样子吓坏了，他一把拽住了防风，低声说："哎呀，防风，你先不要管，去年也是一个老乡从脚手架上掉下来了，包工头沈刚子总共付了两千元钱就把人给打发了，别人屁都不敢放一个。高六儿能醒就千恩万谢了，而且是他自己不戴安全帽，这砸着了，赖谁啊！"

防风很吃惊地看着大毛，说："哥，你们平时就是这么干活儿的？你知不知道，你们这么姑息这帮无良商人，这是把自己的脑袋别在裤腰袋上干活啊，你懂不懂法？"

防风拿起一把铁锨，挡住了沈刚子的去路，他满脑子都是高六儿那个痴傻的妻子和幼小孩子的样子，这样的人家，高六儿的倒下，便是一个家庭的倒下，那样太悲惨了。

"你应该去医院看高六儿，而且要将他的误工费和住院钱给掏了，这就是工伤事故，你还想走，还有没有王法？！"

"你算哪根葱？"沈刚子大怒，一甩外套，"老子就是王法！你也不打听打听，能接这一揽子工程的，爷是谁？！"

"你肯定不是一般人，因为你不是一般人你更要注意分寸，这个高六儿可是贫困户，你就想花这么点钱算了，他家里可只有他这么一个劳力，最好不要这么干！"

沈刚子正眼看了看防风，说："哟嗬，咬文嚼字的，你是谁啊，还一套一套的，读过书呀，大毛，这是你的亲戚啊！好狗不挡道，识相点，大毛，还要不要我给你大工干了？都是自己人，互相行个方便，别不识抬举，大毛，劝劝你亲戚！"沈刚子斜了一眼大毛，穿上外套，掸了掸身上的烟灰，扬长而去。

晚上高六儿住的医院，大毛和防风对坐着。

防风头一次面对着困苦，是真实可触摸的。表兄大毛对于法律法规，毫无概念，不读书的人，从来没有保护自己的办法，他们只有一把蛮力，而且也害怕蛮力。

防风除了跑医院看高六儿和去工地干小工外，他还连续三次从母亲处借了几百元给高六儿的妻小送去，然后他着手写了投诉告状信，投进了县长信箱和一些执法部门的信箱，连续投了七封信。

两个星期后，防风收到了县建委的回信。

到工地调查的县政府工作人员上前握着防风的手，说："县长很重视这个工地隐患，林防风同志，这是我县首次收到因工地纠纷的投诉信，非常感谢你信任政府，信任领导，我们会全力以赴来解决问题的。"

高六儿的出院阵势很大，县长带着建委领导一起来的，电视台也进行了报道，表示要全面整顿建筑市场，规定由承建商配备安全帽，落实各方面安全防范措施。

更重要的是，高六儿家得到了慰问，沈刚子不仅支付了所有的医药费，也支付了抚恤金，而高六儿所在的村村干部承诺，他来负责高六儿家的危房改造，争取一年让高六儿家搬新房。

这个结果大大超出了防风的意料。

大毛事后拍了拍防风的肩膀，说："防风，你这读过书的就是不一样，还真挺有办法的，我都不知道县政府门从哪里进哩。"

防风跟着大毛辗转在县城各个工地里快一年了。白净的防风，也被晒得脱了几次皮，脸也变成了农民常见的暗红色。几次光明从防风面前过时，都没认出这是自己的儿子。知道防风天天跑工地，光明心里总是憋着一股气，可又有什么办法？他索性就不回家了，眼不见心不烦。

那个晚上，防风被香姑留在家，和大毛喝了几杯，两表兄弟聊着不着边际的天。第二天，防风便坐着大毛的摩托车去了另一个新的工地。

正晌午时，防风和几个男工正在抬着预制板上楼，不知从哪里冲进来一群持械的人，一进来，不管是谁，逮着就一顿猛打猛砍，还有一个叫嚣着："哪个是爱管闲事的林防风？啊，哪个是？"

防风还没有回过神，一个大棒子就砸在了他的安全帽上，安全帽被打歪了，随后又一个大棒子劈过来，防风只听到呼一声响，人就倒地了，临到最后他只听到一句："撂倒了，撂倒了，就是他，这个爱告黑状的，看他以后还怎么告，这下可废了！"

防风只觉得四处是鲜红的血，最后一眼，防风看见大毛的头上也冒着血，便一头栽在地上便不省人事了。

此时距高六儿事件，仅隔半年时间。

大英和翠莲赶到医院时，大毛醒了，可防风还没有醒来。医生说，已经没事了，幸亏有安全帽挡了一下，否则就真可能醒不过来了。

闻讯赶来的光明看着床上缠着一头纱布、紧闭着双眼的防风，防风明显失血过多，脸色白得像纸。

他几乎不敢相信这躺着的是他的儿子，他更不敢相信才不到一年时间，他这个文弱的儿子，怎么会和人打架还进了医院！而防风能参与这样的斗殴事件，让林光明也暗自吃惊，他一点儿也不了解防风呀，防风居然有这样的一股子血性？

"大毛，怎么回事你们？"光明抓了抓儿子的手，儿子的手是冰凉的。

"蓄意报复，绝对是报复！"大毛气恨恨地说，"这肯定是沈刚子一伙干的，没别人！"

"你们不就是在工地上干活儿吗？怎么会惹祸上身呢？"翠莲流着泪问。

"还不是高六儿嘛，防风出头帮他去讨要工伤费用，都惊动县政府了，你们不知道啊？"

光明愣了，问道："那个半年前县长去慰问的高六儿？是你们搞的事，怎么没听你们说起啊？"

"我以为防风会告诉你啊，大舅，防风是好样儿的，他肯为穷乡亲说话，以一己之力解决了这么大的问题，才会遭到恶势力报复。"

"简直胡闹！这都是要出人命的啊，大毛，你们怎么这么糊涂，你说你，你都是娶了亲的人了怎么不劝着点防风，这事是闹着玩的吗？你看看，你看看！"林光明气得恨声不绝。

第二十九章

光 明 下 跪

林光明再也坐不住了，他要解救林防风。

防风不能再进工地了，要真有个好歹，光明觉得自己都没法活下去了。他又翻出了那封马市长的信，他还得去跑，让儿子脱离这样的生活环境，迫在眉睫。

光明第一个想到的，还是去找夏莉。

自从防风听不进劝，光明也曾下了狠心再不管儿子的事，他已经很长时间没去找夏莉了，他以儿孙自有儿孙福来宽慰自己，谁都不喜欢做一个低声下气求人的人，何况对方还是个女的。

现在林光明知道自己是顾不上了。他担心出了院的防风不知道还会出什么幺蛾子，他现在就想要夏莉一个准确答复，能让儿子防风进入教育系统，半点都等不起了。

这天，林光明换了一件新蓝衬衣，特意去理了个发，然后骑车去找夏莉。光明扶着自行车站在实验小学校门口，含笑看着从学校花坛那边走过来的夏莉。

"林乡长，贵客呀！"夏莉迎上来和光明握了握手。

"夏组长，我今天正好到这边办事，想起好久没见你，过来看看你啊。"

"乡长是大忙人啊，能记得我已经很开心了，走，去我家喝杯茶吧。"夏莉始终笑眯眯的，让光明觉得如沐春风，他跟着夏莉进了宿舍楼。

夏莉的家正在换家具，一个大衣柜和一张桌子，正从一辆货车上卸下。

林光明忙把自行车停好，挽起袖子就过去帮忙。

等把家具全抬进屋摆放好，就忙到了晚上。

夏莉看着满头大汗的林光明，笑了笑，说："你先去冲个澡吧，我炒两个菜，一定要好好感谢林乡长。还真别说，这家里没个男人就是不行啊！"

光明转头看着夏莉，说："小夏一个人真是不容易，你呀，也该有个知冷知热疼你的人了，看着你都让人心疼啊。"

这几句贴心窝的话，由光明这样成熟的汉子毫不做作地说出来，夏莉听上去，心头一热，差点儿落下泪来。

洗了澡的林光明从洗手间出来，穿的还是夏莉亡夫的老头衫，把个夏莉给看呆了。光明并不躲避这样的眼神，他甚至挺有意味地笑了笑，迎着夏莉的眼神，更为殷勤地搬桌子、摆起盘碟来，看着这一桌子菜，不仅赞叹道："小夏的手艺真不错啊！"

几杯热酒下肚，林光明也不知道是在酒精的作用下呢，还是真的被夏莉那双会笑的眼睛给打动了。他们倒在对方怀里的心思，夹杂着酒精，在成年男女身上，显得顺理成章。

第二天早上，站在床头的夏莉，衣冠楚楚。

她看着光明，说："我们，这算什么事呢，光明？"她的眼睛依旧笑眯眯的，情绪稳定。

"我们都是单身，还能算什么事呢？"躺在夏莉床上的光明说，他盯着夏莉，盯得夏莉的心头都荡漾了。

"夏莉，这段时间没来看你，实在是家里出些事，脱不开身来，你不会怪我吧？"

"光明你说哪里话？我怎么会怪你呢，你儿子防风的事情解决了吗？"

这真是一个聪明的女子呀，林光明心里暗叫了一声，他极力保持着不动声色，生怕露出马脚来："防风在家呢，哪儿也不去，这孩子。"

"我知道了。正好下周有一场教师资格考试，你让他来参加考试吧。"夏莉笑眯眯地看着光明说。

光明心里就有了一种石头落地的感觉，让他暗松了一口气。

夜深。

林光明回到了他与翠莲的家，防风屋的窗户亮着灯，光明将自行车停好，过去敲了敲防风的门。

"防风，头好些了？"

"嗯。"防风点了点头，"爸，您坐。"

林光明坐在防风的床头，仔细看着眼前的儿子，防风已经拆了绷带，头上那个伤口还没有拆线。这让光明倍感心痛，他说："防风，你这个样子，爸爸很难过。防风，小时候我看着你，可能不了解你，也很少与你交心。

作为父亲我心很大，对你的期望也很高。我曾经希望我儿文能治国武能安邦，但现在，我已经没有这个念头了，我现在只求你平安活着。这段时间，你跟着大毛他们生活了这么久，说是体验生活，你应该知道基层人生活的艰辛，知道卖苦力的不容易。虽然这个社会很残酷，生存比什么都重要，但，你不能还没有生存人就没了呀！你不能拿性命去赌，爸爸不能看着你死，万万不能，孩子！你曾经是北大学子，你的水平已经不是爸爸能比了，你的思想高度，爸爸已经跟不上，爸爸落伍了。我知道现在以你的水平，教个书已经屈才了，可在县城这个弹丸之地，爸爸只有这点人脉，能搞到这个工作指标，真的不容易，答应爸爸，去参加下周的教师资格考试，去教书，好吗？算爸爸求你，给自己一条生路，也给这个家一条生路。"

防风从椅子上站了起来，说："爸，我已经是大人了，您不能再为我操心，我知道，我的退学已经伤害了这个家庭，我的所作所为伤害您够深了，我觉得我和大毛他们在一起，虽然生活并不富足，甚至有点窝囊，但活得很真实。"

"防风，我们有很多方式可以表达自己，你为什么总要以极端的方法呢？你读了这么多的书，怎么就这么轴？！"

防风背对着父亲，不为所动。

林光明看着这个文弱而倔强的儿子，扑通一下，给儿子跪下了："防风，你可是林家的长子啊！你不能一错再错！"

大惊失色的林防风转过身来一把抓住父亲的胳膊，看到对自己下跪的父亲，也不仅泪流满面，这个一向以拳头说话的强硬的父亲已经头发半白了，如今向自己的儿子下跪，这让防风感到绝望与心酸，他不禁放声大哭，见拉不起来父亲，防风也扑通跪在了父亲面前。

"世界之大，均不由我，我答应你。"林防风对着父亲泣不成声说，"爸，你起来！我去考试，做老师！"

林光明拿着马国涛的书信给了夏莉，顺利地让林防风参加了县里两年一次的教师选拔考试。林防风以全县第三名的成绩获得了教学点教师资格。这个消息和林光明准备与夏莉结婚的消息，几乎同时传了出来，令人猝不及防。

第三十章

光 明 再 婚

林光明和夏莉去领结婚证之前，光明就按夏莉的要求，用林连翘给他的一万元，光明自己又添了五千元，买下了离实验小学不远的一套二居室的旧房，夏莉说等开年了就装修。现在他们将夏莉在实验小学的房子临时当作了新房。这一切，夏莉安排得那么有条不紊，林光明只能按照这个安排一步步来。

林光明将防风的结业证和书法比赛获奖证书都交给了夏莉，不到三天儿子的资格审查就这么过了，编制下来的当天，他正和夏莉在挑婚床被面。

夏莉要求办婚礼，而且一定要在县里最高档的宾馆——澎湖宾馆办，她要请的人，除了同学、同事，还有家人。

林光明这边，他没有告诉大英他们，他跟夏莉说，之所以不请家里的人，主要是不想刺激前妻余翠莲。

第二次结婚的林光明、夏莉，请的人并不多，也就四五桌，男方只有刘长春一个人代表家人出现在酒席上，其他都是女方夏莉请来的客人。

实验小学来的同事，有认识翠莲的人露出诧异的表情，这不是余老师的老公吗？

但大家都心照不宣地坐了下来，新娘子夏莉姗姗来迟。今天的夏莉化了妆，没有戴眼镜，穿着一身粉蓝的连衣裙，别着一朵红艳艳的新娘花。她保持着一贯的微笑，在此刻显得尤为温婉而动人。

穿着白衬衫、戴着新郎花的光明，刮了胡子，快五十岁的人了，依然挺拔伟岸，白皙干净，站在那里，那么抢眼，那么像个后生，那么让人想多看一眼。

　　林光明和夏莉站上了餐厅舞台，主婚人刘长春清了清嗓子，朗声道："各位来宾，各位朋友，今天是林光明同志和夏莉同志喜结良缘的时刻。"他的话音未落，门口一阵骚动，只听一声嘶哑而凌厉的呼叫响起："林——光——明！"

　　林光明一激灵，他马上扯了扯刘长春的袖子低声说："坏了，柳英来了，你赶紧顶一下，我不能让她看到我！"说着慌忙下了台，逃向餐厅后门。

　　夏莉还没有回过神来，柳英已经冲上台来，一把揪住了她的胳膊。

　　"你是谁？你凭什么跟林光明结婚？光明，他是我的光明啊！"柳英只穿着一套粉蓝格的家居服，头未梳，脸未洗，蓬头垢面，眼泪横飞。柳英一手拽着夏莉，环顾四周，大声呼喊着："林光明，林光明，你给我出来，难怪这段时间，我根本找不着你人影，你说你忙，你说你在处理事情，我理解你。你要结婚也应该是跟我，怎么可能在这里和别人结婚！你出来，你出来呀！"

　　悲愤欲绝的柳英，大声呼叫着，她眼神凌厉地紧盯着夏莉，怒道："你这个坏女人，你用什么手段胁迫了他？为什么是你？！"

　　柳英死死地抓着夏莉的胳膊，不断摇晃，她的样子像是要吃人一样，她声嘶力竭，痛不欲生地说："我，等了林光明快十年，我们跟夫妻没什么两样，我们只能埋在一棵树下，我们那么相爱，怎么轮得到你，你了解他多少，你又爱他多少，你凭什么要他？！"

　　刘长春迅速冲过来，拉着柳英往台下走，劝道："柳英，柳英，别闹别闹，听话听话，别让人看笑话啊！"

　　"他林光明不怕笑话，我怕什么笑话，林光明，你这个××养的，你背信弃义，你不得好死！"柳英口不择言，跌跌撞撞被刘长春拉向了后台。

　　现场一片混乱，后堂准备上的菜都搁在了厨房案板上，餐厅天花板上的拉花也不知被谁扯下来两条，随便扔在地上，人们在这两条拉花间穿来穿去，大家都很兴奋，四下交头接耳，

　　"这是林光明老婆来闹场子了？"

　　"这可不是林光明原来的老婆，林光明老婆我认识，比这位要胖点的，这位条儿生得这么正点，肯定不是他原来的老婆！"

　　"呀，我认识她，这不是二税所的副所长柳英吗，平时花枝招展的，今儿个可真是急眼了，你看这披头散发的，像是要杀人啊！"

　　"这下有夏莉好看了，守寡这么多年，还是没有眼光，怎么会遇到这样的人？"

　　"这人啊，不能光看面儿上长得好看，还得多了解，夏莉啊，大概是

被林光明的长相给迷住了。"

"那个柳英不是一直很能干吗？工作上很利落的，怎么会这样？她不是有老公吗？"

"哎呀，柳英老早就离了，原来是和林光明搞到一块儿了啊，难怪余老师会离婚，这真是丢人现眼啊！"

"真没有想到，林光明脚踏几只船啊！"

"这么大岁数了，还搞破鞋啊，真是不要脸！"

……

这个婚礼还没有开始，就结束了。

柳英不知怎么回的税务所，她觉得她的脚都不听使唤了，累极了。

她坚持了半生的爱与理想，是怎么幻灭的？故事从哪里开始讲起？她不知道。

林光明，那个要跟自己埋在一起的男人，与原配余翠莲离了婚，对于柳英来说，简直是意外之喜！她从来没有奢望过光明会离婚娶她，她以为她一直只能和光明这么苟且下去，她的爱注定了不能见光，她也认了。

没想到，光明会离婚，她以为她要心想事成了，她对林光明满怀感恩，她奉迎他，她的国王林光明，在她的王国里来去自由，她哭他所哭，爱他所爱，他们甚至开始亲密地讨论他们的未来，他们的田园生活不是一直在光明的规划里吗？光明说等他们七老八十，就一起过那种"夜雨剪春韭，新炊间黄粱"的日子，那时候没有人打扰他们，多好。

柳英这一夜，坐在税务所宿舍的窗前，人们说四十不惑，她这是怎么了？那年，柳英第一次见到林光明。那个挽着裤脚下田的林镇长回头对她笑的样子，浓眉大眼，那高大的身躯是那么修长而坚实，又是那么白皙而动人，就像是昨天才发生的。她以为自己倾情爱过的男子，是为她才与余翠莲离婚，她甚至曾经为这个家庭的解体愧疚过很久，她以为光明是因为她，她要一辈子报答这个男人的深情厚谊。这才多长时间呀？她以为她是守得云开见月明了，她迫不及待去考虑他们的未来，她甚至还想过，自己才四十岁，如果能和光明再生个小孩，那该是多么美好的事啊！林光明，她的爱，她的唯一。她居然像初嫁时那样，等着她的光明对她说，嫁给我吧。她等了好多年，她不在乎这一时半会，她要她的光明亲口说出来。

可是，她等来的是什么？就是这样的一个结果吗？她是不是做了一场噩梦呢？

林光明来税务所找柳英时，天还没有亮。

林光明用钥匙打开柳英的家门，看到柳英坐在窗台前，没有开灯，他坐到沙发上，静静地看着柳英，琢磨着怎么开口。

"你还来做什么？"柳英说。

光明说："我迫不得已。柳英，你该理解我的。我的防风，我的防风差点儿死了！他去工地干小工，堂堂北大生，居然去干小工，被人打破了头。如果我再不把他安顿好，大概这辈子就要失去我的大儿子了，柳英，你也有孩子，你应该理解我呀！你要知道我现在除了结婚，再也没有任何一个交换条件，能拿到安顿防风的编制，你这个时候不理解我，还有谁能理解我？我心里肯定全是你，可是——"

柳英突然笑了，原来她这里一无所有，没有了价值所在，她在林光明那里就从来没有下半生，林光明的世界，是林光明的，从来就没有她柳英半分田地，哪怕是个缝隙也好啊。可惜的是，林光明他那里是多么密实，连丝缝隙都看不到，哪里还有她柳英容身之地？

"有啊，我心里有你的，你等我啊，柳英，你要等我，你不是一直在等我的吗？你还可以继续等我呀！"林光明对柳英太熟悉了，熟悉得几乎不需要任何掩饰。他甚至上前一步，要抱起柳英，他知道怎么让柳英平静下来。

柳英轻轻推开光明伸过来的手，眼睛眨都不眨地盯着林光明看，她的光明，几时穿得那么得体，变得那般道貌岸然？她现在才知道，她从未拥有过这个男子，她把全部的爱给了眼前的男人，可这个男人从来没想回报。

这个站在面前的人是谁？怎么会这么陌生，陌生得她都不记得他的名和姓了？

她曾经拥有过光明，抑或她从来就没拥有过他，她一直是在靠臆想过了半生，这半生迷离与放荡，有多少是真实可信，又有多少是虚无缥缈，柳英突然觉得自己被放空了，她空得自己都可以低下脑袋来看自己的心，心原来是没有颜色的，它是那么瘦弱，那么苍白，透明而轻薄啊。人生嫁娶，不过各取所需。当女人将婚姻当作归宿时，男人却只是把婚姻当作工具。为工具做嫁衣的婚姻，能有多少坦诚可见？更多的是肆无忌惮。

柳英在这样的肆无忌惮里，一把抓碎了自己，也抓碎了眼前男子的幻影。

第三十一章

怒 极 斥 父

在北大校园打听到林防风的退学消息让林连翘心惊肉跳，她往老家村委会打了好几次电话，接电话的人都说找不到余翠莲，没有人向她解释到底怎么了。

她想着，还是先找到地方落脚，再做打算吧。

3月的北京，杨花柳絮，满城尽飘着毛茸茸的白，一不小心就吸到鼻子里、嘴里。

林连翘背着背包，从人才市场出来，又是无功而返的一天。

连续遭拒的求职经历让连翘有些傻了。转身回海城很容易，可一个城市在一个人人生中的消亡，某种时候，也代表着某种情怀的消失，海城是不可能回去了，家乡更是遥远。

北京，这是一个与海城完全不同的城市。它的生硬，它的宏大，都让连翘有些畏怯，让她不由自主地想起姨妈章彩虹一再强调的阶层来。

现在的连翘，真正意义上处在所谓阶层中的最低层了。去年来京的彩虹，据说在北京远郊买了一套复式经济适用房，她和丈夫陆和平放弃了海城的一切，来到北京，看来是来对了的。而住高楼大厦的彩虹自然和连翘更是不在一个阶层里了，连翘觉得自己绝不会去麻烦姨妈了，她怀揣着十五万元，难道还叩不开北京这座城市的大门吗？她不信。

但现实是残酷的。原来没有学历和经验，在这个城市寸步难行是真的。至少本科学历，是京城的工作标配，这才让林连翘真切地感到了被拒绝的难堪。倔强的连翘决定一切从头开始。

她先去找了一个便宜的旅馆安顿下来，继续找工作。

做不了服务管理层，她便有意识地避开服务行业，除了因为她的左手食指骨折，已经让她拿不了托盘，举不了重物的原因之外，她也不想重复自己的经历，她不想受制于经验，自己还年轻，连翘觉得她干什么都能行，哪个行业都得学习，都能学以致用，没有谁天生是干哪一行的。

最后有一家保险公司录用了她，没有底薪，要求三个月必须出业绩，业绩不达标就走人。

开始在保险公司上班的林连翘，也算是暂时安顿了下来。上班头几天，每天早上排成一排，高声喊口号，让连翘很是困惑，这种励志法真的管用吗？而且商业保险在这个时候根本没有市场，连翘对于老员工传授的将保险卖给熟人亲戚这一点销售经验也很费解。将产品卖给有消费能力的人是正确的，但是通过亲属关系来售卖对方并不需要的保险产品，连翘觉得这其实就是欺骗。

中午休息时，她趁周围没人，将电话打到了老家村委会，家里依旧没有人接听。村干部说："你们家总没有人，连翘呀，你看你浪费了多少长途电话费呀！"

林连翘咬了咬牙，把电话打到乡政府去问父亲，乡政府方伯伯告诉她说："哎呀，连翘呀，你没回来吗？你爸今天结婚呢！"

结婚？和谁？父亲再婚的消息如一记闷棍，打得林连翘晕头转向，她心心念念的父母亲，到底出事了。

连翘放下电话，去公司请假。

连翘很平静，她说奶奶病重，要回去看看。经理说："你这才入职不到三个月啊，试用期是没有假可请的，你只能辞职了。"

"辞职就辞职吧。"连翘说。连翘觉得她确实应该辞职的。

这是连翘做的唯一一个最短命的行业，她从此以后再也没有做过保险。

回到家，翠莲正从厨房出来，见到翠莲，林连翘几乎是恶狠狠地说："你们都离婚了为什么没告诉我？什么时候的事？"

翠莲泪流满面地说："我没好意思告诉你，我怕你受不了啊。我也想过了，人生不过如此，与其和不爱的人过一生，还不如独自一人过算了。"翠莲顿了顿，恨恨地说，"你们也长大了，真要是你们都在嗷嗷待哺中，借他林光明几个胆，他也不敢离！"

"你的离婚证呢，有协议吗？"

连翘看到了父母的离婚协议，眼前一黑，差点儿栽倒在地。

两栋楼房大院翠莲只分得两间，而且只有居住权，所有权全是儿子的，翠莲不得变卖其中任何房产，如果余翠莲再嫁必须搬出去，不许带走房子里任何东西。这个院子里其他所有的东西都与翠莲无关。光明只给了余翠莲一万元钱，要不是小叔常胜，他原计划是一分都不给的。

这个跟了父亲二十多年的女人，被父亲用一万元钱像打发叫花子一样打发掉，她建的楼，她付出所有换来的功劳被无情剥夺。这个男人不顾儿女感受所做的这一切，让连翘怒不可遏，她决定去找林光明。

只有十分钟，林连翘几乎是脚不沾地地跑到了实验小学林光明的新房门前。新房的门窗上，还贴着大红喜字，那么红彤彤的，在连翘眼里，如此不知羞耻。

那天从柳英大闹的婚礼现场回到家，夏莉和林光明坐在布置一新的夏莉在实验小学的房子里，夏莉只是低着头，一只手捂着被柳英撕开了口子的袖口。

从不抽烟的林光明从桌上拿了一根烟点上，一根烟都快抽完了，他说："小夏，我是真心要和你结婚的。"

夏莉抬起头看林光明，说："过去的事，就过去了吧。光明，现在我们是一家人，不说了。"

林光明心里一愣，倒一下子把想好的众多说辞给堵住了，这女人也算是深明大义，林光明暗自松了一口气，现在夏莉没有紧紧相逼，让光明至少有个地方还可喘口气，不是吗？

坊间流传的税务所副所长大闹副乡长婚礼现场的笑话，让民众笑了很久，也让林光明颜面扫地，他好多天都没怎么出夏莉家的门。

连翘一脚踢开了夏莉的房门，她的父亲坐在另一个女人的床上，应该刚吃过晚饭，正在满意地剔着牙。

"林光明！"连翘一声断喝，"你真是行啊，你居然这么骗我的母亲，你居然什么都没有给她，你居然就这么离婚，你占尽我母亲的便宜，你会天打雷劈，不得好死的！你好，你好狠啊，你们男人就这么残酷和无情吗？！你让我恶心婚姻，我向你发誓，这一辈子，我永不结婚，这一生，我永远不许任何男人侵占我的财产！你今天把事做得如此之绝，你背叛家庭，背叛婚姻，背叛儿女，你有老的一天，你记得自己爬到火葬场，自己爬上山去埋你自己！"

林连翘眼泪横飞，说完，她昂着头，快步出了夏莉的家。她的决绝，她的勇气，都让她像变了一个人一样。林光明目瞪口呆，这个一向低眉顺眼的二女儿，如此气量，着实有点吓着他了。

愤怒的连翘惊得站在外面晾衣服的夏莉张着嘴半天都没合上，也惊得她在未来与光明的婚姻中，不敢上林家的门。

　　回到自己的家，连翘泪流满面，她跟翠莲说："妈，他都结婚了，你还守在这里干什么？"

　　翠莲强忍着眼泪，说："连翘，这也是我的家，我不是还有你，还有防风他们吗？我早就说了，林光明找好下家了，可我却一点儿也不知情，我真是太傻了！"翠莲恨恨地抹了一把泪，"有什么了不起，到最后谁过得好还不一定呢！"

　　连翘看着母亲，心头一酸，她说："妈，你快要退休了吧，马上放暑假了，下学期你请个假，我们去北京吧！我先回北京去安顿好，现在都通火车了，来去很方便的。"翠莲看着自己的女儿，心一下子疼了，这个她从来没有关心过的孩子，竟如此慈悲，这让她这个做母亲的心如刀绞，说："连翘，你不要管我，你过好就是妈妈过得好，你才去北京，自己都没站稳脚跟呢，怎么能带妈妈呢？"

　　"妈，我行，我在那里还是前厅负责的总经理，我有钱，我可以照顾你，你要相信我！"连翘急躁不安。

　　"好好，我相信你，我相信！"翠莲不断点头，生怕女儿又不高兴了。

第三十二章

母　亲　受　辱

林连翘一回到北京，马上开始找房子，接母亲来在此刻变成了连翘的当务之急。

她一直自责当初的优柔寡断，若那年将母亲带走，她的父母关系也许会得到缓和，可能就不会离婚了。

为了安顿好母亲，连翘不再挑剔地找工作，她已经没有选择的自由了，连翘决定回到原点，选择她熟悉的服务行业，在陌生的北京重新开始。

服务生是不能再做了，但以她的身高，她可以去应聘迎宾，这个很像跟花姐去干的穿衣模特，站在酒店门前迎客领位，和服务生一个级别，只是不用整天拿托盘服务。站在门口，笑脸迎客，反正这个陌生的城市，谁会知道她林连翘过去当过副总经理呢？

只要没有面子问题作祟，一切都好办。

回京第二天，连翘就去了一家五星级酒店二楼咖啡厅上班，做了那里的迎宾。

她穿上紫红色旗袍，戴上绶带，开始上班。这里的工资低得惊人。连翘暗自心惊，若不是她怀揣着那十五万元，这新来乍到的，还带着母亲，肯定没法生活。

迎宾的工作每天两班倒，一个班是上午九点到下午五点，一个班是下午三点到晚上十二点，三天一轮。连翘与一个叫阿玉的女孩儿换班。本身就有服务专业功底的林连翘，又有卖衣服察言观色的训练，她热情周到，受到顾客好评，不到三个月，大家都笑称她阿庆嫂，八面玲珑，服务周到。客人时不时就喊：

"连翘，把我上次存的新茶拿来。"

"连翘，你们又上什么新品了？"

"连翘，可不可以下班和我们喝一杯去？"

连翘下班没有时间。

连翘下班要去找房子，连翘连续几天去附近的居民楼门口贴租房的信息。不知跑了多久，连翘在五棵松附近找到了一套两居室，家具一应俱全，租金也还能接受。

连翘在一个下午将电话打到村里，这一次是大英跑来接的，一听到奶奶的声音，连翘心头一酸，眼泪便下来了。

那头奶奶听到连翘声音有变，她也哭了，问："我的连翘呀！你怎么了？是不是受欺负了？你一个人在北京，这怎么话儿说呀，这么远的地方你可要照顾好自己啊！"

连翘极力收住眼泪，说："奶奶，我好得很，在这里我也是副总，单位派过来的，不要担心我，奶奶你要注意身体啊，我寄给你的钱不要舍不得花！"

大英在电话那头说："我也好得很，连翘，你小叔小婶对我很好，我一会儿帮你小婶去捆麦子，今年麦子收成好！"

连翘说："那就好，您别累着，我这次想接我妈来北京，奶奶，你看行吧？"

大英在电话那头又哽咽了，说："连翘有孝心，这样也行，让你妈去散散心，也让她离开麻将桌，你妈也是一年老过一年，不能总这样过。你带走她是个好事，我知道我连翘在修心，你会有好报的！"

因为母亲的到来，连翘感觉到自己是大人了，只有在这个临时的家里，自己才像个主人。而妈妈在她的指导下，学会怎么用冰箱、洗衣机，怎么使用煤气灶和微波炉，怎么去超市买菜，这时候妈妈跟在她后面，一脸好奇，像个孩子。

连翘这段时间除了要回去陪母亲外，还要去上课。她在这里上班的第三天，就在酒店附近报了一个新概念英语培训班，每周她上白班时，下班了都会去上课，一是打发时间；二是咖啡厅常有外国人进出，英语口语的练习总还是有用的。

翠莲也是头一次感到她的连翘长大了，那个总是尿床、总给她添麻烦的连翘，如今亭亭玉立，尤其穿着餐厅的旗袍制服，小腰不盈一握，几乎是可用光彩照人来形容。

"连翘，你终于是长大了。"翠莲说着鼻子一酸落下泪来，"妈妈给

你添麻烦了！"

"妈妈，别这么说，这是应该的呀！你是我妈，我必须照顾你的！"

翠莲慢慢适应着这里的生活，她依旧是那个勤劳持家的妇人，看到连翘袜子破了个洞，拿起来就绣朵同色的菊花，脱了鞋，那袜子也成了一种时尚。有几次其他服务员也央着连翘让翠莲也给绣一个，翠莲都笑眯眯的，来者不拒。

这样的日子，连翘过得很开心，她逢人便说，我妈来了。她发现晚上回家，有个妈妈等的感觉，也挺奇妙的。许多年来，她一直在躲避家人，躲避亲人对自己或有意或无意的打击与伤害。原来所有人的家人的存在，都是为了你的成长路边有花有草，有期待。此刻，连翘觉得妈妈对自己很重要。

只过了三个月不到，房东就上门来说，他的房子要卖了，连翘得马上搬家，他愿意退一个月房租当补偿。

连翘这是第一次在外面租房，她一下子慌了手脚，这可怎么是好？可房东的口气是不容置疑的。

她第二天一早就得赶紧去找房子，哪里能马上找到房呢？

母亲翠莲有些手忙脚乱起来，说："连翘我说我不来吧，你看看，这下拖累你了呀！你不要影响到工作啊，我给你姨妈彩虹打个电话试试吧，我来之前，在你舅家，告诉过她我来北京的。她还说邀我去他们家玩呢！"

接到翠莲电话的彩虹，很热情地来找她和翠莲。

她开着她新买的车，带着翠莲和连翘，游弋在北京的四环路上，夸张地感叹她的北京生活，是如何丰富多彩，尤其她在北京昌平那边，新买的经济适用房。

她说这房子指标可不好搞，经济适用房，看名字就知道，彩虹她不可能是经济适用房群体，不知道办了多少手续才拿到购买资格，这样的房子比同位置的商品房价格便宜一半都不止。

彩虹带她们去参观她新装的复式楼房，她说别看这是经济适用房，目前是北京最大的社区，浪漫，优雅，这些值得炫耀的地方，她一样都不会放过。

这栋楼房已经装修好空置在那里快一年了，上下二层，装修得比较豪华。里面住着一只叫巴博的哈士奇，照顾这只狗的，是彩虹现在公司的清洁工，一个六十岁的阿姨，每天过来喂狗和打扫房间。而彩虹与陆和平并不住这里，他们陪着女儿静静在海淀那边租房子住，他们要照顾女儿上学。

饭后听说连翘在做迎宾，彩虹惊叫："呀，连翘，你怎么混的，怎么越混越差呢，一个副总给人当迎宾，比服务生还要低一级呀，这太没有层次感了，你这都混回去了，都不符合自然规律，你要知道人往高处走，水往低处流啊！"

听了连翘的租房遭遇，彩虹撇撇嘴说："也是，在城市里，没有自己的房子，租房终究不是个事的，像浮萍一样。"

吃完饭，看彩虹回房了，连翘赶紧跟过去，她看看在厨房洗碗的翠莲，掩上房门，鼓足勇气对彩虹说："姨妈，是我让我妈请了一学期假来北京的，可这还没住三个月就回去，我怕我妈难过，您看能不能让我妈在您那南城房子住几天，我找到房子马上接我妈走！"

彩虹一下愣了，她看看连翘，不作声了，半晌，她说："这——我得和你姨父商量才行啊！"彩虹对连翘的态度真是180度的大转弯，她看不起做迎宾的林连翘，像不认识一样，她又恢复了当初带连翘出来时的样子，不会笑了。

彩虹和陆和平出外散步时，彩虹说："这林连翘真敢说啊！她居然想让我大姐住进我们南城新装修的家呢！"

陆和平皱了皱眉，说："也是啊，你大姐要是住进我们家，林连翘肯定也会住进去，这以后真是请神容易送神难哪！何况这是我们的第一套房，我们都还没住呢，是不是不太好呢？"

"就是就是，还有我们巴博也不方便。"彩虹说。

彩虹真的以巴博不喜欢生人为理由拒绝了连翘，讲得一本正经，让连翘陡然想起过去租界"华人与狗不得入内"的牌子来，她暗吃一惊。

彩虹是博士，应该知道说话的分寸的，可彩虹不讲分寸，她觉得跟连翘没必要讲分寸。她说要是每个人都可以在城市里混，那还要城市这个称呼干什么？城市是有阶级的，是有门槛的，每个阶层都住着同一个阶级的人，她那么直白地表达她与连翘不是同一个阶层的。

彩虹说："你看看，生活在城市是很不容易的，总是要显原形的。你最终还是要回到你来的地方，何必在城市里浪费时间呢？社会资源是靠积累的。连翘，你想啊，按理，你要是在农村，按部就班，你现在大约已经结婚生子，有了稳定的生活，你这强行进入城市，是违背常理的呀。城市生活等级森严，真不是你们这样的女孩子待的。"看上去彩虹那么语重心长，她完全不知道，连翘不再是几年前那个畏怯的女孩儿，她有思想，她开始思考了，这思考让连翘怒不可遏。

她的怒在第二天送母亲走时发作了。

翠莲边走边落泪边说："我说我不请假，你非要我请，你把自己照顾好就行了，何必管我？"

连翘走在前面，装作没听见。她走得极快，她的眼泪一串串掉下来，砸在胸前，噗噗作响。

在火车上，连翘将翠莲的床铺铺好，行李放好，翠莲接过连翘手上的提包，说："莫管我，连翘，我会好的，你一个人在外不易，确实外面过不好，你回来，我不会嫌你的，我们回农村也能过得好好的！"

连翘坚定地对母亲说："妈，谁说我们一定得住在乡下，他们就应该住在城里？读书是为明理和看清内心，如果读个博士只为上升社会阶层，将社会分成三六九等，那这个门槛未免太低，我不服。我一定会在城市落脚，而且我一定会再接你来的，我一定会有一个你住进去永不会被驱赶的地方，我发誓！车要开了，你在车上要小心啊。"连翘装作不经意地按了按母亲的衣服下摆说。

昨晚，母亲将连翘给的两万元钱，缝在了内衣兜里，连翘真是很担心车上有小偷。

翠莲说："放心吧，我知道。连翘，你一个人在外面，也要小心。彩虹姨毕竟还是我们自己家的人，平时多走动，出门在外，总是有一个亲近的人才得势。"

连翘从鼻子里冷笑了一下，说："妈，你真是天真，人家都觉得你连狗都不如了，你还当她是亲人。放心妈妈，我能在海城不靠别人，在北京，也一样谁也不靠，我就是一粒打不垮、嚼不烂、砸不坏的铜豌豆！妈妈你也一样，没什么大不了的，等着我，我一定会有自己的房子接你来北京！"

翠莲忧郁地看着这个打小在家就不受重视的女儿，她现在太心疼连翘了，如今的生活让这小女儿承受的东西太多了！她打心里认可彩虹说的话，连翘应该回到家乡去的，她也认为连翘没有学历赤手空拳的，在这个全国人民都向往的城市打拼太难了。

可是想想连翘在省城卖衣服的样子，再看看她自己从海城奔到了北京，还能待下来，这个世界翠莲也看不懂了，连翘是怎么立住脚的，她不知道。

她看着连翘那凝重的表情，叹了一口气说："连翘，你们年轻人总是有自己的一套理论和活法，你是我的孩子，我总是希望你能过得舒心一些的。这些年你人在外面，也并没有落魄，我相信你，肯定有你过人的地方，但凡事要小心保护好自己，妈妈帮不上你的忙，妈很内疚。"说着，翠莲又哭了。

"妈，你在家好好的，等我回来接你，就是对我最大的帮助。"连翘强忍着眼泪对母亲说。

连翘想在北京买套房的念头一经生出，就一发不可收拾。和她一同做迎宾的阿玉吓得张大了嘴巴，说："天啦，林连翘，你是疯了吗，我们？我们能买房？我都在这个行业干了七八年了，没看到做餐饮的服务人员有买房的。买房，要太多钱了，不可能的。而且，没结婚，女孩子买房，听都没听过啊！"

第三十三章

防 风 教 书

被林连翘大骂一通的林光明，看着被连翘摔开的门帘高高掀起，再从空中落下来，一摇三晃的，让他有些晕眩。

林光明和夏莉面面相觑半晌，光明下了地，一言不发，拎起公文包就出了门。

走在大街上的林光明，突然发现，他没有地方可以去，明明有三个家，翠莲那里，柳英那里，夏莉这里，可他却感觉到已经无立足之地。女儿连翘的责骂虽然犯上，但还是有些道理的，光明也觉得他这么做，不就是将儿女置于不顾了吗？可是他若不这么做，他的防风还有救吗？

防风的工作指标批下来时已经年底了，防风被分到了较偏远的山区清水河乡清水河中学，虽然偏僻，但是防风是正式带编制的公办老师。林光明这回是彻底松了一口气，只要让防风脱离那些危险的工地，防风便安全了，这很重要。夏莉说话算话，没有食言。凭这一点，光明心里对夏莉是带着一丝感激的。

送防风去清水河中学的路上，光明都能感觉到防风走路的轻快，养伤这大半年，防风大概也想通了吧。

人们在温饱成问题的时候，总是容易产生恐惧与不安的。防风的恐惧与不安和林光明是一样的。

决定要去教书的防风，也是有自己的想法的。他想有个正式工作暂时安抚一下父亲，自从北大退学回来，防风其实对所谓体制内的工作，是抵触的，他总觉得这世上所谓约定俗成的东西，对人们的思想禁锢得太狠，以致让人喘不过气来，有时候真还不如跟高六儿他们在一起搬砖来得踏实。

工作的落实，让林光明和防风都暂时摆脱了这种不安的情绪。他们甚至在回家的路上，找了一个小饭馆，爷儿俩破天荒一起喝了顿酒，防风举着杯，对他父亲说："爸，我知道，你所做的一切是为我，都是为我好！"

光明频频点头，说："好小子，你知道就行，以后好好干，保个饭碗，平平安安，这就是我对你所有的期望了！"

防风正式上班了。

不几天时间，防风就发现清水河中学后山上，满山遍野的山茶花，远处层峦叠嶂，犹如巨幅的水墨画。防风突然安宁了，他觉得他有点喜欢上了这个叫清水河的地方了。

防风上课时，看到讲台下，三四十个农民后代，那一张张渴求知识的小脸庞，他突然觉得自己的责任重大，不仅仅是大毛他们在面对社会规则上的知识匮乏，他也有责任将他所见到的、他所学的，传递给这些农民。

他大学时交往的女友曲靖来清水河找他时，他表现得出奇地冷静。

"你不要在我这里浪费时间了，你有大好的前途，你会成为一个伟大的画家的，去画你的粉色吧，你的粉色系列本身就是一绝！"防风对曲靖说。

曲靖看着眼前的防风，这个男人看上去瘦弱，骨子里却如此刚强，她记得他们的第一次相遇，她也记得他们每一次的交集。

在一次书画展上，林防风和曲靖都在一本米芾的狂草面前久伫不去，两人相视一笑，同样为这个米癫而痴迷的两个年轻人，那一夜席地而坐，俩人从米芾的奇装异服，到米芾的爱石成痴，如数家珍。

就读于中央美院的曲靖，在以后的日子里，成了北大图书馆的常客。在防风大一、大二的时光里，他们游走在未名湖畔，夜读在图书馆里。曲靖因为防风，破天荒学会了织毛衣，虽然花色简单，并且织得一个袖子长，一个袖子短，但林防风照样穿着招摇过市。防风在未名湖的BBS（网络论坛）上发布的情诗，是藏头诗，嵌着"曲靖"二字，让同学打趣了很长时间。这段温柔而浪漫的时光，穿插在防风大学一二年级的日子里，岁月静好，几乎都被曲靖画成花好月圆。那一片充满了爱情的粉色，在中央美院的画展上，受到了极大的关注，在油画里，能将粉色用得如此不落俗套，曲靖是第一人。那时候防风指着天际说，曲靖一定会成为未来中国响当当的画家的。

到后来北京宋庄的画家村渐成规模后，曲靖常带着防风去宋庄那里，每次聚会的人都不同，防风也认识了宋庄越来越多的名人雅士，包括曾经风靡一时的电视主持人崔波。

防风成为崔波的粉丝一点儿也不稀奇，他们有着共同的人生理念。防风在关注民生的崔波面前自惭形秽，他觉得他读的书、学到的知识，都不过是为了找一份工作，这让他感到羞愧。防风更多的时候流连在宋庄，在曲靖出去写生的时候，他依旧会在崔波工作室里，奋笔疾书。

他与曲靖的分歧，也来源于是求学重要呢，还是关注内心更为重要。曲靖的画在这段时间里也出现了局限，他们吵架的时候多了起来。他们为意见不同而争执，他们为防风的缺课而争执。防风觉得曲靖一点儿也不理解自己。曲靖却因防风的失学而失去了斗志，她觉得林防风太不会保护自己了，更不顾及她的感受，一意孤行，她太失望了。

那天，曲靖站在宋庄桥头的柳树下，眼睁睁地看着林防风被父亲带走，泪流满面。

她的防风，就这么离开了她的视线，其实曲靖的心里，是多么钦佩防风敢怒敢言。崔波是他们共同的偶像，可是曲靖觉得在现今这样的世界，我们还有很多的牵绊，可是防风却不管不顾，这让她心痛。她心痛防风毫无防范，犹作困兽斗。这次退学，就是更大一波打击与教训，这个教训对防风来说，太沉痛了，但曲靖知道，防风不撞南墙不回头，就算是撞了南墙，大约也是死而后已。

曲靖从敦煌回来后，便从中央美院毕业了，她从北大的同学那里打听到了林防风的消息，赶到了林防风任教的中学，这一对曾经的校园情侣，已经一年多没见了。

林防风远远看到了校门口站着的曲靖，他一下子惊呆了。

他以为他深埋在心里的女子，再也不可能相见，防风甚至觉得是一场梦。

一年多不见，曲靖成熟了，而且也更好看了。

背着画夹的曲靖泪流满面，她说："防风，我好想你。"

防风笑了，说："傻女孩儿，这儿多不好找啊，你怎么来了？"

防风带着曲靖到了学校小食堂，那里有一张大桌子。曲靖摊开了她所有的画。

在甘肃农村待了一年多的曲靖，她的画充斥着黄土与落日，她的粉色已经全无踪影。

防风一幅幅认真解读着曲靖的画，那样的落寞，那样的昏黄。

曲靖一眼不眨地盯着防风，说："防风，这里不是你该待的地方啊，你是条龙，是条汉子，你应该从这个狭小的地方走出去，你需要与世界对话，你不应该困在这里！"

"可我现在哪里都不能去了，曲靖。"防风说，他眼前浮现的是父亲光明向自己下跪的样子，他心痛如裂，他答应了父亲好好教书，他答应了的。

他有这群农民后代的期望在心里，这个期望也让他不能远离。

他看着曲靖说："曲靖，从我被退学那一刻开始，我便已经没有退路，而你不同，中央美院毕业，才华横溢，你应该拿出你的粉豹子、粉江山，你不应该是这抹苍黄。你是现代派的，你应该画你所爱，画你感动的，画你张狂而喜欢的，画那个喜欢米癫的曲靖，你懂吗？"

曲靖泪流满面，懂她的防风，也唯有防风懂她。

"你若不走，我也要留下来。"曲靖说。

"不，你属于更多人，你不属于这里，你肯定会是一个一流的画家，你应该走出去，不要颓废！"防风拥抱了曲靖。

望着女友哭着离去的背影，防风觉得生活已经离他而去。女友，是去复活的，他甚至相信，女友只有离开了他，方能幸福，他愿意为别人的幸福而双手合十。

林防风教的化学课在那个山区学校里，很快受到了好评，那些喜欢听他课的初中生，视防风为偶像，他们常会在放学后，约在山茶树旁听林老师讲北大的故事。

防风说："你们只要有理想，都能实现的，寒门出贵子，说的就是你们。你们读书，不仅是为了考学，光宗耀祖，更多的是为了你们自己。读书明理，不仅是为了明白自己的内心，也要明白这个世界在为什么而转动。万事万物都有规则，读书就是为了明白规则，而让自己不受制于人。"防风向他的学生展示他头上的伤疤，他向他们讲述他在工地上的所见所闻，他向这些学子传授学业的同时，告诉他们要如何保护好自己，唯有保护好自己，才是对这个世界最好的成全。

清水河中学所在的位置，离林防风的家还是有很大一段距离的，遇到天气不好又有课的时候，防风也得在学校借宿。夏天，他向学校申请了一个小单间。他一个人住在山上，山上的松树正在遭虫灾，一群群的松毛虫，大口大口啃食着碧绿的松针，满山的松树，大半都枯黄了。没有课时，防风会上山，伫立在山间，长时间与毛虫对视，与毛虫对话，他用手中的烟去点毛虫的毛，看到飞快逃窜的毛虫，防风无声地笑了，毛虫尚可逃，他林防风却无处可逃。

有了小单间，就算没有课，林防风也不回家，他待在山上的时候多了，松毛虫和家人比起来，他更愿意和松毛虫待在一起。

因出色的教学能力和大量的在校时间，防风在次年担任了一个班的班主任，这样，他把更多的时间投入了教学中，人也更安静了。

大英见到大孙子有了工作，也算是了却了一桩心事。乡下"男大当婚，女大当嫁"的风气一直盛行，二里湖有名的媒婆张婆来找大英，开门见山说："你家大学生防风不是已经回来工作了吗？听说当了老师？要不要也介绍一个老师给你当孙子媳妇啊？"大英喜欢这个，她也觉得上湾余细嫂家早就抱上了重孙子，她大英也应该抱上重孙子。防风都二十多了，该找媳妇了。

防风发现不管他跟奶奶说什么都阻止不了让他去相亲，他决定好好去相一次亲。

对方是隔壁村的一个比防风大一岁的姑娘，在外打工多年，听说防风父亲已再婚不在家，主动提出不要彩礼，婚事女方全包，只要男方肯娶就行。

防风一进门，见到姑娘就吓了一跳，眼前的姑娘身高有一米七以上，柳眉杏腮，纤腰一握，在这样的乡下，居然有如此漂亮的姑娘，实属意外。

可如此漂亮的姑娘，轮也轮不到自己呀？防风拿出了记者采访的手段，刨根问底，三句两句就套出了姑娘的底细。原来姑娘在外面与一个台湾人同居多年，台湾人摆明了也只是玩一玩，姑娘的年纪就拖大了，实在没有办法，只得回乡找个老实人做接盘侠。防风笑了，准确地说，回家找一个老实人嫁了，这叫神不知鬼不觉了却一段风流公案。防风觉得自己确实符合标准，四岁才开口说话，山区穷教师一个，又笨又老实，多么标准的接盘侠呀。

女孩是真心想嫁，防风假意奉迎，和女孩儿约会了几次后，防风觉得这就是浪费时间呀，他有这工夫，去备备课，再不济去逗几条毛虫也是好的。

所有的人都以为这次肯定成了，姑娘家开始忙着拿生辰八字合防风的生辰八字，并给防风买了衣服和鞋。

防风用两个指头，拎着衣服领，举着一晃，对女孩儿的父亲说："这衣服是什么东西啊，肯定是汉正街的水货吧，叫人怎么穿，你也太瞧不起穷教师了。"

媒人在一旁脸都吓白了。

女孩儿父亲拂袖而去，留下一句话："我看这孩子不像是老师，他是不是智商有问题？我看不是有些二傻，就是有些疯癫，我姑娘是想嫁人，但也不嫁给一个傻子和疯子！"

防风在大英的责骂声中，大声唱着"仰天大笑出门去，我辈岂是蓬蒿人！"离开了。

从此再没有人敢给林防风介绍对象了。

多年后，关于这段相亲经历，防风告诉连翘："那姑娘一看就是见过世面的，何必害人家？就算她真肯一心归田，你看我们家，家不成家，庙不像庙，就算把人家娶进门来，让她成为第二个余翠莲，岂不是害了她，让我成为第二个林光明，也是害了我，不如一个人这么过吧！"

林光明的再婚风波随着时间的推移，那场婚礼闹剧终归是被人淡忘了，人们都各自忙各自的生活去了，又或是被其他新鲜刺激的事所吸引，没有人再提起这个闹剧，偶尔说到，也只是哈哈一笑而已。

光明每天按部就班上下班，安顿好了防风，也算是解决了他自己的一块心病。但光明的心病不止这一块呀，还有当归，现在他已经有些时日没见到这个小儿子了。

当归辍学回到了家，他和那些不良少年混在一起。他视自己为累赘，他偷母亲的钱，连连翘给翠莲买的金项链都被偷出去换钱了，谁也不知道他天天在干什么，只有手上没钱的时候，他才肯回家睡一夜，拿了母亲的钱后就不见了踪影。

偶尔大英在路上遇见当归，总是痛惜地劝他："当归呀，你怎么总不回家，你要学好啊！"

当归顶着一头黄毛儿，梗着脖子，说："奶奶，我回哪儿啊，我哪有家啊？学好给谁看？再说跟谁学好啊？"一时让大英气结。

余翠莲那天揪着偷钱的当归，连扯带拽地将当归带到了实验小学。翠莲站在夏莉宿舍门口开始叫骂："儿子不是我一个人的儿子，你就图自己新鲜快活，今天你再不管当归，我娘儿俩就死这里，你给收尸！"

林光明从里面走出来，看到他的小儿子林当归，一米八几的大个子，头发染得跟个鸡毛掸子一样，乱蓬蓬地堆在前额，都看不到眼睛。裤子腰挂在屁股上，裤裆都快掉到了地上，他喝道："林当归，你到底要干什么啊？"

"我要钱，你有吗？"林当归一副浑不懔的表情，让林光明气不打一处来："你小小年纪，叫你读书你不读，你看看你这鬼样子！"

"说这有什么用啊，你们倒快活了，谁管我死活来着？！"林当归抖着大腿，鼻孔朝天。

"你——"咬牙切齿的林光明举起的手又放下了，他掏出一百元钱交到翠莲手上，说，"你带他去理个发，把头发剪了，明天，明天我带他去找个事做！"

被林光明前同事接收了的林当归，做了一个企业的食堂事务长，专管食堂采购食材。

刚工作四十天就被送了回来，说他年纪太小，这个活儿他干不了。原来，当归拿了食堂每天的买菜钱，偷工减料，省下钱来又拿去和外面的小混混们玩去了，让食堂对不上账。

当
归

林光明发现，他救得了林防风，但如何救林当归，他束手无策。

后来夏莉实在受不了翠莲三天两头来闹，拿出两千元钱来，联系了一家汽车驾驶员培训学校，让光明送林当归去学大货车驾驶技术，学期两年。夏莉的意思是，驾驶证到手后，直接干司机这行，这是个笨活儿，只要会开车就不会失业。

林光明觉得这个可行。林当归一听说可以学开车，一蹦三尺高，说："太好了，以后我就可以开着车四处玩喽！"

第三十四章

连翘换工作

林连翘送母亲上了车，回来收拾了一下，便将自己的物品悉数搬到了咖啡厅的女生宿舍，在阿玉对面的床铺住了下来。

想起阿玉说的干服务行业要买房几乎是不可能的，连翘觉得自己要找机会，离开服务行业。

连翘的心燃着一把要买房的火，这火一烧起来，便没有停息。

连翘每天上班，第一时间去客服中心取报纸，向各房间送报纸时，连翘都先看一遍，连中缝的招聘招租广告都不放过，她不仅去看租房信息，也看卖房信息，这个时候北京的房价，最便宜的也已经飙到了三四千元一平方米，就她从海城带来的那点钱，还是不够。

连翘拼命上班，拿全勤奖金，也替别人值班，挣加班费，虽然加班费少得可怜。

连翘在等机会，她坚信，她一定买得起房，接母亲来北京的，这是她答应母亲的，她必须做到。

这天是连翘的晚班，外面下着小雨，快夜里十二点了，没有客人，经理说："提前打烊吧，今天应该不会有客人了。"

连翘他们开始将摆在酒店门口的广告牌往里收，做打烊的准备。这个时候来了两位男客人。他们选择了最靠里的雅座坐了下来，神色凝重，看样子是要谈事情，夜班服务生小景一个劲儿在备餐间抱怨："都下班了，这个点儿怎么还来客人呢？"

连翘做了一个嘘声的手势，顾客是上帝，这是服务行业不变的标语。最后连翘让家有小孩儿的小景先回去了，她一个人服务、续茶、送点心，甚至帮客人到对面的二十四小时的超市买小吃和香烟，一直忙到凌晨三点。

送走客人后，连翘拿来托盘收拾雅座时，发现座位上赫然躺着一只灰黑色提包，连翘提了提包，还挺有分量，她提起提包追出去，酒店外早就寂静无人，雨下得有些大了。

回到咖啡厅，连翘打开那只提包，里面居然是几捆现金和一只皮夹，夹层里是一些零钞，散乱地放了几张名片，皮夹中间的一格里，还有一本名叫范新国的护照。

连翘将包的拉链拉好，带回了住处。

连翘一晚上几乎没睡，坐等天亮。

天刚亮，雨停了。

连翘马上到宿舍外面找了个电话亭，逐一去拨那几张名片上的电话，这个时候，还不到六点，要么是办公室电话无人接听，要么九字打头的大哥大关机，最后拨通了其中一个叫侯泰的名片上的电话，那人还没有睡醒，嘟哝着谁这么早？连翘几句问候，说明了来电的意图，寻找范新国的联系方式。

拨通范新国电话时，正往机场赶的范新国，接到电话才发现自己的包不见了，连翘不禁诧异，要赶飞机的人，都快到机场了，护照丢了竟浑然不觉，这该是多粗心的一个人哪！

连翘当即拦了一辆出租车往机场赶，到北京国际机场，不断找电话亭给范新国打电话确认位置，足足找了半小时，林连翘好不容易才找到了范新国。

见到满头大汗的林连翘，范新国几乎不敢相信自己的眼睛。他接过包，将包拉开，见到了原封不动的钱和皮夹，范新国不断点头，连声说："了不起，了不起啊！小姑娘，你叫什么名字？我现在马上要赶飞机，这个只是说声谢谢太轻了，等我回来，我去找你，我要好好感谢你！"

"我叫林连翘，不用谢了，范老板，只要不耽误您上飞机就行。呵呵，以后可要小心，丢东西的习惯可不太好！"林连翘说完摆了摆手，径直出了候机楼。

候机楼外，天已经大亮，被初升的太阳照着，两眼都睁不开，林连翘这才发现，一夜没睡，她都有些低血糖式的眩晕了。

一个星期后，范新国出现在咖啡厅，并给连翘带了一个崭新的包，巴宝莉最新款女包，范新国说："这是今年流行款，请务必要收下。"

连翘摆了摆手，说："范老板，您在我这里丢了东西，我是应该还给您的，如果不还给您就太不正常了，不必谢，这个包我不能收。"

"小林啊，话不能这么说，其实我根本想不起我的包丢哪里了，而且包里还有三十万元现金，你居然等了一晚上，跑了那么远的路帮我送到机场。我很惊讶，居然真有拾金不昧的人，让我遇到了！我很感激，这个小包只是一个小心意，都不足以代表我对你的感谢！"

连翘笑了："呵呵，里面有这么多钱！我没注意啊，只是发现包很重而已。老板，心意我领了，礼物嘛，不能收。我要去前面站台了，有客人到了。"站起身，她又说，"范老板真有心，若有好的工作机会，别忘推荐一下就好。"范新国一愣，这个请求还真出乎他的意料，范新国旋即笑了，说："这真是一个好主意哦，你想要做什么工作呀？"

这倒把连翘给问住了。

范新国连续几个周四都出现在咖啡厅里，他知道林连翘周四下午有班。

范新国说，他总觉得欠着林连翘的人情，心里不得劲。这执意要感谢别人的人，让连翘觉得也挺感人的。

这个周四范新国和另一个稍矮一点儿的男子又来了，连翘将茶壶和菜单带过去，上前打招呼："范总好。"

"她就是那天早上给我打电话要你联系方式的女孩子？"那个矮个男子指着连翘问范新国。

"对呀，就是她给我送包到机场的！"范新国说，"连翘我给你介绍一下，这是侯老板，是当下电视台最大的金牌代理银桥集团的董事，银桥集团听过吧？你们所看到的电视台名企广告几乎都是他们公司制作和代理的。"

银桥集团连翘当然知道，每次出现在电视剧片尾的银桥集团，印象还是深刻的。

"呵呵，你叫林连翘吗？我叫侯泰，你是第一个一大早六点不到，就骚扰我的人，哈哈！"

"哦，原来如此。"连翘也笑了，她连连道歉，"当时真没办法呀！"

"连翘啊，想不想去银桥集团工作呢？"范新国笑眯眯地看着连翘。

连翘是万万没有想到，一句玩笑话，范新国居然当真了，而且一上来就是银桥集团！她吓得连连摇手，说："范总，我、我说着玩的，不可能啊！我、我怎么能进银桥集团呢，范总让您笑话了。"

"谁说你不能进银桥集团了？"范新国始终笑眯眯地看着林连翘。

连翘看看四周，咖啡厅没多少人，同事也没在跟前，她嗫嚅着说："我、我没有大学文凭，才到北京一年，没资历，我肯定做不了……"连翘觉得自己快要哭出来了。

范新国和侯泰相视而笑。

"呵呵，连翘啊，你就为这个为难啊？古话说，莫欺少年穷。你的人生还没有开始呢，不要给自己太多定义，未来不可预知呵！侯总，我来为连翘做个担保如何？"

"没关系，林小姐，你的事我听范总说了，很不错啊。听范总说你现在业余时间还在学习呢，好学的孩子干什么都行，尤其品德好的人，做什么都不会差。你就来我公司吧，正好我公司销售部门正在招应届毕业生，我可以跟总经理打个招呼，你要不要来试试？有挑战性，但也很有机会哦！"侯泰笑眯眯地看着连翘。

拿着范新国签字的担保书，第三天连翘请了一天假，打车到了一座通体落地玻璃豪华气派的大楼下，这便是北京有名的广告金牌代理银桥集团了。

连翘像做梦一样办完了入职手续，整个程序走得那么顺利，几乎让她怀疑在过去一年找工作的艰难，难道都是一场梦吗？

在递交所有证件的原件复印件时，连翘只说了一句"我的毕业证忘记带了"，人事经理和颜悦色地说："上班后补上复印件就可以了。"

连翘就这么轻松地入了职，这个需要跨越多少高山与深海才能解决的学历难题，就这么迎刃而解，原来有关文凭、学历和经历的门槛要求，在某个时刻是形同虚设的。

林连翘有生以来第一次有了工位。

人事部助理忙前忙后地送来了电脑、笔记本、笔筒等，甚至还有饮水杯，而且她有了专属的分机号1105。这是连翘以前从来没有想过的，她小心翼翼地坐在可以旋转的椅子上，生怕一不小心，把椅子坐垮了，可它明明转得如此灵巧呀！

办完了入职手续，人事经理问："林连翘，一周后能上班吗？"

"能。"连翘想都没想就答应了。

她在咖啡厅的离职手续也要一周时间才能办完，她要打好这个时间差，连翘第一件事情就是要马上找地方住下来。

有了上次找住处的经验，连翘去路边的文具店买了几张A4纸，手写了求租信息，然后将电话号码竖着写了一排在求租信息下面，再用剪刀将号码分别剪开，方便别人撕下电话来。

接下来，专门去找那种老旧的居民楼，那里的房租相对便宜很多的。趁人不注意，连翘几乎将那里所有的楼单元门的一侧，都贴上了她的求租广告。

第三十五章

异 性 合 租

　　连翘将一张张求租单贴在了人大西门周边各个单元楼门外，连翘想万一这些居民楼里有人要出租房呢？直面房东，总是感觉放心一些的，而且能省下一笔不少的中介费。

　　没想到只过了三天时间，便有人打来了电话。房东说房子在六楼，是个小二居，二千四百元一个月，押三付一。

　　连翘随着房东爬上了六楼，看了看这一大一小的小两居，有些简陋，价格还有些贵，但连翘没有时间再去找，她得马上住下来。

　　连翘按房东要求签了一年的租房合同，押三付一。连翘交了租金和押金，她又有了一个临时的家。

　　连翘收拾完房间，最后独自一人坐在床上，想起自己的母亲，想起她们被房东赶走的情形，想起彩虹那句母亲不能与狗同住的侮辱，连翘不禁潸然泪下。连翘对这个临时住所，心有余悸，别人的家，到底是别人的家，不知什么时候她又得搬家了。林连翘觉得这以后，她要改变这个现状，前路漫漫，需要怎么样的努力才行啊！

　　连翘看了看表，下午四点，也许母亲在家吧，连翘去楼下公共电话亭打电话到村委会，今天村干部还是没有找到母亲，他说翠莲不在家。

　　连翘呆站在电话亭里，想了想，再投了两枚一元硬币，这一次，她把电话打给了在海城的陈唐。

　　我们在很多时候，都会本能地想到分享，所有的人都不是孤独的，我们需要倾诉，让我们将情感寄托在别人身上。这个时候的连翘，只是希望有一个人听她说，她安顿下来了，她终于有了份体面的工作了。

　　如果我们谈信仰，我们对另一个人所产生的情感归属大约便是信仰的初级阶段。我们曾经信仰家庭，信仰父母，但如果这种信仰缺失长期存在，我们就会将这份信仰寄生在替代品身上，便很容易得到情感转移。

　　此刻的陈唐，成了林连翘倾诉的唯一对象。

　　接到连翘的电话，陈唐万分意外，说："连翘！你怎么一下子失踪了，快一年了，你过得好吗？"

　　"我挺好的。"连翘说。

　　这个时候的陈唐对于林连翘来说，像一束光。

　　连翘希望听到陈唐说，加油哦，林连翘。那时候，她假想，她的父亲，那个在她小时候笑着给他们讲笑话的父亲，一如今天在电话那头的陈唐说，你加油哦，遇事莫慌，你很优秀。

　　这本应该是父母给孩子讲的话，连翘找不到父母。那一夜，连翘在电话里和陈唐讲了四十分钟，电话挂断了，连翘意犹未尽。

　　正式入职银桥集团，连翘第一次参加了部门例会。

　　这是集团销售事业部新成立的销售三部，专门负责中央电视台四台《海峡两岸》和中央电视台二台的《经济半小时》栏目的前后广告片的独家代理投放，大概有八十人左右的销售团队，除了五个主管，是带有客源的行业老销售外，余下的销售人员基本都是应届大学毕业生，和连翘都是同龄人。

　　连翘站在他们中间，从外表上看，没有任何区别。

　　只有连翘知道，和他们站在一起让连翘有些困惑，感觉像是在做梦，这算是殊途同归吗？她觉得她特别像只混进了鸡蛋里的猕猴桃。她小心地掩藏好自己的毛发，生怕别人发现了什么不妥。

　　连翘刚租下的房子，一个月二千四百元租金，大大超出了她在银桥集团当销售的试用期工资，这才是真正的入不敷出啊。她无论如何再不能去动她的存款，那是她保命的钱，这点她知道。

　　所以，连翘又在楼门口，贴了另一个招租信息，六楼招合租，限女生，租金一千元。

　　那一天周末，连翘开了门，一个穿着红色格子衬衣的男孩儿站在门口，问："是您这有房子租吗？"

　　"是呀，你租吗？可我只租女生。"连翘说。

　　"你好，我叫张雪松，我刚上班不久，就在前面楼，先让我看看呗！"外面的男孩儿笑得一脸阳光。

　　连翘一笑，让他进了屋。

　　男孩儿在房子里转了一圈儿，显然对小卧室特别满意，他说："现在流行异性合租，我觉得我也可以。你房租能便宜一些吗？我叫张雪松，才从人大毕业，刚入职，就在前面杂志社。现在真没钱呢，我也找了好久的房子，这里的房子都是一整套在租，我租不起。你这个小房间，就租给我呗，小姐姐！"灿烂一笑的男孩儿张雪松，笑起来居然还有些像林防风。

听到张雪松说是才上班不久，连翘顿生了惺惺相惜之感，而一句小姐姐，真让连翘想起防风，如果弟弟没有退学，大约现在也在四处这么求租的吧？

厨房和厕所共用，就这样连翘将小卧室按每月八百元租给了张雪松。

这两个异性合租的年轻人，就这么开始了他们的工作与生活。早上七点，他们分头从出租屋出去上班，下午六点返回各自的小屋，关上各自的房门，过自己的生活。

连翘也渐渐习惯了银桥集团的工作节奏。他们这群新人每天早晚各一小时的小培训，每个周末一次两小时的大培训，由一位姓宗的总监负责。她从如何给客户打电话，到如何见客户，都讲得很到位，甚至细致到如何递名片，都亲自示范。连翘每天都十分认真地做笔记，那个看上去年纪不大的宗总监，有时候也会夸一下连翘理解力强。虽然培训课专业术语很多，有些听上去都是云里雾里，但在连翘看来，跟天桥卖衣服、饭店里卖酒席一个样，都不过是做人际关系，所以她学的时候，还是很容易融会贯通的，她的业务上手也确实比那些刚毕业的同事快。

如果说过去做酒店业务，是在酒店餐厅里守株待兔，那现在做广告片销售，便要主动出击。连翘以过去做酒店的职业敏感度，筛选出了在东西南北城的各四星级以上酒店，定点在酒店咖啡厅和餐厅，邀约企业负责人。她能根据所邀对象的家乡，安排恰到好处的菜肴，或是找到相应的地方特色的餐厅，也能买到知名的酒水。她对各个地方的应季菜肴了如指掌，对每家餐厅的特色菜肴口味与搭配的把握度极高，她常请那些平时忙得团团转的企业或部门负责人品尝的菜肴总是出人意料，如3月的芦蒿、5月的鳜鱼、6月的嫩鸭、10月的肥蟹，甚至有名的金华火腿，她都能单独订到，这些是其他刚毕业的销售人员根本做不到的。

林连翘的投其所好，很快就见到了效果。她一旦约到广告主的关键负责人，便恰到好处地请宗总监出马，这样的洽谈往往是短兵相接，全是干货，成单率极高。很快，连翘就在八十多人的销售大军里脱颖而出。

这个周五下午没有培训，连翘六点就回到家。

一进门才发现张雪松已经回来了，厨房里居然多了一个女孩儿。

"我今天发奖金了，我女朋友来了，我多炒了一个菜，一起吃饭吧，小姐姐。"张雪松喊。

一听张雪松喊小姐姐连翘就想笑，张雪松只要有事就甜甜地叫连翘小姐姐，今天应该是带人回家了，他先做情感铺垫。

张雪松介绍说他女朋友叫曾小志，是科技大学专科生，今年大三马上就要毕业了。

"张雪松，我这卧室那么小，当初你可是说一个人住我才租给你了，不带你这样的，住进来了还往里加人啊，当时你可没说有女朋友！"连翘边换鞋边说。

张雪松哈哈大笑，旁边的曾小志抢着说："小姐姐误会了，我只是周末过来打打牙祭，不在这里住！"

满脸笑容的曾小志端着一盘菜进了张雪松的房间，原来他们把张雪松床上的被褥掀了起来，堆上一堆书，形成一个正方形，再铺上一块方巾，居然就成了一张桌子，曾小志把菜放上了"桌子"。

三个年纪相仿的年轻人在一起，酒瓶一举，气氛就融洽了。

两杯酒下去，大家各自的心事就在酒桌上显形了，连翘也将没有学历，当初找工作的窘境和盘托出。

曾小志很好奇，说："学历这个不难吧，现在有很多办法提升学历的，比如专升本，在职研究生不都有的是嘛。我就准备直接考研究生什么的，一点儿也不难。"

"看你说的，好像考个学，拿个学历跟菜市场买菜似的。"连翘笑了，"哪有这么容易啊！"

曾小志说："你可别说，真可以啊！最简单的是那个网络教育。现在国家正在试行远程网络教育，我们学校，还有北二外那边就新近成立了远程教育中心，这次我们学校是针对应届专科生的，二外那边是统招，远程网络学习，就是不用天天上课，招生对象有应届毕业生、社会上的大专以上学历，或是工作两年以上都可以参加考试，只认考试成绩，考上就能就读。小姐姐也去读呗！考个学历应该没有问题！"

张雪松说："好像是啊，好几所学校今年都在试行远程教育，小姐姐你就说你想不想考，想考，哥们儿就有办法！"

这是一个醉意朦胧的夜晚，一对二十出头的恋人，推杯换盏之间，争着吹自己的资源有多强，曾小志说他们学校考试超简单，张雪松说如果要补习，他是当了四年的家教挣的大学学费，要多牛就有多牛，不要说连翘初中毕业，小学毕业他都能让她进北大。

雪松看连翘一副不相信的样子，直接打开他从单位拿回家的笔记本电脑，登录了好几所大学的远程教育网，打开网络测试题，让连翘做。连翘居然发现这些题，除了数学外，其他并没有那么难，看来跟着防风学习高中的课程真没有白学，她就这么稀里糊涂地在网上把名给报了。

第三十六章

代考的大学

这个周三收到北京第二外国语学院远程教育网络学院复试通知，把连翘吓了一大跳。

张雪松睁大了眼睛看着连翘，说："小姐姐可以呀！还真考上了啊。我一会儿去学校找小志去，有意思，太有意思了！"

看着复试通知，本来没把这个报名当回事的林连翘也上心了。进公司以来，学历一直就是林连翘一块心病，何况现在业绩上来了，她更希望有学历。她真的就准备试一试这个专升本的考试了。

晚上三个年轻人看着摊开在面前的复试通知书，你看看我，我看看你。

"刷题。"曾小志说，"没其他办法，雪松你负责给小姐姐恶补一下大学语文和英语，数学这一块，我找卷子去！"

她甚至也恶作剧式地做了一套试题交上去，在二外的复试名单上，赫然也出现了曾小志的名字。

这次考试只给了三周的时间准备，这三周连翘推了所有业务应酬，一下班就赶回到六楼等雪松回家。

雪松和连翘挑灯夜战，一套套卷子、复习资料都码在了客厅，他们挑灯夜战，无论连翘如何努力，英语和语文可背可记，还可以解决，可数学不行，每套卷子连翘都过不了关。

考试前夕，雪松一拍脑袋说，干脆这样吧，复试小志不也接到通知了吗？连翘和小志，你俩都进考场吧，小志你写连翘的名字，连翘写小志的名字，不过小志的报名费由连翘出，这样绝对万无一失。

那个周末，这场看上去有些荒唐的考试，就这么在二外的远程教育网络院校第二十四教室里，悄悄进行着。连翘刷完了头像，领了准考证，将考号填上了曾小志的，而曾小志的所有答卷全是林连翘的名字。

从考场出来，曾小志笑眯眯地拉着林连翘说："这题也太简单了，你是不是也都会呀？"连翘觉得数学难点，但比刷题的卷子容易，英语和语文反正都答上了，没有不会的题，错对那就只能看天了。

三周后放榜，二外官网上，林连翘和曾小志居然都榜上有名，只是林连翘名字排名很靠前，曾小志名字很靠后，但毕竟还是考上了。

放榜这天晚上，连翘泪流满面，我考上大学了！她做梦也没有想到她真的会通过这次专升本考试。被录取的"曾小志"当然因个人原因不会去上专升本网校了，而"林连翘"这个名字因为考试成绩突出，开学分进了一班，属于高效班，和一群在职中学英语教师们一个班。

连翘入学的时候，已是 9 月。

在销售三部，林连翘现在已开始独立做业务。国内一些知名的乳品和酒水品牌，都是连翘手上的客户，她每个月几乎有一半时间需要出差到各个城市，曾一个月往返贵州四次，就只为见到厂家产品事业部的副总经理，好不容易达成了合作意向，最闹心的还要遭遇同行抢单。

一心扑在工作上的连翘，在二外的学习难免受到一定程度的影响。有几次因出差之故，连翘二外的课落下好几堂。那时在大兴中学教英语的海涛老师，是连翘的同桌，他们总是相约一起去上学，海涛把连翘当自己学生一样教。每次考试，他们的口语考试都是海涛老师主讲，连翘简单回答这么蒙混过关的。一年级连翘是在挂科的边缘打滚的一年，直到上了二年级才稍有些起色，连翘能独立完成作业了。

大学二年级期末考试，她独立完成了故宫解说词的翻译试卷，要知道那么多的专有名词，要一个词一个词记下来，中英文的顺利切换，有多么难，从考场出来，连翘一下子虚脱了。这也是连翘第一次感受到了学习的苦，当然也为未来她进入国际网站打下了基础，这是她在这个时候所没有想过的。

在《经济半小时》栏目的酒水广告招标会上，宗总监第一次带的实习生就是林连翘，林连翘也在这次招标会后，确定了她主攻酒水饮品行业的销售方向。年底，有的销售被淘汰了，有的销售转岗了，有的销售留下来了，林连翘也签回了她这一年第一个广告片，虽然标的不很大，但也证明了她有能力成为一个优秀的销售经理。

但在成为优秀经理之前，这样的日子连翘过得很是辛苦，她每个月不仅要上学，还要认真地学习业务，跟在老销售后面，帮他们做售后服务，每天往返在胶片厂和电视台门外，分到少得可怜的奖金，她若想要自己挣钱，就得有完全属于自己的独立客户。

连翘在忙完老销售的助理工作之外，每月要去找更多的客户，也需要做更多的工作，来确保每月的销售业绩的提升，虽然每个月她并不能全部完成任务，但每个月里，总是有一些投放上排期，以确保她不会被末位淘汰。这种辛苦的日子，连翘天天跟打仗似的，神经绷得紧紧的，时刻保持着警惕。哪怕广告片顺利播出了，她也不敢松懈，还要做好录播与结案，她都要亲力亲为，生怕客服助理出了差错。

那时候，连翘不敢想那个买房的梦，她担心她会食言。她甚至在这段时间里不敢给母亲打电话。她觉得她不想和家里联系，她跟母亲说什么呢？她的房子还没有买下来，连翘颇有种不破楼兰终不还的意味，这种灼痛感，迫使她比任何人更努力地去克服见客户的恐惧。在同行抢单后，她也能迅速从失去签单机会的沮丧中走出来，寻找下一个客户，她能这么快恢复元气，大概跟她手上还有十几万元的底气有关。

多年后，她很庆幸这样的时候，她怀揣着十三万元的底气，当她在外拼杀时，没有人拖她的后腿，她没有找父母，她的父母也没有向她索要任何关于金钱方面的资助，而让她自己抉择了当时的人生。

连翘下定决心开始动用自己那笔存款，是与同部门的销售陈芬聊天时得到了启发。陈芬每天几乎都不在公司，她每天都在双安商场一些专柜挑东西，她看到陈芬送给客户的礼物全是她不认识的名牌，她了解到这些名牌贵得咋舌的价格时，才知道什么叫舍不得孩子套不着狼。

第一次取钱出来请客，宗总监让连翘将会餐地点安排在中关村梦江南餐厅。那次光茅台就喝光了六瓶。看到打出来的结账单上二万五千元的金额，连翘暗自庆幸，还好她取了五万元在身上，也就是说，这一餐饭，她这点小存款就去了五分之一！连翘感到心痛。

宗总监看着林连翘那严肃的样子，扑哧一下子笑了，说："连翘，你要知道，任何一场投资，都将有成百倍的回报的。放心，你会挣回来的！"

连翘开始大手笔请客，但这个成倍回报并没有那么快到来，他们的客户并不忠诚，有时候会通过银桥来投，有时候，会被竞争对手抢走，而且电视台同类财经栏目也越来越多了，他们的预算也被分散得越来越厉害。

连翘开始细心规划她的钱，每月的工资她都在银行办了一个零存整取，至少银行账上有了个稳定增长，这样让连翘有些心安，也有了些盼头，她也逐渐开始恢复了与家里的联系，包括与省城紫苏的通信。

第三十七章

紫苏的婚姻

连翘被紫苏热情邀请至省城。

这是自打紫苏结婚后，连翘第一次去紫苏家。

紫苏的女儿小米已经一岁多了。

下了火车的连翘远远看到紫苏，有那么两秒钟不认识了。

站在连翘面前的紫苏梳着中分的齐肩的发型，不施粉黛，原来小巧的脸，现在有些圆润了，甚至一笑会有双下巴。紫苏的腰身因生孩子还没有瘦下去，有些臃肿，她随意套着件圆领衫，绿花的睡裤居然被紫苏穿着就去了对面街的大商场，混在市民中，浑圆的屁股，油腻的头发，一如菜市场的大妈，偶尔笑起来，咯咯的，可以看到喉咙深处。

这个样子的紫苏，连翘一点儿也不熟悉，她熟悉的紫苏是何等精致而爱美呀！一直留着像电视剧《血疑》中幸子那样的短发，当初那个被人称赞美过山口百惠的少女紫苏已经不见了。

连翘迎上前去，姐妹之间那种天然的亲情让她们一下子熟络而热乎了起来。连翘搂着紫苏，笑着说：“姐，你也该上班了啊，我给你买几件衣服吧！”

连翘拉着怀抱小米的紫苏进了中南商场，那里高档女装都在四楼，连翘拉着紫苏就要上扶梯，说：“上四楼吧。”

“这可不行，四楼别去了，那是精品女装，太贵了，连翘，那里的衣服我可买不起！”紫苏不肯上扶梯。

连翘笑了，说：“这可不是林紫苏说的话呀，你会嫌贵吗？你可是曾经只用最好东西的林家大小姐啊！”

“哎呀，生活是把杀猪刀，你结个婚试试！”紫苏直摇头。

连翘连拉带拽地将紫苏带到了四楼，紫苏抓起连翘拿过来的衣服的吊牌，连连说："这太贵了，要二百多啊，连翘，我想都不敢想。这个裙子可不能买，都快四百了，肯定会被小米奶奶骂呀！"

连翘给姐姐买了两千多元钱的衣服，紫苏开心坏了，说："这么多衣服，都送我啊。连翘，你真好，我怎么穿得过来？"

连翘顿生悲凉与不适，让她几乎有些想要落泪的感觉，是什么样的生活，让本来骄傲的紫苏变成这个样子了？她还记得那时紫苏大学放暑假回来，总是有穿不完的连衣裙和长丝袜，哪怕是有一点儿起毛了的玻璃雕花长丝袜，她都嫌弃，随手就扔给连翘。

现在紫苏看到漂亮衣服的神情是陶醉的，但陶醉过后表情又变得很低落。

原来心心念念嫁到省城，只是为了过这样的生活吗？连翘困惑。

回到方志华家已经傍晚了，秦南看到了紫苏手上大袋小袋的衣服，睁大了眼睛，拿起吊牌，开始叫了："哎呀，紫苏啊，这一件衣服三百九十九元，哎呀，这裙子二百八十八元，我的天！紫苏，这么贵的衣服，天啦天啦！"

"阿姨，是我买给我姐的，这几件是给您买的！"连翘忙上前递上手上的手袋打圆场。

"哎呀，这可不行，连翘，是你买的也不行，这都好几百元一件，这怎么得了，哪能穿这么贵的衣服？是中南商场买的吧，赶紧拿去退了，这可不得了！"秦南一手挥着衣服，一手推紫苏。

"阿姨，您别介意，我和我姐好几年都没见呢，这些衣服不全是紫苏的，也有小米和您的呢。您想，我们本来是亲戚，要经常走动的，现在天南海北的，不能常见面，你想如果在一起，肯定不会比这个花得少啊，阿姨请接受我的好意！"连翘已经看到紫苏的眼泪在打转了。

夜里，紫苏和连翘睡房里，方志华睡客厅沙发。

黑暗中，紫苏和连翘谁也没有说话，但谁也没有睡着。

紫苏嫁入方家，方志华的父亲在紫苏女儿小米出生的第三天，就离世了。办完了丧事后，不知道是紫苏敏感，还是婆婆还没从失夫的打击中回过神来，紫苏明显感受到了婆婆秦南的冷淡。这些紫苏都怪罪于父亲林光明，如果不是林光明离婚，秦南大概不会这么对她，现在林光明还再婚，连个招呼都没打，紫苏觉得她在方家更是颜面扫地，抬不起头来了。

进了方家门，紫苏才真正感受到什么叫日子过得紧巴巴了，城里生活不像乡下，还有一些田里地里补给，这里什么都要用钱买，秦南的精打细算在这个院里是出了名的。

连翘爬起来，看着流泪的紫苏，她根本不知道紫苏的婆婆这么精细地过日子。当初为了别人对自己好而嫁人的紫苏，如今是一脸凄然。

紫苏说："连翘啊，你说，我只是想过安稳平淡的日子，这个要求过分吗？为什么我们这么难呢？你知道，我曾经以为方志华一定会永远对我好下去的，他的妈妈这么温柔，这么好，我以为我只要嫁到了城里就实现人生理想了。我都不知道这好也能伪装啊！

"就因为我生个女儿，方志华的妈居然说我断了方家的香火。小米半岁时，就逼着方志华，要我们生二胎。你说，我们能生二胎吗？我和志华俩都是在国家单位上班，谁敢生二胎，工作还要不要了？而且生了谁来养活？这都不考虑吗？你不知道，就为了我生了个女儿，他妈就没个好脸色，不知给我多少冷言冷语。别看这会对你一脸笑的，那都是假的，我这婆婆可厉害了！"

第二天一早，方志华借朋友的车和紫苏一起送连翘去机场。

方志华一边开车一边对连翘说："你也劝劝你姐，做事别那么任性，她最近在申请他们单位的住房，想要搬出去住。你说，我爸已经不在了，我能扔下我妈一个人，跑外头住吗？岂不是让人说我们嫌弃她，这不是不孝吗？再说，咱们俩真搬了，谁帮着照看小米呢，我俩这点工资，真不够请阿姨的，我妈都算过了。"

"又是你妈！"紫苏马上就翻脸了，"你有没有你自己的想法。你就告诉我，除了你妈，你自己不长脑子了吗？"

方志华一时语塞，嘟哝了一句："听妈的也没什么不好吧？"

连翘连连说："不要吵架呀，你俩，有话好好说！"

方志华说："连翘妹妹你看看，你知道我的生活有多么水深火热吧，你姐平时就这态度，我是真没招儿了。"

紫苏不再说话，逗怀中小米玩。

看着越来越像自己的女儿，紫苏是满意的，唯有女儿小米，让紫苏能暂时忘却这过成一地鸡毛的生活。

回到家后，紫苏和方志华开玩笑说："幸亏孩子像我，要像你们家就糟了，那以后该嫁不出去了。"

"像我们家怎么了？至少根正苗红，吃的国家粮，活在省城里，有什么不好？"刚好经过的秦南听到后不屑地说。

紫苏听了一脸紫胀，抱着女儿回了房，方志华揽着秦南的肩膀，说："妈，人家开玩笑呢，您别当真，走，看今晚吃什么。"

"吃什么？这在我生你大姐那会儿，孩子一满月，我就下地干活，全家饭菜都是我来做，现在的媳妇命可真是好，又不是什么富贵出身，等着吃现成的。啧啧，走，跟我去厨房，帮我摘豇豆去！"

"好咧！"方志华几乎是连蹦带跳地跟着母亲去了厨房，丝毫听不出母亲在揶揄紫苏。

房间里的紫苏眼泪不断往下落，她觉得这样的生活快要让人窒息了。

紫苏的住房申请早就递上去了，一直没有回音，她几乎隔两天就去人事科打听。每天奔走在家与单位之间，她觉得她度日如年，如果没有已经会走路的女儿小米，她都不知道她还有没有勇气撑下去。

"小林啊，你过来一下，你的住房申请批下来了，明天让你老公也过来一下，记得带结婚证啊！"人事科的方科长隔着窗户对紫苏喊，方科长这一嗓子成了今天在紫苏听来最动听的声音了。

单位这批分房，一共有五六个人都分到了房。紫苏喜滋滋地跟着大家一起去人事科领资料，大家都感叹太不容易了，有的已经申请了两年才通过，紫苏才申请八个月就下来了，真算不错的了。

紫苏发现和她几乎前后脚进二建局的陈芳，居然分的是两居室，而紫苏只有一个小一居。紫苏觉得不对劲，趁方科长去洗手间时，紫苏也跟了过去。

"哦，你说的陈芳啊！她老公研究生毕业，夫妻双方有一方研究生毕业，这是分房综合考量的标准，所以她分的是两居室。"方科长笑眯眯地说，"都是有机会的，年轻人都要求进步，国家对你们不会厚此薄彼，肯定一视同仁，好好努力吧，等什么时候再换个两居室或是更大的房子，都是有机会的，小林，你们那么年轻，小两口儿加油！"

紫苏觉得她有了小窝。方志华纠正说："是我们有小窝了。我妈说，如果我们没有结婚的话，你是分不到房子的。你说是不是我们俩的小窝？"

紫苏一瞪眼，方志华马上捂住了嘴，嘟囔："哦，我又说错话了，不是我妈说的。"

"你妈的！"紫苏飙了一句脏话。

房子分到手了，有了房子紫苏感到了踏实，她现在反倒并不急着装修，她觉得以她的业务水平和资历，再熬个两年，等方志华趁这两年考个在职研究生，她再向单位打申请换套大的房子，是完全有可能的。

接下来，她觉得方志华就应该努把力，争取考研究生。婆婆秦南对小孙女小米疼爱有加，也乐意带着。家务这一方面自己可以多帮衬一些，方志华有大把时间可以去学习。

紫苏对自己这个安排很满意。

新的一年在职研究生报考，光学费就七千多元，紫苏趁中午休息时间，先去给方志华报上了名。下午下班，她兴冲冲拿着报名表和第一学期的学习资料回到家。

"志华呢？"紫苏伸手抱过秦南怀里的小米，问婆婆，"他下班了吧？妈，我给他报了在职研究生，经管系的，课程不难，也比较容易学些，两年毕业。"

秦南拿过报名表，说："啧啧，七千多元啊！你也不回来商量一下再报，他都丢下书本多久了，真考不上，不是花冤枉钱吗！"

"妈，您一定要鼓励他，读了研究生，评上职称的概率更大，这是关乎前途的事啊！"紫苏没好说分大房子的事，她觉得谈个前途什么的，更好与婆婆达成共识。

晚上回来的方志华，一见报名表，倒吸一口气，说："林紫苏，我都快三十的人了，还读什么书啊，你真是能找事儿！"

紫苏急了，说："方志华，你怎么这样啊，你看你单位冯小森，都在职读到博士了，你现在就一个二本，再不努力一下，以后更没机会了！"

秦南在一旁帮腔："钱都交了，志华你就试试吧。"

晚上忙完进了房，紫苏和方志华说起分房的事，紫苏说："志华，你说我不靠你靠谁啊，这么好的机会，你就辛苦两年，我们又有一套房了，以后大家两头住都方便，而且房子作为不动产，总是保值的，这不也是家庭多了一份财产吗？"

"我都丢下书本多久了啊！"方志华摆弄着桌上的书本，说，"我的天！《线性代数》《概率论》，紫苏，这些太难了，我在学校都是勉强及格的，要不，你去学吧，你学习好，你去！"说着，方志华扔了书本，仰躺在床上，顺手拿过枕头盖住了脸。

紫苏一时气结，看着仰躺在床上的方志华，说："那要不我们俩都报名，我陪你，据说同一个家庭报名，第二个半价的，我去和你一起去学，互相有个照应？"紫苏觉得哄着方志华去学习，像哄儿子似的，让她特别无奈。

就这样夫妻俩报了同一个专业的研究生班。头一个学期方志华图新鲜，到了周末还能和紫苏一起五点半起床赶公交去学校上课，渐渐地，有时候就起不来床，让紫苏给他抄笔记带回。

方志华太懒了，活得像个大婴儿，他似乎更愿意和母亲秦南在一起待着，和母亲在一起，他感觉更舒心。

每次见到方志华和秦南头挨头肩并肩挤在沙发上看影集呀，说着悄悄话，紫苏就气不打一处来。这对母子看上去如此亲密，怎么让人跟吞了只苍蝇一样难受呢？

方志华的在职研究生到底没有坚持念下来，第二学年，就只紫苏自己每周风里来雨里去上课。她也不再叫方志华了。逼着一个人学习，她还真没有这样的体验，他们林家，几乎个个爱读书。看到方志华仰面朝天躺在床上，有时候睡着了还有哈喇子淌出，那么与世无争，她实在不知道当初选这个好脾气的丈夫的勇气从哪里来的。她现在才知道，原来选择婚姻时过于利己，其实也是害自己的。

就这样，三天打鱼两天晒网地读了一年的方志华被取消了研究生学籍，而林紫苏继续读下去，她觉得生活太难了，一切都只能靠自己。

所有夫妇的渐行渐远，都是在各种生活摩擦中产生着裂缝，而彼此毫不知情。直到那天下午，从另个城市飞来的紫苏的大学同级不同班的同学黄明洋，让紫苏在这个裂缝里找到了生机。

黄明洋现在是做医疗器械的，他早就将他的专业抛开了，现在与医院打交道，每天都在各个城市飞来飞去的。

黄明洋在大学里是个活跃分子，他也是林紫苏的热烈追求者之一，他不仅追林紫苏，也追过很多女孩儿，但都不长久。他能弹会唱，但不会唱给一个人听，他对每个人都那么好，以致每个人都不好意思拒绝他的热情，紫苏也一样。

"呀，我从你同宿舍的庆春那里才得知，就你一个人在这个省城呢。你还好吗？赶紧出来见见我！"

紫苏那天特意打扮了一番，穿上连翘给买的连衣裙，这腰身处二截的衬裙恰到好处地掩饰了她稍胖的腰身，新烫过的头发，让镜子中的紫苏明艳动人，较之大学时期的紫苏，更是别有一番韵味。

黄明洋举着酒杯含笑看紫苏，他说："紫苏，我的女孩儿长大了。你知道你有多美吗？大学时是沉鱼落雁式的美，如今，是成熟、绽放、令人窒息的美。"

"黄明洋你这张嘴哟，真是死性不改，不吹你会死呀！"紫苏笑骂道。

同学情谊总是很容易抹去时光流逝带来的生疏感，紫苏热切地去了解黄明洋。热情有趣的黄明洋，较之学生时期，成熟稳重了，但依旧那么妙趣横生。

他们聊的都是旧事，旧事重提时，自然有许多"如果"与"要不是"这类暧昧的词，这样的暧昧，在未婚的黄明洋那里，演变成更浓烈的某种意味，在已婚的林紫苏这里，就变得若即若离，欲拒还迎的。她知道她应该保持距离，但她又舍不得这种意味。

黄明洋开始频繁出现在方志华家里，小米也开始要黄明洋抱抱，开口就甜甜地叫舅舅，碰到方志华下班早，甚至有时候还会与黄明洋喝上一杯。

这样的日子充满了一种隐秘的拉扯，也充满了一种隐秘的快乐。紫苏在这样的日子里，努力保持着一种平衡，她不想打破这种平衡。表面上看，这样的日子里的紫苏，与世无争，而且人畜无害。

第三十八章

光明的危机

　　小镇里流传的关于林光明的风流韵事虽然已经是过去式了，但人们偶尔在路上碰到林光明和夏莉，对他们的态度便会无端客套而暧昧起来。每次与人擦肩而过，夏莉总有一种芒刺在背的感觉，她觉得邻居在背后编排她，这个没来由的猜测让她越来越坐立难安。她想搬出实验小学，离这些人越远越好，这个念头也越来越强烈。

　　光明拿连翘买房的钱给自己和夏莉买的房子，一直放在那里。林光明说他再也拿不出装修的钱来了，夏莉觉得很恼火，自从柳英闹过婚礼现场后，她对光明的话都是半信半疑的。但她还能有什么办法呢？要搬出实验小学，目前只有住进那套房里去才行。

　　最后还是夏莉拿出了五千元钱装修。那段时间，光明很明显感到了夏莉的冷漠，为了弥补一些什么，光明也积极地跟着夏莉忙进忙出地装修房子。半年后，他们总算逃离了实验小学，搬进了新居。

　　搬好家的第二个周末，林光明将母亲大英请来喝搬家的喜酒。

　　大英是瞒着前儿媳翠莲前往光明新家的。

　　她的这个新儿媳夏莉看上去没有翠莲结实，太瘦了，总像有病似的，大英不是很喜欢。但儿子光明能躲在这里小憩片刻，夏莉也算是有功的。光明的人生太苦了，没有一件事是顺心的，大英现在只求儿子能从此安稳一些，所以大英还是接过了这个新儿媳给她包的红包，接受了这个女人叫她一声娘。

　　这声娘，也大大缓解了光明与夏莉的关系，夏莉甚至会觉得是不是自己过于计较，有些矫情，不像是一家人。她想体谅光明的不容易，很多事情，她想睁只眼闭只眼，不管当初是如何错了，人生不过就是将错就错。

光明的新家，防风和当归他们并不愿意上门，无论光明怎么邀请，他们俩都避之唯恐不及。

光明抽空就会借故去清水河中学看林防风，有时候带一些夏莉腌的菜，有时候给儿子带一床单位发的毛毯什么的。儿子防风依旧不爱说话，对光明甚至有些冷淡。但光明在进校门时，看到光荣榜上的年度优秀教师名单，林防风赫然在列。光明心里舒了一口长气，长子防风，总算是救下了。至于防风对他的态度，有什么好计较的，这个四岁才说话的人，总是有些与别人不一样的地方，光明这样宽慰自己。

小儿子林当归在汽校的生活，居然是他有生以来最稳定的时光，每天出车，和在校学员们同吃同住，学校管得严，当归反倒没机会出去和那些不良少年鬼混，人也变得清爽了。光明从围墙外偷偷看儿子上教练车认真练车，看了很久，看得自己也恍惚了，他曾经以为凭他林光明的基因和能力，怎么着也应生出几个将才，不想天不遂人愿，他现在天天如履薄冰只望儿子们安稳。其他他想都不敢想了。

高山铺乡又换乡长了，林光明依旧是副职。从其他乡调任的乡长朱少和，居然是林光明初中同班同学！只是这个朱少和初中没念完就辍学，后来去当兵了。

这个曾经学习成绩一塌糊涂的同学，现在成了光明的顶头上司了。

这个上司把林光明这么多年的鸵鸟生活给惊醒了，光明一直将头埋在翅膀里，装作什么也不在乎地去搞家庭建设，去解决家庭纷争，当看到朱少和站在自己面前时，林光明的内心顷刻间崩溃了。

朱少和对林光明不管多亲热，林光明都觉得朱少和显得做作而高调，这个贫穷的乡，要在朱少和的领导下进行生产与发展，改变现状，让林光明打心底不相信。他甚至认为上级部门这么安排，是在羞辱他。

中年的林光明，感到他的周围危机四伏，他的人，也开始有些萎靡，只是外人不大看得出来。

他开始烦躁，一个人开始思考退路时，总是患得患失的，坚持与放弃，悲观与希望，交替着折磨林光明。坚守了大半生的原则，在这一年里有了点不管不顾的松动，他做了点小动作，突破了自己的原则底线。

有些人找上门来想为子女找个政府部门的工作什么的，林光明也开始承诺为他们办事，比如把谁的子女介绍到乡里工作呀，或是替哪家办个商品粮户口什么的。这些林光明明明办不到，他也煞有介事地一口应承下来，还收别人的钱。在过去，林光明是断然不会这么做的，他是一个多么爱惜羽毛而极度自律的人哪！

决定打内部退休申请前，林光明给大女儿紫苏去了一封信，他说他想去省城看看，他才四十六岁，他觉得他还年富力强，他想叫女儿留意周边看有没有合适的事他能干。

紫苏对父亲这么大把年纪了还要出来，很不理解，也不知道怎么回信。

恰好那天人事科科长问紫苏："听说你的房子还没有住进去啊？陈芳他们当年就搬进去了，可见是真的有需求啊！"紫苏听了头皮一紧，莫不是说自己其实住房并不困难，申请房子的动机不纯了？

紫苏当天晚上就给父亲林光明回了信，你来住一段时间也好，不过我的小房子你需自己出钱装修一下才行。

收到信后林光明以极快的速度办理了内部退休的手续。

林光明要去省城。

这个省城之梦，他做了近三十年。

他要征服的省城，现在只有他的女儿紫苏在那里，混着个普通市民的日子；他的儿子，居然被大学劝退，从城市逃回，窝在一隅，准备孤独一生。

光明在将近半百之年，决定从乡村走出来，他要亲自迎战这个叫城市的敌人，他要迎战它！

那一夜，光明没有回夏莉处，他一个人在高山铺乡的乡政府里，一瓶酒、一小袋花生米和两个猪蹄，将平时和人下象棋的小桌子支在房中间，一个人开始喝酒。

月华透过窗棂，落在脚下，显得寡淡无奇。偶尔有风，外面的树冠一晃一晃的，让有月光的地面也跟着摇曳了。

他林光明的半生，是怎样的半生？他这算是落荒而逃吗？他的青年，他的中年，他行将步入的老年，怎么都那么狼狈不堪呢？是哪个地方出了错？利用婚姻来完成的人生，是毁灭，还是成就？

林光明突然很恨余翠莲，这个傻女人，她为什么就不能做个安静的妻子呢？她总是在说，别人能做的，她为什么不能做？可她是男人的妻呀，与丈夫斗，能有什么好结果呢？这种对抗，是导致全军覆没的原因吗？光明对着月色举着杯，他恨这个女人给他一生带来无限欢乐，也带来无限痛苦。这是再婚的夏莉不可能有的。而夏莉在光明这里，难道只是一个编制吗？他用婚姻来换一个编制，为儿子换个前程，值得吗？这一生，我究竟为什么而活着？光明觉得他从来没有为自己活过，可是这个世界，却一直与他为敌，太不公平了。

光明举着杯，对着月亮说："从此，我林光明要为自己而活着。"

喝过酒的光明，居然还能稳稳地骑着车，一个人骑行在熟悉的柏油路上，借着夜色迷离，他居然拐进了镇税务所后院墙外。他曾经多少年流连在这里，他发自内心地笑过，快活过，那个长辫子的女子，那个专心爱他的曼妙女子，如今就在这墙里面。

税务所里，这个时候没有灯火，也没有人。四周黑洞洞的，初夏的风还是爽气的，吹在光明脸上，很温柔，像是柳英的手。

面前的灯突然亮了，吓了光明一跳，他赶紧隐进墙角里，柳英的房门开了，灯光随着吱呀开门声，倾泻而出，灯光里走出来的男子，光明眯着眼睛仔细看了，认得，是原县委书记骆中新的秘书曾祥林曾秘书。

柳英还在门里，并没有跟出来。曾秘书回头说："回吧，不送了，明天你把材料先交上来，书记明天在。"屋里的柳英答应了一声，门就关上了，光也瞬间没有了。

曾秘书一抬腿上了自行车，只一会儿，就消失在了黑夜深处，税务所四周又安静了。

林光明陡然感到了心痛，夜色弥漫着那个黑洞洞的门窗，像是柳英的眼睛，没有光，一点儿也没有。

喝了酒的光明，依旧是一个自律而清醒的光明，他只是看着那个窗户，却没有任何动作，这一夜的月华如水。他耳边响的是婚礼现场，柳英那一声撕心裂肺的"光明，这是我的光明"，曾几何时，这墙内的女子，何尝不是他的柳英，如今物是人非，光明还能怪谁呢？

林光明在去省城的前夕，回到了他和翠莲的家。

家里只有翠莲一个人在。住汽校的当归，一周回家一次，有时候还不回。翠莲的时间更为自由，她每天的时间都安排得满满的，这会儿她好像要出门的样子。

现在翠莲看光明不再怯怯的，也客气生疏多了，像接待一个来家的客人一般，她给他倒了一杯开水，客气地拉了一下堂屋的长凳，说："坐啊。"

她见光明并没有坐的意思，也不多让，拿起她的布包，只说了一声："你坐，我去买菜了。"

林光明不知怎么，依旧感到愤怒，因为他知道，翠莲一直以买菜的名义，去菜厂那边李老师家打麻将的。她现在若无其事的神情让光明愤怒，他们的家庭因打麻将而四分五裂的，她这个始作俑者还不懂收敛吗！他想说，可他又无能为力，毕竟现在他与翠莲是两个完全不相干的人了。

等翠莲走后，光明进了他们曾经的房间，房间摆设没有任何变化。他习惯性地打开衣柜，他的衣服依旧还是在最上格，叠得整整齐齐，他从最外一摞里抽出一件旧衬衣换上，并戴上了帽子，他要开始干活了。

光明叫来了香姑家的做泥匠的儿子大毛和三毛，准备将房子整修一下。

光明手里攒着从那些老乡手里骗来的钱，他之所以没有拿钱给夏莉装修，是因为他要做这里的大工程，加固他留给两个儿子的祖业。

他让两个外甥沿着他的院子垒起了高墙，安上铁门，拔高了后塘岸，连续十天，林光明一个人赤着脚，光着膀子，拿着铁锹，屋前屋后，整个院子都被他打理得焕然一新。

走的时候，他站在大铁门前，回望他的人生这四十六年，他的努力，他的梦想，在这里，居然都没有实现，但愿他的儿子能在他的基础上，有所发展，就算不发展，守着他的家业，他们俩也有一个栖身之地，衣食无忧。他的儿子防风和当归，就守在这里，做平凡的人，安度他们的生活，林光明只余下这么一个愿望了。

第三十九章

光 明 进 城

林光明是只身一人去省城的，车站离方志华家不远，下了车光明直接到了方志华家。

方志华正抱着女儿小米从房间里出来，一见到光明，很是意外，说："爸，您怎么来了，您怎么不提前说一声，我好去接您啊！"

"我特意买了周末的票，怕影响你们的工作，紫苏不在家吗？"光明一边换鞋一边说。

"紫苏去上课了，她十一点放学，应该一会儿就回了。"方志华接过光明手上的挎包，对厨房喊，"妈，小米外公来了！"

从厨房出来的秦南上下打量光明，说："哟，她外公，您一人来的啊？怎么没有把新外婆带来？"这话问得光明就有些不自在了，幸而紫苏这个时候推门进来。

下午紫苏带着光明去了小房子，紫苏将手上的钥匙解下来给父亲，说："你看什么时候动工装修一下？就简单装一下吧，将水电接进来，粉刷粉刷就好了，应该花不了几个钱。爸，赶紧住进来吧，再不住单位要收房了，真是很麻烦的。"

光明在房子里来回打量，这四处还露着砖墙的毛坯房，说是一居室，实在太小了，卧室房间小得只够放一张一米二的床，客厅也只够放下一个两人沙发，厨房、厕所也是刚够用。不过一个人住，还是挺全乎的，这是他东山再起的地方吗？林光明有些不太敢相信。

不过当务之急，要按女儿说的，先住下来，把房子占住，免得单位那边节外生枝。

光明放下包说："我一会儿下去转转，找个泥瓦匠来整体弄一下不成问题。"

林光明在省城的日子，是从女儿紫苏的小房子开始的，他像盖老家房子那样，精打细算地粉刷了墙面，买了些必要的家具，这个家就算有了家的样子了。

一个周末，夏莉带着她的女儿来这里看林光明。

吃完晚饭，他们仨行走在江边，俨然就是这都市里的一户人家，这个感觉让林光明很满意。原来城市生活这么简单呀，他甚至后悔，要是早几年出来就好了。

光明还在小房子附近找了个建筑公司做计账的工作，最近他也辞职了，原因是这家单位总是发不出工资，单位的人差不多都走光了，他也不想硬等着。看样子是快要倒闭了吧。

光明还没有开始找新工作，还好他每个月的退休金发放蛮准时的，所以他也不那么慌。

这么住在省城的光明，给紫苏带来的快乐，也是溢于言表的。紫苏一直羞于提及自己有这么个娘家，她自嫁过来后，几乎就没有回老家去看娘家人。

如今父亲在这里，紫苏也算暂时有个娘家了，这种感觉很好。现在紫苏周末不上课时，就有借口带孩子去看父亲，每次黄明洋来，他们还可以有机会在外面一起玩一阵子，甚至黄明洋有时候还在光明那里做顿饭。这有个娘家的感觉，让紫苏对将生活过成一团糟而让她在婆家倍受非议的父亲也不再诘责，情感上自然也亲近些。她甚至让父亲叫夏莉也来省城，她想的是父亲既然再婚了，那就一家人好好过日子吧，父亲光明总一个人住在外面，身边没个人照顾也不是个事。她对夏莉的态度和光明其他子女的态度也不一样，有时候夏莉来了，紫苏会买些东西相赠，让夏莉也感到些温暖。只要有假期，夏莉一个人会来省城看光明，给紫苏他们做饭，或是请他们在外面吃饭。黄明洋不再出现在方志华家，紫苏与方志华的生活表面上也平和了，至少秦南也不再总是无故说话夹枪带棒的了。

但黄明洋却越来越不满意这样的日子，他开始紧紧相逼，简直让紫苏焦头烂额。

"紫苏，你还在犹豫什么呢，你在怀疑我对你的爱吗？你知道我爱你有多少年了吗？你要相信我，我从来没有改变过对你的爱！这样的家庭你有什么好留恋的？它对你还有什么意义呢？没有爱的家庭，就是一个牢笼啊，紫苏！"

"黄明洋，我们是同学，你是我最好的朋友，我有小米，我们这样不是很好吗？你那么优秀，你将来会找到很好的女孩儿的，真的，明洋！"说这话的紫苏，她的内心是真诚的。她不想离开她的家，方志华只是懒散些，不上进，可人并不坏，她还有小米，她的家，她不想拆。

可是这样的犹豫不决，更加激发了黄明洋的斗志，他发现以他的财力、他的优势，居然连已婚的紫苏都撼动不了，这让他倍受打击，他不甘心，他来省城的时间更多了。

因为小房子住着光明，紫苏的时间也变得机动了，她总是可以以看父亲的借口而不必每天回到江那边方志华的家。于是黄明洋与紫苏的约会就变得很随机，要么在要起飞的机场，黄明洋说太想念紫苏了，只想看一眼她就走。要么在突然的午后，抱着一大捧花的黄明洋出现在紫苏单位门口，让紫苏心惊肉跳的同时，还有被人追求的甜蜜。

紫苏太久没有这样的恋爱感觉了，她的底线已经不堪一击，她的小米，她的家，都在黄明洋拖着她的手，放入他滚烫的胸膛那一刻起，化为乌有。

县城。

柳英的家。

柳英正在做饭。

柳英的儿子潘文杰刚从法院下班回家，他一边往里走，一边从公文包里拿出个档案袋，说："妈，我回来了。您过来一下，我这里今天刚转过来一个案子，是起诉一个叫林光明的，您看看。"

柳英忙从厨房出来，她将手在围裙上擦了擦，拿过卷宗看了起来，上面赫然写着"林光明，高山铺乡"，她的心咚的一下沉下去了。

柳英的儿子潘文杰大学毕业分配到县法院工作，现在是法庭执行一庭庭长，专门负责各类经济诉讼案件。

"本来书记员做了登记，说是已找到林光明的下落，准备下周去找人的，我拦下来了。"文杰说。

柳英看到卷宗上的案由是"原告刘文东诉被告林光明以为其女刘翠花招工，需要活动经费为由，于某年某月从刘文东处骗取现金三万元，而后联系不上，拒不还钱。现申请执行被告方返还所骗钱款三万元"等。

这么几年过去了，柳英以为她早就心死如灰。她一心扑在工作上。柳英是这个县城唯一没有研究生学历而参加副县长竞选的女性。从税务所长到参加副县长竞选，这个过程很长，但柳英以她的超长党龄、她的实干精神、她的民意调查，稳稳排在前几位。儿子文杰在母亲竞选路上，总是充当最好的助攻者，母亲的竞选报告都由他亲自操刀。这是民意选举初实行的时期，柳英胜算很大。

看着忙得不可开交的柳英，文杰看在眼里，痛在心里，文杰知道母亲心里的苦，如果不是这番忙碌，她的苦是排遣不了的。

这个苦的源头，是林光明，大家都知道，但心照不宣。

所以，文杰知道，这个林光明，他得妥善处理。

柳英将卷宗放下，她坐在档案袋面前，良久，问："他会有牢狱之灾吗？"顿了顿，又问，"会影响到我后面的竞选吗？"

"原则上不会影响到您。如果他还了钱，原告选择庭外和解，可撤回诉讼，但如果不还钱，对方持续上告，只怕那些几乎被大家遗忘的事会被重提。"

"洗手去，我们吃饭吧。"柳英起身去了厨房。

她奇怪地发现，知道林光明可能有牢狱之灾，按理她应该高兴，像林光明这样的人太薄情寡义，不是应该得到报应吗？可她并不开心，她不希望他出事，他可以杳无音讯，他们可以老死不相往来，但她依旧希望他过得很好。

那年大闹林光明婚礼现场，让柳英一下子成了县城名人，还被迫停职三个月，要不是县委曾秘书肯从中周旋，她都不知她柳英现在会是个什么样子。

这个时候理性大于一切，她绝不允许这个流毒卷土重来，她更不想她的事业受到任何牵连，哪怕一丝风吹草动都不行。

"你们知道他在哪儿了？"饭桌上，低头吃饭的柳英问文杰。

"是的，他现在住在省城他大女儿家，这是昨天下午，原告补充来的线索。"

"明天周六，那你着便装和我跑一趟省城呗？"柳英说。

"我也是这个意思，只要林叔和原告私下达成和解，同意把钱还了，我们让当事人把案子撤了，就当没发生过，把影响降到最低，这样最好了。"文杰说。

第二天一早，柳英和文杰坐上了去省城的汽车，中午十一点不到，他们就到了省城。

他们先找到了方志华家。紫苏上课去了，文杰和秦南一番寒暄，柳英婉拒了秦南要他们留下来吃饭的邀请，见柳英执意要走，方志华借了邻居家的车将柳英娘儿俩送去江那边紫苏那个小房子。

车子快开到巷子口，柳英叫停车，她执意先下了车。

她与光明，曾誓死不相往来的，本来今天文杰一个人来就可以了。她突然不想让光明知道她来了，她不想见到光明。

可这真有了下落的人，忍不住想来看看，想远远看一眼，现在他是个什么样子了。

第四十章

女人的无情

　　就在柳英下车后准备躲在一旁时，光明正好也在准备进巷口。

　　驱车进巷的方志华马上停了车，钻出车来叫道："爸，老家来人了，找你呢！"

　　一见柳英，林光明一下子呆住了。

　　柳英，这个明媚的女子，两年不见，瘦了，她的辫子剪了，烫了大波浪，灰色小西服，合体的西裤，让柳英看上去那么知性而风度翩翩。

　　"我是县法院的文杰，还记得我吧，林叔？"文杰上前一步，向林光明伸出手来。

　　林光明握着文杰的手，他笑着说："怎么会忘记？几年不见，小文杰长成大文杰了，果然是一表人才。现在在法院工作啊？不错，真不错。"

　　方志华说："爸，人我送到了啊，我下午还有两个会要开，我就不去家里了，先回江那边去了啊！"说着方志华和柳英他们打了个招呼，钻进车，就走了。

　　光明带着柳英他们进了路边的咖啡厅，找了一个靠窗的位置坐了下来。

　　文杰将公文包里的卷宗拿出来递给光明，说明了来意，光明拿着卷宗，一看是刘文东告他，他都有些失态，音量不由得大了。

　　"刘文东，他怎么能告我呢？我们一起吃过多少饭，喝过多少酒？他的钱我肯定会还呀！我怎么会欠钱不还呢！我一直在筹钱的，他这么去法院告我，实在不应该啊！这老小子太阴了，太阴了，啧啧！"林光明翻来覆去看卷宗，说，"文杰，你一定要让他撤诉，我肯定还钱！你放心！柳英，你——也放心！"

当归

这句放心让柳英的心又活泛了起来，答应还钱的林光明，她是信赖的。坐在眼前的男人，虽然要奔五十了，头发已经有些泛白，但一点儿也不影响这个人的形象，光明看上去依旧那么挺拔，虽然比过去略胖了点，整个人倒显年轻了，看样子，再婚的林光明是过得不错的。

"文杰，这样，下周一，下周一我肯定送钱过去，你帮我约一下刘文东，千万让他撤诉啊，千万！"

文杰一合卷宗，笑了，说："林叔，我相信你，我给同事也是这么说的，你肯定不是有意不还钱的，所以我才私下来找您一趟。你和我妈先聊会儿，我去电话亭打个电话就回。"

四目相对的柳英和林光明，他们竟不知从何说起，许多事情经过了时间的洗刷，往往留下的并不是最难堪的那一瞬间，而是最光润可人的一面。

"你过得好吧，柳英？"

柳英笑了笑，说："我挺好的呀，还在税务，你看上去状态不错呀，更年轻了，看来省城的生活更适合你，你胖了，老林。"

一句老林，让气氛更活跃了些，林光明抬了抬胳膊，笑着说："这个年纪，会胖的，我的体重真的是增加了呢，我现在要控制体重了，我们这个年纪不能胖，胖了容易得病。"

柳英和光明在朝阳下的窗前，互相对比自己身体的变化，也笑谈过去的某一刻，时光仿佛从未离开过一般。

这个场景落在买菜归来的夏莉眼里，她觉得她那颗一直悬着的心轰地垮落下来，像一个瓷瓶落到了地上，一地碎片。她知道这是迟早会来的一天，现在终于来了。

男女之间，有一种离间是很具有切割力的，所有的女性，他们可接受男人的肉体背叛，可接受男性的一夜风流，却万万不能接受有一个女子盘踞在男人的心头，这个女子现在就和林光明四目相对，温柔以待。

夏莉精心控制的情绪，在这一刻有了土崩瓦解之势。

从柳英冲上结婚礼堂那一刻开始，夏莉一直告诫自己要忍耐，胜利终归是属于我的，整天睡在我身边的人，是归我的。可真到了这个男人的心上人出现在她面前时，夏莉发现，她再会运筹帷幄，再能步步为营，这时候她知道再也骗不了自己了。

林光明送走了柳英，直到下午六点才回到江边小居。

夏莉全天都没有做饭，她呆呆地坐在床沿，一动没动。

"哎呀，怎么冷锅冷灶的啊，我走时跟对门小刘说了，让你自己弄点东西吃啊，你怎么能不吃饭呢，不吃饭可不行，人是铁，饭是钢，一顿不

· 188 ·

吃饿得慌啊！"林光明挽起袖子开始淘米。

等夏莉从房间里出来，林光明已经做了一桌子菜，说是一桌子菜，其实也就两菜一汤，因为他们没有真正的餐桌，那个桌子只是双人沙发前的一个小茶几而已。

林光明给夏莉夹好了菜，顺势坐在了夏莉身边，装作不经意地一问："夏莉啊，你那里还有多少钱啊？"

"怎么了？"

"是这样的，我欠了一点儿债，我都没想到这个欠债的会告到法院。今天有两个法院的同志来找我，也就三万元，现在要还掉，否则我可能会被起诉，我打算周日和你一起回去，到法院去还了，争取庭外和解。"

"你说话好轻巧啊，也就三万元，我这哪有钱啊，那装修的钱都是从我弟那里借的，你不是不知道啊！"夏莉说。

"那怎么办呢，他们要以诈骗罪起诉，我真有坐牢的可能啊！"

"那怎么办，三万元又不是一个小数目，这一时半会儿从哪里可以弄到？跟着你这几年，我们的经济情况都是只出不进，这你也是知道的啊！"夏莉说，拿起饭碗，身体往沙发一边让了一让。

林光明沉吟了一下，说："要不，我们把家里那个装修好的房子卖了？你实验小学那边宿舍不是一直空着吗，你先搬回去，我呢，反正女儿这里也可以住，以后我们攒钱再买房，先把债给还了，你看行不？"

夏莉一直盯着林光明，她发现这个男人不达目的誓不罢休的劲头一点儿也没有改，今天这般殷勤，就只是为了向她要钱，而且情绪上一点儿破绽都没有。

"够了！"夏莉将饭碗重重地扔回到茶几上，直瞪着林光明，说，"林光明，不要再演戏了！送她走了？"

"什么意思啊？送谁？"林光明抬起头看着夏莉。

"什么法院的同志！明明是柳英来了，我看到你和柳英了，都闹成这样了，还能如此深情相见，确实是真爱啊！"

"夏莉你看到什么了？"林光明有些坐不住了，"是，柳英他们母子是来了，他们是来找我，不是你想的那样……"

"别说了！"夏莉霍地站了起来，打断了林光明的话，她颤抖的手指着林光明，目眦尽裂，"我早知道你从一开始接近我，就是为了利用我。林光明，你的这套把戏，我早就看透了。只是没有想到你这么目中无人，欺人太甚！我知道你为什么跟我结婚，不就是为了你大儿子那个教书编制吗？人们都说女人出来卖，没有想到你这个大男人也会干这种事！怎么，现在利用完了，旧情人就上来了？你把我当什么？！"夏莉往前一步，死死盯着林光明，咬牙切齿地说，"我一忍再忍，我想啊，人心不都是肉长的吗？你不也是一个有血有肉的人吗？就算我抱着个石头也能暖热了，我以为精诚所至，金石为开。我给你儿子林防风跑编制，你知道吗？因为他的事，那年我都被人告了，说我徇私舞弊，差点儿受了处分，我连年终奖都没有了。我给你小儿子联系汽校，没听你说半句感谢的话，你以为我这都是应该的吗？你公然在我面前和旧情人死灰复燃，还在这里与我假戏真做？！"

林光明无处可逃。

他"杀身成仁"的任务已经完成，确实，在两个成年人眼里，当婚姻这件外衣被撕下温情的标签，余下的就只是赤裸裸的利益交换。夏莉要求将县城那套装修好的房子留给她，他们两清。从此光明要去找什么柳英杨英，她管不着，她说她只想快快远离这些乱七八糟的事。

林光明说："房子不行，房子我是用我女儿连翘的钱买的，我得还给她，你只是装修了，我把装修的钱还给你！另外再给你点补偿，房子你得留给我。"

夏莉冷冷地笑了，说："好像那年你是拿了一万块钱来实验小学给我的啊，你的账真细。林光明，人们都说你这人难打交道，小算盘打得精，是个只进不出的主儿，果然如此！"

夏莉走到柜子前，她开始清理她的衣物，说："你既然会算，我的账目也不比你差，你儿子林防风的毕业证是不可能有的，这个编制怎么来的，我想你清楚得很。现在如果有人举报，我想教育局也不会坐视不管的，看看你这没有毕业证的儿子，会不会被取消编制！"恢复理智的夏莉，说的每一句话，不温不火，不轻不重，却恰到好处。

林光明沉默了。他发现，他根本就不是这个眼睛会笑的女人的对手，这个女人有条不紊、不徐不疾、进退自如，她完全知道如何拿捏得恰到好处。她不是翠莲，也不是柳英，她是夏莉。

夏莉第二天一早就带着自己所有的东西走了。临走她对光明说，什么时候将县城房子过户到她名下，他们就去民政局办手续，绝对一分钟也不会耽误。

这场仅维持两年多的婚姻，就像那场没有开始就结束的结婚典礼一样，有始无终。他们就这么在彼此的生活里，干脆地撤离，不带任何情绪与波澜。

林光明面临的是下周一要还钱的局面，在法院工作的文杰，微服到省城，已经是网开一面，林光明如果还款不到位，这个执行官司，肯定很快还会找上门来的，怎么办？

第四十一章

父女反目

光明一刻也坐不住了，他马上锁了门，他要过江去找女儿紫苏。

可巧这个周六，没有课的紫苏一个人在家，正在收拾屋子，方志华和母亲秦南带着小米去街心公园玩去了。

紫苏有些奇怪父亲找来，自从搬进了她的小一居，父亲就再也没有来过方志华的家了，他总说他不习惯亲家那种刻意的热情。

"紫苏呀，爸爸现在有点儿难事，你看你有没有三万元钱先借我？"

紫苏一愣，问："借钱？爸，三万元这么多，你在哪里用了这么多钱？"

"这个，你先别管，你先借我三万元，我过段时间就还你。"

紫苏放下拖把，冷冷地说："我没有钱。"

光明说："不行，你得帮我想想办法，我真得很急，人家把我告到法院了。"

"你这叫什么事啊？"紫苏提高了声音，"你住着我的房，还要我给你钱，你这么多年，你的钱呢？还借人这么多钱不还，钱都干吗了！"

"我……我拿去修了老家的房子，我……我是想在我走之前，让防风他们能住安稳一些的。"林光明这个时候觉得在咄咄逼人的大女儿面前，有些气短。

"又是你儿子！你这一辈子都是在挖女儿补儿子，你从来不为你女儿着想。上次，连翘让你买房给妈住，你自己拿钱去结婚，你看看，天下有你这样的父亲吗？你这自私过了头吧，我没钱，我这日子过得紧巴巴的，每年我们学费都是好几万，我哪有钱？何况，这么多年，你开口要的钱，什么时候还过，不都是肉包子打狗有去无回吗？你当我们做女儿的就欠你的？！"

"你不欠，你是不欠，那你是靠着墙壁长大的？"光明听紫苏这么说，也怒了。

"养我是你的责任，凭什么有事就找我？你又不是只有我一个子女，你有四个呢，你怎么不去找连翘、找防风他们？实习那年，你就逼着我给你打钱，你在我这里也就谈钱了！我现在房子你住着，你交房租了吗？我问你要了吗？"

紫苏说的不是气话，她是真这么想的。她想她二十多年来的艰苦奋斗，她的学习，她在省城的日子，没有一天不提心吊胆，没有任何一次机会不是血雨腥风的，她的娘家人，什么时候都指望不上。

望着眼前的紫苏，林光明一时气结。

他盯着紫苏说："兄弟姐妹中，谁有你书念得多？你这些话，是一个上过大学的人说的吗？你说让我去找连翘，她初中毕业，她在外头做服务员，这在古时候是做下人，你知道吗？现在她一个人在外生存都有问题，我能去找她吗？防风的情况你不了解吗？能养活自己就不错了。你实习那年，我是管你借了一万元，我是不是月底就还给你了？就是怕你在外不好做人，我怎么不体谅你了？何况我现在落难，你不帮衬着点，还这么说话，你有良心吗？你是这个家的老大，怎么能如此混账？"

"是我混账，还是你混账？下堂不为母，当年奶奶再嫁时，你不是也这么说你的母亲——我的奶奶吗？你现在都背叛这个家庭再娶了，那在我这里，就是下堂不为父！你找我不着！"紫苏拿起扫帚开始扫地，她的神情漠然，丝毫没有想到这样的话有多么伤人。

林光明一下子呆了，那个央求他来占房子的女儿是林紫苏，这个冷脸骂他的女儿还是林紫苏，这种反差太大了。光明看着这个打小他捧在手心怕掉了，含在嘴里怕化了的长女，此刻一脸绝情，那个什么都要最好的姑娘，什么时候变成这样了，还是从来一直就是这样？

她居然不认他这个父亲！林光明没想到林紫苏会提到下堂不为母，他的母亲大英的再嫁曾给了他很大的伤害，他没有想到他的再娶，紫苏原来心里也是有这么大反应的。

林光明扭头一言不发地冲出了方志华的家门。

大约一个星期后，中午正在上班的紫苏接到小一居对门邻居小刘的电话，说："紫苏姐，你们家来客了，是法院的，找你爸，你爸不在家。"

她赶到时，小一居门是从外头锁着的，父亲光明不知去向。小刘说："这个电费单子是我拿回来的，插在门上一直没动，有一个多星期了。你爸这段时间都没见，我想他是不是走了呀。"

　　紫苏开了门，法院的人拿出了执行单。紫苏一愣，说："这可不关我的事，我也是借房子给他住啊，这可是我自己的房，跟林光明没关系的，他是借住在这里。你们去找他，真找不着我。"紫苏急着开脱自己，真怕这官司会落到自己身上，那可真就麻烦了。

　　周一开庭的一号法庭，被告席上是空的，林光明没有来。

　　周一全天，柳英请假没上班，她觉得这事非同小可，林光明应该知道轻重，肯定要回来的。她也相信，林光明会回来。她想好了，林光明去法院还完了钱，大概会和文杰来家吃饭吧，她跟文杰交代了，一定要带林叔回家吃个饭，今天她还特意杀了一只母鸡回来备着。

　　一直到下午六点，文杰下班回来，并没有带回林光明。

　　柳英听说林光明人并没有回来，她心一冷，这个男人还是那么靠不住啊！

　　柳英一跺脚。"这人大概是不想活了吧，这么严重的状况也要骗人，他变了，他完全变了，这人太可怕了。"柳英恨恨地说。

　　柳英恨自己，怎么让这种人捅了自己第二刀呢？那个充满了暧昧的下午，差点儿让柳英相信又有了未来，临上车时，林光明还说，他肯定要回来的。

　　其实背信弃义是林光明的本性，柳英一想到自己今天忙活了一整天，陡然觉得悲从中来，为什么只要碰上林光明，她就乱了分寸呢？为了这么个男人，值得吗，她就不能过好自己的生活了吗？

　　文杰说："您也不必想那么多了，下周执行人员会正式去一趟省城。妈，我们已经仁至义尽，他都耽误您一生了，我觉得您不应该再这么执迷不悟了。"

　　"文杰，妈没有执迷不悟，妈早就活明白了。他既然非要作死，我们还能有什么办法呢？"

　　在省城扑了个空的法院执行庭，最终通过高山铺乡政府，取得授权，监管了林光明的工资账户，将林光明每月退休工资的一部分做了还款设定，进行长达三年的每月划账还款。文杰将执行案直接做了结案，没有交到刑事科，他想他能为妈妈做的，也只有这么多了。

　　这一年的春天，柳英再婚了，嫁的是县委的曾秘书。这一年的秋天，柳英当选县政府副县长，分管三镇农业水利，其中就有她和光明一起工作过的高山铺乡，走马上任的柳英被人戏称为"平民县长"。

　　自父亲离开了小一居，紫苏便将这屋子收拾了一下，隔三岔五过来住一宿。有时候她跟方志华说是加班太晚了，有时候又因为雨下得太大，难打到车，就不回去了。

那天紫苏说雨太大，不能回家了，明天一早要做报告，她当天晚上就不过江，住在小一居里了。

方志华第二天和同事过江来办事，正好在小一居附近。正午时分，这个时候紫苏应在单位，方志华想着下午还不能回单位，干脆晚点和紫苏一起回去。这么想着方志华就中途下车，他打算先到小一居休息睡个午觉算了。他径自用钥匙打开了小一居的门，正碰到从洗手间出来，赤着上身的黄明洋，很显然方志华的开门吓了他一大跳。

"你怎么在这里？"方志华惊诧不已。

"啊？这个，我才下飞机，到紫苏这里洗个澡。"慌乱的黄明洋忙去找衣服穿上，"对不起，志华，我还没有来得及告诉你。"

方志华扑上去将黄明洋死死顶在墙上："你什么意思？你们这样多久了？"

"没没，方志华，你松手，你松手，君子动口不动手，有话好好讲！"黄明洋的眼镜斜挂在脸上，一脸惶恐。

"呸！你也配谈君子，让人恶心！"方志华啐了黄明洋一口，放了黄明洋，直接摔门出去了。

紫苏与黄明洋奸情的败露，让方志华和林紫苏这本身差异就很大的婚姻一下子溃不成军。从这段婚姻一开始就质疑紫苏嫁人动机的婆婆秦南，在这个婚姻解体上，更是推波助澜。

"一个县城的女娃儿，名校毕业，又长得漂亮，肯嫁到我们家，看上你，你照照镜子，可能吗？她本来就是拿你当跳板的，方志华，你醒醒吧！"秦南的话像刀一样割着方志华的心。女儿小米紧紧抱着爸爸的脖子，两岁的孩子，已经知道父母出了问题，她害怕父母吵架，害怕他们会分开。

婚姻眼见是保不住了，婚姻当事人便会在真相面前刺刀见红，你的是你的，我的是我的，保不齐，还有你的也是我的，包括孩子和房子。

方志华的房子是他父亲生前单位分的房，是属于母亲秦南的，他们无权分割。现在他们的共同财产便是紫苏单位那套一居室。

在争夺单位分的这套一居室时，紫苏才深刻感受到了人在金钱面前的渺小，而她更是不堪一击，除了那个小一居，她在这个婚姻里一无所有。

方志华说："我妈说了，这是夫妻共同财产，是我们俩人的，现在分开了，这婚内财产就应该平分。"

紫苏不甘心，她觉得这是掠夺，是这段婚姻对自己的掠夺，她觉得这房子就应该完完全全属于她一个人。

她想抢在婚姻解体之前，保住自己的利益，她快速拿着户口本，补交了三千元，将单位分的小一居集体房办到了她个人名下，成了商品房。

这场离婚拉锯战，是以方志华在美国的姐姐同意带走小米为前提结束的。方志华放弃了对林紫苏单位房子的争夺。林紫苏负责小米在美国的生活费。未来小米的读书教育的费用，由方志华和林紫苏二人平摊，直到小米大学毕业。

一切尘埃落定，在方志华和林紫苏去办离婚证的路上，方志华哭了，问道："你真如我妈说的，只是把我当跳板吗？"

"又是你妈说，你什么时候不再说你妈说的？"紫苏也哭了，"五年了，我俩五年的婚姻，你有没有活成你自己，你有没有为自己的生活努力过，你自己心里有数，我不恨你，方志华，我们缘分太浅！"哭着离开的紫苏，也走出了她自己给自己画的牢笼，从此她要做回她自己了。

拿到离婚证当天，林紫苏感到茫然，她现在也面临着去留问题。黄明洋生活在申城，他明确说是不可能来省城的，紫苏真不确定她和黄明洋在一起就能过好，她不仅不能要女儿，还要放弃这里的一切，背井离乡。她的害怕没有人能懂。黄明洋说不怕，有我呢，为了表达他的诚意，他在申城买的各类保险，受益人全写成了林紫苏的名字，这个举动让紫苏感动不已。

离婚后，紫苏就搬到了小一居里，她有时候周末去看女儿，秦南总是从门缝里将小米塞出来，根本不让紫苏再进屋里。

站在二建局的办公室窗户前，紫苏觉得这一纸离婚书，就将自己打回了原形，这个省城与自己，从来就不曾有交集，此刻，没了方志华，没了小米，这个世界寂寞得很。

那个上午林光明从方志华家出来后，便离开了紫苏这个房子。他知道他还不了钱，法院很快就会来这里找他。他像时一样，只背着他的挎包，什么都没拿，就消失在了那条巷子尽头。

林光明的城市之梦，从子女身上做到了自己身上，他以为他可以有所依靠，女儿紫苏是他在这个城市唯一的依靠，现在也靠不住了，他只得走出去，虽然他刚刚尝到了一点儿城市的甜头，这么快就没了。这对于一个五十来岁的男人来说，打击有点大。

这两年时光过得真快，他还没有感受到城市是个什么样子，就已经流落街头了，他现在着急地要去找份工作，今天先要去找个住的地方。

到了夜里，他找到了一个一晚上七元的大通铺的地下旅社，挤在一群没有洗澡的农民工中间，满屋子弥漫的味道，令他窒息，他原是一个多么爱干净的人啊！

林光明整夜未眠，想他一生为儿女，想让他们成才却都落了空，想到这里，林光明打了一个冷战。

第四十二章

当 归 偷 钱

　　林连翘这段时间在办公室的时候多了，这个月上了三个广告片，她需要做录播和剪辑，给客户做结案。

　　"连翘姐，你的电话！"突然前台小关叫她，"怎么转不过去呢？你过来接一下！"

　　连翘一路小跑过去前台接了电话，居然是翠莲！

　　连翘惊喜至极，连声叫道："妈！妈！怎么是你呀？你怎么肯给我打电话？我给你写了这么多的信你都没有回，妈，您可真行，这么忙吗？还好，还知道给我打电话呀！"

　　电话那头翠莲笑了，说："连翘，我是没有给你回信，这不我也一直等你给我打电话呢，你都有三个多月没有给我打电话了。我今天收拾箱子，看到你信上，有你公司电话，所以我就来村里给你打个电话，看你在忙啥呢。"

　　连翘说："妈，这是单位电话，打电话不能时间太长，您有急事吗？若没事，我晚上七点给您打，你到村里来接？"

　　"哦，连翘，我有个事想求你的。"

　　翠莲从没有过这样凝重的口气，连翘心里一沉，说："妈，有什么事？您生病了吗？"

　　"那倒不是，是当归啊。"

　　连翘握着电话，她突然觉得有种隐隐的刺痛感，是呀，她不只是有防风一个弟弟，还有另一个弟弟当归啊！

　　这种隐痛让她对当归充满了内疚。这个在整个少年时期，一直处在家庭动荡中的男孩儿，今年应该已经十八岁了吧，他从汽车驾驶培训学校毕业后，父亲临走之前是把他安排到一个单位开车的。据说父亲走后，那单位就辞退了他，原因很奇葩：当归每天将领导送回家，自己就开着车，拉着他那些狐朋狗友四处显摆，一次车停在一家迪厅门口，被领导的一个竞争对手发现了，直接举报说他公车私用，居然去高档地方消费，搞得领导差点儿说不清楚了。

被辞退的林当归回家时，父亲光明已经去了省城，林当归没了工作，不仅成了无业游民，也彻底成了没有人管束的人了。

翠莲在电话那头吸着鼻子，看样子是哭了，说："当归现在整天和那帮小混混在一起。前段时间一个小混混的父亲让当归去帮忙拉一车蔬菜，说一天给他二百元，没想到第一趟出车就出事了，当归因为不认识路，在高速上逆行，最后车侧翻了，现在给吊销了驾照。

"连翘啊，当归都十八了，再这么下去怎么得了？我实在没有办法。我知道连翘你辛苦，你也不容易。我找过紫苏，紫苏说这样的破事以后提都不要在她面前提，她嫌丢人。我想也是，她好像又准备结婚了，这些事新的婆家知道多了，总不好。你说，我找谁帮忙救救当归呢？连翘，你就算帮帮我，救救当归，救救这个家呀！"

听着电话那头母亲翠莲呜咽的声音，连翘心都碎了。母亲她才从婚姻的破碎中走出来，又掉进了儿女不肖的坑里，这个女人是怎样的命啊？抑或是这个家到底怎么了？连翘已经想不了太多，她只能拼命点头，说："让当归来吧，我去接他。"

连翘去火车站接林当归时，一眼就看到了人群中的弟弟林当归，长长的头发，颀长的身体，皮肤白皙，浓眉大眼，简直就是父亲林光明的再生。连翘很恍惚，怎么觉得当归还是那个白白胖胖的小婴儿呢？他怎么就长这么大了？而他好像在连翘的生活中一直不存在一样，抑或是这个家里，这个人一直被所有人忽略？连翘他们能感到的，就是他在逃学，他们不知道他的生活到底如何，父母亲为了自己而各奔东西，哥哥姐姐们都在自己的日子里苦撑着，而林当归，在这个家庭里，多像是一蓬长在荷塘里的野草，他与这个家庭格格不入，又这么乱七八糟地蓬勃生长着，长成了他自己的样子。

连翘上前搂了搂弟弟的肩膀，才发现，她根本搂不过来。"当归，你怎么回事啊，怎么这么不注意呢？闯祸了吧？"

当归都不敢看连翘的眼睛，他说："姐。我就是为了收心才来找你的，以后我一定好好做人，再也不乱来了。"

回到六楼出租屋，曾小志一见林当归，哇了一声，问："连翘啊，这是你亲弟弟呀？真是太帅了！"说得当归脸都红了。

连翘在自己的床边搭了一张小钢丝床，放了一床被子。

"当归，我们在外面都不容易，你睡这张小床，先这么凑合着住吧，这个星期你先在家，看看每天的晚报之类的，我们上班时你可以出去走走，熟悉一下周边环境。"连翘去上班时，对当归讲。

连翘心里想的是自己曾经找工作的艰辛，对当归连翘更多了一份心痛，她四处打听哪里有招工的。

同事陈芬在三里屯开了一个小酒吧，正在招夜场服务生，这个消息对连翘来说来得太是时候了，没有学历的人，服务生的起点真的挺合适的。连翘想都没想，第二天就将当归送到陈芬那里，临走，她塞了五百元钱在当归口袋里，说："在那里好好学习，见到事要抢着做，多向其他人请教，尽量熟悉业务！"

连翘现在觉得走起路来都有劲了，如果弟弟也在北京安稳下来，那以后互相就有依靠了，北京的生活岂不就稳了？可惜这个想法只停留了二周。

早上上班，例会结束后，陈芬拿着咖啡杯示意连翘，喝杯咖啡去？他们俩各端一杯咖啡进了茶水间，茶水间无人，早班阿姨刚下班，中班阿姨还没有到。

"连翘啊，你弟——"陈芬开口道，一副极为难的表情。

连翘心里咯噔一下，问道："我弟当归怎么样？"

"不好办哪，在我说什么之后，连翘，我们俩的交情还是交情啊，我们俩不受这个影响的，可以吗？"

连翘一脸狐疑地看陈芬，点了点头。

"就是你弟他不适合做夜场服务生啊，上班时间抽烟喝酒我倒没觉得怎么，年轻人嘛，哪有不好这个的。可是后半场他总躲到仓库去睡觉，我爱人都说过他两次了，他根本不听啊，搞得我们都管不了其他服务生了。这个，说重了说轻了，都不好。你看，连翘，以咱俩的交情，我不可能容不下你弟，对吧？连翘你一定要理解我，这个，是这两周工资，我呢，先给你，也算是我给你弟的一个见面礼，你别嫌少，千万！"陈芬将一千元钱塞到连翘手里，就急急地出了茶水间，连翘拿着钱，脑袋里一片空白。

连翘下午下班回到住处，当归已经回来了，他躺在连翘的床上，背对着门，一动没动。

"当归，你怎么回事，这个工作很难做吗？"连翘忍着恼火，低声问。

当归坐起身来，说："姐，这工作我做不了，天天死气沉沉的，伺候人，受不了，而且那几个老服务生老欺负我，总让我去提酒瓶子，老重了，多累啊！我就去仓库躺一会儿都不行，老板太凶了！"当归一脸满不在乎的劲儿，把连翘气得七窍生烟。

"当归，你是来工作的，打工啊！这是最简单的工作了，如果这个工作你都做不了，其他什么事你还能做？你怎么能拈轻怕重，和别人斤斤计较呢？"

连翘气呼呼地去了洗手间，她坐在马桶盖上，突然想起人们说的一龙生九子，九子九个样，果然不差。她和当归同父同母，这个当归一直就娇生惯养，从来就是追着母亲后面要钱的主儿，他几乎没有经受过任何挫折与打击，他的生活一直是父亲一手包办着，就算犯了错误，也一样能够得到谅解与包庇。在生存问题上，他几乎从没有主动做过什么。而酒吧这份工作，又是连翘安排他去的，当归的满不在乎写在了脸上，就是一股反正又不是我要去上这个班的劲儿，连翘都有想要上前揍他一顿的冲动。

"我给你的五百元，你用完了？"连翘从洗手间出来问当归。

"早完了，几包烟而已。"当归说。

"这钱并不是你挣的，你怎么花得那么心安理得呢？"连翘很奇怪地看着这个比自己小六岁的弟弟。

"你给我的，不就是给我花的吗，姐？"当归也很奇怪地看着他的姐姐连翘。

连翘深吸了一口气，让自己平静下来。

"这样，当归，你要改变你的想法和思维，就当没有父母，也没有兄弟姐妹，我们是独立的个体，都需要生存，需要自己出力挣钱养活自己。从明天开始，你自己去找一份工作干，像我当初一样，一家一家去问。人才市场你也可以去。我当初出去打工的时候，只有一百六十元钱，这也就是前几年的事。你呢，我现在给你一千元，当然也可以说是你在酒吧里挣的，你要出去找一份适合自己的工作，好不好？"

当归迟疑地接过连翘的钱，说："那——好吧。"

这样他们姐弟俩白天一个出去上班，一个出去找工作，晚上回来时，当归也会跟连翘分享一下找工作的经历，总之是一堆不合适的抱怨，连翘也跟弟弟分享一下工作进展，这相安无事的两周里，有时早归的当归还会去菜场买点儿青菜和一些肉，做个晚饭，等姐姐回来吃。

每个月 15 日，是公司发放客户佣金的日子。这个月，连翘一个客户八万元佣金也按时到账了，连翘去银行取的时候，让当归跟着，她说是让当归当保镖，以防万一。他们这个行业的行规是，为了保护客户当事人的安全与隐私，他们都是以现金形式支付，不留任何把柄，不落人口实。连翘跟当归讲的时候，当归羡慕不已，问道："姐，你这个工作好啊，一下子能挣这么多啊！那姐你的工资也挺高吧！"

"我们都是挣其中极小的部分，大头儿是公司挣的，哪一行挣钱都难，难上加难！"连翘说。

晚上约客户时间时，客户说明天不行了，临时出差了，后天才能回，连翘将钱锁进了她的行李箱。第二天，姐弟俩照例一个去了公司上班，一个去了人才市场。

晚上，连翘被陈芬约去吃晚饭，一直到晚上九点，才回到了住处。

出租屋里，张雪松他们不在，当归也不在，黑灯瞎火的。

张雪松大约跟曾小志玩去了，尚可理解，当归能去哪里呢？连翘心里嘀咕着，开了灯，她一眼就看到了她的行李箱半掩着，上面放着一张纸，连翘心里咯噔一下，心跳一下子加快了。

那是当归手写的一张纸，上面赫然写着，他拿走了连翘放在箱子里的八万元现金！

连翘捭了捭那张纸条，纸条上写道："二姐，你回来时，我已经走了，我暂时借你这八万元回去还债。姐姐你不要骂我，我也是没有办法，年前我打牌，输了很多钱，我才叫妈妈骗你说我开货车出了事，否则我担心你不让我来，我现在因为这个欠债被人追杀，我没有地方可逃了，你不要怪我。

"我很感谢二姐这段时间对我的照顾，弟弟不是你想象的那样的人。我一定能将这八万元再赢回来，不久的将来，我一定能挣到大钱，到时候一定双倍奉还！"

连翘眼前一片漆黑，她不敢相信，她希望这是当归在跟她开玩笑，十八岁，他才十八岁啊！八万元对她来说，可是一笔巨款，他怎么能就这么拿走了这八万元？！

第四十三章

置之死地而后生

连翘在房间里急得团团转，怎么办？明天，明天必须要把钱送到客户手上的，我该怎么办？连翘有种叫天天不应，喊地地不灵的感觉。

第二天一早，连翘就赶紧拿着所有的银行卡，先去了工商银行门口排队，等着第一个进入银行。

连翘穿梭在各个银行取钱就花了两个小时的时间。她才发现，加上这月工资，她的全部财产只有八万七千八百元。也就是说，短短两年，她从海城带来的十五万元，除了给妈妈两万和过年过节给大英防风寄的一些过节钱外，莫名其妙地，不知怎么已经花去了一半。这还没有算上她在北京上班的工资和提成。

那么也就是说，她的工资和提成，她的零存整取的钱，都不够她的请客与业务成本，她的所有收入全搭进去了。

连翘这才发现，她原来根本就不会算账，这十五万元花在哪里了？平时她都没有记账的习惯，如果不是今天发生这事，她一直以为她的账上有钱。

现在什么都来不及想，连翘和客户约的是中午十一点在金宝街的汤城小厨吃饭，她今天将所有银行卡的钱全取出来，只留下两千元在账上，因为她的房租也要交了。

饭后，连翘与客户勾肩搭背的，装作送客户到地库，将现金放进了客户车的后备厢，他们约好了下季度的投放额度，连翘笑盈盈地道别，一切看上去毫无破绽。

送走了客户，松了一口气的连翘坐在街边长椅上，想着都惊出一身汗！幸而她还有从海城带来的存款，否则这后果真是不堪设想，她都不敢继续想下去呀!

连翘今天无心上班,她向主管请了假,到离公司稍远一点儿的地方,找了一个电话亭,给家里村委会打电话。

电话通了,没有人接,此时连翘觉得心头有一团火烧得她快要焦了。整个下午,连翘都坐在电话亭边,每隔十五分钟拨一次电话,直到下午六点,翠莲终于出现了。

"怎么了,怎么了,是不是当归他出什么事了?"翠莲一接到电话就连声问。

"你就关心林当归啊,是的,你没有其他子女,就生了林当归一个宝贝儿子!"林连翘在电话里阴沉沉地说。

"连翘,怎么这么说呢,你们都是我的孩子啊!"

"都是你的孩子,你就知道害我吗?!"连翘对着电话吼道。

"你小声点儿,发生什么事了?"

"你说,林当归是不是赌博欠债才跑出来的?什么货车翻车,是你骗我的吧?"

翠莲那边不吭声了,半晌,她说:"当归,他都说了?"

"妈,你是我的亲妈啊!林当归,你儿子,把我给客户的佣金八万元全偷走了!"连翘说完泪流满面。

"啊?连翘!怎么会这样?这死儿子怎么得了,我只是想让他去你那躲躲债,不然在家会被那些人找着砍死啊!"

"妈,我对你太失望了,你为什么不对我说实话?"

"我怕你像紫苏一样拒绝当归,那样当归会死的呀!"翠莲委屈巴巴地说。

"妈,你这样做,我会死,你知道吗?你真的是一点儿也不在乎?"连翘说完挂上了电话。

带着不能与人说的伤痛,连翘这几天的班上得恍惚,简直就是行尸走肉,自己弟弟盗走了客户佣金,多大一个笑话呀!连翘觉得抬不起头来,也打不起精神来。

二楼客服部薛磊时不时来销售部找连翘,问一些客户需求的具体问题。薛磊喜欢来销售部串门,喜欢找林连翘聊天。他说林连翘简直神了,明明有些客户眼看要没戏了,只要交到连翘手上,马上起死回生,一个字——牛。

这也太夸张了吧,连翘可不敢这么想。他们永远不知道,她林连翘花了多少时间,又花了多少钱。这下被当归盗走了全部积蓄,等于盗走了她的底气呀!她甚至准备和张雪松商量接下来的房租,他能不能半年一次性支付。

互联网的便捷，零接触完成交易的优势，开始大行其道，更多的企业开始放眼互联网，他们建网站，尝试做互联网宣传预算。互联网作为新媒体，疯狂地向传统行业发起进攻，当然首先就是展开人才争夺大战。

宗总监对于林连翘的辞职太意外了，说："连翘，我那么器重你，你怎么也会受到这样的诱惑？你可知道，互联网行业前途未卜啊，这全是疯狂投资者在盲目烧钱！你想，能开出高出你现在的五倍工资，他们现在并没有盈利，都是在烧钱，做不了几个月肯定关门倒闭，那时候你怎么办？你不要哭着回来找我！"

连翘不知道怎么办，她眼前的情况十分危急，她身上的现金支撑不到下个月，她得顾眼前，眼前就要死了呀！她太需要这高出五倍的工资了，否则她就得流落街头了。

这一年，许多传统行业金牌销售被高薪挖到了互联网行业，一家国际中文网站向林连翘伸出了橄榄枝。

而这次连翘会被这家网站相中，她在二外的学习也起到了至关重要的作用。她在两场口语面试里，满分通过，而刚拿到手的二外专升本毕业证也佐证了她的能力是有据可查的，所谓名正言顺，大路才宽。她不用再求助于任何人就能完成跳槽。

互联网这个新兴的行业，一夜之间刷新了大众对劳动的认知。

它不需要你挥汗如雨，也不需要你经验丰富，当人们获取资讯不再依赖于传统媒介如报纸电视时，当人们寻医问药不再只盯着自己家门口的诊所时，当我们交友不再仅限于本单位时，互联网这个产业，便有了风生水起的资本。

带着资源跳槽的连翘，每天肯定第一个到公司。因为她不会电脑。她得在其他员工到来之前，在公司仅有的四台电脑前用"一指禅"来学习打字，学习输入网址，也学习从报纸上得来的理论。更重要的是，她需要了解如何通过互联网来实现广告的价值，当大量舶来词让人目不暇接时，连翘要牢牢掌握的，是广告通过这小小屏幕如何抓到客户，并寻找客户的路径，而这条路径是传统的电视杂志等媒介所没有的。

连翘就像初入海城学习餐饮服务业一样，努力将自己变成这个行业的专家。互联网如此之新，新在就算是一个大学四年学成毕业的本科生，所学的专业除了计算机应用外，其他专业都与互联网毫无关系。在这个时候，在互联网面前大家真正是站在同一起跑线上，就看谁比谁更努力了。

连翘几乎是现学现用，她每天早上在公司收集资料，参与培训充电，中午就背着她的双肩背包穿梭于北京各个区约见各市场部主管。他们在交换各自的困惑和资讯外，也在连翘的游说下，做了互联网试投放。

连翘仅用了五个月的时间，便完成了她互联网的第一轮广告试投放，这第一单试投放就是二百六十万元，刷新了她单笔合同最高的投放额。她甚至在第四季度，在新的公司得到了晋升，做了部门里的项目主管，第一次有了自己的销售小团队。

圣诞节后，连翘将她账上最后的五千元取出来，在王府酒店组织了一次私人业务聚会，庆贺新年，也是答谢她的客户让她在北京生根发芽，那一刻，连翘深深体味到了什么叫置之死地而后生。这天陈唐碰巧也来北京了，他出现在聚会上，让整个聚会掀起了个小高潮。

"林连翘，是个小狠人，还真在北京站住了。"陈唐说，他看着眼前的林连翘，已蜕去了在酒店工作时的稚嫩，变得成熟而稳重。

"我本来以为，不出三个月你会回海城的，你居然一去不回。其实你完全有理由去过另一种人生，有另一种活法的。"陈唐拉着连翘跳舞时说。

"还有其他活路吗？陈总！"连翘直视着陈唐，精神层面上，她觉得她与陈唐是平等的，她看到的是陈唐周旋在官方与商场之间的疲惫与不甘，多少需要休息的灵魂都游走在幸福之外，陈唐是，她林连翘也是。

大家习惯以一杯酒来遮盖住所有的真相，所以大家都在夜夜笙歌里买醉，陈唐说人越多时，林连翘越寂寞，他陈唐又何尝不是因害怕寂寞，而一定要活在酒色财气中呢？

"我们都是这人世上的赶路人。"林连翘调侃陈唐。他们在一起掷骰子，拼喝酒，能和陈唐一起玩，连翘开心。

陈唐说："我们天天见，是如此，我们十年不见，依旧还是如此，你信不信？"

"我当然信。"林连翘见陈唐的心情从来就是敞亮的。

陈唐来北京跑他的批文，他的进出口生意，需要过去的上司领导支持，他要去低三下四求人，哪怕他现在已贵为身家千万的老板。

林连翘得努力工作，争取早点拿到工资提成，解救自己于水深火热中。这两个人，就像是两条永不相交的平行线，就这么擦肩而过。

林连翘在这次聚会后，成了这个世上最穷的人，没有房，没有车，没有一分钱。这个春节，她哪儿也没去，龟缩在出租屋，静等第二年开春，她个人的第一笔佣金——十八万元到账。

第四十四章

当 归 卖 地

家乡有句老话：屋檐水滴原坑。翠莲在家，开始承受她养子不教的后果，当归赌博，而且赌得很大。

儿子林当归总在外赌博，她稍说教一句，当归指着她的鼻子骂她："你也配教育我，你自己就是一个烂赌棍，你还敢来说我，你有资格吗？！"

作为母亲，被儿子骂成这样而哑口无言的，大概也就翠莲一人了。她看着当归将她的钱包抢走，再看着当归将紫苏和连翘给她买的生日首饰拿去变卖，却无能为力。

十八岁的当归，将在连翘处偷来的八万元拿回去，第一时间就拿到了赌场还赌账。那些放贷的人看到林当归居然真有钱还，马上换了一副嘴脸，林总前林总后奉承着。

放贷的郑云华是这个县城里有名的泼皮，这些年靠替人要债，开地下赌场发了财，在当地小有名气。

这个时候他亲热地拍着林当归的肩膀，递过来一根烟，说："林总，我就知道你是重情义、守信用的人，这钱不着急还，你想什么时候还就什么时候还！"

结果，当天晚上林当归不仅把还账的钱输在了牌桌上，而且倒欠了郑云华八千元。

天亮了，走出赌场的林当归才发现自己又一无所有了。他又感到惶惶不可终日了，恐惧包围上来，他答应郑云华一个星期内还钱。林当归一边走，一边又疑惑了，我不是来还钱的吗？钱怎么又没了？他想不通。

回到家，翠莲还没起床，林当归扑通一下，跪在了翠莲床前。

"妈，妈，这次真完了！你得救我，你一定要救我！"林当归鼻涕眼泪齐飞，哭得好不凄惨。

翠莲惊坐了起来，问道："你？！你又、又输光了？！"

"妈啊，妈，我以为我能翻本啊！这次怎么办怎么办啊？"

"你这死儿子呀！我叫你不要去郑云华那里玩，他那里是赌窝，你就是不听！你想打牌，你就在村里找几个年轻人打打牌，打小点，消磨时间不就行了？"

在翠莲的观念里，打牌不是赌博，是玩玩而已。她坚持着她这点认知，从未去想林当归从小出入在翠莲的牌桌周围，整天在红中杠、清一色的麻将声中受着耳濡目染的熏陶。

老子说圣人处无为之事，行不言之教。在一个孩童不分好坏、不分黑白的年纪，林当归受到父母的言传身教要不就是牌桌上的吆五喝六，要不就是父母厮打、冷战，他的生活里，全是支离破碎的，也是消极无助的，当归哪里分得清什么打牌、赌博，反正只要是牌桌子，坐上就是了。

翠莲说："你现在死活我不管！你把我一点存款全败光了不说，上次连翘给我的两万元你也拿去了。现在你偷了连翘那么多钱，都没焐热吧，你又输光了！你让我把我女儿全得罪光了，亲戚们见到你都怕都躲，你现在哭有什么用！"翠莲说着下了床。

林当归立马上前抱着母亲的腿，声嘶力竭地说："妈呀！我才十八岁，我不愿意死啊！救救我，救救我！妈，只有你才能救我啊，我没有爸爸，没有亲人，只有你一个妈啊！这次我保证，我保证以后再不赌，永远不赌了，妈，求你了，求你了！"说着，林当归如捣蒜般向余翠莲磕起头来。林当归太知道他的妈妈的软肋了，只要提他父亲，妈妈就会恨声不绝，而放弃原则帮他，很灵，屡试不爽。

听林当归这样说，翠莲悲从中来，说："我的当归，就是一个孤儿呀！"

翠莲知道不会再有人借钱给他们了，她长叹一声，说："那，把左屋你爸爸圈进来的两列屋基找人卖了把债还了吧。当归，你才十八岁，你要学好哇！不能再这么下去了，你已经不是小孩儿，你也说了，你没父亲，你得靠自己。还了债，你也出去打工吧，村里都没年轻人了，你也真不该在家！"

当归一听可以卖屋基，马上爬起来，"可有办法了，可有办法了，我怎么从没想过呢，我这就去找人！"

林光明临走前，给防风和当归夯实了的院墙，就这么让当归给砸开了口子。

林防风和林当归共有的院墙铁门也拆除了，院子里最左侧的第一块地基，被林当归快速变成了几万元钱还了赌债。只一年时间，林防风和林当归的院子里，极别扭地立起了一栋别人的房子。据说，建这房子的赵老四，是一对捡破烂的夫妇。他们刚开始建的房子朴实而矮小，但他们就靠着捡破烂挣来的钱，一点点加高了楼层，不久也和当归家房子一般高了，他们盖了房，又在这个屋子里添了一个儿子，他们在镇上租了一个小门脸儿，开了一家废品站，日子过得很是红火。

将屋基卖给赵老四的林当归，成了当地臭名昭著的赌棍，他不学无术，招摇撞骗，还四处号称有两个有钱的姐姐。

为儿子奔走的翠莲，浑然不觉她把儿子推向了深渊，儿子没有钱逼她时，她来找女儿，连翘找完了，找紫苏。

现在当归到了这步田地，还继续赌博，如今谁都找不着了，这次情急之下，翠莲拿着大棍子满村赶当归："你出去吧！不要在家祸害我了，这村里都没年轻人了，你还不走？！"

这一年，林当归果然就不见了，接下来好几年，郑云华再没见林当归上牌桌，他逢人便讲："这个林当归，还欠我一万元钱没还哪，什么时候我也去扒他屋！"

北京二环上的华润大厦，是林连翘现在单位的办公地点。

"林连翘！嗨，无中生有！"一声呼叫让正准备进电梯的连翘吓了一跳。

"薛磊！你怎么在这里？"连翘抬头一看，惊喜地见到前同事薛磊，此刻他也一脸欢喜地看着她。

"嘿嘿，我也来公司报到呀，巧不？我在数据部，昨天入的职。我昨天都去工位找你了，说你出去见客户了！"薛磊咧着大嘴笑个不停。

他们约在丰联广场上东来顺餐厅涮羊肉。

"林连翘，你一定又是销售冠军，没跑儿！他们都说你很厉害！"薛磊拿起菜谱说。

北京人薛磊除了头发有些稀疏外，没有什么缺点，一米八的大个子，清华大学计算机系毕业，负责公司客户投放数据开发与维护，北京人那种特有的幽默与贫嘴，让他在公司颇受人待见。

他跟连翘说，他家别的没什么，就是房子多，他爷爷一套，他爸爸两套，他妈妈单位又分了一套。

这种炫富按理是很耀眼的。

偏偏不长眼的连翘问了一句："你爷爷一套，你爸爸也有房，那你的房呢？"

这话把薛磊问住了，是呀！按林连翘的逻辑往下，就是家里男人们都有房，他怎么没房？薛磊的能力肯定有问题。

薛磊得出这个结论，就更佩服连翘了。他说他虽然读的是清华大学，考进去才知道，他的高考分数跟同寝室的同学相差一百多分。

那些非京籍同学，个个老厉害了。薛磊说："我特别佩服你们这些外地人，学习能力超强，动手能力也强。说实话，如果我们同等条件考试，我可真不是对手，就像我们现在的工作，我就不是你的个儿！"薛磊说的时候特别真诚，一点儿自带优越感的油滑都没有。

林连翘笑了，说："你还要怎么厉害啊，工程师，这公司要没有你建数据库，我们都喝西北风去啊！你也挺牛的，清华生！"

这么互相捧臭脚，逗趣儿，又是前同事关系，他们很自然就走得更近了。

周末客户马小君打来电话，说如果不忙的话，让连翘陪她去看看房，她想买房。

马小君只比连翘大三岁，东北姑娘，性格很爽朗，在著名外企市场部已经工作四年了。她与连翘也算是不打不相识的，那年他们新出的广告片本来是不准备投到二台《经济半小时》的。是连翘锲而不舍的精神打动了马小君，最终她将广告从另一档节目《新闻1+1》广告档撤出，改投连翘负责的《经济半小时》后广告贴片，还是颇费周折。

从那以后，无论连翘到哪里，马小君都当仁不让成为连翘的投放大户。这样两年下来她们也成了最好的朋友。

连翘收拾了一下就出了门。她喜欢这种不分公私的召唤，说明对方已经完全把自己当成自己人了，这样相处，业务做起来相应轻松。在北京的日子，这样的客户并不多，也就两三个，但就这两三个，也足够林连翘完成每个月的任务，所以无论在什么时候，马小君要的陪伴，林连翘十分乐意。

马小君见到林连翘就说，她自己其实也没有这么多钱买房，是她妈妈赞助了二十万元首付，这下子不买都不成了。

原来马小君在北京的租房生活和连翘一样，也一样烦恼。时不时就要搬一次家，她那在东北当地很有名的外科大夫的妈一直想让女儿回东北，见劝不回女儿，只得进一步支持她，答应帮她付首付，顺着女儿的意思，在北京安个家。

看来大家都在想买房的事呀！连翘一直以为自己想在北京买房已经很大胆了。只是大家都有父母，可父母跟父母也是不一样。原来马小君父母会这么大手笔支持马小君呀。这可是连翘想都不敢想的，不要说她的父母没有钱，就算有钱，父亲林光明大概都会留给她弟弟，根本不会给她。

连翘对马小君羡慕不已，想到自己刚到账上的十八万元，还被扣了一万多元税费什么的。她要买房的心一直都有，可就是没有马小君这么有底气。

第四十五章

温柔的沦陷

　　这段时间只要马小君召唤林连翘，就算不是周末，连翘都能想办法从公司出来，陪着马小君四处看房。她们从国贸看到四惠，再看到了管庄，又从管庄看到了梨园，再从梨园坐地铁去了五棵松，按这种看房法，马小君大概是要把北京所有的房子都看个遍的。中介换了好几拨，都没能让马小君看到满意的房子。

　　连续两个月看房，林连翘倒对北京东西城的房子有了全面了解。

　　马小君还没有找到合适的房子，林连翘倒觉得她可以买房了。因为通过这些日子看房她才知道，现在买房根本不用攒够全款，只需要付个首付，贷款买房，也就是先付总房款的三成首付，而后按月支付利息和本金，就可以先交房住进去，而且国家也在推广这样的买房方式，许多税费是减免的。

　　晚上回到家，打开记事本，自从那年当归盗走了她的钱后，连翘现在每笔钱都做了记账。最后一笔账上显示，除了平时开销，还有她寄给大英和翠莲他们的钱外，今天她的银行卡上，一共还有十三万元。

　　这个数字对于连翘来说，太有诱惑力了，因为她已经盘算过，朝阳管庄那边的房子现在是四千二百元一平方米，她若用这些钱付首付，足够买到一栋一百平方米的房子！

　　这个想法冒了出来，让连翘激动得一个晚上都没有睡好，她一直想要买房的梦，现在可以实现了吗？

　　马小君一听说连翘已经相中了一套房子，在北京管庄，她哈哈大笑："这才叫有心栽花花不发，无心插柳柳成荫哪！我没买到房，你倒先买了，连翘你行啊！走，我帮你看看去，看能不能再砍一砍价！"

这套以四十二万元成交的一百零一平方米的房子，两居两卫一厨，德式园林风格，楼宇外观线条流畅而和谐，房子是南北通透户型，连翘十分满意。

这个面积不大，但却拥有双卫生间的房子，让连翘欢喜得不行，多年来自己的梦想居然实现了。连翘对马小君说，她打小就不喜欢与人共一个盆洗脚，共一个马桶上厕所，没有想到，今天她终于拥有了她想要的生活。

交了三成首付，跟着售楼小姐去银行办理七成的贷款，再去房管所缴纳完契税个税之类的各类款项，连翘账上又没多少钱了，但不同的是，这回她有房了。

接下来就是装修的事了。

马小君说："支持一下林连翘同学，借你三万元装修，什么时候能还？"

"年底能还。"连翘说。

"成交。给个账号，回去转给你。"

薛磊听说林连翘买了房子，盯着连翘半天，张着的嘴就没合拢，说："林连翘，我说了吧，你就是比我们都牛！"

薛磊也借了三万元给林连翘装修用。

"不着急还。"薛磊说，"你这一波操作太励志了，你就是我们这一代人的榜样！装修好了房子，第一个一定要请我，我要成为第一个去你家的人，我要给你买大大的一束鲜花去！"

连翘永远都没能有机会收到薛磊这大大的一束鲜花。她的房子装修好，与薛磊相约的电话被陈唐的电话给冲掉了。他说他来北京了，现在在长安俏江南吃饭，赶紧过来喝一杯，立刻，马上！

陈唐的召唤从来都是那么随机而又那么有力，连翘总是随叫随到，毫不迟疑。

这个不同寻常的夜晚，站在四惠地铁，捧着一大捧鲜花的薛磊，和抬足进入连翘家的陈唐，都迈入了他们各自的人生某个阶段。

许多年后，薛磊说，那一夜，他不仅准备好了鲜花，也准备好了戒指，他喜欢林连翘这个外地姑娘，从内到外都喜欢，他想把连翘娶回家，他要郑重地告诉连翘。

陈唐进入连翘家一瞬间，他惊住了。连翘的家，那雪白的沙发，雅致的书柜，阳台上摇曳的秋千，这一切都让他感慨不已。他在连翘家里里外外走了好几遍，良久他说："连翘，你可知道我多有钱吗？"

连翘转身看陈唐，说："我知道你很有钱，但有多少我不知道，而且这个数字对我有什么用呢？"

"你为什么买房不找我？"

"你是卖房的吗？你是在北京做房地产的房地产商吗？"连翘看着陈唐，她很奇怪陈唐这样发问。

酒后的陈唐双眼迷离，醉意朦胧，但看样子还有理智。

他就这么死盯着连翘，半晌一字一顿地说："你知道这个世上多少姑娘抢着让我给她买房买车。对于你，连翘，这都是唾手可得的，可你，却自己买房了，为什么？买房为什么不找我来给你买？"

"这是什么逻辑？"连翘睁大了眼睛，吃惊地看着陈唐，"陈总，你喝多了吧？醒醒，我为什么买房要找你买啊？你又不是我爸，何况，就算是我爸，我爸也是要把钱都留给他儿子的。今天是我乔迁新居之日，是很开心的啊，你怎么了？"

陈唐一把抓住连翘的肩膀，他眼睛红红地看着连翘，酒气直扑连翘的脸，他急促地说："林连翘，我认识你多少年了？算一下，从你十九岁到现在，你居然一点儿也不动心，你对于一个有钱男人难道一点儿也不觊觎吗？可我觊觎你，林连翘，海城，我忍着痛让你飞了，那时我想我们都各自自由吧。现在是你不让我自由，你打中我了。哦，不，你早就打中我了，你很可耻，打中了我的心，然后，然后你便跑了。你居然如此独立，你在藐视我，对不对？"

陈唐的话，有一半是连翘不懂的，她不知道她自己买了房为什么不对，眼前这个男人为什么要这么说话？林连翘看不懂，但她有什么必要懂呢？她是谁？陈唐是谁？他们是注定的两条不可相交的平行线，这个总像一道光悬在林连翘上空的男人，现在是失态的。

而这种失态有多少是表演成分，有多少是情非得已，无从考证，只是对于林连翘来说，这种失态是致命的。她企图去懂这样的男子，从那年在海城他们牵手后的分离，是怎样的克制又是怎样的思念才幻化成这个样子的？她去扶陈唐时，陈唐一把抱紧了她。

有多久没有被异性抱过了？这种拥抱对林连翘来说，是那么陌生，又那么新奇，甚至还带有一种很神秘的渴求，怎么会有女人拒绝得了这样的拥抱？

这个世上真有一种男人，本身就是带着破坏基因的，他就是为了毁坏一切而来的，陈唐对于今夜有人等的林连翘，对于独自买了房的林连翘，就是一个破坏者。

他像是一个老猎人捕猎一样，安静地趴在林连翘的必经之路。陈唐以为他志在必得，他没有想到还没有等到他收网，连翘却像是那只扑棱着准备逃脱的小鹰一样，眼见着脱网而去，陈唐一下子失去了耐心，而落下了久悬在连翘与他之间的网。

连翘落进网的时候，她觉得她像极了落入蜘蛛网的蝴蝶，而陈唐就像那只布网的蜘蛛，迅速向她走来，她想蜘蛛不是故意的，真的要怪，是蝴蝶太多情。可是，蝴蝶又有什么错呢，哪一个活着的生灵不是对那高高在上的人或是物怀着向往与追寻呢？陈唐对于连翘，是信仰，是追随。褪去了衣物的连翘，和张狂而细致的陈唐，在相识九年后，突破了彼此的防线，抑或是这里根本没有防线，而这合二为一的动力如此强盛，在这样的强盛面前，地铁口捧着花的薛磊，这个单纯爱笑的工程师，几乎是不堪一击。

出现在公司的连翘，被薛磊堵在了电梯口，问："你昨晚怎么了？不是说来接我的吗？打你电话也没有接，我在四惠等了你一晚上，一直到最后一班地铁开走了。"

连翘慌乱，她不敢看薛磊，她也不知道怎么跟薛磊解释，要是真需要一个解释的话。

"我，有男朋友了，我们要结婚的。"连翘突然说。

薛磊看着连翘，嘴巴动了动，终是没有说什么，转身离去了。

连翘觉得心慌，但除了这样，她还能怎么样呢？

到了这年年中，连翘公司为了解决财务上的呆坏账，临时发出了紧急收款的通知，凡是在今年11月30日之前回款五百万以上的，销售业绩提成在原提成的基础上，上浮两个百分点。

这个决定就像一剂强心针，让整个公司的销售部门忙成一团，大家见面聊的就是最近回款了吗？

林连翘将后两个季度所有广告款压在11月份回，这两个百分点，能干不少事的。

这一波操作，让年初买了房的林连翘，资金也得到了回笼，同一年年底她就将马小君和薛磊的借款还清了。

连翘去还薛磊钱的时候，薛磊咧着嘴笑了，说："嗨，无中生有，公司就两个人超额完成了回款任务，你算一个，另一个是电商部的王总，那可是个厉害的角色，连翘你又赢了！"

"以后别叫我无中生有，别人听到还以为我怎么了呢！"连翘笑了。

连翘这一笑，让气氛轻松了，这两个年轻人都自如起来，薛磊说："连翘，我们还是好朋友啊。"

连翘看着薛磊，心里暖暖的，重重地点点头，说："薛磊，我们从来都是好朋友呀！"

在薛磊看来，只要每天还能看到连翘，就已经很高兴了。在连翘看来，与单纯的薛磊保持一个好朋友的距离，让她更有安全感。在这样的安全距离下，人们有时会误以为连翘与薛磊在谈恋爱，而渐入恋爱佳境的连翘，却是夜夜坐在阳台的秋千上，等远在海城的陈唐的电话，只有那个电话来了，她才能睡觉。而陈唐也保持着这样的温度，哪怕陈唐在电话那头只是说："你赶紧睡啦，我刚从酒桌上溜出来给你打个电话，就怕你等我，赶紧睡，我的小傻妹！"就这么一个电话，就让连翘欢喜睡去，乐此不疲。

　　这些带有调情意味的话，在坠入爱河的连翘这里，浪漫而隐秘，唯其这样的隐秘，也导致连翘没有机会去甄别哪些举动是真情实意，哪些只是顺势而为。她深信那年在海城，他们选择分离，当时克制的陈唐和她，又在北京重逢，而互不放弃，肯定缘分未了，真爱无敌。每个人在年轻时对生命的理解，无不如此，在真爱面前，疾迷其中才是最好的解释。

　　陈唐也说，他们俩缘分匪浅，要好好珍惜。所以，她守着她内心的光。陈唐一个月不来，她等陈唐一个月，陈唐两个月不来，她等两个月。她完全不去理会，陈唐是专门来看她，还是做生意途经此地。连翘觉得爱情是如此无私，她爱陈唐，和陈唐没有关系。她爱这个从世界任何一个角落飞奔而来的男子，爱这个占据着她整个身心，每一场梦、每一次的幻想都让她热烈起来的陈唐。她的一心一意，有时候那么迷人而动情，甚至会让陈唐都沉迷进去，哪怕是假装一次爱情，也是那么的高潮迭起。连翘爱得忘乎所以，毫无抵抗力。

第四十六章

紫苏的离弃

在北京有了房的连翘，就像是有了城堡的公主，她自信而勇敢。

有了房子的连翘仿佛没了后顾之忧，她给翠莲打电话说："妈，你来北京吧，再也没有人可以赶你走了，你想住多久，就住多久，想怎么住就怎么住！"

翠莲的炫耀便从连翘要她去北京住开始，她逢人便说，她女儿在北京也买房了，而且没有像村里其他家有些女儿一样，在外面做一些败坏名声的事，连翘一个人单打独斗，有了自己的房子，以后她随时找个时间去北京住一段时间都没问题。

她是这么说，但她舍不得她的麻将，反倒大英比翠莲早来北京了，这是后话。

这个年底，连翘头一次回家过年，她给奶奶大英买戒指、买耳环，她给退了休的母亲翠莲买手机。翠莲最大的炫耀资本，便是她女儿给她买了手机。麻将桌上，翠莲将手机放在显眼的位置，接个电话都是大着嗓门的，生怕别人看不见她的新手机。

这次连翘从北京给防风带的台式电脑，都是顶配的。收到电脑的防风，那个开心劲儿就别提了。

小弟当归自那年离开家后，一直没回来。隔壁的小婶说，当归卖掉屋基，拆了院门后，有人看到好像是你爸爸回来了，站在那里看了很久，看到的人想过去打个招呼，那人就快步离开了，也不知道是不是真的。

光明活了家乡的传说中，有人说他在外面开了公司，有人说他又结婚了，还生了孩子，日子过得还是不错的。人们说光明他一直那么有才，他走向大城市，就算紫苏不收留他，他也会混得风生水起呀。这些传说无从考证。连翘也是后来从父亲的日记里才知道这些都只是传说，传说的都不是真的。

那时候，紫苏还在省城。

没有了婚姻羁绊的紫苏，感觉自己像个没有了线的风筝一样，走吧，她舍不得小米，在省城这里，每个星期尚能见小米一面，这也成了她唯一的期盼。她不知道，如果她离开了这个城市，她以后还能不能见到小米，想到小米，紫苏就觉得她不能只顾自己。

黄明洋再也不像过去那样，三天两头来省城看她。开始紫苏生气这种太过明显的变化，后来她也看开了，婚是自己要离的，没有黄明洋，她一样也会离，只是迟早的事。她也不能将希望都寄托在黄明洋一个人身上，男人都是靠不住的，像她爸爸那样，自私而冷血，紫苏这么想的时候，心也是冷的。这一年她拿到了研究生文凭，她觉得如果真的就一个人过的话，她也不至于很难，只是让她辞职走出二建局，这个勇气，还真不是一时说有就有的。

而真正让她感到绝望的是，方志华的姐姐在美国开始办小米的收养手续，最后的文件需要她签字，紫苏像个落了水的人一样，一下子失了重。

她多么爱她的小米呀，但小米去美国是她当初离婚时答应的条件。紫苏觉得去了美国的小米，肯定比在国内学习生活好，但她签署的文件，却是要她从法律上再也不是小米的母亲了，这个签字太重了，这一字一顿的，像刀一样，刻在紫苏的心上，心便疼得直打哆嗦。

这个本来就举目无亲的省城，这个在紫苏年少时便心心念念要来的省城，让签完字的紫苏半刻都不愿意面对了。对于省城，她就是个过客，只是在这里落个脚，稍作了休憩一样，她像个旅客，天亮还要去赶路的。

半夜，紫苏给黄明洋打电话，印象中，这是她第一次主动给黄明洋去电话。

半夜接到紫苏电话的黄明洋，有些意外，也有些惊喜，毕竟自从紫苏离婚后，他们便有些冷了，这种冷让黄明洋有些无所适从。

黄明洋听到电话那头紫苏的哭泣声，他说："不要急，不是还有我吗？来申城吧！"

这句"来申城吧"，就如同一根浮在落水的紫苏面前的救命稻草，紫苏不再考虑其他了，她一把抓住了这根稻草，她得离开省城这个地方。这个时候，她想到了连翘，一个初中毕业生都能在北京生根，自己可比连翘优秀多了，她林紫苏怎么就不行呢？不过，她给自己鼓完了劲，还是担惊受怕的，她要黄明洋帮她找一个可接收她的单位挂靠，她好把工作关系转到申城去。

黄明洋答应得很快。等紫苏来到申城后，她才发现，黄明洋并没有像他保证的那样，帮她找到对接的单位，一切还得靠她自己去投简历，去找接收单位。

紫苏的绝望可想而知了。

她的绝望并不是因为找不到工作，而是她发现，她在这场以离婚收场的闹剧面前，根本还是无依无靠的。将她的家拆散了的黄明洋并没有打算来做这个收尾工作，准确地说，她就是黄明洋的女朋友之一，一个偶来探访的女朋友。

对于住在黄明洋家的紫苏，黄明洋的母亲看不出是什么态度，可能她已经习以为常了吧，马上三十岁的儿子黄明洋，根本没有定性。上个月在这里住的还是那个从日本回来的女朋友，女朋友回日本了，这个月住进来的，变成了紫苏，或许下个月还有别的人呢，反正都不长，她也毫不在意，早饭后照样天天去她的证券公司大户室，进出只是和紫苏客气地点个头，仅此而已。

已经是回不去了。紫苏知道。她已经做了充分的准备来面对这种冷遇和变故。第三天，她便拿着自己的简历去了人才市场，研究生毕业的紫苏，没有费什么力气，就找到了单位同意接收她的工作关系转入。接下来，紫苏面临的，是身无分文的窘境，关键是，她还不能让黄明洋知道。她已经受够了前夫方志华与她争夺房子的狰狞，男人在利益面前，从来就是暴露其嗜血的本性，紫苏算是看透了。

省城那套小房子是她唯一的财产，她觉得只有变卖这个小房子了。她也记得她的奶奶大英曾经说过，女人呀，要做到不手掌向上向人讨要东西，人才活得有底气。现在在这个陌生的申城，紫苏太需要这个底气了。

决定卖掉省城房子的紫苏，每个周末，都从申城来省城，让房产中介安排带看房。

这天刚打开门，隔壁小刘就出来了："小林呀，你爸爸前天来了，我告诉他你要卖房了，你爸问能不能卖给他。"

紫苏一愣，问道："我爸？他还在省城吗？"

"是呀，你爸说他现在在一家食品厂上班，在郊区租房住，太远了，听我说你要卖房，问能不能卖给他。这是他留下的电话，你联系一下你爸呗？"小刘递给紫苏一张小纸条。

已经有一年多了吧，父亲居然还在省城，紫苏以为爸爸早回老家了呢，她也不禁暗暗佩服这个老头儿的生存能力。她想了想，女儿把房子卖给自己的父亲，只怕要落下骂名呀！而且就算卖给父亲，能卖上什么好的价钱呢，父亲的债大概都没还清吧，紫苏打心底里不愿意将这小一居卖给自己的父亲。

她对小刘说："我爸要再来，你告诉他，我房子已经卖了，他来迟了。"

紫苏没敢给父亲打电话，因为她知道她自己是说不出口的。

这个时候光明在郊区租的房子，阴暗潮湿，夏天也没有空调，冬天连洗澡都成问题，好在价格便宜，一个月五十元的租金，他目前能承担得起。他满以为这么长时间过去了，大家应该都消了气，至少他已不计较紫苏当时对他的出言不逊，甚至时不时担心起紫苏独自一人在申城的处境来。

第四十七章

光明的城市

　　光明在这个食品厂待得算是久的了。

　　他每天天不亮就去挤公交车，坐一个半小时车赶到食品厂，厂党委书记与光明是同龄人，他对光明还算照顾。厂里的员工手册什么的，都是让光明来起草完成的，厂里的人进进出出遇见他都喊林伯，挺尊重光明。

　　食品厂有一百来号人，因为都是打工的，上下级的等级感不那么明显，大家相处起来也就更容易，大家对这个为人处世严谨又和蔼可亲的林伯，都愿意接近。大家有什么集体活动，也乐意喊上林伯同行。

　　光明在周末，或是什么特殊的日子，也会回请厂里的同事吃个饭，他们有时候也约着去逛一下公园，光明尽量抢着买单，对于这些年轻的同事肯陪着他一起玩，他是满怀感激的。

　　光明现在每个月除了被扣还债后的退休工资，加上现在每个月挣的，一个月请那么几次客，日子也还过得去。

　　在省城的光明和普通的退休老头儿几乎没有什么两样，他爱干净，每天必洗一次澡，自己将衣服洗好熨平，每天把自己收拾得干净利索，他想，越是一个人生活，越是要有生活质量，莫让人小看了。

　　后来听说紫苏去了申城，这个小房子空着不也是空着吗？光明心就有些活泛了，他想毕竟是自己的骨肉，在这个时候，总不至于薄情至此。光明一直在等紫苏给他打电话，希望女儿能将小一居房子卖给他，但一直没有消息。最后对紫苏不抱指望的光明，反倒轻松了。光明也试着接纳这个城市的人，和这个城市的生活。

　　只是一个人进进出出久了，不免孤单。这样他有时候居然会想念他在高山铺乡政府的生活，那样的葡萄架，那样两点一线的骑着自行车的生活。发现自己这么想的时候，警觉的光明骂自己没出息，城市的生活多方便呀，出门有车，信息通畅，乡村怎么能比呢？但他依旧会牵挂他的农村，他的儿子们。

有时候周末，或是假期无处可去，他会乔装改扮一下，戴上一顶鸭舌帽，有意将帽檐压得低低的，偷偷坐车回县城家那边去，他曾偷偷去过清水河中学，装作一个路人站在松林间，见过大儿子防风在松树下给学生讲《三国演义》，他发现大儿子口才很不错呢，他以前从没有发现过。

他也潜回过自己的老家，站在被小儿子当归卖掉的屋基后，拆掉院门的院子前，止不住流泪，怎么会有这样的败家子呢？他更担心，失去了院门把守的这个家，儿子们是不是要保不住了？

光明看到有人来了，赶紧抄小路离开了。那时候，光明安慰自己，我已经尽到了一个做父亲的责任了，我把什么都留给了他们，如果他们依旧守不住家，那怪谁呢？肯定不能怪我吧？

光明趁着夜色去看大英。

大英是和兄弟常胜住在一起的。

对这个小兄弟，光明始终是愧疚的。这些年，母亲大英全靠小兄弟照顾，自己走得那么远，也实属不孝。可生活过成这样，自己又有什么办法呢？他让常胜不要告诉任何人他回来过，光明说不想惊动任何人。

常胜拗不过哥哥光明，只好凌晨送光明去街上，赶一大早的长途汽车回省城。只是后来住在村里的本家叔伯兄弟中文知道了光明回来的消息，特意在常胜家等光明，让光明很是恼火。光明说他不想见任何人，常胜根本不理解他现在的处境，自此光明再也没有回去看大英，直到大英去世。

紫苏到底没有将房子留给自己的父亲，她揣着卖房的五万元进了申城，这个无路可退的女子，拿出了高考那年的拼劲儿，她从头开始学习，适应申城。

她学习申城的本地方言，学习公司新业务模式。下班后，她总是一个人最后走，将公司的数据都重新计算一遍，将明天要的报告和提案图纸打印好，放在总经理办公桌上。她觉得她必须在申城站住脚，因为她想她的小米，越来越想，她甚至担心，如果将来小米姑姑突然不要小米，就像当年的连翘送出去，人家又不要一样，被送回来了怎么办？她得努力在申城稳定下来，假如有一天小米被退回来了，她是绝不会还给方志华的，那是她的女儿。

黄明洋说结婚吧。紫苏并没有太多的情绪，便同意了。她知道，黄明洋说结婚不是针对她说的，而是三十岁的黄明洋，还没有结婚，他需要一个结婚对象，只是在他需要的时候，身边恰好是紫苏在，而不是其他女人。

经历了残酷的离婚拉扯战后的紫苏，活得更冷静而自律，关于爱情这个神话，紫苏从来就没有过奢望。

这个婚结得没有仪式感，更不要谈格局。

紫苏没有通知任何人，包括连翘他们。黄明洋也只是在他自己家里多办了几道菜，参加婚礼的只有黄明洋的父母和弟弟。一桌人都没凑齐。按当时的结婚风俗，通常要结婚了，婆家再不济也会准备三金的（金项链、金戒指、金耳环）。紫苏收到婆婆给的一条金项链作为结婚礼物。

单从只有这么一条项链来看，紫苏知道黄家是嫌弃她的，嫌弃她是个二婚的，虽然黄明洋他们都自诩高知家庭，开明，不计较这些。

二婚女人紫苏其实已经不讲究了，只是头婚的黄明洋也不讲究，倒不是那么容易理解，唯一能解释的，便是对紫苏的将就。紫苏表面上无所谓，反正她总归是要嫁人，嫁谁不是嫁，她和黄明洋毕竟还是有感情基础的。

结了婚的黄明洋，他妈妈拿出了二十万元，让黄明洋付个首付，房子贷款要黄明洋夫妻俩自己还。从这里搬出去，到外面去买个房子，黄明洋也算是成家立业了，不再靠父母。

紫苏喜滋滋地搬进了新居，她头一次发现了婚姻的好处，其实还是有福利的。婆婆能掏钱，老公也会掏钱，她不用拿钱出来，不像紫苏过去在方志华家，自己每个月的工资都要补贴家用。

有了房子的紫苏，在申城的日子这才算安稳了下来。当她能张口说出地道的申城本地话时，黄明洋已颇觉意外；而更让黄明洋惊讶的是，他们在办房子贷款时，林紫苏居然能发现银行的计算有误。这般精打细算的本事，真是十个黄明洋也赶不上。如果说当初黄明洋只是为了满足自己的征服欲而去撩拨林紫苏，那么，从紫苏自己把自己办成了申城人起，这一系列的硬核操作，让黄明洋折服，他觉得这个女人，精打细算，独当一面，当老婆还是蛮不错的，他娶对了。

第四十八章

防风的世界

清水河中学。

晚自习结束后半小时，林防风的小宿舍还常聚满他的学生。

全校就防风一个人有电脑，孩子们新鲜得不行，都围着不肯散去，非得生活老师过来吼一嗓子。

送走学生，防风开始上网，在各大 BBS 上留言发帖，也在网上下棋打发时间。

课余时间，防风也教学生们打字，教他们玩游戏，防风甚至自学编程，他在没有课的时候，尝试编写各类程序，包括翻墙软件的破译，他都得心应手得很。

第一次被公安局约谈时，防风注册的数个 QQ 上已经有超过三千个好友，这些 QQ 号被勒令全部删除，理由是在网络上非法聚众。

学校撤掉林防风初三班班主任一职，并责成清水河中学校长监督改正。

为了避免这样的不快再发生，一放暑假，防风就带奶奶到北京看连翘，有种远离是非之地的意味。

火车站外，见到奶奶，连翘的心情激动的程度，难以言表。

到北京对于奶奶大英来说，真是天大的事。北京那可是首都，如今她也能来了。

防风将奶奶交给连翘，他人便不见了，他说他要去呼吸新鲜空气，他快要憋疯了，他去了宋庄找他的师傅。

大英在连翘家里走进走出，说："连翘呀，你这房子好，这么敞亮通透，千算万算，还真没算出来我连翘有这能耐啊！"

连翘笑了，说："奶奶，您不是说我苦人天赐吗！"

大英直视着连翘，说："苦人天赐，是说你会有善果的。连翘，和你一般大的隔壁小菊孩子都上小学了，你怎么还没结婚，连对象都不找？"

"我这样的人，怎么会有人喜欢？"连翘这么说的时候，眼泪就漫出来了，是啊，她这样的人，从小就被送出去，她以为会踏着五彩祥云来接她的人在哪儿呢，肯定不是陈唐，陈唐像雾像雨又像风。她想她这一生，大概是没有这样的人吧。

"瞎说！我家连翘，是最好的姑娘，人也长得好看，谁也没有你有孝心，怎么会没有人爱？"大英笑着说。

连翘带着奶奶大英去吃麦当劳，吃烤鸭，坐地铁，还去了天安门，七十多岁的老人，进纪念堂前，特意去洗手间认真地洗手，在镜子前仔细整衣、梳头，拿过门口服务员递过来的鲜花，含着热泪走在人群中，那般虔诚和肃穆，令人动容。

大英从北京回去，逢人便激动地说见到了毛主席他老人家了，她说她现在死也值得了。

大英的激动情绪，在村里老人之间，是可以得到共鸣的。大英见到了老人家这件事，他们要求大英讲了一遍又一遍，每次讲的时候，几个老头儿老太太都会不断掉眼泪，大家都说："唉，他老人家要是还活着，看到现在人民生活这么好，该多高兴哪！"

他们这么说的时候，好像是在说自家老人一样，那么真诚和爱护。

防风在宋庄待了一个暑期，他也很激动。虽然他身处乡村，但他觉得他的思想是进步的，是和师傅一脉相通的。

被防风称为师傅的人，叫崔波，这次连翘也见到了。

在这个时代能买得起手机却不用、能养得起车却不开的人真不多见，但四十岁的崔波做到了。崔波原来也是一个知名电视台的主持人，主持过风靡全国的几档节目，后来不知怎么就淡出了，又不知何时便到了宋庄，他也不与人解释，倒是与林防风很是投缘。

自幼习画的崔波，画得一手好水墨人物画，但他从来不卖画，身处宋庄，两间土房子，一个小院，他已经在这里租住了八年了，常有三两青年在他处学画，偶尔也去大学客串一下讲学，无事时，便一个人独居在宋庄，深居简出。他常说的便是人生粗茶淡饭，钱够用就好，生活清淡而雅致。

　　防风每次走时，崔波都会给防风画一幅小画。防风当宝一样，挂在他宿舍正中间的墙上，高兴了就跟学生们讲，当今公知崔波你们知道吗？

第四十九章

当 归 娶 亲

大英从北京回去后的几年，日渐衰老，她总在病榻前眼泪汪汪地说，她都没见到孙子娶亲，她死不瞑目，她没脸去见光明父亲呀。

防风被奶奶大英盯得快发疯了。

防风站在奶奶床前说："我去找当归回来，您等着。"

当归也不知道在哪里被防风找着了。防风找到当归时，当归正在一个出租屋里打牌，防风只是一提大英病了，当归就甩下了牌，急急地找行李回家了。

当归回来时，还带着一个姑娘。

防风说："带个姑娘回来对当归来说太容易了，他没一下子带回三四个，你就要烧高香了，这个靠女人吃饭的主儿。"

防风与当归，这兄弟俩的性格完全是两个极端，一个是见了姑娘避之唯恐不及，一个是被姑娘追得无处藏身。

当归自为躲赌债离开家乡后，辗转在深圳、湖南等地，被父亲光明称为狐朋狗友的朋友也越来越多，当归混迹其中，几乎没什么事可做，但他也不怎么缺钱，总是女朋友不断，那些女人居然像翠莲一样，总给他钱用。大英也说："怕什么，一棵草总有一颗露珠养的，当归有当归的道儿，我们也不要过于担忧他，他总要有办法长大。"

完全长成男人的当归，早褪去了青涩，显得俊朗而挺拔，甚至较之父亲光明，更多了一份飘逸，站在那里，姑娘不扑他都难。这样的林当归，嘴角含笑，便是一副深情款款的模样。

谈色，其实更多的时候，女人也是难过美色关的。站在那里的当归，不说话就是一道风景，何况他能说会道的，完全掩盖住了他那小混混的本色。

姑娘的爱，挡都挡不住。

这个叫孙艳的姑娘，穿得花红柳绿的，重重的眼影，厚厚的脂粉，掩不住她对林当归的喜爱，那双紫色眼影下的眼睛，都没离开过林当归。

这个林当归，纵有万千种渣，但有一样好，就是对奶奶，是极有孝心。

大概在这个家庭里，饱受父母纷争之苦的孩子们，对这个从来就是保护伞的奶奶，都有着深情厚谊，大英虽然对光明和常胜，打小非打即骂，没有笑脸，但对下一代孙子辈，却倾注了她的温柔和疼爱，甚至于花尽心血和聪明才智，在这群孙子辈面前，也能做到一碗水端平。

家中儿孙众多，时有纠纷不断，大英解决儿孙纠纷，从来就是各打五十大板教育批评，不偏袒任何一方。事后会给较小那一个分橘子冰糖之类的东西，她则坐在破旧的藤椅上看他们。遇上互相抢糖打起来了，大英则是在一旁煽风点火式地嘲笑："哟，真是死没用呀，到嘴的糖都被抢走，你没手吗？"

对抢输了的那个，她必在人后再偷补个橘子或其他吃食，并在其屁股上拍一巴掌："下次放有用些！"

看着眼前的奶奶就这么几年不见，衰老成这样，当归心疼得泪流不止，哭着说："奶奶啊，你可不能死啊，我给你生个重孙子！我现就结婚，你要好起来！"

当归在父母大战时，在母亲不在家时，奶奶便是他的天，他不能没有奶奶，现在别说是结婚冲喜，就是让他将命给奶奶，只要奶奶能活下去，他都毫不犹豫。

林家决定操办当归婚事，给大英冲喜。在林家，这是非常隆重的事，连翘也特意从单位请了假回家。

很意外的是，紫苏也带着黄明洋回来了，这是她出嫁之后，头一次带配偶回娘家来，连翘和紫苏在门口相逢时，两姐妹见面竟无话可说。

二嫁的紫苏，一头卷曲的短发，精致的妆容让紫苏看上去明眸皓齿，米色小风衣恰到好处地显出了她修长的身材。站在紫苏身边的黄明洋不胖不瘦，有模有样，好一对璧人呀，当年那个瘦弱无华的方志华肯定无法比。

防风去井里打水，对在井边洗菜的连翘说："当一个人春风得意时，最好的显摆机会便是荣归故里，看来，林紫苏是混好了。"

这次林紫苏荣归故里真是时候啊！

紫苏从包里拿钱出来说："专款专用啊，林当归。你结婚的彩礼钱六万元，我跟连翘一人出一半，我再出三万元办酒席，当归你现在成家了，要养家，我再出四万元给你们做启动资金，在家找个事做，再莫混了。"

紫苏打算拿十万元出来，安排得妥妥的。她笑连翘说："你看你，数学不好就是不行，心里一点儿计算都没有，整天乱花钱，也没见成个事。花钱要有名堂，你看，弟弟娶亲，每分钱都是我们出的，大家心里要有数，不能白花。"这也是紫苏唯一一次花钱在自己的娘家。

曾经由林光明亲手分给林当归的老屋，虽然是平房，但也够大气，现在被林当归简单粉刷了一下，添了几件家具。当归和防风二人屋前屋后，花了几天时间，修饰了一番，倒也显出一派喜气来。

没有父亲在场的林当归的婚事办得还是风光的。

嫁过来的本县新娘孙艳，除了正常的嫁妆细软外，居然还带了十六万元现金压箱底。她觉得她嫁给了林当归就是嫁给了爱情，她以十六万元的陪嫁压箱底来表达心意，是要一心一意跟林当归过生活。引得一众乡邻交口称赞："这孙家是真心嫁女，林当归好福气。"

荣归故里的林紫苏，此刻，她将林门长女的风范发挥到了极致，把一切都安排得妥妥当当，比如婚后三天回门，接送两家长辈答谢宴，等等。连翘跟在姐姐身后，一切行动听指挥。

那时候，村里人说，别看林光明走了，这家女儿还是会办事的，弟弟娶亲，替祖母冲喜，林家女儿们也获得了一票好评。

当归和孙艳来给奶奶敬茶时，奶奶在病床上拉着当归的手，说："莫怪你父亲，他很难！"

当归泪如雨下说："奶奶，我不怪他，我就当我没父亲！"

只是连翘看到当归请来的他的朋友，依旧是那些遍身刺青、染着五颜六色的不伦不类的头发的社会男女青年，连翘的心里也还是揪着的，什么时候当归能学好呢？但想到自此成了家的当归，无论如何有个小家了，自然也应该收了心，以后也该好好过日子了。

自当归结了婚，大英真的奇迹般一天比一天好了起来，虽然不能像过去行动自如，但挂着棍子还能到门口晒太阳。人们每每见到她时都说："还是孙子孝顺啊，这喜冲得好，大英婆能走了，总算是好了。"

娶了媳妇的当归，最初一段时间果然不再出去混了，他们拿了三万元出来，就在村口开了一个建材店。孙艳白天守店，有时候去进货，林当归才来帮着看一会儿店，大多时候，林当归都躺在家里玩。孙艳像宠儿子一样，宠着这个比她还大两岁的老公。

爱自由的林当归就这么拘在了家中，他的暴躁一如光明，结婚三个月不到，媳妇孙艳便挨打了。因为他晚上很晚才回来，孙艳说了他几句，当归举手就打，等翠莲冲过来时，孙艳脸都被打青了。

翠莲气极怒道："哎哟，当归啊，你可不能这样！"

林当归恨恨地说："这女人讨打！"

那般咬牙切齿的样子，跟林光明一模一样。翠莲拿起扫帚直扑向当归："当归啊，你可不能学你爸啊，你小小年纪就这么暴躁怎么是好？"

但谁也阻止不了林当归打人，当归打完有时候也向孙艳道歉，他说他怎么都忍不住要动手，他一定会改。但道完歉了，遇到不顺气了，他依旧举手就打，抬脚就踢，家里时常就出现孙艳寻死觅活，大英举着扫帚追着当归平息事端的场景。

直到有一天，当归把店里的营业款拿出去赌时，孙艳才发现事态的严重性。这次是她动手，她拿着店里的撑竿追着林当归满村跑，边追边喊："你把营业款拿出去赌了，明天还怎么进货啊，你这个败家精！"

父母的感情纠葛影响了林当归对家庭的认知，他的童年与少年时代，面对的都是一个濒临破碎的家。他的紧张与不安感影响了他处理问题的方式，使得他面对夫妻冲突时永远都是激进而凶狠的。

他几乎不会好好说话，一旦与孙艳起冲突，除了用拳头，就不会别的了。

第五十章

假 孕 风 波

　　逐渐不爱回家的林当归，每次回家必会和孙艳打一架。一打架，当归就说不要这个媳妇，反正奶奶病也好了，冲喜目的达到了，他不要孙艳。

　　每次打架，当归都这么说，说多了，这变成了孙艳的心病。

　　她去看大英时，哭了。

　　大英看着这个孙媳妇，叹了一口气，说："人都是这么打年轻时候过来的，等你们生了孩子，生了孩子就好了。"

　　孙艳把这句话听了进去，她觉得只有怀孕了，才能解救她的婚姻，她有多爱林当归啊，她不想失去他。

　　接下来第二个月宣布怀孕的孙艳，让林家上下一片欢腾。连翘都从北京寄来了全套的蛋白粉等营养品，林家有后了，这是一件多么大的喜事啊！

　　林当归果然在家的时间多了，他和孙艳之间打架也少了，建材店进货的事，也都是林当归去办，他说他怕孙艳闪了腰，闪坏了他儿子。

　　那天翠莲洗衣服，突然发现了孙艳有一条带血的内裤裹在衣服里，大惊，忙问道："艳儿啊，你这都五个月了，怎么还会见红啊？这可不是好兆头，让当归陪你去医院看看吧！"

　　孙艳一把从盆里扯走内裤说："没事，妈，我就是有一点点肚子疼，我中午自己去一趟医院吧！"

　　翠莲上下打量孙艳，说："你这怀孕五个月了，怎么一点儿也不显怀，而且你还穿这么窄的牛仔裤啊，不勒得慌吗？"

　　孙艳说："没事，我随我妈，怀孕不显怀。"孙艳不再和婆婆聊下去，而是匆匆离开了家，去了店里。

翠莲不由得起了疑心，她放下衣服去了大英家。

大英正坐在院子里看着几只鸡在刨食呢，翠莲一进院子就找了把椅子坐在了大英面前。

"娘，这孙艳怀孕说话就五个多月，快六个月了，今天我居然看到她带血的内裤，这么个月份见红可不是小事，而且怎么她肚子一点儿也不显怀呢？莫不是假怀孕吧？"翠莲担心地对自己的婆婆说。

"别瞎说，这怀孕还能作假的吗？十个月要见毛头小子的，怎么作假？"大英摇摇头。

"我看不像，难说。"翠莲忧心忡忡地离开了大英的家。

林当归老老实实每天一大早去建材店开门，中午孙艳替他坐班，下午他去关门，他在等他的儿子出生。这个心情只有当父亲的人才能体味，他天天盯着孙艳的肚子，他梦想着奶奶的重孙子出世，一旦他把孩子抱到奶奶面前，他该有多大的功劳啊！

晚上听母亲说起孙艳带血的内裤的事，他突然有些不安起来，他这时候才发现每次产检都是孙艳一个人去的，这次他决定陪孙艳去一趟医院。

孙艳开始找各种理由推托，实在推不掉，她坐在床头沉默了。

当归问："你怎么了，孙艳，难道真像我妈说的那样，是假怀孕？你图什么呀？"

孙艳放声大哭起来，说："我也是为了我们这个家啊！你总不回家，动不动还打我，我希望我们好好的啊。我哪知道这么几个月我们俩都没怀上啊！我以为我怀上了孩子，你就不会再打我，肯好好跟我过的！"

林当归一下子傻了，这近半年里，他满怀着希望，盼着一个孩子的来临，孙艳居然是假怀孕！林当归一把将孙艳推倒在床上，扑上去按着孙艳，不断摇晃，大叫："孙艳，你这个傻婆娘，你骗我！你也不打听打听，老子是谁，你居然欺负到老子头上了！"

"当归当归，我们一定会有孩子的，你相信我，你相信我呀，下个月，下个月一定会怀上的啊！"孙艳爬起来抱住林当归，大哭不止。

"我林当归一世英名被你这臭娘们给毁了，我×，什么玩意儿啊，你说你是什么玩意儿，你这些钱怎么挣来的心里没点数吗？老子娶了你，你应该烧高香了吧，你居然敢骗我！你在外面这么多年，应该早没有生育能力了吧，我也是傻，怎么会信你？！"当归一把将孙艳摔到地上，孙艳并不还手，只是捂着脸，痛哭不止。

站在门口的翠莲冷眼看着这一幕，她的心也碎了，就像一个老农望着自己的庄稼地，明明是快要收成的满田庄稼，一瞬间变成了一地的稗子，这一年颗粒无收。

林当归打完孙艳，迅速穿好衣服，临走时他指着孙艳，厉声道："你，马上给我滚出我家，我再也不要见到你了！"说着夺门而出，头也不回地走了。

痛哭不止的孙艳一抬头看到婆婆，她忙从地上爬起来，哭着跟翠莲说："妈，我只是希望当归不打我，我想留在这个家里，我想好好过，我想如果我怀孕了，当归就好了。我没有想到四五个月过去了，我们还没有怀上。妈，我们会有孩子，您会有孙子的！"

翠莲恨恨地说："我怎么说你，孙艳，怀孕这种事，怎么能骗人哪，嗯？你这是图什么呀，你说，我怎么说你好？"翠莲转身叹着气走了。

孙艳一个人呆坐在床上，她知道，她和林当归，这回真的是彻底完了。

连续几天，林当归都没有回来，孙艳一个人看着店。她不知道如何挽救她的婚姻，她依旧记得当年在一个迪吧里，第一次看到林当归的样子。那时候他身边还有个女孩子。那天她陪林当归喝了很多酒，林当归送她回去时，她吐了林当归一身，可林当归还是送她回家，帮她换了衣服，并守了她一晚上。她从来没有忘记林当归说的："你一女孩儿，好好生活不好吗？干吗要在迪吧里陪客，这酒喝下去，多伤身啊！"

能痛惜自己的林当归，心里肯定是有自己的呀，这么想的时候孙艳又哭了。

一周不见的林当归，醉得不省人事，是被村里的郑云华和另一个村民抬着送回来的，郑云华拿着一张林当归亲笔写的字条说："孙艳，林当归输了钱，这是他写的欠条，共十六万七千元，你们谁还？"

翠莲和孙艳面面相觑，十六万七千？怎么可能？翠莲上前死命摇当归，说："你这死儿子，你怎么又去赌了啊？"

郑云华在一旁说："我跟他说了，都有媳妇的人了，以后别玩了，他不听啊！我都没算他在我家吃饭住宿的费用呢。这个钱你们得付，我还有手下要吃饭哪，我也不是做慈善的，是吧？"

孙艳看着不省人事的林当归，哭了，说："妈，都怪我！是我害了他！"

翠莲对郑云华说："当归现在还醉着呢，等他醒了我问问，你明天再来吧，我们家跑不了。"

"那是，跑了和尚，也跑不了庙，是吧，余婶儿。当归欠钱也不是一次两次，我明天再来！"

第二天中午，林当归还躺在床上，孙艳和翠莲坐在床边，看着他。

孙艳说："当归，只要你不再赌了，我帮你还了这笔赌债，我们互不相欠，我在医院做过检查了，我身体没有任何问题，我能生孩子的，我们会有孩子的。你相信我。"

翠莲也说："当归，你可不能再沾赌了，我们吃亏太多了呀！"

帮当归还了赌债的孙艳，表面上，算是获得了林当归的谅解，他们的生活暂时恢复了一种平静。

第五十一章

大 英 去 世

当归结婚后的第二年的秋天，大英没有等到重孙子出世，她彻底卧床不起了。

大英在昏暗的蚊帐内叫常胜的爱人秋芳。

"秋芳啊，你大嫂在家吗？"

"娘，你找大嫂干吗呀？她这个点应该出去玩牌了，不在家呢。"秋芳一边给大英换尿褥子，一边回答。

"她怎么不来看我？"

"娘你病糊涂了吧，大嫂已经跟哥离婚好些年了，她没事大概不会来这里了吧？"

"秋芳，翠莲永远是我家儿媳妇，她生有我家血脉，自幼孤独，一生在我家吃尽了苦头，你哥也没有好好待她，你们要善待她啊！"

秋芳笑了说："娘，瞧您说的，人家有退休金，有儿有女，有什么好苦的。用不着我们善待她，她就已经很好了。再说了，娘，我说句大不敬的话，您别怪我，当初大嫂跪这儿求您的时候，您可不是这么说的！"

大英怒道："你们就是坏心肠，都是妯娌，你就见不得你大嫂点好！"大英说完之后再也没有吭声。

秋芳收拾好了大英的床，端着脸盆出去，她一脸狐疑地去猪圈里找常胜。

"常胜，莫不是娘要不行了吧？人们说人之将死其言也善，她今天一直在念大嫂的好，有点不同寻常，你赶紧给你哥家的人打电话，通知他们准备回来吧！"

常胜一听，马上丢下手上的锄头，跑进了大英的房。

大英已经不能说话了。

走到了人生尽头的大英，可谓是油尽灯枯，她的满堂儿孙，齐刷刷地跪在了房间里，她咽不下这口气。她的儿孙中，独缺一人，她的大儿子林光明。

躺在床上的大英，眼泪不断地流淌着。

小儿子常胜一边哭一边说："娘，你放心去吧，哥他，今天回不来了，我们送你也是一样的啊。"

通知连翘的电话是防风打来的，他说："姐，奶奶怕不行了。"

连翘接到这个电话时，正在海城出差。

这个电话对于连翘来说，简直是晴天霹雳，她的奶奶，这个活得像一团火一样的女子，怎么会死呢？她不愿相信，她甚至一直以为这村里老人全老死光了，她奶奶大英都会活着，她的精气神那么足，一嗓子吼出来，全湾人都听得到。

那年来北京时，他们去天安门，大英跟着连翘和防风，从不掉队，走得比连翘他们还快。

连翘和兄弟们甚至约好了，要给大英过一百岁寿诞的，不想，大英就病倒了，离她八十岁寿辰仅四个月而已。

"她有叫我回去吗？"连翘头脑一片空白，半天她颤声问防风。

"没有，她有叫父亲，有叫我，有叫小叔和小叔儿子，当归现在正和她在一起。"

人们终其一生，总是在寻找一份唯一的爱。这份爱的存在，便像是一盏人生指路的明灯。连翘的心空空的，她的奶奶，是她的唯一，她的灯。而她的奶奶在这个世上所留恋的，是她脚下所有的男丁，她的儿子和孙子们，她的心里原来是没有孙女位置的。

大英在临终前没有要见连翘，让连翘倍受打击。

连翘觉得她活得好囹圄，多少年来，因为奶奶大英的存在，她觉得她尚有一口气是悬在心上的，至少奶奶那里四季如春，这样的舒适度，是她连翘存活着的理由。

可是到了大英临终，弥留之际，她没有要见连翘。大家长大英，她的心里头，都是有血脉相传的理念，她也一直认为，家中男丁才是血脉的根本。

连翘改签了机票，她等防风通知奶奶封棺了才回去。

连翘刚到家中，紫苏也回了，这次回来的只有她紫苏一人，黄明洋没有同来。作为孙女，紫苏和连翘她们俩都是不能见老人一面的人，这个时候，她们姐妹是同一根藤上结着的两个苦瓜。

紫苏恨恨地说："我说了吧，这个家只有儿子没有女儿的，都是一群自私冷血鬼！"

长子林光明没有回来给自己的母亲送终，引发了林氏家族一片声讨。小叔常胜出面解释说，哥哥在母亲大英去世前一个月，回来过，已经给母亲磕过头了，因为他身在外，不方便，所以今天不回来了，他跟母亲讲好过。

一个月前那个晚上，光明偷偷潜回县城，不敢惊动任何人。

他知道他不只有刘文东这一个债主。据常胜说，经常有人来这里找光明要债，都被防风他们给挡回去了，他怕债主知道他回来，找上门来。到时候给常胜和儿子们带来麻烦，这是他不愿意看到的。

那个晚上，光明和母亲大英头挨头睡了一晚。

那一晚大英轻拍着光明的肩，让光明仿佛回到了儿时一般。他跟母亲说，他欠人很多债，他怕他们在母亲百年的现场，闹得大家下不了台，这次回来就算送母亲了。

"儿子不孝。"光明下床，给母亲下跪磕了九个头。

黑暗中母亲大英看着她的这个大儿子，泪如雨下，说："光明啊，为什么好好的生活我们会过成这样？我不要你回来送我，你能答应我，在外面也要过好自己的生活吗？我听说你和夏莉早就离婚了，那你在外面，一个人怎么过？不如回来和儿子们一起过吧，一家人终归是一家人哪！"

"娘，我很好，这些都只是暂时的，一切会好的。"

天快亮时，光明在母亲床头给小弟常胜三万元钱，说："兄弟，全拜托你了，哥我现在官司缠身，实在不便送母亲一程，还请原谅我这当哥的，给你做了坏榜样啊！"说着扑通一声给自己的弟弟跪下了。

吓得常胜一把拉住哥哥光明，泪流满面，说："哥，这使不得，娘也是我的娘，我送他天经地义，你这也算是送了娘了！"

连翘跪在大英棺椁前，多少年的陪伴，多少年的牵挂，都变成了这一方棺椁。那个鲜活而爱笑的大英，那个暴躁而骄傲的大英，那个坚强而仁慈的大英，在这以后，便化成了一张黑白照片，挂在了小叔的堂屋上方，安静而慈祥地笑着，一如活着时一样。

而大英的肉身随着棺椁入土，我们说尘归尘土归土，连翘的心也成土了。对于这个家，她始终只是一个旁观者，看着哭得撕心裂肺的弟弟当归，他尚可送祖母最后一程，已经很幸运了。而依赖了奶奶大英一生的林连翘，在大英去世后，心上彻底失去了依靠。

办完了大英的丧事，孙艳也哭着走了。孙艳跟连翘说，她若再不走，林当归说还要打她，那她可能连命也没有了，林当归太可怕了。她带来的十六万元还了林当归的债，不久当归又有新的赌债产生，他们把建材店也抵押给了郑云华。孙艳发现，自从她决定给林当归还债，以换取林当归对她假孕的谅解时，她便错了。

林当归因为孙艳的爱与忍让而变得肆无忌惮，变得更加残暴起来，只要拿不到钱，他便打孙艳，往死里打。原来一个女人过于用心地去爱一个男子时，最终都会被压榨吸干，然后便像是一堆垃圾一样，扔到了路边，男人看都不会多看这女人一眼。

孙艳最后是真绝望了。她让娘家兄弟来了一趟林当归的家，将陪嫁时的家具一并拉回娘家，头也不回地走了。

连翘看到，短短一年的婚姻生活，是如何让一个英俊倜傥的林当归变成一个面带菜色、没精打采的男人，而这个男人还是一身恶习不改。这场婚姻在林家，就像没有过一样，在相当长的时间里，没有人敢提起，一旦提及，林当归必暴跳如雷。

第五十二章

父亲的告诫

大英的葬礼结束后，告别了翠莲和家人，连翘和紫苏去了车站搭车到省城。

车进了省城，紫苏、连翘下车了，方志华家就在汽车站边上，可紫苏不想去见秦南他们，她的女儿小米已经去了美国。连翘也无法上去看秦南一家。在她的心里，有过儿女的家庭本应是血肉相连的，但此刻她心里的那种亏欠感，令她无颜以对。

林紫苏从皮夹里掏出张纸条，递到连翘手上："这是老头儿电话，你爱联系就联系一下。"

连翘狐疑地盯着姐姐，问道："你怎么不联系，不去看他？我们一起去。"

"我才不联系呢，我当他死了！"林紫苏冷冷地说。

林紫苏本身就对父亲光明有诸多意见，而这回父亲不回来参加奶奶的葬礼，更让她耿耿于怀，她觉得林光明实在不值得人敬重。当然在内心深处，她也不愿意面对父亲。若在省城，父亲没有过好，是不是跟她也有关系？她不愿意去面对这个事实，她觉得自己就像是一个将头埋进了沙里的鸵鸟，只要不相见，心里便能糊弄过去了。

姐妹俩就在省城火车站前分了手。

看着紫苏消失在站台里，连翘拨通了父亲林光明的电话，父亲的声音响起，连翘鼻子一酸，眼泪就下来了。距上次她指着父亲鼻子骂，他们已经十多年没见面了。

连翘坐在黄鹤楼餐厅等父亲，江上船来船往，桥上车流如织，连翘思绪万千，寻常一场父女相见，在她这里居然如此罕见而珍贵，也是造化弄人。

远远看到一个高高的、一身黑色服饰的中年男人，往这边走来，连翘正疑惑省城居然还有这么帅的男士时，那个男人走到了近处，才发现是自己的父亲，她忙站起身来，惊喜地叫了一声："爸爸！"

"连翘！"父亲依旧还是那个父亲，只是原来挺直的背有些驼了，但一点儿也不影响他的挺拔与潇洒。

一见连翘，光明笑了，这个明媚的笑容啊，与给小时候的连翘他们讲笑话的父亲的笑一模一样啊，连翘也笑了，但眼泪也下来了。

血脉有时候就是那么神奇，他们可能在上一次相见时，曾经剑拔弩张过，但再次见面时，还是那么亲近，而且毫无芥蒂。

"爸，奶奶走了。"

"我知道，我知道。"光明伸出手腕，左手腕上，按家乡传统，戴着一根白丝线，表示为亡人戴孝。

"我每天都有点香跪她老人家，她会理解我的。"光明说完，取下眼镜擦眼泪，"连翘，坐下来，我请你吃饭，想吃什么呀，我给你点。"父亲林光明拿出一瓶劲酒放在桌上，"这里武昌鱼不错，你要多吃鱼，数学不好的，补脑。藜蒿是这里特色菜，还有腊鸡炖莴笋是这里的招牌菜。"

眼前的父亲，没有变化，安排任何一项都那么头头是道，而连翘在他的眼前，很明显还是那个不谙世事的中学生。

"连翘，你喝什么，可乐吗，还是本地的汽水？"

"爸，我想陪你喝杯白酒！"

林光明很意外地看连翘，疑惑地问："啊！你能喝酒了？哦，我的连翘长大了，那来一瓶！"

连翘站起身来，拍拍父亲的肩膀，说："我来，爸，你等一下。"

连翘去吧台拿来了一瓶茅台，说："爸，我们喝一杯！"

两杯酒下肚，连翘要问父亲的话好多哪，她想问，爸爸你去哪儿了？爸爸你又有家了吗？爸爸你现在过得好吗？爸爸为什么小时候你总打我？她还要告诉爸爸，防风现在是一级教师了，当归结了婚又离了，而我，我与陈唐，我爱而不得……

连翘什么也没有说，眼泪就扑扑地往下落。

父亲停了倒酒的动作，问："连翘，你喝多了？女孩子不能喝这么多的酒的。人喝多酒了会哭，说明你过得不顺。连翘啊，还会记得从前种种不好，说明你现在过得不好。"

连翘过得不好？连翘不知道从何说起，她那么隐秘而痛苦地活着，她有房，她能挣钱，可她在父亲面前，是不快乐的，父亲看出来了。

"那我该怎么办？爸爸！我知道我不可以这么做，可是我摆脱不了。"

"你得正儿八经成个家，有个孩子，就好了。"光明一仰脖子，喝完了一杯酒，说，"就像，紫苏小时候，她的出生，我和你妈，多么开心啊！她总是那么乖巧，谁叫她，她都应，总是甜甜笑着，我带着她，她便用小手抱着我的腰，小脑袋顶着我的背，我们总是这么回家，总是这样……"

光明的眼泪顺颊而下，这让连翘痛苦不已，一个人开始缅怀从前欢乐的日子时，是不是因为不快乐？父亲很明显也喝多了。就算紫苏对他如此刻薄，就算紫苏不认他这个父亲，可光明依旧记得儿时的紫苏，让他如何欢快地度过了他的青年时光，这些紫苏永远不会知道。

"连翘，找个人结婚吧，至少会留给你一个孩子，就算将来这个孩子不孝顺，对你不好，但你想起来，有时候也会是快乐的，真的。"父亲光明看着自己的女儿，"人生苦短，要好好生活。"

"人一定要结婚吗？结婚有什么好？那么多纷争，那么多负累，那么多的不愉快！"连翘说。

"女儿，爸爸半截身子入土了，我和女人打了一辈子交道，婚姻有什么好呢？婚姻让人很累，有时候让人很绝望，婚姻是个家，是个牢笼，是个工具，看上去五光十色。可是，一个男人和一个女人好了，最好的表达方式，就是一段婚姻的馈赠，如果婚姻都给不了，那所有的存在，都只是一场戏，是戏嘛，都将是曲终人散。它再感人，再欢乐，再令人神往，都只是一场戏。婚姻很残酷，也具有一定的掠夺性，但千百年来，人们都是通过婚姻这个工具，繁衍子嗣，相守到老。爸爸的婚姻没有经营好，只是希望你们，引以为戒，不要误入歧途。"

林连翘有种五雷轰顶的感觉，她觉得什么也不用讲，一切都被父亲洞察了。此刻，她无地自容，无处安身。

"爸，我懂了。我知道怎么做了，爸爸，我在北京挺好的，您在这里还好吗？要不跟我去北京吧！不管怎么样，我们互相有个照应，我能照顾你的！"

"我不想换地方啦，我已经快六十了，我在这里很好，我在这个公司，挺受重用的，我要以褚时健为榜样，我要六十而立！"光明举着酒杯对连翘说。

"爸爸，好，我相信您，如果在这里不开心了，您一定记得来北京找我，我随时欢迎您，我们俩谁也不许换电话，我等您！"这天，林连翘和林光明做了约定。

饭后，林光明抢着买了单，他说不知什么时候还能见到女儿，至少他请女儿吃了饭，他心安些。

　　临送连翘上车去机场，父亲一定要给女儿买车票。连翘给了他五千元钱，他推辞半天，只收下两千元，把三千元扔进了车里。他说："连翘，一个女孩儿在外面，要多存钱，不要受人欺负，有合适的，赶紧找个人嫁了，再怎么着，也要自己生个孩子！"

第五十三章

职 场 风 声

连翘回到北京，她唯有投入百分之百的精力到工作中才能让自己不分心。她反复回忆父亲的话，她不想成为那个曲终人散的女主角，她要在职场无声的厮杀里忘情。

她不给陈唐打电话，她也刻意不接陈唐电话，甚至将陈唐的电话与所有的联系方式设为黑名单。她的消失是如此彻底，甚至在她的房子外面都安上了监控，任何一点儿风吹草动，她都能像只悬崖上的羚羊，迅速逃离。她的监控里，从来没有出现陈唐的身影，这让她有了喘息之机，她想让距离和时间杀死她的爱情。

这个月，她担任副总经理的事业部，空降了一名叫张灵的总经理，这是连翘始料不及的。

有着时髦金色短发的张灵，精致而干练，据说这个张灵也是从基层打拼上来的，扬言这个市场上，就没有她拿不下来的客户，没有她完成不了的业绩。首席执行官隆重介绍张灵时说："今年我们的业绩必须翻番，为明年上市做准备，要下猛药，张灵就是这一剂猛药。"

例会上，张灵那像刀子一样的眼神，剜过连翘，停留了两秒，让连翘心头一颤，女上司，一直是不好对付的，而且这个空缺了很久的总经理位置，居然用了空降兵，这让林连翘始料未及，如一根刺梗在喉中。

连翘也觉得奇怪，她任这个部门副总经理差不多快三年了，总经理的位置一直空到现在，这个时候进人，林连翘有种山雨欲来风满楼之感。

张灵的上任，可用大刀阔斧来形容。

小到连翘制定的规章制度，大到客户行业划分，都做了大幅度的调整。

　　张灵先将月投放量超过三十万元的客户划为公共管理客户，由公司统一管理，理由是这类客户已经是公司长期而稳定的客户，前期成本投入已经足够，现在要削减投入，转由公关部进行维护性管理，由客服人员跟进，让销售部腾出时间与精力攻克新市场，增加新的业绩，以扩大营收。

　　然后就是清查所有来往账目，有些账目都是经连翘之手，以现金的形式支付出去的，张灵说，这是极容易滋生腐败的地方，要严查。

　　她特意指出一个计算机公司的特殊申请的出账为什么如此频繁，且领款人都是林连翘，这笔款一直领了三年，是不是客户申请的，款项的去向，要查清楚。

　　这真是一笔不好查去向的款。这笔款只有上一任首席运营官知情，而首席运营官已于去年离职回台湾了。张灵针对性如此之强，也是林连翘没有想到的。人们都说一山不容二虎，张灵一上来就是一番张牙舞爪的操作，让连翘不得不迎战了。

　　连翘在 MSN（微软即时通讯软件）上约秦侃：你摊上事了，摊上大事了。

　　秦侃是张灵提到的这家计算机公司的营销副总经理，他与连翘的合作时间不少于五年。这笔以连翘的名义申请的佣金确实没有任何破绽，只要秦侃一脸无辜地说："什么款？没有的事。"连翘就真死翘翘了，铁定会被法办。抑或是，个人申请的支出额度明明是百分之十，但实际财务处所领取的却是百分之十五，连翘也完蛋。幸而这么多年，连翘在这个行业混得风生水起的一个重要的原则，便是不该自己拿的，绝对不起歪心眼据为己有。所以，在连翘与公司的账目上，都是明明白白的账，她不怕张灵这一招。

　　"中午一起吃饭吧，商量个对策？"连翘对秦侃说。

　　"来吧，红蕃茄餐厅。"秦侃回话很快。

　　"这是要搞事情呀！林连翘。"坐在连翘对面的秦侃笑着说，"这波操作叫清君侧。你是你们公司首席运营官的人吧？首席运营官现在架空了，还是走了？现在要么就是你林连翘假冒客户名义贪污公司款项，要么就是将拿灰色收入这条路给摆上明道，大家鱼死网破，这两条路，都够人喝一壶了。"

　　连翘笑了："行啊，秦侃你门儿清啊，那还玩吗？"

　　"玩呀！当然玩。你和她后天来公司呗，把佣金带来。"

　　"啊？"连翘惊着了，"秦侃，那这个可是拿到桌面上来了，她若用此做文章怎么办？"

　　"呵呵，连翘，你还是太单纯。想在这个行业混的。敢拿这个开刀，除非从此相忘于江湖，金盆洗手，再也不干了，她若用这个当刀使，明天圈里就人尽皆知了，以后谁还敢和她合作？谁还敢用她？官儿都当到这个份上了，这个她懂，放心，谁也不会拿自己职业前途开玩笑。来吧！"

连翘将这次的佣金悉数领出，拿到张灵办公室，当着张灵的面清点，用报纸包好，再用胶带封上，并让张灵在封好的包上签上字，以示自己对这笔款项毫无所图。张灵还真煞有介事地签上了自己的大名。

"张总，走吧，我们一起去请秦总吃个饭，做个交接，您亲自将这个交给他。"连翘说完将这包钱放进了公司的宣传袋，顺手又装了几本宣传册。

"行呀！"张灵一点儿谦让的意思都没有。张灵这副完全不信任连翘的态度，让林连翘不适，但她表面上笑容满面，毕恭毕敬，说："好，那我去开公司的车，您一会在楼下B2出口等我就行。"

中午，在奥运村的红蕃茄餐厅，迟到的秦侃笑容可掬："张总幸会，中午会议有点长，不好意思，让您久等了！"

这顿饭吃得和风细雨，宾主皆欢，临走，秦侃大大方方地拎走了装着现金的袋子，让张灵暗叫不妙，凭她多年的销售经验，这笔款一定是林连翘私吞了的，没想到林连翘还真送出去了，能跟客户相交到这份上，说明双方的关系，已经很不一般了。

秦侃说要玩就玩到底，这类大神，干脆送佛送到西吧。连翘不仅将秦侃这样的公司交出去作为公司公共客户，就连自己做的营销方案也主动交给了张灵。

新官上任的张灵，第二季度报出的业绩预算同比增长至百分之一百二十二，其中秦侃公司的预算占到百分之四十。

广告上线前夕，秦侃撤单，撤得有理有据，刚要进入的夏季是电脑暑促大战刚刚拉开序幕，战略调整，临时集中火力打头部媒体，其他预算全砍。

预算撤单本是正常现象，但被张灵收归公共管理的客户几乎一夜之间全撤了单，这就不好解释张灵这波业务操作的可行性了。

首席执行官暴跳如雷："这种操作是怎么回事？人力资源总监来一趟，不是说这是个营销精英人才吗？"

仅上任半年的张灵黯然离去，连翘部门又没有了总经理。业务又恢复到了从前一样的架构，连翘不觊觎这个总经理职位，也没有人再觊觎这个位置了。

作为营销部门大拿的连翘开始出席各类厂商活动，她的朋友也越来越多，北京这个城市在连翘面前热闹了起来。

相对于几年前的服务行业，连翘觉得自己更适合媒体行业的工作，她的文案很有功底，她喜欢竞稿胜出带来的快感。这种实打实的阶层感，已经远远超出了彩虹那种对阶层的定义。

他们和一些饮品巨头随便就能策划一场市场流行风，比如在街头的闪舞，哪怕是一句口头禅的诞生，动不动就是全城联动；他们往往可以调动数十家单位参与，除了媒体公司外，还有一些活动公司、影视公司、制作公司等；与电视节目栏目组的合作，他们冠名的赛区，连续三年获得了冠军，当然冠名的商家也赚得盆满钵满，作为承办方的连翘所在的公司，毫无疑问成了制作行业的金牌公司。

年底的客户答谢会，开了好几场，这次团建，连翘缩小了范围，连翘特意只请了秦侃和几个要好的客户市场部副总经理，在离北京不远的雁栖湖畔，大家玩得不亦乐乎。

脱了工装的秦侃，很有些嘻哈风的。只见他韩式大裤脚，叮当作响的佩饰，围着红头巾，简直和公司里的秦侃判若两人。

他带大家跳街舞，做游戏，时不时围着连翘摆个姿势，引发小年轻们阵阵欢呼。夜半，酒后的秦侃兴致不减。

和连翘走在荷塘月色里。

"我们多像一对恋人呀！"秦侃似无意地牵起了连翘的手。

连翘忙借扶旁边栏杆，也似无意地挣脱秦侃的手。

"连翘姐姐，要是我说，我们恋爱吧，可好？你怎么回应？"

"不好。"连翘快速地说。

"为什么？"秦侃表情可爱地看着连翘。

"呵呵呵，秦侃，这玩笑可不能瞎开啊！第一，你醉了；第二呢，这场合太假了，不真实；第三，我不考虑比我小的男孩儿，这些理由够吗？"

秦侃站在连翘面前，花树阴影正好打在秦侃脸上，连翘都看不到他的表情。

"不试试你怎么知道不合适？就像第一次找你投广告不都有试投放吗？"

"这个没有试投放，等你酒醒再说！"

一个人躺在酒店床上的林连翘，思绪万千，秦侃的一句恋爱，又勾起了连翘心中陈唐的样貌来，她已经不恋爱好久了啊。

如此高强度的工作，只是将连翘冷冻而已，却并没有心死吗？想恋爱的连翘，她的心里依旧有陈唐，这团火说烧就烧起来了，烧得连翘不知道怎么是好。

借着酒劲儿，连翘开始拨陈唐的电话，一三八——，连翘只拨了一个开头，便放弃了。她想的是，她不能前功尽弃，她已经坚持了快两年了，她不能功亏一篑呀！

这一夜的春梦，全是陈唐，那样的深情，那样的美貌，还那样的勇猛而有力。

回到北京，日子便又进入了冷冻期，她的工作忙得不可开交，每天的电话特别多，通常一些不熟识的电话，她都不接，但今天，因为一个方案碰头会会有一些新的同事参加，她接了所有的电话。她接听了一个陌生的电话，听筒里却传来陈唐的声音，这让连翘惊跳起来，这个世上，是不是你在想一个人的时候，那个人也是在想你，真会有心灵感应的？她明明已经将陈唐所有的联系方式都拉入了黑名单的。

"我终于找到你了。"电话那头，陈唐的声音和往常一样，戏谑而热情，"我在想，如果我换的这个号依旧打不通你的电话，我便永远放弃，老天有眼，你居然接了，林连翘，我要见你。"

什么也挡不住这样的呼唤，有时候年轻就是原罪，明明知道是错误的，明明知道飞蛾扑火会被烧死，连翘在这残存的理智里，努力克制着想象带给她的灼烧感，却无能为力，她想念陈唐时，她的陈唐也在想她，这是一个多么重要的情感投射呀，一年过去了，他们互相之间的克制与牵挂，都是同等的。

连翘决定去海城看陈唐。

第五十四章

意 乱 情 迷

周末，连翘直接飞海城。

夜里，陈唐出现在蓝天大酒店，和过去任何一个时候一样，陈唐半醉半醒，眼神迷离而性感。

他张开双臂，笑看着连翘。

连翘扑上去抱着陈唐，她没有作声，眼泪却像开了闸的水龙头。

他们不相见，已经有一年多了。

她想对陈唐说的话那么多，她不知从何说起。

她想说，这个世上最爱她的人走了，可她不敢说最爱两个字，因为奶奶大英几个孙子孙女，在棺椁面前哭得死去活来，每个孙辈都以为自己才是大英的最爱。

她想说，她每天都有想着陈唐，但是她是多么想要独自逃生去。

她那么渴求陈唐，她快要窒息了，这种窒息感让连翘的世界一片荒芜，她那么想去抓陈唐这丛绿色，人性的贪婪在这个时候那么直接而凶残。她得寸进尺，她索求无度。

"你爱我吗？"

"不爱你见你干吗呢？"陈唐揉搓着林连翘，陈唐的反问句，掩盖了太多的信息，在连翘这里，已经顾不得去求证。

"你爱我吗？"连翘问的时候，忧伤而感性。

陈唐用吻堵住了连翘的嘴，旋即又含住连翘的耳垂。陈唐从不正面回答问题，那又有什么关系？对于想要爱情的连翘来说，相见，而纠缠在一起的躯体，是那么真实，说爱或不爱，身体不会说谎的。连翘不需要去问

245

太多这样的问题，她能感受到，或是，她感受到了自己那来自心灵深处的爱与依恋，而她也是这般来解读陈唐的。

"我们会永远在一起，到老得走不动了，还在一起吗？"连翘抱着陈唐，她要一遍遍证明爱的存在，失而复得。

"老到哪儿也去不了，你依然是我掌心里的宝！"陈唐一边笑着哼着歌，一边靠近连翘。

这对男女，彼此享受对方的身体时，是来不及倾听内心的。连翘的内心是多么空洞而无力，单凭陈唐几句情意绵绵的话，已不足以麻醉她，她在迎合陈唐的同时，陡然想起父亲的曲终人散，可陈唐那么体贴入微，对她那么柔情蜜意，她以为，也许，也许我们是个例外？

如果说我们求婚姻，只是寻求一种保护，那么林连翘从自己父母那里，看到的都是支离破碎。尤其最后无奈离开的孙艳，她在与林当归的婚姻里，那么卑微地索求，却是人财两空快快而去，让连翘看到了一个女性的努力在婚姻中是多么徒劳。

那么对今天她与陈唐，连翘想着，如何让爱情保鲜，不如不谈婚姻，这种单纯的愉悦更让连翘感到安全。她忽略父亲的告诫，她那么坚信，很老很老的时候，她和陈唐，风烛残年，互相搀扶着走到人生终点。连翘这么想的时候，根本想不起陈唐这个有家室的人是不是也是这么想的。很多时候，女性在爱情面前，根本不需要导演，一场独角戏，真的就能让她的意志坚定到海枯石烂。

她跟陈唐分享她是如何当上副总经理，又如何战胜了职场上的敌人，她给陈唐买手机，也接受陈唐给自己的馈赠，他们俩在不谈婚姻的状态下，比任何一对恋人都要甜蜜，陈唐是制造爱情的高手，也是享受爱情的高手，连翘在这样的声色犬马里，醉生梦死。

这一年冬天连翘被任命为事业部总经理，人们都说这是实至名归，理所当然。

连翘买的第一辆车，是凯迪拉克当年的最新款，线条流畅，秀气稳重。连翘的自强陈唐早就习以为常，这样的女人哪个男人会不喜欢呢？这样的女人又不贪图钱财，又那么爱他，是个男人都不会轻易放下。这年陈唐与连翘和谐美满地度过了他们相识的第十二个年头的春节，这一年的春节，连翘开车回老家过年时，陈唐一个电话，就召唤了她，他在电话里热烈而痴迷："连翘，来海城吧，我太想你了！"

春节时的海城，火树银花，花团锦簇，连翘和陈唐他们赶完一个酒局，再赶饭局，玩得都忘记了来路。

这一夜，陈唐破天荒没有饮酒，他说连续一个星期，轮着酒席转，受不了了。

不喝酒的陈唐，如此沉稳，深蓝色的T恤，让本来就白皙的他更显得面如冠玉，脱下衣服的陈唐，身材却没有一丝赘肉，线条流畅，呈倒立三角形状。

女人的好色程度，一点儿也不比男人差的，连翘喜欢男人这种召唤，人一旦解除了思想上的束缚，不管是心理上，还是身体上，那种完全的给予和放纵，是会要人命的。

这个假期，这两个互相要了对方命的人，过得忘我而动情，以致连翘晚了两天才上班。

北京，上班后的轮番酒席，从单位吃到业务席，几乎是每年的惯例。

连翘一直以为是酒喝多了的缘故，以致例假推迟。直到马小君看到在厕所里干呕的林连翘，说："连翘，你不会是有了吧？"

连翘这个时候才发现已经不是例假推迟的问题了，因为再过三天，她就已经两个月没有来例假了。

连翘心跳了跳，怎么可能呢？她和陈唐见面时间那么少，他们虽然从没有采用安全措施，但这么多年从来没有中过招，这次应该也不可能。

"小君，不可能，也许是我太累了，开年这段时间一直就在酒桌上轮战。"连翘说。

"明天你最好去医院看看，或是找个药店买验孕棒，测一下心安。"

她们喝了两个小时茶，等酒局散后连翘驾车送马小君回去，正好在住处楼下有一个二十四小时的药店，马小君下车去买验孕棒。

马小君递给车里的林连翘，说："我买了两根，你今天晚上测一下，明天早上晨尿，记住第一泡尿中间段的尿再测一次，就万无一失了。"

"咦，你怎么知道这些？怀过啊？"连翘说。

"我妈是大夫你不知道啊，我打小就在医院里住。没吃过猪肉，还没见过猪跑？不过你若能怀上也是一件好事，说明你子宫没问题啊！明天告诉我消息！"说着马小君就走了。

连翘待在车上，足有半小时没有发动车，她怎么可能怀孕呢？如果真怀上了怎么办？

两根都显示了两条红杠杠的验孕棒，让连翘脑袋嗡嗡作响。她还没有嫁人，就有娃了，这叫什么事？

连翘跟总裁请了假，她说她昨晚陪秦侃他们喝多了，现在胃难受得要命。

这个时候连翘很想知道陈唐的态度，可是，她不敢拨这个电话，她不知道这个男人的态度，她也怕知道这个男人的态度。他们谈了这么多年的恋爱，他们心照不宣要一辈子谈下去，这是连翘自己也说过的，今天这两条杠算什么？谁失约在先的？

连翘躺在床上一直到下午都没有挪过窝，也没有吃饭。很诡异的是，今天一整天，陈唐没有电话。他们每天不是早上一个电话，就是下午必定会打电话的。今天没有电话。

今天不仅没有陈唐的电话，除了做排期的助理小顾发了两个消息外，连翘的手机，寂静无声。

到了晚上，连翘起来喝了点牛奶，坐到客厅沙发上，她拿着手机开始翻手机号，翻到了父亲时，连翘心惊了，她要先问一问爸爸，如果本末倒置了，先有了孩子却没有婚姻，会不会天打雷劈？

她担心得要死，这个那么要面子的父亲，会不会在电话那头气得破口大骂？终于鼓起了勇气，她拨通了父亲的电话，可是电话里传来的却是"对不起，您拨叫的用户已停机"。

第五十五章

猝 不 及 防

早上，连翘被手机铃声惊醒。

陈唐的电话号码在手机上闪动。

连翘按了接听键。

"怎么半天不接电话呀？这几天太忙了！"电话那头的陈唐声音欢快，"知道吗？我在新加坡的工厂筹建批下来了！"

"哦，恭喜你呀。"连翘说，"我这也有喜事，只是不知道值不值得恭喜的，要听吗？"

"好呀！还有什么好事？你又高升了吧？"

"我怀孕了。"连翘说。

电话那头一下子陷入了沉默，半晌，陈唐说："这种玩笑最好不要开。"

"为什么觉得是开玩笑？"

第二天中午，陈唐就出现在连翘家。

连翘发现，这是她认识陈唐以来，陈唐第一次不是因为公务而专程来找她。

"连翘，这个玩笑开不得。"陈唐很严肃，这个严肃的陈唐，连翘不认得。

"为什么？这是我们的孩子。"连翘盯着陈唐说。陈唐别过脸去，他不和连翘对峙。

"把孩子拿掉吧！连翘，你知道吗？你这是在毁你自己，你以后要嫁人的！"

"你知道我要嫁人还跟我纠缠不清？！"

"连翘，我们俩你情我愿，我没有胁迫你半分，是吧？我做人是有原则、有底线的！"陈唐脸上没有半点表情，对于连翘来说，貌似谦谦君子的陈唐，展现出了他在商场上的狼性，他现在应该是在谈判桌上，他理性得可怕。

"你的意思是，从不拒绝，从不主动，从不负责，是你的底线？"连翘的眼泪漫了上来，他们上次见面还是耳鬓厮磨，缠绵悱恻，恨不能彼此融化在一起，共赴生死的。

今天这个陈唐如此陌生，像是一个突然闯入她家的盗贼。

"连翘，你要知道，我们俩怎么能生孩子呢？我喜欢你连翘，真的喜欢，但是我有家，我不能拆了个家又建一个家，你说那又何必呢？我们这样快乐，不好吗？这个规则一旦打破，这个游戏就没法玩了啊！又不是到了非得生个孩子证明什么的时候，这个孩子你不能生！"陈唐声音十分生硬，毫无商量的余地。

连翘看着眼前她以为爱了这么多年的男子，急着撇清关系的样子，突然笑了。"这是你的骨肉，你说不要就不要？"连翘轻轻地问。

"林连翘，不要开这种玩笑，你说吧，开个价，多少钱我都会付！"陈唐冷着脸说。

空气一下子凝固了。

连翘望着窗外，心一下子飘了起来，她这一生在陈唐这同一条河里反复掉进去，又逃出来，逃出来，又陷进去。她以为她与陈唐是平等的，这个总是带着温暖的笑来到她身边的男子，在此刻将人生矛盾的一面演绎到了极致。他们本该是普通的朋友，在朋友那里，陈唐仗义、大气；在情人那里，他多情、伟岸；如今，连翘站在了陈唐的对立面，对立面那边，陈唐狭促而冷血。

她这才知道，不听父母的话，有多么可怕的事情要发生，父亲都已经告诫了这种男女关系势必曲终人散，父亲都真知灼见地对男女关系做了注释，男人爱女人最好的馈赠，除了婚姻，别无其他，否则那都是逢场作戏，都能演成奥斯卡的经典，可惜，那都不是真的。

站在她面前，陈唐谈钱的样子，那么娴熟，她发现她一点儿也不了解眼前这个男子，他家是什么样的？他在外面在干什么？

但此刻有一点她知道了，原来，这个陈唐从来没有爱过自己！那些甜言蜜语，对于男人是一场成人游戏，对于女人，也不过是好梦一场。陈唐只是不爱，或是爱得不足以用一场婚姻来等价交换而已。

原来两性关系竟是如此脆弱到不堪一击，这是连翘没有想到的。

连翘仿佛又见到了那只网着蝴蝶的蜘蛛，冷静地趴在网中间，每根丝，最细微的颤抖都逃不过它的触角，被丝网缠身的蝴蝶，是以飞蛾扑火般的豪情撞入的，如今，蛛丝儿结满梁，网未破，身先死。

连翘死盯着陈唐，盯得陈唐心里发毛，这个一直在他面前温婉动人、善解人意的姑娘，变得他也不太认识了。

好半天，陈唐说："连翘，一切决定在你，我的态度很明确，我希望你能冷静理性处理这件事！我下周再来看你！"说着陈唐拿起公文包走出了连翘的家。

连翘看着房门关上，她的生命一下子失去了光，陷入了黑暗中。她累极了，躺倒在床上，连翘开始做梦，这个梦好长啊。

她梦到她变成了一只蝴蝶。那时她还不知道爱情，她也不知道在飞舞的日子里，除了风餐露宿之外，还会有很多事情发生。

偶然间，见到那带着晶莹剔透的珠珠点点的网，高高的，在花丛之上，屋檐之下，那么精巧，那么迷人，迎着阳光，一圈一圈的，不是蝶们的蛹，也不是她的花衣可以比拟，偶尔会有几只小虫倒挂在网中，随风摇晃。她听到蜜蜂与蚂蚁的交谈，她知道了那是蜘蛛的家园。

什么是蜘蛛呢？她常常在傍晚的花丛里猜度蜘蛛的样子，那密密的网丝几度吸引着她，那是一个多么神秘的世界啊，她在网下痴迷张望。没有任何一个生灵会那么自如地落向这张网的，也没有任何一个生灵能轻易纺织出这么样的一张网，让每一环不落俗套。

在这张网的下面，她拼命地舞着她那五彩的翅，那美丽得让人炫目的色彩，她那么自信蜘蛛也会从此如同其他的蝴蝶一样倾倒在她的翅衣下，为了她的爱情。如今她振翅高飞，只是为了看清蜘蛛的样子，她明明感受到了他深情的目光，无数次。最终她不能动弹了。落在了那让她沉醉了千百度的网里。她没有惊慌。她知道她终于可以很近地看到蜘蛛了，她弹了弹她的翅，丝丝缕缕，有些沉重，但还可以振翅离去的，可她没有。

她就那么一动不动地让丝黏着自己，忘我地看着蜘蛛，蜘蛛也没有动，有一丝笑意挂在他的嘴角，没有问候，也没有其他的话，冷冷的。

含泪的蝴蝶有些累，更多的却是欣喜。她的粉足挣断了几缕网丝，在她费力的挣扎之中，网丝网得她越来越沉，一种几近窒息的感觉弥漫上来。在清晨与黄昏的交替之中，蜘蛛总是远远地挂在一根丝上，那丝的另一头牵着一个倒立的她。

好多的人，对，那是万物之灵，在网下那么痛惜地看着她："多美的蝴蝶啊，她原本可以飞起来逃走的，好可惜成了蜘蛛的一顿美餐了！"她听懂了人们的话。她不会是蜘蛛的一顿美餐，她说，因为她只是想与蜘蛛在一起而已，她不是其他的虫子。她在静静等待之中，把她的爱情、她的气息、她的故事，用空气传递着。

她听到熙熙攘攘的人声"哟，蜘蛛总算要吃这蝴蝶了！"的声音，她的心里掠过一丝寒意，不是说我的。她企图抓住一根丝，蜘蛛给她的，她盼了这么久长的爱情。

渐渐向她逼近的蜘蛛，她看不见她想象之中的柔情，蝴蝶看到了蜘蛛眼里越来越近的自己，她的影子是那么憔悴，她也不再挣扎。

总之，是他来了。她想她是做梦了，她那飞舞的青春那么流光溢彩地与蜘蛛一起，哪怕是他那尖利的牙在渐渐靠近她的咽喉，她也以为那是可以融化天地的亲吻，在浓烈地弥漫着。

鲜血漫过蝴蝶的翅衣，蝴蝶静静地看着蜘蛛，她在那尖利的牙齿下，没有痛的感觉，抓着那丝丝缕缕的网，看着蜘蛛自如地在这网上来回，她终于确定她是要死了。蜘蛛在她死的时候，抹了抹自己的嘴角。蝴蝶甚至看见她的翅衣上的光彩在蜘蛛的齿间一闪而过。

蝴蝶知道她死了，她的残骸必将和其他的小虫子一样挂在这网上，而后随风飘去。最后飘离这张网时，她看见蜘蛛在补他的网，一圈又一圈的，还是那么精巧迷人，还带着晶莹透亮的点点珠光，很炫目的……

第五十六章

未 婚 生 子

连翘从这场蝴蝶梦里醒来，她累极了，仿佛还能闻到梦里那浓浓的血腥味。此时，夕阳西下，一缕淡红的夕照透过厨房的窗，投射在连翘卧室门外，若隐若现，显得凄美而艳丽。

家中座机电话突然响起，躺在床上的连翘也吓了一跳。

接起电话来，居然是母亲翠莲打来的。

"连翘啊，好久你也没给我打电话，今年你回家过年吧？当归又不知跑哪去了，家里现在只有我和防风了。"翠莲在电话那头絮絮叨叨的，一副心情不错的样子。

翠莲至今也没有来北京和连翘同住，她舍不得和老姐妹们每天的两场麻将，她说连翘现在有自己的家，她想什么时候来就什么时候来，现在的翠莲反倒不着急来北京了。她时不时就给连翘打电话，也许是手机方便，也许是真想连翘了，她的絮叨，她漫无目的的家常话，不是让连翘多穿一件衣服，就是把屋子收拾好，要不就是问这个月发提成没有，多不多呀。更多的时候还会问什么时候带个男朋友回家。有时候真让连翘烦恼！但今天，连翘听着母亲的话是那么亲近，她想要抓住这种亲近，她在此刻是多么爱自己的母亲呀。

"妈妈，我——"她一时不知从何说起。

"你怎么了连翘？"

"妈，我、我怀孕了。"连翘说着，鼻头一酸，就抽泣起来。

"啊！连翘，你、你说什么？我没听清。"

"妈，我怀孕了，我怎么办啊？"

电话那头沉默了。半晌，翠莲问："谁的？你哭啥？结婚就是了，生下来呀！现在未婚先孕的很多。"

连翘怎么跟母亲讲好呢？她不敢讲。

"那人不肯结婚？他有家是吗？"翠莲以一个过来人的敏感，一语中的。

连翘的默认让翠莲怒不可遏："连翘，我怎么说你！我说这些年叫你找对象，你总不听！原来你是这样的！你怎么不去死？好好一个姑娘家，这下多被动！"

"妈，我错了，可，现在怎么办？我好难过……"连翘哭道。

"那能怎么办，生下来吧！连翘，你说，在家里，有的人像你这么大，孩子都上中学了，你再不要孩子，什么时候要？你再不要孩子，你以后还会有孩子吗？你这个傻子！"

远在乡下的母亲的提议真吓了连翘一跳，问："妈妈，你说生下来？谁养？"连翘还真没想过这个问题，她还没完全从陈唐的打击中回过神来。

母亲翠莲停顿了片刻，语重心长地对连翘说："连翘，我知道，结婚才能有孩子，从古至今都是这样的。但是，你知道吗？其实就算是一段婚姻里，整个家还是女人负责，一旦你不如别人意，也是要受很多委屈的，甚至还会受到无端的伤害。我生了你们四个，但我在婚姻里感受到的痛苦远远比幸福要多。我依旧活着，而且还活得不错。为什么呢，你知道吗？你说，我已经失去了婚姻，如果我没有你们几个，我活着又有什么意义？有个孩子你就有个奔头，你说你现在把这孩子给做了，将来不能生了，怎么办？还记得小学时和我们住一个房的蔡老师吗？她就是打胎打得伤了子宫，后来一直没法生，五十多岁，她老公也跟人走了，最后孤零零一个人，有什么意义？孩子生下来，他就是你的。我帮你带，我还有退休金，我就不信，我们两个人还养不活一个娃？你千万不要把孩子做掉了！"

在电话那头的翠莲，还没有从孙艳假怀孕的阴影中走出来，她那么热切，那么镇定，她想有个孙子。她觉得婚姻美满对于女人来说，就是撞大运，美满的概率很低，而孩子却是美满的，无论在什么时候，都是无可替代的。

"连翘，我算是活明白了，人们都说男女平等，哪有这样的事，婚姻从来都不是平等的。如果没找到对自己好的人，为什么一定强要一个婚姻呢？离开你爸这些年，我算是悟出来了。你看你爸，以前在我面前作威作福，最后一走了之，又能怎么样？男人大多靠不住的。只有自己的孩子是你的。就算你兄弟不成器，但终归是我的孩子，这一点谁也没权利改变。连翘，现在已经是新社会了，女人也有劳动能力，你自己能挣钱，你是个坚强的孩子，你可以的。生个自己的孩子，比什么都重要，而且谁也夺不走。将来，如果你遇到你喜欢的、他也喜欢你的男人，高兴就嫁了。你放心，如果你们彼此喜欢，他也会喜欢你孩子的。这样的例子很多啊，你不要灰心，忘记那个不爱你的人，勇敢些！"

多奇葩的母亲呀！连翘从床上站了起来。如果不了解翠莲的经历，人们一定会说这个人疯了，可是，这是一个深受婚姻伤害，而坚持自我，并一心为子女坚强活着的母亲，她的现身说法，给连翘打了一剂强心针。

"我生娃你带啊？"连翘说，"你不打麻将了吗？而且你能带好吗？五年前姐生孩子，让你去申城带她儿子你都不去。"

"呵呵呵，你生娃我当然带呀！你们四个都不是我带大的？你姐不一样，她有婆婆，她又能搞定她老公，她生活我不担心，她叫我带娃，我才不去添乱呢，亲家最难搞好关系了。其实你真以为我迷麻将迷到不要命了吗？麻将算什么呀，那只是一个娱乐活动，你们还真以为我没有麻将就活不了了？你真当你妈是个不分轻重的人了吗？娱乐项目只是茶余饭后的一个调剂品，哪能是人生全部呢？连翘，其实我也对不起你，小时候，就把你送人了，现在想起来都很心痛，这件事我做得不对，我想我帮你更是应该的。听话，连翘，不要想别的，把孩子生下来，我把防风这一季的衣服被褥拆洗装好，安排好家里就过北京来！"

如果说昨天的连翘还是惊魂未定、失魂落魄的，今天的连翘就是一个底气满满的连翘。

她要赶紧做打算，工作、生活，都要抓紧安排。

秦侃是第一个发现连翘秘密的人。

连翘的微博，是他经常逛的地方。那天连翘的微博更新为"置之死地而后生，又何妨？"连续几天，连翘发的莫名其妙的内容，让他看不懂，他约连翘时，连翘刚给下属做完业务培训。

秦侃和连翘约在后海。

过去他们常在这里流连到天亮，但今天，连翘说她九点得回去。

"连翘你瘦了，你好像发生了什么事？"秦侃看着连翘说。

"挺好呀！"连翘笑。

"你不好。我能感觉得到，你真的很不好。我搜了你所有的东西，微博、博客，你的信息告诉我，你的生活在发生变化，而且是翻天覆地的变化，有什么需要帮忙的吗？"秦侃将两瓶酒全打开，并递了一瓶给连翘。

"你这样偷窥人家可不好。"连翘轻推了一下面前的酒杯，"抱歉，今天不太舒服，不想喝酒，秦侃。"连翘说。

"连翘，我不知道你发生了什么，你不说我也不想问，但你还记得我几年前向你提的试投放吗？现在还有效的。"秦侃突然很小心翼翼地说。

"在我这里无效啊！"连翘突然觉得心酸，人生好快，转眼又是几年过去了，如今便有种斗转星移、物是人非之感。她林连翘本来是自由的，她本来可以像秦侃那样，像马小君那样，做自己喜欢做的事，但现在已经不行了。

直面秦侃，看来是躲不过去了，连翘打算实话实说。

"我怀孕了，孩子没有父亲，你问你这试投放还有效吗？你说我这还能有效吗？"

秦侃一愣，这真是出乎他意料。半晌，他说："我就知道你出事了，但，没想到这么严重，那你打算怎么办？"

"我想生下来，自己带。"连翘这么说的时候，转头看远处，她看见满池荷花，在夜色里，忽明忽暗，动荡不安。

"连翘，我不知道怎么说，已经是无可挽回了吗？你试过了？"秦侃小心翼翼地问。

"无力回天！"连翘苦笑了，"那人——有家室，不肯承担，也无法承担，而我眼见着是错付了，不能一错再错。"

"你这样做，行吗？你一个人怎么能承担呢？"

"走一步看一步吧，谢谢你还这么关心我！"

"你这话真见外，我一直很关心你！你想我们认识大概也快十年了吧，从青年到中年了，我怎么不关心你！"秦侃看着眼前的连翘，良久，他一口喝干了眼前的酒，"连翘，要不，我们还是正式投放吧？我们共同来承担，这样你会轻松一些。而且，不管如何，孩子都需要一个名义上的父亲啊！"

连翘一下子傻了，说："秦侃，说你小，你也三十大几了，太幼稚了吧，这也演啊！有毛病吧你？"

"我怎么不能演？我又没有结婚，我喜欢你林连翘，怎么着？我乐意！"

"你当这是朋友有难，两肋插刀吗？秦侃，别傻了，酒又喝多了，你呀，真是的！"连翘抓起包，准备起身走了。

秦侃上前一步，挪开了旁边的椅子，蹲在了连翘身边，他轻握着连翘的手说："连翘，你想想，你是生了一个孩子。生孩子你是有选择权。你把他生下来，你考虑过吗？他会走出去，别人会问他，你爸爸呢？你不找一个替代品，想过一个没有父亲的孩子，会怎么样？他会自卑，会对很多事敏感，比如年纪很大了，碰到喜欢的人，不敢说，怕别人看不起，要修炼很久才能学会放下。你要为孩子负责，林连翘！"

连翘张大了嘴看着眼前的秦侃，惊叫道："你？"

"是，我就是那个没有父亲的孩子。"秦侃认真地看着连翘，说，"我从来没有告诉过你，对不对？我父亲在我十多岁的时候就过世了。这个没有父亲的情结，让我至今三十大几了还没有结婚。许多年来，我一直担心别人知道我没有父亲，直到现在我才释怀，这你不懂吧？"

连翘看着眼前的秦侃，这个总是嘻嘻哈哈的，像个顽童一般口无遮拦的大男孩儿，居然还有这么痛的经历，秦侃能和她分享这样的秘密让连翘感动。

秦侃坐回到椅子上，继续说："我一直很喜欢你，我觉得你就是一个大女子，大气，办事靠谱，我总觉得我配不上你，我一直不敢说，我不知道说了会不会和你连朋友都没得做。我不敢认真，我不敢多说，但现在你是有难的林连翘，那么我愿意帮你渡过难关，哪怕你会以为我在乘人之危，但是，我心甘情愿和你在一起！"

当人们都敞开心扉时，大家的赤诚便会感动彼此。连翘感动了，她感动于这个男孩子在这个时候的表白，连翘甚至真的点了点头，这让秦侃松了一口气，忙道："林连翘，不可以反悔哦！"

回到家中的连翘，一直有些晕乎，她就这么答应秦侃了吗？怎么像是做梦一样？

连翘胡乱洗漱了一下就上了床，黑暗中，她觉得今天特别不真实，怎么会这样呢？她这是利用秦侃呀，这么一个大好青年，她要抓他当救命稻草吗？她想让秦侃来背这个黑锅吗？她突然想起了奶奶大英，年轻的时候为了招夫养幼，而找了当时有工资的阿中，很明显，她不爱阿中，利用阿中达到目的后，她并不快乐，她每天过得那么暴躁而易怒。但那时候，她要养孩子，她把精力放在了养孩子上，她没有多余的经济来源，她依赖阿中，又讨厌阿中，所以她每天活在焦灼的情绪里，这个情绪蔓延在她的生活里，对光明、对整个家庭的影响都是深远的。

到底应该找一个爱自己的人，还是自己爱的人，这个讨论从来没有休止过。可连翘在秦侃面前点头的时候，其实就反悔了。当时那样的氛围，那样的感动，她的点头显得那么诚实，她肯定不爱秦侃，这样做对秦侃公平吗？她林连翘还不至于下作到要抓一个人来和自己一起养孩子吧？都什么时代了？

林连翘觉得在这个时代还干这种事，让她感到有些羞耻。以前女人只是附属品，女性必须依赖婚姻、依赖家庭才能完成生育与养育。她觉得旧时代的婚姻，像极了自然界螳螂的爱情，不惜以牺牲一方来完成另一方的养育或获得更大的利益才能在这个社会生存下去。

今天的林连翘，不是这样的，她不需要这种杀身成仁式的帮助。

她打开私人邮件，给秦侃写了一封三天后十二点定时发送的信，那时候，秦侃肯定忙完了，可以静下心来看这封信。她说，她不能答应他来做这件事，她反悔了。秦侃的前途无量，她不能害了他。

信中，连翘说婚姻之成，成在彼此相爱，互相扶持，她林连翘不能去做这样的事，利用别人的爱，而成全自己，仅为了养育孩子，这是可耻的。少年秦侃已经受了伤害，不能在他成年的生活里，再受伤害，他有权利获得自己的幸福，那时候会有一个爱他的女子为他生儿育女，他应该去为爱自己的女人和孩子，创造一座幸福的堡垒。祝幸福。

她以最快的速度收拾房子，并打电话给马小君，她说她要另找房子搬出去。连翘要在陈唐再度来北京之前，离开这个地方，越快越好，她要在一切发生之前做好消失的准备，这时候，她不想受任何人的干扰。

马小君来到连翘的家，听到连翘要自己将孩子生下来，她一时愣住了，而后点着头说："连翘，我一直特别钦佩你，好样儿的。你还租什么房？你账上有多少钱，再去买一套最合算了。如果你真不想被打扰，你先将这套房租出去，搬我家去，然后去看房吧。"

接连几天，陈唐的电话轰炸，林连翘不为所动，有了决断的连翘，将现金和股票里的钱都查了一遍，她要算她将孩子生下来，若停工三年，度过哺乳期的钱是不是够。翻开的账本显示，她现在先拿出一笔钱来付一栋房子的首付，都绰绰有余，她觉得马小君的提议是可行的。

连翘简单收拾了一下搬到马小君家暂住，第三天她将管庄的房子租给了一对年轻夫妻。

林连翘和马小君，这两个一起在北京打拼的女孩子，周末又开始跑售楼处和二手房交易中介了。

连翘找房子时，北京的房价已经飙到了一万元一平方米，连翘的新房子她考虑得很多，要有婴儿房，要有两个客房，要有独立的厨房，要有大的客厅作为孩子的游乐场，这一切条件，都要满足，找起来并没那么容易。房屋中介章斌上下打量林连翘说："我觉得我现在要给你找的这套房子一是要大，二是得拎包入住，不用大装修，这样就没有污染，对大人和孩子是最好的。"

最终定下了几乎满足连翘所有条件的一套大三居二手房，就坐落在四环边上。

挺着六个月大肚的连翘，是如何用一张假的结婚证骗过了公司人事部，申请了产假，又如何在马小君的帮助下，请她原来装修房子的装修师傅，以最简捷的方式装修了房子，这些都好像是一瞬间发生的。她成功地躲过了陈唐，她换了电话，离开了原来的房子，那个守口如瓶的租客是她最好的同盟。

秦侃没有给连翘回信，如果说这样的结果对秦侃产生了什么，连翘认为一切都将会过去，她也认为秦侃应该能够理解，她是为秦侃好。

她的人间蒸发，在别人的生活里引起了怎样的波澜，连翘管不着，也顾不上。

连翘是带着翠莲和当归，一起住在新房子里的，这套房子有两个主卧和一个客卧，客厅不仅大，还有一条走廊，直达其中一个主卧，最满意的是，拥有单独的厨房空间和婴儿房。

这是连翘在北京的第二套房，这套房真是好像专门为她准备的，一切那么完美。

林当归那个晚上帮连翘搬完了所有的家具，站在布置一新的客厅里，问连翘："现在可以告诉我，那男的是谁了吧。在哪儿，老子去活劈了他！"

"当归，我都忘记了，你也忘了吧！"连翘轻描淡写地说，她现在每天是多幸福啊，胎儿在肚子里，每天那么准时地从上面拱到下面，有时候，都能透过衣服看到他把连翘的肚皮撑得老高，这样的快乐，当归不能懂。连翘已经忘记陈唐是谁了，而她的身体里，正在孕育着的，是完全属于她的快乐。

儿子林度的出生是在一个黄昏。

产房外，站着的是母亲翠莲和弟弟林当归，他们紧张地看着医生把林连翘推进了产房。翠莲直搓着双手："要是生个男孩儿就好了，我连翘要生个男孩儿就好了。"

护士将剖腹产出的婴儿抱出来时，大声喊："九床，生了啊，是个儿子，七斤二两，五十二厘米，母子平安！"

翠莲几乎跳起来了："我说了吧，我说我连翘肯定吉人天相，她生儿子了，她生儿子了！"翠莲泪流满面。

林当归忙前忙后的，交费，找医生签字，还要抱婴儿去洗澡。翠莲跟在后面，说："当归啊，小心别松手，一下子也别放下，别让人给抱错了，这可是我们家大孙子！"

办出生证时，林当归拿着表格去找林连翘，用笔尖点着父亲一栏，问："这个你打算怎么办？"

躺在床上的林连翘看了看当归，说："当然是林当归。"林度的出生纸上，父亲一栏，林当归签上了名字。

从医院回到家，翠莲不让林连翘请月嫂，她的厨艺在家乡远近闻名，她每天忙完了婴儿，再忙月子餐，脚不沾地。

"妈，你也歇会儿啊，我找个月嫂帮你多好！"连翘看着母亲一头汗忙里忙外的，心疼极了。

"连翘啊，我高兴啊，我有大孙子了，老天有眼，我不累，照顾你们我不累，你看我们的小林度，眼睛多大啊，和你小时候一模一样！"

四个月过去了，去社区医院给孩子打预防针时，连翘才知道，孩子还得上户口。

这户口问题她还真从没有想过。

另一个抱着孩子来打针的妈妈说："哎呀，可别说没想过啊，这后面马上就要面临上幼儿园、上小学、上中学，都得要户口，没户口是不行的。你赶紧让他爸回来办一下。"

回到家，林当归看着林连翘给林度洗澡，换衣服，他帮着递毛巾，说："林度的户口，我回去看看吧，姐，看能不能把户口落在我的名下。"

"啊？那怎么行？你以后也得生孩子，等你生孩子的时候，别不让生啊，现在二胎管这么严。"

林当归惨然一笑，说："还二胎呢，我这一胎都不一定有。想得真远，反正我的户口已经是已婚了，有个孩子，也正常。先保我们家林度吧，妈说得对，反正林家也算有后了。"

第五十七章

六 十 而 立

光明六十而立的畅想，是从他当选为食品厂党委副书记开始的。

厂里党委副书记退休后，向厂长推荐了林光明。

大家认为林伯做事认真仔细，为人正直，几乎所有的纠纷到林伯这里都迎刃而解。他还懂业务，厂里生产的鲜花饼，他推销起来，比一般年轻人都强。各个辖区的超市，他都是一家一家地毯式搜索，不漏过一家，每家都详细做好记录与分类，哪些超市有竞争对手的鲜花饼，哪些超市还没有鲜花饼，哪些可以做堆头，哪些只适合礼品，而他做的分析与销售方式，往往一抓一个准，那个区域的销售模式被推而广之。林伯却并不贪功，往往开发出一个超市，业务搭上线，鲜花饼上货后，他都交给下面的小年轻，他说年轻人要给机会，才能调动他们的积极性。

厂里四年一度的选举，所有党员几乎都把自己手上的一票投给了林光明。

当选为党委副书记的光明搬到公司宿舍，公司分给他一个单独的小套间。人事专员王惠总是每日一早过来帮他打扫卫生，并泡上一壶茶。时间久了，同事中流传着风言风语，说这个离了婚的三十多岁的王惠，看上了我们的林伯林副书记了，林伯可是个好人。

好人林伯成了林副书记后，更是万分珍惜这个工作机会。他与王惠恰到好处地保持着距离，王惠照旧一脸笑地给他泡茶，甚至有时候还给他带来她亲手做的各类特色菜，在那个小套间里，和王惠一起吃饭，居然真给了光明一丝家的感觉。

食品厂的效益好了，领导干部层面都配发了股权，第一次分红时，光明去银行单独存了这笔钱。他想起曾拿过连翘的一万元钱，当时说帮她买房。现在一万元肯定买不到房了，光明想着每年都存一些，估计还给连翘五万元，如果她从外面回到老家，用这五万元买个房，肯定够了。

光明有条不紊安排着自己的生活。那次公司年会后，酒后的光明应王惠的热情邀请，去了她六渡桥的住处，年轻人的活力四射，总是能点燃很多东西的。将头发染黑的光明，看上去也就四十上下的年纪，他觉得他也生龙活虎不减当年。他多么喜爱年轻的王惠那光滑而多情的躯体呀！这个躯体对光明的激发，让光明对生命充满了期待，投射到王惠身上，光明对这个城市也满怀感恩，他甚至开始幻想着他的第三春，对这个第三春也充满了期待。

他和王惠这暗度陈仓的动作，到底没瞒过同事的眼睛，他们觉得林书记这是老牛吃嫩草，但人家王惠乐意，他们也管不着。

光明回了一趟老家，回来后中风了。光明听说林防风被学校停职，又被镇派出所没收了电脑，这让光明很是气恼，越想越难过，第二天一早他就半边身子不能动了。

光明的这次轻度中风，要不是王惠忙前忙后照顾，真好不了这么快，到底上了年纪，林光明在宿舍里躺了半个月。

厂长来看光明，拎了个水果篮子，放在茶几上，他坐在光明床边说："林书记呀！辛苦您了，这几年您给我们厂带来的效益，为我们上下做的榜样，我们都有目共睹。老同志，老骥伏枥志在千里，我们都很钦佩！林书记应该好好调养休息，身体健康比什么都重要啊！"

光明的左边躯干不利索，如果走得慢，基本看不出来。这次中风，给光明敲了警钟，也提醒了他，不管头发染黑与否，他马上要六十了，他要注意身体了。他遵医嘱，一周去复查一次。身体是革命的本钱，光明觉得他还有好多事要做，这身体的事，来不得半点马虎。

那天光明一个人去医院复查，医生说他要多走动，加强锻炼，他的血管较常人细，要注意保健。出了诊室，光明的病历袋掉到地上了，他正准备蹲下去捡时，被一个年轻人捡起来递给他。

"伯伯，您慢点啊，不着急！"

年轻人顺手搀着光明，慢慢往门外走，这一路嘘寒问暖的，光明感动之极，他也有两个儿子，也该是这么高这么大了，他们都没有这么搀扶过自己。

"伯伯，刚才我看了您的病历，您这手脚能恢复，在您这个年纪，这样的中风属于正常现象，只要注意饮食，注意保暖，配合器械治疗，没事的。我爸以前比您的病情还严重，后来用了仪器治疗后，都参加马拉松比赛了！"

"哦？那是怎么治好的？"光明来了兴趣。

"呀，伯伯，时候不早了，我得去接我妈，我给您留个电话，改天我仔细告诉您，我叫周兵！"

这个叫周兵的将自己的电话写在了林光明的病历本上，给光明叫了辆车，并塞给司机二十元钱，说："师傅，把伯伯安全送达啊！我可记下你车牌号了！"

光明这一路感动得都哭了。人到这个年纪了，怎么那么容易感动，那么容易就流泪呢？看着消失在车前的周兵，他应该和防风年纪相仿吧，记忆里，防风都没怎么叫自己爸爸，更不要说这么贴心地照顾自己。

光明努力做着康复训练，他现在在一家中医按摩中心，每三天一次艾灸，每周一次针灸，现在左手已开始恢复了点知觉，但左脚有时候还是不那么听使唤。

每次去按摩中心，王惠都细心地伴在床边，艾灸时，帮他翻身。

自从夏莉走后，光明就没怎么过正常人的生活。和王惠这场美丽的邂逅，让光明做过不少梦，王惠总说她不嫌弃光明年纪比她大了二十多岁，她觉得和光明在一起，她很安心快乐，她愿意和光明在一起。

光明甚至也想着，等从厂里退休了，他们搬到一起，领个证正式成个家也是可以的。

那天下午，王惠把光明从按摩中心送回来，就去了公交车站。光明目送王惠离开，才转身回宿舍，抬脚上门口的台阶，一脚踏了个空，人就倒了。虽然摔得并不重，但这康复得慢的左腿，一下子就不能动了。

连续十几天，在工厂的宿舍里，光明都没有下地，厂里领导也没有人来看他，光明觉得自己这个样子，肯定会成为厂里的负担，觉得心里十分过意不去，他也琢磨着，应该走了，免得让人家来赶自己。

后来工会主席来谈时，他几乎没怎么说话，就签了解聘书，拿着这一年的分红和遣散费六万元，光明觉得也就这样了。工会主席说："等你好了，再回来，我们都很需要你。"

这话说得很真诚，但光明也知道，这是客套话，都六十岁的人了，再返聘回来是不可能的了。

工会主席走时说："林伯，您安心住着，厂长说了，宽限住几天，让您找到房再搬。"

王惠陪着光明四处看房子，最后找到的房子，在离按摩中心不远的一处平房二楼，是一个小单间，里面没有空调，也没有厨房。厕所是公厕。王惠嫌太简陋了，光明说便宜，这也是暂时的，过几天我去看看，有没有地方可以买套房，若能买套房那就好了。

他一个人趁王惠没在时，拄着根棍子，一瘸一拐地去两站地外的一个售楼处问了，他想看看能不能用这十几万元买个小房子，哪怕一室一厅也行啊。售楼处小姑娘说："你这十几万元啊，买不了房的，除非做贷款，但您这年纪，银行不给您贷款。您有孩子吗？可以以孩子的名义贷款，用这十几万元做个首付，可能还行。"

原来他现在都没有资格贷款买房了。

光明看着自己没有知觉的腿，他觉得如果不是这次中风，他肯定还能多干几年的，全款买个房的可能性还是有的。如果腿的问题解决了，凭他的精气神，凭他做事的能力，再找一份这样的工作，光明觉得根本没有问题。

光明拄着棍子慢慢走到前街那家农业银行，让柜台工作人员帮他查了查，他退休工资昨天到账了，这让他有些心安。这些退休金这几年他都没怎么用，他也不敢动，就怕有个什么闪失以备不时之需的。现在不能工作了，首先就是要将腿治好。如今，每一分钱都要细心合理地花了。

第五十八章

卖保健品的人

急切想要身体好起来的林光明，每天都细心地整理他的病历和各个时期拍的 CT 胶片，认真做各项康复练习。

一个人在家整理病历时，光明看到了那个在医院遇见的年轻人周兵的电话，想起周兵说过他父亲腿脚恢复得都好到能跑马拉松了，光明把电话拿过来，给周兵打电话。

周兵接到电话，说："哎呀，林伯伯，我猜你一定会给我打电话的，您恢复得还好吧？"

周兵根据光明给的地址，找到了林光明的出租屋。

周兵很认真地左右上下地看光明的脚，他说："伯伯你这脚，要是早几个月用上我的仪器，这次根本摔不着，也许早好了！"

"什么仪器呢？"光明好奇地问。

"您看您这主要就是血脉不通，人年纪大了，血脉自我运行肯定就没有那么通畅，需要帮助血脉走动，通，就不痛了，血脉在仪器的带动下，自我循环起来，这可不就通畅了吗？"

说着，周兵从带来的包里，取出一个大约三十厘米长宽、二十厘米高的蓝色小方盒，上面有很多带着吸盘的线，像个八爪鱼似的。周兵将那些吸盘轻轻一拍，吸在了光明裸露的左腿上，一通电，光明感到一股麻酥酥的感觉从脚板一直传到头顶，整个人都酥了。

周兵说："伯伯，有感觉吗？是不是麻酥酥的，感觉有股气流向上走？这样你的气血会打开，全身通畅，整个人会清爽起来，感觉到了吗？"

"哎呀，周兵呀，真有感觉了！麻酥酥的，我这脚好长时间没有任何知觉了呢！"

"麻酥酥的吧，对，就是这个感觉，它在帮你血液循环呢，每次二十分钟，坚持下去，这样的理疗效果最好。"

"哎呀，这可真是个好东西，很贵吧？"

"伯伯您说哪里的话，这是我爸用的，您先用着，如果能帮助到您，我就没有白来啊！"

光明一听，白用，坚决不肯，说："周兵，你我萍水相逢，怎么能白用你的东西呢，多少钱，多少钱我买！"

"伯伯，您放心用，如果有效果，那就真的帮到您了。这两盒药呢，是提高免疫力，增进您身体机能的，都是中药成分，没有任何副作用，延年益寿，强身健体，配合仪器，早晚饭后吃一粒，坚持一个星期看看效果，对比一下，您会好得很快的。"

周兵留下两盒药，真的是分文未收，就走了。

王惠下班回来，光明一直感叹："这世上还是好人多啊，你看看这小伙子，不仅送我仪器治疗我的腿，还给我留下了针对性的药，真是过意不去啊！"

王惠看了看仪器，看了看药，说："老林啊，这个你可别信了，天下怎么会有这么好的事？帮你治病，还不要钱？怎么会呢，这是做保健品的人吧，都是骗子！而且专骗上了年纪的人，有的人都被骗得倾家荡产了！"

"瞎说！这个周兵从来没有给我打过电话，是我主动找他的，怎么会是骗子呢？"

接下来一周，林光明每天按时用仪器，吃药，他真觉得自己浑身轻松了好些，甚至晚上跟王惠在一起，时间也长了，这个发现让林光明欣喜不已，他给周兵打电话说："周兵啊，你这药真是管用呢，我现在腿掐着会感到痛了！"

一周后，周兵又来到了林光明的出租屋。他说："伯伯要坚持下去，这一共十个疗程，不能间断的，费用是一共一万九千八百元，仪器我是免费送给您用的。以后每周一次，我过来给您做一次全身按摩，艾灸和针灸可做可不做，我这个产品什么病都能治。"

对周兵深信不疑的林光明二话没说，就去银行取了两万元，给了周兵，他说那两百元不用找了，周兵来的盘缠，去的路费，都花了钱的，年轻人也不容易啊。

现在没有工作的林光明一下子取这么多钱买这些药，王惠气不打一处来，她说："老林，这么搞，我们以后还要不要生活呢？你不是说还要买房吗？"

光明说："我腿真要好了，我再找个地方上班，买房根本不成问题。我们不要因小失大啊！"

"老林你都什么年纪了，还要上班？还能有地方上班吗？你现在要安稳一些，留钱养老啊，老林！"

林光明觉得王惠这是在贬低自己，他对自己的六十而立深信不疑，他不容别人对自己有怀疑的态度，他对王惠说："你要相信我，我还有很多事要做的。"

周兵果然每周一次来给光明按摩，按摩的时候，周兵细声细气地和光明聊天，他总是轻手轻脚地扶着光明上下楼。有几次中午过来，还给光明带来了午餐，听说光明的儿子们从来不来看他，周兵甚至动情地说："林爸爸，以后我就是您儿子，我来照顾您，您看您这么多年一个人过着，多不容易啊！"

有一个周末，周兵甚至带来了爱人和孩子，孩子一见光明，就甜甜地叫爷爷，叫得光明老泪纵横。

在仪器和药物的治疗下，再加上周兵的精心护理，林光明现在上下楼都不用人扶了。

林光明觉得离他完全康复指日可待了。这天林光明让王惠去银行帮取两万元钱时，王惠彻底不干了。

"老林，光你这腿，就花了好几个两万元了，我们有几个钱呢？这日子还要不要过呢？上次我说拿点钱去办张美容卡，你都骂我说我不懂过日子。你腿都快好了，还要取钱去买周兵的药，搞得我们像是大款一样！"

"哎呀，王惠呀，这次不是买药，你搞错了，我现在这个腿呀，不用吃药了，周兵说有一种床垫特别适合我，尤其是冬天，自动按摩取暖，对我的腿好处很大，我也知道药贵，但确实有效不是？我想买他们新出的床垫，以后也不用吃药，多好！"

王惠说："买个床垫就两万元！老林，我更不同意了！"

林光明听这话怒道："王惠，我花的是我的钱，要你同意什么？这要是叫你掏钱出来给我治病，那恐怕是万万不能的了！果然同事们说得对，都是些靠不住的人哪！"

王惠一听这话，脸便紫涨了，她将光明的存折和卡扔到床上，拿起包摔门而去。

林光明一个人坐在床上，正生着闷气呢，周兵来了。

他一进屋就喊："爸爸，床垫我给你送来了！"

光明忙起身，说："哎呀，周兵我还没给你钱呢！"

"爸，这说哪里的话，我知道这个床垫对你身体有好处，公司还没有正式对外发货，我赶紧抢着订了，自己掏钱给你买来了，这是全国头一张，你先用着。爸爸，只要您身体好了，我这做儿子的，心甘情愿！"

"周兵啊，你这事事都替我考虑得这么周到，我不能用你的钱，孩子，走，跟爸爸去银行，爸把钱取给你！"

王惠自那次摔门而去后，再也没有来找光明，光明等了又等，最后也不觉灰了心。想到一个比自己小快三十岁的人，怎么会长久呢，先不说无儿无女，无牵绊，单就自己拖着条病腿，人家也是不愿意的呀。这个走的借口找得好。

光明将王惠的衣物什么的都收拾起来，放在一个蛇皮袋子里装好，他想或许哪天她会回来拿呢，人家王惠这么年轻，自然有更好的选择。收拾衣物时，他突然想起了他的前妻翠莲，忍辱负重的翠莲，从来不会如此绝情的女人，现在也不知道是不是找了老伴儿，唉。意识到自己在想这些，光明摇了摇头，过去的事，有什么好想的呢？看来是真的老了。

冬天的时候，一个人住的光明，总是盼着早点儿见到周兵，而周兵自从卖了床垫给他后，来看他的次数也越来越少了，每次来时，不是带来人参泡水喝，就是又拿来新的对老人好的保健品，说是内部价，才八千元，一般人买不到的。要不，就是扶着光明，带他去听一些养生讲座，周兵一路挽着光明的手，一路轻言细语地给他讲一些养生之道，要不就带着光明去逛公园，在公园里，周兵总让光明伸着腿，他帮光明按摩，那时候太阳照在他们身上，光明甚至惬意地觉得，周兵就是自己的儿子啊！

第五十九章

城市的侮辱

天气越来越冷了，光明房租到期，房东不肯再租，光明不得已又搬家了。

省城的郊区，一栋破旧的平房里，光明住在其中一间房子里。这房子阴暗潮湿，光明若一整天待在屋里，腿有时候就会因为冷而失去知觉。

这样的日子迫得光明不得不早早起来，他想坐早班车，到动物园那边的大润发超市去，那里有空调，超市里面还有大排档，什么吃的都有，可以解决全天吃饭问题，这还是上次去买卫生纸时发现的。

光明想好了，每天坐五站地去大润发超市，下了公交车，离得并不远，路上走的那几步权当锻炼。

在大润发超市里，有空调，保暖问题解决了，早上一元钱一个包子，吃两个，再喝一碗这里全天供应的粥，中午去吃一餐，晚上呢，有时候带几个煎饺回家当晚餐，光明对这种伙食安排很满意。他的精打细算，是很合理的。每天的伙食费绝对不能超过三十元，他的公交卡现在有了新的福利，满六十岁的老人，只要凭身份证和本地交纳的水费或是煤气费等票据就可以免费领取。光明每个月最大的开销就是房租了，他现在总想着再多攒些钱，攒了钱，好去治他的腿。

光明每天晚上回来都按时吃周兵卖给他的药，周兵说过了这个冬天，他的腿大概会完全康复，那时候，他就可以再去找一份工作。这两年吃周兵的药，并没有太大的起色，也没有多坏，就是太费钱，他现在手上的现金也不多了，他想要保持腿伤不复发，估计到了夏天就会好。

现在他得赶最早一班车，本来他赶七点的那趟车最好，这样他八点前赶到大润发超市，正好超市开门。可是有一天光明七点上了车坐在老孕残座位上，旁边站着的一个拿着早点的年轻人瞧了他一眼，说："真搞不懂，一些老家伙总凑热闹也挤这个点上车，霸着位置，让我们连个歇脚的地儿都没有，你说这帮老头老太太，又不上班打卡，又不用扣工资，他倒比谁都积极，还都赶着上班的点儿，霸着座，真是为老不尊！"

站在一旁的女青年附和："嗯，可准时了，真是老不懂事！"

光明听着心里头一阵难受，你说，谁要是过得好好的，赶什么公交车？谁要有家，有房子，起这么早干吗呢，这些年轻人哪里懂这些！可看着眼前的年轻人，他没有作声。岁月真是一个很可怕的东西，会让一个人的血气全都萎落下去。在这些强壮的小伙子、姑娘面前，光明觉得都是自己的错，他完全记不得他曾经也是一挂鞭炮，只要有一丁点火星，便爆了。

现在他爆不起来，唯一的解决办法，就是改变他自己。

自此，光明就每天起得更早了，他算好了，凌晨三点起床，洗个澡，将衣服都洗好晾好，出门，赶五点的第一趟公交，正好。

最早一班车里，几乎没有什么人，只有他和司机，有时候碰到司机心情好，还会递根烟过来问他："老爹，抽烟不？"

光明不抽烟。

到了大润发超市，光明坐在台阶上等着超市开门，一般都要等足足两个小时，后来，他在家烧点儿开水，泡杯茶带在身上，那点儿热气儿，也能撑到超市八点开门。

夏天很快到来，腿是不那么痛了，身心也不那么疲惫，却是光明最难熬的日子，住在楼上的房东，那个四十多岁的男子，又着腰，常来训他："一个老头儿穷讲究，早一个澡，晚一个澡的，一天洗那么多澡干什么？每个月水费我都要白交那么多！这电扇从早摇到晚，就没停过，这电不要钱吗？把房子租给你，倒了八辈子霉，我都要亏死了！"

这些难听的话，光明听了，居然也不生气，他觉得他犯不着生闲气，他不与他们一般见识。最近他迷上了买彩票，前两天居然中了两块肥皂、一盒牙膏，那就说明，这个中奖概率还可以呀！如果他坚持不懈地去买，每天买十元钱，万一中了头等奖，可是五百万元啊！

一想起这五百万元来，光明就抑制不住开心，到时候，他第一时间就回家乡去，他一定要衣锦还乡，给大儿子五十万元，给小儿子五十万元，给小兄弟常胜二十万元，兄弟常胜替自己尽了孝，照顾了母亲，应该感谢常胜。到时候他再拿一百万元建个院子，自己单独住，不跟儿子们搅在一起。到时候，如果防风他们的孩子送过来他就帮带着，反正是自己的孙子。他还打算在后院种几株松梅和桂花，再修个畜牧圈养点鸡鸭，种点蔬菜，自给自足，这样的生活，你说多么的岁月静好啊！

这样想的时候，光明便有了生活目标。他每天天不亮就起床，冲了澡，换好衣服，将脏衣服手洗了，晾在栏杆上，如果晚上天气预报说今天晴天，他出门前必将被子也铺在栏杆上，屋里太潮了，总感觉所有东西都潮乎乎的。

光明坐头班车去大润发超市，等超市开门进去吃了早餐，就去一站地外的彩票中心等开门，他每次买的号码，都是经过计算的，虽然每次都隔几个数字，但光明觉得目标离自己已是越来越近，因为前天只差一个七，就中三等奖了，你说是不是够鼓舞人心的？

周兵现在几乎不来了，光明也有些心冷，毕竟不是自己的儿子啊，钱用完了，也就不来了，这也是常理。

经过这几年的按摩和吃药，光明的腿并没有太大起色，但也没有往坏处发展，天晴了，光明的精气神就好很多，他想象着他这样的状态，活到一百五十岁，肯定没问题的。

只是当下没有住房，也没有老伴，怎么解决这两个问题呢？光明觉得有些棘手，尤其是住房。这房东老是骂骂咧咧的，真是让人生厌，但又有什么办法呢？人在屋檐下，不得不低头啊。

他渴望有一个完全属于自己的房子，哪怕小一点，只要没有人和他过意不去，不让他总搬家，他就很知足了。

因为想要一个地方住，光明越发想家了，他想他的院子，那个他一砖一瓦盖起来的院子，他记得他建小院时的每个细节，那时候的他是何等意气风发呢！红砖到顶的房子现在已经常见了，可他却是当时第一个建这样房子的人啊，也算拔头筹的啊。

但回家他得有钱，于是他更加盼望的是如何发财。当初他以为他能六十而立，如今他希望通过买彩票，能突然中个大奖，他已经没有任何人可以指望，他也知道对于生活自己已经无能为力，但他依旧坚守着他那个光宗耀祖的梦，他甚至痛恨自己的中风，怎么就中风了呢，如果没有中风，也许中国下一个褚时健就是自己呢！这个背井离乡的老头儿，每天奔波在省城的江边，开始了他望乡的梦。他渴望有钱，他想回家，他想念那个他一直很想逃离的家乡，不知道现在是个什么样子？

他甚至开始想念起他年轻时极看不起的香姑的生活来，她那几亩薄地，她的五个儿女，她那个只知道干活而不说话的老实丈夫，他们生活在那片贫瘠的土地上，有时候遇到天旱，便颗粒无收，总来找他借钱。那时候，他总是毫不留情地呵斥妹夫不会过日子，寅时吃了卯时的粮，搞得他妹妹跟着受苦，他将他省下的粮票分一些给妹妹，或是将乡里食堂的吃食偷拿一些给妹妹，看着妹妹千恩万谢地回去，那时候他觉得妹妹真可怜。

可如今，他多想他是妹妹香姑呀，他甚至想起来，当初香姑是给他做媳妇的，他若听父母的话，娶了香姑，现在多好，儿女绕膝，有农田可耕，有老伴可陪着，至少每逢清明过年，还能给母亲上个坟什么的，这些最为简单的生活，成了他极度渴望的追求。

林光明想要回家的心，没有人能懂，他也不想让别人懂，这个时候他还没有意识到叶落归根这个真理，他只是觉得他在望乡，甚至有好几个晚上，他做梦都梦到了儿子防风和当归接他回家去。

林光明，这个每天去超市蹭空调的老头儿，每天周而复始地等着买彩票中大奖，只想要一所安身房子的老头儿，他不知道这个时候他的大女儿林紫苏已经在申城有了三套住房，家中除了一辆奔驰、一辆宝马外，又添了一辆保时捷的卡宴，紫苏的儿子黄聪逢人便说，他们家三辆豪车，一辆宝马、一辆奔驰、一辆卡宴，全是进口的。他的二女儿连翘新近才换了一辆路虎越野车，正飞奔在公司上市的路上。他们都在各自不交集的空间里，完成着人生的某段旅程。

第六十章

手 足 相 帮

　　黄明洋自从儿子黄聪降生后，便陆续将他的保险单上原来的受益人林紫苏，改成了黄聪。现在只要家中添大件，比如买房子买车什么的，不是用黄明洋的名字，就是用儿子黄聪的名字。

　　除了结婚时买的房子为林紫苏和黄明洋共同所有外，紫苏名下就没什么其他财产。黄明洋说了，紫苏毕竟还有一个女儿小米，到时候若要争家产，对黄聪肯定不利的，他得未雨绸缪，他们家的家产可都是留给黄聪的，外人一概不能有。

　　紫苏开始觉得极不舒服，也极不安全。黄明洋的现实从来就是摆在明面上，而且不容商量的。黄明洋反过来也安慰紫苏说，夫妻财产不分你我，他挣的一切也是紫苏的，而且这样做也是为了紫苏好，他现在负责的民营医院，背负的债务多，一旦有问题，不波及紫苏也是对紫苏的保护。

　　名下没有财产，对紫苏来说压力是很大的。随着林紫苏的职位越来越高，她的收入也越来越可观，她尽量将现金储蓄作为自己的后备。最后她也想通了，黄聪是自己的儿子，财产留给儿子，她不会有意见。

　　紫苏现在是一家民营企业负责对外贸易的总裁，与以前二建局相比，工作性质也不一样，她所分管的项目复杂、庞大，但油水相应也丰厚，每到过年过节，送礼的人络绎不绝，光名牌包，林紫苏就单独用两个柜子装。

　　紫苏凭着自己过硬的业务能力和与上层密切的关系，几年时间，她便在单位站稳了脚跟，而后她便看着黄明洋发展。

　　做医疗器械的黄明洋自从在临州与人合作开了家眼科医院，狠狠地赚了一大笔钱后，心思便活了起来，他觉得如果他将这家医院的模式复制，将眼科医院开到各个地级市，会稳赚不赔。

准备单干的黄明洋回申城商量卖房筹款的事，紫苏开始是坚决不同意的，但看了原来眼科医院的财务报表后，这个极有数学天赋的女人，每晚建立数据模型进行分析与权衡，觉得这种新兴的做近视眼手术的眼科医院，作为新时代美容项目进行投资，是可行的。最后，她决定将原来婆婆给他们付首付的房子卖了，给黄明洋去做生意。

婆婆觉得这个房子是她付的首付，现在房价涨得这么厉害，她应该不仅拿回首付，还应有增值部分可得。这下子捅了林紫苏的马蜂窝了，她的财产怎么可能轻易分给其他人，有了第一次婚姻的教训，紫苏觉得唯有将钱牢牢控制在自己手里，才能处于不败之地。

虽然多数固定资产不在她的名下，但她管现金进出，对家中的每一笔开支与收入，她一定要搞得清清楚楚，只要钱到了她的账上，想再拿出去，那是比登天还要难的。

何况这个婆婆对她这个媳妇总是诸多不满，那年生黄聪，才满月婆婆就要分家，不肯带孩子，她没办法想叫自己母亲来带孩子，翠莲来没三天，就和这个婆婆闹得鸡飞狗跳的，后来以翠莲回老家才了结了这场纠纷。这些，紫苏一直耿耿于怀。

"妈，你不要不满意，这次卖房是给黄明洋做生意的，这个首付不能还给你，更别提你要的增值了。这些年你和我们过，家用全是我掏，你们家老二从来没有管过你，每周就过来吃个饭，连个果篮都没见他带一个，你是不是考虑一下搬到老二家去住一段时间啊？"紫苏面无表情地说。

婆婆再怎么算，也没算到要首付没要到，还要被媳妇赶走，她在黄明洋面前哭哭啼啼，说自己怎么这么命苦啊！黄明洋两眼一瞪："我这筹钱做生意，你就知道添乱，你还是我妈不！"

儿子与媳妇一个鼻孔出气，终是把老娘赶到了老二家，从此以后，见了面，招呼都不打一个，连黄聪去叔叔家玩时，叫奶奶，都不应。林紫苏气得抓着从小叔家回来的黄聪就打："谁让你去他们家的，以后，哪儿都不许去！"

这夫妻俩算是站在一条战线上，就更团结了。

单枪匹马的黄明洋从原单位人是出来了，但干活的人到哪儿去找呢？黄明洋说："总不能到大街上去拉吧，现在招一个人该多贵啊，这种复合型人才，一个月没有三四万元根本找不到，而且还不知根知底，根本不好控制。"他们医院选定的第一个合作城市是立昌，是属于紫苏娘家省份的一个四线城市，而且离紫苏娘家不太远。

紫苏说："你初期只是筹建，名义上的业务院长，不就是跑关系吗？专业这个时候又用不上。我看我家当归就行，让他跑个腿，在当地搞搞关系，先把医院落下来，专业的人以后再请。"紫苏想到了她的弟弟林当归。

紫苏给母亲翠莲打电话说这事时，翠莲真是喜出望外。

在北京，当归刚从连翘一个朋友的公司辞职回来，说是那些网上广告传送问题他实在搞不明白，做不来。他几乎做不来任何事，不管是从前的服务生，还是现在的公司文员，当归都有理由做不了。连翘和翠莲对当归真的是一筹莫展。

紫苏的这个电话来得太及时了，要是紫苏那有事给当归做，对翠莲来说，可是了了一桩心事。何况，这是回老家那边去做事，当归也应该能得心应手一些的。

"当归啊，你姐夫要去我们那边立昌市开医院。立昌离我们家不远，现在筹建阶段，你去好好干，听姐夫的话，到那边以我们自己人的身份，配合当地政府，将医院开起来！以后，你就是那边医院的业务院长了，代表我在那里主事。"紫苏给当归打电话时，俨然是一个大老板在发号施令。

当归一听说回家乡，去立昌工作，他知道大姐有能耐，人们都说她发了财，也许跟着大姐，比跟着二姐连翘有前途，何况是去家乡那边，当归很快收拾收拾就去立昌和黄明洋会合了。

因为当归不好好工作再次被弄得焦头烂额的连翘，也算是松了一口气。紫苏居然也能想到娘家，让连翘颇感意外，同时也感到欣慰。

自从上次奶奶大英过世，紫苏回家表演荣归故里，连翘一直不是很看得起紫苏自私自利的那一套。这次紫苏能主动想到当归，让她们姐妹关系也得到了很大程度的改善，一来二去的，也有了申城北京两边走动的机会。

那时候，紫苏在连翘眼里，还是有一些人情味的，不管混得好与歹，与娘家始终还是有天然的亲近感。何况，母亲翠莲还在连翘这里，只要紫苏来，母亲翠莲就使出浑身解数，做家乡美食，每天都不带重样儿的，这手妈妈菜让紫苏赞叹不已，甚至感叹世上只有妈妈好，这也是她们姐妹仅有的一段开心的时光。

连翘也在这年新年后发出了准备复出的信号，这第一个复出信号，是从她登录 MSN 开始的。

她的 MSN 好几年没有闪动了。

"你去哪儿了？"第一条 MSN 消息，是薛磊发来的，"我找你好几年了，出来喝一杯？"

中关村数码大厦星巴克。

薛磊远远见到一袭长裙、一头卷曲长发的林连翘向他走来，他们有好几年没见了，成熟的林连翘浑身上下散发着成熟女性的淡然与风姿绰约，薛磊不觉看呆了。

"我还以为你从此退隐江湖，再也见不着你了呢！"薛磊说，"我一直在打听你去哪儿了，还有人说你回家乡了，我就差去你老家一趟了。"

"哈哈，找我干吗？我这几年，真是一言难尽。"连翘见到薛磊，有一种恍若隔世之感。眼前的薛磊有些胖了，眉眼间多了壮年男子的稳重与笃定，让连翘生出一种亲近感来，她觉得她可以瞒世人，但不应该瞒薛磊。

听完连翘的遭遇，薛磊倒吸了一口气，

"连翘，你真未婚生儿子了？孩子都三岁了？坊间有过些许这种猜测，我都不敢相信，你太不一样了，为什么会这样？这也叫轰轰烈烈吗？"

连翘苦笑着说："人生总是有那么多的无奈，有什么办法呢？"

"你这也算是遇人不淑吧？真打算一辈子一个人过下去呀？"

"还能怎么样呢？我总不能去捆绑别人来和我过日子吧。现在孩子也大了，生活相对稳定了，我还是想给自己和孩子多挣点钱，再找机会，活人不能让尿给憋死，对吧？"连翘搅着手中的咖啡，有些落寞。

"连翘，你总是那么与众不同，我看不懂你。这样吧，直入主题吧，你平时在手机上玩游戏吗？现在流行的愤怒小鸟、捕鱼游戏，都玩过呗？我一年前才从公司出来，拿了一笔融资，开发了一款新的捕鱼游戏，正在测试中，给你个号，你先玩一下，有兴趣的话，一起干呗！"

"我是做营销的啊，跟游戏怎么关联呢？"

"一通百通，以前你是要让人来我们网站上做广告，卖点击量。我这里是要卖装机量，也卖点击量，一回事。像你这样'无中生有'的人，我相信没有什么事你搞不定的！而且你有没有发现，现在用手机的人越来越多了？以后肯定满大街都是智能手机，不出三年，手机会干过电脑，立此为证！"薛磊将座椅拉近连翘，举着手机，调整好角度，按了一下手机上的自拍，给他们俩拍了一张合影。

开始做手机游戏的连翘，首先是要将游戏下载量在各个应用平台搞上去，腾讯、360的排位难打，都比不过苹果商店的排名难打。头三个月的充值量一直上不去，惨遭苹果商店下线，薛磊与技术团队忙得团团转，都开始在办公室打地铺了。

连翘每天也是看在眼里，急在心里，这个月她将市场部一个媒介开除了，媒体曝光量不足是个大问题，她亲自抓公关部，各类公关稿件亲自过目，她要打舆论战，随着全民微信的推动，他们的游戏除了在各个公会论坛上做攻略，也有自己的公众号，连翘甚至还会买黑稿攻击对手，有的稿子，逼急了，都是自己在写。

秋天的时候，游戏平台开始稳定了，他们的装机量和充值量也开始有了上升，但还没有形成趋势，正在连翘全力以赴打排名，忙得不亦乐乎时，当归从立昌回来了。

当归去年去了立昌，参加了立昌眼科医院的筹备，从医院选址到宴请当地政府，当归跟着黄明洋四处跑关系，按理说，当归在那边，和人生地不熟的黄明洋应该能打一个很好的配合。但当归在本地真是太多的烂仔朋友了，他故技重演，黄明洋不在的时候，他便带着那群不三不四的人出入他和黄明洋所住的酒店，叶青也在其中。

叶青是一个叫小四的同乡带来的，做美容师的。她和她姐姐那天一同来找小四玩，不知怎么，就跟当归看对了眼。

当归喜欢叶青，叶青也喜欢当归，当晚，叶青就和当归住一起了。

他们俩第二天还没有起床，就被黄明洋逮了个正着。

黄明洋给紫苏打电话说："我这里又不是夜总会，怎么能这么随便？我们连一分钱也没有赚到，不断在投钱中，你弟是什么玩意啊，抽四十元一包的烟，吃五十元钱的快餐，整天带着些不三不四的人四处招摇，到底谁是老板？现在居然带姑娘睡到了我租的酒店里，这哪是员工啊，这明明是老板啊！我说他两句，他还问我，你们家还不都是我姐紫苏说了算，哪有你说话的份儿？林紫苏，你们到底想干什么？！"

气急败坏的林紫苏当即给翠莲打电话，把不成器的弟弟所作所为控诉了一番，翠莲都没敢接话茬儿，她太了解当归了，这说的，八成都是真的。

最后，她说："紫苏啊，你是大姐，你包容一些啊，你弟当归他也没读过什么书，更没有上几天正经班，你教教他呀，让他好好学学！"

紫苏坚决要辞退当归。

黄明洋说："不仅辞退，还一分钱也没有，他天天糟蹋那么些钱，我不找他赔钱已经算给他面子了！"

紫苏对母亲说："这个娘家，太伤神了，你莫怪我狠心，以后，我们老死不再往来，你死了也莫叫我回！"

第六十一章

当 归 建 房

　　黄明洋说辞退当归就辞退了当归，一点儿回旋余地都没有。

　　情急之下，翠莲给黄明洋打电话，一连打了几个电话，黄明洋都没接。夜里，黄明洋给翠莲发过来的短信说："妈，这个弟弟我真管不了，我自己也挺没用的，我带不好他，我怕继续下去会害了他。"

　　当归又回到了北京连翘的家，还带回了叶青。

　　当归当着翠莲的面破口大骂："黄明洋就不是个男人，太可怕了！对我各种嫌弃，根本就不是一家人哪！他自己不抽烟，我买一包好点的烟，也是去办事时，得给人递一根吧，他说我买好烟。什么跑腿的事全是我一个人干的，他大白天都在酒店睡觉，那些政府领导都是我去送礼，哪个科室不是我拎东西去见的。现在医院也租下来了，批文我都帮他跑下来了，他和合作伙伴打官司都是我站在原告席上替他挡刀，现在不发工资不说，这一堆票都不给报销，还一脚把我给踢开了，简直太不是个东西了！这林紫苏和黄明洋夫妇俩就是要找一个卖苦力的，哪里是让兄弟去沾光做事的，你们也太高看她了！从此后，我与林紫苏，老死不相往来！"

　　看着当归气急败坏的样子，翠莲也不仅悲从心起，说："当归啊，你怎么这么让人不省心哪！现在怎么办呢？"

　　"妈，我要回去结婚，我回去老家算了，我要跟叶青结婚。叶青是搞美容的，我们可以在老家开家美容所，我们回去发展算了！"当归说。

　　连翘看看叶青，问："当归你这是不是当真的啊？别瞎来。"

　　叶青低着头起身走了。这个面容姣好的姑娘，足足比林当归小十岁。一副不谙世事的模样，又是一个飞蛾扑火式的姑娘，林连翘暗自叹息，大约这姑娘也是被看上去一表人才的林当归迷得晕头转向了。

当归说："我都这个样子了，叶青还肯嫁我，我还能说什么？我要结婚，可爸爸分给我的那个房子，都还是他走的时候的样子，快成危房了，都快要垮了，我怎么结呢？"

"你真喜欢人家吗？别搞得像孙艳……"连翘狐疑地看当归。

"姐，我都伤过一次了，还会再来一次吗？我这次是认真的。"当归焦躁地说。

连翘说："容我想想。"

连翘发现一个家庭某个人的失败，最终都会成为整个家庭的麻烦，这个打小缺乏教育的当归，便成了全家人发展的绊脚石，连翘面对这个小弟弟，几乎是精疲力竭，可她却不能坐视不管。他们是一家人，这一家人的资源是互通的，不管是紫苏的上学、翠莲的赌博，还是防风的退学，包括林度的出世，他们互相帮衬，又互相牵连，互相制约，谁也脱不了干系。

多年后林度曾问连翘："我为什么还要管舅舅呢？"连翘说："因为他们是我们的手足，手足没了，我们就残废了，就不健全。一个不健全的人，在这个物竞天择的人世间，谈何竞争和拥有？"

此刻连翘对紫苏这种利用弟弟而后又无情抛弃的行为尤为愤怒，她曾经用一龙生九子，九子九个样的故事来宽慰自己，但真面对这么个冷血的姐姐，和这个烂泥扶不上墙的弟弟，她也彻底失望了。她们姐妹甚至连一个招呼都没有，就彼此失了音讯。

摆在连翘面前的现状是不容乐观的，她与薛磊的公司，正处在创业初期，还在生死存亡间挣扎，年过三十的林当归急需成家，而他们的家却是一点儿底子都没有，房子还是三十年前的，当时红极一时的红砖房，年久失修，一到下雨便外面下大雨，里面落小雨。防风的房子稍现代一些，一层半，防风住着尚可，要是大家都住进去，又嫌挤。这个时候当归提出要结婚，对这个家庭来说，又是一个难题。相对于家中其他人，除了冷血的紫苏，只有连翘尚有点经济基础。连翘不能坐视不管，而且也没有办法不管。

那个晚上，她单独约了林当归去了梨园一个烧烤店。

包厢里，林连翘取出了一瓶茅台酒。

她说："林当归，我这是最后一次帮你，我希望你再也不要这么混下去了。回去后，结了婚好好生活，以后不要手掌朝上，向任何人要钱。我们真跟你耗不起了，我们自己也有家庭，也有孩子要养！这是我最后一次帮你，我们在外面都不容易，财富的积累都很有限，希望你能珍惜生活，珍惜别人对你的好。我们不能无休无止地破坏这种平衡，我已经没有多大的能力帮你了！"

林当归喝了面前的酒说："姐，你帮我我心领了。这次我林当归一定在老家好好生活，再也不给你们丢脸了，我也三十多了，我再也晃不起了！"

最终连翘决定将在北京买的第一套房子卖了，给弟弟当归翻建老家房子结婚去。

翠莲听了连翘的决定，直念佛，说："连翘啊，你这就是救了当归啊！"说着，流下泪来，"林光明丢下这么一个烂摊子，都砸在了连翘你的身上啊！"

连翘这个时候想起父亲，心情是复杂的。她在这个年纪，尤其有了林度后，她觉得她学会了宽容，她甚至理解了父亲的种种不是。难怪人们说唯有做了父母，方能理解父母的心，谁遇到这样的家庭、这样的儿子，再有能力的人都会被拖垮的。父亲大概在当年那个时候，也确实是无能为力了才逃的吧？

上次拨打父亲的电话时停机，但电话号码连翘写在日记本里，她后来打过好多次这个电话，一直是停机状态，也就没有再打。没有人知道父亲的下落，包括小叔常胜。

常胜有时候给连翘打电话都会哭，说："我哥你爸现在怎么样，过得好不好，也没人知道。你奶奶临死前，说你爸苦得很，要我们多照顾一些。现在过年去给你奶奶上坟，我都不知道跟她怎么交代呀？"

连翘总安慰小叔常胜说："别人不是说他过得很好吗？说他又成家了，还生了个孩子呢！说明有人照顾他，只要他过得好就好。"

常胜说："这都是人们在传，谁也没有亲见，但愿能如此啊，那样我们也心安。"

有时候一个人想家人都是瞬间的事，今天被母亲勾起了父亲这个话题，让连翘愁肠百结，我这个父亲，我的兄弟们，想起来为什么总那么让人揪心呢？

她掏出笔记本，找到了那个拨过多次的电话号码，这次，居然通了！

连翘心狂跳不已，父亲电话居然通了，这真是一个怪事，她大概也有几年没有再拨这个电话号码了。

电话那头，真的是父亲。

几年没有听到父亲的声音，电话那头，父亲的声音有些含混不清。

连翘说："爸爸，我是老二连翘呀！你过得好吗？现在可方便？我来看看你吧，我有儿子了，我想带给您看看，他姓林！我现在就买票过来！"连翘急切地想去当面向父亲解释为什么她儿子姓林。

父亲在电话那头很冷漠地说："不要来，你千万不要来，我现在有些不方便，等我方便了，我来看你们，你们莫来这里！"说着就挂了电话。

这样的对话，在电话里显得那么让人难以理解，甚至不近人情。连翘想向父亲解释林度的机会都没有，想起人们都传说父亲有了新的家庭，是因为这个不方便吗？这种冷漠让连翘想起小时候在家庭里所受到的冷遇，那时候她的一切在这个家里是多么无足轻重啊。现在，她的儿子也是如此无足轻重的，这让连翘想去理解父亲的心也有些冷了。

他们互不通气、不沟通、不联系，让这一家人都处在各自猜疑的状态，一个家庭失去信任的同时，也失去了归依，光明如此，连翘、紫苏也如此。

连翘的第一套房子挂出去后，三个月就卖了出去，较当年买房时，她这套房价格翻了好几倍。她一次性给了林当归四十万元去翻建房子，再留十万元给妈妈，说留给当归结婚当彩礼用。余下的已经不多了，她得留着，她和薛磊的公司现在生死存亡间，万一失败了，他们还有点本钱东山再起。

当归拿着这四十万元回家了。

他将院子里光明留下的最早的那套红砖瓦房夷为平地后，重新打桩建基，由原来的平房变成了三层小洋房。

最后不仅花光了连翘给的四十万元，母亲翠莲的退休金二十万元也砸进去了。小叔常胜说，盖这楼要不了这么多钱的。村里面都传说，林当归盖楼的同时，还约人来这儿开赌局玩牌，当归在连翘面前死活不承认，连翘也没在家，无处对证。

好歹这房子终于落成了。

新的房子按当时市面上流行的建筑风格建造，四面瓷砖到顶，里面的家具橱柜也很时髦，一下子将林防风的家比下去了。林防风那栋一层半的楼房，就显得矮小而陈旧了，幸而防风对这一切并不在意。

防风现在没有书可教，他很少出门，大量时间放在了水墨画习作上，有毛笔基础的防风，他的画冷峻深远，用墨深厚苍翠，让人见而忘俗。画画累了，防风有时候周末会去村口棋牌室和大家下下象棋，大家遇到了，也会叫一声林老师，防风都很礼貌地点一下头，或是作个揖。

防风的日子过得风平浪静，偶尔他会寄两幅画给连翘，让连翘送到宋庄崔波处题字。崔波往往拿着防风的画良久，像是自言自语："防风，已是青出于蓝而胜于蓝了。"

房子盖好后，当归果然娶了叶青。

这场婚礼，当归自己依旧办得热闹非凡。新娘叶青较以前的孙艳，好看且年轻，人们都说别看林当归是个浪子，但娶的媳妇一个比一个好看。

　　人们都说，林当归能娶这么好的媳妇，全归功于盖那么好的楼，现在当归肯定好好过日子收心了吧。

　　听到家里传来叶青怀孕的消息，翠莲喜得合不拢嘴，儿子当归终于也收了心，以后她得回去带孩子了。正好林度明年就可以上小学了。

　　送翠莲走的时候，连翘心里很是不舍，但看着翠莲满心欢喜的样子，她也不忍心留母亲。毕竟，老家始终是一个人的归宿，母亲回到生她养她的地方，而且马上要有孙子了。翠莲觉得生活这个接力棒接得好，刚带完了外孙，回去接着带孙子，人生还是圆满的。

第六十二章

孩子的真相

周末送走了母亲，连翘回到家中，儿子林度和一大早来家玩的小朋友们玩得不亦乐乎。

母亲和当归都回去了，连翘的家一下子显得空了，连翘和林度是该面对他们自己的生活了。

生活并没有因为母亲和当归的离去而稍作停息，她的工作更忙碌了。为了让母亲不太劳累，连翘一年前请了保姆张姐。张姐五十三岁，是一个东北人，她内退前是搞统计的，丈夫在她四十五岁的时候得癌症离世。而她为了给丈夫治病卖了唯一的住房，丈夫最终还是撒手人寰了。张姐有时候也有些恨，为什么明明知道癌症治不好，这么爱她的丈夫却没有阻止她卖房，让她现在人财两空，不得不出来打工挣钱还债。

张姐做家政已经八年了，做事谨慎而认真。她每天负责接送林度，做家务，带林度睡觉。她有足够的经验和方法来带林度和照顾连翘他们的家，让林连翘全身心投入工作中。

忙碌的林连翘对林度来说就是一个玩伴和过客，自他出生便是和阿姨或外婆一起睡的，林度知道和连翘亲近，还是最近一年的事。

那天，母亲翠莲给林度洗完澡，将林度送进了他自己的房间并放在小床上，就忙着收拾去了。

林度趁阿姨和外婆去收拾洗手间，悄悄地下床，出房间打开了母亲林连翘的房门，看到在床上看书的林连翘，他说："妈妈，我可以进你的被窝里暖暖吗？"

"来吧！小伙子！"林连翘忙扔了书，向林度张开了怀抱。

"哎呀，好香呀，妈妈！"林度开心地大叫起来。

连翘这才发现，自林度出生以来，除了吃奶那几个月，林度并没有和自己睡过一张床。母亲翠莲总怕连翘睡不好，阿姨更是尽心照顾林度，生怕孩子吵着了连翘，她们总是抱走林度，让连翘一个人安心睡觉。

自打有了"母亲的被窝"这个新发现，林度兴奋不已，从此以后，一到晚上，无论是谁用棒棒糖呀、小汽车呀什么的，都不能将林度吸引走，他要和妈妈睡在一起。

林度也喜欢每个早上和母亲一起去学校。

自从林度五岁上学前班开始，便有了不成文的规定，由林连翘早上送林度上学，她要用尽量多的时间和儿子在一起。

连翘买的房子是学区房，小区后面就是幼儿园和小学。

她喜欢牵着林度的小手，穿过院子送林度上学。那时候林度的小手像只小橡皮球一样，软乎乎的，很有弹性。每天上学，或是林度拉着林连翘转圈，或是林度跨着根竹竿在前面奔跑，林连翘在后面踩着高跟鞋，亦步亦趋。偶尔遇见同学家长，互相问个早，而后有说有笑地走进学校院子，这样的岁月静好，足够让连翘忘记过往种种了。

有时候难得出差回来得早，连翘都会趁着不上班的时候，站在院子的足球场外，看林度和院子里的大叔们踢球。看着儿子从追着球跑，到后来带着球跑，她是多么欣喜地看着儿子长大。她想着她能参与林度生活的任何一个瞬间，无不是希望生活真能忽略掉某种遗憾。她从来就自诩为雌雄同体，她希望她能替代某个角色，而让林度生而无憾。

随着智能手机的普及率越来越高，薛磊和连翘公司的手游《黄金捕鱼》终于杀出了一条血路，登上了各应用商店榜首，这是连翘所没有想到的。融资方要求按上市的方式操作整个产品线，除了捕鱼游戏外，他们又开发了《消消乐》等一系列畅销产品，由薛磊亲自负责。同年9月，公司被另一家公司全盘收购，薛磊带着连翘这一批原班人马纳入对方公司北京分部，单独财务核算，由连翘代表产品方出任了首席执行官。

这一连串的操作，让连翘根本无法停顿下来，这段时间每次回到家都是下半夜，真是累瘫了。

母亲翠莲走后的第一个周末，连翘没去加班，她要陪林度。她好久没陪儿子玩了。

见到妈妈在家陪自己玩，林度那叫一个兴奋，他把所有的玩具全搬出来，客厅迅速就放满了各类小车、大车、恐龙和恐龙蛋，还有一些毛绒公仔。连翘坐在玩具中间，她都很好奇这些玩具是什么时候买的，家里怎么这么多玩具。只见林度如数家珍似的说道："这是彼得，这是托尼，这是粉月，这是天猫，这是肥仔，这是象顿，这是牛顿，这是……"原来他的每一个玩具都是有名字、有生命的。

"妈妈，你要能天天陪我就好了。"林度将连翘的腿当作枕头枕在头下。

"我得上班呀，否则谁挣钱呀？"

"乐乐他妈妈就不用挣钱，就在家里陪他呢，他们家他爸爸挣钱。"

连翘看看林度，这个马上要六周岁的小男孩儿已经不满足于说舅舅林当归就是"爸爸"这种搪塞的话了。

"阿姨都告诉我了，舅舅是你弟弟，你弟弟又不是我爸爸。"林度说。

林连翘发现这个问题越来越棘手，随着年龄的增长，林度的问题越来越刁钻而难回答。

他会突然发问："妈妈，我昨天去明明家了，他们家有很大的全家福，我们家怎么没有？"

或是有一天，他指着墙上说："我看到小然家，这里挂的是结婚照，小然说那是他爸爸和妈妈年轻的时候，那时候小然还没有出生，也就是他的爸爸妈妈小的时候拍的，我们家怎么没有？"

甚至有一天，他哭着回来说："妈妈，小胜好几天没来上学，他今天戴着个黑套套来了，他告诉我说，他爸爸死了，小胜没有爸爸了！"

"人家爸爸死了你哭啥？"连翘拍了拍他的头。

"多可怜啊！小胜没有爸爸了，跟我一样。"林度哭得更伤心了。

连翘发现，这个问题怎么绕都绕不过去了，别的小孩儿的爸爸没有了、死了，都让他伤心成这样，她不能乱编理由，因为她不知道林度的底线在哪儿，她生了他，保护他是她的天职。

这六年，虽然她每天忙得要死，也要抽出陪伴林度的时间，陪伴儿子给她带来无限欢乐，让她对养育充满敬畏。一个小生命从产生至长大，他在不同的阶段，需求也那么不同。林度让林连翘当了母亲，那时候林度只需要妈妈抱着，听到妈妈的声音就足够了，再大一些后成为一个她的小玩伴和小跟班，让林连翘去感知世界，了解父母，甚至教林连翘做人。如今，这个小孩儿在群体生活中去发现他和别人的不同，他在向她要真相，真相是什么。

真相不是逃避，不是用一转身离开，用一辈子去忘记就能解决的。这个真相是林度的，他有权知晓，他是怎么来的，来的时候是不是受欢迎，在他长得不是那么像母亲时，他想要知道，他长得像谁。这不应该是一个谜题。

这么想的时候，林连翘才发现，尘封在心灵深处的陈唐，竟还是鲜活的，仿佛依旧触手可得。

当年她是怎么说服自己，只是给自己生个孩子的。她甚至曾经想过，万一有必要，她可以去八宝山买块墓地，将陈唐放在自己家的那几件外套，建一个陈唐的衣冠冢，而后给儿子林度讲一个凄美的父亲离开的故事。可是，这一切都只是林连翘作为成人的自说自话，在林度的想象中，父亲不能是一个幻影。

林连翘决定在林度七岁前，前往海城一趟。

在临行前那一夜，林连翘想了很多，她想象过与陈唐再度见面的场景，是相忘于江湖了呢，还是记忆犹新。这个占据过她十几年内心的人，如今沉在心灵深处，再浮出来，依旧面如冠玉，玉树临风。这一点，让林连翘感到了异样。这个异样在提醒她，七年过去了，为什么她活得像是铜墙铁壁一样，她没有新的爱情，也没有欲望，她像个苦行僧一样。

原来这个世上，唯有死心塌地爱着一个人，才能做到如此的天人合一。这种天人合一，甚至带着一种病态的幸福，有林度在身边的日子，仿佛一切都近在眼前。甚至空气里都飘浮着陈唐的气息，她靠着这点虚无的气息存活至今。

她在极力地恢复理智，这个理智告诉她只是想让林度知道自己是有父亲的，不是吗？这个决定就显得有些理所当然起来，我不是为我自己，我明明也是为了我自己。林连翘在这一点上，有些无奈。

连翘的海城之行，是带着林度的。

十一小长假，她说带林度出去玩，她让张阿姨也一起去。

连翘带林度和翠莲他们去过东北，去过四川，甚至像新、马、泰以及夏威夷这些国家和地区都去过，却从没有带林度去过海城。

这个深埋在她内心的城市，经过四小时的空中飞行，落在眼里，眼前一片潮湿与干热，满城的椰树随风摇荡。

林连翘将电话打给了小武，当年总跟在陈唐身边的小年轻，现在已经是两个孩子的父亲了。他们约在了滨海大道的黄金大酒店，那上面有一个全海景的旋转餐厅，年轻的时候，他们常约在那里喝下午茶，如今这个餐厅依旧在三十二楼，俯瞰着海城海滨一隅，像个睿智的老者，笑而不语。

第六十三章

父 子 相 见

连翘出现在旋转餐厅时，靠窗坐着的不仅有小武，陈唐居然也在。

这是连翘没有想到的。

连翘心跳得很厉害，她极力保持着平静，坐在了陈唐对面。

眼前的陈唐，七年不见，明显发福了，头发一看就是染过的，曾经白皙而棱角分明的脸，也圆润得可以看到双下巴，一个略显沧桑的中年男子的形象直接刷新了连翘心中的陈唐，这让连翘对陈唐感到陌生，而且有些不适。

"连翘，"陈唐先开口了，"昨天小武说你回来了，我还不相信，没想到居然是真的。"

"你好像突然从世界上就这么消失了啊，连翘，以前不管怎么说，一个月都能见个一两面，吃个饭，喝个酒，你现在好吗？在哪里发财？"小武拿了一盘吃的，坐下来说。

连翘笑着看着眼前的小武，一时不知从何说起。

当年她和陈唐，几乎就是一个秘密，任何人都不知道。

趁小武去取餐时，陈唐压低声音，急促地问："为什么来海城了？为什么约了小武，却对我避而不见？连翘你知道我找了你多少年吗？为什么搬家？这么多年找你，我才知道有多可怕，一旦电话换掉，公司离职，我们连共同的朋友都没有！你在哪？你家在什么地方我都不知道！七年前，你尚且没换电话，可这次，你居然连电话都换掉了！你知道我试过多少个电话吗？一直熬到我都快要死心了，我都要当你死了，你现在出现了，什么意思？"

连翘正准备说话，突然林度从电梯口蹦了出来，"哎呀，妈妈！怎么你也在这里？我们刚才在万绿园玩呢。你不是说你谈完事就来吗？万绿园那里好大呀，好多人放风筝，我的风筝飞上天了，那个保安叔叔说我们住的黄金酒店里面就有个旋转餐厅，很高很高，还可以看到我那个飞走的风筝呢！这真是一个旋转餐厅吗？真在转吗？"林度跑进来四处张望，"哇，这里好多水母耶！"

林度根本顾不上连翘，直奔那面鱼墙去了，那里是一道环形透明玻璃墙，里面除了养有观赏鱼外，还有一群五颜六色的水母正在一闪一闪地上下游动，煞是好看。

连翘没有想到林度会冲上来，她赶紧站起来说："抱歉，我还有事，你们吃，我得先走了。小武，陈总，我临时还有事，我们改天再约。"

连翘快步走过去，伸过手牵着林度，逃也似的出了旋转餐厅。到了电梯口，在电梯门的反射下，连翘看到呆若木鸡的陈唐坐在那里，一脸错愕。她只想快快离开这个地方，越快越好，刚刚发生的一切将她的计划全给打乱了。

连翘突然觉得此行多此一举，毫无意义，她不能因为林度需要一个父亲，就慌了手脚。七年都过去了，陈唐可还是那个陈唐？林连翘竭力梳理自己的情绪，这个情绪忽明忽暗，她是想过那些狗血剧情，多年后带着孩子归来的女人，从此与男主花好月圆，这是什么人编出来的讨好观众的烂剧情啊！她和陈唐的花好月圆，停留在陈唐逼她打掉孩子的那一夜。

可除了那一夜，连翘得承认，这么多年，那个常常笑着，温暖看她的陈唐也曾三番五次出现在梦里，那些午夜梦回时分，这个出现在自己梦里的男子，何尝不是款款深情，可惜那只能是梦。

连翘多么害怕事实呀！一个可以给林度的事实，会是连翘的事实吗？连翘没有勇气去面对，七年都混沌过来了，她不想陷落，也不想去揭开真相。母亲说了，儿子是自己的儿子，其他都是次要的，连翘想。

电梯门正要合上时，一只手伸了进来，门又开了，陈唐一个跨步进了电梯，他死死盯着林度。林度赶紧钻到了妈妈身后，脑袋贴着连翘的腰。

林度的眉目完全就是陈唐的再生，陈唐盯着林度，连翘在这一刻崩溃了。

连翘让张姐将林度带回酒店房间，并嘱咐张姐电话订餐，不要下楼了。

酒店大堂咖啡厅。

连翘和陈唐。

"还是来杯卡布奇诺？"陈唐问。

连翘没说话，她确实爱喝这种咖啡，陈唐没记错。

"孩子叫什么名字？"陈唐小心地问道。

"林度。"连翘极力平静地看着陈唐。

"哦，姓林……林度，好名字。"陈唐说，"这些年，你辛苦了，连翘。"陈唐说着，伸过手来握住了连翘的手。

"你什么意思啊？我养我自己的孩子，辛不辛苦关你什么事？"连翘迅速抽出手来说。

"连翘，你还是一点儿也没变！动不动跟个麻了毛的鸡一样，哈哈哈！"陈唐哈哈大笑，这大笑一下子缓解了他们这七年的尴尬与岁月的蹉跎，时光一下子回到了七年前，他们推杯换盏，相谈甚欢。陈唐说："我说过，我们十年不见，依旧还是这样，对吧？"

这么多年，连翘以繁重的工作和加班加点来消磨所有的时间，她用积累财富的方式压抑来自内心的呼唤，这个呼唤其实无时无刻不在。

他们的相见，连翘那么坚定地相信，眼前这个男人，一定如自己一样想念着，她相信陈唐说的他在找她，她觉得陈唐不可能不找她，他们有那么和谐愉悦的过往。

今天连翘以儿子需要一个父亲的名义坐在陈唐面前，与其说是因为林度需要父亲，促使连翘让自己对陈唐迅速升温，不如说是林连翘以为自己终于守得云开见月明。

连翘与自己的和解从来就那么自以为是。

她的自以为是促使她放弃了所有防线，一切都以她以为的好往前推进，有时候女人的自以为是是很迷人的。她极容易让男性认为理所当然，男人常说反正是你这么想的。

"你吓着孩子了，小武在，我们不方便，再约个时间吧。"连翘说。

"也行，这个周末我去北京找你们，等我。"陈唐说。

星期五下午，陈唐真的出现在连翘的家中时，张阿姨去接林度了，陈唐在房间里来回踱步，看墙上的照片，他站在林度一百天的照片前迟迟不肯离开。

"这个照片跟我家萍萍——林度的姐姐二十四年前一模一样。"陈唐这么说的时候，眼眶都有些湿了。

这时候，有开门声响。"哦，他们回来了，林度放学了。"连翘说。

"妈妈，我今天得了两个星星。你看！"林度冲到了连翘面前，一手举着一个纸叠的星星，回头他便看到家里多了一个人。

林度一下子安静了下来，盯着陈唐。

这两双相似度如此之高的眼睛，互相盯着，时光仿佛就此停止了一般。

陈唐蹲了下来："你是林度？"他向林度伸出手去。

林度一下子闪到了母亲连翘身后，半天，从一侧探出头来，问道："你是谁呀？我上次见过你，你来我家干吗？"

陈唐求助地望向连翘。

连翘蹲下身来对儿子说："林度，你不是问过很多遍吗？别人有爸爸，你的爸爸去哪儿了？现在，他就在你面前！"

林度看看陈唐，看看连翘，一头钻进连翘的怀里，哭了，那眼泪温热而伤情。

陈唐走过来抱着他们俩说："爸爸回来了，林度，爸爸对不起你呀！"

林度越发放声大哭起来，那般委屈，那般伤心，让连翘的心也一下子揪了起来，她把林度的手轻轻从自己的衣角上拿下来，放进了陈唐的手里。陈唐一把抱过了林度："林度，林度，不哭啊，爸爸回来了，爸爸已经回来了！"

这个晚上林度睡在陈唐和连翘中间，这是林度长这么大，头一次睡在有三个人的床上，林度一直在指手画脚地跟陈唐讲着什么，笑个不停。

第三天周末，是张阿姨休息日，陈唐系上围裙，他说要亲自给连翘他们做饭，他要让儿子吃上爸爸做的饭。

连翘也有好多年没有吃陈唐做的饭了。这个对吃一直有研究的男人，系上围裙后，就是大厨级别了，他不让连翘帮他准备食材，从采购到备料，他从早晨九点就开始忙活了。

饭桌上。

举着可乐的林度和陈唐碰杯，和连翘碰杯。他说他要邀小胜来家里吃饭，他要告诉小胜他的爸爸回来了，"以后小胜可以天天来咱家，吃我爸爸做的饭，这样，小胜以后就有爸爸了。"

陈唐说："儿子，我要上班挣钱呀，大部分时间，还是张阿姨做饭，我有空就做好不好？"

"那也行！"林度骄傲地将可乐一饮而尽，"爸爸挣钱，妈妈就有时间在家陪我玩乐高啦！"

周一，陈唐和连翘送林度去学校，他和爸爸妈妈说再见时，声音很大，唯恐别人听不到。

临离开北京的陈唐拿出一张银行卡，对连翘说："这卡里有五十万元，是给林度的，你先收着。养林度，我也有责任，读书教育、生活费用都不少，我该承担我能承担的责任。"

接了银行卡的连翘，解读了这张银行卡的信息，是陈唐要负责了。这让她想到了真爱无敌，更相信陈唐说的，不管过多少年，他们都不会变，她甚至感觉到他们三口之家的生活，现在触手可及了。

连翘觉得男人安排好的一切，一定是最好的，她便由他安排去。这段分隔两地的时光就在陈唐的来去间完美对接，陈唐专程来给林度过生日。甚至选择圣诞节这一天，出现在连翘北京公司楼下，像个年轻人那样，捧着鲜花等她下班。

这失而复得的爱情，甜蜜又浓烈，在这花团锦簇的春天里，人到中年的林连翘像个初恋的女孩子一般，就这么傻笑着，轻快地穿梭在东西城上班，她觉得再也没有人比她更幸福了。

第六十四章

男人的糖

这一年春节，陈唐邀请连翘他们去海城过年。连翘很认真准备，她觉得离她的美好生活越来越近了。她甚至觉得命运还是厚待自己的，一个自己深爱的男人和一个可爱的孩子，他们的天长地久也是生命的一种馈赠。她甚至在夜深人静时，想象着陈唐该如何深情款款来表白他们的未来。这么想的时候，连翘会笑出声来。幸福感有时候如此不管不顾的，足够让一个寻常女人成为一个戏精。

放了寒假，连翘就向薛磊告了假，她说她有一半工作可以通过邮件和微信来处理，她的家庭团聚是重中之重的事情。公司给的假期不是很长，但足够让连翘待到年后。

陈唐将他们安顿在一栋别墅里，他说公司有事，然后人就不见了。

这是一栋老式别墅，一些陈旧的家具上，全都是灰尘，看样子很久没人住了。

第二天，林度起来到她的房间，环顾四周，问："我爸呢？"

"你爸他一早去了公司，这几天爸爸公司要清算，他得住在公司，不能常回家，爸爸得挣钱啊，否则我们怎么过好年呢？"连翘极力保持着语气的平稳。

她蹲下来跟林度说："林度，今天你是值日生，我呢，是副值日生，你看我们要干些什么才能让这个家干净起来呢？"

林度一听，可以角色扮演啊，马上兴奋了起来，将小书包扔到沙发上，说："今天我俩值日对吧，我是值日班长，我来分配，咦？没工具啊，我觉得我们是不是先要去超市采购，妈妈，我列个清单啊！"

拿着林度写的拼音多过汉字的购物清单，连翘极力忍住笑，带着林度，开上从小武那里借来的车，去了超市采购日用品。

这番大扫除，连翘和林度是花了四天才完成的。这些日子，陈唐都不见踪影。连翘三番两次将陈唐电话拨了一半就放下了，这个男人，是什么意思？连翘的愤怒还是理性的，她不想在电话里吵架，她现在只有一件事可做，就是坐在这里等，等那个给她爱情的男人回来。

过年前几天，陈唐来了，在外面酒足饭饱的他半躺在沙发上说他不可能把他老婆一个人扔在家，他得回去陪她。

陈唐这么直白的表达，连翘顿时觉得五雷轰顶，话到嘴边生生咽下去："我们平时相隔千里，如今还有孩子呢，不是说好过来一起过年吗？你不陪我们？"

林连翘看着陈唐，说出来的话显得那么轻描淡写："你去吧，没事，我和孩子过。"

连翘总是那样善解人意，那样心甘情愿。被男人无视而没有反应，陈唐那句"我不能拆了个家又建一个家"的话当时掷地有声，他根本不会顾及连翘任何感受。

连翘疑惑的是，陈唐既然没有准备好，为什么还要邀她和林度来过年呢？这个年是什么意思呢？她看到了坦然自若的陈唐来去自由的样子，好像一切都那么理所应当，她疑惑，但她不问。

这个年，表面上连翘跟没事人儿一样，带着林度，搬着这久不住人的房子里沉重的家具，清理阳台上的杂物，换掉已坏了的客厅顶灯，不管怎么样，要过个干净的年，连翘打扫房间时跟自己说。

这个有男人，又没有男人的年，连翘努力过得认真而丰盛，心却血流不止。

她的手因搬重物擦破了皮，殷红的血渗透了纱布。六岁的林度还不懂团圆的意思，他将红红的灯笼当玩具，玩得非常开心，他也卖力地帮妈妈搬垃圾，几次都栽在地上，笑着爬起来继续拉笨重的砖块。

连翘突然觉得她自己的下作，难道就是为了孩子吗？她的林度要到了什么？她以为她可以相信陈唐给他们的安排，原来在陈唐这里，和七年前是没有区别的啊！她不仅没有得到爱，这下更没有了尊严。

连翘满含屈辱地哄睡了孩子，此时房子寂静一片，这种寂静一直持续着，连带着孩子二十天寒假。

连翘觉得是她带着他们的孩子，好像一对叫花子，来乞讨爱，摆在她面前的碗，空空如也。

连翘坐在阳台上，她发现了一个可怕的恶性循环，她一生都在寻找爱，不管是在原生家庭里，还是在人生路上，她都在向别人乞讨着爱，这份卑微几度打垮了她，也同时将她打醒了，陈唐那里根本没有爱。

明明自己能活得风生水起，明明以为爱大如天，到头来，是什么让她活得像个可怜的女乞丐乞求出轨的丈夫回来般凄惶？是哪里出了差错？是什么让这样的女子过得这般可悲又可怜？！

除夕前一天，连翘让林度在家写作业。她一个人开着车游弋在这个让她欲罢不能的城市，从青年时的来，到青年时的退，再到中年时的返，海城的变化如此惊人，初来时候满城待建的荒芜，如今高楼林立，俨然是大都市的模样。

只是这些成果都不是给她准备的，也确实，她的生活与战场不是都在北京吗，她逃跑的时候，就已经不属于这里了。这次挤了进来，她以为可以看到春暖花开，原来在这个城市里，根本不存在春天这一说，因为它一直就是花团锦簇的，只是与她无关。

连翘进了海鲜市场，买了一些上好的海鲜，再买了一些水果。她要送给小武些礼物，感谢小武在这段时间的陪伴，他们外出时，用的都是小武家的车。

小武不在家，只有小武爱人春红在。

春红千恩万谢地接了礼物，将连翘让进了里屋。

连翘看到春红家的照片墙上，好像还有陈唐的照片，连翘不觉往前凑了凑，真的是陈唐，是陈唐当新郎时的照片，旁边站着的一个高个子的女子是新娘，拉着新娘长长头纱的小孩子，一个男孩儿一个女孩儿，几乎长得一模一样，一看就是双胞胎，照片上的日期和风景都显示这是一个新式婚礼，陈唐表情严肃，女人笑颜如花。

"呀，这张照片呀，是我们女儿和儿子做的花童，这是唐哥结婚现场啊，嗯，都是四年前的事了。"

"陈唐四年前结婚？"连翘大惊。

"对呀！他和齐宣结婚啊！"

"陈唐的孩子不是都二十好几了吗？还结什么婚？"

"呀！离了，唐哥跟原来的那个老婆辛姐离了，和这个齐宣结婚了呀，你不知道啊？"春红说。

"为什么离了婚？"连翘咬着牙，极力地装着漫不经心地问。

"不离不行啊，这个齐宣很厉害的。听说那时候她都跟唐哥十多年了，后来怀孕了，唐哥本来是不肯的。但齐宣四处闹啊，哟，还上帝王大厦楼顶要跳下去，寻死觅活的，在陈唐家小区门口挂条幅，去政府告状，接二连三地告，唐哥的商会副秘书长就这么给告掉了，简直太折腾了！最后，她还真就跟唐哥结婚了，生了个女儿，唐哥现在啊，生意大不如从前了。离婚时，辛姐分走了大部分财产，唐哥的公司几乎全是辛姐名下的。实际上，唐哥和过去比，现在几乎是一无所有，不过瘦死的骆驼比马大，还是比我们好过得多哟！我听小武说，他时不时还会去辛姐那里过夜的，他们毕竟还有一个孩子在，有牵绊哪！而且你想，从别人手上抢来的婚姻能有多愉快啊，这个中滋味也只有齐宣自己细品了。我想，唐哥这婚离得也是迫不得已吧。"

连翘淡淡笑着，她觉得自己的血一下子被抽干了，原来和陈唐的爱情，不过是一张破残的网。

假意来谈的恋爱，都是男人即兴抓出的糖。

这糖他自己是从来不吃的。

女人便像幼稚园的孩童一样，蜂拥而上。

那个抱着大腿不放的，或是，抓挠得最凶的那个，让那男的头破血流的往往会率先拿到糖。

然后，这已经没糖的男人，还佯装着从荷包里掏呀掏，对那些准备四散的女子示好："还有糖的，别走呀！"

林连翘这个等着拿糖的女子，和那个哭着闹着要到糖的女子，谁赢了？

连翘这才知道，这个假期，陈唐哪里是怠慢。人们曾经嘲笑那些左拥右抱的男子，可安排出的是一三五住这家，二四六来那家。这个陈唐大约在这样的日子里，是劈成几块都不够用的，他哪里来的时间陪林度呀，他根本脱不开身。

原来，女人的直觉如此惊人，人生每一步的选择都是正确的，七年前的当机立断，转身离去是如此正确。连翘以为时光是静止的，所有的一切都在等待峰回路转，其实不过是刻舟求剑、缘木求鱼罢了。

林连翘开着车在滨海大道上，满眼的泪都分不清外面的树影和花色，以致眼花缭乱，差点儿撞上了南大桥的桥墩。她把车停在南大桥下，一个人坐在车里，紧闭的车窗，越来越稀薄的空气让人窒息，这个叫陈唐的男子也是诚实的，不爱就是不爱，这是亘古不变的。在这一刻，连翘深感难堪，她难堪于多少年过去了，她居然还会去做一个完美的梦，这颗糖她明明是丢了呀，怎么还会想再捡回呢？太恶心了。

　　这么想的时候，连翘突然清醒，她憋坏了，再憋下去大概会因缺氧而丧命的。她赶紧打开了窗户，一股清新的空气冲了进来，连翘喘了一口气，她得回去给林度做饭了，她还有使命没有完成呢。

第六十五章

绝望是一场修行

是夜，林度睡了，连翘轻手轻脚地开门去了阳台。

阳台之外，万家灯火。

她来了。

她为团圆而来。

带着她和陈唐的孩子，像个凯旋的将军一样，邀功而来。

停顿在这个万家灯火的城市，而陈唐的"将军们"成排地立在这个城市的东西南北，林连翘是哪个山头的？她属于哪个方向的？

绝望的林连翘忙去捂儿子的双眼，她裸露在光天化日之下都没关系，她的儿子不能，她要保护儿子。

这个春节，连翘无数次问林度："没有了父亲，你会怎样？"

小小的林度总是脆声回复："我有爸爸呀！"

她与孩子的答案总不一致。

因为林度而心生慈悲的连翘，以孩子为名的屈就，更显得羞辱难当。

过完年才过来的陈唐，面对的是林连翘一脸寒霜。

连翘看着眼前这个男人，她觉得这个男人就像一堆积木一样，这会儿在她这里拼成的形状，看上去还挺完好。

"陈唐，你不是说不能拆了个家又建一个家吗？"连翘看着陈唐，陈唐那张现在多肉的脸上，已经开始出油了。

"你在这个城市安了多少个家？"连翘问得直接。

"这是你该问的吗？你管得着吗？"陈唐一脸不屑。

"你真可笑，陈唐，既然从来不爱，为什么还要继续？"连翘眼泪又漫了上来。

"连翘，你不要无理取闹，我的情况你一直就了解。"陈唐说。这个坐在连翘面前的男子，表情如此淡定，让林连翘根本看不懂。

陈唐靠在沙发上，他没有看连翘，他望着落地窗户，说："为了林度，我们都不能反目的。"

连翘问："为了林度？你真的会为林度做些什么吗？"

"至少他有父有母，这是我可以做到的。"陈唐说。

"一个残缺的，会突然玩消失的，总是分身无术的父亲吗？"

"林连翘，你要的太多了。"陈唐看着林连翘说，"你不能对我要求太多，真的。"

林连翘盯着陈唐看，他在她的面前如此坦然，这种坦然让连翘感到自己是多么不配坐在这里谈判，他知道她要什么，他也知道林度要什么，但他那么直白地告诉林连翘，他没有，也不会有。

良久，连翘看着陈唐说："那我问你，陈唐，我和林度是你最重要的人吗？"

"我有自己心爱的女人和重要的孩子的。"陈唐说，表情依旧很淡定，"你一直就知道。"说完，他起身去了厨房。

陈唐的一句"我有心爱的女人和重要的孩子的"，让时光就这么停了摆。连翘站在陈唐面前，成了一道空气，这空气稀薄得，只有陈唐一个人能呼吸。

陈唐从厨房拿来两杯水，递了一杯给林连翘说："你认识我这么多年，我什么时候说过我不幸福吗？我从来没有说过我不幸福，对吧？"

林连翘无言以对。她的理屈词穷，她的自以为是，都在这样的一位男子面前现了原形。此刻，连翘觉得自己仿佛从高楼之上倾身而下，身体四分五裂，她却感觉不到疼痛。

在这个绝望的时刻，林连翘细品她自己，这个努力了二十多年的梦与理想，就如同一个被收藏在楼阁上的名品珍器，最后揭开盖子来，竟只是一泡蚊子屎吗？

谁在跟她开这个玩笑？是原本就是一泡蚊子屎呢，还是后来放进去的？这昭然若揭的答案回荡在心头，心一整天就坠痛着，痛得只要稍作呼吸，便牵扯到全身的神经。连翘觉得全身都在抽搐，稍作挪动，便疼痛难忍，她只能保持着一个姿势，一动不敢动。

这让林连翘受到了惊吓，这次贸然而归，她是在自取其辱呀！她曾经标榜自己是个妖精样的女人，她曾经开过的雌雄同体的玩笑，居然是真的！她半点也不喜欢现在的自己，那只梦中的蝴蝶呀，明明被吃掉的蝴蝶，怎么还对蜘蛛抱着那样深情的幻想？这是林连翘的错，怎么能怪陈唐呢？

夜深了，连翘坐在阳台上。在这一刻，她用头抵着阳台栏杆，她想到死。她想她这一生也曾无数次濒临绝望，连翘突然无声地笑了，幸而她知道死亡根本是解决不了任何问题的。所以，她不会自杀，虽然昨天的新闻里，一个女人带着三个儿子，用绳子捆着跳河自杀。绝不生还，那是何等的绝望啊！连翘感同身受，但她却站在那里一动未动。

她的林度，此刻睡着了，那才是她的全部。

儿子怎么办？一下子失去了根基的林度，在林连翘面前成了个难题。她也突然发现，母亲翠莲说对了很多东西，但有一点错了，她只是说女人给自己生个孩子，她没有想到这孩子可能自此一生，从传统意义上便没有祖坟，没有来处，那他去哪里安生？

这悄然的六年多，她一直在享受着林度带给她的充实和希望，但林度呢？没有地方安放的林度，因为林连翘自己这份执念，眼看着要失去归依，而她却无能为力。

林连翘感觉自己像极了一只衔着小猫崽的母猫，飞奔在大片大片屋脊上，屋脊下的万家灯火，都容不下她。

清晨连翘开始收拾屋子和做早餐，她必须打起精神来面对林度和自己，她装作没事人一样，和林度开玩笑："小懒猫，你睡得好吗？昨天晚上要不是我救你，你都直奔地板去了！"

吃过了早餐，林连翘窝在沙发上看书，林度在和自己的玩具打架。

正玩着恐龙排队游戏的林度，突然说："你们大人每天都假装很开心。"

"为什么？"连翘暗自心惊，她从书上抬起头来问。

"我知道妈妈你不开心，这个爸爸并没和我们一起住，他有可能并不欢迎我们。其实没有这么多事，我觉得我只是想知道我爸是谁，现在我已经知道了，他回不回来，不关我的事啊！那是他的事。"林度说。

连翘暗叫一声惭愧，她居然还不如一个小学生看得明白啊！

陈唐他家外有家，又关我什么事呢？我为此去假装开心，有什么必要？

"那我们走？"连翘看着林度。

"走吧！浪迹天涯去！"林度挥挥小手，小脸放光。

"谁教你这些词的？"连翘哭笑不得。

"网上的呀！"林度大笑。

连翘给陈唐发了微信说："以后各自安好，请不要再来找我们，我不想因为这些事再换手机，更不想给林度换学校。"

第六十六章

黯 然 归 家

去哪里？林连翘首先想到的是自己的父亲，她的家。

原来人在受到伤害时，第一时间会想到的是自己的父亲，在这场打击面前，林连翘本能地想到父亲。这切肤之痛，想得到庇护，想得到力量，连翘心里的父亲，依旧是那个给全家建房的男人，努力拉动板车，奋力往前，一身腱子肉，满头大汗，回头向他的家人粲然一笑的样子，仿佛那个板车上，沉重的沙石根本没有分量一样，轻松。

连翘必须回家。

她内心鲜血淋漓，除了回家，大概也是无处可逃的。

连翘买了回省城的机票，她觉得这次她一定要先去父亲那里。

父亲一定要接纳我们呀，林连翘无声对自己说，她犹记得那年父亲提着一瓶酒，风度翩翩向自己走来的样子，她犹记得父亲让她一定要生个孩子，好好生活的话。如今，她带着林度来了。

连翘不断鼓励着自己，心里知道其实也是一种徒劳的挣扎，她只是不想这么快返京。

北京是个战场，经年累月地永远处在备战状态中，她觉得这个时候的自己，那么苍白无力，了无生趣，毫无斗志，她不敢就这么回北京，这个千疮百孔的自己，怎么挡得住北京商战那样的刀光剑影？

飞机在省城落地，连翘打开手机，她给父亲拨了电话，电话这次接通了。

"爸爸，我到了省城，你在哪里，我现在去看你？"

连翘这个时候想父亲，她极力地回顾许多年前父亲那次给她的告诫，如今，她未听劝阻而一败涂地，她其实什么也不想说，就想看看这个给了她生命的人，就想蜷在他脚下，就像是一只挨了打的小猫或小狗，安静地蜷一小会儿也行。

光明接电话时听说连翘要来看他，连忙说："千万莫来，千万莫来。我现在不在省城，过段时间我去北京看你，你过好就行了，不用见面！"这番生硬的拒绝，对今天的林连翘来说，还有什么比这个更为致命的呢？

连翘愣在那里，父亲在一个人的一生中究竟会扮演一个什么样的角色？仅是养育吗？他们是没有情感需求的吗？父亲冷淡得像个陌生的人，见个面都成了一种奢望吗？他也是不相信有人会想念他的吗？连翘突然觉得自己真是自私，她这个逃跑的失败者，是要求一个温暖的抱抱，对吗？可爸爸那里是没有的。她得接受这个现实。

连翘也突然想起，她从来没有在父亲那里获得过温暖与拥抱的。不管是出生，还是被送人，还是在青年时期最无助的时候，父亲几乎从来没有接纳过她。她是如此孤独，这份孤独让她一下子丧失了去求助的本能，她总是在万念俱灰里，像只千足虫那样，断足疗伤，而后再长出新的铠甲，一直是这样自生自灭。

有一种绝望叫作心死。

连翘这个时候觉得她的父亲从来扮演的就是不负责任、不近人情、弃发妻、临阵脱逃的角色，是十足的渣男典范，让林连翘觉得她不应该再想着他仅是父亲这个单纯的角色了，父亲先是一个男人，是男人就会有多面性。此刻，男人林光明不愿意接纳林连翘，连翘觉得以后她也不会再找父亲了。

人到中年，身心疲惫时，才知道，人为什么要结婚，原来原生家庭最终是会抛弃自己的，林连翘没有自己的家，所以一切才显得那么薄凉而伤情。

直到林度推她，叫道："妈妈，你怎么了，你怎么哭了？"她才恢复了意识。

"啊，没什么，儿子，我只是突然头有点儿疼，疼到流眼泪了。"

"那你蹲下来，我帮你揉一揉太阳穴就好了。"林度望着母亲说。

被儿子揉过太阳穴的连翘，觉得自己真的好多了。我们取暖的方法有很多，尤其在绝望透顶的时候，总还有一双小手，在我们的生命中，轻轻揉搓的。连翘觉得她不应该哭，她可能确实打扰了父亲。人们一直在传说的，父亲又娶了妻子，并且生了小孩儿，生活美满如意，大约是真的了，他再也不需要连翘他们这群前妻的儿女了。

连翘站在当归的家门前，这栋楼豪华而耀眼，外墙全套浅绿瓷砖直到顶，欧式栏杆，深绿装饰，里面雕刻式吊顶，线条流动而优美。实木楼梯，一应俱全的实木家具，沙发宽大而豪华。明明盖楼的钱都是她和母亲出的，当归居然盖得如此富丽堂皇，这让连翘感到有些不适。

连翘实在忍不住了，说："当归，你这家具这么高档，我自己都从没有用过，你搞得这么好啊！有些钱是不是不应该这么花？"当归一听不高兴了，扭头就走，临走扔下一句话："这是我的家，我爱怎么着就怎么着。"

原来当归的人性如此恶劣，在获得了帮助后，并不是感恩，而是不劳而获得逞后的得意与窃喜呀！

连翘气坏了，说："你这什么态度啊，这么做事是不是太过分了，以后少联系了！"

当归走得老远回一句："不来往才好！"

连翘气鼓鼓地转身进了防风的家。

防风的家还是过去的样子，简朴，还保持着十几年前的式样。那几个没有人住的房间，落满了灰尘，里面堆着的好多都是没有拆开的快递箱子和盒子。

"防风啊，我给你买的衣服和吃的，你怎么拆都没拆啊？"连翘叫道。这些年逢年过节，她总是从网上给防风买吃的、穿的、日用品，对生活要求极低的林防风，根本就没把这些放在眼里。

"我衣服又没破，还能穿，为什么要换呢？你们太浪费了！"防风说，他指着一地的快递，"连翘，你看看你这几年，瞎买了多少东西，你这才叫暴殄天物呢！在物质丰富时，我们要从俭，一味追求浮华的生活与享受，势必一败涂地的。你看你资助当归盖这么大的楼，这里没有一砖一瓦是林当归自己的劳动所得，没有一寸土地是他亲手耕耘的。只怕，你这样做，会给林当归引来更大灾祸的！德不配位，和财不配德，是一个道理。"防风说完，就骑上他的电动车出门去了。

这个家活得最明白的防风，却不被众人所理解，这番话让连翘心惊肉跳，她真是再也经不起任何风浪了。

林度一放下行李，便去后院找东西玩。打小林度每年都会跟着外婆回到这里，对这里他几乎和北京一样熟悉。他从那间没有拆除的柴房里找到了他四岁时候的球，又找到了一条钓鱼竿，他要去后面池塘钓龙虾。隔壁赵老四的儿子刚一岁，林度逗着玩，居然让人家小孩子叫他爸爸，那个小娃儿真的就跟在林度后面，爸爸爸爸叫不停，逗得大人哈哈大笑。

转眼就要到林度开学的日子了，连翘告别了家人，带着林度回北京了。生活从来就冷峻得很，不会因为人生变故而稍作停顿。连翘得去上班，林度得去上学。

翠莲当归他们也一样，他们也过他们的朝九晚五的生活，谁也不关心过去发生了什么，也不知道未来会发生什么。

翠莲从北京回老家，她的日子又回到了原来的轨道，每天下午出去打麻将，有时候晚上回来做饭，有时候晚饭是当归做，叶青现在已经有些显怀。大家都在等待着这个新生命的降临，门口的院围墙，当归准备重新砌起来，将赵家人圈到围墙外面去，一切看上去有积极向好的趋势，这一家人又充满了希望。

一天早上，当归在买菜的时候遇到宋文峰，这个少年时候一起玩，又一同被抓进派出所的玩伴，如今已经是两个孩子的父亲，他自己开了一间棋牌室，日子在当地倒也过得去。

宋文峰说："当归啊，你这刚盖了新楼，应该花了不少钱吧！"

"那还用说，现在手头上荒得很，马上孩子要问世了，愁啊！"当归说。

"这还不简单，走，去我家，点几炮就有了！"宋文峰笑道。

"算了，十赌九输，我也看透了，再也不去了，等孩子出世了，看再找个什么事混日子呗！"当归说。

宋文峰左右看看，凑近当归，说："不过，你在外面这么多年可能不知道，现在咱们这里有一个新的玩法特别来钱，一夜可暴富的，地下钱庄开的，非常隐秘，没有几个人知道，我这棋牌室挣不了几个钱，我时不时就去那里将钱回个炉，否则我这有俩孩子，怎么养活啊！"宋文峰将电动车停好，掏出一包大中华烟塞给了林当归。

"我现在已经洗手不干了，媳妇要生孩子，算了，没那个发财命。"当归说。他接了宋文峰的烟揣进了裤兜，点了一支自己的烟。

"呀，这都不像林当归说的话啊！你想，一夜输赢一百万元，见过这阵势不？赢一把就走人，不再在那里出现了，你说过瘾不过瘾？"

当归寻思着，盖房的钱都是二姐连翘和母亲出的，现在每月的生活费都是来自母亲翠莲的退休金，叶青和他都没有班上，这孩子说生出来就生出来了，如果用这生孩子的钱去搏一把，留一笔大钱在手上，从此再也不上牌桌了，也是件好事呢！不就是一个晚上吗？他就不信，他的手气那么背，万一真的赢了呢？

当归菜也没有买，就跟着宋文峰去了。这一天下来，当归果然赢到了两万元，当归兴奋得不行，回来就把这两万元交给叶青，他说："你先收着钱，我以后靠自己挣钱，肯定会好的。"

多年赌博的当归知道，见好就收手，是最明智的做法，何况下个月叶青就要生了，他赢了这次，还真就没有再去那个地下钱庄了。

叶青快要临产了，当归天天在家小心伺候着叶青，他准备了所有待产的物品，包括向宋文峰借来了一辆车，他和翠莲开始倒计时，随时准备上医院。

半夜发作的叶青，被当归送进了医院。经过几个小时的阵痛，叶青生了，是个男孩儿。

当归和翠莲还有常胜一家都守在医院外，一听到孩子落地了，一大家子人高兴得不得了，大家四散报喜去了。

第六十七章

光 明 望 乡

再次挂断了女儿连翘的电话，光明呆坐在床头。

他其实多想见一见这孩子呀！距他们上次喝茅台，都快十年了，不曾见过面。

可他这个样子怎么见人呢？他的腿瘸了，这还不是最严重的，严重的是，他现在居无定所，他怎么能让连翘他们知道呢？

上一家房东说他年纪太大了，不知什么时候会死在他屋里，别把他房子给弄脏了，合同到期就再也不肯租给他，他被迫又去找地方住。

如今，租房越来越难了，有楼房的房东一看他的身份证，又瘸着一条腿，就不愿租给他，好不容易在城区十里外的群租房里，租到了一间房。

这个地方的条件比上一家更差。上一家好歹还是在楼房里，至少四周不透风，这个新租的房子是在群租房里的简易房，房顶上只盖着石棉瓦，墙壁四周有裂缝，夏天热得要命，冬天冷得出奇。

现在这个小房子放了一张小床、一把椅子、一张小桌子和一个布柜子后，地方就很有限了，什么都没有，他怎么能让女儿来呢？连翘这些年给他打过好几个电话，要来看他或是让他去北京，这个女儿还是有孝心的。他从来没看好过连翘，光明一直觉得这个孩子活着简直就是一个拖累，不管是对自己的家庭，还是对连翘未来的家庭。光明总想着连翘会养不活自己的，一个初中毕业生，能在外面过得怎么样呢？大概也只能是打点零工，勉强糊口，条件能好到哪里去呢？她又不是紫苏。

想到紫苏的时候，光明心便烦躁起来，紫苏又能怎么样？紫苏的狠、紫苏的冷血让光明有些吃不消，他曾经想到的关于紫苏所有的荣耀，就算紫苏真发达了，大约与他林光明也没有关系了吧。

光明觉得当务之急，他得好好治病，他的腿如果好了，也许还能找到一份工作，有稳定的工作，一切都好办了，光明觉得要活着不给人添麻烦才行。他若现在就答应见连翘，无形中就要给女儿添很多麻烦，这也是他无法忍受的。

穿好大衣，光明就出门了。

光明想去看看他的退休工资有没有到账，前段时间他把周兵的药停了，因为光明觉得他的腿现在就算上了仪器也没有感觉了，他有些怀疑周兵给他的这个药的成分，其实并没有治疗的作用，大概也就是一些维生素之类的，吃不死人的东西。他提出要检验药物成分时，周兵就再没来了。光明更觉得周兵的药有诈，这些年花了他这么多的钱，腿却并没有好，这个周兵其实就是一个骗子。想到这里，光明就觉得生气。

他打算好好去看看中医，重新做理疗。每月的退休金刚好够两次理疗和吃饭用，所以，现在的退休金按时发放对光明还是很关键的。

取了退休金回来，天已经黑了。

光明洗漱收拾了一下就上了床，不知道是这些天想着连翘的电话呢，还是别的什么原因，这个晚上他又梦到老家，梦到翠莲，他梦到翠莲居然出了车祸，梦里只听到砰的一声，翠莲就被撞飞了，鲜血淋漓，光明惊得一身冷汗，醒了。

醒来天刚蒙蒙亮。

这几年怎么那么容易梦到老家呢？光明觉得他总在自己家的大枣树前转悠，有时候转悠一个晚上，只是这次他怎么会梦到这个前妻呢？是不是她真的有什么不好呀？这个和他做了多年夫妻的女人，除了爱赌博外，真没有什么大毛病，她可不能出什么事呀，她若不在了，两个儿子可真就没有家了！

凌晨，他给弟弟常胜家打电话，电话里听到兄弟的声音，光明就哭了。

光明问："常胜呀，你家电话没有变呢，我就问一下呀，你大嫂翠莲是不是不好了呀，我刚梦到她出了车祸！"

接到哥哥的电话，常胜一下子睡意全无，马上坐了起来，叫道："哥！"

为了要接大哥打来的电话，常胜家虽说盖了三次房子，挪动位置三次，可他的电话一直是原号码移机，从来没有换过。

"哥啊，你总算给我打电话来了。"常胜也哭了。

年龄相差十七岁的兄弟俩就在电话两头哭得稀里哗啦的。

常胜说："哥哥不用担心，翠莲大嫂现在和当归一起住，挺好的。当归现在学好了，有出息了，将原来的平房推了建了三层小洋楼，也结婚了，媳妇怀上了，今年就会生个孙子，家里越来越好。哥啊，我听街上米国哥他们说，你现在在外面成家了，我又有一个小侄子了是吗？"

"谁说的？！"光明一听吓了一跳，"谁这么造谣啊？我上哪儿成家去啊？常胜，你怎么听他们瞎说八道呢？我怎么会在外面结婚生子呢？我是一直巴巴地望着你两个侄子，哪怕有一个能立起来，我这一世也没白活啊！"光明生气地说。

"哦，哥，你若在外面没有成家，就回家吧，大家彼此有个照应的日子，也会越过越好的。"

听说当归盖房了，光明有些兴奋起来，这个不成器的小儿子终于有希望了？他详细地问了老家的现状，问到防风时，光明说："那他以后养老怎么办呀？又不找个人结婚，现在又没有工作？"

常胜说："哥啊，防风就在家待着吧，只要公安局不来找他，我们就烧高香了。以后有我们吃的自然就有防风的，防风平安，我们也安心，你放心。"

这番电话打完，光明有了些许精神。

儿子当归从赌博卖地基到盖房，这是一个很大的转变。光明又开始有了新的盘算，其实能回去，也是一个挺好的选择，他这段时间照样在买彩票，中奖这个事，得慢慢来，急不得。如果当归成器了，以后跟着小儿子当归过，应该还行吧，小儿子脑瓜子灵，如果能学好，也是能把日子过好的。

想着能回老家，光明这段时间生活更有劲头儿了。听说翠莲并没有再嫁，光明的心便有些活泛了。光明从常胜处找来翠莲的电话，他打了好几次翠莲的电话，都没打通。

光明都想好了，如果回老家，就和翠莲破镜重圆，这样他的家就还是圆满的。光明每天都在为回老家做准备，这样他吃饭买药、每天的开销就更要精细打算了，以前按月发放的退休金光明都存着，最近两年每月都会花掉退休金，从现在起，他想着每月存一千元，这也算是未雨绸缪了。到时候等当归孩子出生，不管男女他都要给孙子准备一份大礼。

光明一个人在那昏暗的小屋子里，摆弄着他的存折、小票，还有一些日记本，仔细看完后，再用一个个信封装好。他发现要还给连翘的钱早已经存够五万元了，这个得单独放好，不能混在一起，光明要找个机会把连翘的钱还给连翘，这个是不能动的。

定好了回老家这个目标，光明开始每天都给翠莲的手机打电话，他觉得他要像一个小伙子追求姑娘那样，来重新追求翠莲，一定要让翠莲答应他这个复合的要求，少是夫妻老是伴，他们是有必要去佐证这个俗语的。

他有信心，翠莲不会拒绝他，翠莲他还是有把握的，她心里怎么着，也是有他这个原配的，不然，她怎么到现在还不找人呢？

翠莲的电话没有打通，光明在一个中午却接到了常胜打来的电话。

电话那头，常胜很兴奋地说："哥，恭喜你呀，你有大孙子了！"

接到电话的光明激动得两手发抖，他有孙子了呀！放下电话，光明在小屋里团团转，恨不得马上见到孙子。他觉得人生真是很奇妙，"孙子"这个词，他是盼了很久的。他在多年前就曾经做过一个梦，梦里有一个白胡子老头儿告诉他，他的儿子他是指望不上的，指望孙子还差不多呢。

没想到，这次，孙子真来了。

过去他想的是六十而立，去城里光宗耀祖，但现在他不这么想了，原来含饴弄孙才是人生第一大快事，他迫切地想要回去，回老家去。老家每一寸土地、每一个故事都那么值得人回味，他想念他的院子，他想回家的心在这一声报喜中，更加浓烈了。

光明让常胜来一趟省城，他们约在一个小餐厅见面。这是光明头一次主动约家人见面，有了孙子的光明，觉得有了希望，有了希望的人，就不再等奇迹了，他不再担心自己的样子会不会让人看不起，也不再操心自己的腿了，他觉得生活开始亮堂了起来，他的腿似乎也可以得力，如果扔了拐棍，都可以走好几步，这要好起来，并没有太大问题了。

十多年没见面的兄弟俩，相对而泣。

"兄弟，你也老了。"光明看到已经有白发的小兄弟感慨万千。

"哥，我都马上五十了，怎么不老呢。哥，你，辛苦了，我都要不认得你了。"常胜一声哥叫得自己泪流满面。常胜心中，他的哥哥光明是何等伟岸英俊的。他仰望哥哥，崇拜哥哥。哥哥如今佝偻而瘦弱，头发也快掉光了，走起路来还一瘸一拐的，让常胜不由得心疼难忍。他抓着哥哥的手，说："你腿不要紧吧，你现在一个人在外面怎么过呢？"

"我好得很，兄弟，我这次叫你来，就是为了我孙子，我这里有十二万元，你捎回去交给当归媳妇，"光明说着掏出一个布包，"这是我这做爷爷的，给孙子的见面礼！"

"咋不叫当归来取呢，那多好！"常胜说。

"这可不能交给当归啊，千万记住，当归我还是信不过他，他不会过日子，我孩子我知道。但愿当归媳妇能当个家啊！"

光明将装着十二万元的布包郑重地交给了常胜，也将他余生的希望交了出去。

月子里的叶青坐在床上接到这笔钱，感慨万千，心情复杂得很。虽然儿子都生了，她对当归也是有很多怨气的。当初结婚的时候，说好的彩礼十万元，当归临到去接她，才交给她妈三万元，那七万元就不知去向，她为这事和当归闹过多回。这未见面的公公带回的十二万元，也让她平复了些怨念，至少她觉得这个家庭，还是重视她这个媳妇的。

孩子满月后，叶青就带着这十二万元去银行存了，并告诉当归："这笔钱不要乱花了，专门要用到儿子身上。"当归不断点头说："这肯定要花在儿子身上，这可是亲爷爷给的钱。"

第六十八章

少是夫妻老是伴

光明给的这十二万元虽然被叶青存起来了，可当归每天都在琢磨着这笔钱的用处。

想着想着，当归便心痒了，上次在钱庄他才押了五千元，就赢了两万元，这十二万元，如果投下去，我儿以后就衣食无忧呀！当归越是这么想，越觉得热血沸腾，挣一笔大钱的梦想，无时无刻不在折磨着他，他决定偷出那张卡，这么想的时候，他便付出了行动。

趁叶青洗澡时，他拿走了那张卡，并放了一张同色的卡在叶青的抽屉小包里。

当归拿走这笔钱时，他是看得见曙光的。他想为了他儿子将来过上好日子，他也要去搏这一把，以后再不赌了。

当归盘算好，等儿子断奶了，拿一笔钱出来和叶青去开一家美容院，他朋友那么多，不愁没生意做。

当归再次走进地下钱庄，已是夏天了。

"哎呀，林总，这是去哪儿发财了，这么久不来？"钱庄总经理徐汉迎了出来，这是一个矮胖的汉子，脖子上套着条金链子，尤为耀眼，此时一脸笑，很是热情。

第一把下注，当归又有了进账，他暗笑了，这个钱庄碰到我，怕是要破产了。

一连三把，当归净赚了五万元。他将烟掐了，和徐汉打了个招呼，就走出了钱庄那个很隐蔽的小门。

门后的徐汉看着远去的林当归，点燃了一支烟，问手下："他家的楼是上下三层吧，现在市值多少？"

手下说："我查过了，差不多在八十万元左右。"

嗯，很好，走，继续。

当归怀揣着十七万元回了家，他拿出五万元给叶青，说是给儿子买奶粉的。一出月子，叶青的奶水就不足了，他们要给儿子喝奶粉。

收了钱的叶青喜滋滋地喂孩子去了，她根本不知道她藏匿在抽屉里的那张卡，早就不是自己的卡了。

光明这些日子一直在琢磨着怎么名正言顺地回家。儿子当归有房子了，以后他不用再愁住房问题了，他该找个什么理由呢？

光明想来想去，他觉得还得找翠莲。

他怀疑翠莲是有意不接他的电话，他开始发短信，以他的水平，他的信是极富感染力的。他要感动翠莲，一定要。

翠莲并不知道光明给她打了电话，而且她的眼睛已经老花得厉害，手机屏上的信息字太小，她也从不会去看。她的耳朵也不太好，所以很多时候，她出去玩，或是在做什么，都没有带手机。

翠莲是在一个下雨的晚上接到光明电话的。那天因为落雨，翠莲没有出去打麻将，她看电视时，声音总是放得很大，电话响了十多次，终于在翠莲准备关电话时，看到了闪动着的电话。

电话那头，一声翠莲，显得很遥远，但却足够熟悉，翠莲听了心头一哆嗦，她不敢相信这是光明的声音。

但是确实是光明。

光明说："翠莲哪，我想你啊！你怎么不给我回信？也不接我电话？"

翠莲心一酸，眼泪便下来了，说："我怎么知道你给我打电话？我怎么想到你会想起我？"

"我怎么不会想起你来？翠莲，我俩多年夫妻，我俩共同生儿育女了呀！"这番情真意切的话，让两个年近古稀的男女，泣不成声。

自从签了那张离婚协议后翠莲早已经死去的心，在这一声呼唤里，萌动了起来，她想起他们共同去建房，曾经多少次在半夜里商讨儿女大计。这个男人，其实在早些年，也是认真努力地为这个家精打细算过的。

那时候他俩去给紫苏送电扇，为她的民办教师转公办的问题，光明不知跑过多少夜路，才办成了这个指标。

翠莲在电话这头垂泪伤心的是，真如光明说的，如果不是自己迷上了打牌，一切会不会是另一个样子呢？

"翠莲，以前的事不提了，我们重新开始吧！我们有孙子了，我们有后了，老大防风生他的时候我们当时是有思想准备的，防风他就不是一个凡人。当归现在成器了，以后我俩带孙子，你要想打牌你去打，只是晚上就莫出去玩了，天黑路不好走，可莫摔了腿，那可不是闹着玩的。我们把晚年生活搞好，我们年轻的时候就没输给别人，我们老了，虽然经历这么多，我们一样输不了，你说呢？"光明说。

翠莲放下电话，赶紧去找当归，叫道："当归，起来，别睡了，你爸刚给我打电话了！"

一个星期后，当归带上媳妇叶青和儿子，与母亲一起去省城看父亲光明。

见面当天，光明将自己所有的衣服都找出来对比了一番，他得穿得像个样子。被子也换新的了，床虽小，他也铺得平坦而干净，小桌子、小椅子摆好，地上扫了好几遍。这几天他特意去针灸处拔了一次火罐，他跟那个戴眼镜的老年大夫说，他爱人要来看他了，他孙子也要来呢。

大夫一个劲儿地说："那感情好，真没想到你还有家人啊，我还以为你是个孤老呢。"

"那怎么会，我可有好几个子女，他们都忙，不是一般地忙，有时候过年都没办法回家，唉！"

这是光明第一次跟外人说自己的事，这么说的时候，他也像普通人家的老人那样，咂巴咂巴嘴，一副又满足又无奈的表情。

光明去车站接翠莲他们时，他就站在车站出口处。

当归一眼就认出眼前的老头儿是他的爸爸，原来乌黑的头发几乎脱光了，连同曾经乌黑的眉毛都没有了，脸上大大小小的老年斑在告诉人们，人近古稀的艰难。他佝偻着腰，低着头站在出口处，那么安静，那么瘦小，听到儿子叫了一声爸爸，才猛地抬起了头，戴着眼镜的老头儿林光明，咧开嘴笑了。

光明看到眼前一个高大的男子抱着一个奶孩儿站在他面前，旁边站着一个小姑娘，小姑娘很好看，另一个胖实的、红润的妇人便是翠莲了。

光明迎了上去，说："当归吧？嗯，你们来了，翠、翠莲，是你吗？你还是老样子啊，没怎么变！走，我请你们吃饭！"

翠莲一时还没有认出眼前的瘦弱老头儿是她的前老伴儿，一声翠莲叫得她眼泪横飞，连忙说："是我，是我啊，怎么会是老样子，我们，都老了。"

餐桌上，光明不断给翠莲夹菜。翠莲说："你自己吃呀，你看你，太瘦了，光明。"

一声光明叫得林光明心头一酸，已经很久没有人叫他名字了。前些年别人还尊重些，叫他林伯的多，现在大都是那个老头儿，或是老林头。当归夫妻忙着给孩子喂奶、换尿不湿，这个饭吃得匆忙而热闹。

临到最后，当归轻轻碰了碰叶青的胳膊，使了个眼色，叶青将孩子抱着站了起来，靠近光明，腼腆地说："爸，您孙子还没有名字呢，当归说，他的名字一定得等爷爷来取，您看他叫什么好呢？"

"哦！"光明一下子舒展了他所有的皱纹，乐开了花，"好好，翠莲呀，你看看这孙子，长得跟我们家当归小时候一模一样啊！"

"可不，当初咱们孙子抱出医院时，很多护士都跑出来看呢，说好些年没见过长得这么好看的小孩子了。"翠莲喜气洋洋地说。提起这孙子，他们的话题就多了。

光明拿根筷子蘸了蘸杯里的水，略一沉吟，在桌子上写了两个字"惊霄"。

"林惊霄，就叫林惊霄吧！但愿我们家孩子，一飞出林，气冲云霄，我们林家，一定会重整旗鼓的！"林光明说完，询问地看着当归。

林当归默念了一下"惊霄"，说："好，爸，听您的了，我这一代没给您争气，但愿下一代，惊霄可以！"

当归他们随着光明到了光明的出租屋。

一进父亲的家门，当归就暗自一惊，光明居然住得如此寒碜，他说："爸，这么多年你就住这里？太遭罪了，你还是回家吧！"

光明说："我在这里暂时不回，我再等等，再等等啊！"

当归说："爸爸，您这身体要调养，我的意见是您回老家去。您若现在实在不愿意回老家去，让妈在这里照顾你些日子。现在我们一家算是团圆了，一切会好起来的。您放心！这个家现在不是有我了吗？无论您什么时候想回家，我们肯定都欢迎您。"

当归夫妇走后，翠莲开始打量着光明的小出租房，她看到墙角一个袋里露出的一些花色女式衣服，心里有些不舒服，问道："光明，这衣服是谁的啊？"

光明叹气说："以前没中风的时候，也是有个女人的，中风后，她就走了，我寻思，她会来拿去，所以就把她的衣服放在这里，万一人家来拿好还给她。"

"哦，别人走了你才想起我来啊！"翠莲酸酸地说。

"翠莲，我们俩是什么感情？她们能比吗？就论我们俩有孙子，他们就比不了，你说是不是？"光明说。

"那倒也是。"翠莲笑了。

翠莲自己去菜市场买了做饭的煤气炉和锅碗，拾掇出一小块地方当厨房。

其实进了省城，翠莲第一眼看到光明弱不禁风的样子，她便彻底原谅他了。不管他们曾经经历了什么，苍老是任何人都无法回避的，这个老去的光明，激发了翠莲内心里强大的母爱，或是最传统的思想，少是夫妻老是伴，翠莲觉得她有责任照顾这个风烛残年的人，虽然他们年龄几乎差不多大，但以她的身体素质，她觉得她比现在的光明身体要好得多，她希望光明在她的照顾下，能好起来。

翠莲每天都陪着光明去针灸，晚上给光明炖汤，眼见着光明脸上有了些光泽，她才有了一丝欣慰。

有了翠莲的日子，光明觉得离他回老家的日子更近了。他仔细琢磨着儿子的话，他觉得如果能在今年过年或是明年夏天和翠莲一起回家，也是一件大事，漂泊大半生，因为儿子而归去，不丢人。

他带着翠莲去了助听器店，精心为她配了一副助听器，并亲手给她戴上。

"翠莲，听到我说话了？"光明盯着翠莲问。

"听到听到。"翠莲频频点头，泪流满面，她从年轻时耳朵就有些不好使，这么清晰的声音，她也是头一次听到。

在回家的路上，光明甚至跟翠莲说："回家我们第一件事，就是再去领个结婚证，好好地过我们的后几十年，我得好好待你了。"

翠莲听了，不断点头，人到老年，还有什么可求的呢？一个是孩子的父亲，一个是孩子的母亲，没有任何一种复合能有那么理直气壮了。翠莲将过去的一切一笔勾销，只是希望能和光明快快回去，把日子过好给别人看，也过给自己看。

第六十九章

当 归 卖 房

　　父母团聚，让林当归更为急迫地要去多挣钱，他不仅得养儿子，他未来还有父母亲要养，这是他做儿子的责任。而且他哥防风现在孤身一人，防风不知什么时候才能上班，如果继续这个状态，以后退休金都拿不到手，将来也得靠自己养。他林当归的负担该有多重，林当归想着这些，更觉得他得去搞钱。

　　林当归对金钱的理解，一直就是在牌桌上几个筹码的来去，他几乎从未正经工作过，唯有那年在黄明洋处的工作经历，也被林紫苏否定得一文不值。所以，当归还是觉得他必须回到牌桌上去。

　　林当归再次找到徐汉那里，他已经从省城回来有几天了。

　　徐汉从里面迎了出来，依然是一脸职业性的笑，热情而做作。

　　林当归坐在牌桌旁，这次他连下了三把，这一天，他不仅将他带来的十二万元给输掉了，还欠了十万元。

　　徐汉这个时候恰到好处地从里屋出来说："当归啊，不用急，胜败乃是兵家常事，缓一缓再来。"当归想也是，赌桌上人不可能总是赢的，也有输的时候呀！

　　徐汉将手搭在当归肩膀上，说："当归放心，我肯定站你这边，你的手气还是很不错的，下次再来，如果钱不凑手，跟哥说一声，我可以先给你周转，下把就回来了，不要放心上。"

　　林当归回到家中，孩子哭得不行。新手妈妈叶青手忙脚乱地给惊霄冲奶，大概是太烫了，孩子喝了一口，就哭了。

　　"你说你这女人怎么这么没用！什么都做不好。"当归忙接过奶瓶，重新冲奶粉，"你得用这个温奶器里的水，怎么能直接从开水瓶里倒呢？"当归说。

自叶青怀孕起，家里里里外外照顾的事一直是当归亲力亲为。在这一段婚姻里，他尽力弥补他上一段婚姻的缺憾。他尽量迁就叶青，他让他母亲照顾叶青时，不能说重话。孩子出世了，他自己给小惊霄洗澡换衣服喂奶，孩子出生到现在，夜里还是他起来给孩子冲奶粉，叶青一个人在家时，都照顾不了惊霄。

安顿好了惊霄，当归去做饭，叶青大概也觉得过意不去，忙着收拾房间，拖地。夫妻俩忙活了一阵子，终于吃上了饭。

"上次给你的五万元还在家吧，你拿给我一下。我和宋文峰搞了一个小工程，要用钱去签合同，过一个月就还回来了。"当归放下碗筷，装作若无其事地说。

叶青想都没想，就去拿了。她觉得这两次当归有钱就拿回来，说明当归是真的学好了的，不管做什么，只要家里有进账就行，现在外面不论做什么，都要讲投入，她相信当归，过不了几天肯定会将钱再还给她的。

饭后的林当归拿了钱迅速去了徐汉那里。

这样连续战斗了几个星期，当债务达到了八十八万元时，林当归的后脊梁上开始大量冒汗了。

他知道，他不可能再有翻本的机会了，这是他从未欠过的金额，如果说过去十万元算是一个大额的话，当下的林当归就要万劫不复了。

他去找宋文峰，宋文峰一听林当归欠了这么多账，也一下子呆了。

"林当归！我不是告诉你就干一晚上就走吗？你，当归呀，你怎么这么糊涂啊！"宋文峰直跺脚，"我从来就不赌第二把，这个赌法，就算有万贯家财都顶不住的！"

"你怎么不早说？"林当归怒道。

"喂，林当归你这是什么话？我们可是打小就认识，对吧？你看你，做事不用脑子的毛病从来不改啊！唉，你看我们俩，一起坐过牢，一起偷过东西，但我现在比你过得好吧，为什么？你自己细想想！"宋文峰说完，就进了他的棋牌室，把林当归一个人晾在了外面。

林当归一个人在路上狂走着，他还能找谁？母亲手头上是早没有钱了，父亲那副病歪歪的样子，他上次已经拿出来十二万元，手头上大概已经空了吧，如果他有钱，他不可能想回来的。小叔常胜家他早年借多了，也借干了。小叔家也有三个小孩儿在读书，如今他还欠小叔三万元没有还，他也没打算还，肯定再也借不出钱了。连翘是卖了房子给他钱回来建房子的，上周看到新闻，她的游戏公司拆分，已经从三板退市了，能好到哪里？上次回家看到自己房子建成这样，连翘都觉得花销太大，生气地拂袖而去了，当时当归一气之下，将连翘的微信拉黑了，怎么再找她呢？开不了口呀。

他有朋友，可是这些朋友都是酒肉朋友，而且个个都是长年缺钱的主儿，跟他一样常上牌桌上打秋风，输钱了就到处东躲西藏的，没一个靠得住的。

他觉得他只能去找紫苏了。虽然他一百个不愿意去找紫苏夫妻帮忙，但现在这八十八万元的窟窿怎么办？也只有紫苏有这个实力能帮他。

电话打过去，当归叫了一声大姐，就哭了。

"姐啊，这次一定要救我啊！我这里和别人做工程，亏了一百万元，这下子怎么办，你能不能先借我，我到年底就还给你！"

紫苏一听，就气不打一处来，说："林当归！你做工程？骗鬼哪！是不是又是赌债？！"

"不是，不是，姐！"林当归语无伦次，"真的是做工程！"

"你当别人的钱都是好骗的吗？你这个不上进的家伙，你还有脸给我打电话？不要说我现在医院出了医疗事故，要赔人家四百万元，正在打官司。就算我真有钱，我也不会借给你，像你这种货色，会还人钱？连翘的钱你还了吗？小叔的钱你还了吗？！你真不要脸，跟你这种人一个姓，一个家里，真是家门不幸，太丢脸了！我再重申一次，你们不许再联系我，不许给我打电话，我恨你们这群废物！你不想活人，我还得在外活人做人！"

被挂掉了的电话轰的一下，震得林当归脑袋都疼。林当归一下子瘫坐在马路牙子上，他知道是这个结果，他并不很生气，紫苏不可能帮他，也不可能帮这个家的，他也只是怀着侥幸的心打电话，但现在怎么办？谁能帮帮他？他觉得小学里学的课文狼来了的故事，那放羊的孩子，活脱脱地，说的就是他林当归呀！这次，狼真的来了。

他害怕极了。

这个时候想起徐汉的样子，林当归心里一阵发冷。

徐汉不是郑云华，郑云华毕竟是在同一个村里的，怎么着也会碍着老家情面，不敢把他怎么样。这个徐汉不知道是什么人，能在这光天化日下开黑赌场，肯定不是什么善茬儿。他人虽然笑笑的，可眼睛却从来不会笑，这样的人想起来都让人背脊发凉。

当归不敢跑，他还有儿子惊霄，他得想办法。

徐汉那天是在路上拦住林当归的，说："当归呀，大半个月了，你怎么不来看看我呢？"他依旧是那么笑容满面。

"我、我在筹钱还你啊，你莫着急。"林当归说。

"照理，你还钱是很轻松的呀，你有两个姐，都在大城市，据说可都是社会精英，现在你还有一栋这么大的房子，还钱也太容易了吧。当归，我那里可不是常人能去的，我也是看到你林当归在这十里八乡，可也算是有头有面儿的，我才让你进去的啊。"

当归说："我知道我知道，你再容我几天，好吗？"

徐汉依旧笑说："我当然会容你的啊，将债务清了，我们好继续玩啊，我可是把你当兄弟，对吧！"徐汉说着拍了拍当归的肩。

听当归说要卖房，抱着孩子的叶青跳了起来，嚷道："林当归，你疯了吗？！"

当归说："我欠的这债，没法还呀，你说怎么办？否则他们肯定会上门来的。"

"你欠多少啊，不要卖房，我们才住不到三年，我不同意！这样吧，你把爸给的十二万元拿去先应个急，我们再想其他办法呀！"

当归一动没动。

"你去拿呀，在第二个抽屉里。"叶青说着将睡着的林惊霄放进了小床。

见当归没动，叶青往房间里走去。

林当归一把拉住了叶青，说："叶青呀，那钱，我都拿去了，这次这么大的窟窿，我也是用这个钱做的本呀！那个卡已经没有了！"

叶青大惊失色，赶紧跑进房里，那张卡，果然不是她的卡，她的卡是建设银行的，这张卡，只是同色的工商银行的卡。

叶青看着林当归，"嗷"的一声冲过去，对着林当归又抓又挠："林当归，你不是人，你就不是人啊！"

被叶青拉扯得站都站不稳的林当归，被撕扯得不耐烦了，抬手就给了叶青一巴掌。这个曾经发誓再也不打老婆的男人，又开始动手了。人们说动手打女人，只有一次和无数次的区别，这以后，只要叶青稍一提钱的事，林当归便是一番拳打脚踢，常将才刚一岁的惊霄吓得大哭不止。

接下来的一个月里，徐汉带着人一趟一趟地来看当归的房子，他们要么摇摇头说，太贵了，要么没看上这个地方，最后一个人站在后院，他说他倒可以出一百万元，但他要求这整个后院都得归他。

当归说那不行，后院还有我哥一半呢，那人一看行不通，就摇着头走了。

徐汉后来的脸色就不大好了，但当归可不敢找防风，他知道防风半点也瞧不上他，称他败家子，虽然他们是亲兄弟，但一年到头也说不上半句话的。

林当归送走了徐汉，去后院转来转去，他也觉得要买房的人心真是黑，这么大的院子他想一百万元收走，不是一般地黑。他看到防风的家里拉着窗帘，他这个被人称作神仙的哥哥，也不知道在里面做什么。

这天早上，公安局开了四辆警车到了防风家，将防风带走了，这次没有给防风戴手铐。防风只是说："我跟你们走，容我把门锁好总可以吧？"

来人站在警车边点点头，没说什么。防风将门窗都关好，锁严，就直接上了警车去了。

当归一直跟在后面问："我哥又怎么了？你们不能随便抓人的。"

"有没有事到局里再说。"来人说，"你看我们什么时候抓错人过？"

林当归前脚刚进屋，后脚徐汉又来了，那个要买整个院子的人也来了。

"你考虑得怎么样？"徐汉问，"我这个月小弟们的工资还等着发哪！"

"你容我两天，徐哥。"当归说。

林当归去找了村里负责土地规划的村副主任，他模仿了防风的签字，将防风的后院地都办到了自己名下，并没有引起村主任的怀疑。

林防风拿到了村里的证明文件，他将他的房子和所有的地全部转卖，仅留下防风的一层半的旧房子和半个前院。

当归的三层楼房及所有的院落，以一百万元卖给了徐汉找来的买家，还了徐汉的赌债八十八万元，林当归把余下的十二万元交给叶青，他说，以后叶青管钱，他以后永远不再赌了。

他们在才住了不到三年的新房里过的最后一个春节，真是凄惨无比。叶青没有去买年货，也不许当归去买。

没有鞭炮，也没有对联，年夜饭还是小叔送过来的，夫妻俩一口都没有吃。

叶青一边收拾一边哭："这以后怎么办，我的惊霄怎么办？"因为买主年前付了首付，说年后全款到，他们就得搬了。

住在省城的林光明和翠莲，还沉醉在住进这栋楼房的梦里。翠莲说："儿子说了，我们住一楼，你腿脚不方便，免得爬楼。"

光明说："要知道盖了三层，就应该安个电梯呀！"

翠莲说："没见过家里住的还安电梯，何况，你儿子当归哪有这本事！"

光明说："我在电视上看到过，现在有家庭用的专用电梯，以后我们俩攒钱安装一个好了，要不了几个钱。"

第七十章

男 女 反 目

老家，林光明与林当归经历的变故可谓天翻地覆，连翘却一点儿也不知情。

从老家归来，连翘觉得自己最后一点儿活力都被榨干了。自从出资给当归建了房后，连翘觉得不管该不该她负的责任，她都尽到了。她对这次当归的态度并不很在意，不联系也是最好的安排。她太累了，她自己生活都是一地鸡毛，从现在开始，她要活回她自己，她要专心考虑如何养林度，她要心无旁骛，强大起来，真正做个雌雄同体的人。

从老家赶回北京上班，连翘首先要安排儿子林度上学，回家过年的张阿姨并没有及时回北京，连翘还得早上送林度上学，晚上提前下班去接林度放学。

开学后的第一个周一，早晨，连翘目送林度进了学校，转过身在学校拐角处碰到了陈唐。

陈唐站在校园转角处，冷冷地看着连翘。

"我们谈谈。"陈唐等到周围无人，对连翘说。

咖啡厅里，陈唐给林连翘点了一杯卡布奇诺咖啡。

林连翘看着眼前的咖啡，说："服务员，麻烦换一杯白开水，我不喜欢喝卡布奇诺。"

陈唐说："这不是你最爱喝的吗？"

"早就不爱了，九年前就不爱了。"林连翘说。

"连翘，这不是解决问题的态度，我们不能这么任性的，我们还有林度。"陈唐压住火气说，伸出手来去摸连翘的手。

连翘像是触电般，迅速缩了回去，她盯着陈唐说：“那是我的林度，跟你半毛钱关系都没有！”

“他也是我的林度！”陈唐抬高了声音说，“他是我陈家的血脉，他得留下，你可以走，不拦你！”

这种不容分说的口气彻底激怒了林连翘。

“你也配！”所有的隐忍，所有的顾虑，在这一刻都可以不要了。林连翘盯着陈唐，咬着牙轻轻地说：“陈唐，以后不要让我再看到你，我的儿子，不需要所谓的父亲，也不需要这种无耻的存在！”

陈唐显然一下子被林连翘的措辞给惊着了，他一直以为林连翘温婉而听话，她那么爱他，这一点他从不怀疑。林连翘这一番冷酷而绝情的话，让陈唐竟不知如何接话。

陈唐看着林连翘，良久，叹了一口气说：“林连翘你要冷静，有些东西你改变不了，林度是我们家唯一的男孩子，我不会放手的！”

“呵呵，看样子，那些女的，生的都是女孩儿啊！”林连翘看着陈唐，哈哈大笑，说，“你这三妻四妾的都没生出个儿子来？是你家皇位要林度继承吗？”

“连翘不要这么刻薄，我们好好相处不好吗？”

“可以。恢复到九年前，老死不相往来。或是更远一些，三十年前，我根本不知道有陈唐这个人，你也不知道林连翘是谁，这世上，压根就不存在我们两个。”连翘说。

“你不要这么幼稚好吗？要面对现实！只要我找到了你们，我就不会放手，找到儿子这段时间，我们一直相处得不错，对不对？林度是我的儿子，这是你割裂不了的。”

“哈哈，你不就缺个儿子吗？对你这种男的，可不就是小事一桩，找个人生去，我说正经的！”连翘从鼻子里哼了一声，冷笑道。

“连翘，你原来不这样啊！”陈唐皱着眉说。

“我原来什么样儿啊？到底糟糕到什么程度让你如此羞辱我？！”林连翘咬牙切齿地说，“陈唐，不要再纠缠林度，我警告你，不要让你这乱七八糟的生活影响我的儿子，我们不稀罕！”

“林连翘，不要给脸不要脸啊！”陈唐冷冷地说。

转身离开的林连翘，一回到家便将智能门锁的密码改了，再也没有人可以自由出入她的家。这种一刀两断的感觉，让她倍觉放松，也让她深感不安。因为她知道，她和儿子林度，将要面临的几乎算是一场战争。

这场战争的输赢会影响林连翘未来的生活，她生了林度，她就要为林度摆平所有的险阻，她更不能失去林度。这个世上，她再也不信任任何人能给她带来幸福了。

在这一刻，林连翘才发现，男女关系的破裂，无论是何种形式，不管是婚姻里面，还是婚姻外，实质都是一样的。如果说一纸婚书是拿来切割财产的，可能我们在婚姻中失去的可以通过财产来弥补。除了这一点之外，所有破裂的感情却是一样的，它并不会因为没有婚姻这套外衣便能更好地切割与分离，反倒让人们更痛苦地来证明对彼此的爱与不爱。

过了中年的林连翘回望这段感情，才发现自己有多么荒唐，一只蝴蝶爱着蜘蛛，蜘蛛不可能爱上蝴蝶的，而她林连翘只是一只蝴蝶。要说爱，这蜘蛛可能也只是爱过曾经花枝招展的自己的肉身，这个作为美餐的肉身挂在蜘蛛陈唐的网里，平添了他捕杀的乐趣吧。

二十多年来，其实她与陈唐最多只算是关系比较好的朋友，更残酷点来说，她只是与陈唐有性关系的女人之一，拥有过于凉薄人生的林连翘只是需要一份爱，一份独享的爱，这是区别于围绕在陈唐身边的其他女性的地方吧？她曾认真想过的，不管陈唐是上市公司股东，还是流落街头的商贩，在连翘眼里是一样的，她说只爱陈唐这个人。而这样的情怀，陈唐并不懂。陈唐说，他的女人就像动物世界海洋里的黄花鱼群，不断壮大。陈唐自鸣得意，恬不知耻地用这个比喻来宣示着作为男性的领地性，可是只想要爱的林连翘不是这个领地里的。所以，今天的林连翘对于陈唐来说，也是很棘手的。

过完了正月十五，张阿姨打电话来说，她来不了了，她女儿怀孕就要生了，可巧女儿的婆婆这个月生病，没法伺候月子，她得给女儿带孩子，她今年不能来带林度，让连翘再找个阿姨。

这临时去哪里找阿姨呢？林连翘被生活弄得焦头烂额的。

连翘要上班，现在陈唐隔三岔五会来学校门口等林度，这种对峙让连翘感到危险重重，她得去给林度办转学手续，她要将林度转到西城去念书，他们必须再次消失，连翘觉得一刻都不能耽误了。

这是陈唐第四次来北京了。他不知怎么做到的，居然去学校向老师告了假，提前将林度从学校接走，晚上送林度回连翘小区。陈唐给林连翘发了微信说他明年要让林度转学至海城读书，海城私立小学很好，让连翘将他们的户口本拿出来配合一下。

林连翘怒火中烧，若再这么继续下去，连翘真有可能失去林度，她知道，她得加快行动。

她简短地和薛磊说了一下林度上学的事，薛磊叹了口气，说："连翘啊，七年前你就是踩着雷过来的啊，这个爆炸点始终存在，你早应该明白的。"

"是啊，我也不知道为什么。"连翘说着，眼泪就掉了下来，"薛磊，我的命很不好，真是很不好，我奶奶说我是苦人天赐，这苦人真是一点儿也不假啊。你看，这不我的日子四处是坑，还带自己挖的！"连翘把头埋在臂弯里，眼泪大颗颗落进了臂弯里，胳膊不一会儿就湿了。

薛磊拍拍连翘的肩："喂，连翘，你可是无中生有型的，你是最棒的，怎么能哭呢，这不像是你啊。没事，肯定有办法，大家一起来想办法！"

薛磊想的办法很快就顺利实施了。他说他的孩子还小，而且他爱人的房产在中关村一小的学区内，他们不缺学区房名额。

而他奶奶有一套房在海淀新城小学附近，也属于近几年的名校学区范围，可以借薛磊奶奶名下的房子的名额送林度上学。

连翘和薛磊奶奶签好了租房与借读名额合同，半个月后，连翘便办好了林度的学前班学校接收手续。她又在学校附近租了一套公寓，方便接送林度上下学。送林度上学返回公寓时，她被一个房屋中介拦了下来。

中介经理柴杰年纪不大，但做中介已经有些年头了。他带着一沓房屋材料，微笑地询问连翘是否就住在附近。听说连翘是租住的房子，他说如果想要真正解决读书问题，连翘还是需要买房的，这些年，因为借读名额的官司层出不穷。今年的择优录取情况，是有顺序的，优先从有自己的房产开始录，一旦名额满了，你们在这里所有的努力都白费了。

这一片房子几乎都是 20 世纪 90 年代初建起来的旧小区，每套房子又窄又小。拥有一套学区房的愿望一旦强烈起来，人就像着了魔一样，连翘这段时间除了接送林度外，几乎每天都在看房。

西城的房价已经飙升至七万元一平方米，这是连翘所没有想到的。这几年的房价是坐火箭的速度呀！想起买第一套房时，她的工资一个月八千元，所以她买四千二百元一平方米的房子，很轻松，年底就还完了所有的债务。可如今，人们的工资能达到像连翘这样每个月三四万元的并不多见，但房价却毫不讲理地达到了七八万元一平方米，像中关村小学、清华附小等知名学府附近的社区甚至过了十万元一平方米。人们现在想要买房都是倾全家之力，也未必能凑齐首付。以连翘现在的实力，首付都很难说想拿出来就拿得出来，她需要卖掉一部分股票才能凑齐百分之三十首付。

由于北京此时已经实施限购政策，非京籍的外地户口不能在北京拥有第二套房。连翘一边跟柴杰选房，一边联系了七年前帮她买房的中介章斌，要求他在一个月内卖掉自己在朝阳的房产。连翘将朝阳房子挂上房屋中介网站，将钥匙交给了章斌，让他加快带看房的速度。

大会议室里，公司高层的会议。

薛磊说："我们想要从这家游戏公司剥离出来，我们投资新的项目，以自己的技术为核心。"薛磊想全心研发 VR 虚拟现实技术，通过计算机仿真技术，完成一种交互式的三维动态视景，将现实与虚拟结合起来，解决医疗、教学方面的实践问题。他说，他上个月在硅谷参观了好多家这样的公司，这个技术在国外已经趋于成熟了。当前国内仅有部分应用在游戏中，但规模不大。

薛磊的技术是毋庸置疑的，但资金怎么解决？薛磊说，其实找到风投是分分钟的事，但他现在不想这么快让资本介入，他可以卖掉自己名下两套房，加上手上的部分资金作为启动资金完全没有问题。连翘笑了笑："得，我正好不用买房了，等我卖了房也入一股吧。"

她说正好这段时间要处理一些个人的事，这时候全身而退，正好处理完这些事，而后我们可以全身心重新创业了。

他们接下来进行公司清算，各人的股票与分红，以及各类成本核算，薛磊公司足足花了五个月时间才从母公司里全身而退。

这是一段真空状态，薛磊利用这段时间去了美国。连翘每天接送林度、做饭、带孩子，完全是一个"煮"妇状态。

第七十一章

法院传票

林连翘朝阳区的房子挂在网上六个月后，终于卖出了。

就在连翘办理房产物业交接手续当天，陈唐出现在小区门口。

"林连翘，你在搞什么鬼？你去哪儿了？功夫不负有心人，没想到我会在这里等你吧！"

连翘冷冷地看着陈唐，一言不发。

"你不要以为是巧合，我相信你不会这么快就消失，果然还是可以遇见，对不对？我说过我们还是很有缘分的。"陈唐似笑非笑地看着林连翘说。

原来去学校没有见到孩子的陈唐，打听到林度已经转学，他开始疯狂地给林连翘打电话。林连翘将他电话拉黑了，只要是来自海城的电话，她一概拒接，到最后凡是有陌生电话打进来，林连翘再不接听了。

陈唐几乎每个周末都飞北京，蹲守在小区周边，他说这事他不能假手于任何人，他必须找到林度。

连翘看着眼前的陈唐，她将合约交给章斌，轻声说："你帮我去办一下交接吧，该我支付的费用，都核算好了，我一会儿去你们店里找你。"

林连翘说完，便转身离开，她边走边说："陈唐，我们已经彻底完了，你就当我们没有见过，也不认识好吗？你死心吧，陈唐，林度不会再见你了。"

"你是执意要我们父子分离吗？"陈唐快步上前，拦住了连翘的去路，冷着脸说。

"你们不是父子，没必要再纠缠了！"

"我想过你会很绝情，没有想到你这么绝情！记得上次我从学校接走林度吗？我们早就做亲子鉴定了，你看看！"说着陈唐从包里拿出一叠纸，

"就凭这一份报告，作为林度生物学上的父亲，我也要争夺到林度的抚养权，不惜对簿公堂。要知道，如果真到了那一步，这一切都是你逼的！"

连翘万万没有想到上次接林度提前放学，陈唐居然带林度去做了亲子鉴定！抬脚准备走的连翘立即停了下来，她盯着陈唐，怒不可遏道："你混蛋！不经我同意，你凭什么这么做？我告诉你，你少给我来这一套，像你这种道德沦丧之徒不配拥有儿子，你不配！"

"那好，我们法院见！我已经向律师咨询过，林度如今已经七岁了，他不再是两周岁以内的婴儿，必须随母居住。现在他可以变更抚养权，他可以认祖归宗的！我就要看看，你林连翘有多大的本事，斗得过我！"陈唐将报告收进公文包里，转身离去。

连翘觉得浑身上下都在抖，这个从一开始就强势的男子，在此刻如此凶狠而冷血。她开始回顾他们的相识与相恋，种种蛛丝马迹里可以看出来，这个对自己无爱的男子，从来就是以征服为名义与她周旋的。一场曼妙的性爱，一个浪漫的约会，都不过是他的手段，而今，为了争夺林度，他的手段更卑劣了。

夜里，吃过了晚饭，连翘陪着林度在房间里做作业，她看到林度的作业做得差不多了，一边帮林度收拾，一边装作漫不经心地问："林度，你和你爸上次见面去过医院了？"

林度抬头看妈妈，嗫嚅着不肯说。

"有什么话一定要告诉妈妈呀！"

"可，爸爸说如果告诉你了，你肯定会很生气，他让我千万不要说，我不能说！"

"林度，妈妈不生气，你们都去做什么了呀？是爸爸生病了吗？"

"哦，不是的妈妈，爸爸没有生病。"

"你们肯定抽血了吧？还是拔头发了？"

"都有。妈妈，一点儿也不疼，你不要生气了，我以后再也不跟爸爸出去了。你放心！我知道你们俩不好了。"

七岁的林度，他不知道如何安慰母亲，又不对自己的父亲失信。

"哦，我知道了，你看看，妈妈说不生气就不生气了呀，对吧。你先去洗漱，睡觉吧，明天一早要上学呢！"连翘拍了拍儿子的头。

人生多像是一堆多米诺骨牌呀，从父亲林光明对自己的忠告那一刻开始，陈唐这第一张牌悄然倒下，而后其他的牌随之纷纷倾倒，每个环节都不错过地倒了下来，而当事人林连翘只能眼睁睁地看着自己的人生倾覆一大片，却无能为力。

林连翘现在面临的危机是要保住儿子。此刻她躺在床上，一动没动，脑子里却在飞速旋转，陈唐是有钱有势的，而且更为要命的是，他拥有一份亲子鉴定报告在手，他以他的条件来争夺林度，不是没有胜算的。

整个暑期，林连翘和林度是在北京度过的。上二年级的林度，他需要上奥数和补习英语，林连翘半点不敢松懈，北京海淀区的学校都是学霸云集，各类比拼不输任何一场战役，林连翘在西城微信家长群里，被感染的焦虑症、怒吼症一样也不少。

林度面对着林连翘的焦虑，也开始了他这个年纪特有的反抗，他冲撞老师，撕作业本以示抗议。看着已经有些叛逆的儿子，林连翘觉得自己真的是内外交困。她不断地调整自己，在她打了林度后，她吓坏了，她多么害怕自己像当年的父亲对自己那样，总是暴怒，甚至拳脚相向。打完了林度，她抱着儿子大哭，说："林度，你不能再这样对妈妈了，妈妈受不了，我们是相依为命呀，你不能再这么不听话了！"

林度泪眼汪汪地看着妈妈，默不作声。这个样子让林连翘心都碎了，她知道，很多事情已成定局。受伤的林度，他什么都知道，他只是不说。这个时候的林连翘觉得自己对儿子十分亏欠，这让她对陈唐充满了愤恨，为什么让生活滑向这般不可收拾的地步？为什么？！

暑期结束前夕，薛磊在微信上跟连翘说，原单位的秘书通知他说连翘有法院来信，必须本人签收。

连翘赶到原单位，取了文件，才发现是法院的送达书，抽出信件，连翘脑子一片空白。上面赫然写道："原告陈唐与被告林连翘婚外生有一子，时年七岁，因被告长期处在失业并无固定住所的状态下，对孩子的成长有可能造成不利，故请求法院变更抚养权，由原告抚养孩子至十八岁，在抚养期间，被告有探视权……"林连翘没有办法看完，她啪地一下子将文件袋扔了出去。"混账！"她低吼道。

晚上，连翘在微信上向身在美国的薛磊简要地说明了一下情况，薛磊回说："事已至此，你只能应诉了吧？"

"那是啊，怎么办呢，人生一步错，便是步步错啊！"

"事已至此，你也不要着急，我帮你找一下律师吧，肯定能解决的。"薛磊说。

薛磊的小学同学肖正，是海淀区一个律师事务所的金牌律师，他和连翘约在燕山酒店大堂见面。

肖正个子不高，眼睛亮晶晶的，很精神，他看了看法院的信函，又探究地看着林连翘，说："你们怎么到了这一步了？"

连翘惨然一笑，说："人生很多条路都不可逆转，就像我们都只能年轻一次一样。这个叫陈唐的，是一个惯犯，只是他那么多段感情闹剧，我到现在才知情，也是太悲哀了。现在他要儿子，而且很可笑的是，他四处留情，只有我生的是儿子，他想让儿子跟他认祖归宗去。他视感情为儿戏，试想，我怎么能与这种人继续下去？我也不愿意我的儿子有这样的父亲，太可悲了！"

　　肖正仔细阅读着法院来函，良久才抬起头来，说："嗯，你若要应诉，这里面有几个细节要把握：第一，要调查男方有多段婚外情，有多个非婚生子女，且其他的都是女孩儿，男方并未抚养，很难尽到父亲责任；第二，男方只是因为林度是个儿子，目的是想让林度认祖归宗，并不是想真实抚养。"

　　肖律师将信函放回到桌上，问道："你准备请我打这个官司吗？"

　　"当然！"连翘说。

　　肖正再次拿起函件，用笔敲了敲桌面，说："我可以帮你做一个取证，调查一下陈唐的过往，这样你的胜算是很大的。"

　　和肖正签了律师代理协议，并支付了一半的佣金，连翘便离开了酒店，她要去接儿子林度放学了。

第七十二章

穷 途 末 路

　　省城的梅雨季开始了，小雨淅淅沥沥的，下个没完没了。

　　连续一个多星期，翠莲和光明被困在省城的屋里，人都快被潮透了，光明的腿都快要抬不起来了。

　　这天终于放晴了，太阳透过稀薄的云层投射下来，让城市稍有些生机。

　　翠莲忙拉了买菜的小车去买菜，她嘱咐光明说："你在家别出门，我先去前大街菜市场买些茄子和辣椒，还要称些鸡蛋，那边的新鲜。今天晚上我给你烫个蛋丝子。不过那边太远了，你不方便过去，等我回来我们出去遛个弯儿，透透气。"

　　光明左等右等，翠莲还没有回来，他决定自己出去走走。他的腿得锻炼，多晒太阳，医生反复强调，这虽然是个老病，但全靠个人调理，他得积极配合治疗的。

　　一出楼门，光明举手望天，这久违的太阳，晃得他头都有点儿眩晕呢，就这么看天的工夫，光明踩上路面泥泞，脚下打滑，一下子摔倒，就起不了身了。

　　路人打了120将光明送到医院后，翠莲才气喘吁吁赶到。

　　见到躺在病床上的林光明，翠莲一个劲儿责备自己说："哎呀，光明呀，都怪我，我应该买了菜就回，我真不该去那边买面粉，我想明天早上做点你喜欢吃的烫面叶子呢。你怎么能自己出来呢？你看你，哎呀，这怎么是好？我给当归打电话去！"

　　接到爸爸住院的消息时，当归早已搬好家，把房子腾给了那个一百万元买房的人，他带着叶青和孩子租住在离这里不远的一个镇上。

带着孩子和叶青再次来到省城的当归，看到躺在床上的父亲，他不知道怎么向父母解释房子的事，他只是反复叮嘱叶青不要说漏了嘴，就说这栋楼的风水不好，他们卖了，现在在县城重点小学——镇一小附近买了东方城的学区房，明年交房，也是为了惊霄将来教育考虑才这么做的，明年过年的时候就能搬进去了。

　　当归现在感觉到生活就像是一些葫芦漂在水里，按了这个那个又起来了，真是让他疲于奔命。

　　光明和翠莲简直不敢相信自己的耳朵，这才多长时间啊，房子怎么说没就没了？

　　在医院里，翠莲安慰光明："儿大不由娘，你让当归去折腾吧，现在是年轻人的世界，我们是看不懂，也许学区房对他们也很重要的，我们只要有个地方住就行了。"

　　儿子这么快将老家房子给卖了，让光明心情差到了极点，当归还是如此靠不住啊，他左思右想，觉得现在回老家去肯定不是个事，算了，等出院了，还是在省城待着吧，眼不见为净。

　　看着当归在医院进进出出的，光明默不作声，他打定了主意不回老家去，还有什么好讲的呢？

　　住在医院里的光明，这天接到房东打来的电话，说房子到下个月就不租给他们了，他们退一个月房租给光明。

　　房东没有说明原因，但电话里，房东儿子在旁边说话还是传进了电话里。那年轻人说："像这个年龄的老人，就不应该把房子租给他们，这三天两头病了、住院什么的，万一死在我们屋子里，搞不好以后还要赖上我们。你看新闻，现在敲诈勒索的人很多的。"

　　光明一时气结，放下电话，他犯愁了，离下个月也就十来天时间，也就是说，那个出租房，光明只能住十来天，又得找地方搬家了。

　　饱受找房艰难的光明，真正意义上体味到了什么叫穷途末路，什么叫身不由己了。

　　翠莲给光明办了出院手续后，回到了出租屋。

　　光明亲手将出租房里所有的东西都写好了标签，他坐在床边看着翠莲将物品一样样按他的分类放进箱子里，一一打包，光明觉得他是真正意义上被城市给驱逐了。

　　翠莲说："不要再找房子了，我们回老家吧，老家至少还有两个儿子，还有亲戚朋友，光明我们回去吧。"

　　光明黯然点了点头："你告诉当归吧。"说着，他便躺下了，面向墙壁，泪流不止。

林光明曾经有过那么美好的愿望，在这个城市里全落空了。但凡有一条退路，他都不会跟着当归走的。但如今，他却无可奈何。他有四个子女，到头来，他却还是要跟着不成器的老四当归，去过流离失所的日子。

他跟翠莲说，他现在是该受孝的时候了。可他没有感受到任何的孝道与温暖。

在住院的时候，光明就想过，紫苏和连翘她们怎么没来看他。他快要七十了，人生七十古来稀，他才发现他美好的日子总是出奇地短暂。他和翠莲，从年轻时候起，也就盖房子那几年有过盼头，再就是这段时间，在这个都市里过了一段普通人的日子，每天天不亮，翠莲起来去买早点，吃完早点后他们俩出去遛个弯儿，中午去保健处针灸一下腿，晚上他们坐在一起看会儿电视，那时候心头是有个盼头的，盼着小儿子来接自己。

这些时光一去不返，林光明又得去体验无助的生活了，这么想的时候，光明悲从心起，他说："翠莲，我们俩的命为什么这么不好呢？"

翠莲安慰光明说："别瞎想，相信当归能安排好的，至少我们还能叶落归根，不是吗？"

当归借了一辆轿车去省城给光明搬家。叶青带着孩子，赌气回了娘家。这日子几乎在一瞬间崩塌了，古话说，屋漏偏逢连夜雨，一点儿也不假。

当归一个人回到出租屋，他没有开灯，整个房子没有烟火，平时儿子在，他和叶青要照顾孩子，两个人进进出出的，夹杂着儿子的哭声笑声，倒不觉得，现在冷冷的空气里，显得他如此落魄。林当归也想不通，明明从北京城回来，高楼平地起，娶妻生子，人生就要往上走了，眼看着好好的日子，怎么就过不下去了呢？

一大早当归就开车进了省城，他的父母已经收拾停当在那个破旧的小房子里，等他搬家了。

将父亲所有的东西搬上了车，当归扶着父亲说："爸，你跟我回去，现在暂时住在出租屋，我那出租屋也有三间房，肯定够住的，你不要担心，过年我们就搬到学区房那边，我肯定照顾你，你放心。"当归在光明面前赌咒发誓。

光明和翠莲出现在县城街上时，光明觉得很难过，离家二十多年，这次是真真实实地踏在了故土上，再也不用离开了，却是如此狼狈不堪。他想起二十多年前走时那种悲凉心境，今天依旧是愁肠百结，尤其在兄弟常胜赶到当归的出租屋看他时，更加凄惶。

"常胜，你告诉我，我那祖屋，偌大的院子，当归为什么要卖了？怎么这么快说没就没了？"

常胜看着自己的哥哥，几次欲言又止，他开不了口。

光明看着常胜，说："常胜，你打小就不会说谎的，不要帮当归圆谎，你就实话实说，我承受得住！"

常胜看着眼前的哥哥，泪如雨下，五十多岁的汉子，哭得像个孩子，说："哥，你命怎么这么苦呢。侄儿当归，当归他，唉，我怎么说呢？事已至此，我说了又能有什么用呢？这么大面积的宅院子，当归连同防风的院子也一并贱卖了。"

听说还是还赌债，光明呆坐着，嘴唇哆嗦着，半天说不出话来。

"不过我听叶青说了，他们在东方城那边预购了一套房，不知是不是真的。哥，你也不要太上火。只是，还有一件事，不知该怎么说呀，哥！"常胜咬着嘴唇看着自己的大哥。

"你说吧，还有什么我承受不起的呢？"光明无神地看着窗外。

"是因为防风他好像写了什么材料，被公安局请去了。听说，他死不肯写悔过书，公安局也就不肯放人。现在也有好几个月了，我们也不知道该找谁！"

光明觉得心里一阵绞痛，头上豆大的汗珠子滑了下来。常胜吓坏了，大叫道："哥，哥，你不要着急，哎呀，哥哟！"

光明挥了挥手说："兄弟，我没事，你去，去把刘长春帮我找来，他是我老同学，不会不来见我！"

第七十三章

临 危 救 子

刘长春到当归的出租屋时，已经是晚上了。

他一把上前抓住了光明的手，惊喜地说："老同学，你真回来了！"

"长春，我怎么办？我大儿防风又进了公安局，你知道吗？"

"我也是才听常胜说的，你也不用过于担心！"刘长春拍了拍光明的手。

"长春哪，我命怎么这么苦呢？"

"光明，不会的。当年班主任说了，我们凑成十个都不如你一个光明哪！"

"这简直就是一个天大的笑话啊！"光明说着眼泪扑簌簌落下来，"长春，现在我该怎么办呢？我的防风，当年你也说了贵人语迟的，他都考上北大了，他是贵人啊，他怎么会落到这步田地呢？我如此想救他，从那年工地上的头破血流，到今天的牢狱之灾，怎么救都救不了！"

"光明你莫急，我先去给你打听一下，不至于有大事，放心！"

长春第二天带来的消息是，只要防风同意签了悔过书，政府不会为难他的，那边干警甚至也同意家人前去探望，好好劝一劝他。

挂着拐杖的光明，还能稳稳走几步，尤其在这个时候，他更觉得他不能倒，他要救他的大儿子，他必须去看守所一趟。

刘长春搀着光明前往县公安局，他们办好了探视手续，穿过一个过道，就在那个开着门的房间，光明看到了防风。

坐在监护栏里瘦弱的防风，如今更瘦了，简直像根竹竿儿，戴着眼镜的脸显得那么小，那么苍白。这个长子，在光明心里分量那么重，他花了那么多的心血来帮助的长子，怎么会身陷囹圄？光明想着心就疼了。

防风看到父亲坐在面前，吓了一大跳，叫道："爸？"他赶紧站了起来，被狱警喝道："坐下！"

"防风，你怎么回事啊？"光明泪流满面，"儿啊，爸爸老了，再帮不上你了，你怎么了？"这个曾经如钢铁般坚硬的父亲，此时在防风面前的羸弱，让防风一下崩溃了，防风也不禁落下泪来："爸，您来干什么，您怎么能来呢，我、我让您操心了，我很抱歉！"

"爸，我的事，不好管，您别担心，他们一时不会把我怎么样。爸爸，您这些年过得好吗？以后不再走了吧？当归应该可以照顾好您的，现在连翘帮着当归把房子盖好了。爸爸，你保重你自己，不要管我！他们会放我回去的，您放心！"防风说完就站了起来，转身进去了，他实在受不了父亲这样求自己。

光明泪如雨下。一座院子，一栋房子，这是安身立命的地方，对一个人、对一个家庭何等重要啊。唯有守住了家门，无论身陷如何的绝境，都是有希望的。面对归来的父亲，入了狱的防风以为有了房子，就有了栖身之地，他的父亲也可以托付给兄弟当归的，可惜，防风还不知道，当归不仅把自己名下的所有家产败光，而且连带着兄弟两人共有的院子，也一并败光了。

回到家的光明，痛哭失声，我们现在怎么办？我的防风怎么办？常胜扶着哥哥，陪着流泪。

光明哭过后，从包里拿出五千元钱给常胜，说："常胜，现在只能走这条道了，你去看看乡邻们，一家给点钱，看能不能帮忙签个字，就是证明防风打小精神不正常，有精神病倾向，精神有问题的，可以不承担法律责任的，看政府能不能网开一面，放过防风啊！"

常胜擦干了泪，说："哥，这条路我看可行，当年防风生下来到四岁不说话，乡邻都知道的呀！哥，我不要钱，我哪怕去跪着一家一家求，也要求他们给我签上字。"

光明给刘长春打了电话，说："你还能想办法找到当年给当归开的那个出生申请证明吗？就是证明防风有问题，我们申请生育当归的那个指标的？"

"这个有点儿难度，不一定找得到，当年的申请是在三渡乡报批的，我去三渡乡去试试！"刘长春说。

第七十四章

无 处 葬 身

光明回到家乡两个月了。

他从省城带回的中药，翠莲每天都给他煎熬，眼看要用完了。光明决定去县医院找熟人再开一些药，将疗程做完。

到了医院，他找到了林亚明。

林亚明是当年住大英家隔壁的名医林五公的二儿子，现在已经是这一带的名中医了，在当地举足轻重，犹如五公再世。他常看病不收钱，自己的退休金多半都花在了购买草药上。乡邻们若有小病小灾，找到他，他有求必应。当地民众，对亚明医生十分敬重，不管男女老幼见到他，都是要行礼以示尊敬的。

已经退休的林亚明被县医院返聘，负责中医门诊。此刻林亚明正在晒他亲自上山采的各类草药，一大片艾草铺在地上，老远便闻到了浓郁的艾香，这样的香气让人神清气爽。

"二哥，多年不见啊！我光明回来看您来啦！"在晒药房见到亚明，光明亲切地叫道。

"啊，光明！"亚明喊。

见到光明，亚明很是激动，说："你回来了，回来就好，回来就好啊！"亚明将光明让进里屋，他上下打量光明，习惯性地搭了一把光明的脉。

"我比你足足大十二岁哪，打小就看你，聪明好学，年轻有为，有能耐，虽然说打小没有父亲，自律，勇敢，有责任心，你是我们村里的中考状元，也是我们村第一个吃商品粮的人，光明，你是能人！"

"二哥，快莫说这些，我现在混得生不如死啊！"光明说着泪流满面。

"孩子的事，我们要少操心，光明，你这脉象不是很好，我开点儿中药你去调理调理？"亚明说着拿来了药方纸准备开药。

"二哥，你看我这病，还有药医吗？"

"光明，生老病死，这是人生规律。我们现在的身体肯定不能跟年轻人去比，放宽心，多活动。我给你开十二服药，你按时吃了，先把左边的脉络清通，能保持现在的状态就是好现象！"亚明开好药方子叠好交到光明手中。

听了亚明的话，光明心灰了一半，这说明他的左边身体是好不了了，在省城医院时，护士打针都说找不到左边的血管。

林亚明又到后面库房里拿出一大包药袋装着的东西出来交到光明手里，说："光明，这是山上的艾草，这上好的艾蒿我给你装一袋。每晚用水煎开，把脚放在水上先熏后洗，至少半小时。你坚持洗，不仅对脉络有帮助，对你脾胃都会有调理作用，你会少感冒，抵抗力也会提高。"

光明接过艾蒿，点了点头，说："也是啊，我们小时候家里院子前后左右都种这些避蚊、产妇生产、拉肚感冒，少不了它，现在少见了啊！"

"是啊，现在大家都不重视这些了，四处都将田地变成了房子，更不要说这些野生艾蒿了，可惜啊！"亚明叹了一口气说，"我采集这些艾蒿都要去深山里才能找到，艾蒿怕是要濒临灭绝了。"

亚明执意不肯收艾蒿钱，他说都是自己采的，自家兄弟，快莫谈钱的事。两个人推让了好一会儿，最后光明只得收下了艾蒿。

提着亚明给配的十二服中药，抱着这包艾蒿，光明回到家，翠莲已经做好饭了。晚饭后，光明让翠莲将艾蒿放大锅里煮了，倒出煮开的艾水放在盆里，然后架着腿，放在盆上，熏得光明不一会就浑身是汗，等水温下来了，光明将脚放进了艾水里。翠莲拿了一个杯子，一下一下地、认真地往光明的腿上浇，边浇边说："我们怎么没想到我们家里的这个艾蒿呢，这可是个好东西啊。小时候，我们都会用这个治各种病呢，艾蒿用完了，我们再去亚明二哥那里弄一些回来，这么泡一段时间，你的腿肯定很快会好起来了。"

"唉，再这么下去，恐怕艾蒿都快灭种了。世上千种药，医得了病，救不了命。我这个情形，只怕活不过命啊！"光明说。

"净瞎说，现在我们都回家了，一切会好的。"翠莲说。

"难啊，翠莲，你看当归总不落屋的样子，我看不像过生活的人。"光明说完就不作声了。

当归不在家，叶青也没有回来，自从光明和翠莲回到这个出租房，叶青就带着惊霄一直住在娘家。这让光明有不好的预感，这小夫妻俩都不在家住，他总觉得当归应该有事骗了他，总在躲着他似的。

香姑是在一个黄昏时分，带着她当泥瓦匠的儿子大毛来到当归这个临时家的。

"大舅，您让我查的房管所的房屋登记信息，我托两个在房管所工作的本村人查了，两个人回了信儿，全城的房屋登记里，没有您的名字，也没有舅娘的名字，也没有当归和叶青的，更没有林惊霄的名字。假如真预购了房子，也会有一个预售信息，都没有你们任何人的名字。"大毛说。

"哦，我知道了。"光明点了点头，就不作声了。

听了大毛的话，翠莲呜呜哭道："当归，你这个死儿子，又骗了我们，说在东方城买了房的，把我们骗回。"

光明安慰翠莲说："你不要哭了嘛，我们不必管他，以后我们俩在外面去再买个小房子，不跟当归一起过就是了。"

香姑都不知道怎么安慰哥嫂，只得说："哥，你不要担心，反正你也回来了，一切会好的。当归也算是吃了亏上过当的人，他该改好的，他还年轻，路很长，哥嫂不要过于在意了。"

翠莲说："香姑啊，还是你踏实呀，孩子们虽然都没读什么书，每个孩子却都有手艺在身，古话说得好，远走不如近爬，儿女们都在身边，他们都把自己照顾好才是香姑你的福气啊！不像我们……"翠莲呜咽着说不下去了。

"嫂，快别这么说，当归只是一时糊涂，听说防风也并没有犯什么事，他们还年轻，还有机会，你和哥也不要太过操心，一切会好起来的。"香姑牵着翠莲的手，连声安慰说。

光明一个人躺在床上，好像是睡着了。香姑摆了摆手，示意儿子，说："大毛，我们走吧，舅舅累了，睡着了。"

光明哪里会睡着呀，他心里翻江倒海，他觉得他的人生走到了尽头，尽头原来依旧是没有曙光的。

晚上他没有吃饭，眯瞪了一会儿，突然醒了，他叫翠莲，没有人应他。一看表，晚上九点了。

这么晚了，翠莲没在家，她会去哪儿呢？光明突然一个激灵，莫不是她又去打牌了吗？

他怎么又回到了这个让他痛不欲生的地方了呢？他的生活还要再从这里周而复始吗？翠莲打麻将，然后他再去抓吗？他已经没有力气抓了。一想到日子又回到了从前，光明觉得周身发冷，冷得他直发抖。

这个时候光明有点儿饿，他从床上下来，走到厨房，看到翠莲留在灶台上的一根萝卜、几茎青菜和半块豆腐，她是饭做了一半，被人叫走打牌去了吗？

而这半块豆腐，让光明悲从心起，他想起了有一个叫柳英的女子，也曾经在厨房里留过半块豆腐和萝卜，后来呢？那天他们举杯庆贺的是，儿子防风考上大学了，那天他们彼此眷顾，才好上的，是吧？光明不敢再往下想，物是人非事事休，未语泪先流，多么令人心碎的场景呀。

光明将萝卜和豆腐切块在一起煮了，搁了点儿盐和酱油，他将就着吃了。

他想着他曾经放弃了这里的一切，当时他以为是最好的选择，如今都错了。那个叫柳英的女子，一直那么鲜活地活在光明心里，不知道现在怎么样了？

回到房间，光明打开了一个纸箱，从纸箱里找到一个小包袱，那个小包袱是一块用钩针钩的小桌垫儿，很精巧。那年柳英钩了好几个，说是等他们结婚时，好放在桌上做装饰用。是呀，他和柳英，也曾经热烈地讨论过结婚的事呢，光明没有忘。

他将那个小包袱打开，看到的是当年柳英送给他的笔记本还有一只小发卡，柳英那时候真是可爱又单纯啊，我这算不算欺骗了她的感情呢？可我明明也是挺喜欢她的呀！我没有给她所希望的，但我的心是这么想的，是欢喜的，谁又能明了呢？

而翠莲依旧是那个好赌的翠莲，哪怕将儿子当归推到了不归路，她依旧不改初衷。

对于打牌，她是有多爱呀，真是无可救药。光明想。

翠莲什么时候回来的，光明不知道，只知道他睁开眼睛时，翠莲在为他煎药，那股本来很好闻的药香，现在也不香了，艾蒿在这些日子，都被翠莲煮了，每晚的熏艾让光明的脚舒服很多，翠莲还说，这个周末要去亚明那里再买一些，这次是一定要给钱的。

从二哥亚明的言语里，他明白他的病已经无可救药。他现在担忧的是，如果他真的在这个出租房死了，人家该多怨恨当归呀，那时候当归该怎么做人呢？他的两个儿子一定会被人嘲笑，说自己家老人居然死在别人家了，不吉利不说，主家肯定会找当归麻烦的。

防风依旧关在看守所里，刘长春早将他们申请证明防风是精神病患者的材料全提交上去了，目前还没有消息。防风他本来就不是一个平常的人，光明曾经有过的指望，自打防风从北大退学回来后，就已经泯灭干净了。当归呢，还有自己的孙子惊霄，他们都要活着，在这个县城里，他们不能没有脸面吧，被人骂到家中老人死在别人家里，这在本地是很重的骂人话啊！

可去哪儿死呢？俗话说，死无葬身之地，原来是说他林光明的呀！

翠莲此时一边收拾屋子一边说："光明啊，昨天大毛说的话你都听到了，现在当归怎么办？什么都没有了，只怕孙子都要被叶青带走了呢。你昨天不是说我俩再去买个房吗？我看我们不要去买了，把这笔买房的钱省了，资助一些给当归，我们帮他买个地基再建一栋房吧！"

"你这猪油皮蒙了心的老家伙，我哪还有钱，嗯？要不是你，要不是你嗜赌成性，儿子怎么会滥赌到这一步？！你还好意思跟我提钱，这孩子就是这么被你带坏惯坏的呀，知不知道，余翠莲，你是我们林家的大罪人哪！"勃然大怒的林光明指着余翠莲大骂。

他突然下了地，他的声音如年轻时候一样，洪亮如敲钟，他骂翠莲不知死活，他骂翠莲毁家灭室，如果当初没有娶翠莲，他的生活不会到这个地步的，他恨眼前这个人，他骂得唾沫横飞，骂得翠莲珠泪暗垂。翠莲说："我照顾你这么长时间，没有功劳也有苦劳，你这么骂我算什么回事？"

"谁要你照顾？我才不要你照顾咧！"光明拿了他的拐杖，戴上了一顶草帽，背上了他平时背的小包，提上一袋药，一边骂骂咧咧，一边一瘸一拐下楼走了。

被骂得一愣一愣的余翠莲就这么吃惊地看着林光明走出了家门，好半天才缓过劲儿来。

翠莲哭着开始四处找电话，她要赶紧打电话叫光明回来。

一进房间，她看到了摊开在床头柜上的柳英给林光明的日记本和那只绿发卡，这是在省城收拾打包物品时，光明告诉他的，这是他在高山铺乡里时的老相好柳英的东西。看到这些，翠莲愤恨起来："我说怎么突然对我骂骂咧咧的，原来又想起老相好了，真不要脸。"

想她余翠莲跟着林光明吃了多少苦，受了多少累，怎么也比不过这些在外面的烂相好的了？她想到林光明都病成这样了，依旧不是一心一意跟自己过，她便气不打一处来："我不就是昨晚去李老师家打了两圈牌吗？有必要这么对我吗？"余翠莲咕哝着，"有必要这么对我吗？还要去找你的相好的，去吧你，最好再别回来，你看你这鬼样子还有没有人要你！只是十二服药只吃了三服，而刚才光明下楼才提走了一服，这老头儿大概是准备着去死吧！"翠莲留心地听楼下的声音，她想光明应该不一会儿气消了还会回来的。

走在县城街头的林光明，他发现他一出门，看到的就是县政府大院，这让他一愣，柳英不是副县长吗，莫非她也住这里？哦，不对，依柳英的年纪，她现在应该退休了吧？

光明一路上打听县政府家属楼，人们告诉他，现在不叫家属楼了，县政府小区在三路那边的雷溪河边上，可好找了。

光明顺着雷溪河畔慢慢地走过去。

他就这么一路找过去，一路上，他很认真地看每一个人，并向人打听，原来副县长柳英的家在哪里，直到有人告诉他原来的柳副县长家就在河西头第三家。

他在第三家门口停下。

光明觉得好像是第一次到柳英税务所的宿舍似的，那里有一个大辫子的姑娘，总住单身宿舍啊，今天他站在这个姑娘的门外，他能说什么呢？

说他想她吗？多大年纪了，多不好意思啊！告诉她，他回来了？太没有感情色彩了。这么想的时候，一个婴儿小车先从那开着的铁院门推了出来，接着走出来一个瘦高的女子，头发是花白了，但却烫着很好看的卷，脸上有些皱纹了，但一眼看上去，就是那个高挑的、笑盈盈的柳英。

此刻她正笑盈盈地跟婴儿车上的婴儿说话："呀，楠楠，不要急呀，奶奶带你出去，去和阳阳玩啊，好不好？不要着急，我关一下门呀。"说着，她反过身去关门，那背影儿还是和青年时一个样儿的，只是不见了那条大辫子。

柳英注意到路边的老头时，她也一愣，问："您是——"

"柳英呀！"光明叫了一声。

柳英听到的声音熟悉得让她心轰的一下，但这个声音和眼前的人根本就没有对上号，她哦了一声："呀，是您啊，您回来了？"

"嗯，我回来了，就想着来看看你，你也没变，看你还是老样子啊！"

柳英说："呵呵，老了，退休了，带孙女呢。您看，这是文杰第二个孩子，可淘着呢，天还没亮就闹着要去广场玩，我正准备带她去人民广场呢！"

光明往路边让了让，说："嗯，去吧，陪孙女好好玩玩。"他咧嘴笑了。

柳英推着孙女就这么越走越远，光明挂着拐棍就这么看着柳英消失在眼前，他依旧站在那里一动没动，一直到眼前的铁门哗打开了，一个年轻妇人拿着奶瓶和小伞出来，看到门口的光明一愣，问："您找人吗？"

"没有，路过的。"光明很礼貌地点点头。

妇人快步追上了柳英，说："妈，你们都忘记带伞和奶瓶了，一会儿又该急着回来拿了！"将奶瓶和伞交给了柳英，又说，"妈，刚才我在家门口看到一个长得可丑的老头，头发和眉毛全掉光了，一脸的老人斑，老吓人了，望着我家大门，站了好久。"

他长得丑吗？他长得可不丑，柳英无声地笑了，笑得隐隐有些苦涩。当时，在十里八乡，谁不知道有一个英俊的浓眉大眼、高大挺拔的林光明啊！柳英推着她的孙女，她的眼前浮现出的光明呀，穿着蓝色的确良衬衣、海军蓝的长裤，急匆匆地向她走来，那时候，林光明呀，目如朗星，面如冠玉，此刻在柳英面前只一闪就不见了，她的孙女晃着小身子要喝奶了，她得喂她的孙女喝奶。

光明漫无目的地走在这熟悉又不熟悉的家乡小路上，他已经没有什么可寻的了，他这么从翠莲身边走了出来，他突然想起二十多年前连翘骂他的话来，你自己爬上山去吧！自己怎么爬上山去呢？他倒想自己爬上山去呢，光明无声地笑了，他们这个家庭，现在老个人都老不起，不是吗？当归和防风一无所有，光明的归宿便也一无所有。

光明最后决定去外乡。还是去外乡吧，光明说服自己，走到哪儿黑了哪儿歇，反正人终归是一死，怎么死，两眼一闭，就是了。想到死时，光明突然不那么害怕了，有一种慷慨就义的感觉。

他想去商业大楼买件像样的衣服，这栋商业大楼就是连翘当年上班的地方，如今扩建了，更气派了。

站在这儿想到了连翘，那年送连翘上班的那天，好像就在昨天似的，他觉得他有必要给连翘去个电话了。

他拨通连翘电话两次，连翘都没有接电话。他只得在大楼休息区找了一个沙发坐了下来，他给连翘发了个短消息："连翘，你有银行卡吗？把卡号告诉我，我把钱还给你。"

第七十五章

对 簿 公 堂

　　坐在法庭被告席上的林连翘，看到静音的手机屏幕上闪着一个 F 的来电，心头跳了跳。这是她备注在电话上父亲的号码，但她在法庭上，所有的手机必须静音，根本不允许接电话。

　　原告席上坐着的是陈唐和他的二婚妻子齐宣，他们居然没有请律师，要自行答辩。

　　这两个坐在面前的人，让连翘周身发冷。她握紧了拳头，努力让自己镇定下来。

　　齐宣，这个和众多女人几乎同时纠缠着陈唐的女子，比连翘见过的那与陈唐的结婚照上的样子要显得老些，干瘦高挑，脸色有些灰暗。此刻齐宣昂着头，脸上始终保持着高度的警惕。陈唐低着头，那个平易近人的陈唐在今天的法庭上，大约也是头一次如此近距离地要应对两个女人，这两个女人，他谁也不打算多看一眼的。

　　连翘心里冷到了极点，这种毫无顾忌的"掠夺"，让她愤怒而悲伤，但这些情绪她来不及整理，她要战斗，像个士兵遇到了敌人一样，将子弹推上膛去。

　　来争夺林度的陈唐，准备得十分充足，他的口才一向就是极好的，他侃侃而谈，整个法庭没有任何声音。他将他与连翘从相识到分离，讲得声情并茂，让人甚至都忘记了这是一段不正当的婚外恋，仿佛一切都是不经意的错。而后他话锋一转，他说林连翘不太适合抚养林度。陈唐对林连翘当下的经济状况和生活状况简直是了如指掌，他将他的所述全形成了纸质的文字和图片资料，并将资料一样一样地拿出，一一递到了法官手上。

法官拿到卷宗看了一会儿，说："被告以下问话，你只回答是和不是就好。"

他对着材料开始一项一项地发问。

"林连翘你已经有一年没有上班了对吗？"

"是。"

"林连翘你在北京没有住房？"

"是。"

"林连翘你没有北京户口对吗？"

"是。"

"林连翘你现在是只身一人带孩子是吗？"

"是。"

坐在连翘旁边的肖正站起来说："我反对这种问话方式，这些材料不足以证明我的当事人不适合抚养其子林度。我的当事人只是将北京的房产变卖了，她还可以再买，而且会买更有利于林度的生活和学习的房子，比如本来卖房就是为了买到学区房，解决林度就读好学校的问题，这是我的当事人可以做到的。我的当事人只是暂时不工作，说明她目前的财力足以支撑她一段时间不工作的，她的股票基金和她的银行存款足够证明这一点。我的当事人她带了林度七年，这七年间，陈唐并没有过问孩子的任何生活起居，都是由我的当事人照顾。现在孩子已经大了，本着孩子的身心健康成长，不建议改变孩子的生活环境，导致一些不必要的不确定事情发生，我们不同意变更抚养权！"

坐在连翘正对面的齐宣说："一个孩子的成长并不是有衣穿，有饭吃就是抚养好了，要养育一个优秀的孩子出来，是需要更大的财力支撑的。我们可以给林度提供私立学校和出国求学的机会，我们有更好的条件让林度进入更好的教育机构，从而让孩子的成长得到更好的保障。而且作为一位单亲妈妈，林连翘在对孩子的抚养和教育上，我认为肯定不全面，孩子需要父母，我和陈唐，我们夫妻是可以做到的！"

连翘的血一下子涌到了脑门上，很多场男女之间的战争最后都会点燃女人之间的战火，这个成功上位的女人，现在就坐在另一个落败的女人面前，义正词严，充当起了圣母的角色，这个角色让连翘极度不适，她那所谓的爱情，如今就像是一块烂抹布一样，上面爬满了绿蝇，让她自己恶心。

林连翘大怒道："你算什么东西！你哪儿来的，怎么，你自己生的是女儿，就敢来和我抢儿子？谁给你这么大的脸，臭不要脸的东西！你这种用下三烂手段抢别人老公的货色，居然还有脸在这里充当圣母！怎么，年纪大了，现在生不了是吗？让姓陈的再找女的生呀，你挺豁达呀，居然有脸坐在这里跟你这种下流老公一起来抢别人的孩子，你是不是吃屎长大的呀！"连翘啪将一支笔扔向了对面，笔在齐宣面前的桌子上弹跳了一下，直接砸在了旁边陈唐的前胸，陈唐身上那件雪白T恤的前胸迅速染上了墨水，陈唐呀的一声跳了起来。

齐宣一拍桌子直接向连翘冲了过来，肖正马上站了起来，上前一步一把拉住了齐宣。

"法庭之上，岂能如此喧哗！不要骂人打架，你们要保持安静！"法官不断敲着法槌，"不要冲动，大家保持克制，再喧哗，以扰乱法庭秩序为名全部拘留！"

齐宣说："法官同志，你看你看，这人就这素质，这样还能带好孩子吗？孩子跟着这样的母亲，不是全毁了吗？"

陈唐一边整理衣服，一边说："法官同志，是啊，她的情绪从来就不稳定，这么带我的儿子，我不放心，我一百个不放心，我继续申诉，我一定要要回我的儿子！"

都不接受调解的双方暂时休庭，择日宣判。法官说："你们都冷静冷静，没有什么解不开的结，最好争取庭外和解。"

连翘和肖正一言不发走出了法庭大门。

"永不和解！"连翘恨恨地说，"肖正，你开始收集资料吧，不仅仅要赢官司，我一定要弄死他！"

回到家，连翘将车开到了地下停车场，她没有熄火，而是呆坐在车里，许多年来，她总是习惯在离开车之前，一个人坐在车里，在黑暗的地下停车场，享受着这份静谧，或是思考明天的文案，或是什么也不想，只是安静地呆坐片刻。但此刻，坐在车上的连翘觉得累极了。

如果没有林度，连翘觉得自己活着好像都那么多余！她林连翘，从一个小县城走向了都市，她的隐忍与努力，难道上天都视而不见吗？人们说九九八十一难，她也该经历了八十难了吧，怎么这么难？

也不知在停车场坐了多久，连翘回到家，她连衣服都没有换，就直接躺在了沙发上，闭上眼睛，她都打算就这么睡过去了。手机上的短信提醒再次响了。连翘将手机从包里掏出来打开了消息，她看到了父亲的短信：连翘，你有银行卡吗？把卡号告诉我，我把钱还给你。

一看到这个短信，连翘就气不打一处来，这是多大的藐视啊！这个父亲从不肯见面不说，这个时候还要还钱，是来羞辱她的吗？不要说这些年，连翘从来没有给过自己父亲钱，作为子女已是亏欠，就算是当年她给了父亲的钱，还能要回来吗？子女还要父母还钱吗？

连翘这个时候厌恶父亲到了极点。自己和儿子的父亲都又渣又无情，连翘觉得，她不想理她的父亲，也不想林度理陈唐。她也不想理这个世界。

连翘觉得这个世界实在太冷酷了，自己的父亲离家出走多年，对儿女不闻不问；儿子的父亲，居然带着别的女人，来争夺自己的亲生子，不惜对簿公堂。

第七十六章

光明的死讯

　　一张上百人按手印签字请求放防风的申请书，和一张林当归当年出生申请证明文件原件，由刘长春托人递到了时任公安局局长的办公桌上。同时放在局长办公室的红头文件，是将农民的耕地还给农民的政策提上议事日程的通告。

　　林防风是无罪释放的。

　　林防风的无罪释放多少是有一些戏剧性的，他是以一个精神病患者身份给放了出来。

　　防风放出来的那一天，光明正在一班开往县城两百里以外的青石市的汽车上。

　　光明决定离开这个生他养他又抛弃了他的县城，也带着他的梦想和失望一并离开了这个叫作家乡的地方。

　　那时候，光明和防风，这一对父子在生他们养他们的这一方土地上，擦肩而过，只不过，一个往生，一个往死去了。

　　回到家的防风，关上了大门。

　　林防风以精神病的名义放出来，这让他自己根本无法接受。

　　而更让他惊怒的是，当归居然将这个家全给卖了！他不仅卖掉了新建的三层小楼，也将属于他们兄弟俩的地全给卖了！现在留给自己的就只有这一层半的小楼，这小楼被旁边的三层高楼映衬得如此寒酸而孤独。

　　站在屋前的林防风，一阵眩晕，如果当时当归能打开他的家门，是不是也会将他这个小楼给卖掉了？林当归是不是还在心里说，他已经够善良了，给他这个当哥的留了一个栖身之地了？

防风伫立在自己的家门口，旁边本该属于当归的房子的门现在紧锁着。

防风有那么一瞬间想起，那父亲现在住哪儿？他们去哪儿了？没有了房子的当归还带着父亲吗？这种感觉刺痛了防风的内心。当一个家被真的四分五裂地裸露在世人面前时，作为林家长子，他头一次感到了无力和羞辱，这种羞辱让他对自己对人生充满了怀疑。这一刻，被当作精神病释放的林防风，他与世界已经毫无关系了。

防风开了自家的门，久不开锁的门竟沉重得要费一把力气才能推开。开了门进屋，防风回身便又关上了大门。

防风的自我封闭，不仅是关上了大门，他也封闭了他自己。他不接任何人的电话，包括连翘和小叔常胜，那些乡邻们也很少再见到他，偶尔在路口遇到，他像没看到一样，也不吱声。他出门也不过是为了买几包烟和方便面、一瓶酒，而后骑上他的小摩托车，回到家，继续关上大门。

过去还能在棋牌室见到防风笑眯眯和人下象棋，他总是赢，大家都叫他棋王，有时候他还跟人赌一局，反正没有人能赢得了他的。那时候的防风还是满怀希望的，他一直觉得学校迟早会来找他去上课的，他还有那么多学生呢，可今天的林防风再也不在乎了。

现在只有快递人员尚能联系到他，无外乎是防风在网上买了宣纸和毛笔，有时候人们从防风扔的垃圾里，可以看到画得非常好看的花、鸟，但都已经被他揉成了一团。

不管是防风的归来，还是光明的离去，在这个县城里，没有引起半点波澜。小叔常胜到防风的窗前叫防风，防风也没有应。而翠莲只是给当归打了个电话说："你爸又走了，去找那个女人了，我们不管他了。"

当归回到家，看到出租屋里，父亲留下的这一堆纸箱子，当归觉得这个父亲在他的生命中，仿佛也是一个过客，他甚至觉得有些恨，为什么别人的父母能给孩子一些帮助与启发，他的人生中，结婚生子和在最难的时候，父亲从来就是缺席的，从来没有人告诉他，下面该怎么办！

他认为母亲向父亲提的提议没有什么不对。他是这个家的男孩儿，房子是卖了，确实错了。但当初建房是二姐连翘和母亲建的，又不是父亲留下的房，那个房早就不值钱了，现在父亲就应该拿钱出来给他再去建房才对，他能拿出十二万元给惊霄说明这老头儿在外面挣了钱的，手头应该还有不少。看防风的样子，防风大概这辈子不会再结婚，那父亲光明的钱不留给他，还打算带到土里去吗？父亲他就是小气。

这么想的时候，当归越想越气："这老头儿，生怕我沾了他的光，赶紧又跑了，居然又去找其他女人了，走了也好，以后我再也不管了！"

当归去将叶青和惊霄接回到出租房，叶青现在对当归爱答不理的。

自从她嫁给当归，她觉得她每天跟玩过山车一样，不知道什么时候，当归又要来一次刺激之旅。现在房子没有了，院子也没有了，也就这卖房款剩下的十二万元捂在她的口袋里，她其实也心惊肉跳，不知道什么时候，这十二万元又被当归给盯上了，这次说什么，她也不会给当归拿走了。她对现在的生活感到压力重重，也烦恼不已，她怀疑自己当初嫁给当归是不是本身就上当受骗了！虽然娘家妈妈说，嫁都嫁了，日子忍一忍就过去了。可叶青看不到希望。

那天早上当归还在睡觉，一个电话打进来，说："我是派出所的，问个事啊，你是林防风什么人？"

当归一听防风，头皮一麻，坏了，哥哥林防风怕又出什么事了吧？当归赶紧从床上爬了起来。

"我是他弟弟，有什么事吧？"

"哦，是这样的，我是青石市蓝田派出所的，我这里有一位老人在宾馆去世了。他的通讯录里，有一位叫林防风的，是我们公安系统的监居人员，我们一直在打电话确认其身份，林防风的电话无人接听。如果你是林防风的弟弟，那林光明就是你父亲，今天早上发现他已经在蓝田宾馆过世了，宾馆的人来报的警，你们赶紧来人！"

当归一下子蒙了，父亲也才走两个月多一点，怎么会过了世？是不是搞错了？上次母亲翠莲不是说，父亲去找其他女人去了吗？

林当归已经顾不上想那么多了，他一边起床穿衣一边喊："妈，妈，爸爸去世了，说是在隔壁青石市，刚才派出所打的电话，怎么回事？"

翠莲正在准备起床，她一下子呆坐在床上，这怎么可能呢？莫不是搞错了吧？她怔怔坐在床沿，半天作声不得，他走的时候，厉害得很，还中气十足地骂了我一通，他去找他心爱的女人去了，不是如了他的愿，不应该过得更好吗？

当归一看母亲六神无主的样子，他也没有了主意，赶紧给小叔常胜打电话。

接到信儿的林家至亲，都迅速赶到了常胜家，包括香姑家的儿子大毛细毛三毛，这一家子的男丁都聚在一起，满脸凄惶。

泪流满面的常胜说："这是派出所通知的消息，八成是真的。我们怎么办？当归，我们现在得去青石市，去接我哥回来！"

当归号啕大哭起来："我怎么也没有想到啊，我爸怎么会死啊？"

大毛说："当归，现在不是哭的时候，先去把大舅接回来再说！"

三毛说："先商量一下，大舅接回，停放在哪里？"

这个问题把大家问住了，按当地风俗，各人家里只能发送自己至亲的亲人。当归住的是出租屋，房东肯定不肯让别家老了的人进屋的。常胜虽然是兄弟，一是成了家，另立门户；另一个，跟当归他们又不是一个姓，按乡俗也是不能接的。

大家都看着当归不作声。

当归都能感到这如芒刺在背的目光，他心里有些发虚。三毛又说："而且接老人，按风俗，得长子带路，防风去接才行！"

防风自牢里回来后，对世事不闻不问，他的家从来就是关门闭户的，平时都不搭理人。当归这个时候也不得不硬着头皮跑到了防风大门口大叫："哥，哥，你得开门，爸不在了！在青石市那边，我们要去接爸回！你开门啊！"如此凄惨的声音，让这边满屋的人忍不住哭出声来，这些都是跟光明沾亲带故的人，每个人想起来的光明，都是鲜活的，他是他的哥，他的舅，他的大爷，他的父亲，如今说没就没了，怎能不让人柔肠百结？

防风屋子里没有任何动静。

常胜气坏了，他一边哭一边说："算了，他若不同意他父亲进屋，我开我家大门迎我哥算了！"

三毛说："那怎么行呢？大舅不能不进自己家的屋，细舅你姓的是付，到时候亡灵怎么超度？"

"我给连翘打电话，防风跟连翘好，他肯定听连翘的，我好久没和连翘联系了。"当归说着又哭了。

第七十七章

曲 径 风 回

　　这个早晨林连翘将林度送到学校，连早饭都没来得及吃，马上就要赶去中关村，她和薛磊约了中午一起去看中关村的办公室。薛磊从美国带回来的科技项目国家审批已经通过，他们所获得的第一笔风险投资马上到位，他们要开始筹备新的公司了。

　　连翘的车刚开上四环，汽车上的蓝牙电话播报："林当归来电，林当归来电！"

　　连翘冷冷地盯着汽车屏幕上林当归的名字，半天也没有去按接听键。不是说老死不相往来吗？又来找我干什么？自上次从老家归来，姐弟俩再无联系了。

　　连翘放缓了车速，点了屏幕接听键，没好气地说："林当归，找我干吗？不是有志气，老死不相往来吗？"

　　"二姐，你赶紧回，家里出事了！"电话那头林当归说。

　　"关我什么事？你又想我来做什么？你不是很能吗？自己搞定去，我们已经没关系了！"林连翘根本不相信林当归说的话。

　　"林连翘！你少给我来这一套！你以为我稀罕给你打电话哪！要不是，要不是爸去世，防风不开门，我永远都不找你们！"暴怒的林当归说完，在电话那头呜呜哭了。

　　林连翘一个急刹车，自己都快扑到方向盘上了！她忙将车慢慢移到了马路停车带。她觉得她一下子失去了主张，脑子里嗡嗡作响。两个月前还说要还她钱的父亲怎么去世了？这怎么可能？

　　"你乱讲，肯定搞错了，前些日子爸爸还给我发短信，说要还给我钱，他过得不好，还有钱还？！你搞什么鬼？不要咒自己家人！"

"连翘啊，"小叔常胜把电话接过去说，"是派出所发来的通知，我们也不知道太多情况，说是你爸在隔壁青石市一个旅馆过世。我们准备去青石看看，若真是你爸我哥，我们就要开门请回。现在防风大门不开，你爸就无处安放，防风根本不理我们。现在家里，也就你和防风关系好，你赶紧让防风开门，你快给防风打电话，想办法让他开了大门！我和当归去接你爸回家！"常胜匆匆将电话挂了。

连翘吓坏了，多么诡异的人生，难怪这几天她一直睡不着觉，家里的灯也无故从梁上掉了下来，碎了。

从父亲说要将钱还给她时，她还在想着父亲大概现在过得很不错吧，否则拿什么还她钱呢？父亲怎么会这么快离世呢？肯定搞错了，但愿是搞错了。连翘心慌意乱的，她多么后悔在法庭上那天没接父亲的电话，她还在和父亲置气，她为什么不在接到父亲短信的时候，给父亲回个电话去呢？她有多少话要问这个是她父亲的男人啊！他不能死，他怎么能死了呢？他没有见证过林连翘从无到有的过程；他没有告诉林连翘，他到底有没有爱过自己这个女儿。这些话，难道林光明准备带到土里去吗？不可能。

停在四环边上的连翘开始不断给防风家中打电话。一直打到两个手机都没有了电，防风没有接听。

后来当归发来短信：哥哥没有开门，更不要提长子前往青石接父亲了。当归和小叔常胜，还有其他表兄弟只能先去青石了。

连翘心痛欲裂，可工作生活还得继续，她强打着精神去了中关村金融中心，她将表单交给了新来的办公室主任，就离开了，连新办公室什么样子都没看清楚，就这么稀里糊涂地过了一天。

到了晚上，连翘再试着给防风打手机，防风居然关机了。防风是怎么了？连翘想来想去，试着向防风的手机发了条短信：父亲过世了，这是真的。不是谣传，你是我们家长子，如今我们家一无所有，只有你处还有一个父亲在这个人世尚可安身的陋居，也算是他的福分，你赶紧给父亲开门。

防风依旧没有回音。

第二天中午肖正拿着厚厚一摞文件赶到连翘西城的家。

肖正说："林小姐，陈唐又向法庭提供了一些对你很不利的证据，其中，他提供了一张五十万元的银行卡的信息，他说两年多前，他第一次知道有林度时，交给你这张卡用于孩子的生活费，以证明他有抚养过林度。第二就是第一次开庭你的表现，他们认为你作为单亲的身份，情绪不稳定，而他们夫妇抚养孩子，至少情绪上是稳定的，更有利于孩子的成长。"

林连翘感觉到胸闷，闷到自己都不能呼吸。陈唐，这个在她生命中极重要的一个男人，从连翘的青年到中年，她如此依赖的一个男人，如今，要真枪真刀地置她于死地了。林度是连翘的命，没有了林度，她林连翘便是命都没有了，这么想的时候，连翘感到了极度的恐惧。

肖正看着林连翘说：“你也不要害怕，我们还有办法，如果真是要直面这个官司，我们要打赢它，还得要更有利于我们的证据出现。不过经过我这段时间的多地取证调查，你与陈唐的官司，极有可能反转。”

肖正一脸严肃地拿出其中一个文件袋抽出里面的内容，有一些照片和文档。

“林小姐，这个官司要赢，我们就得釜底抽薪，就看你要不要做。可以将对方陷入另一场官司中，让陈唐就范。”

“上次我讲过，会去收集他的婚外情资料。资料显示，二十八岁之前的陈唐是国家某部委某处的处长，当时他的岳父是某副省级干部，他年纪轻轻就进了部委，并当上了处长，与其岳父有密不可分的关系。

“陈唐在男女关系上一向随便，他是在女人身上栽过大跟头的，那个跟头让他迫不得已离开了政界。当年陈唐可谓是金蝉脱壳，否则他免不了轻则处分警告、降级，重则有牢狱这灾。

“但这一切都让尚在位的岳父一手遮天给压下去了，并在当时支付了那位叫殷娜的女子四十万元人民币平息事端，该女子后来去了意大利，以后不知所踪。这件事一直秘而不宣，陈唐得以在三十三岁时完美辞职，成为第一拨辞职经商的下海干部。这些当时打破铁饭碗而下海的公职人员，被媒体称为是赶海者，是勇士，还上了报纸。而他也成了第一批南下淘金客，在海城混得风生水起，这么多年过去了，也算是远离是非地，赚了个盆满钵满。

“离开政界后，陈唐的经商项目可谓名目繁多，也跟他多年的政界人脉密不可分，他在商海里一直项目不断，可谓是要风得风，要雨得雨，当然也女人不断，桃花泛滥。”

肖正又拿出另一个文件袋，从里面拿出来的卷宗更多。“光我调查的，不算你，他在海城不少于四个女人，已经有三个生了小孩儿，在盐城和江城包括新加坡那边也有女人，目前没有孩子。有意思的是，现在这么多女人所生孩子都是女儿，只有你，生的是儿子。

“现在的重点来了，法律只讲证据，男女关系混乱，不能作为法律依据，所以，如果单讲抚养权的争夺，他若咬定抚养林度，他有雄厚资金和健全的家庭，更有利于孩子身心健康，我们有可能会输这个官司。但如果我们直指当年，他还在官场时，支付给那个女人殷娜的四十万元款项的来路不明，那就要有一番较量了。这么多的退休干部最后的落马，都是当时所做的事东窗事发。你要知道那可是差不多三十年前的事了，四十万元也算是一笔巨额款项，就算经过这些年洗白了，不再成为一个刑事案件，也够调查一段时间方能尘埃落定。

"可巧的是，经过调查，这位去了意大利的女子殷娜于去年已经回国了，现在定居昆明。我已和她取得了联系，她愿意出庭做证，她确实收受了这笔巨款。开始她并不愿意，但听说陈唐居然生了这么多孩子，让至今单身的她很震惊。她之所以愿意出庭，也是因为没有想到陈唐居然从未收手过，这些让她很是愤怒，尘封了这么多年的故事再翻出来，就有可能演变成一个事故了，还真不知道会波及多少人。"

连翘看着眼前的照片和大堆复印件，她的心像被钝器砸中了一样，这声闷响炸在心口，好半天，心头便一点儿一点儿地往外渗血，一滴一滴的，鲜艳而凄美。事件的真相已经超出了她的想象范围，她也终于明白，为什么在海城，陈唐没有来看她和林度，原来这个男人是根本抽不出空来的，像这样疲于奔命的生活，他怎么会有时间呢？

连翘定了定神，她抬起头来看肖正，声音已经有些嘶哑："肖正，谢谢你，谢谢你这么帮我，我很抱歉，我可能需要一点儿时间，这个官司先压一下，我得回家奔丧去，我的父亲，过世了！"说着连翘忍不住泪流满面。

肖正大惊："啊，节哀顺变，林小姐，这样您先回去奔丧，这边我等你回来再商议接下来的打法！"

连翘一边准备回老家，一边想办法，怎么让防风开门呢？突然连翘脑海里灵光一闪，曲靖。

对，曲靖，这个在大学里跟防风谈过三年多恋爱的女孩子，是防风唯一跟连翘提过的初恋，他说如果不是退学，他会娶曲靖的，只是一切随着防风的退学，都成了过去。

连翘只能在微信上问薛磊，如何找人？因为她知道从清华大学毕业的薛磊肯定有办法，从来清华北大不分家，他们肯定有办法相互取得联络的。

"这个简单，上水木清华的论坛，或是校内网发帖问呀。"薛磊说。

"那这个任务只能交给你了。"

薛磊在微信那边笑了："怎么问？是要问，请问谁还记得未名湖畔的林防风呢，还是有谁记得来过未名湖畔的青年画家曲靖？"

"都行。"

当天晚上，连翘的微信新加好友，曲靖。

网络之发达，真的是超乎人想象。

"林连翘你好，我知道你，林连翘，防风在学校的时候常提起你，防风他怎么了，为什么要找我？我正在婺源写生呢，我的一个学妹告诉我，论坛上找我和林防风，整个校内网刷屏都快刷瘫掉了，我今天下午才回的北京。"

曲靖的单刀直入，让连翘一愣，这行事风格果然和防风是一路人哪。

"我已经和林防风失联了，清水河中学好像也找不到他了，我改用信件的方式也被退回，谢谢你找我，连翘姐姐。"

"防风从不叫我姐，你也不必叫我姐姐，曲靖。"微信上的三言两语过后，她们约在了朝阳路上一家开了很多年的烧烤店。

"我没有想到十多年过去了，我依旧没有忘记他。"曲靖掏出一支烟来。

已经在国内小有名气的女画家曲靖，还在一所大学挂职教书，曲靖只是每年集中在9月和10月将课全部上完，其他时间她都在云游四海。

过四十的人了，曲靖却依旧看上去像二十几岁的女孩子，不施粉黛的脸上，光洁透明，一身亚麻长袍，一头乌黑的长卷发。一笑起来嘴角两个小梨涡。

"我也是一个闲人，任的都是闲职。防风也是，他的理想国里，应该和我一样。但他不信任我，或者是，他已经决定了一个人走。"曲靖两眼目光凄迷，"这个傻子，撞了南墙也不回头的傻子。"

连翘将防风的现状略讲了一遍，曲靖点了点头说："这就是防风，他是坚持自己的，一直就是。"

曲靖轻轻地吟唱："这个傻子，这个悲伤的傻子／被灼烬了的神经／却留着洞明的心窍／所有的欲望都死了／可你却活着／是个悲伤的傻子／明明笑着／你却哭了／在众里寻她／明明哭了／你却笑了／独自归家。"

"他不开门，我想他是被这个世道给伤了。"曲靖这么说的时候，已然是两眼泪了。

"他不应该不给老父亲开门的，我同意跟你去看他，他一定会开门的。"曲靖说。

从北京直飞省城，这一天的雨非常大，穿着一身黑衣的林度，坐在飞机的靠窗位置，一直看着窗外，这是他第一次经历生死，他的血脉在他身上的冲突，他还不知道。连翘的眼泪不断往下流，一旁的曲靖紧紧握着连翘的手。连翘是在哭她的父亲没了，也是哭她的林度，小小年纪的他，他的父母马上就要开战了。

那个早晨，曲靖站在连翘后面，看到防风那低矮而陈旧的房子，她内心的震撼是极大的，这个总是一针见血的林防风，这个视世俗生活为草芥的防风，从来就是完整而清白的。这长着青苔的小屋，充满了一种看不见的生命力，让曲靖感到亲切，顿生出种种柔情，让她忍不住踏前一步，走到了窗台前，曲靖轻轻地问："防风，你在吗？"

这轻轻一问，在防风听来如雷贯耳。

他以为这是梦，他迅速开了那扇窗，眼前的女人，依旧清瘦，一袭亚麻长袍，一头曲卷的长发，干干净净地站在防风的窗台边，她就这么直直地盯着他。

"曲靖？"

"是我。"

防风的惊吓像是整个世界都忘记了复苏一样。

"开门吧，防风。"

防风赶紧套了一件外套，冲到外屋，打开了大门。

"我不是让你独自逃生去了吗？"

"我是逃了，逃到一半，我把自己给丢了，想看你，捡到了没有！"曲靖说完那眼泪便倾盆而下，"你还好吗？防风？"

临别是少年，归来已然是听雨僧庐下，两鬓星星矣。

这两个多年前的恋人，相视而笑，笑得凄凉而哽咽。

防风的家，一片缟素，重孝的防风，一脸凄然站在雨里。

林防风他一直不相信当归，总在做戏的弟弟，除了祸害家人，就没什么好干的了，他以为当归骗他。他的手机、他的电脑，全部处在停滞状态，他和外界完全失去了联系。

但他也没有想到父亲会去世。想起父亲拄着拐棍到狱中看自己，防风悲从心起，一时泣不成声。曲靖紧紧攥住防风的胳膊，任凭雨打风吹，他们自屹立不动。

大毛他们帮忙扎灵堂，布置孝架，忙着抬棺摆放在堂屋，只一个早上的工夫，防风家中，各类家具都披上了白孝。最后，亚明二爷将一根草绳围在防风的腰间，防风仿佛才真正意义上感受到了死亡的来临，不由得跪下放声大哭。

亚明说："防风，你已经错过了时辰，不能亲自去青石接你父亲，现在你父亲会在青石当地火化后方可接回。青石市是不会放尸身走的，你是长子，过午时后，去村口，朝北跪接你父回家！"

穿孝衣的连翘带着穿着白孝的林度走到防风跟前，防风一把抓住连翘的手："姐啊！"

　　连翘大哭不止，防风从不会叫她姐的，这一句姐把他们所有的苦都叫了出来，姐弟俩抱头痛哭。陆续来的亲朋一边劝说节哀顺变，一边送连翘进入里面。寿棺已经备好，林光明还没有回来，三毛已经开始着手准备工作，诵念经文了。

第七十七章
曲径风回

第七十八章

光　明　魂　归

当归和常胜，还有大毛细毛他们赶到邻市青石时，已经是晌午，雨一直下个不停。

青石市蓝田派出所的人已经等候多时了，他们向当归出示了在宾馆现场拍摄的照片，说："这是我们第一时间进入房间所拍摄的照片，你们认一下是不是你们家的老人，因为我们不能让尸身在宾馆停留太久，所以已经运往殡仪馆了。"

照片上，光明仰躺在床上，床下全是擦拭口水的有两尺多高的纸巾，床上的被子都被手脚撑成了条状，可见他临死之前有过多么剧烈的挣扎。

常胜捂着脸呜咽道："是我哥，是我哥！"

当归泪流不止："我爸现在人呢，我要去看我爸！"

当归几乎是被大毛细毛搀扶着进了殡仪馆的大门，殡仪馆的人面无表情地拿过派出所工作人员递交的文件，一一盖章，然后领着当归一行，进了冷冻室。

殡仪馆里停放光明的冰柜被缓缓拉开，躺在冰柜中的光明，已经被殡仪馆的管理员换过了衣服，脸色铁青，隐隐出现脱水的现象。他在临死前都经历了什么，没有人知道，他是如何到了青石市，也没有人知道。只是蓝田宾馆接待人员说："这个老人来了，就交了一个半月的房钱，说到期了再续费，这两天老人没有出来吃饭，我们才用卡打开门，老人具体走的时间，没有人知道了。"

当归像傻了一样，直愣愣地跪在父亲面前，常胜怎么拉，他也不起来。

"小叔，是我害了我爸，如果我不卖掉院子，我爸怎么着也应该跟我享几年福啊！如果我不赌博，我们怎么会落到这个下场，我太不是东西了！是我，是我让我父亲客死他乡啊！"当归一边说，一边流泪不止，并不断打自己的耳光。

"现在说这个有什么用，赶紧让大舅回家才是当务之急。"细毛抓住当归的手，死命想拉着当归起身。

当归泣不成声，他说他父亲活着没有沾他当归一点儿光，光明的葬礼他一定要风风光光地办。

当归执意要给父亲穿最贵的将军服火化，并选了最贵的骨灰盒，他说回家再配最好的棺椁入土。

一切准备停妥，当归好不容易平复了一些情绪，和常胜一起，连同几个表兄弟，三跪九叩地将光明送入了火炉，悲痛不已。

领光明骨灰时，这群与光明有着千丝万缕关系的人，纷纷跪下放声哀号，大叫着光明各种称谓，现场一片凄惶。

一路上，当归死死抱着骨灰盒不撒手。作为家中最小的孩子的林当归，此刻的痛苦，胜过众人百倍，他是带着林家的使命出生的，当年林防风三岁不说话，世人都认为防风大概不是一个健全的孩子。父亲为了家族有个健康的传承者，想尽办法才生了自己，可是四十多岁的当归，却一直生活在荒废里，活在家庭的四分五裂中，一事无成不说，还败光了家产，让家人流离失所。

当归本来是恨父亲的，他恨父亲的离家出走，他恨他自己两度结婚父亲都缺席，父亲这一辈子在他林当归的生命里，就像是个过客一样。

可父亲以如此决绝的方式离开了人世，让林当归肝胆俱裂。他觉得父亲没有给予他什么，同样，他也没有给父亲任何念想，不管是情感，还是物质，临到老来，他让父亲老无所依，这一点让当归不能原谅自己。他们原来就是一个平凡人家，娶妻生子，代代相传，子养父老，天伦之乐，就这一点盼望都成了一种空想，这么想的时候，当归连要死的心都有了。

常胜一行人从青石市回来，雨一直在下，他们都被淋透了，每个人都像落汤鸡一般，悲悲切切地回到了他们的县城。

防风在亚明的指导下，提前一个小时，出了村口五里地，跪接父亲林光明，一串串长鞭响彻云霄，林光明的两个儿子，林防风和林当归，对跪着抱着父亲的骨灰盒，他们各自伤心大哭，连翘牵着林度跪在防风后面。三毛一边筛锣，一边诵经文，不远处，一个道士在化纸钱，念念有词。

林光明，这个在外游荡二十多的男人，被按这样的方式引回。路边的乡邻，一边抹眼泪一边说："林光明幸亏有两个儿子，幸亏大儿子林防风的屋还在，要不然，这小儿子败光家产，他这死了都回不了家，要成孤魂野鬼了啊！"

林防风带着大家三跪九叩地将林光明迎进了家门，骨灰盒暂时被请上了堂屋供桌上，点上高烛，烧上香。

林当归见父亲的骨灰盒已经被放置好，抹了一把泪，就匆匆回去了。

回到家，他找到叶青说："你把那十二万元给我吧，我要给父亲办葬礼！"

叶青一听急了："我们现在只有这十二万元，你怎么能拿去办葬礼？你这叫人活在不行孝，人死哭得直跳，你做给谁看？有用吗？！"

当归恨恨地盯着叶青："你再说一次！"

叶青一看当归这要吃人的样子，将银行卡啪一下扔到了桌子上，说："林当归，这以后的日子还能不能过了！"

当归一言不发地拿起银行卡，走出门去又折回来，说："叶青，我的父亲死了，我以后再也没有爸爸了，你知道吗？"说着泪流满面。叶青看着丈夫这个悲恸的样子，她放声大哭起来："林当归！我们不过了，我要离婚！！"

"离就离！"当归铁青着脸拿着卡就跑出去了。

这是当归人生第一次没有骗人，他拿卖房子余下的十二万元给父亲办葬礼。

他跟三毛说，他要以最高规格的祭祀，用九个道士送他的父亲，他请了这里最有名的哭丧女来帮他哭他的父亲，他说他这一生，从未给林家做过一件像样的事，这次他要风风光光送父亲。

当归和防风分了工，防风在家负责接待亲友哭灵，陪着磕头、敬香；当归去给亲友送信，参加父亲的葬礼。

当归一直忙到了晚上，才顾得上给紫苏打电话。

父亲过世的消息让紫苏心头像是打了一个闷雷，怎么就过了世呢？许多年来，父女之情只是停留在那年省城的小屋两年的生活里，而后他们便成了陌路人。今天猛然听到父亲过世了，紫苏的眼泪也哗地下来了。

"怎么回事？"她喃喃着，"上次小叔不是说父亲跟母亲和好了吗？不是都回家了吗？"

"你赶紧回来吧，大姐，反正一言难尽，如果不是父亲过了世，我也不会给你打电话！"电话那头当归泣不成声。

放下电话的紫苏，慢慢恢复了理智。

她决定不回去奔丧。

弟弟刚卖了房还赌债，家里现在大概是一塌糊涂的。她回去，这场丧事和娘家的未来打算，是不是又要她紫苏来扛，这是紫苏万万不能去做的。

这个娘家，拖累得她够多了。

当年当归与黄明洋的那场闹剧，到现在黄明洋提起来都要数落紫苏一顿，紫苏不敢跟黄明洋提父亲过世的事。她觉得黄明洋肯定也是不愿意出现在那个地方，她也不想平白无故去受黄明洋一顿揶揄。

现在医院项目都在黄明洋手上，她不能在这个时候给自己找事。黄明洋和她一样，将钱看得很重，他们俩谁也不会在其他地方露了破绽的。其实紫苏早就多次发现黄明洋与其他女人的开房记录，紫苏都采取故作不知的态度。真闹开了，都没什么好处，现在保持好夫妻关系，才有利于利益最大化呀！

这么想的时候，紫苏觉得她人平静了好些，她觉得现在她要冷静。

第七十九章

紫 苏 错 祭

决定不回去奔丧的林紫苏，把当归和小叔的电话号码都设置了屏蔽。第二天她照样起床做好早餐，然后送儿子黄聪去上学。

早晨八点半，她准时去公司上班。

没有人知道这个林总裁的父亲近期去世了，也没有人发现平时林总裁总是穿着嫩粉明黄的套装的，今天穿的是黑西服、白衬衣，她的袖子里偷偷戴着一根白线绳。

还没到十点，公司里突然骚动起来，董事长秘书严红急匆匆从外面进来，一脸凝重。

紫苏一看她神色不对，忙过去，低声问道："小严，怎么了？"

"我们徐董事长的妈妈，刚才去世了，就是早晨九点零五分发生的事。享年九十八岁。早上还起来吃早餐锻炼身体呢，说走就走了，董事长正在上班的途中，现在正在城西高架桥上往回返。我过来拿一下董事长的物品，要赶紧赶去他的皖南老家。"

紫苏一愣，怎么这么巧？

"其实也没什么，九十八岁，是喜丧，林总，现在公司高层要分头安排好各部门前往皖南送董事长老母亲一程的。您看您这边怎么安排才好？"

严红看看紫苏身上的黑西服和白衬衣，不禁点了点头："林总，您看，冥冥中，就是一种安排，您都不用去换衣服了，看来，果真是徐董的得力干将，心有灵犀呀。您准备一下，我安排你们部门第一拨过去吧。"

紫苏张了张嘴，没说什么。

"还有陆总、方总和黄总，他们不知道是个什么情况。我收拾好过去通知一下他们。"严红说完，就匆匆出了公司的门。

紫苏站在办公室门口半天没有缓过神来。

防风家门口搭起了十里长棚，四个子女缺了一人，三毛说："我们看的日子，后天落葬，这已经三天了，紫苏怎么还不回？她说不回了吗？我们要不要等她？我还真没有听说过自己父亲过世，有不回家奔丧的子女。防风，我觉得你还是应该给紫苏再打个电话，你将礼行到，她回不回是她的事，我们不能让乡邻们看笑话。"

连翘拿过当归电话，将紫苏的手机号码拨了一遍，电话出现忙音，小叔常胜又用自己的电话拨了一遍，依旧是忙音。当归刚从外面回来，他说："紫苏家里电话打了吗？这个点应该没有人接了。我有她公司电话，给她公司打个电话吧，我们也算尽心了，真不回，以后有什么事就不要怪我们这做兄弟的了。"

电话打通了，前台回说："你们找林紫苏林总吗？他们一早去皖南了，我们董事长的母亲去世了，大家都去送她老人家一程，公司今天没人在。"

这个电话让整个灵堂安静了下来。

当归的脸煞白煞白的，他解下了身上的孝衣，恼怒地说："我倒要去看看，那个董事长家我知道，我和黄明洋一起共事时，去给董事长送过特产，也送过紫苏去开会。现在我想去一趟皖南，我想看看这个大姐，真下作到这种地步了吗？我不相信这是真的。"

"当归，你冷静点，你爸爸还在这儿躺着呢。"小叔常胜喝道。

连翘的心揪得紧紧的。

"防风，你在家陪着爸爸，有你这长子在，没有人会说什么。我没事，我一定要去看看，我要看看林紫苏她的心是什么做的，她还配当个人吗？！"当归说着冲了出去。众人拉都拉不住。

连翘将林度拉过来交给香姑，回头对常胜说："小叔，别出什么事啊，我跟着去，家里就交给小叔了，防风，按原安排进行，我们很快回，这傻当归！"

当归开着从朋友那里借来的车，连翘坐在副驾上，姐弟俩一言不发，这一路他们仅下过一次服务区歇了一会，胡乱吃了一点儿盒饭，便开车一口气进了安徽省界，绕过几条城区公路，远远的，便见到了熙熙攘攘的人群，简直就是一片黑白的人的海洋。

虽然已经是下午，但来参加丧礼的人依旧络绎不绝。已经入殓的董事长的母亲棺木上披着红色缎被，缎被上竟站着一只活鸡。小广场上，站满了头戴白花、胳膊上戴黑孝箍的人。戴着黑孝箍的姐弟俩也很自然地进去了，人们都以为他们是来参加丧礼的。

人们鱼贯而入，鞠躬行礼、献花。连翘攥着当归的手，她感到了当归的手冰凉而僵硬，突然当归的手猛地颤抖了。连翘看了一眼当归，顺着当归的眼神，她看到了紫苏。

几年不见的紫苏，样子清瘦，有些憔悴，此刻一身黑白衣饰，一脸凄然地站在了灵堂前，双手合十，而后款款跪下，陪着前来行礼的人，行着三跪九叩之礼，她嘤嘤恸哭的神情，很容易让人误以为她便是这家的至亲，但她明明是排在至亲之外的队伍里。

当归反手死死扣着连翘的手，这三个血脉相连的人，在这一幕面前经历着五脏六腑的扭曲与痛苦，当归几乎失去了理智。连翘死拽着当归，不让当归往前冲，说："当归，我们出去等她，我有办法让她出来。"

络绎不绝来吊唁的人放下手上的花，又去了，但紫苏一直没有离开灵堂。

从申城赶到皖南，已经连续三天，紫苏一直待在灵堂里，此刻她陪一个老年妇人，低头在说什么。那妇人看样子不是董事长的夫人，就是董事长的姐妹或是什么人了。

连翘走到一个维持秩序的工作人员模样的人面前，她说："我们是林总办公室的，有一份合约需要亲自给林总过目，有几个细节需要确认。"工作人员点了一下头，说："您稍等，我进去看一下。"

随着工作人员出来的林紫苏，见到当归和连翘，像是见到了鬼一样，大惊失色，她几乎是慌不择路地想要逃跑，想要躲开。

可她不能，她知道，她强作镇定地迎了上去。

"当归、连翘，你们、你们来了，快快，去那边休息室。"她慌得都忘记打发引她来的工作人员，就径直快步向一旁蜿蜒的小路走去。

他们走出了老远，选择在一丛竹子下停了下来。

当归盯着林紫苏说："林紫苏，你不是很忙吗？原来董事长也知道家中老了人，要给大家放假，他也不能上班，他们全家都不能上班，而要专心送老人，他不仅自己送，他还发帖子请人来送老太太，因为那是自己的父母。"

连翘冷冷地看着眼前这个显得贵气逼人的姐姐，拒绝参加父亲的丧礼，而为董事长母亲送丧，却心安理得。

"林紫苏，哪个公司没有丧假婚假？你父亲死了，你知道吗？你公司敢冒天下之大不韪，一个人的亲生父亲死了，都不让她回？"林连翘盯着这个打小就高高在上的姐姐，冷冷地说。

"林连翘你有什么资格教训我？你做得很好吗？！管过父亲吗？"紫

苏也冲着林连翘吼道。

林连翘气得发抖，这话深深地刺痛了林连翘，是啊，她难道比林紫苏做得好吗？可眼前的林紫苏所作所为实在是不可理喻之极，连翘往前踏了一步，说："林紫苏，现在是生你的人过了世你不回去送他一程，你要知道，生命只有一次，不管父亲对你做了什么，让你不满，但他人已经走了，所有的恩怨是不是可以一笔勾销了呢？作为这个家中的老大，你得到的是最好的资源，这个家是倾尽全力扶持了你，如果你还是不满意，那说明，家庭起点太低了，但你不能全盘否认父母为你做的所有的努力吧！"

紫苏听了连翘的话竟无以反驳，她几乎是口不择言地说："我可以当我没有父亲。"

"呵呵，是啊，你没有父亲！"当归盯着紫苏，眼泪横飞，"大姐，好一个你没有父亲！好，那我现在去问一问你的同事、你的领导、你的董事长，你如此有孝心，生养自己的人现在过世了，你都不回去，倒急忙来拜祭别人的父母，充当孝子贤孙，这种孝道真是感动天地呀！二姐，我们走，她没有父亲，林紫苏是从石头里蹦出来的！那位董事长在哪里，我就只去问一声，所谓的高级总裁，只认得她董事长的母亲，是不是就是一种更高级的孝道！这是他们公司的文化吗？我问一声就走！"

"当归！"紫苏声嘶力竭，泪流满面，"我知道你们恨我，你们每一个人都恨我。可是你知道吗，我从那个乡村走出来，我受过多少排挤，经历多少次浮沉才到了今天？我在这个公司八年了，可这八年你知道我从一个一穷二白的人，能做到公司管理层，有多么不容易吗？你们都活在社会底层，跟蝼蚁有什么区别？你们无非也想我像你们一样，你们不就是想将我打回原形吗？！你们去好了！其实我也不是不回去奔丧，我都没有想到，这个时候偏偏董事长母亲去世了，董事长对我的提携那都是有目共睹的，他对我有知遇之恩，我们部门率先去参加丧礼，是公司安排好的。你们如果要闹就去闹好了，大不了，我失去工作，被人耻笑，于你们，又有什么好处呢？"

"林紫苏，你这是人话吗？！身为长女，你看你给我们做的榜样，你觉得你很成功吗？你晚上睡觉，心不会疼吗？这个倾其所有送你平步青云的父亲，在你眼里一钱不值了吗？你在这里人模人样地祭拜别人的父母，你贵为公司总裁，你就是为了往上爬，你也甘心置自己的父母而不顾？"连翘逼近紫苏说。

她觉得眼前这个叫林紫苏的人，那么熟悉，却又那么陌生。她接着说："我记得小时候，你害怕鬼神，害怕棺木，害怕一切让你觉得不安的东西，我一直以为你是因为害怕棺木和无法面对至亲死亡，而不肯参加葬礼，我没有想到你居然下作到如此地步。林紫苏，我不会去揭穿你，你不必如此害怕，你继续做你的总裁去，希望你长命百岁，没病没灾，你也有儿有女！人在做，天在看！当归，我们走吧，林紫苏，她，确实没有父亲，我们回去吧，不要耽误了我们父亲的行程！"

连翘死死拉着当归，她看到林紫苏那失措的样子时，她心软了。她深深知道，一个农村出身的人，要在都市混到一定地位有多么不容易，她知道如果当归当众掀了林紫苏的底，一个不讲孝道的标签贴上林紫苏，她将会如何万劫不复。城市就像是一个华丽的肥皂泡，紫苏住在这个泡里，她并没有醒，而且她也不打算醒。连翘甚至可怜起紫苏来，她自小到大永远要争第一，如果顷刻间化为乌有，紫苏恐怕是连活下去的勇气都没有了吧。紫苏是这个家里的长女，她曾经获得父母万千宠爱，紫苏也是她和当归的至亲，她下不去这个手。

紫苏眼睁睁看着她的手足越走越远，她回过神来四处看了看，幸好周围没有人，不由得擦了擦额头上的冷汗。原来人类灵魂中的小是不容人窥探的，紫苏的手足太了解她了，每一句话都像一记重锤落在了她的心上，让她惊魂不定。她回到灵堂时，人越来越多了，趁着人多，她向严红告了假，她说她头痛得厉害，她要提前返申城了。

回到家，紫苏像是要虚脱了一般，幸好黄聪在住校，黄明洋也没有在家。这些天，黄明洋一直在外地。上次因医院手术出了事故，赔了不少钱，那家医院现在都是黄明洋亲自在那里盯着。紫苏不敢将防风他们来找她的事告诉黄明洋。她现在需要心安，可是心像是一只沙漏，嘶嘶地漏着沙，细细的，纷乱的，往下漏，让人惶惶不可终日。

紫苏将防风、小叔的电话限制解除了，紫苏想了想，还是先给防风打电话。

她低声说："防风，我、我回不来，你跟小叔他们说一下，我出所有的丧葬费……"这么说的时候，她自己都觉得明显底气不足。

果然防风冷冷地说："你以为用钱可以买到一切吗？林紫苏，你就不怕报应吗？"

"有什么了不起，大不了我将来落到跟父亲一个下场好了！"紫苏说，"当年奶奶，也是父亲他自己的母亲，死了，他回去了吗？现在要我回去看他？这难道就不是他的报应吗？你的卡号多少，你给我，我先给你们打五万元，不够我再打给你。"紫苏一直努力武装着自己，尽量让自己平稳而理直气壮地说。

"这个钱我不敢接，你留着慢慢用。林紫苏，做人不要太绝！"防风啪地挂了电话。

　　紫苏又给小叔常胜打电话："小叔，我出父亲的丧葬费，你把你们的账号给我一个，我这就汇过去！"

　　小叔冷冷地说："紫苏，你要么回，要么不回。没有人缺钱，不要恶心你家兄弟！我也没有账号给你。"

　　这是有生以来，紫苏听到小叔说得最严厉的话了。

第八十章

父亲的遗物

～～～～～～～～～

　　翠莲一个人呆坐在当归的出租屋里，从凌晨到现在，一直没有挪窝。她知道光明已经请回，在防风家停放。

　　防风关门闭户已经很久了，有几次在吃早餐的路上遇见翠莲，也只是跟她点个头就走了。这个不爱说话的儿子，一向跟她不是很亲，也有些村民说，她大儿子怪她偏疼小儿子，对她心里是有怨言的。

　　可是她能怎么办呢，当归连个工作都没有，她不帮衬着点儿怎么行呢？大儿子防风老实，至少不会惹下大乱来，而且现在防风虽然没有上班，但至少还有基础工资可拿。小儿子却什么都没有，他像是一颗随时要爆炸的地雷，搞不好，就出了乱子，她若不上点心，大概小儿子连日子都过不下去的。

　　听村里人说这次光明能停放进防风家，也算防风明事理的。翠莲却不想去送光明。她觉得这个老头临到死都不忘旧情，走时对她那样一通大骂，她原本平静的晚年，因为这个老头主动回来给打乱了，临到死都伤她，这个她不能忍。

　　人的一生，不就是为了在另一个人心上占个一席之地吗？她自打嫁与林光明，生了四个孩子，吃苦耐劳不说，也算是一心一意为了这个家。但这个男人心里何尝有过她呢？他这两年找她，大概也是老了没有办法，浑身病痛得无可奈何吧？否则他大概永远不会想到她余翠莲的。

　　这么想时，翠莲鼻头一酸，流下泪来，觉得自己真是不值呀！她甚至羡慕起那个叫柳英的，据说后来她嫁的那个秘书也死了，现在又三嫁了。她就不受林光明干扰，最后还落在了林光明的心上。

　　所谓为人妻为人母，到头来，图什么呢？翠莲觉得挺没意思。翠莲对自己摇了摇头，站起身来进了厨房，舀了水准备做饭，小儿子当归不知道什么时候回来就要饭吃了。

最终也没有回来送林光明的林紫苏，让乡亲们一片哗然。林二娘流着泪从防风家出来，一路走一路叹道："果然是爱儿不得爱儿力，嫌儿偏有嫌儿恩哪。想他林光明一生，如此喜爱他的长女，据说是从来没有帮衬这个做老子的一点，临到死，这女儿都不回来送一程。这为人父母，图个什么呢，真是没什么意思啊！"

紫苏的不归，让乡亲们叹息不已，但光明的葬礼还得进行下去。

按当地乡俗，族中老去的人需要族长主持葬礼，而后再由族长指定族中的孝子贤孙作为抬棺脚夫抬棺上祖坟山，扬土入葬，才算完成这人在阳世的一切。

当归戴着白孝一大早就去找族长林四清来主持葬礼。

族长家住在村中心，家族祠堂就在族长家后坡，每月初一十五，族长都焚香更衣，带领全族男丁在祠堂烧香礼拜。不过自村里年轻人陆续都出外打工了，这样的仪式举办也越来越少了。

此刻族长一个人坐在暗黑的堂屋抽着不多见的水烟袋，听当归说了半天，族长林四清一言不发地抽着烟袋，半晌拿鞋底磕了磕烟灰说："当归，你父亲这葬礼我不能参加，更无法去主持。你父亲林光明这一生对乡里没什么贡献不说，抛妻弃子，让孩子们流离失所，实在不算是一个好榜样，也带坏了后代。这样的族人，我不认，现在不兴祠堂，否则祠堂他都没资格进！"

这番话如雷贯耳，当归一下子呆在了那里。他盯着四清，说："四爷，我们姓林！"

"我知道你是姓林，还有你林当归，我记得你也四十多的人了吧，那么大的家业，你一手败光。你知不知道这儿是林家湾，我们林氏家族在这里是旺族，旧时候都是由皇家赐牌匾的，我们历代林姓都要出几个进士，这都是当时的美谈，就搁现在，我们这里也叫教授县，你数数，我们林家出了多少个教授？嗯？现在大家生活在这里，哪家不是勤恳守业，孝敬父母，礼贤多德？你呢，你凭什么来请我？你家有什么脸面对列祖列宗，嗯？"林四清说着站了起来，昂着头，就这么从林当归面前扬长而去。

林当归被族长这一番抢白，几乎算得上是责骂，林当归竟半声也作不得，头上脸上的汗直往下淌，他都不知道自己是怎么回的家。回到家，他这才发现，把父亲从青石市接回到家中，除了林亚明一家人一直都在现场外，果真其他林姓族人没有一个人来。

面对没有人主持葬礼、没有人抬丧的局面，常胜痛哭失声说："造孽啊！"

"当归莫哭！你们林姓家族不来，我们人来！我们付家人来办这个丧！"常胜抹了一把脸上的泪，戴着白孝，领着当归、防风，就去了后湾。

他领着防风、当归身缠麻绳，头戴白孝，常胜带头一家家下跪，虔诚相请付家的族人前来帮忙办丧。最后防风跪在棺木前："爸呀！家门不幸，我让你受苦了！"说着趴在地上痛哭不已。

一天多未进水米的当归一头栽倒在了父亲光明的灵前，人事不省。大家慌作一团，将当归抬到了里屋的床上，撬开了当归的嘴，灌进半碗米汤，当归才缓过气来，说："小叔，小叔，我林当归，不是人啊！！！"满屋人没有不流泪的。

请回家的光明骨灰，在三毛的带领下，防风为首，当归、连翘他们随后，三跪九叩，贴上金符，哀乐四起，被轻轻放入了金棺，香姑在盖棺那一刹那，悲鸣："我的哥呃！"引发了一片哀声。

连翘和林度跪在二排，跟着三毛的一喝三呼跪叩行礼，她眼见着那副棺材封印，在烟雾缭绕里，在鞭炮齐鸣里，她那么多年想见的父亲的骨灰，就这么被装入棺，她不敢相信这一切是真的。她也不敢相信，她的父亲，因为子女不肖，居然还被家族除名！

第一个前来祭奠的人，是光明当镇长时的镇上通讯员何文，现在已经是镇上社保局的副主任了。她一进门就跪倒在棺木前，泣不成声。

"光明镇长啊，你这为儿为女掏尽心血的人啊，怎么落到如此田地！"已是中年的何文不再是当年那个梳着小辫子的小女孩儿了，她的眼泪如此真诚。

连翘忙上前扶起何文，说："何文姐姐，我是连翘。"说着，眼泪长流不止。

"连翘，你还认得我？我是光明镇长一手提拔起来的通讯员，我一生感恩这位老镇长啊，连翘，你们多年不通信，这是不合适的。镇长过得太孤寒，太辛苦了呀！"何文攥着连翘的手，哭得根本收不住。

连翘看着何文，一时有些蒙："何文姐姐，怎么如此说我爸爸？他不是后来再娶了吗？不是过得还好吗？"

"连翘啊，这些谣言你都信，傻呀！你父亲是什么人，你们都不懂啊！他在外头省吃俭用，住在廉租房里。我到省城必去看他，他这人要面子啊，总在黄鹤楼酒店请我吃饭。我是有一次偷跟着他，才知道他住的就是那种还盖着石棉瓦的小平房，我怕他发现我，觉得没面子，只好赶紧回了。我有几次给他送钱，他总是回来还要还给我，他每月的退休金我都叮嘱按时发，就怕他在外面不凑手没有钱用！后来他说他中了风，动不了，我再也无法见到他，我去他原来住的地方找过好几次，都没见到。连翘啊，他是，他是穷死了呀！我难过，我太难过了！我自小跟着你父亲做通讯员，他总手把手教我，他对下属那么好，业务能力强，又肯吃苦。他在的时候，我们镇总是县里的标兵镇，年年拿奖，年年得到县里表彰的，他走后，我们镇就一直是个无名镇哪！我真的没有想到，林镇长走得这么凄凉啊！"

连翘跪在地上，她那硬气的父亲，她那总是有办法的父亲，居然是穷死的！连翘心痛欲裂，她想她自己，开着豪车，在北京住的是二百平方米的豪宅，拿的是股份分红，请人吃饭动辄上万元，她和她的团队出入灯红酒绿的场所，花钱如流水，而她的父亲，竟是穷死的！

这个穷死了的事实很快就被当归证实，当归通过开具的死亡证明查询了父亲所有的账号和文件，父亲所有账上的钱加在一起，只有五万一千二百三十四元一角八分。而那单独一张卡里，存的是五万一千元，卡面写着"林连翘"三个字，里面的金额存取日是一年前的日期。

当归颤抖的手拿着死亡证明，哭得不能自己，不断喃喃自语："我还以为我爸一直那么有能力，一直那么强势，我还一直想沾我爸的光，我是个人吗？我不配做人！"他将父亲随身带的包拿给连翘，说，"二姐，爸爸，爸爸，一无所有，他给孙子惊霄的十二万元就是倾他所有啊！我还，我还指望他给我买地基建房，我不是个人，我就不是一个人啊！"说着当归不断打自己的头。

连翘接过包，打开看时，光明的包里，只有零散的几元钱，几张彩票存根，一本灰色日记本，一副眼镜盒，几包餐巾纸。

连翘从包里翻出那本灰色日记本，是爱读书的父亲的读书笔记和日记，上面每一行字记录的都是父亲穷困潦倒的日子，包括蹭空调和被房东驱赶，也详细交代了标有"林连翘"的卡里钱，是还给当年连翘让他去买房的钱。

光明的死不仅打垮了当归、防风，这本父亲的日记也彻底将林连翘打垮了。

她宁可她的父亲像林当归那样，去花天酒地，不断向自己要钱去买尽世间繁华，春风得意地过完他的一生，她不能接受她的父亲如此寒酸贫穷地死去。

她眼中的父亲啊，是腰杆笔直，一头乌发，骂人山响，或是奔忙在酒宴，或做报告，或演讲，让属于他管辖的地方村民，感动到流泪欢呼……

有才的父亲，用极度的完美主义要求身边所有的人，却最终凄惶离去，不管是二十多年前狼狈逃离他经营了近三十年的家，还是选择客死异乡的绝情，他留给连翘他们的是一场戛然而止的无语凝噎。

父亲恃才自傲的本性，让他伤害别人而不觉，以致连翘每每在路上见到牵着小女孩儿的男人，都悄然驻足，这爱女儿的父亲是怎么样的？那手温暖吗？温度如何？

连翘觉得父亲这个自我要求完美的男性，努力读书的他，从取消高考那一天起，便种下了心病。

大概他终其一生都在上大学的路上狂奔，乐此不疲。他的长女以当时全区第二名的成绩考上重点高中都让他踩脚骂娘："你是状元的料，怎能屈居第二？！"

他对长女呵护备至，他大概无数次想象过长女的风光，名校，出国，或者从政，这种荣耀让他能走路带风，甚至让他忽略儿子们的不才。在他的执念里，学习拔头筹是多么理所当然呀！他连第二名都不能接受，对于其他子女的不出众的学习成绩，他都嗤之以鼻。父亲的诅咒、打骂，用在儿子与女儿身上，绝对男女平等。

古人说矫枉则过正，他尽全家之力，让自己的长女完成了大学。长女的龙门之跳，在当时的小镇多少也算光耀门楣。父亲半句没提儿子们的事，在他的心里，只要有人从这个家走出去，便是代他走出去了，他感到光荣。

而长子林防风考取北大，几乎快完成了林光明的人生梦想，不承想一场退学风波，将林光明一生的精气神全部耗光了，他在疲于奔命的救子路上，虚度了他自己的光阴而不觉。

他曾经那么不可一世，其实他是多么害怕别人知道他的赢弱啊！他从不肯让连翘去看他，他根本无法接受自己的贫困与无助，他在他的世界里，不允许自己在家人面前示弱。当他第一次向紫苏求助而被无情拒绝后，他更丧失了求助的勇气。或是年幼丧父的痛苦经历，或是他在少年青年时代没有受到过关怀，他宁可付出金钱求助别人，哪怕是骗人的保健品业务员，那点虚假的温暖都让他无法自持。

第八十一章

光明的葬礼

按家乡乡俗，给林光明守灵的都是家中男丁。

连翘执意也要为父守灵。常胜一脸为难。

防风挡住了小叔阻挡的手势，他说："不就是害怕财气随了外姓吗？我林防风不在乎这些，林连翘可以守灵！"

连翘将林度安排睡了，便悄声走进了白色灵棚里，和常胜、防风、当归他们挤进临时铺在地面上的通铺。

防风笑了笑，让出自己的铺盖，说："连翘，你坐这儿，我去抽根烟。"

连翘坐下来，正好在父亲棺木的尾部。盯着那暗红棺木，她甚至有些怀疑，父亲真的在里面吗？那个在异乡去世的人，真的回来了吗？她还记得与离家数年的父亲那次相见，父亲的豪情满怀，他要六十而立。他依旧万般皆下品唯有读书高的姿态，而被他宠上天的长女林紫苏，在他整个中年时光里，却是那样的刻薄与漠然，他们俩有着遗传式的骄傲与冷酷。父亲惊于这个打小听话的长女的无情，他大概从来没有去想过，以原生家庭的全力以赴、倾尽所有而飞起来的子女，往往对自己的出身充满了恐惧：在职场丛林法则面前，起点太低，她羞于提起。这大概就是紫苏不愿意回来，也不愿意面对的原因吧。

这一刻连翘原谅了紫苏，她也让当归原谅紫苏。连翘说："相对于紫苏的刻薄，我们又做了什么？我们做子女的，没有谁比谁做得更好。"

当归拿出他那存有十二万元的卡给到三毛说："尽十二万元所用，一定要将祭奠以最高规格来办。"三毛接了卡说："当归放心，这钱足够用。"

他们用最传统的祭祀方式送光明，包括很久不用的跑奠与送神。他们在防风的家里设了灵堂灵位，并进行传统洗礼，在各个房间烧冥钱与点香烛。

专业的哭丧女哀声起，洪亮而做作，尤其那个肥胖的女人倒在父亲光明的棺木前，捧着条孝巾，哭得好不认真，让连翘鸡皮疙瘩都起来了，她赶紧去找当归："让那人停，你多少钱请的？我们难道连自己的父亲都不会哭了吗？！"

"不行，让她哭，我要听到！我要她哭爸爸！"当归泣不成声，"我爸活着没有沾我的光，死了我也不知道他去了哪里。这个人间，什么最好，我就把什么都给他做到，呜呜呜！"

连翘泪如雨下，只好作罢。她看到曲靖披着长长的孝带和防风跪在一起，一脸肃穆。防风的面色苍白，一动不动跪在那里，有人来烧纸磕头，他便陪着磕头，像个木偶一样。

那些来吊唁的乡党都说："这林当归这么大操大办他爸爸的葬礼，是在买自己心安啊！也算是个孝子。"

雨一直在下，三毛带着付姓族人去了林家祖坟山，还没有进山，族长林四清就带着几个林姓乡邻站在了路口，不准人进山。

三毛忙给当归打电话，正在接待祭奠者的当归叫上连翘、防风，赶了过去。

族长林四清拒绝林光明落葬林家祖坟山。他表明了，林光明不应该入葬祖坟山，一是林光明四十多岁还离婚，二是林光明离家二十多年，对子女不管不顾，以致两子一个触犯了国法，一个赌博成性，倾家荡产，这在林姓家族里上下十几代闻所未闻，只能择其他地方安葬林光明，这是他作为族长最应把的关，也是符合族规的。

当归冲上前去，一把薅住了林四清的衣领，叫道："林四清，我敬你是族长！你不要欺人太甚！"

大家拉扯着当归，四清挣扎着从当归手下挣脱，说："林当归，难道我说错了吗？我也要见列祖列宗！何况你爷爷也没有进祖坟山，你奶奶改嫁他人，现在也没有葬在祖坟山。所以，我有理由不让林光明葬入祖坟山！我们这一脉人也要活人，别坏了我们的风水！"

四清这一举动，也激怒了本家二爷老中医林亚明。

八十岁的亚明，带领了另一群林家族人出现在山口。

"四清，你也是读过书的人，死者为大，这个道理你应该懂。你不参加不主持光明的葬礼，还鼓动林姓族人不参加葬礼，已触犯大忌，我姑且没说什么，现在你居然不让光明入祖坟山，你到哪里都说不过这个理字去。

想他林光明，自幼丧父，自力更生，受过多少欺凌，但却自强不息，他是我们这里第一个吃商品粮的后生，也曾为一镇之长，离职时，也是数百人相送，是为民众做过不少好事的，也算造福过一方百姓的好官！他生育四个子女，这也是为族群开枝散叶，要记头功，培养了两个大学生，这也是为国为家光耀门楣的。

"你现在不让光明上祖坟山，什么道理？光明父亲因历史原因没有葬入祖坟山，我想祖宗们也会理解，每个时代都有每个时代的特殊性，但林光明是林家的血脉，他的归宿在这里！何况古人说，莫欺少年穷。现在当归是浪荡了一些，但古话也说得好，宁生浪荡子，不生傻痴儿。林防风、林当归，他们尚且年轻，谁都是打年轻时候过来的，谁没有犯过错，走过弯路？你怎么知道他们将来不会有出息？你这么做，于情于理都说不过去的，我今年八十了，当下林家大户中，我应该是年纪最长的吧，人生我早已经看透，我想，我是有发言权的，我们不以一时论长短。四清，你也是做爷爷的人，谁能保证自己脚下人，这一生就走得溜直，没有闪失？我们做事，一是要凭心，二是要占个理，三是要积德，你看我说得对不对？"

"亚明叔，我晓得你说的都在理，但上祖坟山也是有规矩的。"四清说，"我是当下的族长，我也要面对列祖列宗，我不能死了无颜面对他们！"

"规矩也是人立的，光明，必须上祖坟山！"亚明斩钉截铁地说。

"这个我说得也不算，只怕林姓族人不同意。"四清面无表情地说。

与族长四清不欢而散，连翘头一次感受到了家族势力的压力，她没有直接回防风家，而是叫上防风、当归他们，三人前去祖坟山。

林家祖坟山据说迁到这里也才三十年，原来是在另一个叫杨四岭的地方，因为政府修路，所以集中迁到了这里，连翘发现这里除了葬有林姓族人外，在东南方向，还有一部分空山头变成了公墓，大约占到了祖坟山的四分之一。

连翘站在山头，问防风："你对进祖坟山这件事怎么看？"

"人死如灯灭，其实生死都一样，所谓祖坟，也是活着的人画地为牢的，我看不用争它。"防风目光迷离。

"不对，防风、当归，父亲出走二十多年，最后还是希望叶落归根，无论是谁，多么提倡无神论，最终都逃不过尘归尘，土归土。我们只有有了根基，才能有发展，我们现在有了林度，有了林惊霄，防风，你我的未来，也会有人顺着我们的足迹而来。我们是不能受困于祖坟山，但祖坟山埋着我们的传承基因，我们不能被这所谓的族规所限制，父亲之所以选择回归，也应该是知错了，抛弃祖业本身就是要受罚的。我们不用去和族长抗衡，当归，你去看看公墓那边是个什么情况。是才开放的呢，还是已经都规划好？是否可以交易？"

中午当归返回说，这里的公墓也才开始使用不久，仅有十几个墓，属于对外公开的，只要出钱就可以葬。

"当归、防风，社会是在进步的，亚明二爷说得好，每个时代都有每个时代的特殊性，这次我们也可以敢为天下先。我们的父亲，不进祖坟山了，我们葬公墓，毗邻祖坟山。我们要买下余下的空墓地，我们家所有的人都葬在这里，我要将父亲周围未葬之地全买下来，你去洽谈，要多少钱，全买下来，包括将我们的爷爷，通过法事也一并请到这边，我要我们的祖祖辈辈都葬在这里，我要将这片山留给林度、林惊霄，要一代代传下去，我要永久产权的，你去办！"

防风有些吃惊地看连翘，说："你可是个女儿身，有这个想法，也算是惊世骇俗的，不过我支持你！"

曲靖说："我也支持你，林连翘，我们所传承的都是前仆后继的，这个族长大人明欺你们家男丁羸弱，就应该给他们迎头棒喝！"

当归不知所措地看看防风，再看看连翘，他的哥哥姐姐正一脸严肃看着他，他知道这是真的了，忙下山去与当地管理墓地的部门交涉。

通过交涉，实地丈量，确认了这座山差不多六分之一的空墓地，卖给了林连翘。

闻讯而来的三毛和细毛拿着罗盘走位，连声说这个地方风水好。

以五十万元买下了这座连着林家祖坟山的山头，林当归让三毛为光明点穴作法，并在光明旁边给翠莲留墓地，其他都栽上了木棉树苗，形成了一个区域。

林连翘久久伫立在山头，时值黄昏，她看到山脚下，是万家灯火初起，想到将来总会有一天，她、防风，当归陆续会入住这里，连翘的心顿时宁静了。

她陡然想起她奶奶大英，在她十岁时，大英曾经跟追着打她的光明说过的话。大英说光明是爱儿不得爱儿力，嫌儿偏得嫌儿恩，这个家以后要靠她连翘的。这个这么早的预言，在这座属于她的祖坟山面前，十分惊人地应验了。买了祖坟山的女子，怎么还会有退路可言？林连翘这么多年的颠沛奔波，难道就是为了这一刻吗？她苦苦去为林度求的结果，不就是这个吗？她与陈唐之争，不就是为了林度的归宿吗？

祖父想要的耕读世家牌匾，光明想要的光宗耀祖，其实都是踩在这一方土地上的呀！那父亲奔往城市的这条路，不就是缘木求鱼了吗？他们完全错了！

林连翘的家乡地处长江沿岸，这方土地处在古时的运粮河道，在三国时期，是兵家必争之地。

这个地方常被称为人杰地灵，连翘眼里的家乡，盛产荷竹与草药。儿时走亲访友，一路上打荷叶当帽，采竹笋以食，追逐黄鹂鸟儿，羊肠道上，杉树两旁，三五户一池塘，七八户一岭畈，豁然开朗处，一望无垠的是十里稻花麦浪。

每每晨雾起时，奶奶大英总在催促小孩子们别磨蹭，赶紧出发，好到亲朋好友家赶中午饭，穿山渡水间，是鸡犬相闻，偶有相识邻人粲然一笑，相互问候，这么逶迤而上，村廓尽头，早有亲朋迎来，接过他们准备好的礼物，笑语不断。

那满山遍野的杜鹃与耸立在山顶的板栗树，针松青柏，层层叠叠的山茶花开，橘树那时油绿而苍翠，几只青橘探出头来，都变成了几个顽童的口中餐，引得橘主人追出一路叫骂，哪怕酸得打滚，也还是食之香甜。

如今在加速城镇化建设进程中，大量土地农田已不见，取而代之的是耸立的高楼大厦，那余大塘、何家湾早没了，连有名的八里湖能留下三里已经不错了。

曾经享有盛名的州府与白池白河板桥清水河等地方，现在都已徒有虚名，大兴土木的乡村，有等拆迁而违建的，有在自留地上平地盖楼的，蜿蜒的河道久不见水，多年前曾在这里留下的照片，此刻早已人是物非了。

那些靠记忆去弥补的，是那沙子小路笔直不见尽头的缠绵。三两村落间，沟渠婉约，青荷刚出，古朴石桥下流水潺潺，时有小鸭漂浮。

此刻，下了山的连翘，站在一汪清水池塘边，就这么绕梁而上，是几处黄鹂争暖树，谁家新燕啄春泥？她的老乡们，在麦田里间苗，在水田里耕地，在山坡上锄草，在茶园里采茶，围绕着这祖坟山坳，随处可见，依旧忙得欢声笑语，远离城市的喧嚣……

三毛带着风水先生忙着上山在点好穴的地方挖坟，当归请大毛他们将已经明确是他们家的坟基地全围起来栽上木棉树，为了防止被人偷葬，现在就按每个坟规划出来，建成一个个虚坟。连翘说："以后我们这里的坟基全部要管理好，要每年修葺一次。"

光明下葬那天，金棺裹身，由八个丧夫抬起，披经盖被，花圈层立，重孝的林度和林惊霄跟着披麻戴孝的林防风、林当归跨棺、撒冷饭、摔瓦盆，林亚明满含热泪送光明，连翘、曲靖、叶青带着乡亲们跪在路边，哀声不绝于耳。

送葬前夜，连翘去了翠莲那里。

"你真不去送爸爸吗？"连翘问。

"我不送他，如此薄情寡义之人，不送也罢。"翠莲一个人坐在沙发上，表情落寞地说。

"妈妈，父亲其实也是个可怜人，这一生，不也是吃苦耐劳来的吗？他二次娶亲，那个女人都不知去哪儿了，父亲最终连个结发送他的人都没有，太孤寒了。妈妈，你想，父亲临走的时候骂你，如果按古话来说，说明这人要离开人世，他不想让你过度牵挂他，他想让你忘了他，免得他走了你伤心呀。我想，记挂一个人应该是很痛苦的，记得奶奶曾经说过，一个人在死之前，会将亲人们都得罪光，让他们不至于太想念而痛苦的。"这么说的时候，连翘泪流满面，"妈妈，你们是结发夫妻，你若不懂，大概就没有什么人能懂他了。唉。你要确实过不了心里这个坎，我代你去烧个香，我想爸爸也应该理解你吧。明天爸爸上山，我还要去给乡亲发放手巾和香烟，还要去买被面，他们说女儿要买被面父亲才能上路，我不能陪你了，妈，我先走了啊！"

第二天，连翘挨家挨户送完了手巾答谢，回来意外看到了翠莲，戴着黑孝袖过来了。

"妈！"连翘迎了上去。

"我来给你爸上炷香吧！"翠莲上前取了四根香，点上。再取了一把纸钱添进了火盆，她站在棺头，拜了拜，复跪下，已经泣不成声了。

"光明，你一生对不起我，你这做人是解脱了，可叹你也是吃了一生苦，舍不得吃舍不得穿，我俩也是同过苦的人哪！我也不怪你，望你这一路走好，下辈子，一切如你所愿，不再受苦就好！"

连翘扶起母亲，说："妈，谢谢你来送爸爸。"

三毛筛了一遍锣，唱道："时辰到！"

看着家里男丁们徐徐而行，一路上有人放炮送行，男丁们都一一行跪礼示谢。林度一身白衣跟在舅舅后面，林连翘觉得心里安宁极了，她所有的抗争都是徒劳的，她的归宿大概在几百年前就已经确定好了的，她是林家的。她肩负的责任，是对这个林家的责任，林家的兴起，林家的未来，便是她的未来。她在这场葬礼上找到了答案。

在山上，几个脚夫协助挖坟的时候，常胜指了指棺木说："连翘去陪你爸爸坐坐。"

· 378 ·

"是呀，多少年来，我们互为陪伴的日子那么少。"如此不待见连翘的林光明，临到人间最后一刻，却是连翘坐在了他的身边陪他。远处残阳如血，不久，便暮色四起，而林光明渐渐变成山林中一个孤独的土馒头了。

第八十二章

艰难的和解

父亲头七过后，连翘便带着林度回了北京，在火车上肖正的电话就来了四五次。

到北京的第二天，肖正拿着一包文件来到连翘的家。

"我已经准备好了！"肖正说，"而且这第三次开庭，我们肯定稳操胜券，因为我们还有一招叫釜底抽薪。不过在开庭之前，你可能还要做一件事，那位叫殷娜的来北京了，她说她想单独和你见一面。你见吗？"

连翘愣住了，这可真是一个意外。

北京东方广场，君悦酒店咖啡厅。

殷娜一直盯着旋转的大门，一辆白色路虎停靠在酒店门口，车上下来的长发女子将车钥匙交给门童去泊车，这女子一身修身的绿色水墨透纱休闲连衣裙装，裙摆及踝，一头微卷的长发随意自然地散在脑后，蓬松飘逸，殷娜下意识地拨通林连翘的电话，电话响起，这位绿衣女子举起了手上的电话到耳边，殷娜知道，她便是林连翘了。

此刻连翘正听着电话向里走来，殷娜将电话按断，站了起来，并向微笑着向她走来的连翘招了招手。

殷娜仿佛看到了年轻时候的自己，她突然有想落泪的酸楚，她所经历的事还会在多少如花的女人身上重演。

"林连翘？"殷娜看着走近自己的女子。

"您是殷娜？"

"是的，我是殷娜。"

连翘坐了下来，看到眼前的殷娜虽然刻意修饰过，依旧掩饰不了年龄带给她的沧桑，但不可否认的是，这是一个美貌的妇人，不管是年轻的时候，还是今天人过中年。

"你是不是从来没有想过，我们会因为同一个男人而坐在一起？很滑稽对不对？"含笑的殷娜，很优雅地举着咖啡杯，侧着头看着林连翘。

"为什么要见我？"林连翘问。

"这个说法不对，是你在找我，准确地说，是你想见我，我们要见面的理由应该都是一样的，是谁在和我同爱一个男人，而且这个女人这么多年过去了，还很有兴致来淘那个男人的故事，对吧？"殷娜看着连翘始终笑着，那眼睛毛茸茸的，带着不属于她这个年纪的挑衅与嘲弄。

但林连翘却看到了闪在她眼角的泪。

"人们不是说时间是一剂良药吗？多难的病都会药到病除，你不应该出现在这里才是。"林连翘看着殷娜良久后说。

殷娜沉默了。半晌她无声地笑了笑说："良药？如果说，你以为那是一场旷日持久的奇恋，其实不过是一场污秽不堪的奸情罢了，哪还有药可医呢？呵呵！"殷娜笑了，笑得十分惨淡。

差不多三十年前，刚新婚不久的陈唐去某部委上班。而殷娜刚从中央广播学院毕业。他们的相遇，和任何一对青年男女的相遇没什么两样，一大群非富即贵的男女，在酒桌上推杯换盏，容貌姣好的广播学院的女生，自然也成了众多男生追逐的目标。

殷娜的美貌，不算太出众，但出现在这样的酒席上，还是气质超群的。

比殷娜年长几岁的陈唐，又是何等的年少得意。陈唐隐瞒了已婚的事实，便让这段男女关系理所当然了起来。

殷娜爱陈唐的伟岸与深情，陈唐爱殷娜的才气与美貌，一曲经典剧目《贵妃醉酒》被殷娜演绎得一如贵妃再世，也充分体现了殷娜不俗的家世，如果没有一点儿家底，很难涉猎这类文艺专业，而且这样的戏剧学到这个程度，可不是几堂培训课的事，这可是真金白银砸出来的。

广播学院出来的学生，在毕业之前就定向分配到各电视台，可谓是个个前途无量。前途无量的殷娜，从广播学院一毕业，便遇到了自己的意中人陈唐，而偏偏这个陈唐居然也懂几段戏曲，就这一点，足够这两个年轻人在柔情蜜意的切磋中，生出一些郎情妾意的暧昧来。

感情迅速升温，让陈唐、殷娜这对璧人很快就租房住在了一起，要知道北京建国门的长安戏院周边的房子，不要说买，能租到就是无限荣光了。这两个票友就为了能常约在一起看戏，租住在长安戏院楼上。

这也间接地体现了陈唐的经济实力和不俗的人脉了。

殷娜广播学院还没有毕业时，父母就已经托关系在家乡电视台为她找到了实习机会，让殷娜回去上班。殷娜母亲的意思是，殷娜还太年轻，必须先刷一遍履历，以后再往北京调。年轻的殷娜，大好的前途等着她。

但陈唐不让。

"那个小地方怎么比得了大北京呢，你怎么能回去？我怎么能离得开你，我离开你一分钟都受不了，知道吗，殷娜？"陈唐目光迷离地看着殷娜，伤情而落寞。

这个眼神的杀伤力如此之大，不要说殷娜，就算是久经情场的老手，面对一个男人如此伤情相望，句句离情无奈，也会迷醉不已。

陈唐说："你就在戏院楼上等我，工作的事不用愁，我养你绰绰有余，我的小甜心！你真要工作，也应该由我来安排，一句话的事，你说你想去哪里？你还需要回什么老家曲线救国呢？"

他们常会租上戏服，在宽大的出租房里，扮上霸王与虞姬，而后共饮一杯酒，相拥而眠，这样的日子他们过了两年。这两年里，陈唐出席任何场合几乎都带着殷娜，他甚至跟随殷娜回河北老家。女儿带回来这样一位来头不小而又年少得意、面面俱到的姑爷，对于殷娜父母来说，简直不知如何形容那种光耀门庭的自豪感。

方方面面都满意的姻缘，殷娜父母自然就将女儿几时结婚拿到桌面上来探讨了。

满口应承的陈唐，没有半点破绽，在殷娜父母看来，他是多么渴望和殷娜缔结秦晋之好呀！

但回到北京，陈唐不再提及结婚的事，让殷娜感到了隐隐不安。

他们晚上依偎在一起品着澳洲红酒，陈唐搂着殷娜一副看不够的样子。

"娜娜，结婚？你这么年轻，就要结婚多么浪费呀，我们要享受人生，我们这样多好，你看，我们是恋人，也是票友，时不时可以登台，我每天都陪着你，你不开心吗？"陈唐摇摇晃晃地从墙上取下虞姬剑，挥了几把，"爱妻呀！"

殷娜站起身来坐回到了沙发上，说："按理，我也不着急结婚，是的，我这么年轻，可是我们在一起两年了，陈唐，我爱你，我不能这么患得患失，你一分钟的离开，都让我度日如年。你呢，难道你不是吗？我要你百分之百是我的！"

"宝贝儿，我本来就百分之百属于你呀！"陈唐抱着殷娜转了个圈。

周末，陈唐带着殷娜去了密云郊区，他们在酒店二层的私人游泳池里对着月亮干杯，陈唐深情地看着殷娜，说："我们要长长久久永不分离，娜娜，我们要享受生活，先订婚吧，爱情需要细水长流，我们选择9月9日，长长久久，我们先订婚，你请你的朋友来吧，我们在这里举行一个大的派对，我要让他们见证我陈唐与殷娜的爱情！"

爱情要细水长流，这是一个多么高级的爱情表白，没有任何一种表白比要与一个女人细水长流更让人动心了。不结婚先订婚，浪漫得要死。殷娜觉得。

殷娜邀请了她在广播学院的同学，也邀了她自小到大的闺密，来参加他们的订婚宴。

这场盛宴充满了柔情蜜意，四处都是殷娜喜欢的杏色，墙上用香槟色玫瑰做成的"CY"他们名字的缩写和九百九十九朵玫瑰做成的一颗心，心上点着一对蜡烛，蜡烛之间，挂着他们的订婚戒指，三克拉的钻石，让一众小姐妹惊呼不已。"殷娜你上辈子肯定是拯救了银河系呀，遇到陈唐这样的好男人！"好男人陈唐此刻就半跪在玫瑰面前，取下蜡烛之间的戒指，向一袭红裙的殷娜表白他的爱情。

"殷娜，自我第一眼见到你，我便知道霸王在今天不必自刎于江边，他必会牵引着虞姬走向幸福之巅。我知道今夜，是你，殷娜赐给陈唐以生命与意义，殷娜，嫁给我，你愿意吗？"

"我愿意。"殷娜颤声答道，她的眼里蓄满了泪水，她光洁的额头上闪耀那样的光芒，人们说找一个自己爱，又爱自己的人很难，可她殷娜是何其幸运，她找到了。

随后而来的日子，陈唐变得异常忙碌起来，他依旧会回到戏院楼上，但回来的时间越来越晚。长夜枯灯下久坐的殷娜，那订婚宴上的幸福感又开始像沙漏一样流失了。

"我的工作联系得怎么样了？我这么待着，快待退化了呀！"

"娜娜，工作干吗？你就在这里等我，亲爱的，我舍不得你去工作呀！"陈唐扑过来抱殷娜。

殷娜躲开了陈唐的拥抱，陈唐摇晃着扑倒在床上。

"我们什么时候结婚？"殷娜对着醉倒在床上的陈唐，大声地问。

"快了，快了。"将头埋在枕头下的陈唐一动不动。

为了应对殷娜的追问，陈唐带着殷娜去看车，当年最新款的银色的奔驰没有现货，需要先下二十万元订金订货。陈唐细心地将配置什么的一一询问清楚，付完订金的陈唐抱着殷娜说："汽车销售中心会直接通知你的，到时候你过来把车开回家。"

他甚至让殷娜去看房子，他说："结婚首先不得有房吗，宝贝儿？我这些天会很忙，为了我们结婚，我不得不去找点外快，你要知道，我们政府部门是没什么油水的呀！你先去看房子，看中了我们就买，买了我们就结婚，好吗？"

自这一晚后，陈唐便不再夜夜回到殷娜住处，他们各自忙着，殷娜去看房，陈唐说去找钱，他们的爱情在床上也显得草草了事，殷娜急切想要抓住什么，但好像什么也抓不到一样，令人心里空落落的。

陈唐不在的日子，她常会垂泪回忆她与陈唐相拥相吻的场景，去坚定他们的爱情。他们的结婚日期变得遥遥无期，让殷娜心里像是长了草，终于这蓬草被汽车销售中心打来的电话给点燃了。

汽车销售中心经理说："你们订的车到了，你们过来付一下尾款，来提车吧。"

"还有尾款吗？"殷娜大吃一惊。当时陈唐明明说付完全款，她直接开回家就行了呀。

"只是下了一个订金啊！"经理不耐烦地说，"你们到底要不要？这可是限量款，都不能落地，落地就易主了啊！"

殷娜去了某部委，某部委的工作人员告诉他，陈唐已经三个星期没来上班了！

殷娜这才发现，她对陈唐几乎是一无所知，他的家在哪里？他的父母是谁？他离开他们租住的地方，然后去了哪里？殷娜并不知道。

陈唐出事了，女人天生的第六感不断敲打着殷娜的神经，这让殷娜惶惶不可终日。

她要去找陈唐，她的车也已经易了主，这些她可以不在乎，那个急着和她策划结婚的男人陈唐去了哪里？两个星期后，殷娜在某部委门外等到了陈唐。

"陈唐！"万般委屈的殷娜扑上去又踢又咬，"你干吗去了呀？"

"殷娜，我不能和你结婚，你知道吗？"陈唐一脸疲惫。

"你开玩笑吧？那你准备什么婚车，要我去买什么婚房？！"

"那都是权宜之计，你懂吗？"陈唐说，"我喜欢你殷娜唱《霸王别姬》的那个劲儿，我喜欢看你在玫瑰下陶醉的样子，你为什么一定要打破它呢？我们现在很难办你知道吗？"

"你在说什么？陈唐，我是殷娜，你看清楚，你在瞎说什么！"

"我不会和你结婚的，我也不能和你结婚，我有太太！"陈唐说。面对着殷娜，背对着太阳的陈唐，他的面部在殷娜面前漆黑一片。

殷娜一下子不知怎么就倒在了地上。她再醒过来时，陈唐已经不见了，门口的保安将一个包裹交给了她。

包裹里是两捆钱和一把钥匙。他们出租屋里的钥匙。

殷娜回到出租屋。宽大的床，租来的戏服还没有还，她与陈唐，不是一直在筹备婚礼的吗？她是在做梦吧？

殷娜开始在北京疯狂地找陈唐，当她发现她根本不知道怎么找到陈唐时，她的恨便变得像护城河的水一样，蓄满了整个北京的边沿。

她开始向某部委写信，向纪委写信，她陈述了她所有的遭遇，她画出了大大的问号，她质问党员队伍里出了这样的人渣，她要政府给她个说法。

陈唐的妻子胡辛约殷娜，也在长安戏院的二楼。

胡辛颀长而优雅的身姿，坐在咖啡桌边上，简直像幅画，她的表情那么淡然，看不出心情如何，好像是来处理一件公务似的，而不是来帮自己的老公了结一段风流案。

殷娜心里头就冒了火，问道："不是陈唐约我吗？你是谁。"

"都一样。"胡辛只扫了殷娜一眼，她若无其事地看着自己的指头说，"还能是谁，一个被你鹊巢鸠占的人，陈唐这个不能娶你的人，肯定是有鹊巢的呀，你说是不是，斑鸠？你这样四处臭他，要搞垮他，我怕他见你，失去了理智，为了你的人身安全，还是我来比较好。我这个老公呢，你玩得怎么样？"

"我没有和他玩，我根本不知道他结婚了！他天天和我在一起，难道你不知道吗？"

胡辛盯着殷娜，从鼻子里笑了一下，说："这个，我就无可奉告了。唉，你还是太年轻啊，殷小姐！你也是受过高等教育的，我想我说话你肯定听得懂的。大家都有吃过饭吧，清水煮菜多少是有点难以下咽，人们常靠调味品来让菜肴变得美味，让自己更有胃口吃完人生这盘菜。你几时见过有人会抱着一个酱油瓶子，说是因为喜欢这个牌子，或是喜欢这个味道，而放弃吃菜，喝酱油过一辈子的？对于陈唐来说，你不过是一道味道不错的调味品，准确地说，你不过是我们婚姻中一剂调剂品，哦，不，应该是调剂品之一吧，至于是酱油呢，还是蚝油，还是味精什么的，那我就不清楚了。这样，殷小姐，我们直接谈结果吧，不要再告了，放陈唐一马，你这么年轻，也不值得，是不是？陈唐也有错，我考虑了很久，我想你也是受害者，我想要补偿一下我们家庭所犯下的错，我给你四十万元，你从我们的世界消失，永远。就这一个条件。

"殷娜，你值四十万元，你赢了，知道吗？"

殷娜呆了，她的人之初，她憧憬着的霸王虞姬过江后从此过上幸福生活的日子，要用四十万元做个了断，这是她没有想到的。

以为自己会像所有的青年男女一样男婚女嫁的殷娜收走了胡辛放在桌子上的银行卡。她极力阻止了父母亲去找陈唐要说法的行为，在父亲的帮助下，她以最快的速度办了留学手续，去了意大利。

"你后来成家了吗？"连翘心缩得紧紧的，她觉得自己已经够倒霉了，可看着眼前的殷娜，连翘觉得"悲苦"二字大概形容的就是这样的女子，什么都有了，可是灵魂却被人抽掉了。

"没有。连孩子都没有。"

"那你？"

殷娜苦笑了一下："人生苦短，我就在异乡度余生，以我的专业找到一份工作真不难，为了打发时间，我进了更高的学府深造，有几份体面的工作，但我只是行走在人间的一具肉体，就这些。

"我的故事一点儿也不清新脱俗。有些男人，天生就是来谈恋爱的，他们段位很高，很会谈恋爱，他们扮演王子的能力强极了。只要你会暧昧，他便跟你暧昧到死，他会说愿意为你丢官弃爵，会为你出生入死。而后呢，再跟其他人生儿育女，蜜里调油，但丝毫不影响他跟你之间，爱得死去活来，爱到可以对簿公堂。你懂了吗，林连翘？"殷娜静静地看着林连翘，眼神空洞，声音空洞，这声音好像是从另一个世界传来的一样。

原以为这场恋爱只是以失败告终，却并不知道胡辛冷酷的调味品的比喻，让殷娜一下子丧失了人生的信仰与追求。

连翘感到内心在绞痛，她曾经以为自己是被蜘蛛吃掉的蝴蝶，可今天她感到面前的女人才是一只绝美的蝴蝶，她被层层蛛丝裹着，垂死挣扎的样子，凄婉而壮烈。

"肖律师说陈唐他现在在告你，对不对？你难过吗？林连翘，你觉得你是遇到了负心人呢？还是彼此从来都没有爱过？导致了这么多年的错付？"

"那有什么不同吗？"连翘狐疑地看着眼前的女子。

"太不一样了。"殷娜笑着说。

殷娜似笑非笑地看着林连翘，手指轻轻划过面前空了的咖啡杯沿，说："男女之间因误解而相爱，因了解而分离，不足为怪，最终只是可叹你不是我的意中人，就此丢开。

"最可恨的是那精心打扮的，满满诚意而来，从头到尾就是来和你谈恋爱的人。总之，一句'两情若是长久时，又岂在朝朝暮暮'无耻言辞给你洗脑，洗你几年，是慈善，洗你一生，最后儿女共沾襟的，图穷匕见。

"就像我，被陈唐当众求婚，等我要结婚，却最终由其妻出面了断，他

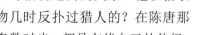

的妻子站在道德制高点，直接说你只是一味调味品，是何等恶劣下作。这样的男子四处求欢，不过就为满足一己私欲。殊不知，女子仅有的几年开花时间，招蜂引蝶，不过为了结果，哪承想变成一地落红？喜爱恋爱的男子，求个花香而已，他们引以为傲的是，万花丛中过，片叶不沾身的伎俩屡屡得逞。"

连翘看着殷娜的样子，这个殷娜几乎要走火入魔了。连翘感到心惊的是，幸亏自己现在发现了呀，如果自己继续这么纠缠下去，她也该走火入魔了吧？被已婚陈唐求过婚的殷娜，大概至今都分不清爱恨，时隔这么久，这个女人一直在清算自己，一时清醒，一时迷离吧？

为了一个从来没有爱过自己的男人，却如此伤筋动骨太不值得了。相对于殷娜，连翘觉得就在海城那个春节，自己醒得如此彻底，是何等幸运！

连翘逃也似的离开了君悦酒店，这个渣成这样的男人陈唐，却是她林连翘儿子的父亲，她想到了她自己的父亲林光明，这些渣得令人发指的人，却都是为人父的。她看到葬礼上，林当归、林防风哭得如此惨痛，可见渣男在儿女这里，是怎么都过不了这一关的。他们祸害了多少清白女人哪！可是在连翘这里，在当归那里，林光明只是一个父亲。作为父亲，他需要得到孝顺，得到尊敬，得到供奉，所以做儿女的总是率先原谅了父亲。

连翘决定和解，为了儿子林度的人生完整，林度将来要面对的是，自己有一个父亲，就凭这一点。

"为什么要和解？我准备了这么多。"肖正急了。

"肖正，你还没有孩子吧？我不想让林度未来因为这段父母之争而感到痛苦。孩子将来有他的心灵需求，一如我们。我的父亲林光明从来没有喜欢过我，他对我那么苛刻，那么不近人情，甚至耽误了我的前途。可是他死了，我好难过，好自责，父亲如何做人，对我来说，根本不重要，而他作为父亲的存在，对我却是非常重要的。

"我想，林度长大后，一定会需要这个情感，不论我用什么方式切断他们，都是不可取的。所以，我不想继续下去，再说你收集了这么多的资料不是正好证明，我和陈唐不过是一段根本没有爱的露水姻缘吗？我们还有什么必要赶尽杀绝呢？如果说报复，那是因为曾经有多爱，就有多恨，来力证其负心带来的伤害。可是如果现在已经知道了，我们之间根本不存在爱，那还有必要吗？我与陈唐不过是猎人与猎物之间的关系，他以猎取女人为乐，而我不幸成了猎物。你见过猎物几时反扑过猎人的？在陈唐那里，女性只是一乐子，而作为女人，我们大多数时光，都是在找自己的伴侣，找到了，然后生儿育女，过完一生。

　　"很不幸，我活成了猎物，而我的儿子，也不幸成了我的儿子。我不知道陈唐追着要孩子的目的是什么，如果仅为了子嗣问题，也算是一种成全。但林度是我的儿子，这是谁也改变不了的。我想多一个人对他好，也不失为一件好事。我觉得与其去痛揭陈唐的不堪，不妨放他一马。至于殷娜要做什么，我管不着。我奶奶曾经跟我讲过，恶人自有恶人磨，我完全不必为这样的人去做恶人，去浪费我的光阴，时间好宝贵的，你说是不是？"

　　肖正像不认识连翘一样盯着她，问道："你说的是不是真的啊？殷娜和你说什么了？还是你回家遇到什么事了？"

　　"只是参悟了，肖正，谢谢你，这次辛苦你了，你的代理费我一分不少付给你，我们选择庭外和解吧！"连翘说。

第八十三章

绝望的呐喊

清明假期，林连翘带着林度回家给父亲扫墓。光明的新坟，就在这林立的公墓里，一抔新土，未生草叶。跪在墓前的人，少了当归一家三口。

连翘无声地放着纸钱，看着眼前被火化掉的纸灰飞起，她的思绪回到了父亲落葬后的第三天。

父亲落葬的第三天，送走了宾客，常胜和香姑说趁大家都在开个会，大家商量着这后面的日子怎么过。

常胜说："这次会议主要针对当归。你现在打算怎么办？你的实际情况我们都掌握了，在外面，你是没有买房的。这么多年，你总是骗我们，我们也不知道你哪句话信得，但这次我哥你父亲的葬礼你办得好，有功，我们还是愿意坐下来商量怎么帮你。现在你居无定所，这个问题你有想过吗？"

当归说："既然小叔你了解我的情况，我也不瞒你，我是没买房，手头上那些钱也办了葬礼，等领到父亲单位丧葬补助后再说。"

"你怎么打算啊？"连翘皱了皱眉问。

她的心里是知道当归大约又指望着她的，这多少让她反感。

防风坐在堂屋板凳上，握着曲靖的手说："当归，以前你是个什么样子，我们都很清楚，以今天为分水岭，大家既往不咎，翻篇儿了。现在政府下达文件停止和村并居，接下来相当一段时间不许批地基建房，但修缮房子应该不在这个范围内。我呢，是你哥，我也不能看着你流落街头，我这个楼才一层半，但当年打地基时，父亲是按五层的地基打的，十分牢固。你呢，在父亲单位领到多少钱，我一分不要，算我支持你。我和曲靖商量过了，你就在我的楼上再建个两层住，只要保持我还有一层半就行，你这样也算是有房了，我能帮你的，就这么多了。"

"我哪有钱盖楼啊，父亲单位的补助什么的领出来将这次亏空补上，所余无几了。"当归说，"要是二姐能借钱给我，那就另当别论了。"

连翘看着两个弟弟，她刚支付了祖坟山公墓款五十万元，一切在当归、防风眼里如此理所当然，这让林连翘隐隐感到了不安。

她觉得她要认真规划这里的出钱项目。她并不觉得她来出这笔钱有什么问题，但她担心的是，这种无度的付出，弟弟们毫不觉得有什么不妥，也谈不上有多珍惜，所以才会发生当归卖楼赌博这么大的事，这次她决定要改一个方式来做这件事。

她说："防风这个建议很好，你们的祖业由你们自己继承并发扬。从现在开始，我不再借钱给任何人，因为我觉得在家业方面，只要不是自己亲力亲为的财富，你们都不会珍惜，以致财富都是浮云流水，我觉得总向别人借钱来做事的人，大多是没有偿还能力的，所以我在外面从不会借钱给别人，自己的事也努力按照自己的能力大小来完成。那么，这次我可以出钱建房，但我必须有收回成本的打算。

"至于在防风楼上建房，不要说建两层了，既然防风说父亲是按五层打的地基，那我们就建成五层，你们能出多少钱就都拿出来，不够的部分由我出。但我有言在先，要提前备案的。我们三个一起建吧，虽然我出大头，我并不要求要全部，我只是要其中两层是我林连翘的，算你们以房抵债，不用你们还钱，以后这栋楼我们三个同时拥有，要去村里备案出证明，你们看怎么样？"

小叔常胜一听，挠了挠头，说："连翘啊，我们这里，没有女儿在娘家建房，并拥有宅基地的先例啊，得问问村里，问问你们林氏族长，否则后面的纠纷会很多。这里是乡村，有时候做事真的人情大于法的，大家都在按约定俗成的方式在生活啊。"

防风说："这个我无所谓啊，我觉得连翘的要求是合理的。要不，明天我们起草个协议，当归明天先拿协议去村里看看村干部怎么说。"

当归没说什么，只是低着头。

"要先去给族长打个招呼吧？"香姑说，"村里是走一个法律程序，但先让族里人知道为好。有一年，有个村里，就有一家盖房没经过族长同意，盖了一半就被族人给推垮了。有了村里的手续，也得跟族长那边说一声，方便一些。"

当归、防风、连翘一行到了林四清家门前。

四清从里屋出来，一拱手："呀，防风、当归，你们三姐弟怎么来了？

进屋喝杯茶吧！"

防风坐定后说明了来意。

"连翘要把自己的房子建在防风家楼上啊？"四清听完后，敲敲他的水烟枪说，"这可不是闹着玩的，连翘啊，这里十里八乡的风俗，女儿都不能在娘家过夜的，你不会不知道吧？你居然要将房子建在兄弟的楼上，占着兄弟的屋基不说，也不吉利，风水都不好，你作为外姓人可不能这么干！"

"我连祖坟山都买了，还有什么不能干的？"连翘笑道。

"那是商业墓地，我管不着！但你这个祖产，是林光明的祖屋祖产，不能让外姓人带走，虽然现在是新社会，不兴旧习俗，但我们还是要有敬畏之心，你，作为嫁出去的女儿，不能在自家兄弟地基上盖房，会给娘家带来不祥。你看看你自家兄弟这些年如此不顺，你们做女儿的倒混得风生水起的，说明你家的风水本身就阴盛阳衰，你不觉得吗？你还要将房子建你兄弟楼上，真要在最后发生什么事，到时候怪罪在你这个女儿身上了，可就不好了，我也是为你好啊！作为族长，该说的话，我还是要照直说的！"四清慢条斯理地说。

与族长四清不欢而散后，他们再回到小叔常胜家。

连翘说："如果是这样，不如我把我户口迁回村里试试？明天去村里找村干部，我们先去取得法律支持吧。"

姐弟三人第二天一早去了村里，正好管地基的村副主任何连生也在。

"当归呀，你要盖房？你不是才卖了房吗？卖了宅基地的村民是不能再申请宅基地哦，这是老政策一直没变呢！"

"何主任，我是林连翘，我打算回家发展呢，叔，我想把户口迁回村里，您看我能这么办不？我家的情形您也知道，现在我父亲不在了，兄弟们也得活人，我代当归建房，您看行不行？"

"你？连翘呀，先别说建房啦，你在外多年，现在又是生育年龄，我们这里计划生育是我们最大的政绩考核。你户口迁回村里，我可不敢开这个口子啊！你可千万不要让叔为难呢，其他忙都好帮，你问你兄弟当归，是不是上次他来办院子转移手续，我知道他要卖房我马上就给办了？只要不碰触法规的事，我能办的，我会尽量给方便的。

"现在不太好办的，何况你们一家都转商品粮了，是没有资格再建农村房的，虽然你们是本村人没错。再说现在你家防风是有案底的人，他这属于特殊人群，一般申请搞基建，我们都不能擅自做主，也要逐级向上报批，十分麻烦的！这都好说，乡里乡亲的，能帮的，我没有二话。连翘长年在外可能不了解我们的现状，还有一个情况你们肯定早就听说了，连翘没听说的话，也看到我们满村横幅标语吧？我们这一带属于拆迁范围，为了防止村民为多分拆迁款而违规多盖房，我们这里在这几年一直是禁止盖房和加层的，这都是违法的！林当归建房，是违反规定的，到时候我们都会被撤职的，这可不是闹着玩的！"

当归说："你一个村干部牛气什么！我现在没有地方住，你凭什么不让我建房？"

何主任笑了笑，说："你是为了什么才没有地方住？是政府让你没有地方住吗？现在你又凭什么建房？你有钱吗？再靠你姐？你姐就算是个金山银山，也得被你败光了！你还建房，有什么本事你自己说！你们家是什么样的，大家不清楚吗？"

当归的脸一下子白了，他一把掀翻了村委会的办公桌，瞪着眼睛死盯着何主任，说："你们，你们这都是要亡我嘛！算了，我不要家，不盖楼了，我林当归，这一生，什么都不要了，这样总可以了吧？"

何主任看着满地账本、碎玻璃，气咻咻地说："要不看你家刚老了人，我指定报警！"

林当归一挥手，指着面前的连翘他们说："林连翘、林防风，你们从来没有瞧得上我！包括小叔、林紫苏，你们都不是什么好东西，你们笑话我，讨厌我，你以为我喜欢我这样的吗？我也讨厌你们，我恨你们，我恨你们每一个人！你们记住了，我，林当归，老子什么也不要，你们不要再猫哭耗子假慈悲，以后我们什么关系也没有！"

回到家的林当归，整个人都沉默了，头七过后，当归上山替父亲拢了坟，回来再将办丧时借隔壁各家的家具还了。

那一夜，林当归头一次心平气和地坐在叶青面前，说："叶青，你不是一直要离婚吗？我们离了吧，你暂时带着惊霄，我会想办法让惊霄回家的。"

闹了大半年离婚的叶青，猛一听到林当归同意离婚了，不仅泪流满面，说不出话来。第二天，他们去民政局办了离婚手续。

叶青抱着惊霄泪流满面地说："林当归，当初我念你对我好，我真没有想到，你连立足之地都不给我留！"

"不是我不给你留立足地，是天要亡我啊！"说着，林当归泪流不止，"你先带着惊霄，我生死感激你，是我拖累了你们！"说着，林当归将身上仅有的两万元钱和一张卡塞到了叶青怀里，"我不死，我给你打钱，到时候我会来带我儿子走。若我死了，只求你一样，不要给我儿子改姓，我就千恩万谢叶青！"说着，当归哭着跑开了，身后，刚会叫爸爸的惊霄惊恐万分地看着自己的父母，大哭了起来。

自此林当归杳无音信，如今已经快一年了。

虽然清明的雨没有停，但并没有影响烧纸。光明墓地前，连翘看着纸钱全化成了灰，站了起来，开始让林度收拾器皿，她带着一家人从光明墓地回到出租屋。

母亲翠莲含着眼泪，她酸楚地跟连翘说："连翘啊，当归他，这大半年没有信儿，这个死儿子呀，不知去向，他跟我都不打个招呼啊！电话都停了机，这个不孝子啊！"

"你们都没找吗？"连翘以为林当归发泄了一番，过一段时间就会好起来，还会来找她商量盖房的事，她也做好了打算，还是资助他将房子盖起来，这个家还得像个家的样子呀。她也没有想到林当归真的会杳无音讯。

"找了呀！我一个人四处打听，你小叔也帮着去找了，朋友都打听了。要不是叶青上个月带惊霄回来吃顿饭，说她的银行卡这两个月或多或少都有人在往卡里打钱，多则一千元，少则二百元，表示当归还活着，那我真是活不下去呀！"

一个人住在出租屋里的翠莲，并不愿意去防风那里，她用退休金交了一年的房租，她说她要守在这里等当归回，她不相信当归会真不要她，她这么疼爱的小儿子，她了解，他不会舍得了自己这个老娘和他儿子惊霄的呀。

这是林连翘第一次强烈感受到了肺腑四分五裂的绝望，这种绝望甚至超过了父亲的死给她的痛感，她有一种被人缚了手足扔到了河里的感觉，这种感觉让她窒息。

林家的男人，难道就会逃跑吗？他们死的死，逃的逃的，他们的人生都在随意地流逝着，而后无人为"责任"二字买单。

现在，不仅她林连翘没有了家，她的身后也没有家，她的林度也没有了家，这让连翘感到悲凉和气短，她觉得这个曾经占了一条街的林光明的家，就这么没了，无论如何都让她咽不下这口气。她知道，她再也无处可逃，她得行动，她要让这个家起死回生。不是她有多大财力，而是她不得不去面对，甚至是硬着头皮要去顶住。

她去找小叔常胜。

"叔，当归就这么走了，防风对世事不闻不问，我妈还住在出租屋里，我们林家就这么完了吗？"

常胜说："连翘，你不要瞎想，当归也只是一时想不通，他会回来的。"

"叔，我爸已经没了，他是带着一身遗憾和绝望离去的，我甚至认为他是要用他的死教育他儿子的，可惜他的愿望又落空了。我现在只有一个妈了，我不想我妈也飘零在外，我不想我家老人一个也保不住，我不想去等当归回来了，我也等不起，这四分五裂的生活，已经折磨这个家太长时间了，我想自己来建房立院，完成我父亲的愿望。这个村里不让盖，我也要想办法回来盖，盖一座属于林家的院子。临到中年，我没有想到，我会无处可归，而只能回到这里，我也不会再走出林家一步了。"

连翘想的是，他们姊妹四人怎么能就这么算了？那父亲不惜以冒险超生，用防风有精神问题弄来的指标生下来的当归作为继承人，又有什么意义？并且她林连翘的人生如此坎坷曲折，又是为了什么？

常胜点了点头，说："连翘你有这个心，我这当叔的很高兴，我更希望我哥家代代传承。我哥太苦了，他不应该是这个结局呀！"

"办法倒不是没有，这农村不让建房分地方的，是因为我们村这里毗邻县城，寸土寸金，国家管得紧也是能理解的，也不能全怪村干部，我们家的事，在本地来说，确实也多了一些，这些管理层，多少有些意见你也要理解。连翘你要是真要回，我们一起想办法。"

听说林连翘要回老家来买地建院子，防风第一个笑了："林连翘，人家都拼了命往城里跳，现在的女孩子，男方除了彩礼外，如果没有城里的房子都不嫁的，你这是要反着来吗？"

连翘也笑了："反着来，也算是吧。我偏不信邪，不是不让在娘家盖楼吗？不是说我是外姓人吗？我偏要建，这里不让建，我去邻村建总可以了吧？我一定要建一个林家的院子，让谁也卖不掉的院子！你说我要逆天？我这是回归，是恢复自然，顺天而行。你就告诉我，我们这里，还有哪里不会拆迁，哪里就是我的回归地。

"我要为林氏家族建房，而且要建在林连翘的名下，你们都是住客。林家的人都可以在这里开枝散叶，这个宅院历代住林家人，任何人不得转让、变卖这个宅院，只能往下传承，不管是林度，还是林惊霄，我留给他们的家训是，祖宗疆土，当以死守，不可以尺寸与人！"

"好，有志气，那我这个房子真不合适你，离县城太近了，随时都是他们拆迁的目标。我支持你，林连翘，不按常理出牌的你，应该去找香姑姑，他们的村庄离县城较远，目前还不会有什么商业计划，不会被商人盯上，至少近些年不会拆迁，且那里民风淳朴，我猜你会喜欢上的。"

"好，等林度放暑假，我再回来去找姑。"

第八十四章

城 市 缘 尽

三天的清明假期结束，林连翘带着林度回到北京，林度上学，连翘上班，他们又恢复了朝九晚五的生活。

开学第一天，连翘送完林度上学，她将车开进地下车库，下了车，回头看着车库里自己的白色路虎车，她曾经有多么欢喜买到这样的一辆车，有棱有角的车头车身，属于城市越野车，非常适合有个性的女性，当时都是限量版，她订了六个月才订到货的。那时候她常开着这辆白色路虎车飞驰在五环上，一路高歌，她曾经有多么骄傲于自己年纪轻轻就拥有这等豪车，她也曾不可一世于同龄人群，对任何人都不屑一顾，可现在连翘看着这辆路虎，想到贫穷至死的父亲，"Land Rover"路虎这个绿色的车牌显得那么刺眼，只是因为这样的豪华配不起良心。

连翘绕着这辆路虎，小心摩挲着，这辆陪伴了自己五年的车，每个部位，每个零件，她都那么熟悉，可今天在连翘眼里，却显得那么刺目而痛心，她内心半点也舍不得这辆好车，但因其好，更让连翘无法安生。

第二天连翘就将车挂上了二手车交易市场，一周之后，车便易主了，办完了手续，连翘快步离开了交易市场，她没有回头看她的这个伙伴，她心里感到一种解脱，同时也感到了一种老友难舍难离的伤感，连翘知道，也许这是她人生最后一辆路虎车了。

中关村长远大厦的办公室，已经装修完毕。薛磊和林连翘他们坐在临窗的咖啡室里，一人一杯咖啡，两人都没有说话。

"我们认识有二十年了吧？"薛磊说。

"可不。"

"想当初我还差点儿向你表白，想起来像是昨天的事一样。"

"是，那时候，你说要成为第一个送我鲜花的男人，那天我没有收到你的花。"连翘说，眼泪漫了起来，她生生地将眼泪逼了回去。

"那天我在地铁口等了好久，真是造化弄人啊，就算如此，我依旧习惯有你的存在，我的事业，我们的项目，如果没有你林连翘，我还真不知道会是个什么样子呢。我们的项目下个月就可以面世了，这个AR（增强现实）和VR（虚拟现实）技术将成为下一个十年消费市场的主打，是国家扶持的高科技项目，我已经拿到国家批文了，你准备好了吗，无中生有小姐？"

"薛磊，这次，我可能要让你失望了，我想撤出北京，回老家去。"连翘说。

薛磊猛地从咖啡杯上抬起了头，道："连翘，你再说一遍？"

"我说我要回老家去，我老家的院子已经开始要建了。"

"连翘，你这是要走了吗？"

"不，我是要回去了。"

"连翘，你在北京可是二十多年了。现在是你发展最好的时候，你怎么能走呢？"

"可二十多年我还是和初来时候一样啊，一无所有。薛磊，感谢你关照了我二十多年。我现在要从北京离开了，我也常在想，如果没有当初，岁月真就是静好了啊！薛磊，你信命吗？我现在特别信命，我命该如此，就只能承受，不管是好还是坏。你想，一个家庭的生死存亡，生存不容易，但灭亡也不容易。我父亲没有了，还有兄弟，兄弟没有了，还有我林连翘，所以生生不息。我必须回去，虽然我舍不得北京，舍不得你们！

"我要回家乡栽种我自己，我要回去照顾母亲，照顾兄弟，我要让他们东山再起，我想未来二十年，我的孩子会在我出生的地方，走向世界，而后他们能固守一方净土，做一个有传承的人，真正的耕读世家的传承。"

"林连翘，你太理想主义了，你要知道，你现在所有的钱，都是在北京挣的，你回去，也就意味着，你不再挣钱了，那个地方，可以吗？"

"薛磊，怎么样才算是人生呢？赚很多的钱？生很多孩子？做很多项目吗？好像是，又好像不是。我想，人生总是要有一些和赚钱没有关系的事情存在，比如责任、传承。我们家，母亲生了四个子女。如果个个都贪恋着繁华，不肯将就，让一个家族走向没落，甚至灭亡，这都是有悖于生命本身的意义的。我想，我父亲、我弟弟，他们作为男丁所选择的逃亡，无不在证明这个真理。

"我已经没有选择，我要回去，为父兄、为子女守一方宅院。我想建一座书院，教几个小孩，写两本书，做一点儿民俗旅游，将我的家乡介绍给你，做好耕读世家这篇文章。"

"连翘，这是个很冒险的工程啊，我记得你说过，你父亲都没有完成这个夙愿啊。"

"我也不一定能完成，但我会传下去，一代一代地传下去。"

陈唐来北京时，正是正午时分，他和连翘约在西城学院路上的红东方湘菜馆吃饭。

陈唐为连翘点菜，千张咸肉排骨盅、白椒鸡杂、韭菜香干、老母鸡汤。

连翘笑了："都是我爱吃的。"

"你喜欢的，我从来没有忘记过呀。"陈唐用公筷给连翘布菜，很绅士地身体微倾，一直保持着他那自然的微笑。

这一句多么贴心的话，对于今天的连翘来说，却是那么乏味，擅长与女人打交道的陈唐，说这些话，都是骨子里带着的款款深情，他应该了解每一个女人的秉性，记得每个女人的生日，和每个女人都庆贺属于他们俩的纪念日。这些只有在情人之间玩的把戏，陈唐太熟悉了，不管是应用在他的商场，还是女人扎堆处，他都得心应手得很，而女人是多么容易当真，尤其涉世未深的女人，一如当初二十出头的连翘，不谙世事，还被父母深深伤害，就为了这句"你喜欢的，我从来没有忘记过"，就奋不顾身了。

"你在想什么？"陈唐看到林连翘发着愣，用手招了招她。

连翘一愣，暗叹了一口气，说："没想什么。我们谈谈林度吧！现在林度也长大了，如果林度想跟着你，就跟着你，你把他照顾好就行。如果林度愿意跟着我，你随时可以来看他，假期带到你那里生活一段，我也没所谓的。"连翘对陈唐说。

陈唐颇感意外地盯着林连翘，问："你说的，是真的？"

连翘笑了，说："是不是有种拉满了弓想要射杀我，却发现满弓的这股劲突然松了的感觉？陈唐，你已经过了知天命之年了，我们阴差阳错有了儿子，我想过了，无论你有多么不堪，作为父亲，你对于林度来说，却是唯一，我也是他的唯一。我们互相伤害的结果，受伤的只有我的孩子，我们互相放过吧！"

陈唐狐疑地盯着林连翘，连翘很坦诚地回望着陈唐。

"谢谢你选择庭外和解，我是万般无奈才走了法院这一趟，希望你能谅解，我真的不是有意伤害你，对不起，连翘。"陈唐说。

"没有什么对不起的，你从一开始就没打算和我结婚，就谈不上对不对得起了，一切为了林度。"连翘有些漠然地答道。

陈唐放下餐巾，看着连翘说："连翘，你知道吗？我们是有很好的感情基础的，你为什么一定要打破它呢？大家都相安无事过着自己的生活，我哪儿做得不好？我是说在我们上法庭之前。"

看着眼前已近暮年的陈唐，隐在染发中的白发，连翘悲从心起，一个多么简单而无知的男性呀，她哑声说："你哪里都做得好，一个成功男人，还善解人意，表面上爱护我和孩子，会在节日给我送花、发红包，会在假期里出差也不忘将冰箱塞满，会给儿子买衣服，会做饭、做菜，你这样的男子，确实面面俱到，你什么都有，就是没有爱。

"就好比，怎么说呢？万金油？对，万金油，表面上看没有它治不了的病，可是，人们都清楚万金油其实是治不了任何病的。我们生在这个社会，人人都是带着病症的，有的缺钱，谋钱以治之；有的缺爱，终其一生，只为找一个爱自己的人。就好比进医院的人，有人忙着求医问药，也有人是疑难杂症，无药可救。这些病只有对症下药，方可药到病除。

"你想想，这个万金油之用，莫不是暂缓其痛、麻痹神经的，你所做的这所有的一切，不过是举手之劳，和江湖郎中一个样啊，郎中是谋财，你这却是害命啊！

"明明知道婚姻是一个人人生的庇护所，你却用一盒万金油换走了别人安身立命所在，你以为有钱可以摆平一切，因别人一时之需，随意掠夺爱情满足自己私欲。

"你想过吗？对于我，或是对于任何一个女人来说，这种好，明明就是流沙造房，空中楼阁！我曾听过一个人说，像我这样的女人，都不过是你婚姻的调剂品，一如白米饭和一瓶酱油，米饭不可一日无，但调料天天可换，你觉得这个形容是否恰如其分？"

"连翘你这言重了，我绝对没有伤害你的意思。"

"你伤害的人太多了，都麻木了，陈唐。"连翘叹了一口气，"过去的事我不想再提了。"

"连翘，我真不是有意伤害你呀！我也身不由己，我承认在男女关系方面，我是随便了一些，我以为大家都是这样过的，我身边的，我所看到的，大家都各取所需，我忽略了很多东西，真的，连翘，我真的不是有意伤害你。"

"陈唐，人生过半，人总有老的时候，活得坦诚一些，照顾好自己，好好地活着，尊重别人，也学着尊重自己，希望你能度过一个好的晚年，至少，要让林度没有任何遗憾才好。"

这两个以爱情为名相互纠缠了二十多年的男女，终于毫无保留互相原谅。一切为了孩子，说的时候那么悲壮，夜深人静时分，默然流泪的林连翘却怎么也无法平复自己这病了二十多年的心，她的青春就这么无情地被掠夺，而她必须选择隐忍与坚强，也让她自己感叹着生命的脆弱与生活的不易，如果再给她一次机会，她想，她宁可还是那个农村的小丫头，十七八初长成时，父母包办替她找个小女婿，耕一亩地，种一块田，生一堆属于他们的儿女，这样无趣终老多好。

找了个夏天，连翘带着林度来到海城，她在离林岛不远的秀水街，买了一套二手房，这套房房主是青海人，退休后本来是买了房休闲度假的，不想年纪大了，也经不起年年来回折腾，所以打算卖了。

平时这房子几乎没怎么住过，装修雅致，是直接可以拎包入住的。

住进秀水街那个晚上，连翘和陈唐坐在一起，面对儿子林度。

新置的餐桌上，橘黄的灯光照耀下，氛围很是温馨。

林度最近迷魔方，正专心致志地在灯光下飞快地玩魔方。

陈唐回头看连翘，说："你说吧。"

连翘说："儿子，把魔方放一下，我们今天聊聊天好不？"

林度笑了，将已经完成的三面色骄傲地举了举，说："好。"

"今天我们有了自己的家。但爸爸妈妈并不会住在一起。当年我们因为相爱所以生了你，但现在我们之间已经没有感情了，我们换个方式相处，我和你爸爸现在是这个世界上最好的朋友，我们俩也是最疼爱你的人，你可以接受的，对吧？"

陈唐说："儿子，我希望你能快乐长大，以后假期你来这里，我只要有空，我就会来陪你，给你做饭吃，你的生活不会发生任何改变的。"

林度一直低着头，盯着他的魔方，这个时候，他已经拼好了全部魔方色面，抬起头来，看了爸爸、妈妈一眼，他的样子稳重安静，显得比同龄人成熟。

"我早知道你们不好了，我也知道你们不再好了，你们终于不用演戏了，爸爸、妈妈。这么多年，我一直跟着我的妈妈，我肯定还会继续跟着我的妈妈，爸爸你时不时能来看我，我很高兴，我如果天天能看到你，我也很开心，如果你实在没空来，也没有关系，我们有微信，我们可以视频的，是吧爸爸？"

陈唐没有说话，连翘扭过头看陈唐。

她头一次看到陈唐落泪，这个泪十分真实而诚恳。

林度将魔方往空中一抛，淡定地说："我想未来我大概是有一个完整的妈妈和半个爸爸，我已经有思想准备的。"

这一天，陈唐做的饭，连翘夸张地夸赞实在太好吃了，都是大厨级别了，儿子也吃得津津有味。饭后，他们下了几盘跳棋，然后连翘送不会开车的陈唐回家，出了门，连翘便恢复了她淡淡的态度，问："送你回哪个家？"

陈唐半天没作声，良久叹了口气，说："以后我不要你送我了。"

看着飘然而去的陈唐，林连翘都忘记了他们曾经有过相爱的过往。当一个女人决定否定一切时，她们对陌生人的友好程度，是很具典范意义的，她们彬彬有礼，礼贤下士，情绪稳定，柔美可人。人们在很多时候，对陌生人是不花心思的，也并不会关注过多的信息，比如陌生人是不是很渣，是不是很不道德，那又有什么关系呢？又不是要这个人和自己过一生，便没有什么恐惧了。所以，不爱了，保持一个陌生人的距离，偶尔遇见，点头示好，所有的创伤都不断复原，直至了无痛感，连翘和陈唐的和解，便是如此。

林度还有三年就要上初中了，陈唐坚持要让林度读私立初中，并积极为林度出国读书而做准备，他说他有义务让林度受最好的教育，这是他欠林度的。

但连翘还是不太情愿送林度出国读书，就像紫苏的女儿小米早早去了美国，生活在美国的她以为她是美国人，但是在别人眼里，她依旧是一个黄皮肤的异乡人，有了绿卡，也还是一个异乡人。她不理睬她的妈妈紫苏，她觉得她的世界里，紫苏是一个异类，一个不属于她的异类。

为此而痛哭的紫苏也没有办法解决这个问题，有时候她也恨恨地说，她只有黄聪一个儿子。说是这么说，但小米，却是她怎么放也放不下的痛与柔情。所以她每年必去一趟美国，不管是跟小米的姑姑养母，还是跟小米，她都希望有交流，有沟通的。但小米总是淡淡的，这个难解的心结，紫苏想解开，但不知道要到什么时候。

最后林连翘采取了一个折中的办法，林度回他们户口所在地的私立学校完成初高中教育，出国读大学，大学毕业后，让林度决定去留。但现在，林度在连翘家乡和海城拥有两个家。

那天送走了陈唐，林连翘最后一次给陈唐写了一封信，为这段关系画个终止符。

勿念勿扰

陈唐，终于是，不再心心念念，抑或终是不再心痛如裂，相忘于江湖，指日可待。

我们与世界的交手，总归是以和解的方式告终，求一场心如止水，水上停留的风，风起时，水亦不动。

我曾以为你必如我般痛苦，其实这些年我都是以我心度他人，我痛楚而心痛于你之痛，不愿你受苦。

这番直白的抗争，终于是你原形毕露。我在真相面前，是暗松一口气后的虚脱。

二十多年解得的答案，世人笑我疯魔了，仿佛大好时光散尽。

勿念勿扰，期你东山再起。

勿念勿扰，许我侥幸逃生。

我终究要以陌生人的身份，与你擦肩而过，你在你的佳期里，忘我地去邂逅一次又一次爱的奇迹。

各自安好的消息，最终都将不再受彼此关注，爱过和爱着别人的你，在我的字里行间逐渐变成了他人。

九九归一式摘下的魔箍，如孙大圣取经西天般获得的自由，我们的前世今生都如一幅长卷，卷进了画册，看它日新，看它尘色，看它随着年代标识，一寸光阴都不剩。

陈唐的回信很短。

连翘，认识你二十多年，你一直就是一个生命的奇迹，认识你是我终生幸事，谢谢你陪我这么长的时光，也谢谢你给我带来了林度，我会守护你们，直到生命尽头。

第八十五章

江 汉 五 炮

　　这个暑假，连翘带着林度回到家乡，放下行李，第一时间去了香姑那个村庄。

　　香姑家离县城大概有三十里地，那里依着一条小溪而建，一个只有二十几户人家的村庄，鸡犬相闻，乡邻和睦。

　　那些早些年出去打工的人，都去城里买了房子，他们的宅基地上的房子早就闲置不用，听说可以出卖，他们都急着出了手。连翘在小溪边待了很久，这绿树成荫的后院，傍着一条小溪，蜿蜒而下，四处灌木丛生，三两参天大树，相映成趣。

　　连翘选择了与香姑家毗邻的四户闲置的宅院，找到几家要出售转让房子的农家，办理了房屋居住权转移，并签订了转让合同。三毛为连翘看好了开启地基的日子，择日推倒了上面的旧房，这样，就得到了不大不小的一块地。

　　连翘请了北京四合院建筑设计师，来到现场进行了全面设计，到了秋天，大毛便带着大小工开始动工建筑院落了。

　　连翘奔波在北京与老家，开始了由北往南迁徙的工程。

　　眼见着房屋在一点点落成，翠莲帮着连翘为盖房的师傅们做饭送茶，到了夜里，翠莲总会念及当归："当归到底去哪儿了？连叶青也找不到他的踪迹。"说着，她便忍不住哭一场。

　　看着母亲哭泣，连翘也很无奈。林当归去了哪里？

　　和叶青离婚当天就离开了县城的林当归，他逃跑的路径，与林光明如出一辙。他是在一个雨夜，坐上去省城的最后一班车的。

半夜到达省城的林当归，他也不再是当年十八岁的林当归了。这个带着一身伤痕的壮年男子，木然立在省城街头，他身无分文，只有一个装了几件换洗衣服的小旅行袋，看着空无一人的街头，虽然已经初夏了，但还是让人浑身生着凉意。他不得不推开一个二十四小时自助银行的门，那里已经有一个人躺在地上睡得正香，连林当归开门的声音都没有惊醒他。

林当归左右看看，强烈的困意让他顾不上其他，放下旅行袋倒头便睡，他在睡着之前笑了，人的一无所有也是有一样好处的，至少不担心有人打劫啊。

天刚亮，林当归醒来，那个睡在另一边的人已不知去向。林当归擦了擦眼睛，也走出了自助银行。走在省城的街道上，他走了好远都没有找到公共厕所，最后只得去了一家快餐店里，胡乱洗了一把脸。

省城对于林当归来说是全新的，过去他一直混迹在广东、湖南等地，和他厮混的是一些赌棍泼皮以及游手好闲之徒，当归现在不想去那里，他不想再找他的赌友和过去的同伴，林当归感到厌倦而心累，过去的日子真的是到头了，他也不知道未来是什么样的。但有一点他清楚，所有的往事他都希望与之一刀两断。

他选择省城，另一个重要的原因也是因为儿子惊霄，儿子惊霄现在还在家乡。他让叶青一定要在朋友圈里一周发两次儿子的动态，好让他看到儿子的笑。他没有告诉叶青他在哪里，他也不跟任何人联系，想儿子了他就去翻叶青的朋友圈，他心想，如果儿子有事了，省城是离儿子最近的地方，他能以最快的速度赶回去。

连续好几天，林当归都在街头闲逛，白天他就买一个馒头，吃几口后，用个塑料袋扎紧，以防干硬了不好啃咬，这样能对付一天。为了省住宿费，他每天夜深都会去火车站男厕所，等管理员下班了，关上厕所门，靠在马桶边凑合一宿。

这样的日子他过了差不多一周，眼看着连个馒头都要买不起了，他知道他得想办法，否则过不下去。他开始留意一些招工信息，有招小工的，有招服务员的，他去寻问时，要不就是招满了，要不看到当归出示的身份证，都嫌他年纪大，他们说，他们要二十几岁的年轻人。

那天林当归在经过一条街时，看到一个店招外卖配送员。有了几次被拒的应聘经验，当归这次在公厕里将自己好好收拾了一番，"时尚"两个字，对于林当归来说，根本就不算个事。粘了水的头发，随手一抓，喷上他一直就随手携带的定型发胶，便有了型。他细心地刮了胡子，换了一件耐克卫衣，穿上自己在父亲去世前才买的黑色高帮运动板鞋，镜子中的林当归，长眉入鬓，下巴微翘，面色如玉，双目如水，谁也不会相信，这是一个落魄的男人。

当归踩着前两天不知谁放在公共厕所忘拿走的滑板，一路滑着前去应聘。

"哟，这么帅，好炫酷呀！你要做外卖小哥，你逗我呢，小伙儿？"

负责招聘的是一个三十上下的女子，是这个店的老板娘，叫许兰。虽然她嘴上调侃，但还是给了当归一张招聘表。

女子拿着当归填的表单一边看一边说："哟，你可真看不出年龄啊，你要是不说，我还以为你二十刚出头哪，看上去真年轻！你有 A 型驾驶证啊，那是可以开小货的哟，现在大多数考的是 C 证，我们一直招不到开小货车的师傅，现在这样的师傅难找得很，行，你被录用了啊，有时候公司餐需要开小货车送，还有一些货拉拉的单我们也接，你能做久么？你长得这么帅，别没干两天就跑了啊！"

"哪能呢，我肯定好好干，又不是真的二十啷当的小孩子，要养家糊口呢！"当归忙说。

"那倒也是，好，明天来上班吧！送外卖的话，你得自己买电动车哦！"

"呀，那要多少钱啊？我没钱呢！"当归为难地拍了拍口袋。

"这么个帅哥说自己没钱，是要让人心疼的哟。"许兰一直笑着，"我这里正好有一个离职的员工，他的电动车五百元就卖，你去和他协商一下吧，我就只能帮你到这里了。"

在老板娘的担保下，林当归签订了用三个月的工资还清电动车款的购买合同，拿到了电动车，林当归正式成了一名外卖小哥。

他才发现，长这么大，这是他完全靠自己获得的第一份工作。戴上黄色头盔，穿上黄色外卖服，骑上电动车，放上外卖箱，穿梭在大街小巷里，偶尔看到橱窗上自己匆匆而过的身影，林当归觉得自己仿佛获得了新生。

现在他和十几个外卖小哥挤在一间屋子里，里面狭窄得大家只能在自己的床上活动，也幸好每天只在这里睡一觉，便被随手携带的手机上各类订单召唤走了，日子也并不那么难熬。

只是对省城道路还不太熟的林当归，才一个月下来，他便收到了三个投诉，有投诉他迟到的，有一单甚至迟到了半小时，还有一次他将顾客订的生日蛋糕给碰坏了一个角。

老板娘许兰毫不留情地扣掉了他的工资，第一个月他才拿到手五十元，还得还电动车钱，相当于这个月林当归白干了，还欠车款一百元。

每个月张贴在墙壁正中间的业绩排行榜，列出谁的单最多，谁的收入最高，单王的名字在不断变换着。这个月张杰领到手一万零八百元，他说他都跑坏了两辆电动车。做个单王是真不容易啊！林当归又想起了林紫苏他们说他是一个废物，心情有些低落。

幸而第二个月，公司小货车启动了，有公司团购餐要送。林当归在接单送外卖外，也替老板娘送公司餐。第二个月林当归送餐差评少了，增加了送公司餐的奖金，第三个月他拿到了八百元，虽然比上两个月有进步了，但林当归还清了电动车钱，又是一无所有。让林当归更加焦灼的是，什么时候能当上单王啊？他不敢想。他想儿子，可有什么办法呢？他认为只要还能有个地方住着，总是有办法可想。

每天上午十点前还没有正式开始送外卖，林当归便会去办公室和老板娘许兰聊会儿天，看是否有公司派的团购餐要送。

半年后林当归给叶青的卡上存了二百元，今天叶青发的朋友圈里，儿子惊霄都会拿着勺子自己往嘴里送饭了，儿子的成长真是让他开心，他对自己的要求也就更高了，他得做单王。

林当归每天送完最后一单，往往都要到夜里十二点了，收拾停当后，本来很累的身体倒在床上，反倒睡不着了。

睡不着的当归会在手机上看短视频，这个视频真是有魔性，百无聊赖的日子，尤其漫漫长夜孤枕难眠时，网络上五花八门的短视频很有治愈性，有时候当归真是很羡慕这些搞怪的视频主播，怎么那么开心呢？他们没有生计要愁吗？

那个叫江汉五炮的主播，长得矮胖而灵活，他那张娃娃脸，自带着弥勒佛式的笑。很是讨人喜欢。

他搞怪地披着像济公一样的破烂百衲衣，沿街逗趣，与路人合影，拍成了连续剧式的情景视频，获得点赞无数。当归每晚必须将江汉五炮的视频刷两遍才睡。没事也给他的视频留言：你真棒啊！你的济公比电视上还要搞笑！

江汉五炮大概是看到这个叫小林的粉丝每个视频必回，也会进行博主留言：谢谢来访，喜欢就好。并回关了他，这让林当归激动了好半天。

短视频发展到第二年，网络系统开始升级了，新增的主播对决功能迅速得到了大家的追捧。只要加入公会便可以对外连线对决，也就是只要是同一个公会的博主，可以相约进行视频现场直播，各自带一票粉丝进行对决。这个新的项目上线，让做视频的和看视频的人，有了现场互动。过去只能在拍好的视频上点赞，并没有过多的交互，只要有流量就好，有了流量便有了热门，上了热门的主播，往往受到更大的关注，这些关注会引来商家，要求给他们的商品拍段子，他们进行付费，但这样能挣钱的博主毕竟还是少数。

而自从对决项目上线后，主播们与粉丝之间，便有了交互的利益来往，并通过一个叫音浪的产品实现了变现。这些音浪变成各类网络虚拟礼物，比如一朵玫瑰花、一个比心等等。从开始一个小心心要一个币，一个币可以通过一角钱充值获得，到后来的飞机大炮，一个至尊礼炮要六千六百六十六元人民币，这是要真金白银充值的！

当归看到这样的礼物出现时，他心里想的是，这个视频平台大概是疯了，谁会花六千多人民币去买这些东西？只能看到又摸不着的，他才不会去充值，再说他也没有钱去充值。

当江汉五炮的直播间开播时，当归第一次登录进了江汉五炮的直播间，他一下子就被这个网络模式吸引了，作为江汉五炮的铁杆粉丝，他太喜欢和这个小胖子互动了。

第八十六章

我在直播间等你

江汉五炮总在夜里十一点开始直播，直播两个小时，他选的对决对象都是和他差不多粉丝量的女主播，他们玩一些小游戏来获得粉丝们的支持。而粉丝们通过现金充值后，购买不同的虚拟礼物，变成了鲜花、动画可乐水等等，对喜爱的主播进行打赏。在五到十分钟的对决环节里，双方主播谁收到的礼物多，谁的音浪高，谁就胜出，而音浪少的一方，接受事先约定好的惩罚，或是深蹲五十下，或是在脸上画图案，比如一个小乌龟什么的，博得双方粉丝一笑。当归第一次为江汉五炮刷出价格为九元九角的可乐水时，他有了一种异常的感觉，这种线上互动的付出，让林当归感到自己的形象无形中被放大。江汉五炮在直播间大声地呼喊着："谢谢小林哥的可乐水，谢谢我的大哥，谢谢大哥！"

林当归不禁在手机屏幕前笑了，我不当大哥好多年了，这种感觉太特别了。

当那个给江汉五炮送出一千二百币保时捷跑车的叫二叔公的网友，名字出现在江汉五炮直播室上方第一位时，屏幕下方一片欢呼，谢谢榜一大哥，二叔公威武！二叔公霸气！江汉五炮在屏幕前大声感谢："请将我的榜一大哥二叔公标记出来，打一波感谢！"

林当归多数时候，守在江汉五炮直播间，只做江汉五炮的大哥。为了节省礼物，他想出了一个办法来帮江汉五炮赢对方主播。

就是偷塔。

所谓偷塔，就是在对决音浪值不相上下、双方比较胶着的情况下，在倒数十秒时，突然飞出一个五百二十币的热气球，或是两千九百九十九币的一架直升机，而对方想补救已经来不及了，他们再追打出来的飞机、大炮，往往就会白打，不会计入血条统计票里，江汉五炮就赢了这场对决。

伺机为江汉五炮偷塔的林当归，守在江汉五炮的直播间里。一旦偷塔成功，往往赢了的江汉五炮这个时候便会狂喜大叫："谢谢大哥，谢谢小林大哥，谢谢大哥的飞机，大家给我们榜一小林大哥点关注，谢谢大哥！也请大家给我的榜二榜三点赞，谢谢二叔公，谢谢雷子姐，谢谢黄毛头送来的比心，谢谢各位给出的每一颗小心心和棒棒糖，谢谢大家！"整个直播间沸腾起来。

江汉五炮的开心，多半是因为不用受到那些稀奇古怪的惩罚。因为各直播间明文规定，不得有低俗对决内容，违反者会被禁止直播，有的甚至会被永久封禁，平台在打击这方面一点儿也不手软。江汉五炮他们并不过分地展示主罚内容，而是使用暗语来做一些可笑的举动，大家对这种秒懂的小暧昧充满了热情，并且欲罢不能。这样的市井游戏形成了短视频的生态，让这后来者居上的视频火得一塌糊涂，越来越多的人成了网红主播，几乎只要有一点儿特点的，便可成为一票网民们围观的对象。

林当归从第一个月在短视频平台充了三百元，到后来每月都会在账号里充上三五百元，保持账上有三四千音浪，当归希望能帮江汉五炮在最后关头胜出，这几乎成了当归的生活追求。

有时候在等送餐的间隙，江汉五炮不在线，当归便会去其他平时看的主播对抗的直播间，经常看到认识的女主播在大叫："哪个大哥救我，大哥帮忙呀。"有时候看到一方实在输得惨了，他也忍不住去送个五百二十币的热气球，看着视频里女主播娇笑着不断叫小林大哥时，林当归觉得自己好像真的很高大，也就是在这样的热情里，林当归会忘记自己真实生活中的种种不堪。而为了这样的一种忘我的境地，当归几乎将业余时间都泡在了视频直播间，而他已经有三个月没有再给儿子惊霄打钱了。

外卖小哥林当归和偷塔王子小林哥并不能等同为一个人，因为外卖小哥手头紧得很，为了省钱，他连烟都戒了，这样他一个月能省下几百元，至少能帮江汉五炮偷好几次塔。看到江汉五炮开心，林当归也很开心。在现实生活中，他从来没有受到过这般尊重，而在江汉五炮那里，在那个直播间，他感到了荣耀，只要他一出现在直播间，江汉五炮便在直播间热情地呼唤："欢迎小林大哥，我的大哥到了，大哥有事您说话，大哥来了！"然后屏幕下方便开始小林小林的飘屏，全屏充满了小林的名字，背景音乐是："他来了，他来了，他带着礼物走来了……"这种舒适感让人迷醉，当归太喜欢这种感觉了。

礼物送多了，五炮也自然开始私信当归："大哥是哪里人啊？大哥今天真是让您破费了。"

"江汉五炮你说哪里的话，你很棒的，今天看到你没有喝酱油，真开心。"

"小林大哥，要不是最后一把偷塔成功，我其实挺危险的。大哥你做什么工作的啊？"江汉五炮问。

小林没好意思说自己是外卖小哥，他含糊地说："我每天也就瞎忙，你除了直播，有其他工作吗？"

"大哥，我现在也是兼职做直播呢，我是搞培训的，就是给小朋友做轮滑培训的，我也教小孩子花样轮滑。同事都说我们拍视频是不务正业，我有空的时候就搞一下，我也是自娱自乐的，让大哥见笑了。"

"那你那些搞笑视频什么时间拍的啊？真的很好玩，呵呵。"

"啊，我每周三休息，都会外出拍视频，我是户外对决主播啊，明天周三我在汉阳街拍视频，你要不要来看看，给指导指导？"

"五炮你就别笑话我了，呵呵，我来看看可以，指导就算了，我明天若有空我就去看看，不一定有时间呢。"

"我明天一点半在汉正桥下拍呢，你能来吗？"

"我争取吧！"下了线的林当归，开始盘算明天怎么接外卖单，他觉得接两单送往汉阳区的外卖后就停止接单，那样就正好可以看到江汉五炮了。

为了见江汉五炮，林当归特意换掉了外卖工作服，潜意识里，他也不愿意江汉五炮知道自己是个外卖小哥，他希望江汉五炮真把他当大哥看。

当归出现在汉正桥时，远远地便看到了穿着济公百衲服的江汉五炮，他想过江汉五炮是谐星，长得可爱但并不好看，但没想到，现实中的江汉五炮并不矮，小胖脸眉清目秀的并不仅仅是视频的美颜效果，江汉五炮本身就长得好看而可爱的。

等到他们拍完了一条，林当归赶紧跑了过去。

"五炮，我是小林。"当归笑眯眯地跑了过去。

江汉五炮一见到小林，马上咧开大嘴笑了："我大哥来看我了，我大哥来看我了咧！小林大哥，我没想到你这么帅，我拍视频的时候很无聊的，那些很搞笑的，都是靠后期编辑呢！"

"我不影响你五炮，你拍吧！"

江汉五炮架好自拍杆，匍匐在地上，做出挣扎状，开始进行夸张的表演，围观的人也越来越多，江汉五炮都应付自如。他们换了几个场景，到了夜场，他们只拍了一个街景，到了一个写字楼门口时一个保安模样的人过来，板着脸说："我们公司门口不许拍照，更不允许拍视频，快走！"

江汉五炮看看天，说："今天的素材应该差不多了，不拍了不拍了，我大哥来了，我们今天就拍到这儿吧！"

江汉五炮将百衲衣脱了，自拍杆和声卡音响收了起来，拿出手机来，说："来，你们今天的任务完成了，一人五十元，我现在微信付给你们。"

拿了钱的两个演员说说笑笑地走了。江汉五炮提起包，说："小林大哥，我们消夜去啊！"

"行啊，我今天特意过来请你吃饭的，五炮！"

他们找了一个大排档坐了下来。

"我们认识快一年了吧，头一次见面，就吃大排档，真过意不去啊！"当归不好意思地说。

江汉五炮说："这已经很好了！这次客一定是我请，我平时让你破费了这么多，我都过意不去！"

"呵呵，肯定我这个大哥请客啊，五炮，否则我还怎么当大哥？你再这样，我就走了！"当归佯怒道。

视频里那么活泼的江汉五炮，生活里居然腼腆得很。这让当归对江汉五炮更平添了好感。

这次线下的相识，让林当归和江汉五炮更加亲密，江汉五炮直接将林当归升为直播间管理人员，每次林当归的发言都可以飘屏，俨然就是这个直播间的大拿。遇到给江汉五炮刷礼物的，他都带头感谢。

那天许兰叫住了林当归，说："今天有一个团购餐，五百份，是一个大赛现场订的外卖，就在六渡桥那边，你开小货送一趟。"

这种团购餐林当归喜欢，一次提成就好几百元，他送完了手上的奶茶外卖后，就开车出发了。

如今的林当归，对省城的道路已经熟记于心了，知道穿哪条巷子走路更近，他现在送餐几乎不会迟到。

准时出现在那个赛事场地，林当归才发现是市级少儿轮滑比赛，家长和孩子少说也有五六百人，现场嘈杂而热闹。

林当归开着小货车跟着保安停到了指定的地方，不一会儿，一些学生和家长在教师的带领下，一队一队过来领套餐。

最后一队过来领餐的，领队的居然是江汉五炮，让林当归猝不及防。

他愣在了车前，江汉五炮踩着轮滑也一下子愣了。

"小林大哥，是你？"

穿着外卖服的林当归索性就不躲了，说道："是我，五炮，我是个外卖小哥，没想到吧？"说出这句话，林当归反倒一下子坦然了。

　　江汉五炮被叽叽喳喳的小学员围着一时无法搭腔，他说："我们线上联系啊，下午还有一场比赛！"

　　说着，他便和另一名教师开始指挥孩子们，发放套餐去了。

　　林当归也暗松了一口气，他有些失落，也有些解脱。

　　这是江汉五炮主动约林当归的一个晚上。

　　还是在一个夜市烧烤摊，他们开了两瓶冰啤酒，烤了一堆肉串鸡翅，江汉五炮抢着买了单，他们面对面地坐着，举起杯，各自一口干了。

　　"五炮，你不会觉得我骗了你吧？"

　　"小林大哥，看你说的，我很心疼你，真的，你这么支持我，我没有想到！"

　　交谈中，当归才知道江汉五炮是广西人，他是个孤儿，今年才二十三岁，他小学只念了两年，十六岁就从广西来了省城。家里有奶奶和两个妹妹。他十岁时父亲出车祸死了，母亲自改嫁后，就没有再来看过他们。这个家靠东家救济西家帮忙，总算江汉五炮长大了，叔伯婶娘就赶紧找人带他出来做工了，刚出来时先是在一个钉子厂里流水线作业，车一颗钉子一角钱，他没日没夜地车，还补不上车坏零件要扣的工钱。

　　"大哥，你不知道以前过年我都不敢回去，但又不得不硬着头皮回去，家里全是女人，就我一个男的啊，可我又没钱。我也送过外卖，但他们嫌我普通话不好，总欺负我。再后来我自学了轮滑，做了儿童轮滑教练，工资也不高，我们主要靠提成，招不上学生也没什么钱。我做视频一年多了，拍了不少视频，也不知怎么变现，穷得要死，最近才见到点收入，承蒙大哥大姐们的支持，我现在总算有点儿钱可以寄给我奶奶了！所以我一定要请哥吃饭，谢谢哥！哥你呢，你是哪里人？应该不是省城的吧？"

　　当归看着眼前的江汉五炮，才二十三岁。想着自己二十三岁时，什么也不知道，只知道玩、赌，到现在已过中年，一无所有，这个江汉五炮却成了一家的顶梁柱，这么想的时候，几杯酒下了肚，又被江汉五炮这么一问，当归悲从心起，不觉鼻头一酸，差点儿落下泪来，他忙借喝酒生生憋了回去。

　　人们在面对陌生人的时候要坦诚很多，听完当归的故事，江汉五炮睁大了眼，他将酒杯重重地放回到桌子上。

　　"小林大哥，我比你小一轮还多，有些话本不该我来讲，而且你是我的衣食父母，没有你给我刷礼物，我也不会有钱给我奶奶，我本来应该希望你天天给我刷礼物，帮我偷塔，偷得越多越好！可小林大哥，我把你真当大哥，今天喝了酒，若哪句不中听，你就当酒话，当我没说啊！你给一个网上不认识的主播，一个飞机一个飞机地刷。小林大哥，我们没见面时，我以为你是一个富二代，或是一个公司高管，要不就是一个小有所成的企业主，反正收入高得不得了。现在是网络时代，网络真的给了我们很多机会。可是，小林大哥，你想想，你父亲已经没了，你母亲都指望着你，你连家都没有了，把自己的血汗钱、把养儿子的钱，全给我了。你这个钱我拿得心都疼。我知道贫穷的滋味，你一定不知道，我和奶奶、两个妹妹，连续两个星期捡白菜帮子，连盐都买不起，将白菜直接用水煮了，倒点辣椒吃一天又一天，你知道钱有多重要吗？给主播刷礼物，那都是有钱人打发叫花子的，或是一些电商为了卖产品，他们刷出的每一分钱都会再由你们买回来的，他们挣得盆满钵满的呀！小林大哥，你怎么这么傻呢？人说我五炮傻，我觉得我一点儿也不傻，我知道挣钱不容易，就算我当主播，如果我没有好的段子，不更新我的视频，也没有人进我的直播间。直到今天，虽然做培训并不赚钱，我也不敢辞掉这个工作，我怕哪一天没有人看我了，我就连保底的钱都没有了，那我奶奶靠谁？你说说看，你起早贪黑地送外卖，我刚出来的时候也送过外卖，你说你要跑多少单才能挣一架飞机，才能给你儿子买个玩具？哥，我们平时在私信里聊天，我觉得我们已经很熟了，可今天，你告诉我这些，我很难过，小林大哥，视频是减压，直播间也很好玩，今天我也豁出去了，你不喜欢听我也说了！我从不向人要礼物，我知道大家看热闹就图一个乐子，真喜欢我的，有这个实力的，我喜欢他们给我礼物。小林大哥，你不容易啊！我知道你心里苦，谁的生活都不好过的！"

当归脸一阵红一阵白的，那酒也一个劲儿往外涌，说："五炮，你骂得好，你骂得好，我就是一个懦夫！"说着哇地吐了一地。

"大哥，你怎么会是懦夫呢，你送外卖也是靠自己的劳力在挣钱，一点儿也不丢人。就是刚开始的时候，收入会少一些，你每天有空闲时间吗？要不，每周我拍视频，你也来吧，反正我也要请演员，就不知道你看得上不？你长得这么帅，应该有人会看，你来拍，我也一天给你五十元，也算你挣外快，怎么样？我没别的意思，你永远是我大哥，这大半年，说实话，如果没有你给我造人气，我也不会涨这么多粉儿，我的收入也高了，我是真心想帮你！"

吐过了的当归，被夜风一吹，顿时清醒了些，眼前这个比自己小一轮还多的小胖子，在当归眼里高大无比。当归说："行，如果你用得着我，我替你拍视频，每次三十元就行，你让我怎么拍，我就怎么拍！"

江汉五炮的视频，因为当归的参演，从此变了风格，一美一丑两个角色，一唱一和，剧本有时候是江汉五炮编的，有时候是抄的视频段子。当归的加盟，并没有让江汉五炮的短视频更受欢迎，流量也没有马上上去，但有了当归的加盟，江汉五炮觉得自己也算是有一个团队的，故事内容也统一了一些。江汉五炮说："我们终归有一天会被平台官方发现而成为热门的。"

那个晚上江汉五炮的一番话，让林当归听进了心，江汉五炮这个连爹娘都没有的穷小子，都肯如此努力，都能当上主播，他林当归没有理由不努力，他现在是江汉五炮的群演，还没有足够的流量当一个主播，他得送好外卖。当归更静下心来送外卖，他甚至再次有了怎么才能当上月单王的念头。

有了当月单王这个目标后，林当归泡视频的时间相对也少了，偶尔他还是会给江汉五炮偷塔，但更多的时候他会在等餐时、送餐后，去观察那些颜值主播的视频，也偷偷研究各类吸引人的视频的拍摄方法。这个时候的林当归，更像是一个伺机而动的进攻者，他以江汉五炮为榜样，江汉五炮能做的，他一定也能做到。过去父亲一直说，没有学历，没有文凭，什么都做不了，可才念过小学二年级的江汉五炮，将视频剪辑学得那么好，在镜头前落落大方，所以，很多事情只要认真去做，跟学历多半没什么关系的。

那个周三和江汉五炮拍完户外视频，当归没时间和江汉五炮去吃饭，他说他要当这个月的月单王，今天还差三单，这一单比较大，送完再来找江汉五炮。江汉五炮说："行，我等你。"

这一单的单价很高，四百多元，可是却是要穿过几条街，至少要五十分钟才能送到，还正值下班高峰期，当归明明知道是别人不接的单，他看单子比较大，还是咬牙接了，结果他迟到了三十分钟才送达。

那个胖主管见到当归就破口大骂："你居然迟到了三十分钟，你吃什么长大的呀？"

"对不起，对不起，大姐，路上太堵了，我手机没电了，我没法和您联系，请您原谅！"

"还大姐大姐的，谁是你大姐？你迟到，我必须差评你！"那女主管根本不听任何解释，叫上几个人拿走了外卖，气咻咻地走了。

当归沮丧极了，他赶紧给公司打电话，能不能直接罚款，不要记差评？

罚款意味着不仅这一单没了，当归这半个月白干了，但若记了差评那就半年白干了。

江汉五炮听到当归的遭遇，眼里一亮，说道："拍条视频，以外卖哥小林的遭遇为标题发出来，试试水，看看有多少人理解外卖小哥的苦吧。你不适合走搞笑路线，干脆来一个诉苦的吧！"

周三，江汉五炮和当归开始选景拍摄，当归第一次以外卖哥小林的形象出现在视频里。一个奔跑的外卖小哥大汗淋漓地出现在某公司楼道，被等在那里的白领主管破口大骂，转场是沮丧的外卖小哥给公司打电话，能不能光罚款，不要给差评，那欲哭无泪的样子，被林当归演绎得真实、感人。视频一经播出，便成了当天的热门视频，而评论里除了声讨那目中无人的女主管外，还队形一致地夸奖起了外卖小哥小林：哇，这是我见过的最帅的外卖小哥，没有之一！这是演员吧，怎么会是外卖小哥？哪有这么俊美的男人送外卖？

这也让江汉五炮始料未及，他装作有些酸酸的和林当归说："我拍了两年的视频，都不如你这一条视频点赞高。外卖小哥做主播，当下还没有呢，小林大哥，我们可以按这个套路再拍一个系列，肯定行！"

果然才三天时间，外卖哥小林的视频就直接上了热搜。大家都热切地想知道，外卖小哥最后怎么样了？

江汉五炮盯着这条视频的播放量，说："趁热打铁，我们要拍第二条，这个周六就加拍，下周一上新。"

江汉五炮教林当归开通了通道，将外卖小林哥作为一个账号收录了这一系列的视频，在短视频平台上，林当归也正式有了自己的名头——外卖小林哥。

这条视频一下子改变了林当归的那个月目标，他可能因为罚款或是差评当不了月单王，但他有可能成为一个有颜值的外卖小哥主播。

林当归习惯了每天更新一个视频，内容从送餐的路上经历的事，到和同事之间的插科打诨，甚至有单身的同事想要相亲都会上他的短视频，这些短视频几乎都能成为热门。这也成了林当归新的生活目标，粉丝突破十万，他便开直播。

林当归以外卖小林哥为名的第一场直播，是成功的。

那天夜里，将直播按钮点开，他的手甚至有些颤抖。

看着直播间不断增加的在线人数，他一时呆在直播间里，随后进入直播间的江汉五炮不断打字：不要慌，你发一个福袋，欢迎大家！

随即江汉五炮送出了一瓶可乐水，看着那个礼物特效，林当归激动极了，这是他平时送给江汉五炮的礼物，今天他也收到了。

这个晚上，小心心、玫瑰花不断有人送出来，林当归也开始自如起来，当第三个福袋发出来，他的在线人数达到了三百人，他也学着江汉五炮不断地说："感谢榜上的大哥大姐，大家破费了。"

下面的留言也越来越多：你是真的外卖小哥吗？你的视频是真的吗？我喜欢你的视频！

林当归的第一场直播，他收到了两千两百四十三元的现金收入。这些钱需要他送上好几天外卖才能挣到，这一个晚上的收入大大刺激了他。

第八十七章

林 家 大 院

　　连翘的小院子的建设工程已经接近尾声，门口的瓷砖，林连翘是专门跑景德镇购买的，颇费了一番功夫，小院子总算落成了。

　　连翘和翠莲花了三个月搬家。香姑他们一家都跟着一趟一趟的，从县城将翠莲的家什搬到了连翘的新家。远远看到防风开着电动车，电动车前站着的小惊霄一脸天真无邪地笑着，连翘的心一下子缩紧了。不见踪影的当归，还能回来吗？

　　上个月叶青将孩子交到翠莲手上时，已经到了夏天。

　　叶青说她不能这么无限度等下去，她也要活人，她已经大半年没有收到当归的钱了，她得出去打工，惊霄她一个人带不了。

　　翠莲上前一把抱过小惊霄，看了看连翘说："不怕！当归不在，不是还有防风吗？防风也是惊霄的爸爸！我就当，我就当当归那个死儿没有了！"说着抹了一把泪，抱着惊霄进屋去了。

　　连翘怔怔地站在了原地，她觉得无能为力，但又必须充满了力量，为了林度和惊霄，确实，很多东西都有取舍，她得保全现在还能拥有的。

　　连翘设计院子时，她特意给当归留了一间房间，她不相信这个带着使命出生的人，真的就这么没了。只是什么时候回来，她心里没有底。

　　这是一个暑期的某天午后。

　　连翘的院子里静悄悄的，几根薪竹下卧着几只小鸡，海棠花开得正艳呢。

　　连翘从中庭走出来，看到曲靖站在不远处笑眯眯地看着她，吓了一跳。

　　"曲靖，你不是去甘肃写生了吗？怎么回来了？防风怎么没和你一起过来呢？"连翘忙迎了上去。

"我直接来你这里了，我想我们去给防风一个惊喜。"曲靖笑得很是好看。

"还惊喜呢，防风天天在他自己家里修行。曲靖，先进来喝壶茶，慢慢道来。"

"你也知道崔波吧，他被释放了，而且他的电视节目也要开播了！"

连翘一下子呆了，这个崔波，这个改变了防风命运的崔波，在连翘家里是不能提及的名字。

"你们不了解防风他们。"

"防风是我弟弟，我希望他安好，所以我不希望他再和崔波有什么联系呀。"

"你没有听懂我刚才说的话，我是在说，崔波被放出来了！那就是说明，对他所做的事的评价也有变化了！"曲靖满脸通红地盯着连翘，"这个对防风很重要！"

曲靖和连翘去找防风，防风正在家中写毛笔字，他现在几乎可以说是"两耳不闻窗外事，一心只读圣贤书"。

见到曲靖，防风一脸惊喜："呀，小靖，你昨天还说半个月后才能回呢，怎么这么快？"

"防风，崔波出狱了。"曲靖说。

"我知道啊，他出来第三天我就知道了。"防风很淡然。

"你知道吗？崔波都出来了，你的问题就不是问题了！"连翘笑着说。

"那又怎么样？"防风淡然一笑。

"防风，你上次说的话还算数吗？你说过，你若恢复了工作，我们就结婚，是算数呢，还是故意敷衍我？"曲靖看着防风说。

"曲靖，你还会嫁人吗？"防风的毛笔停在了空中。

"嫁人当嫁林防风，当年你是这么说的。"

"你不嫌我穷吗？"

"你一点儿都不穷，有林家大院啊！"曲靖大笑。

"那是林连翘的大院儿，曲靖，千万别投资错了。"防风笑了。

"林防风，我觉得曲靖的提议很好，你们搬到我那里，我觉得可行！"连翘说，"我喜欢这个提议，你们的花好月圆不是简单的'结婚'二字，我觉得你们的到来，我不仅仅是蓬荜生辉那么简单。你想，你们俩一个是西方油画家，一个是得了真传的国画老师，我们传承的是什么？林防风你这么多年受了这么多的委屈，不也是为了传承文化吗？我马上去申请注册一个文化书院去！"

林防风的家还在拆迁范围内，这将是这个县城里最后一批拆迁地，其他的拆迁规划全停了。

林防风和曲靖要结婚了，翠莲喜滋滋地按当地风俗给曲靖买了三套首饰，防风叫大毛将自己的房子做了粉刷。他说他要在这个房子里办一场自己的婚礼，也算是给建这个房子的父亲最后一个交代了。

人过四十而结婚的林防风收到众多乡邻的祝福，他们也不再提林防风是个疯子的事了。清水河中学校长带着全校教师来贺喜时，拿出了聘书，请林老师返回岗位，继续教书，做他的班主任去，引起了现场一片掌声。

当林防风因拆迁而搬到林连翘的院子时，连翘站在院门口笑了："防风，你来了，我的林家大院才真正意义上是林家大院了。"

"此话怎么讲？"防风问。

"你房子拆了，说明林光明时代已经彻底结束，作为林家长子携妻子前来，我的小院便有了根基，这一代是你林防风、林当归，下一代便是林度和林惊霄了呀！"连翘说。

三个月后，林连翘的漱玉居文化书院注册申请批下来了。曲靖在书院的墙壁挂上了自己的画，防风每天下午下班回家，都会和曲靖在茶室里待着，一个画画，一个写字，而翠莲在厨房忙碌，生活安静而有生气。周末两堂成人油画课和一堂少儿书法课在这里进行着，因报名的人多了，整个乡村的农家小菜生意也好了起来，整个村庄热闹又和谐。

住在林家大院的翠莲已然是这里的大家长了，她每天指挥着连翘种菜、种树，而在周末，翠莲就忙得不行，她一边照顾曲靖的学生们吃饭，一边又要负责新生咨询和收费，比她当老师的时候忙多了。

在周末曲靖没有成人油画课时，防风会在书院茶室教林惊霄等一群村里孩子写毛笔字，他的一笔一画，一提一顿，像极了父亲林光明所写，而他的水墨画就挂在这个小院的墙上，苍劲有力，青翠欲滴，让整个院落显得古朴而典雅。

从后院摘了菜的林连翘，提着一篮菜要给香姑送过去，刚出来，迎门进来的是村书记王水根。"呀，连翘呀，你在家啊，防风在吗？我们新来的县委书记来看你们啦！"

"听说这里有一个书画中心，教书画的老师是从北京来的夫妻，十分了得，桃李满天下啊，我们县的获奖油画和水墨画大部分都来自这里。今天正好路过，想见见老师呢！"被簇拥在中间的中年人说。

防风拿着一管毛笔走了出来，王水根指着防风说："马书记，这就是您要见的林防风，他就是您父亲向您提及的林光明的长子，林防风！"

2022 年 3 月 13 日完稿于海南